U0684411

人在商场

阿贵

著

本作品不是自传，而是小说，请勿对号入座！
如有雷同，纯属巧合！

UNITY PRESS 团结出版社

图书在版编目(CIP)数据

人在商场 / 阿贵著. -- 北京 : 团结出版社,
2022.4
ISBN 978-7-5126-9322-7

Ⅰ. ①人… Ⅱ. ①阿… Ⅲ. ①长篇小说-中国-当代
Ⅳ. ①I247.5

中国版本图书馆 CIP 数据核字(2022)第 029153 号

出　　版：团结出版社
(北京市东城区东皇城根南街 84 号　邮编：100006)
电　　话：(010) 65228880　65244790
网　　址：www.tjpress.com
E - mail：65244790@163.com
出版策划：书香力扬
经　　销：全国新华书店
印　　刷：成都兴怡包装装潢有限公司

开　　本：145mm×210mm　1/32
印　　张：14
字　　数：371 千字
版　　次：2022 年 4 月第 1 版
印　　次：2022 年 4 月第 1 次印刷

书　　号：ISBN 978-7-5126-9322-7
定　　价：68.00 元

三江的夜景总是这么怡人，无论春夏秋冬，无论风霜雨雪，都有着万千霓虹。历经数千年，无论如何更朝换代，三江流水从未为谁驻足，它始终都是不疾不徐，径自演绎着自己的精彩！

初夏的夜风带着丝丝凉意，拂面而过，让人倍感清爽。张龙海在江夏桥上伫立良久，看似欣赏风景，脑海中想的却是这几天，乃至这几年发生的种种。回想下午在茶馆里和老胡的对话，张龙海心中百感交集。老胡作为自己的引路人，张龙海敬重他，也了解他。若不是受了某个领导的委托，他是绝不会和自己说这些话的。而这一次和老胡的谈判，也宣告了自己再无回头之路。张龙海知道老胡是奉命行事，也是出于无奈，他并不怪老胡。自己在恒生公司待了八年，从一个刚刚踏足社会，一无所知的仓库管理员，到如今成为统筹全局的内销业务部经理，这其中经历过多少辛酸，付出了多少努力，只有自己知道。而如今却要以这样一种狼狈的方式离开这个曾经想要为其奋斗一生的公司。张龙海纵然有一百个不情愿，却又无可奈何。或许如老胡所说，离开这个销售部门未必是坏事。事实上张龙海也认可老胡的说法，这几年张龙海实在是过得太难了。每晚的失眠折磨得他心力交瘁，神经衰弱。可是突然要他放下，却又觉得心有不甘。

一阵江风吹过，张龙海不由地打了个寒战。掏出手机看了看时间，已经八点半！不知不觉已经在江边站了一个多小时。张龙海有些不爽，拨了个号码。电话那头一个稚嫩的声音响起：“你是谁？你怎么又找我老板，我老板很忙，你有什么事就跟我说呗……”雷人的彩铃很幽默，可是电话半天没有接通！

“搞什么飞机？”张龙海嘀咕道。做业务的人最看重信誉。和人约会，不管那人是朋友还是客户，总得提早几分钟等候。哪怕天下刀子，张龙海也绝不会让自己迟到。宫志鹏这家伙倒好，约了自己八点钟见面，已经八点半了，还不见人影。打手机还没人接！

正想转身离去，手机不失时机地响了起来。一看是宫志鹏的号码，张龙海立刻按了接听键。“你搞什么鬼？迟到半个小时了！”

“快到了，老地方会合，见面再说。”宫志鹏在电话那头气喘吁吁，也没等张龙海再说话已经把电话给挂了。

这家伙总是这么风风火火，毛毛躁躁。张龙海苦笑着摇了摇头。

清风茶馆是个自助餐厅，供应茶水为主，但也提供各色零食和菜点。张龙海选了个靠窗的位置坐下。每次聚会，他们都在这里。其实志鹏并不喜欢这种地方，他喜欢热闹，譬如酒吧。但是张龙海喜欢清静，对酒吧的喧嚣很是反感。熬不过张龙海，宫志鹏只好妥协，而这一妥协，也让他们成了清风茶馆的忠实顾客。偶尔有客户来访的时候，张龙海也会带他们到这里来吃饭、谈生意。一则是因为消费不高，二则是因为这里的环境还算清净。

张龙海坐下没多久，服务员便送上来了一壶龙井。来得次数多了，这里的服务员都知道他喜欢喝龙井！

没来得及品上一口新上市的龙井，宫志鹏已经风风火火地闯进了茶馆。

张龙海和宫志鹏情同兄弟，两个人同村，从小一起长大。

“恭喜你恢复了自由之身！”宫志鹏嬉笑着落了座。

张龙海苦笑：“你怎么知道我重归自由了？消息这么灵通。”

“这你就不用管了。”宫志鹏得意地把身子往椅背上靠了靠，装出一副高深莫测的神情。

“是小吴告诉你的吧?”张龙海追问。自己今天下午才真正决定离职，还没有和任何一个人提起过，不想这么快就有风声传出来了。

“在我看来，这是天大的喜事。其实你早就应该出来了！你苦撑这么多年，把自己弄得心力交瘁。你看到头来，有几个人明白你的用心良苦。”宫志鹏举起茶杯高声喊道，“来，我们来庆祝一下！”

张龙海一脸无奈，举杯说道：“为重逢干杯。”

“重逢有什么好干杯的！同在一个城市，虽说见面的机会不多，但是真要聚会也就是一个电话的事情，以后我们三天两头都能碰面，每天都是喜相逢。”宫志鹏看张龙海笑得不自然，知道他还陷在离职的阴影中，顿时就觉得有些失望。宫志鹏呡了口茶快快落座。张龙海招牌似的微笑，骗得过他人，却骗不过宫志鹏的眼睛。他们彼此之间都太了解对方了。

“离开恒生对我来说或许是件好事！这一点我其实早就认识到了！”

“那你干吗还闷闷不乐的?”宫志鹏问道。

“我哪有闷闷不乐了?”

“别以为你挂着笑容，我就不知道你的心情有多糟！”宫志鹏毫不留情地揭开了张龙海伪装的面纱。

张龙海不由得苦笑，其实这个笑脸也并非刻意伪装，只是一种职业习惯。多年来，无论是和客人的明争暗斗，还是办公室里的钩心斗角，都不允许自己把喜怒哀乐写在脸上，于是渐渐地开始伪装自己，最终便有了今天这个“笑颜”常开的张龙海。只有在一个人的时候，张龙海的脸上才会出现自然的表情。也只有在一个人的时候，张龙海才能从镜子里看到真实的自己。

宫志鹏虽然话语尖锐。但是张龙海却觉得温馨。这个世界上，也就只有宫志鹏能够看透面具下真实的他。

“好吧，我为没调整好自己的状态向你道歉。从现在开始，我保证坐在你面前的绝对是真实，毫无伪装的张龙海。”说话间，张龙海的笑容已经沉寂了下来。他喝了口龙井，缓缓答道，“如果说高兴，那是骗人的。毕竟在恒生待了八年，就这样离开了，无论是对人还是物，总有些留恋。但是离开恒生，对我个人而言，确实是一件好事。如果我继续在恒生待下去，可能会被里面的环境所同化！这几年来，我也明显地感觉到自己没有了早先的激情，做什么事情都很懒散，很拖拉！如果长此以往，锐气消尽，我的一生恐怕也就完了！”

“既然你也觉得是件好事，为什么还闷闷不乐？”宫志鹏继续问。

“在一个地方，自己辛苦奋斗了八年，付出无数的心血和汗水，最后却被全盘否定，甚至被人当成叛徒，你说我高兴得起来吗？”

“理解！”宫志鹏向着张龙海举了下杯。

张龙海也欣然地举杯喝了一口，对好友的理解表示感谢！

“你后边有什么打算？”宫志鹏继续问道。

“先休息段时间再说。难得有空，好好陪一下家人。说来惭愧。自从当了这个业务经理，我一年都回不了几次家。”

“就这三十公里的路，你都没有时间？”宫志鹏很是不解！

“确实如此。恒生以外贸起家，现在主营的也是外贸业务。而我负责的是内销，公司无论是行政部门还是生产部门，都是以服务外贸为宗旨，完全忽视国内市场的实际需求，因此我们内销业务做得非常累。既要开发新市场，又要到处跑着处理售后问题，不停地给客人道歉。”

“还是我比较聪明。我进恒生两个月就意识到了这些矛盾根本解决不了，然后当机立断就离开了恒生。哪像你还傻乎乎地给老板写这个方案，那个建议！不但没什么效果，还得罪了一大批的人。”八年前，张龙海和宫志鹏一起去恒生公司面试，两个人都被录取了。只是宫志鹏做了两个月就离职了，而张龙海却坚持了八年多。

“你那是被开除的好吧！”张龙海纠正道。

“我是存心不想做了，才把薛胖子揍了一顿。这家伙就是欠揍，一点本事没有，骂起人来要多嚣张有多嚣张。明明是他自己的错，却把责任推到我的头上。我早就跟你说过了，有这样的同事和老胡这样的糊涂领导，这个部门就不可能有好的前景。”宫志鹏义愤填膺。

“老胡是少了点魄力，但是人还是不错的！你别把他说的这么糟糕。毕竟你在的时候，他也待你不薄！”张龙海对这个老领导还是心存敬意的。毕竟自己是老胡一手带出来的，从这一方面来说，老胡还是自己的师傅。无论是最初对产品认知，还是后来业务过程中的帮助，张龙海都很感激老胡。老实说，如果没有老胡，张龙海也不可能坐到经理的位置。

“不跟你扯这些了，还是说说你后边的打算吧！”志鹏转换话题。

“刚刚已经说过，先休息段时间，回家陪陪父母。然后一个人出去旅游下，散散心。”张龙海平淡地说着自己的打算。

“然后呢？”志鹏神情严肃地追问。在他身上，还真是难得见到这种认真严肃的神情。

“然后？然后再去找工作啰！”张龙海回答。

“你还去找工作？”宫志鹏惊讶道。

“不找工作怎么办？你养我？”

“当然不是这个意思！”宫志鹏有些着急！“可是你有没有想过，你能做什么？”

“我做了这么多年的业务，又有团队管理经验，你还用担心我找不到工作？”张龙海对宫志鹏今天的一再追问感到纳闷。这个家伙不是爱八卦和啰唆的人。

“你有没有想过，重新找一份工作，就算你再当到业务经理，你又能怎么样？难道你还能找到恒生这样宽松的企业环境？难道你还能找到一个比沈祖民更赏识你的老板？在恒生有沈祖民这样的老板支持你，有这么宽松的环境让你发挥，你还不是灰溜溜地离开！？”

张龙海被宫志鹏一连串的问题，问得有些发蒙。他相信船到桥头自然直，其他这一系列问题还真没有考虑过。“你到底想说什么？”张龙海凝视着宫志鹏，想从他的眼睛里找到答案。

“你应该自己创业！”宫志鹏一字一顿地说出了这几个字。

张龙海哂笑了起来！“自己创业当老板？”在大学刚毕业那几年，当老板，成为一名企业家确实是自己的理想。但是经过无数次的失败，张龙海的脑海里早就没有了这个想法。首先，自己没有原始资金，白手起家这个词是20世纪的产物，对于眼下根本不现实。其次，自己对物质的欲望已经没有早年这么强烈。凭借自己的能力，踏踏实实地上上班，完全能过上殷实的日子，何必再去辛辛苦苦地创业？而最最关键的一点是创业风险太大，自己已经老大不小，张龙海不想连累父母，让他们过多地为自己操心。

张龙海从小就生活在负债的阴影之中。作为家里的独生子，父母亲几乎是把所有的心血都倾注在了他的身上。从小家境不好，负债累累，即便如此，父母亲节衣缩食，还是坚持供他读完了大学。如今好不容易让二老过上几天好日子，他不希望再一次把他们推到负债的阴影之下。

“为什么不可以？”宫志鹏并没有发现张龙海内心的想法。

“我根本就没想过，而且也做不了！”

“那为什么现在不好好想一想？”宫志鹏追问道。

张龙海与宫志鹏对视良久，还是弄不明白这家伙葫芦里卖什么药？自己何去何从，他好像比自己更紧张。

宫志鹏见张龙海一直盯着自己看，四目相触，却愈发坚定了自己的眼神。如此对视了将近一分钟，最后还是张龙海把目光移开了！

“再说吧！今天发生的事情有点多，我的脑子有些乱。暂时还不想考虑以后的事！”张龙海不急不慢地品了一口龙井。

宫志鹏也意识到自己似乎急了点。在这个时候跟张龙海说创业是有些不合时宜。虽然自己期待已久，但是对于张龙海而言，毕竟是件大事。总得给他点时间。这么想着，宫志鹏的神情也放松了起来。他一放松又进入了疯癫状态。“要开心就得找个能开心的地方。喝茶能过什么瘾？不如去 KTV？不管开心不开心，哄两嗓子，保证神清气爽，精神焕发！”

“这个主意好！”两人随即更换阵地。

进入 KTV，老板娘问要不要陪唱的小姐。宫志鹏说要，张龙海说不要。宫志鹏犟不过张龙海，只好顺从张龙海的意思。

宫志鹏硬要喝酒助兴，又买了一大堆的零食、水果。张龙海平常滴酒不沾，但是，在好友软磨硬泡之下，还是喝了好几瓶啤酒。

两个男人鬼哭狼嚎了四个小时，才打道回府。

从 KTV 出来，宫志鹏说去你那将就一晚。张龙海在外面租了一个套房，有一个房间一直空着。宫志鹏经常过去蹭吃蹭睡，也算是熟门熟路。

虽然走起路来，有些头重脚轻，但是张龙海的脑袋却异常清醒。趁着夜深人静，张龙海说出了心中的疑问：“你怎么会想到让我去创业？”

宫志鹏看张龙海此刻很是清醒，这一句问话，也打开了他的话匣子。“这个打算不是今天才有，而是几年前就已经有了，那个时候你的脑海里只有恒生，所以我没有提起。另外，我想补充一点，不是让你创业，而是我们一起创业！”

“我们一起？”

“是的！”宫志鹏坚定地回答。

“既然你早就有这个想法，为什么不自己创业？”

宫志鹏很诡异地笑了笑，坦言道：“人贵有自知之明。以前我们一起玩过一款单机游戏，叫三国群英传，你还记得吗？当时我问过你一个问题？如果在三国里面选一个人物，你觉得自己会是谁？”

“有点印象！”张龙海笑了笑，记忆又回到了十年之前。“从大学开始，我们两个每天沉迷于各种游戏。红色警戒、热血传奇、三国群英传、三国志、七雄争霸、魔兽世界……单机的、网络的、网页的，我都记不清我们玩过多少款游戏了！”

“还记得玩三国群英传的时候，我问的这个问题吗？”宫志鹏很认真地问道。

“记得！”走在凤鸣桥之上，张龙海遥望着甬城夜景，说道，“你说你就像那张飞，单挑作战，所向披靡，但是对于用人却不擅长。而我就像刘备，人缘极好，能笼络人心，但是过于心慈手软。”

“是的，我们两个单独创业很难成功，只有并肩作战才能有所成就。”宫志鹏的眼神几乎能喷出火来！

张龙海不忍心泼他冷水，迂回着说道：“天下合伙的生意，十有八九都是失败，而且失败后原本好好的关系，最后成了冤家。有没有事业，我不在乎，可是我不希望我们的关系因此受到损害！”

“这个我也不是没有顾虑过，但是我觉得这种事不会发生在我俩身上。我清楚你的为人。你也应该了解我的性格。创业也好，打工也罢，我只追求人生价值的自我实现，而不是为了钱的多少。如果真有那么一天，你我之间的利益出现冲突，你放心，我会悄然退出。绝对不会让你为难！更不会因为利益伤害我们的感情。”宫志鹏的话语还是这般坚毅。

张龙海不知道说什么好！仰望夜空，叹了口气说道：“先给我点时间吧？”

“你需要考虑多久？”

“先享受一个月的自由，然后再来考虑以后的事情！”张龙海虽然嘴上这么说着，但是心里很清楚，即便一个月后，自己也不会跟宫志鹏一起创业。之所以这么说，只是不知道该怎么回绝，用个缓兵之计而已。

张龙海大学刚毕业那年，承接了北京多所民办大学在甬城的招生工作，租好了办公室，雇了人，结果遇到非典暴发！之后承包了一个制药公司在甬城的经销权，结果因为垫付不起高额的回扣，半途而废。再后来，在网上开了一个家纺淘宝店，又因为质量问题，信誉受损，而难以为继……毕业的前两年，张龙海几经折腾，直到进入恒生公司，才安下心来。创业的心沉寂了八年，要想重新唤醒，谈何容易？

回到家，已近两点，莲姐已经熟睡。张龙海怕吵醒她，就没进房间，和宫志鹏挤在客房的小床上将就了一晚。

莲姐是张龙海的女朋友，也是大学校友，莲姐比张龙海小两届，那时候张龙海是校文学社的总编，莲姐是文学社的责编。毕业四五年后，两人在一次聚会上巧遇，得知彼此都在甬城，而且都是单身，便开始交往了起来。

那时候张龙海还只是恒生的一个仓库管理员，基本工资只有1200元，尚不及莲姐的一半。尽管如此，莲姐没有因此看不起张龙海。而张龙海也没有让莲姐失望，从一个仓库管理员做起，慢慢地坐到了业务经理的位置，收入连年翻倍！

原本准备年底结婚，若这时候提起创业，恐怕莲姐会第一个出来反对！

想着这些，张龙海一直睡不着，直到凌晨四五点钟才迷迷糊糊地睡去。倒是宫志鹏跟个没事人似的，一躺下就睡着了。

张龙海醒来已经10点多。莲姐坐在他的被窝边上用手机看小说，时不时地发出一阵笑声。张龙海正是被这笑声吵醒的。

“志鹏呢？”张龙海迷糊地问道。

“早就走了！”莲姐继续认真地看小说。

“走了！他有跟你说什么吗？”

“他说你昨天晚上跟他去找小姐，折腾得太累，让我别吵醒你！”莲姐放下手机，躺在张龙海的薄被上，逼问道，“他说的不会是真的吧？”

“你信吗？”

“刚开始不信，但是看你睡得这么香，好像很累的样子，就有点信了！”莲姐摆出一副醋味十足的样子。

“你检验一下战斗力有没有减退，不就知道是不是真的了！”张龙海调侃道。

“那好，我现在就要检查。”莲姐说着就把手伸进了张龙海的被窝。

虽然只是装模作样地摸索了几下，但张龙海还是很快就有了反应。“这也叫检查？要检查就好好检查嘛！”张龙海掀开被子，把莲姐裹了进来！

两人自然免不了在被窝里嘿咻一翻！折腾完后，张龙海又睡了过去。再醒来，已经是下午一点多！

“我饿了，老公！快去烧饭！”莲姐早就醒了，赖在被窝里用手机看小说。

张龙海也耍无赖，继续装睡。两人你推我，我推你，谁也不肯起来，如此又在被窝里消磨了一个多小时！最后还是张龙海起来烧饭。谁让莲姐只会番茄蛋汤呢！

张龙海在厨房折腾了好一会，弄了三菜一汤，然后招呼莲姐起来吃饭！

饭桌上，张龙海不知道该如何开口跟莲姐说离职的事情。虽然之前和莲姐提过很多次，说自己可能干不长久。但是莲姐每一次都劝他忍着，即便赖也要赖在这个岗位上。但是——这种行为根本不符合张龙海的个性。

“小莲！”张龙海欲言又止。

“怎么说？”莲姐也感觉到了张龙海有事，而且不是什么好事。

“我准备离职了！”

莲姐没有说话，但是明显感觉到不开心！她的性格向来直爽，做了这么多年的业务，还是不知道掩饰自己的心情。

张龙海把昨天和老胡的对话，简单阐述了一遍。他尽可能地把自己说成被动。但是莲姐还是生气了："做这么大的决定你跟我商量过吗？"

"我有机会和你商量吗？"张龙海虽然预料到这个结果，但还是感到失望！"别人已经和你谈离职补偿，你还能厚着脸皮赖着不走？"张龙海感到恼火！

张龙海对今天炒的几个菜比较满意，本想炫耀一下，可如今连吃饭的心情都没有了！

"我星期一办完离职手续，就正式休息。这段时间我想一个人静静，回家看看父母！"既然沟通不了，张龙海也就不想沟通了，直接说出自己的打算，然后匆忙地吃完饭，回卧室看起了《三国演义》。

三国这一部小说，张龙海不知道看过多少遍了，总觉得看不够。但是这一刻，张龙海也无心看书！只是想找个安静的角落，冷静一下自己。不一会，厨房里传来了洗碗的声音，水声轻柔，碗盆无声。听到这响动，张龙海知道事情已经过去了。莲姐主动收拾碗筷，就是在释放和解的信号！如果莲姐心里的疙瘩没有解开，她肯定会摔门而去，即便洗碗，也是带着怨气，定会把锅盆碗盏弄得乒乓作响。

张龙海不是小气的人，既然莲姐有意和解，他也不想把事情弄得太复杂，主动来到厨房，说道："我来洗吧！"

莲姐没有说话。张龙海默默地接过莲姐上了洗洁精的碗，用清水冲洗干净。直到快洗完了，莲姐才开口说道："老公，不是我抱怨你，是你真的太傻了！你为恒生付出了这么多，走到今天这一步容易吗？他们凭什么让你走？你总是说吃亏是福，吃了这么多的亏，你看看谁记得你的好了？到最后还弄得自己被人开除。我是为你感到不值得！"

张龙海知道这个时候不适合接话，态度良好地聆听着，手上越发利索地清洗着碗。莲姐就是刀子嘴，豆腐心，虽然每一次说起来很厉害，但是说过就好了。

果然，没等张龙海把碗清完，莲姐的语气已经转变。"说回来，离开恒生也好！你要是在恒生继续待下去，整个人恐怕也就废了！换个环境，换个心境，对你有百利而无一害！只是你这一走，白白便宜了那个女人!”

“愿意捡这种便宜的人，也实在是蠢得可以。一副烂摊子，神仙都无能为力，居然还有人惦记着。”看莲姐已经没有丝毫怨气，张龙海也就敢说几句实话了。

“人家可没你这么傻，只想着为公司创造效率，从来不计较自己得失。恒生一个业务经理的待遇还是有些诱惑力的!”

“唉!”想到恒生，想到纱线内销部门，张龙海忍不住叹了口气。这个部门虽然是由老胡创办的，但却凝聚着张龙海的无数心血……

“别伤心了！老公！离开恒生，损失的绝对不是你，而是恒生!”莲姐从背后抱住张龙海，把脸紧紧地贴在张龙海的背上。

莲姐虽然经常蛮不讲理，但总能在张龙海最需要安慰的时候变得善解人意。张龙海抚摸着莲姐的手，感到心里暖暖的，对生活和未来充满了希望。

“其实我一点也不伤心。而且感到很庆幸。”张龙海顿了顿说道，“离开恒生虽然有很多无奈。但是对于我来说却是一种解脱。内销部门的问题，根深蒂固，又盘根错节、错综复杂。表面上看，他是一个部门的问题，但是这个问题不是某一个人造成的，也不是某一个人能够解决的。这是公司从上而下的决策失误。除非公司董事会愿意做检讨，并且对现有的管理制度，考核方案做出全面调整，否则内销部门就永远也走不出现在的泥沼。不但走不出，而且会越陷越深。进恒生第一年我就已经发现这个问题，当时老胡已经是焦头烂额，所以我建议老胡趁早离开这个部门。”

“那你为什么自己还要去接手这个部门?”莲姐很是不解。

“一来，因为老胡对我有恩，如果没人接手，老胡就没办法离开!当时又没有其他合适的人选，所以只能由我来接手。二来，我也不想辜负沈祖民对我的信任，既然已经发现了问题之所在，我觉得我有义务让他明白。如果董事会能够改变观念，我们内销部门的所有问题，都可以迎刃而解。我也是抱着侥幸心理，才敢接手这个部门！遗憾的是，我最终还是没有成功！”

“你把自己当成诸葛亮了！明知不可为而为之！”莲姐取笑着张龙海，但是内心还是为自己的男朋友感到骄傲。当初，看上他就是因为他重情义，有责任心，还有脾气好！

“我哪有这么伟大！我是太天真了，以为说服了沈祖民就能把问题解决。却没想到董事长并不完全代表董事会。而他也没必要为了一个小部门，和其他董事翻脸。”张龙海苦笑着摇了摇头。

“好了，老公，我们不说这些了，你星期一把手续办完，以后恒生就跟你没关系了，内销部门是福是祸，你也没必要再操心了。难得有时间休息，你应该回家去看看你爸妈。再然后我们到哪里去旅游一下，你说好不好？”

“好！我现在要靠你来养了，你说什么就是什么喽！”张龙海捏着莲姐的鼻子打趣道。

“那好，你以后都得听我的！”莲姐得意道，“现在就把我背到卧室去！”

张龙海背着一百斤重的莲姐，并不吃力，却故意步履蹒跚，好似被泰山压顶一般。刚进卧室就把莲姐扔在了床上，然后摆出副受尽虐待的神情，气喘吁吁地说道：“看来这软饭不好吃啊！”

莲姐亦是故作生气道：“你是不是嫌我胖了？”

“哪有！胖了才好！胖点手感好！”张龙海不老实地把手伸向莲姐的胸前。

“啊！流氓！”莲姐打着滚躲闪！张龙海趁机挠她痒痒，莲姐在床上笑成了一团。

一个下午没事。张龙海继续看自己的《三国演义》。莲姐则继续看自己的网络小说！看累了继续聊天！

“你说我后边找个什么工作好！”张龙海问道。

“你除了做业务还能做什么?”莲姐突然灵光一闪，兴奋道，“老公，你不如去写小说啊！我当初就是喜欢你的文采，才跟你在一起的。你以前写的小说比现在网上发表的这些好多了。自从你进了恒生，老是说烦说累，说静不下心来，什么都不肯写，你这么好的文笔荒废了多可惜。”

“你怎么知道我这几年没写东西?”

“你有写吗？快拿出来让我看看。”莲姐的眼中闪出无限的光芒，期盼着张龙海能够给她一份惊喜。

“当然有了!”张龙海卖弄道，“你不是经常看到我在写总结，写计划，写推广方案，考核方案。写完自己的还帮老胡写!”

“去你的！这种东西谁要看!”莲姐失望地拿起一个枕头扔向张龙海！继而又撒娇道，“老公，你再写小说好不好?”

“再说吧，以后有时间，有兴趣，就写!”张龙海明显是敷衍。莲姐也知道张龙海是在敷衍，却没有继续纠缠。她也清楚，这年代读者的品位已经不同，现代流行的低俗文字，张龙海根本看不上眼。而张龙海缜密的思维和动人的文字，恐怕也就只有自己才会有兴趣欣赏。写了小说不能出版，那又何必?莲姐理解张龙海的心理。

“志鹏早上走的时候，真的没跟你提起什么?”张龙海突然想起昨天晚上宫志鹏说的话。

“没有啊！他能说什么!”

“这家伙让我跟他一起创业!”张龙海本不想说，因为他知道莲姐绝对不会赞同他去冒险。但是，不说的话，又怕莲姐多想。

“你别听他的！你又不是没创过业！咱们只要踏踏实实地工作，凭我们两个人的能力，我相信别人有的我们也会拥有。现在无非就是没有自己的房子。要车子我们现在也能买得起，只是觉得没必要而已。”

张龙海早就料到了莲姐会这么说，而事实上，他也认同莲姐所说的话，所以并不觉得失望。“除了车子、房子还有孩子呢!”张龙海说着又把魔掌伸向了莲姐的胸前！

张龙海和莲姐从恋爱开始算起，已经是第五年头。之前因为家境不好，两人也觉得自己年轻，应该以事业为重，所以一直拖着没有领证，也没有办酒席。如今，手头宽裕了，该补的手续还是得补起来。

周末，张龙海在家里安安稳稳地睡了一整天，很多年没有这么好的睡眠了。莲姐也是难得温柔地包了家务，尽量不打扰张龙海休息，让他能够舒舒服服地睡个够。这几年来，看着张龙海本就消瘦的身体，越发消瘦，莲姐也是心疼。很多次，半夜醒来，看到张龙海坐在台灯底下做方案，或者躺在床上辗转反侧，莲姐都是于心不忍。她也不是没有想过让张龙海辞职，可是一来害怕现有的生活节奏被打破，二来，她也觉得不甘心。

她看着张龙海从一个仓库管理开始一步一步往上爬，好不容易成为业务经理。他现在所拥有的一切是他付出了无数的努力换回来的，凭什么拱手让给别人？可是如今，张龙海真的决定辞职了……看着睡熟中的张龙海，莲姐也彻底想开了，觉得并没有什么不好。最坏的打算，无非是张龙海重新找一份工作，再东山再起。或许刚开始工资会比现在低一点，但是现在的他们已经不是刚毕业时候，那么迫切地需要钱了。退一万步说，即便张龙海后边找不到工作没有任何收入，莲姐一个人也足够撑起这个家。毕竟她也是个跨国公司的业务主管。一个人觉得最坏的结果都能接受，也就没什么好担心了。莲姐也是，一旦想开，也就不再介怀了。

周一，张龙海再次回到办公室。虽然辞职已是定局，但是交接手续还是要办的。在恒生公司八年，张龙海从未迟到过，这最后一班岗他不想留下污点。所以还是和往常一样，提早半个小时来到了办公室。让他意外的是，今天走进办公室的时候，所有人都已经到了，连平常总是迟到的薛明也已经早早地坐在了位置上。

“大家早上好！”张龙海装作若无其事的样子和大家打招呼。

“张经理早上好。”“早上好!”……所有人都和他打招呼。从大家的眼神中，张龙海确定大家已经知道了自己即将离开。

“张哥，你真的要走?”吴平儿心直口快，毫不避讳地当众问了起来。

“你都知道了?”张龙海来到座位上，将一些私人物品放进一个纸箱。

“张经理，你真的要走?”这个时候所有人都凑了过来，“张经理，你走了，我们怎么办?”大家你一言，我一语，争先恐后地问着。

看到众人眼中的不舍，张龙海满腔的悲悯换成了一股热流在胸口流过。他们都是自己从人才市场招聘过来，然后慢慢培养出来的。虽然，这些人能力参差不齐，平常没少被自己训斥。但是，这一刻……

“是的，我要离开公司了。今天过来办离职手续。”张龙海向着人群说道。

“张经理，你不能走啊。”“张经理，我舍不得你。”“你走了我们怎么办?”大家七嘴八舌地挽留着。

“大家放心，我走了以后部门由陈经理接手，所有的工作，我会和陈经理交接好的，你们只管认真工作，该怎么做还是怎么做。”

说话间，陈敏芳穿着一身齐膝地藏青色职业套裙走了进来。她轻轻地咳嗽了一声，说道：“一大早，都聚在一起，不用做事啊?”众人看到陈敏芳，没人继续说话，纷纷回到了各自的位置上。

张龙海尴尬道：“陈经理，我过来办一下离职手续。看看有什么需要交接的。”

陈敏芳转而笑道：“张经理，你真的要走了啊！和你共事三年多了，真有点舍不得啊!”

这话虽然听起来很假，但是不得不承认，陈敏芳表现得很真诚，或许不能用表现，而应该用表演。张龙海知道，陈敏芳在这方面远胜于他的。这个年轻而漂亮的女人，才二十八岁，看起来弱不禁风，做事却是雷厉风行，背后使起坏来也是不择手段。

三年前，陈敏芳从行政部调入业务部的时候，张龙海也是一视同仁地用心栽培指导，陈敏芳从一无所知到后边能够独挡一面，乃至升到副经理，张龙海可谓是煞费苦心。只是没想到，陈敏芳当了副经理以后，却视张龙海为眼中钉，处处给张龙海使绊子，暗地里无数次地告张龙海的黑状。

若非老胡将陈敏芳向公司高层告状的事情告诉张龙海，张龙海至今还蒙在鼓里。所幸，张龙海这几年的表现公司里很多人都看在眼里的，尤其是董事长沈祖民，很是欣赏张龙海的实干精神，更是相信他的为人。然而，张龙海今天还是败在了陈敏芳的手里。也怪张龙海疏忽，不知道陈敏芳的叔叔是公司股东之一。

张龙海承认在办公室政治方面自己防御力近乎为零，倒不是他没有警惕心，只是他不希望自己的部门成为钩心斗角的战场。

刚毕业的时候，张龙海去考过公务员，而且还顺利入选了。可是两个月不到，他就毅然地辞职了。因为他实在看不惯几个小领导作威作福的样子，更看不惯几个同事为了巴结领导，表面上称兄道弟，暗下却互打小报告。之所以选择业务，就是因为业务员的工作性质比较特别。业务员以业绩说话，只要有好的业绩，无须过多地在乎领导的评价，同事的非议。也正因为如此，不需要刻意地去拍领导的马屁，更不用在乎同事之间的是是非非。可以说，张龙海是打心眼里喜欢业务这一份工作。或许正是这一份热衷，使得他在业务这条路上越走越顺。这八年来，张龙海在业务上的成绩是有目共睹的。

不过说来好笑，正是因为张龙海和客户太熟悉，关系太好，才导致了张龙海的离开。公司怀疑张龙海和客户勾结，多次违规处理售后问题，损害公司利益。张龙海此刻自然知道又是张敏芳在背后告他刁状，而且这一次可谓是准备充分，公司连多少个线，多少赔款都清清楚楚。张龙海百口莫辩！

部门里哪个人不知道赔款的真相？生产部门长期以来偷工减料，以次充好，给经销商造成了莫大的伤害。如果不是张龙海一次次地在后边擦屁股，如果不是客人看在张龙海的面子上，公司的业务早就断崖式的坍塌了。张龙海在处理次品的时候给了客人一些补偿，公司是蒙受了一些损失，可是明眼人都知道，其实客户的损失更大。而且事情本来就是因为公司质量问题引起的，难道不应该给客人适当的补偿？

张龙海觉得问心无愧，他觉得只要有些业务常识的人都会理解他所做的一切。可是公司却不管不顾，一味地强调他给公司造成了损失，而不过问为什么会造成损失。直到老胡找张龙海谈话，张龙海才知道，公司上层里面有人摆明了要他走人。

既然是莫须有的罪名，再做解释，岂不是可笑？老胡觉得过意不去，答应张龙海一定会让公司给予足够的补偿，也说了很多勉励的话。可是这些已经不重要了！不管怎么说，在和陈敏芳的较量中，张龙海是败了，而且是一败涂地。

"陈经理看下，有什么需要我配合交接的？"张龙海尽管看不起眼前这个女人，却还是极力控制着自己的情绪，微笑着问道。输仗不能输人。再怎么样，不能在这个女人面前表露出来。

"应该也没什么好交接的了！就是所有客户的资料麻烦张经理告诉我一下！"陈明芳说着径自在张龙海的位置上坐下来，并且打开了他的电脑。

"所有重要文件夹的位置我都已经写在这张纸上了，陈经理自己看吧，如果实在找不到，可以随时打我电话，我的手机号码不会换，还是会保持24小时开机。"张龙海把一张便笺纸递给陈敏芳。

陈敏芳坐在张龙海的位置上没动，她接过纸条审阅文件似的仔细看着，又在电脑里逐个找文件夹，完全无视张龙海在边上站了多久。

"张经理，你渴不渴，我给你倒杯水！"吴平儿实在看不下去了，故意走到跟前问道。随即也不等张龙海答应，径自拿起张龙海的杯子倒满了水，然后意味深长地说道："张经理，我把水放你桌上吧？"

吴平儿显然是想告诉陈敏芳，这张桌子目前还是张龙海的，即便你会接任经理，至少目前任命通知还没有下来！

陈敏芳也是聪明人，意识到自己有些操之过急了。虽然对吴平儿感到不满，却也不好说什么，只好站起来说道："不好意思，张经理，我占了你的位置了！"

"没事，你坐吧，反正马上就是你的位置了。"张龙海边说，边收拾自己的东西。

当张龙海从抽屉里拿出一个U盘的时候，陈敏芳又发言了："不好意思，张经理，这个U盘，你不能带走。"

"这是我的私人物品，为什么我不能带走？"张龙海错愕的同时，极力忍住怒火。

"那我能不能检查一下里面的内容？"陈敏芳一副公事公办的模样，随即又欲盖弥彰地解释道，"我也是为了公司的利益着想，避免公司商业机密外泄！请张经理见谅。"

看到陈敏芳一本正经的神情，张龙海反而笑了。如果真要带走公司的什么资料，还需要用U盘吗？自己一个电子邮件早就可以把电脑里的所有资料传送出去了。

"行，你看吧！"张龙海坦然地把U盘交给了张敏芳。事实上这个U盘根本不是张龙海的，而是宫志鹏的。里面有一些照片，更多的是影片，其中还不乏岛国毛片。

陈敏芳拿过U盘迫不及待地找电脑插口，可是张龙海的电脑比较老旧，U盘插口只有主机后边才有，所以陈敏芳不得不钻到电脑桌下去找插口。

薛明假装倒水，从张龙海身边经过。看着撅起屁股努力找着插口的陈敏芳，远远地比画了个摸屁股的动作。张龙海无奈地摇头，这小子总是不正经，倒是和宫志鹏有些相似。不过说回来，陈敏芳的身材其实是挺不错的，人长得也标致。如果性格不是这么要强的话，应该会有很多人追求。

陈敏芳终于插好了U盘，打开后却不由得愣住了。其中一个文件夹里全是岛国电影，单看那名字就足以使人面红耳赤。

“陈经理不妨点开看看。”张龙海调侃道。

“没想到张经理也好这一口，你们男人果然都是一路货色。”陈敏芳不屑地说着，脸却红了。

“其实这U盘不是我的。”

“张经理不用跟我解释！”陈敏芳说着已经拔了U盘，一脸鄙夷地把U盘扔还给张龙海。

张龙海也觉得没必要和她解释什么，恰好此时手机响起，问道：“陈经理，要不要顺便检查一下手机？我手机里还有很多客户的联系方式，要不你帮我删了吧？”

陈敏芳自然能听出张龙海言语中的不满，所以没有继续纠缠。事实上她也清楚，张龙海如果真要带走客户信息，她根本不可能阻止，就算把他手机里的客户号码删除了，又有什么用？删了手机号码还有QQ，微信！她跟着张龙海三年多了，深知张龙海对客户的了解，哪个客户的号码张龙海不是倒背如流？

“不好意思，张经理，我没有冒犯你的意思。只是公司制度规定员工离职不能带走公司相关资料。”陈敏芳又是个此地无银三百两。

公司的制度谁不知道，可是这样的制度谁又认真过？张龙海也懒得理她，径自走出办公室接电话去了！

“喂！您好，您是哪位？”张龙海接电话的第一句永远都是同样的语调，温柔但是不失庄重，严肃却不缺随和。这样的语调无论是客户、领导还是朋友听了都会觉得舒服。

“是我，林斌！”

“林斌？你怎么换号码了？”张龙海惊讶地问道。其实张龙海惊讶地不是林斌换了手机号码，而是惊讶林斌怎么会在这个时候打电话给他。

“这个不是我的号码，是我老板的。”林斌说道，“今天也不是我找你，是我老板想找你喝茶，让我问问你有没有空。”

“邬总想见我？”张龙海越发惊讶。林斌是劲风公司的业务员，劲风公司是专业做线的，正是恒生的竞争对手。虽然在公司整体实力上劲风没办法和恒生抗衡，但是恒生的产业过于复杂，产品众多，而劲风则单一的生产纱线。单从线的竞争力而言，相比恒生，劲风有过之而无不及。张龙海在恒生的这几年，挖过劲风的业务员，就是林斌也差一点被张龙海挖到恒生来。在业务上更是好几次把劲风逼到了墙角。很多劲风的经销商，在张龙海的游说下投奔了恒生，还有一些客户虽然没有被张龙海挖走，但是劲风为了挽留这些客户付出了极大的代价。这样一个竞争对手的老板要见自己？张龙海心里纳闷，该不会自己要走的消息，这么快就传到竞争对手的耳朵里了吧？

“对啊！邬总说久仰你的大名，想请你喝茶，不知道你肯不肯赏脸？”林斌半开玩笑地说着。

“邬总太抬举我了，能和邬总一起聊天是我的荣幸，只是我身为恒生公司的业务经理，和竞争对手的老板喝茶，是不是有些不合适？”张龙海试探性地问道。

“你不是马上就不是了？”林斌倒是毫不隐晦。

“这你也知道？”张龙海更加惊讶了，他不由地朝办公室的方向看了眼。自己还没真正离职，这消息就已经传到了竞争对手的耳朵里。看来劲风在恒生这边也有耳目。市场竞争环境下，上演几处无间道没什么好大惊小怪的。自己不也在劲风收买了内奸，若非如此如何能够在质量不如劲风的情况下处处抢占先机。

“哈哈，张经理，我们都是老朋友了，也不和你藏着掩着，我们邬总可是很赏识你啊！请你务必赏光，时间和地点你定。”

“林兄，麻烦转告邬总，我很敬佩他，也感谢他在这个时候给予的肯定。不过我手头还有一些事情没有处理好，请他再给我一点时间！”

电话那头静默了一会儿，显然是林斌和邬总正在沟通。张龙海等了一会，电话里又传来了林斌的声音：“张经理，邬总说没关系，他有足够的耐心等你。”

“替我谢谢邬总。等我这边事情处理好了，我登门致谢。”张龙海和林斌又客套了几句，便挂了电话。张龙海心情有些复杂，能够得到竞争对手的赏识，是件值得高兴的事。但是从林斌这么快就知道自己离职的事情来看，劲风显然比以前更难对付了。虽然即将离开这个部门，可是张龙海也不想这个部门在自己离开后，走向没落。在恒生八年，无论是对这里的人，还是这里的每一个物件都是有感情的。张龙海很想和陈敏芳谈谈，告诉她线类业务部最需要解决的问题在哪！可是当他走进办公室，看到陈敏芳的时候，他又犹豫了。这个女人这么要强，对自己又怀有敌意，能听进自己的劝吗？最终，张龙海还是放弃了和陈敏芳好好谈谈的念头。

张龙海离开办公室的时候，吴平儿借机上洗手间跑出来送他。这个丫头才跟了他一年，却感觉最是亲近。小姑娘性格开朗，为人随和，长得也清秀，有种小家碧玉的调皮，人缘极好。只是过于大大咧咧，说话总是直来直去。部门里所有人都叫张经理，唯独她不分场合地叫他张哥。为此说过她好几次，每次吴平儿都是吐吐舌头说忘记了。不管怎么批评，她还是涛声依旧。所幸，小姑娘悟性很高，做事也很用心，进步非常快。可以说是张龙海带过的业务员里面最有潜力的一个了。

“张哥，你真的就这么走了？”吴平儿一脸不舍地问道。

“是啊，不走也不成了！”张龙海故作轻松，本想玩笑几句，却发现吴平儿眼眶里泛起了泪花，不由地苦笑道，“傻丫头，别这样！又不是生离死别。”

“谢谢你，张哥。谢谢你一直以来对我的关照，你是我遇到的最好的领导了。你……”说到这里，吴平儿竟然泣不成声了。

张龙海有些慌了，连忙安慰道：“别哭了，丫头！别人看到会以为我欺负你了。我不过是离职，又不是离世。”

吴平儿一听这话也觉得自己太没出息了，她连忙擦了一把眼泪，破涕为笑。“我也不知道为什么，眼泪一下就出来了。张哥，以后要常联系。可不要忘了我们。”

“不是同事了，我们可以做好朋友。说不定会走得更近。”张龙海看了看吴平儿，又看了看身后这座专属于线类国内业务部的三层小楼，心里充满苦涩。这个曾经准备为其奋斗一生的地方，这个倾注了自己无数心血的地方，这个消耗了八年最美好青春的地方……如今却不得不离开了。还真是有些不舍。张龙海唯恐自己强压心底的失落表露出来，没敢多逗留。和吴平儿挥了挥手，毅然地离开了办公楼。

在经过门卫的时候，保安部张大爷喊住了他。张大爷想说什么，可是最后只说了一句：“以后常回来看看!”

张龙海微笑着点了点头，没有说话。他最后看了一眼办公楼，然后离开了。

一个下午张龙海都没有出门，在床上睡了整整半天。其实他也没有睡着，只是想着后边该怎么办？突然之间觉得有些迷茫。在恒生的这几年，从来没有怀疑过自己的业务能力以及管理能力，但是如果换一个公司从头再来，还真有些顾虑。

首先，现在的他除了线，好像啥也不懂。其次，在恒生能够有所成就，得益于老胡的栽培，更因为有沈祖民这样敢于放权的老板支持。如果换一个公司，按照自己的性格，未必能有今天这样的成就。从这一点来说，张龙海觉得自己还是很庆幸的，也为此对恒生公司心存感恩。他想是不是应该给沈祖民打个电话，不管怎么说应该和沈祖民说一声。可是说什么呢？

这几年来线业内销的业绩并不算很好，尽管原因很多，可是作为业务经理，他难辞其咎。不知道沈祖民是否知道他离职的事。不过估计是不知道，恒生公司越做越大，产业越来越广，线业内销部门在公司只是很小很小的一个部门，若不是自己和沈祖民认识较早，这种小部门的经理，沈祖民根本不可能记得。

早几年，沈祖民还会偶尔来线业业务部坐坐，跟张龙海谈谈行业前景，也帮业务部门协调一些产销矛盾。可是最近几年，沈祖民明显变忙了，他只在接近年底的时候，才打电话让张龙海去他办公室坐坐，了解一下这一年的情况，以及未来一年的打算。在兄弟业务部看来，能够得到董事长的召见，已经是天大的眷顾。

恒生公司以外贸为主，内销业务虽然利润比外贸高一点，但是销售额远不及外贸。为此，其他产品的内销部门，连见沈祖民的机会都没有。

张龙海一次次地拿起电话，又一次次地放下，其实他有很多话想和沈祖民说。早几年和沈祖民谈天，说的都是产销协调的问题。可是无论沈祖民怎么协调，也无论张龙海如何软磨硬泡，该争的争过，该哄的也哄过，甚至还试着当了几回孙子，可是，和生产部门之间的矛盾从未解决过，而且有愈演愈烈之势。正是因为生产部门的不配合，甚至故意拆台，才使得业务举步维艰。

在经过很长时间的深入分析之后，张龙海终于明白了，产销之间的矛盾，其实不是个人的矛盾，也不是部门之间的矛盾，而是公司现有制度之下的必然产物。恒生有诸多的产业，除了线，还有其他很多服装辅料工厂和业务部。但是每个产品对应的生产部门和销售部门，都是独立核算。既所谓的产销分离。

业务部门独立核算成本和利润。生产部门也独立核算成本和利润。按照沈祖民的话说，所有的大型企业都是产销分离的。这种制度，乍看之下并没有什么不对，而且确实如沈祖民所说，很多跨国公司都是采用这种考核方式。

可是现实运行中却留下了诸多隐患。试想对于工厂而言，利润从何而来？工厂给业务部结算的价格是固定死的，通过管理去缩减生产成本又是见效极慢的。既然如此工厂怎么增加利润？最有效的途径便是偷工减料，以次充好。

犹豫了一下午，张龙海还是没有拨通沈祖民的电话，他想还是把自己想说的话写成分析报告，用电子邮件发给沈祖民。从部门存在的问题开始，分析问题出现的原因，然后层层递进，深入剖析，最终直达公司制度存在的弊端。最后，结合几个主要竞争对手的现状，对市场的未来做了自己的分析，提出一些注意点。

张龙海一刻不停地敲打着键盘，到晚上八点钟才大功告成。一统计字数，将近二万字。

门口传来开门声。莲姐公司每周一都有一个例会，每次都会开到七八点钟。

“回来了？”张龙海招呼道。

“是啊，累死我了。”莲姐换了双鞋直接躺在了床上，问道，“又累又气又饿。老公，有吃的没？”

这时张龙海才想起自己忘记做晚饭了，尴尬道：“不好意思，忘记烧饭了。”

“不会吧？你这小白脸怎么这么不称职！饭都不烧，想被炒鱿鱼吗？”莲姐一副大爷神情。

“对不起，女王陛下，小的知道错了。”张龙海配合道。

“看你态度不错的份上就原谅你一次，给你个将功补过的机会，给我捏捏肩膀吧？今天累死了。”

“喳！”张龙海学清朝太监行了个礼，然后爬到床上给莲姐按摩。只是肩膀上没按两下，手就伸到莲姐的胸口里去了。

莲姐一声尖叫，大喊流氓，拼命躲闪。

张龙海则一脸花痴表情，紧追不舍。直到玩累了，才想起饭还没吃，于是一起出门去外面吃晚饭。准确说应该叫夜宵了。

吃饭期间，莲姐问张龙海下午干嘛去了，饭也不烧。张龙海如实相告，说自己写了一份分析报告，准备发给沈祖民。不想莲姐一听这话却不高兴了。

莲姐放下筷子郑重道：“你都已经辞职了，还写报告给沈祖民？你要知道以后恒生公司和你一点关系都没有了，它是死是活，都不关你的事了。你已经不是恒生的业务经理了。再说，搞不好以后他还会是你的竞争对手，如果真是这样，它漏洞越多越大才好。”

张龙海苦笑，想争辩几句，可是看到莲姐认真的表情，又把话咽了回去。

“不许发知道吗？回去就把报告删掉。”莲姐一本正经地说道。

“好，好，不发。回去就删掉。”张龙海言不由衷地应付了几句。回到家后还是第一时间就把报告发给了沈祖民，同时还发了一份早先准备递交给沈祖民的市场拓展方案。

张龙海的父亲张国平是个老实巴交的农民，承包了村里的几亩橘园，平常则四处打零工，在张龙海上班之前，全家人的生计全靠张国平一人。张国平身体强壮又为人实在，有力气又舍得用力气，所以谁家有些重活要干都会请他去帮忙。虽然辛苦，收入却比上班好些。

现在这个社会贪图安逸的人多，一些脏活重活没人愿意干，所以凡事做苦力的，出价都挺高。张龙海的母亲身体不好，早年在服装厂上班，之后被查出有高血压，张国平便让她歇在家里操持些家务。从小到大，家里虽然清苦，却很是和睦。

张龙海是家里的独子，可是自从当了业务经理以后，一年回不了几次家，每每想起很是过意不去。如今有得休息，第一时间便想回家看看双亲。只是，他这一次回来却不是时候，碰到父亲正好卧病在床。

张国平干活的时候闪到了腰，已经在家里躺了三天。他怕影响了儿子工作，没敢让张龙海知道。却没想到张龙海突然回家了。本想装作若无其事的样子，可是一下床明显力不从心，差点摔倒在地。

看父亲这个样子，张龙海心里很不是滋味，埋怨道：“以后别去干这种重活了。家里现在也不缺钱。”

“怎么不缺钱了。你老大不小了还没结婚，房子也没有着落！和你一起长大的那几个小鬼头，哪个不是在城里买房了。是爸没用啊！”张国平自责道。

“爸，我的婚事和房子不用你操心，我和陈莲自己会解决。”张龙海心里清楚，父亲拼命赚钱就是想为他攒个首付。

“爸知道，这一群年轻人里，你比他们能干，也比他们都懂事。爸没能帮上你，心里难受啊！”张国平神情暗淡地说着。

“爸……你都伤成这样了，就好好养病，少想这些乱七八糟的。”张龙海有些不耐烦了。每次回家，父亲和母亲就是这一番论调。好像不帮儿子买一套房子，他们就没有尽到义务似的。其实，张龙海并不看重这个，莲姐也不在乎。如今虽是租房而住，二人也没觉得有什么不好。与其在还贷的压力下苦苦煎熬，倒不如租个房子自由自在，至少没有心理压力。

“爸没事，只是闪了下腰，又不是什么大病，休息两天就好了。不管怎么说，买房的首付，爸肯定要帮你解决。”

“城市里有没有房子并不重要，如果一定要买房，你替我多物色一点村里的房子。只要有人卖，你就把他买下来。”张龙海替父亲削了个苹果。

“农村的房子买了有什么用?”父亲不屑地问道。

“别看现在这里的房子不值钱，以后肯定会大涨。不说这里背山面海，环境优美。单从城市发展的角度来说，甬城周边已经开发得差不多，未来几年肯定会往我们镇这边发展。”张龙海帮父亲分析着。

可是父亲明显不信，完全没放在心上。张龙海见父亲没有再提房子的事，也就乐得清净，没在房子的问题上继续纠结。恰好有电话进来，张龙海就走到外面接电话去了。只是没想到，这电话一接，尽然没完没了了，刚挂掉一个，又一个进来。

最早打来电话的是客户。客户知道张龙海离职了，纷纷打电话来问怎么回事。有些客户为张龙海报不平，有些却是像宫志鹏一样表示祝贺，说他脱离苦海了是好事。

之后，恒生其他兄弟部门的人也纷纷打电话来问是怎么回事。张龙海没说具体原因，只说遇到了点事，然后搪塞过去了。大家纷纷拿言宽慰，让他以后常回去看看他们。张龙海感到心里暖烘烘的。在恒生八年，自己的人缘还是挺好的，无论是同级别的中层管理，还是底层的一线员工，他都和他们相处得很好。即便是处处和业务部门对着干的生产部，其中也有不少员工和张龙海关系密切。

这一整天，张龙海接到的电话，比平常多了好几倍，才到下午三点，手机就没电了。

张龙海没和父母说离职的事情，可是父亲好似猜到了什么。晚饭的时候说了一堆做人要有始有终，要知恩图报之类的大道理。张龙海没敢反驳，也没敢接话，只管低头吃饭。

本想在家多住几天，可是一天下来，张龙海就改变主意了，他决定第二天就回市里。一来，怕父亲看出端倪，瞎担心。二来，则是在家实在无聊，张龙海觉得闲得慌。最重要的是，林斌又来电话了。张龙海觉得人家盛情相邀，也不能太驳劲风的面子。虽然他很清楚，劲风在这个时候找他是什么用意。无非是想邀请他为劲风效力，而这是根本不可能的事。

即便离开了恒生，张龙海也不想和恒生为敌。上个月还拿着恒生的工资，这个月就调过头来收拾恒生。这样的事情，张龙海做不出来。但是林斌多次提出邬总想请他吃饭，他也不能总是避而不见。

莲姐回家的时候，发现张龙海已经回来，不由好奇地问："不是说要多住几天？怎么才住了一晚就回来了！"

"想你了呗！"张龙海嬉皮笑脸道。

"得了吧，什么时候学会甜言蜜语了？是怕你爸知道你离职了，担心你吧？"莲姐边换衣服边说。

还是莲姐了解自己。作为奖励，张龙海拉过莲姐，在她脸上结结实实地亲了一口。坦白道："被你猜对了！不过这是原因之一。另外还有个原因！"

"什么原因。"

“林斌打了好几个电话，说他们老板想请我吃饭。”

“林斌？哪个林斌？”莲姐在脑海中搜索了半天也找不出这么一号人。

“劲风公司的业务主管。”张龙海提醒。

“哦！劲风不是你们的竞争对手吗？”莲姐说完又纠正道，“你以前公司的竞争对手。”

“对，以前没少算计他们，抢了他们不少生意。”

莲姐一本正经道：“你说他们这个时候找你干嘛？知道你失势了，嘲笑你一番？”

张龙海苦笑。“不至于，劲风的业务经理邬建峰也是行业里响当当的人物，怎么会做这种没涵养的事。”

“那他们为什么会找你？难不成是……”莲姐眼中闪过一道精光。

“邬建峰这个时候约我，肯定是想挖我去他们公司，这一点是毋庸置疑的。”张龙海思索道。

“那好啊！他们主动请你过去，待遇肯定不会差，你也省得再去找工作了，反正做线业务也是你的老本行。正所谓就生不如就熟。去劲风不但可以解决你的就业问题，还能给陈敏芳这个卑鄙的女人一点教训，让恒生知道赶走你，损失的不是你，而是他们自己。我相信凭老公你的影响力，恒生多半的客户都会跟着你走的。陈敏芳一上任所有客户就都跑了，看她怎么向恒生董事会交代……”莲姐独自憧憬着未来，一扭头却发现张龙海表情凝重，她就知道是自己过于乐观了，她担心地问道，“你不想去劲风。”

“我不会去的！”张龙海回答得很干脆。

尽管对这样的答复很失望，可是莲姐也无可奈何。她太了解张龙海了。张龙海骨子里有股书生傲气，对信义两字看得很重。即便离开恒生，他也不可能做对不起恒生的事情。莲姐清楚张龙海的脾气，生活上的事情自己使点心眼，耍耍性子或许能让张龙海改变主意，但是在这件事上，莲姐知道自己说破嘴皮也改变不了什么，所以也就只好由着他了。“你既然不想去劲风，直接回绝了林斌不就好了，为什么还要赴约？”

“邬建峰在行业里也算是个风云人物了，他既是劲风公司的股东，又是劲风老板的弟弟，同时又负责劲风的所有业务。可以说劲风能够有今天这样的市场占有率，全是邬建峰的功劳。这样一个业务高手，行业名人，人家一而再再而三地释放诚意，我若是继续避而不见，就有些不识抬举了。事实上，我早就想会会这个强有力的对手。这么多年来久闻起名，却是从来没有见过面。我也很想见识一下，这个为劲风打下江山的业务高手究竟是怎样一个人。”

“人家盛情相邀，你过去了，最后又回绝别人，不是白白让人失望吗？”

“我相信他能够理解的！”张龙海伸了个懒腰，继续说道，“以前因为在恒生上班不方便和他见面，现在没有顾虑了，见见也无妨。再说，生意场上，没有永远的对手和朋友，只有永远的利益，多认识几个人没什么不好。更何况邀请我赴宴的还是林斌。一直以来我和林斌都处在敌对位置上，大家各为其主，在业务上明争暗斗。而私下却彼此惺惺相惜，互相欣赏。如今没有了对手这个隔阂，我跟他就可以成为真正的朋友了。就算是给朋友面子，我也必须去吃这一餐饭。”

“行吧，你怎么说都有道理！”莲姐一脸不爽地走进厨房。看到张龙海为她准备的菜肴，马上就心情愉悦了起来。

还是在清风茶馆。张龙海到的时候，林斌和邬建峰已经在了。张龙海看了看表，自己没有迟到，是林斌他们早到了。

“不好意思，邬总，林斌，让你们久等了！”张龙海上前和邬建峰握手。

“没有没有，我们也刚到，你看，叫了壶龙井，还没来得及倒呢？”邬建峰客气道。

林斌邀请张龙海入座，邬建峰亲自为张龙海倒茶。茶至七分满时戛然而止。

张龙海说声谢谢，然后仔细打量起了邬建峰。这个男人四十几岁，理着一个板寸头，戴一副并不厚的无框近视眼镜，白皙的脸庞修理得很干净，一看就是个做事干练的人。上身是一件淡蓝色体恤，下身一条休闲牛仔裤配一双并不起眼的跑鞋，又给人一种低调毫不张扬的亲和感。邬建峰的身体稍稍有些发福，但是还算健壮，看那结实的手臂，看得出平常没少锻炼。手腕上一只明晃晃的表，张龙海不了解手表行情，不知道是什么牌子，但是显然价格不菲。出于礼貌，张龙海不敢过久打量邬建峰，但是仅仅一撇已经能大概了解他的为人。这是一个做事干练，但是不乏亲和力的人。他沉稳中透着随和，充满激情却又不失稳重，有实力但不喜欢张扬，想要平静却又不甘寂寥。“邬总，也喜欢喝龙井？”张龙海找话道。

“邬总是专门为你点的！”林斌品着茶，插话道。

“哦？”张龙海有些吃惊，“邬总连我喜欢喝龙井，这种小事也知道。”

“邬总对你可是花了不少心思啊！”林斌继续说道。

“别听他瞎说。”邬建峰终于开口了，他看张龙海杯子见底，又给张龙海续了一杯。笑着说道，“只是无意之中听人提起过，刚刚服务员拿上茶单的时候，又突然想起！”

“无心胜有心，邬总这个无意之中的听闻，应该花了不少心思吧？”张龙海直接点出了劲风收买恒生员工的事情。若不是收买恒生员工，劲风怎么可能这么清楚张龙海的喜好。

邬建峰爽朗地笑了笑，并不生气。边品茶边说道：“我可是向张经理学习啊！张经理向来崇尚商场如战场的经营理念，做什么决定都要知己知彼。你当恒生业务经理的这几年可是让劲风吃了不少苦头啊！”

张龙海会心地笑了笑，要说安插间谍确实是张龙海先行为之。大家都是生意场上的聪明人，没有必要把话说得太透彻，更加没有必要为此互相指责。不过张龙海还是觉得有必要道个歉："之前各为其主，就像三国里的陈琳所说，箭在弦上，不得不发。我也知道我在恒生的这些日子，给劲风造成不少麻烦，在这里以茶代酒向邬总道个歉，还请邬总不要见怪才好。"

"严重了，张经理。如果我生你的气也就不会约你了。正是因为欣赏你，我才让林斌一次次地打你电话。你也说，之前是各为其主，你并没有做错什么。恒生要做内销，我之前并没有当一回事，我也没想到，恒生这一堆破线加上一堆破政策居然能给我们公司造成这么大的威胁。后来才知道给我们公司造成威胁的不是恒生的产品，也不是恒生的销售政策，而是你！在意识到这一点以后，我才有心去了解张经理。没想到越了解，就越欣赏，那个时候真有一种相逢恨晚的感觉啊。"

"邬总，过奖了！我哪有你说得这么厉害！"张龙海谦虚道。

"并不是我夸你，说实话，听说你离开恒生了，我是迫不及待地想见你啊！这个行业里我没佩服过谁，就你小子让我折服！今天请你过来，我也不拐弯抹角，就是想请你——"

"邬总。"张龙海及时打断了邬建峰想说的话，"我知道你想说什么，但是我恳请你不要说出来。"

"哦？你不愿意来我们公司？"邬建峰显然对这个结果出乎意料。"是觉得劲风比不上恒生？还是……"

"邬总不要误会，和劲风竞争这几年，我是领教过劲风的竞争力的。就纱线而言，无论是产品品质还是销售模式，劲风都是无可挑剔的。我做梦都想着，要是能有一支像劲风这样的生产团队该有多好，如果恒生的产品能够和劲风打成平手——"张龙海欲言又止。

邬建峰却把话接了过去。"如果恒生的产品能够和劲风打成平手，国内的线类市场恐怕就没有劲风什么事了，对吧？"

张龙海尴尬地笑了笑，他确实是这么想的，却也不好当着邬建峰的面承认自己的想法。“邬总说得严重了。劲风由邬总和林斌坐守，岂是这么容易打败的。但是恒生如果在生产方面能够跟进，肯定不会是现在这样的状况。”

“你说的这话我相信。”邬建峰喝了口茶，再次把话题引到了张龙海身上，“既然不是怀疑劲风的实力，张经理为什么不考虑一下来劲风，福利方面我们肯定不会比恒生差！”

“邬总！”张龙海不得不再一次打断，“还是请您见谅！”张龙海为了表示歉意，用到了您这个称呼。

“能告诉我为什么吗？”邬建峰毫不掩饰自己的失望，“换作是我，我都想不出有什么理由拒绝。我知道你是因为什么离开恒生的，难道你不想报复一下那些算计你的人？让他们认识到自毁长城的悲哀。劲风可以给你这个机会。再则，你现在失业，我相信凭张经理的能力重新找一份工作很容易，但是进入一个新的行业需要很长时间去适应。来到我们劲风，你不需要任何适应期，对产品对行业你早已是轻车熟路，原来的人脉资源也可以直接转接过来，你要是觉得我碍眼，我可以退居二线，把劲风的整个销售部门都交接给你！”邬建峰越说越激动。

张龙海从邬建峰的眼神中，看到的是真挚。他很是感动，这一个昔日的竞争对手，竟然给予自己这么高的评价。不得不承认，他内心深处稍稍犹豫了一下，但是仅仅一霎之后，他还是毅然地摇了摇头。“真的对不起。我让您失望了！”张龙海诚挚地道歉。

林斌在旁一直没有插话，这个时候也是急切地问道：“能说说为什么吗？我们邬总可是诚意十足啊！”

张龙海看了眼窗外，缓缓说道：“我在恒生待了八年多，从一个仓库管理员做到业务经理，虽然说有自己努力的结果，但是更多的是沈祖民和老胡的信任与支持。平心而论，沈祖民从来没有亏待过我。即便今天离开了恒生，我还是为曾经是恒生人而自豪。虽然这样的离开方式让我一度很是纠结，对陈敏芳说没有一点恨意，那是骗人的。

但是为了报复她而让我去损害恒生的利益，我暂时还做不到。”

张龙海说话的时候，邬建峰一直目不转睛地盯着他看，那眼光虽不犀利，确似能看透人心。听张龙海说完，邬建峰什么也没说，而是对着张龙海竖起了大拇指。“没想到，张经理还是个重情重义的人。就冲你的为人，我收回之前的邀请，不勉强你了。不过你的话让我对你的印象分更高了。虽然不能和你成为同事，但是做个朋友你应该不会拒绝吧？”

“能够成为邬总的朋友，是我的荣幸！”张龙海举起茶杯敬道，“以茶代酒，我敬邬总一杯！”

邬建峰欣然举杯，和张龙海碰了一下杯子，然后喝酒似的，把杯中茶一饮而尽。

张龙海亦是如此。

邬建峰似乎想开了，心情一下就变好了很多。擦了把嘴角的茶迹，大咧咧说道：“提个要求，以后别称呼邬总了，我也不叫你张经理了。你就跟林斌一样叫我峰哥就行。我比你大十几岁，就直接叫你小张了！”

“好，好。”能够和邬建峰成为朋友，张龙海由衷的高兴。

又闲聊了一会，气氛越发融洽。三个做业务的人，聊起来自然是三句话不离本行。一壶茶见底，三个本就惺惺相惜的人，已经开始称兄道弟。

服务员过来续了水。待服务员走后，邬建峰问道：“小张既然不愿意来劲风，可有其他打算？”

“暂时还没有。”张龙海直言不讳。

“你不会真的打算离开这个行业吧？”林斌问道。

“一旦离开这个行业，你这几年积攒的人脉可就付水东流了。”邬建峰不无惋惜地说道，“虽然不能和你成为同事，但我还是希望你不要离开这个行业。”

张龙海笑道：“你不怕我又成为你的竞争对手，抢劲风的生意啊？”

“哈哈，其实棋逢对手也是人生一大幸事。一个人的江湖还是很寂寞的！”邬建峰很是自信地喝着茶。

“现在还真没有想好要做什么。”

“我给你提个建议，你考虑一下！”邬建峰神秘地说道。

“说说看！”张龙海饶有兴趣地说道。

“你可以考虑一下自己创业！”邬建峰说得轻描淡写。可是张龙海心里却是触电一般，他不知道为什么邬建峰会有这种建议。而且他说这话的神情，和宫志鹏第一次说创业的时候表情一模一样。也是在这个清风茶馆里，宫志鹏说这话的时候，看似漫不经心，却是谋划已久。

“别开玩笑了，我既没资金，也没有这个能力，谈何创业？”张龙海一副无奈的表情。

正说着，邬建峰的电话突然响起，他走到边上接了好一会电话才回来，而回来后却没有入座。将一只手搭在张龙海肩膀上，歉意道：“有点事情我得先走了。刚刚我的建议，你有必要考虑一下。资金可以筹备，开一个小线厂不需要多少投资，这个不是问题。你的能力我看好，再加上你这几年积攒的人脉，我觉得是万事俱备。好好考虑一下，大哥不会害你！”邬建峰说完拍了拍张龙海的肩，把一张卡递给林斌，让林斌等一下替他买一下单。然后急匆匆地离开了茶馆。

林斌摆弄着银行卡，说道：“我觉得峰哥说得很有道理，你回去考虑一下！”

“得了吧！你也跟着瞎搅和。”张龙海轻轻捶了下了林斌，岔开话题道，“你在劲风看来混得不错，和邬建峰相处得很好啊。他把银行卡丢给你就走了，密码都不用告诉。”

“峰哥是个性情中人，每次请客都是把卡给我，让我替他买单，他的银行卡密码我早就知道了。他这卡里有多少钱我可能比他还清楚。”

“是吗？”两个人不约而同地笑了起来。

笑完以后，两个人都选择了沉默。没有邬建峰在场，其实有很多话想说，却又不知道从何说起。张龙海和林斌很早就已经认识，之前因为是竞争对手，彼此各为其主，却又惺惺相惜。私下里的微信交流不少，但是为了避嫌，两个人很少见面聊天。如今没了顾虑，可以畅所欲言了，却又不知道该怎么开口。

“本以为可以和你并肩作战了，没想到——”林斌不无遗憾地说道。

“其实我不去劲风，还有个原因也是因为你。你在劲风有些年头了，我过去对你不公平。”

“这你想多了，即便你到劲风成了我的领导，我也不会有意见的，对你，我心悦诚服，甘拜下风。”林斌笑道。

“少装蒜！”张龙海又轻轻捶了他一拳。

“你这么一走，其实最开心的还是劲风。恒生自毁长城，白白便宜了我们。仅凭陈敏芳这个女人，哼，说句不好听的，我还没把她放在眼里。不瞒你说，前两天我和峰哥已经接触了恒生的一些经销商，至少有一半的经销商已经跟我们有了合作意向。而几天过去了，陈敏芳这个女人还沉浸在当上经理的喜悦中，对客户流失毫无察觉。”

“哎！”张龙海叹了口气，明知道会是这样的结果，却也无可奈何。“有些经销商本来就是从劲风挖过来的，现在也算是物归原主了。”

“我就当是为你出气了，给陈敏芳送一份贺礼。”林斌得意地笑了笑。

“恒生的经销商预计能留下多少？”张龙海问道。

“大概50%！”

“哦？你们的胃口比我预计的小啊！”张龙海有些惊讶，本以为劲风会趁此机会痛打落水狗，席卷恒生所有的经销商，没想到却还留了这么大一块蛋糕。失去一半的客户虽然也是损失惨重，但却伤不到恒生线业的胫骨。“有这么好的机会，不乘胜追击，反而给对手留下喘息之际，这可不像你的风格啊!”

“不是我不想!”林斌欲言又止，最后感慨道，“家家有本难念的经，其实不光恒生业务部难做，劲风业务部的日子也不好过。”

“峰哥不是劲风的股东吗？他和老板又是姐弟，有他在，业务部还会不好过?”

“很多东西只有公司内部几个人才知道。你现在不再恒生了，跟你说说也无妨。08年次贷危机后，国内也是信贷紧缩。劲风的综合实力毕竟不如恒生。这几年公司资金紧张，老板却玩着房地产不肯放，弄得公司现金流几乎断绝。”

“这个事情我听说过。10年的时候，你们拼命压缩经销商的应收款，逼迫经销商提早付款，又无缘无故地提高产品价格。那个时候我就猜到肯定是你们公司资金链出了问题。当时我向公司建议，针对性地给出一些优惠，趁机抢占你们的市场份额。可惜被公司董事会否决了，说杀敌一千，自损八百是愚蠢的行为。”

“幸亏你们公司领导的帮忙啊！那个时候，我们公司和经销商的关系很微妙，突然之间要求客户提早付款，所有经销商都对我们有意见。那个时候如果你提的方案顺利通过，恐怕这些经销商就彻底和劲风拜拜了。劲风也就彻底走向破产了。”

“哎!”张龙海无奈地摇头。当时开会，自己据理力争，可是最终方案还是没有通过，只是通过了放宽发货数量限制这一条。不过仅此一条也抢了劲风的好几个经销商。

“因为有经销商的配合，劲风勉强躲过了那一次的危机，但是之后的现金流一直不宽裕。峰哥和他姐姐的矛盾也越来越突出。有一次两人在办公室里吵架，外边的很多员工都听到了。劲风这几年其实一直在走下坡路，员工流失率很高。业务员该拿的提成和奖金拿不到。我们业务部几个人这两年全靠峰哥养着，很多时候是峰哥拿自己的钱给我们发的奖金。这一次你离开恒生，劲风其实完全可以把恒生所有经销商都拿下。只是峰哥担心所有经销商都抢过来以后，劲风产能跟

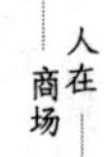

不上，消化不了。”

张龙海似乎明白了。得不到生产部门的支持和配合，业务部门操作起来就会格外的累。

“不说这些了，祝你脱离苦海。”林斌举杯说道。

张龙海苦笑着和他碰了下杯。

恒天公司副总办公室里，陈东盛黑着脸一副苦大仇深的样子。夹着香烟的右手，良久未动，那根烟已经有半根燃成了灰，但是那灰始终没有掉下来，和剩余的半截香烟上演着藕断丝连。陈东盛紧锁着眉头，目光似乎被那烟头上冒出来的袅袅白烟给吸引了。半晌都没有动一下。

陈敏芳低着头站在办公桌前，一声不吭。她知道陈东盛正在生她的气，此刻去打扰他的思绪，无异于自找麻烦。这个时候最好的办法就是装成乖乖女。

当那半截烟灰掉下来的时候，陈东盛才开口说话：“说说吧，怎么回事。刚上任半个月，客户就流失了一半。”言语之间是一副恨铁不成钢的痛心疾首。

“叔——”

“跟你说过多少次了，在公司里别叫我叔。”陈东盛瞪了陈敏芳一眼，那眼神和语调把陈敏芳吓得后退了一步。

陈敏芳像是个做错了事的小学生，捏着衣角，整理着话术。眼见着眼眶都有些湿润了。

“行了，别杵着了。好歹也是个业务经理，坐下来说吧！”陈东盛的语气变得平和了许多，这辈子最见不得人哭，尤其是这个宝贝侄女。

“叔，你别生气了，都是我不好。”陈敏芳并未坐下，而是走到饮水机旁，帮陈东盛倒了一杯水。

或许正是应了那句吃人嘴短。陈东盛喝了口茶，便再也说不出重话了。他叹了口气，再次缓和语气说道："你也别怪我生气，为了让你当上这个业务经理，你知道我费了多少精力？可是你一上任，客户就跑掉了一半。你让我怎么向董事会交代？"

"都是我不好，辜负了你的栽培。"陈敏芳把刚刚掉下来的那半截烟灰清理干净。

"你说说看，究竟是怎么回事，为什么你刚上任，客户就跑了。"

"我也不是很清楚。和张龙海办理了交接手续以后，我带着业务员去每个客户那里走访，没想到他们的态度都很冷淡。我知道这些经销商和张龙海的关系都很好，起初以为他们是因为公司换掉了张龙海，心里不高兴，想着后边安抚一下也就是了。没想到这几天订单明显变少了，再一上门才知道，他们很多人改卖劲风公司的线了。"

"邬建峰这只狐狸，真会趁火打劫啊。"陈东盛拿着即将寿终正寝地烟头狠狠地吸了一口，然后在烟灰缸里用劲地碾了碾，"说说吧，有什么补救的方法。"

陈敏芳这时才在旁边的沙发上坐了下来。她从手提包里拿出一沓厚厚的资料，递给陈东盛。

陈东盛接过看了一眼，便丢在了一遍。"这个东西让沈祖民去看吧，我想听你自己说。"

陈敏芳简单阐述了一下自己的分析和设想，觉得唯一能做的便是降价。

陈东盛听完以后若有所思。不过他这个外贸部的副总，着实不了解内销的情况，给不了什么建议。这时候他倒是莫名其妙地想起了张龙海。不得不承认，张龙海对内销很在行。无论是对客户心理的把握，还是营销思路的开拓，以及竞争对手的了解。难怪沈祖民对他情有独钟。如果不是为了这个侄女，他还真不愿意放张龙海走。突然之间，脑海里冒出一个念头，他问陈敏芳："你说客户流失，有没有可能是张龙海在从中作梗？"

陈敏芳愣了一下，轻声说了句："这个我不知道。"

陈东盛看了看手表，站起来说道："开会的时间到了，我们去沈总办公室吧，等一下你做汇报的时候，可以提一提张龙海，我觉得这种可能性很大。"

陈敏芳欲语还休，最后只是哦了一声，便跟着陈东盛去了沈祖民的办公室。

沈祖民今年刚好四十岁，板寸头，蓝色T恤下露出两条健壮的手臂，下身是一件磨得发白的牛仔裤和已经有些发黄的运动鞋。他这个装束若是站在公司门口，任谁也想不到，他就是这个年产值数十亿的公司老板。

此刻，沈祖民正在仔细翻阅着陈敏芳整理的资料。几个副总和办公室主任以及负责会议记录的秘书彼此扯着闲话，有说有笑。只有陈敏芳一个人孤零零地坐着一声不吭。她故作镇定，内心却是饱受煎熬。虽然坐着的沙发很柔软，可是在她看来，却是如坐针毡。这个办公室还算宽敞，陈敏芳却觉得很压抑，有种快要窒息的感觉。这一刻她非常后悔当了这个业务经理。

好不容易，沈祖民看完了陈敏芳的这份市场分析报告。他把目光转向陈敏芳。其他人随即停止了聊天。办公室里霎时安静了下来，那一刻针掉在地上，也能清晰地听到。陈敏芳的心提到了嗓子眼上。

"小陈，你这份报告写得很详细，应该费了不少精力吧。"沈祖民环顾四周缓和气氛道，"线业销售部门虽然是个小部门，但是藏龙卧虎啊，出来的个个都是人才。刚走的张龙海是公司上下公认的才子，写东西条理清晰，思路敏捷，还文采横溢。他的文采恐怕总经办负责公司刊物的小吴也比不了。现在换成小陈，还是巾帼不让须眉啊！"

几个副总都哈哈笑了起来。陈敏芳羞涩地笑了笑，她怎么也没想到，丢失了这么多的客户，沈祖民不但没有批评她，反而先表扬了她一番。这份报告确实费了她不少心思，熬了两个晚上才整理好。其中的格式，还是参考了张龙海以前的工作汇报。当然也有一些句子借用了张龙海以前的文字。陈敏芳在内心暗自祈祷着，沈祖民每个月看这么多部门的工作报告，应该不会记住张龙海说过的每一句话。

“劲风公司趁火打劫是导致客户流失的主要原因，但是——小陈，我还是要说你几句，作为一个业务经理，如果只把目光盯在自己的一亩三分地里，那是不称职的。你的前任，张龙海因为某些原因，离开公司了。但是不得不承担，他很多方面是值得你学习。记住一句话，知己知彼才能百战不殆。我们和劲风公司是竞争对手，劲风公司会挖我们的客户一点也不奇怪。奇怪的是，我们被挖走了客户，却没有及时发觉，也没有及时采取补救措施。”

几个副总看看沈祖民，又看看陈敏芳，没有一个人开口说话。只有文秘唰唰做着会议记录。

“沈总，是我大意了，我辜负了公司的栽培……”陈敏芳站起来鞠躬认错。

沈祖民摇了摇手，制止道：“商场如战场，胜败是兵家常事。小陈，今天叫你过来开会，不是要批评你，而是希望你不要有心理负担。当然，能把流失的客户抢回来更好，实在抢不回来就另辟捷径，开拓新的市场。不要一味地沉浸在丢失客户的负面影响下。至于怎么完成你们部门的销售指标，这个才是你这个业务经理应该花心思考虑的事。降价促销也好，请客送礼也罢，用什么样的手段我不在行，也不关心。你自己斟酌着办。”

“我知道了！我一定会努力扭转战局的。”陈敏芳感激地看了沈祖民一眼。

“行了，没有其他事的话，你先回去吧，我和几个副总还有一些事情要讨论。”沈祖民依旧和颜悦色。

陈敏芳站起来，向着沈祖民以及其他几位副总鞠躬，然后退出了办公室。走到门口，才长长地松了一口气，她发现自己的后背已经湿透了。丢了一半的客户，沈祖民不但没有骂她一句，反而鼓励了一番。有这样的老板，公司不做大都难。陈敏芳在心里暗自敬佩着沈祖民，也暗暗为自己打气，一定要做出一番业绩来，让公司的其他人看看，不是只有张龙海才能做好内销。

快到楼梯拐角的时候，听到有人喊她。陈敏芳转头一看，发现是刚刚做会议记录的那个秘书王冬梅。王冬梅拿着一叠资料，在向她招手。陈敏芳连忙往回走。老板身边的秘书，她可得罪不起。

"王姐，你找我有事？"陈敏芳热情地迎了上去。

"陈经理，这是沈总让我交给你的。他说你或许用得到。"王冬梅笑着把手上的资料恭恭敬敬地递给了陈敏芳。

"是什么资料？"陈敏芳好奇地看了一眼。

"我也不知道，沈总说你看了就会明白。几个老总还在开会，我要做记录，先回去了。你拿回去慢慢看吧。"王冬梅说完便快步离开了。

陈敏芳看了看扉页，上书："内销拓展方案。"陈敏芳内心紧了一下，随即翻到落款，却并没有看到署名。她边走边翻，发现方案里提到的尽是线业部门的拓展思路。只翻了几页，她就猜到了，这肯定是张龙海的杰作。她愤愤地想道："张龙海临走之前，居然给沈祖民留了这么一份东西。这是什么意思？除了这份方案，他又和沈祖民说过其他的什么？"思虑着，陈敏芳没有下楼，而是拐进了陈东盛的办公室。

半个小时后，陈东盛回来发现陈敏芳在他的办公室，好奇地问道："你怎么还没回去？"

陈敏芳把资料往陈东盛的桌子上一放，问道："张龙海这是什么意思？让我按照他的方案去做？"

陈东盛饶有兴趣地看了看，问道："这是刚刚沈总让王冬梅送出来的这份东西？"

"是的！"陈敏芳黑着脸坐在沙发上。

"人家临走还给你留了这么一份方案，你生什么气？"陈东盛有些恼火。

“他有好的方案，为什么不当面给我，让沈总转交给我，这是什么意思?”陈敏芳兀自生着闷气。

“你把别人挤走了，还让别人给你留方案?”陈东盛一副恨铁不成钢的样子，说完后无力地瘫坐在大背椅上，喃喃自语道，“是我小看了张龙海，他临走了还能留这么一份方案给公司，恰恰说明他是个重情义的人。为了你这个小蹄子，我恐怕是干了件蠢事。”

“你是说，他并不是针对我的?”陈敏芳问道。

“得了吧，别把人都想得这么龌龊。张龙海这是在报答沈祖民的知遇之恩。”陈东盛翻了翻资料，然后把它扔给陈敏芳，“你现在要做的是抓紧把销售额做起来，如果年底完不成销售任务，年终大会的时候丢的不光是你的脸，连我这张老脸也要搭进去了。”

“我——我会努力的。”陈敏芳低头说道。

陈东盛能感受到她明显的底气不足。他从抽屉里拿出一张名片，说道：“这是迪风进出口王总的名片，他们公司专门做辅料出口生意，但是没有自己的生产工厂，你过去跟他谈谈吧。去的时候，拎两壶好酒去，就说你是我的侄女。”

“外贸公司？内销部门去接外贸订单，这合适吗?”陈敏芳好奇地问道。

“你只要把公司的线卖出去，然后把线款收回来就行。至于客户拿着这些线干什么用，你没必要去知道，就算他拿着线去上吊也不关你的事。”

“哦!”陈敏芳答应了一声，内心不由得窃喜。如果可以拿外贸订单充内销销售额，那她还是有信心完成任务的。因为她知道，她这个叔叔手上多的是这样的资源。

张龙海休息了半个月。这半个月里每天睡到自然醒。离职之后，之前的失眠症，消失得无影无踪。每天饭后散步看书，看着看着就睡着了，然后一觉睡到天亮。半个月休息下来，总算胖了两斤。

他这个体质一直偏瘦，无论怎么吃都不长肉。只是每天无所事事，张龙海心里堵得慌。第一个星期还没什么感觉，最近几天则格外明显。总是莫名其妙地感到烦躁。

闲着没事，张龙海在招聘网上注册了个账号，做了一份简历，准备投递。没想到简历刚投出去没几个小时，就有猎头找上门来了。

猎头公司询问了张龙海的经历和现状后，说有个公司在招聘总经理，张经理的条件非常符合，如果有兴趣可以安排双方见面。张龙海自然是求之不得。然后约定第二天在南苑饭店大厅的咖啡吧里见面。

挂了电话，张龙海暗自得意了一番。谁说我找不到工作？还没找，工作自己就找上门了。

第二天的面试很顺利。对方老板是个五六十岁的妇人，姓薛。薛总说自己辛苦打拼多年，创建了一个纺织公司，专门为甬城很多大型服装公司提供面料。如今年纪大了，有些力不从心，想享几年清福。所以准备请个职业经理人来打理公司。

张龙海在恒生负责各种纱线的国内销售业务。纱线隶属于服装辅料。薛总的公司则销售服装面料，从大的分类来说，都属于纺织服装业，很多地方还是有共通性的。

在了解了张龙海的经历后，又听张龙海对纺织行业做了一次分析，薛总对张龙海表示很满意。于是双方谈了下福利待遇。

张龙海提出在没有证实自己的能力之前，暂时按照十万年薪计酬。距离年底还有半年时间，这半年时间足够彼此深入了解。等互相了解了以后，再谈以后的薪酬。

薛总觉得张龙海的提议很合理，当即表示同意，另外放出诱饵，说如果张龙海确实符合公司要求，能够最终接管公司，公司会无偿转让一部分股份给张龙海。

张龙海去见薛总之前并没有和莲姐说过猎头公司找上自己的事。直到和薛总谈妥，才把好消息告诉莲姐。莲姐听了也是异常高兴，两个人到万达广场吃了份西餐，当是庆祝。

让张龙海没想到的是，满怀期待的新岗位，张龙海只做了一个月。一个月后张龙海便主动递交了辞职报告。

到薛总的公司报道，张龙海才知道原来薛总开的是个贸易公司，并没有自己的生产基地。只是利用自己手头的资源，在面料厂家和服装厂家之间牵线搭桥，从中转手买卖面料，赚取差额。

薛总整个公司就只有六个人。三个司机、一个办公室理单员、另外一个长期驻扎在江苏无锡的技术员，负责联络几家面料供应商，最后一个便是薛总自己。

薛总希望张龙海能够尽快进入状态。她只给了张龙海一个星期时间，熟悉公司的人和事。第一天，张龙海留在公司了解理单员的工作内容，又花了三天时间分别跟着三个司机去给服装厂送货，顺便认识了一下服装厂的相关负责人。最后一天时间张龙海和薛总跑到无锡办事处，了解公司的采购状况。一周下来总算是大概弄清楚了薛总公司的现状。

薛总的公司虽然小，但是服务的客户却都很大，在甬城的几个大型服装厂：雅格、罗森、珊珊等几个号称“十大名牌”的服饰公司，都是她的服务对象。能成为甬城这几个服装巨头的供应商，可见薛总的业务能力非同一般。可是，要说到公司的管理，却是不敢恭维。三个送货司机，彼此各行其是，理单员从上班开始就等着下班，驻外的技术员算是公司的核心人物，有能力却目空一切，骂起人来满口脏话。

周末的两天时间，张龙海窝在家里，整理出一份考核方案，又做了份员工培训资料。经过几天的接触，张龙海大体找到了问题的根源。这个根源还在薛总身上。

公司的三个司机，一个是薛总娘家的亲戚，一个是薛总朋友的儿子，还有一个是客户的亲戚；办公室的理单员则是薛总婆家的亲戚；那个负责采购的技术员是薛总从一个供应商那里挖过来的。全是裙带关系，本就不利于管理，而最根本的问题是，薛总根本就没管理，她只是告诉他们各自的工作要求，除此之外没跟他们做任何沟通。

这几个人虽然每个月拿着工资，却不知道自己的工资是怎么算出来的。薛总整天忙忙碌碌，在公司的时间并不多，几个人很少见到她的人影，即便见到她也是老鼠看到猫似的。

张龙海把自己做的考核方案和周会内容发给薛总。薛总连说张龙海做得好，她会全力支持他的工作，有什么需要她配合的，让张龙海尽管开口。

周一，张龙海召集全体员工开会，除了远在无锡的技术员未能参加，其他人都准时参加了周会。张龙海首先明确了几人的工资收入和考核方案，要让他们明明白白地算出自己这个月能拿到多少钱。其次，强调了团队合作的重要性，强调心态的重要性。最后，颁布公司的规章制度，明确各项工作的权责，以及奖惩措施。

散会后，薛总高度评价了张龙海的管理能力，说他制定的规章制度条理清晰，赏罚分明。“看得出来，所有人都对你这个经理心悦诚服了。”

“薛总过奖了，这不过是万里长征的第一步，后边要做的东西还有很多。”张龙海客套几句便离开了薛总的办公室。

然而好景不长，未等张龙海第二次召开周会，前面颁布的规章制度已经被破坏的体无完肤。理单员上班迟到，按照制度应该扣工资。薛总说念她初犯，先原谅一次。薛总娘家的亲戚，中午时间喝酒，耽误送货，理应处罚。薛总说，当天是他生日，事出有因，原谅他一次。那个客户的亲戚，送错货物，薛总说没造成损失，算了。薛总朋友的儿子，也是上班迟到。薛总说要扣工资。该司机理直气壮地说，为什么他们违反制度没有处罚，我违反一次就要被扣钱。最后也是不了了之。

张龙海找薛总沟通，再好的制度，如果得不到落实，便是形同虚设。

薛总说：“我们公司小，还是得讲究人性化管理。不能过于严苛。”

从薛总的办公室出来，张龙海便有了离开的念头，而真正让张龙海下定决心离开的是另外一件事。由于采购没有严格把关，发给罗森公司的一批磨毛面料存在瑕疵。薛总让张龙海去和罗森公司的负责人沟通。临行前，张龙海向薛总请示处理方案。薛总说如果真是质量问题，只能退货，产品质量是维持生意的第一要素。

听到薛总的这句话，张龙海心里便有了底。

到罗森公司的仓库查看面料，确实是面料存在瑕疵，而且问题还不小。张龙海向客户表达歉意之后，承诺会另发一批面料过来更换这批有瑕疵的面料。

因为罗森公司质检员及时发现，这批面料并未上机使用。张龙海承诺更换，无非是多一次出入库手续，对罗森公司而言并未造成实际损失。罗森公司的负责人对张龙海果断的处理方案表示接受。而让张龙海始料不及的是薛总却反悔了。

薛总说：“退回来说得倒是轻巧，即便是面料公司的责任，我们不用承担经济损失，但是甬城到无锡来回的运费肯定是打水漂了。与其浪费这个钱，不如拿这些钱去打点一下罗森公司的质检员。”

张龙海无奈地笑了笑，回到自己办公桌后，当即就打印了一份辞职报告。

薛总接过张龙海的辞职报告，惊愕道：“张经理，这是何必，我也没说你什么。你的工作能力我们都是认可的。如果就因为我一次否定，你就要离职，未免也太娇气了点。”

张龙海礼貌地说道：“薛总，多说无益，在管理方面我们两个道不同，不相为谋。勉强在一起，只会徒生嫌隙。倒不如趁着现在没有矛盾的时候好聚好散。相识一场，也算是缘分，以后薛总有用得到我张龙海的地方，薛总尽管吩咐。”

张龙海终于还是离职了。才上了一个月的班便又失业了。

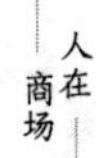

宫志鹏知道后，再次上门表示庆贺。这家伙幸灾乐祸，唯恐天下不乱，说："我早就说过了，你再找工作又能如何？即便又当上经理，也得有沈祖民这样的老板赏识你才行。"

这一次张龙海无力反驳。

宫志鹏临走的时候，拍了拍张龙海的肩膀，说："听我的没错，自己干吧？"

张龙海拍掉他的手，把他推出了家门。

虽然赶走了宫志鹏，但是宫志鹏的话却是在脑海里挥之不去。"自己干吧？"

从恒生公司出来后，已经有很多人跟他说过这个话。可是，自己干，谈何容易。自己手头这一点钱，能买几台机器？再说，莲姐肯定也不会答应。

张龙海还是第一次来老胡家。在恒生的时候，老胡是领导，为了避嫌，张龙海从来没去老胡家拜访过。如今，自己离职了，也就没什么顾忌了。

昨天，老胡打电话过来，让张龙海有空的时候，到他家来一趟。张龙海说自己现在天天都有空。于是约好了，今天来老胡家吃晚饭。

张龙海在小区门口买了两个西瓜。来到老胡家的楼下，恰好碰到老胡牵着一只哈巴狗，从外边回来。看到张龙海，老胡惊讶道："你怎么进来的，这个小区门禁很严，一般的陌生人不让进来。"

张龙海笑道："一个业务员要是门卫都搞不定，那还怎么做业务。"

两人哈哈笑着来到楼上。

老胡的妻子退休在家，知道张龙海要来，已经弄好了一桌菜等在家里。

落座后，老胡给自己倒了杯酒。问张龙海要不要来一点。张龙海摇了摇手，说我喝饮料就行。

饭桌上，老胡只顾着吃菜喝酒，并不说叫张龙海过来有什么事。最后还是张龙海耐不住性子开口问道：“领导，你叫我过来是不是有事要说？”

“确实有事，而且是好事。”老胡津津有味地抿了一口小酒。

“好事？”张龙海纳闷。

老胡放下筷子郑重道：“我问你，你现在工作找好了吗？”

“还没有！”张龙海如实回答。

“既然如此，别找了。”

“不找工作？真让莲姐养我啊！”张龙海玩笑道。

“别找了，自己开厂，自己干！”老胡饶有兴致地说道。

“您也让我自己干？”张龙海惊讶道。

“还有谁和你说过？”老胡亦是惊讶。

“不瞒您说，已经不下十人了。”张龙海苦笑。

“那为什么还要找工作？”

“这不没钱吗？”在老胡面前，张龙海觉得没必要藏着掩着，“自己干说起来简单，没钱怎么干？”

“其实不需要投入多少钱。我今天找你就是为了这事。张桂龙你认识吗？”

“名字很熟悉。可是想不起在哪里听过。”

老胡提醒道：“恒生公司下属花边厂以前的厂长。”

“哦！我想起来了。开年会的时候在同一桌吃过饭。”张龙海说道，“他怎么了？”

“他两年之前离开恒生，开了个缝纫线厂。现在要回湖南老家，想把工厂转掉。”

张龙海静静地听着，没有插话。

“十万，估计只要十万就能把厂子盘过来。”老胡伸了个食指说道。

“十万就能把厂子盘过来？”张龙海半信半疑。

"嗯，他厂里24台机器。这些机器新买的话要二三十万。但是转手卖就不一样了，按照三千元一台收购，也就是六七万，其他一些塑料筐、拖车，还有各种零配件，桌椅凳子，这些东西自己开厂样样都得花钱买，现在一总盘过来，加在一起估计一万元钱绰绰有余。我说十万还给你流了两三万的流动资金。当然厂房需要另外解决，不需要大，前期有个两三百平方就行。"

看着老胡得意洋洋的神情，张龙海的内心颤动了起来。十万元就能把厂子开起来，自己挤一下应该还是有的。"只是……"

"只是什么?"老胡夹着颗花生米，饶有兴趣地问道。

"让我好好想一下。"张龙海放下筷子，凝神思索。老胡的这个消息来得太突然，使得自己不开厂的决定，在脑海中来了个急转弯。感觉一时间有些回不过神来。

"没什么好考虑的！我都替你了解过了，张桂龙的工厂，你接手过来，设备现成的，工人现成的，连订单都是现成的。"老胡抿了口烧酒，板着个手指一项项说着。

老胡的妻子又端上来一个菜，顺口说道："开厂，对小张来说可是人生大事，当然要认真思考过，你以为都像你，该有魄力的时候犹豫，该犹豫的时候乱拍板。"

张龙海笑道："师母，很多菜了，你别烧了。坐下一起吃。"

老胡则是一脸不高兴地想把妻子打发走。"说你头发长见识短，你还不承认。"

老胡妻子又想说话。老胡举起筷子连忙制止："今天小张在，你可别拆我的台!"

"行，行，行。给你留点面子。"老胡妻子呵呵笑着又回到厨房去了。

"领导，我想知道，张桂龙为什么要把厂子转掉？是效益不好。"

老胡正色道："张桂龙说是老家的父亲得了重病，一来需要钱，二来他要回老家去照顾父亲，所以这厂子没办法继续开下去了。当然这个话，只能信一半。张桂龙是有个老父亲，以前就听说身体不怎么好。”

张龙海思虑再三问道：“有没有可能是他效益不好，所以找个理由把厂子转出去。”

“也不排除有这种可能。”

“如果是效益不好，我再接手过来岂不是自找麻烦？”张龙海紧张地问道。

“这不好说。他经营不好，不代表你也经营不好。开厂一看业务，二看管理，同一个厂，不同的人经营，结果是完全不同的。”

张龙海未再接话，之后老胡也没再多提。直到张龙海起身告辞的时候，老胡才重提了一下接手工厂的事。老胡认真说道：“小张，你当我是师傅，我肯定不会来害你。这个厂子你确实可以考虑一下，一来成本不大，二来现在恰好没事做，与其给别人打工，不如自己给自己打工。现在我是老了，再几年也就退休了。如果我再年轻 20 岁，我自己就把工厂给接手过来了。”

“领导，我当然知道这是你的好意，只是一时间有些拐不过弯来，让我回去好好想一下，明天早上给你个准信。”

“好，回去好好考虑一下！”老胡把张龙海送到楼下才回去。

坐在回家的公交车上，张龙海一直思虑着张桂龙工厂的事，没想到公交居然坐过头了。一直坐到了终点站才清醒过来。下车看了一下站牌，离宫志鹏住所不远。连忙给宫志鹏打了个电话。

宫志鹏正在球场打篮球，接到张龙海的电话，立刻跑了过来。两个人沿着清风桥慢慢走着。宫志鹏似乎还没有从篮球场上把魂收回来，走着路还时不时地来几个跳跃投篮的动作。良久后才发现张龙海一直沉默着，好似心事重重的样子。

“什么情况？和莲姐吵架了？”宫志鹏凑过脑袋仔细打量张龙海的眼睛。

“没有!”张龙海揽住他的后脑勺，顺势一个回旋，把宫志鹏的脑袋从面前拨开了。

“那怎么心事重重的样子，找工作不顺利?”

“不是。晚上去老胡家吃饭了，老胡跟我说了件事。”张龙海趴在栏杆上，眺望着江面说道。江风习习，吹得人很舒服。

“什么事?”宫志鹏焦急地问。

张龙海把老胡今天说的话都说了一遍。

宫志鹏听后高兴地蹦了起来，他兴奋地说道：“有这么好的事?现成便宜不捡那可是王八蛋!”

“你怎么知道是便宜?说不定是个陷阱呢?”

一说是陷阱，宫志鹏立刻平静了下来。“说的也是，万一是陷阱呢。”两人都趴在栏杆上沉默不言。良久之后还是宫志鹏率先开口。“如果没有陷阱，你感不感兴趣?”

张龙海看了看宫志鹏，思虑再三说道：“如果没有陷阱，还是值得考虑的。”

“那就是说，你同意自己开厂了?”宫志鹏兴奋道。

“我是说没有陷阱的话。”张龙海纠正。

“这个简单，有没有陷阱光靠我们分析，肯定是没用了。我们上门去看一下不就清楚了。”宫志鹏得意地说道。

张龙海也觉得有理，耳听为虚，眼见为实。如此想着，张龙海便拨通了老胡的电话，向老胡要了张桂龙工厂的地址，准备明天过去看看。

宫志鹏说何必等到明天，现在过去不就行了。

张龙海看了看手机上的时间，已经快九点了。“现在过去?”

“有什么关系?”宫志鹏说着便站在桥上拦了一辆出租车。没等张龙海反应过来，宫志鹏已经坐进了副驾驶座。“你还愣着干吗?上来啊。”宫志鹏摇下窗户招手说道。

张龙海只好拉开车门坐了上去。

导航显示目的地还有三四百米，出租车司机却说什么也不肯再往前开了。

宫志鹏生气地说道："怕我们不给你钱，还是怕我打劫啊？"

司机长得瘦弱，开车到这黑灯瞎火的地方本就有些心虚，被宫志鹏凶神恶煞似的这么一吼，说话的声音都颤抖了。"你们——你们到这荒郊野外干吗？你看，连个路灯都没有。"

宫志鹏想再说什么，张龙海拍了拍他的肩膀，径直下车了。宫志鹏心不甘情不愿地掏出一张五十元的纸币扔给司机，司机接过钱没吭一声就掉转车头，扬尘而去了。

张龙海说："表上显示七十多元，你不给燃料附加费也就算了，怎么还倒扣了二十几元？"

宫志鹏诡笑道："他自己不要的，我另一个口袋里的钱还没掏出来，他就把车开走了，这可不怪我。"宫志鹏说着看了看四周，还真是漆黑一片。不由得又嘀咕道，"这什么鬼地方，老胡没说错地方吧。"

张龙海说道："不可能，我确认了好几遍。那边好像有点亮光，我们过去看看。"

顺着张龙海手指的方向看去，果然有一点亮光，只是光线好像被什么挡住了，若隐若现。

两个人打开手机上的手电筒，往前走去，路的左边是稻田，右边是橘子园，满耳都是蛙叫虫鸣。

宫志鹏环顾四周，又抬头看了看天，说道："污染问题真是越来越严重了，一颗星星都看不到。"

张龙海提醒道："今天是阴天。"

"哦，难怪没有星星。"宫志鹏无奈地闭嘴，走了没几步，又开口说道，"还记不记得我们小时候一起去照黄鳝。"

"还好意思说，黄鳝一根没抓到，倒是把别人半株葡萄给消灭了。"张龙海说着，两人都哈哈大笑了起来。

走了两三百米，那亮光才清晰了起来。原来是一盏路灯。再走近点，耳畔出现了机器的噪声。张龙海不由得兴奋了起来。那声音十分熟悉，在恒生的时候，天天都能听到，此刻听来格外悦耳。

“还真有个线厂，好像在上夜班。”宫志鹏翘首望去。

两人来到路灯底下，泥路变成了水泥路，前方一整排的路灯亮着。这时两人才醒悟过来，原来是刚刚司机跟着导航抄近路，走了条田间小路。真正的大路是从另一个方向通过来的。

循着声音，终于找到了张桂龙的线厂。工厂里就车间亮着灯，三个工人守着机台，在忙碌的上管、摘线。一个男子躺在一人高的纱堆上睡觉。

张龙海走到车位上和其中一个工人寒暄。宫志鹏则四处转悠着东看看西看看。

这几个工人都是外地人。张龙海用本地话跟他们说：“为什么这么晚还在干活，怎么不去休息。”

那个工人以为张龙海是附近的邻居，睡不着过来找人聊天。便一边干活一边跟他聊着。经过十分钟的交流，张龙海大概知道了厂里的情况。于是转身出了车间。

“怎么样？”宫志鹏迎上来问道。

张龙海示意出去再说。

两人又回到路灯底下。张龙海说道：“看来张桂龙没有说谎，厂里的订单情况还是正常的，每个月工资也准时发放。”

“我看了下，也没发现什么异常，车间办公室都很整洁，不愧是恒生出来的厂长，管理很有一套。不像是经营不善的样子。”

两人沿着路灯，边说边往村外走去。这个时候已近十一点，村里还有一些声响，出了村便只有蛙叫虫鸣。

“怎么办，这地方怕是叫不到出租车。”张龙海问道。那时候还没有滴滴叫车的服务。

“慢慢走呗，走到热闹点的地方就有车了。”宫志鹏丝毫不显疲倦，“怎么样，现在放心了吧？可以谈谈开厂的问题了没？”

张龙海沉默良久，才开口说道：“能和我说说，如果开厂，你是怎么计划的吗？”

宫志鹏沉吟道：“其实我也没仔细想过，我就想着得把你拉上，有你在我就觉得踏实。”

张龙海苦笑道：“如果真要开厂，我还是会选择做内销。”

“这个你说了算，所有决策的问题都交给你，我负责执行。”宫志鹏笑道，随即又严肃地说道，“马上我们就会有自己的工厂了，开厂之前战略目标必须明确。以前你在恒生负责线业销售，虽然线业是一个部门，但是销售的线有很多种，涤纶缝纫线、高强线、绣花线等等。我们没有恒生这样的实力，什么线都可以生产。就我们这几台机器，肯定只能选一种。你打算选哪个？”

“涤纶缝纫线！”张龙海果断回答。

“为什么不选绣花线。恒生线业部门卖得最好的应该是绣花线。”宫志鹏提醒道。

“就是因为恒生的业务以绣花线为主，所以我选择缝纫线，我不想跟他有业务冲突。”张龙海顿了顿，继续说道，“还有个原因，绣花线属于小众产品，客户面比较窄。一般来说只有女装和童装上才会用到绣花。而且这几年随着印花行业的发展，印花慢慢替代了绣花。长远来说，绣花行业我不看好。”

宫志鹏附和道：“和我想的一样，我也觉得做缝纫线比较好。首先，生产缝纫线相比绣花线少了道工序，相对简单点。其次，现在张桂龙的工厂做的就是缝纫线，我们也做缝纫线，机器都不用改，工人也不用另外适应。直接就可以上手。”

“做起来简单是把双刃剑。绣花线做起来麻烦，做的人比较少，竞争对手也就少。缝纫线做起来简单，竞争对手便多了很多。当然，我认可你的说法，坚决做缝纫线。缝纫线的需求量可是绣花线的几十倍。你说说看，哪件衣服上不需要缝纫线？无论男装女装，春装夏装。”张龙海顿了顿继续补充道，“不光穿的衣服裤子，家里用的窗帘、被子、枕套，还有沙发、抱枕、皮包、汽车坐垫，这些都需要缝纫线。你猜猜看，就甬城而言，大概有多大的市场空间。”

“这个我可不知道。”宫志鹏傻乎乎地笑着。

“我大概估算一下，就甬城而言，至少有四个亿的需求量。就看我俩能够分到多少蛋糕了。”

“能够分到一千万的市场份额就不少了，即便按照10%的利润计算，我们也有一百万利润，这可比上班好多了。”宫志鹏不无向往地憧憬着。

“这就看我俩的能力了。”张龙海说着，突然回过头问宫志鹏，“我们两人的股份怎么分？”

“这个我早就计划好了，我们两人各出一半的钱，你占股70%，我占30%。”宫志鹏说道。

张龙海不解道：“为什么出一样的钱，我占七十，你只占三十？”

宫志鹏笑了笑说道：“这个比例你不用纠结，你也知道我对钱看得并不重，我更希望的是有一个舞台，能让我实现自身的价值。”

张龙海不悦道：“照你这意思，好像我很在乎钱？”

宫志鹏讪笑道“算我说错话了。你少跟我臭屁，反正这个事情就这么定了。明天我们就去找老胡，让他带我们去见张桂龙。”

张龙海犹豫了片刻，说道：“明天不行，我还得回去和莲姐商量一下。”

“还要商量？商量什么啊！”宫志鹏又着急了起来，“万一莲姐不同意怎么办？”

张龙海望了望远处的路灯，轻声说道：“我会说服她的。”

让张龙海想不到的是无论他怎么说，莲姐都不同意张龙海自己创业。说到最后，两个人还吵了起来。

莲姐说：“你是不是早就想好了要自己开厂，之前答应我不会和宫志鹏一起创业，只是在忽悠我是不是？你是不是觉得我很好骗？这么多年，傻乎乎地跟着你，要钱没钱，要房没房，连个名分都没有，每年都帮着你家还债，如今好不容易把债还清了，你又要去借钱开厂。”

张龙海解释道：“之前真没有骗你，是昨天老胡跟我说起，我才重新考虑了一下。”

莲姐不耐烦地说道：“少拿老胡来压我，他是你的老领导，不是我的领导。再说，老胡说什么，你就信什么？你就不怕别人忽悠你，弄个陷阱骗你跳进去。”

“老胡怎么可能骗我。”

“就算老胡不会骗你，那万一老胡被别人骗了呢。那个张桂龙只是你曾经的同事，而且只是一面之缘的同事，你凭什么相信他？”

“我没有相信他，我跟宫志鹏特意跑到他厂里去了解过情况。”

“看过又怎么样？别人存心要卖厂了，不会把厂子弄得干净点，你出去见美女不也知道打扮一下。”

“我什么时候去见过美女？”张龙海有些生气，声音不免有些大了。

“行，你没去见美女，是美女跑来见你的行了吧！”莲姐继续胡搅蛮缠。

“够了没有，少在这里无理取闹。”张龙海越发火大。

“行啊，你还没当上老板呢，就对我大呼小叫了，以后当上了老板，还不知道怎么埋汰我呢！”

“你……”张龙海哭笑不得，调整了一下自己的情绪，求饶道：“行了，和你商量正事呢，别东拉西扯。”

“商量，你这是在和我商量吗？你都已经做好了决定，还跟我商量什么，给我下一道圣旨不是更省事。”

“你——”张龙海气得不知道说什么好，最后硬邦邦地说道，“是的我已经决定了，你支持也好，不支持也好，这个厂我开定了。”

张龙海说完便摔门而去。身后传来莲姐号啕的哭声。张龙海怎么也想不通，向来通情达理的莲姐，怎么突然就变得蛮不讲理了。

走出家门，张龙海无处可去，漫无目的地走着，不知不觉地来到了奉江边上。无力地坐在石凳上，茫然地看着江水，不知道该何去何从。

手机铃声响起，张龙海以为莲姐想通了，拿起一看，却是父亲的电话。张龙海接通电话，父亲在电话那头好似很生气，让他赶紧回家一趟。张龙海问有什么事，老头子也不说，就是说赶紧回来，说着就把电话给挂了。

张龙海担心家里出了什么事，匆匆收起手机，想去车站，可是转念一想应该和莲姐说一声。可是回到住所却不见了莲姐，打电话提示关机。无奈之下，张龙海只能孤身一人赶往车站。

跨进家门，看到父亲气呼呼地坐在门口，刚想迎上去问问出了什么事，莲姐从屋内走了出来，张龙海顿时明白了是怎么回事。

不等张龙海开头，父亲便训斥上了："你现在翅膀硬了是吧？辞职不跟家里说也就算了，还想着自己去开厂。你以为开厂这么容易？当老板这么容易？"

"爸，你别听陈莲瞎说。"张龙海焦急地想要辩解几句。

不料莲姐根本不给他机会，端着杯水递给张国平，一边劝张国平不要生气，一边说自己没有说谎，是张龙海鬼迷心窍，被人灌了迷魂汤。

张国平喝了口未来儿媳的茶，然后痛心疾首地和张龙海说道："阿海，我们家没有出老板的命，你爹我以前也做过生意，最后你也知道，亏得一塌糊涂，十几年都没翻过身来。你刚毕业时候也折腾了好几年，还不是一无所获，所幸损失不大。这是命，你得认。"

"爸……"张龙海想要说些什么。

结果又被莲姐打断了："爸，他当了几年业务经理，以为自己有多了不起，已经听不进别人说的话了。他——"

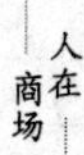

一次次地被打断，张龙海终于爆发了，他怒不可遏地指着陈莲吼道："你给我滚远点。"

莲姐显然也没想到，张龙海会这样吼她，一愣之下，眼泪啪嗒啪嗒地就掉了下来。

张龙海一看，心想不好，没等他再做反应，张国平的拖鞋已经飞了过来。"你小子真是无法无天了，我还没死呢，你就敢这么吼你媳妇了。"

张龙海狼狈地躲过拖鞋，拔腿就往外跑。跑出好几个巷子，耳畔还回响着张国平的声音，"人家哪里做错了，你敢这样吼她。还没过门呢，你就不知道疼自己的媳妇了，以后真当了老板还不得把尾巴翘到天上去了……"

张龙海叫苦不迭，却又无可奈何，心想着该怎么挽回败局，可是想破了脑袋也没想出好主意。就这样在外边晃荡了几个小时，熬到晚饭时间才回到家里。

莲姐和父母已经围着桌子吃饭。张龙海走进家门，张国平瞟也没有瞟他一眼。莲姐端着堆满菜的饭碗，示威似的朝着张龙海撇了撇嘴。

还是张母舍不得儿子，连忙搬来凳子，让张龙海坐下吃饭。饭桌上，张龙海一声也没敢吭，吃完以后乖乖地帮着母亲整理碗筷。倒是莲姐一副地主婆模样慢条斯理地剥着葡萄，时不时还带着挑衅的目光瞟张龙海几眼。

张龙海在厨房里朝着莲姐打躬作揖，求她别再火上浇油。莲姐视而不见。

张国平在客厅看了一会电视，便出了家门，说去小店打麻将。张龙海洗完碗，无所事事。莲姐还是不肯搭理他，他只好走出家门，准备去村后的水库散散步，顺便想想怎么做父母的思想工作。

不想刚出院子，就碰到了张国平。张龙海问："你不是打麻将去了，怎么这么快回来了？"

“没搭子，所以回来了。”张国平依旧黑着脸。

“哦。”张龙海答应了一声，还是不知道怎么和父亲沟通。

“跟我去摘些橘子回来！”父亲进屋提了一个篮子，又走了出来。

张龙海知道父亲有话要和自己说，顺从地跟在身后。

到了自家的橘园，父亲才开口说道：“你是铁了心要开厂？”

“爸，之前我也没有这个念头，昨天胡总跟我说起，我和志鹏也去那个工厂暗地里做了下调查，我觉得是个机会，可以尝试一下。”

“尝试一下，说得倒轻巧，亏钱了怎么办？爸不想你像我一样，一辈子翻不了身。”张国平一边摘着橘子，一边说道。

“爸，投资也不是很大，胡总给我做了个估算，说十万元就可以把工厂盘过来。”张龙海知道父亲对胡总这个老领导很信服，所以一再地拿老胡说事。

张国平沉默良久，再次说道：“如果是你们胡总介绍的，想必不会坑你，但是开厂不是小事，进出的都是大金额，自己务必要多长几个心眼。”张国平说着剪下一串长得格外密集的橘子，饶有兴趣地欣赏着。

“爸，你这是答应让我试试了？”张龙海兴奋地问道。

“陈莲那关，你打算怎么过？”张国平问道。

“我……”张龙海还真不知道该怎么做莲姐的思想工作了，该说的话白天都说过了。

“我看你们还是先把婚结了吧，老是拖着也不是办法，现在家里条件好点了，债也还清了。不能耽误了人家。”张国平又摘下几个橘子，继续说道，“陈莲是个好姑娘，人家不嫌弃咱们家穷，这样的女娃现在少啊。我把丑话给你说在前头，不管你以后有钱没钱，不许负了人家。”

“爸，你说哪的话？你儿子不是这种人。”

“我也知道你不是这种花花肠子的人。但是陈莲未必会这么想。行了，自己的媳妇自己了解。自己的麻烦自己去处理吧。”张国平说着拎起满满的一篮橘子，径直上了田埂。

看着父亲的背影，张龙海心里无比的舒坦。

回到家，莲姐已经洗完澡躺在了床上。虽然背朝着张龙海，但还是给张龙海留了半张床的位置。张龙海梳洗完后，在莲姐身边躺下，顺手从背后抱住了莲姐。莲姐想把张龙海的手拿开。张龙海却将她抱得更紧。

“你别耍无赖。我还没原谅你呢。你……”莲姐想再说话，张龙海却突然翻身吻住了她的嘴。

莲姐拼命挣扎，好不容易才把张龙海从自己身上推开。正想发作，却听张龙海说：“我们结婚吧。”

莲姐愣了愣，问张龙海说什么。张龙海深情款款地又说了一句：“我们结婚吧。”

莲姐推开张龙海，从床上坐了起来。“谁要和你结婚?”话虽如此，可是任谁都听得出莲姐心底的欢愉。

张龙海再一次温柔地从背后探手过去抱住了莲姐。莲姐挣扎了几下，最终还是顺从地让张龙海抱住了自己。“你这算是求婚吗?”

“是啊！今天正式向你求婚。”

“戒指呢?”

“先欠着。等我们的工厂赚到钱了给你买个大钻戒。”

“哪有你这样的，戒指还能欠着。”

“现在不是流行先上车再买票的吗?”张龙海说着抱着莲姐的双手转向了莲姐胸前的两团软乱。

“啊！你别耍流氓，我还没答应你呢!”

“不管你答应不答应，这件事我干定了。”张龙海一语双关地说着，开始解自己的皮带。

莲姐嬉笑着骂张龙海是大流氓。

张龙海摆出一副流氓的表情，扑向莲姐。莲姐作势要喊，被张龙海捂住了嘴巴。“爸妈在隔壁，会听到的。”

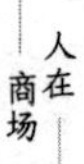

莲姐羞涩地瞪了张龙海一眼，狠狠地在他大腿上拧了一把。

张龙海痛得龇牙咧嘴，却不敢喊出声来了。看到张龙海吃瘪，莲姐满意地笑了。

老胡带着张龙海和宫志鹏来到张桂龙的厂里。张桂龙已经在厂里恭候多时，因为事前已经有过多次沟通，这一次的谈判非常顺利。

临签合同的时候，张桂龙似乎有些纠结。不过，最终无奈地叹了口气，还是把字签了。转让的价格还是按照老胡之前估算的价格。

老胡曾经和张龙海说过，正式谈判的时候，应该能再压点价格。张龙海说算了，张桂龙已经损失不小，他家里现在急等着用钱，我们这个时候再去压价，太不仗义。

张龙海的这句话，老胡原封不动地转告给了张桂龙。张桂龙很钦佩也很感激这个比自己小了一轮有余的年轻人。离开甬城之前，张桂龙特意带着张龙海去拜访了他的几个客户。

张龙海接受了张桂龙的设备、工人和剩余的原材料，但是没有继续使用张桂龙的公司名。一来，怕张桂龙的公司留有后患；二来，张龙海和宫志鹏都觉得自己的公司，就像自己的孩子一样，名字应该是自己起的。

为此，张龙海跑了好几趟工商局，重新注册了一个公司。为了选一个公司名还特意等了三四天。那时候选个带地级市的名称需要等好几天才能回复，不像现在“最多跑一次”，所有的开户事项一次就能解决。

公司最后选用了“永邦线业”为公司名。拿到营业执照以后，再刻章、跑银行、税务局开户，等一切手续办好，已是十余天后。

公司的注册资金，张龙海和宫志鹏各出一半，股份比例最终按六四分，张龙海六十，宫志鹏四十。

宫志鹏向原来上班的公司递交了辞职报告，可是要一个月以后才能真正离职。

就在两人雄心勃勃准备大干一场的时候，麻烦却悄无声息地找上门来了。房东说张桂龙租的房屋即将到期，需要续费了。这一笔房租，张龙海已事先做好准备，不想房东却狮子大开口，要求涨价，而且涨价幅度高达50%。

张龙海和宫志鹏都觉得房东太过分，但又拿他没办法。

有一句话说得好，惹不起难道还躲不起？不租了总可以吧！

他俩一致的意见是把工厂搬到奉县，最好是在自己的镇上。在自己的家乡多少有些关系，遇到事情容易解决。决定之后，张龙海立刻赶往奉县，发动自己的同学寻找厂房。张国平也动员自己的关系帮着到处打听。

功夫不负有心人。不到一个星期，在张龙海初中同学的引荐下，张龙海在镇上一个偏远的小村里，找到了合适的厂房。新厂房清爽干净，而且价格还便宜很多。

之前的房东见张龙海他们迟迟没有签订续租合同，而且作势要搬，又回过头来说好话，说价格可以再商量商量。张龙海已经下定决心搬厂房，便摊开了跟他说已经在别处找好厂房。不想房东翻脸不认人，恶语相加。

再之后的几天，房东各种刁难，妨碍张龙海的生产。运来原料，不让他们卸货，说妨碍了村民的通行。无奈之下，张龙海只好让原料车停在村口，把原料卸在路边后，再用小拖车转运到厂里。六吨的原料，从货车上卸下。等货车走后，再把原料装到小拖车上，小拖车一次只能装十包。六吨纱总共240包，来回跑了24趟。小拖车把纱拉进仓库以后，还要在仓库里按照不同规格排放整齐。这一天下来，张龙海的手像是断了一般，晚上吃饭的时候，连筷子都拿不动了。这种体力活，张龙海从未经历过。

万般无奈之下，只能提早一个月开始搬厂。

如此一来又出现了新的问题。手头还有一个外贸合同，没来得及生产。

新厂房搬过去，水电未通，暂时还不能生产。这边的几个老工人因为亲人都在这附近，也不愿意跟过去。水电容易解决，工人却是个麻烦事。

不过事已至此，只能搬了再说。

至于那个未完成的合同。张龙海想起在恒生上班时候，认识的一个线厂老板。那个老板姓高，名三寿。和眼下的张龙海一样，专门为外贸公司做订单。

得知张龙海有个订单要转交给他做。高三寿笑得眼睛都眯成了缝。他殷勤地领着张龙海参观他的工厂，参观完以后又把张龙海拉到饭店热情地招待了一番。张龙海临走之际，高三寿又偷偷地塞了一条中华香烟在张龙海包里。

张龙海把烟拿出来还给了高三寿，说："弄这些虚的没必要，我只有一个要求，就是把质量做好。至于价格，我接过来多少钱，就给你多少钱，这个单子我一分钱也不赚。"

高三寿拍着胸口说："兄弟，你放心，你看得起我，把订单交给我做，我肯定不会让你失望。"

接下来的一个月，张龙海忙着新厂房的布置，以及新员工的培训。张龙海在接手工厂后，经常泡在车间里，帮着工人一起做线。有这一个多月的做线经验，也算得上是半个熟练工了。要不然，以他这样一个业务出生的大学生，还真不会操作机器。

在恒生的时候，张龙海每天出入车间，也经常看工人生产。偶然有急货的时候还会帮工人打打下手。但是看别人操作机器，和自己操作机器那完全是两回事。看别人操作简单，自己一上手却哪哪都是问题。

新的厂房万般皆好，最大的问题就是太偏了，招工不好招。招工启事贴出去好几天了，只有寥寥数人来咨询。所幸，张龙海的工厂用工量不大，满打满算只需要三个车工加两个包装。包装因为操作简单，很容易招。车工是站着干活，一天到晚，要在车位上来回走动，相对还是比较辛苦的。这样的活，本地人都不愿意做，而奉县的外地人又比较少。这导致了三个车工迟迟未能到位。

这个不利因素，在找厂房时候完全没有考虑到。

没有工人，所有计划都毫无意义。

张龙海怕新工人来考察的时候，看到车间冷冷清清，从而失去对工厂的信任。为了营造一点气氛，张龙海不得不自己把机器开起来做线。所幸宫志鹏很快也到位了。

招不到工人两个人都着急。打印了厚厚的一叠招工纸，沿着公路，按个村子贴过去。凡是岔路口必须要贴一张，终于在新厂入驻的第十四天，有两个人来报名了。

如何管理这两个来之不易的新工人。张龙海和宫志鹏出现了意见分歧。

宫志鹏说好不容易招了两个人，只要他们能做出产量，其他的随便他们。

张龙海则觉得不然，无论公司大小，人员多少，没有规矩就不成方圆。公司小的时候不好好管理，等大了就更加没办法管理。

张龙海说："我们可以多给他们一些关照，但是该遵守的规章制度必须遵守。"

最终宫志鹏放弃了自己的主张，让张龙海按照自己的思路管理。

张龙海根据前一个月的车间管理经验，对张桂龙之前的规章制度做了修改。所幸，两个新员工还算给力，在张龙海手把手的指导之下，很快就学会了如何操作机器。

前面的几天，新工人的产量不高，张龙海给予较高的保底工资。这一项措施一直沿用到了后来。

张龙海和宫志鹏去高三寿厂里查看那批货物的生产情况。高三寿依旧是满面春风，一路微笑地陪着二人。张龙海抽检了一些货物，没有发现问题，质量和分量都达标，这才放心离开。

回到工厂，宫志鹏问张龙海对高三寿这个人怎么评价。张龙海说不可深交。宫志鹏表示认同，说这个人就是个笑面虎。宫志鹏随口的一个比喻，不想“笑面虎”三字，后来竟然成了高三寿的外号。

张龙海很快就领教到了笑面虎的歹毒。这个合同的甲方是甬城千和进出口有限公司。因为张龙海工厂搬迁，不得不把订单外放出去加工。这一点张龙海事先征求了千和进出口的意见。千和公司的采购部经理高鹏，说只要能确保质量，他们没有意见。

货物完工之后，千和公司派了个质检员过来验货，结果这一验，验出了大问题——严重偷工减料。合同要求每个线五千米，换算成克重，应该是 153 克净重，可是实际的净重只有 148 克，每个线的平均克重少了 5 克，个别线甚至相差十余克。

看到这样的抽检报告，张龙海目瞪口呆。

根据行业规则允许有 3% 的上下浮动。可是高三寿却是在 3% 下偏差的基础上再上下浮动 3%。总体来说就是整批货缺了 3% 的分量。

张龙海好奇，自己验货的时候明明克重是足的。他又打开了几箱货物，结果全都少了 3%。

木已成舟，无奈之下，张龙海只能去千和公司请罪，承认自己没有做好监督工作。他和高鹏说道，责任在我，由此产生的损失由永邦线业来承担。

高鹏知道这一个单子张龙海并没有赚一分钱，他倒是并没有为难张龙海，说：“这批货的交期已经到了，我们先把货发出去，如果老外收到货后发现了克重不足，那么该补偿给客人的，我们一分不少的补给客人。如果客人没有发现，那么这个事情也就过去了。权当买个教训，以后注意点就是了。”

千和公司这样的处理方式，算是仁至义尽了。

张龙海从千和公司出来后直接去了高三寿的工厂。张龙海把高鹏的话原封不动地转述给高三寿。不想高三寿听后却把脸沉了下来。他说：“合同是你和千和公司签的，要赔款也是你的事情，和我有什么关系？”

张龙海听了气不打一处来。问他怎么能够这么无耻。

高三寿嬉笑着说：“这有什么无耻不无耻的，做生意本来就是这样。我们这行赚钱不容易，老老实实地做订单，我们的利润从哪里来？这些外贸公司都贼精贼精的，一分一厘的利润都给你算得死死的。我们唯一的赚钱途径就是克扣一点原料，这个是行业里公开的秘密，你有什么好生气的？”高三寿顿了顿继续说道，“被客人发现克重不足，只能说你自己太幼稚，太无能。这种事情在没捅破之前，塞个红包给质检员，什么问题都解决了。谁会像你这么傻，还跑到别人公司去主动承认错误。像你这样的人根本不适合做生意。”

张龙海想到了这个人不值得深交，却没想到这个人这么无耻，能够把偷奸耍滑说得振振有词。张龙海后悔不应该把货款先付给了他，此刻他把偷工减料的责任甩得一干二净。张龙海确实拿他没有办法。听他说出来的话，句句含讽带刺，完全是无赖的嘴脸。

“记住你今天说的话。”张龙海不想再跟他废话，转身离开了高三寿的工厂。人说眼下留一线，日后好相见。看高三寿这架势是准备和自己决裂了。也好，这样的人太聪明，惹不起，只能躲。躲得越远越好。

这个订单的事，最后不了了之，老外没有发觉，千和公司也没有再追究。

让张龙海恼火的是，临近中秋，张龙海去千和公司送发票，却在公司门口遇到了高三寿。高三寿看到张龙海丝毫没有觉得尴尬，还是一如既往的笑脸如花，他还热情地伸出手来要和张龙海握手。

张龙海简洁明了地送了他三个字：“滚远点。”然后绕过高三寿进了高鹏的办公室。

高鹏指着墙角的一盒月饼说：“高三寿送的。不过你不用有顾虑，他的为人我看不上，我们公司不会跟他合作的。”

张龙海道了声谢，办完事便告辞回到了工厂。回到厂里的第一件事，就是订月饼。对于人情应酬，张龙海不擅长，今天高三寿倒是给自己上了一课。

张龙海买好月饼后，几个经常合作的客户送去。顺便和客人谈了下个月的生产计划，看看能不能多接几个订单。

新厂房安顿好以后，生产秩序逐渐恢复正常。三个车工已经招齐，虽然都是新手产量不高，但是各自按部就班，也算是生机勃勃。

宫志鹏上班的时候基本都钻在车间里，兼职打包、机修和搬运。没事的时候，就鼓捣机器，他把一台机器拆了装，装了又拆，反复多次，竟然无师自通，也能充当半个机修师傅了。

张龙海汇总着每天的产量，计算交期。不想汇总以后大跌眼镜。按照目前的产量，很多订单根本来不及交货。如此一来，必然失信于客户。张龙海思虑再三，把宫志鹏叫到办公室。

张龙海把产量记录表拿给宫志鹏看。忧心忡忡地说道："按照目前的产量肯定来不及交货，一批货交不出去，后边的货都得同步顺延。这样就会得罪一堆的客户。"

宫志鹏业务出身，知道不能按时交货的后果，即便客人同意延迟，自己的信誉也会大打折扣。"这怎么办？"宫志鹏收起一贯的嬉皮笑脸，焦急问道。

张龙海深思良久，说道："我们两个分头行动。我去客户那里问问有没有哪个订单是不急着出货的。如果中间能够抽除一个订单，再后边的订单，交期压力就会轻很多。你负责给员工开会，和她们沟通一下，看能不能每天加一会儿班，尽量多做些产品出来。"

"好的，我马上就去。不过我觉得这几个工人即便愿意加班，也提高不了多少产能，老实说她们现在一天十一个小时的工作量已经比较高了，再增加工作时间怕她们身体吃不消。"

"哪怕每个人多做一个小时也是好的，一个月下来相当于多了好几天的产量。"

“行吧，能早一天算一天。”宫志鹏说完便向车间走去。每天泡在车间里，时不时地帮工人干点活，一段时间下来，宫志鹏和这几个女工已经非常熟络。他开口请大家加一下班，三个工人都异口同声地表示没问题。

宫志鹏在表示感激的同时，越发勤快地帮她们打下手。工人需要的塑料管和纱线他都给她们搬好，工人做好的线，他帮着装盘子。

张龙海走访了几个客户，只有一个客户说订单不是很急，可以延迟。这对于张龙海来说已经是天大的好消息。有一个订单能延迟就减轻了车间不少压力。

张龙海回到办公室，和宫志鹏重新估算了一下生产进度，无论怎么赶，前面两个订单的交期还是来不及。

“怎么办？”宫志鹏问。

“没其他办法了。等工人下班后，我来做线。”张龙海说道。

“你白天一堆事，晚上还做线？不要命了？”宫志鹏惊讶地说道。

“从工人下班开始，做到凌晨三点睡觉。早上睡到九点钟起床，还是能睡六个小时。六个小时的睡眠足够保证第二天的精力了，不会有什么影响的。六七个小时，至少可以生产一千五百个线。只要能凑足这个数，我们就能顺利出货了！”

宫志鹏欲言又止，不忍地说道：“要不我们换着上夜班吧？”

“不行。”张龙海果断拒绝，“你白天必须守在车间里，一来帮着工人赶点产量，二来也需要随时监督质量。万一机器坏了，还能随时修理。”

“行吧！”宫志鹏无奈地离开了办公室。

张龙海当天晚上就开始做线了。上半夜宫志鹏陪着一起做了会，熬到十一点，张龙海把宫志鹏赶走了。说明天早上还有一堆事情要做，千万不能出纰漏。

宫志鹏走后，张龙海在车间里熬到三点，清点了一下自己的战果，有一千八百个，加上宫志鹏上半夜做了四五百个，已经超出预算好几百。张龙海这才心满意足地关掉机器，走出车间。

已近深秋，凌晨的空气带着丝丝凉意，天上繁星闪闪，好一个宁静的夜晚。

张龙海向着深邃的夜空，长舒了一口气。然后检查了一遍门窗才回到办公室。在办公室的地上摊开一张草席，连衣服也没脱，就呼呼入睡了。

第二天醒来，天已大亮，一看手机，已经九点。看办公桌上放着几个小笼包，一摸还是热的，抓起便啃了起来。

宫志鹏小心地开门进来，见张龙海已经起床，连忙给他打了一盆洗脸水。张龙海一边嚼着包子，一边含糊不清地说道："蛮细心的嘛，看你平常大大咧咧的，伺候起人来还是挺有一套的。"

宫志鹏瞥了张龙海一眼，打趣道："老子上辈子欠你的，这辈子给你端茶递水。"

"这个包子挺好吃，你哪里买的？"

"你每天买的那家。"

"怎么感觉今天味道特别好！"张龙海把最后一个小笼包塞进了嘴里。

"肚子饿了吃啥都好吃。"宫志鹏把草席卷起，毯子放好。然后继续说道，"工人看到你做的线了。我说是老板通宵做的，她们都佩服你，说这么能吃苦的老板难得一见。她们还说了，为了给你减轻点压力，她们会尽量多做一点的。你去车间看看，今天她们做线可认真了。"

"是吗？"张龙海咽下最后一口包子，才想起自己牙还没刷。

就这样，坚持了半个月，总算把搬厂后的第一个集装箱发了出去。这批货不但没有延迟，还比预定的交期提早了几天。

厂子搬到奉县后，莲姐只来过一次工厂。注册营业执照的时候，两人终于把结婚证领了。酒席则定在年底。

莲姐来的时候，张龙海正在睡觉。宫志鹏说张龙海刚睡下没多久，让她等一会再叫醒他。莲姐什么也没说，在办公室坐了会，看张龙海睡得香，便没舍得叫醒他。

自从厂子搬到奉县以后，两个人过起了分居的生活。在恒生上班的时候，张龙海偶尔还能陪莲姐看个电影，逛逛公园。可是自从开厂以后，张龙海总是忙。两个人只能通过手机联络感情，偶尔聊上几句，还总是匆匆忙忙，没说上几句话，张龙海就说还有事，以后再聊。

莲姐一度以为张龙海是不是有了二心。心想这次见到他，肯定得好好惩罚一下他。可是，当亲眼看到张龙海睡在地铺上满脸憔悴的样子，所有的委屈都消失了。她抚摸着张龙海脸上的胡茬，这胡子怕是有一个星期没有刮了吧。头发也是乱糟糟的，不知道有几个月没理了。身上的衣服也是一股味儿。

莲姐在车间里面转了一圈，又回到办公室，张龙海还没有醒。看到办公室里乱糟糟的，桌上凳上，不是样品线，就是各种资料。她看不下去帮着整理了一番。在张龙海桌子底下发现一个纸箱，本以为藏着什么重要东西，打开一看，却是一箱子的脏衣服。

莲姐搬出箱子，拿到水池边准备清洗。刚刚打开水龙头，宫志鹏碘着脸跑过来，手上也是一堆的脏衣服。

“你们两个大男人，不会自己洗衣服吗？”莲姐皱着眉说道。

“这不是忙嘛！”宫志鹏厚着脸皮说道。想再说几句，车间里便有人喊他。宫志鹏丢下衣服，一路小跑着去了车间。

看着宫志鹏的背影，又想起张龙海的模样，莲姐感到鼻子有些发酸。

一大堆的衣服，洗了近两个小时才洗完。莲姐让宫志鹏在院子里拉了几根绳子，衣服挂了满满一院子。

莲姐回到办公室，发现张龙海已经起床，正坐在电脑前噼里啪啦地敲着键盘。“志鹏，旭峰进出口的小王问我们月底能不能出货。”

张龙海头也没抬，继续忙着敲击键盘。见来人半天没有回应，才抬头看了一眼，这才发现来得不是宫志鹏，而是莲姐。

张龙海连忙从座位上站起来，一副恭迎老佛爷的架势，拉着莲姐在沙发上坐下。“你怎么来了?”

莲姐忍不住又促狭起来：“你这话什么意思，好像不欢迎我来啊。是不是在厂里养了小三，怕被我这个正房撞见。”

“小三？小强倒是有一堆。”

莲姐一听这话，不禁莞尔。在张龙海手臂上扭了一把，说：“今天什么日子，你是不是忘记了?”

“什么日子?”自从开厂以后，没有月初月末，每天都在赶交期。自从开厂以后，没有白天晚上，只有睡着的时候，和睡醒的时候。此刻问张龙海是什么日子，张龙海还真是一脸的茫然。他拿出手机看了看，并不是什么节假日，只是个普通的周日而已。

“今天是你的生日啊！你这猪头，自己的生日都不记得了。”莲姐拿手指戳了戳张龙海的脑袋。

“我生日到了?”张龙海查了查阴历，还真是自己的生日。不由得喃喃说道：“还好还好。”

“还好什么?”莲姐好奇地问。

“还好我有老婆，不像志鹏那个瘪三，没人关心。”

“噗呲”一声，莲姐忍不住笑出了声，“哪有你这样说自己兄弟的。”

“是不是在说我坏话?”宫志鹏推门进来，看到两人手牵着手坐在沙发上，连忙捂住眼说，“我可什么都没看到。”

莲姐把一个抱枕扔过去，说道：“装什么清纯，我们不过是牵个手而已。被你说的好像干了什么见不得人的事似的。”

宫志鹏接住抱枕，嘿嘿笑道：“我的意思是说，即便你们在办公室干什么见不得人的事，我也什么都看不到。”

“行了，少贫嘴了。晚上可不可以早点下班。今天是阿海的生日。”莲姐说道。

“生日？”宫志鹏惊讶道，半天才回过神来，“阿海的生日到了？”然后一副哭丧的表情，鬼哭狼嚎了一声。

“干吗呢，这是？”莲姐惊愕不已。

张龙海提醒：“志鹏的生日比我早一个星期。”

莲姐这才领悟过来，原来宫志鹏也忘记了自己的生日。而且，已经错过了。

“行吧，今天必须早点下班，出去好好吃一顿，弥补一下我受伤的心灵。”宫志鹏说着又回车间去了。

难得一天准时下班。张龙海和宫志鹏急急忙忙地想要出门。莲姐不同意，说：“你们两个把自己收拾干净了再出门。”

宫志鹏关上办公室的门，门后挂着一块小镜子，他站在镜子前照了照自己，用手指巴拉了两下头发，说：“这么帅的男人，还需要收拾？”

莲姐随手抓起一张白纸，揉成一团扔了过去。

宫志鹏早有准备，轻松躲过，然后一溜烟地跑回了自己的寝室。

张龙海在莲姐的胁迫下，终于把脸上的胡子给刮干净了。洗完澡，换上新衣服，再出来的时候，仿佛换了个人似的。虽然在一起生活已经五六年了，但是这一刻莲姐还是忍不住多看了几眼。几个月不见，这个男人更加消瘦了，却更有精神了。

莲姐在网上订了三张自助餐厅的消费券。走进餐厅，张龙海和宫志鹏像是没见过世面的乡巴佬，看着一排排的美食，拼命咽着口水。

莲姐轻声提醒道：“能不能有点出息？你们两个都是大公司出来的业务精英，虽然现在落魄了点，但好歹还是个老板，别弄得跟饿死鬼似的。”

宫志鹏苦着脸说道：“莲姐你是不知道阿海有多扣啊？每天早上包子，中午饭盒，晚上饭盒，好不容易有个夜宵吧，不是泡面就是面包。”宫志鹏一副往事不堪回首的表情，嘴上叫着苦，手却拼命夹着食物。

莲姐本想让他别夹这么多，后边还有很多美食，可是转身一看，张龙海也是一个德性。还没走过一半的食物区，宫志鹏和张龙海的餐盘就装满了。之后，两个人匆匆忙忙地找了个座位，开始大快朵颐。

莲姐看着他两的背影，摇头苦笑。自顾自地继续搜寻美食。等她夹好食物，远远地看到张龙海在向她招手。可是莲姐走到他身边的时候并未停留，而是继续往前走，对张龙海的邀请视而不见。在走向张龙海的时候，莲姐注意到自己带来的这两个活宝已经成了餐厅的焦点。莲姐可没有他俩的脸皮厚，面对着整个餐厅的指指点点，可以视若无睹。所以，干脆装作不认识，径直找了一个位置单独坐下。

此刻，宫志鹏和张龙海正狼吞虎咽地吃着一盘炒面，那种风卷残云的架势，好似饿死鬼投胎。旁边几桌的人都看着两人窃窃私语，掩嘴偷笑。莲姐清楚地听到邻桌的一个女生在说：“不知道哪里来的乡巴佬，肯定是没吃过好吃的。一份炒面吃成这个样子。”

等到二人消灭了餐盘中的食物，莲姐才坐过去。

“带你们两个人来吃自助餐，真是个错误的选择。”莲姐慢条斯理地切着牛排。

“没错，没错，今天是我们两个的生日，确实应该吃点好的。”宫志鹏含着满嘴的食物，含糊不清地说着。

“吃炒面门口的沙县就能吃，何必来这种地方，纯粹是浪费钱。”

“什么规格的纱线?”张龙海突然抬起头来插了一句。

宫志鹏差点被呛到，提醒道：“是沙县小吃，小吃!”

莲姐被这两人气得不行。借机去倒饮料。倒好以后又换到了刚刚单独坐着的那个位置，不再和这两人坐一起。

在餐厅吃了将近一个小时，三人才离开。宫志鹏出来的时候，扶着墙说吃撑着了，需要消化消化。他说附近有个篮球场，要不去打会篮球?

张龙海刚开始说好，之后又改口说算了，别去了。

宫志鹏说："怎么又不去了？你可是恒生公司篮球队的主力啊。"

张龙海无奈地说道："万一扭到脚怎么办？现在这种情况下，我们两个谁也伤不起。"

宫志鹏无奈地长叹了一声，随即转移了话题。"你们两个有什么安排？"

"没什么安排。"张龙海说。

"没什么安排就早点回家吧，莲姐估计都等不及了。"宫志鹏诡笑道。

"去死吧。"莲姐操起自己的手提包甩了过来。

宫志鹏早有防备，轻轻松松便躲了过去。不等莲姐再出手，宫志鹏已经跑出老远。他说他要去约会了，让张龙海和莲姐别跟着他。

宫志鹏走远以后，张龙海问莲姐："我们去哪？要不——早点回家吧？"

"这么早回家干吗？"

"你不想我吗？"张龙海笑得很猥琐。

"鬼才想你！"莲姐假装不理。

张龙海不依不饶地纠缠道："那我想你了总可以吧。"说着一把揉住了莲姐的腰。

感觉到张龙海的手不老实，莲姐提醒道："别耍流氓！"

"就耍流氓了，你能怎样？"张龙海一副无赖神情，揉着腰的手，往上抬了一寸。

莲姐拍掉张龙海的手，说："你再这样，我喊人了。"

"你喊啊，喊个给我看看。"张龙海肆无忌惮地继续动手动脚。

"救命啊！"莲姐真的扯着嗓子喊了一声。

张龙海愣在当场，看了看四周，有好几个人扭头看向他。"你真喊啊？"张龙海轻声嘀咕道。

"不是你让我喊的吗？"莲姐得意地笑着，说完又大声地喊了声，

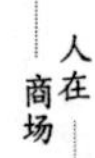

“救命啊，有人耍流氓。”

那几个男人，刚刚还只是往这边看看，这时却向这边跑了过来。

“喂，你玩真的?”看到那几个来势汹汹的男人，张龙海焦急问道。

“你还不赶紧跑?等一下被人揍了我可不管。”莲姐促狭地笑着。

“你——”张龙海看跑过来的几个人越来越近，而且这个时候莲姐又喊了一声“救命”。张龙海怕说不清楚，白白挨揍，只能跑了再说。

莲姐在身后笑得前俯后仰。

跑了良久，见身后没人追来，张龙海才停下脚步。“这个疯女人。”张龙海扶着路边的樟树，上气不接下气。

正想给莲姐打个电话，问她现在在哪里。却收到莲姐发过来的一条短信：“万豪大酒店 178”。

张龙海会心一笑，喃喃道：“疯丫头，看我怎么收拾你!”然后朝着万豪大酒店的方向狂奔而去。

第二天回到公司，张龙海一身疲态。

宫志鹏取笑道：“老实交代，昨晚大战了几个回合。”

“我们有证的!”张龙海解释道。

“有证了不起啊!”宫志鹏翻了个白眼，准备进车间。

“等一下。”张龙海叫住宫志鹏。

“有事?”宫志鹏驻足。

“有事!”张龙海拿出计划单给宫志鹏看，“前段时间光顾着赶货，总算是功夫不负有心人，没有耽误客人的交期。但是现在新的问题来了。”

“什么问题?”宫志鹏严肃了起来。

“我们手头的订单不多了，现有的订单还是很急，但是赶完这几个订单，我们没单子可做了。”

“不会吧。”宫志鹏紧张地坐直了身子。对于生产型企业而言，停产就意味着亏损。房租浪费，工人要养。如果停产超过一个月，有可能这一年努力都白费。

“我算了一下，按照现有的产量，我们的订单还能坚持二十天左右。所以必须在十天之内接到新的订单。不然我们就要停产了。”

宫志鹏咬着嘴唇，很严肃地听着。良久才开口说道：“我在开厂之前也做了一些调查，了解外贸加工的一些特性。忙的时候忙到心力交瘁，闲的时候闲到你内心崩溃。”宫志鹏放松身体，俯近张龙海说道，“你之前不是说，如果开厂，你会以内销为主。为什么开厂两三个月了，都没听你提过怎么做内销。”

张龙海沉吟道：“长远来说，肯定要走内销这一条路，但是现在时机未到。”

“时机?”宫志鹏问道，“我不是很明白。什么叫时机未到。现在工厂有了，工人也有了，要做内销，随时可以上手。”

张龙海笑了笑，说道：“要做好内销，没有你想得这么简单。你知道我们镇上有多少个专做内销的缝纫线厂?”

宫志鹏摇了摇头。

张龙海在纸上写了个数字——12。

宫志鹏惊讶道：“你是说我们镇上有十二家专做内销的线厂？我怎么一家都没看到过?”

“那是因为你每天都在车间里没去做市场调查。这些线厂都很小，最小的只有两台机器，最大的也只有六台机器。从规模上说，这些厂和我们相比不值一提，但是就目前我们的实力，想要打败他们却不容易。”

“为什么?”宫志鹏惊讶地问道，“我们二十四台机器，竞争不过两三台机器的小作坊?”

“是的。”张龙海直言不讳，“要说线的生产规模，恒生在全国范围内都是数一数二的，可是那又怎么样？恒生的内销还不是举步维艰。内销和外贸是截然不同的两种模式。外贸做得好的，内销未必就做得好，同样，你内销做得好的，外贸也未必做得了。恒生公司和柳叶公司就是两个鲜明的例子。一个外贸做得很好，内销不行。另一个内销堪称一绝，外贸却近乎为零。”

“到底区别在哪？”宫志鹏问道。

“这个有点复杂，我一时半会说不清楚，以后慢慢和你分析。总之一句话，现在做内销，时机不成熟。眼下，我们还是得依赖外贸订单。”

“你有什么打算？”宫志鹏问。

“我分析了下我们现有的客户群。有一个共同的特点，就是这些客户都不是很大，他们的订单没有持续性。这就导致了我们计划很难排。像你说的，忙的时候可能忙死，闲的时候可能闲死。停产时间若是久一点，我们可能就会倒闭。这种全凭运气的经营模式，我非常不喜欢，没有安全感。”

“你有什么办法改变？”宫志鹏继续问道。

“办法暂时还没有，想法倒是有。”

“说说看。”

“说起来也很简单。大树底下好乘凉。我们必须找几棵大树。只要订单稳定，哪怕利润低一点，也比订单时有时无好。”

“你知道大树在哪？”

“这个简单。你可别忘了，我是哪里出来的。恒生就是线类出口的老大，他有哪些竞争对手，随便找个恒生的业务员问问就知道。”张龙海得意地笑了笑。

宫志鹏好奇地问道：“有一点，我想不通，既然恒生是线类出口的老大，你为什么不直接向恒生要单子做？再说老胡现在是恒生实业部的副总，在公司还是能说得上话的。你向他开口要几个加工订单，他肯定不会拒绝。”

张龙海靠在沙发上，稍做思索，说道：“不和恒生合作有两个原因。第一，恒生有自己的生产工厂，它虽然也有不少外发订单。但是它太了解线业的生产成本，给加工单位计算价格的时候，它会把每一分钱的成本都给你列得清清楚楚，如此情况下，你要想多赚一分钱都是不可能的。第二，恒生选择加工工厂，有个很霸道的条款。就是一旦成为他的加工厂，他就会包掉你所有的产能。让你接不了其他公司的订单。这一点我很难接受，我不会把所有鸡蛋放在一个篮子里，即便这个篮子现在看起来很牢固。”

宫志鹏认真听着。“那你想找什么样的公司合作。”

“必须满足两个要求：第一，公司足够大，有相对稳定的订单。第二，没有自己的工厂。符合了这两个要求，才能够长久的合作。订单稳定的重要性，你也知道，我就不说了。为什么说不能找有自己工厂的外贸公司，有两个原因。第一，没有自己的工厂，就不可能百分之百的了解纱线生产。他懂得越少，我们的利润空间越大。其次，没有自己的工厂，任何时候他都得依赖合作伙伴，这种情况下双方是平等的合作关系。不像和恒生合作，利润多少全看他们的心情，给不给你做，也得看他的心情。万一行情不好了，恒生肯定优先保证自己的工厂有单做，哪里还会关心你的死活。”

“你说的这些我都认可，不过我觉得要争取到这样的大树难度应该很大。”

张龙海说道：“难度肯定不小，这样的客户，每个同行都想要。这也正是我要和你商量的事。在合作之前，我们跟客人说，我们的质量抓得很紧，分量也做得很足，这类话说再多也不会有效果。在客人看来就是王婆卖瓜。我们要想吸引客户的注意力，唯一的筹码就是价格比别人低。所以我想着，前面几个询价哪怕是亏着也要把它接下来。只有合作过了，客人知道了我们做的产品确实很好，才能正式谈长期合作的事宜。”

宫志鹏明白张龙海的意思，说道：“价格的事，你做主就行，没必要跟我招呼，不管是赚是亏，我负责把生产管好。”

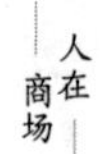

张龙海拍了拍宫志鹏的肩膀说道："有你这句话，我就可以放开手脚去争取一下了。"

"那些老的客户怎么办？如果有了大客户，这些小客户就不做了吗？那也太浪费了。"

"当然要做。不过那个时候就不是客人给不给我们订单的事了，而是我们要不要做的事了。届时看订单情况，我们可以选着做，利润高、付款及时的，我们就做，利润低的就找个理由推掉。"

宫志鹏听完，不由得竖了一个大拇指。

几经调查，张龙海把甬城出口服装辅料的几家公司做成一份名录。针对这份名录，张龙海一一做了调查、删选。最后把目光锁定了两个公司名上。

第一家公司，叫兰月进出口，老板姓王，行业里大家都叫她王姐。

第二家公司，叫荣盛进出口，老板未知。和甬城很多的线厂都有合作，据说订单很多，而且订单都很大。

张龙海选在星期一的上午，来到兰月公司。很多公司都有开周会的惯例，星期一的早上，第一件事必然是开会。汇报上周的工作，然后安排本周的工作。这种情况下老板一般都会到场。

张龙海知道兰月公司 8：30 上班，他 7 点钟就到了兰月公司楼下。只是张龙海并没有急着上楼，而是坐在楼下的小卖部吃早餐。

这已经是他第三次光顾这家早餐店。早餐店的生意很好，现在城市的白领，似乎都不愿意自己烧早餐。烧早餐的时间都用来做起床前的心理斗争。

这幢大楼总共 24 层，有三十几个公司入驻。兰月公司占了十七、十八两个楼层。八点左右，早餐店的生意是最忙的时候。

吃早餐的时候，偶尔能听到有人说起王姐。从这几个人提到王姐的语气来看，这个王姐应该是比较平易近人的，因为这些人说到王姐的时候，无不是用词客气，语气平和。

八点半以后，早餐店的生意立刻冷清了下来。张龙海坐在这幢大楼的大厅处，闭目养神。这个点是每个公司最忙碌的时候，不适合做业务拜访。

此刻去做推销，别人压根就没工夫听你做任何介绍，只会让人徒生嫌弃。

九点左右，几个快递员相继来到大厅。他们都是在大厅把快递分拣好，再一层层的拿去投递。

张龙海上前搭讪，问他有没有兰月公司的快递。

快递员以为他是兰月的员工，笑着说道："有，每天都是你们公司的快递最多。"

张龙海说我看一下有没有我的快递。

快递员指着一堆快递说："这一堆快递都是你们公司的，你自己找找看吧。"

张龙海在一堆快递里翻了好一会，最后说没找到自己的快递，然后便离开了。

走出大楼，张龙海淘出手机拨了个号码。那个时候的快递面单上没有隐去客户的信息。名字和手机全号都是一目了然地写在面单上。

张龙海刚才大概留意了一下，这个叫吴雪松的人快递最多，所以就留心记住了他的手机号码。

电话很快接通。吴雪松在电话那头问是哪位。张龙海说自己是线厂，经朋友介绍说兰月公司出口的缝纫线很多，想过来看看有没有合作机会。吴雪松悄声说："自己正在开会，让张龙海过十分钟以后再打过来。"

于是张龙海又在楼下等了十分钟。十分钟后再打过去，吴雪松详细询问了张龙海工厂的情况。张龙海简单介绍了一下以后，说自己人在甬城，应该离兰月公司不远，想当面拜访一下吴经理。

吴雪松表示欢迎，说能当面谈那是最好。吴雪松还让张龙海来的时候顺便带几个样品过来。

张龙海满口答应。因为样品他本就随身带着。

打完电话，张龙海又在附近溜达了一圈，临近十点才走进电梯。

来到大楼十八楼，一出电梯就看到了兰月公司的招牌。

走进公司，前台问他找谁。

张龙海说找吴雪松，和他约过。前台打了个电话询问，随后跟张龙海说道，吴雪松的办公室在楼道倒数第二间。

顺着前台美女手指的方向走去，很快就到了倒数第二间那个办公室。张龙海猜测的没错，办公室门上赫然贴着采购部三个字。对于贸易公司而言，进出快件最多的，基本都是采购部的人。

办公室里有四个座位，一男两女。男的和张龙海差不多年龄，坐在最里面的位置。

还有一个位置空着，桌上乱七八糟地堆着一堆样品。显然这个位置没有人坐。

张龙海径直向那个男士走去。"吴经理，你好。你好。我是张龙海，上午刚刚和你通过电话。"

"你好，张厂。"吴雪松站起来热情地回应，拉过空位上的那把椅子，让张龙海坐。随即又吩咐前面的美女，让她给张龙海倒杯水。

寒暄过后，张龙海和吴雪松一齐坐了下来。吴雪松问张龙海怎么会有自己的手机号码。

张龙海说一个做拉链的朋友介绍给我的，他说你们公司出口的辅料很多，信誉也很好，推荐我来找你，看看有没有合作机会。

"哦，是吗？我们公司出口的辅料确实挺多。"吴雪松笑了笑，立刻问起张龙海工厂的情况。

张龙海详详细细说了自己工厂情况，也如实说了设备数量，每天的产能。

吴雪松又问张龙海开厂多少年了。

张龙海说自己开厂时间不久，但是自己在这个行业已经快十年了。以前一直在恒生公司上班。张龙海之所以提到恒生，是因为吴雪松的桌子上正放着一套恒生公司的缝纫线色卡。

不出张龙海所料，吴雪松听说张龙海是恒生出来的之后，越发热情了起来。“哦，你也是恒生出来的？”

“是的，我在恒生待了八年半。”张龙海补充道。

“是吗？那真是太巧了，我也是恒生出来的，不过说起来，你还是我的前辈，我在恒生只待了两年。以前在恒生的采购部。”

“这么说起来我们也算是一个战壕里出来的兄弟了，我以前在线业销售部，办公地点就在线业的生产基地。”

“好啊，好啊！”吴雪松更加客气，转眼之间两人已如故交一般。“你知不知道，我们王姐也是恒生出来的。她可是老恒生了。她现在应该就在办公室，我带你去见见她。王姐人很热情的。”吴雪松说着就站起来引着张龙海向最里面的一间办公室走去。

吴雪松敲了下办公室的门，未等里面有所回应便径直推门进去了。张龙海猜想这个王姐要么和吴雪松很熟，要么就是很好相处。

张龙海跟着吴雪松进入办公室，办公室并不算大，但是很整洁。办公桌前一个女子正认真敲着键盘。一缕头发垂下来，遮住了她小半边脸。不过仅从露着的半个脸看，张龙海觉得这个王姐应该是个很精干很自信的人。她脸上看不出有化妆的迹象，虽然素面朝天，却给人一种赏心悦目的感觉，而且没来由的给人一种亲近感。这种亲近感从何而来？张龙海回厂以后琢磨了很久才明白。张龙海对着镜子模仿了很久，才明白这种亲近感源于发自内心的热情和自信。看到这种笑容，会给人一种很踏实，很舒心的感觉。也许这就是所谓的气质吧。

王姐看到吴雪松进来，笑着问道：“雪松，找我什么事？”

“王姐，给你介绍个人。这个是永邦线业的张龙海，他也是恒生出来的。现在自己开了个线厂。”吴雪松把张龙海引荐给王姐。

张龙海连忙上前握手。“王姐，你好。久仰你的大名，早就想来拜访。今天才知道，原来你也是从恒生出来的。”

“是啊，我也是恒生出来的，不过我已经出来很多年了。算起来，我应该是恒生第一批业务员了。”王姐不无自豪地说着，已经从座位上站起来，走向沙发。

这时候张龙海才看到王姐的全貌。王姐身高不高，大概一米六左右，她也没穿高跟鞋，脚上是一双平底的凉拖，穿一身淡蓝色，约显素雅的连衣裙。头发很自然地挽成马尾，垂在脑后。虽然只是简单的瞟了一眼，但是张龙海已经知道，这是一个务实的人。

“你是恒生的第一批外贸业务员，我是恒生的第一批内销业务员。”张龙海打趣道。

王姐请张龙海在沙发上坐下，自己也在旁边的沙发上坐了下来。随即又和吴雪松说道：“雪松，赶紧给我们的小战友倒茶啊！”

张龙海连忙制止，一边说着不用客气，一边手疾眼快地拿起茶几上的纸杯，在旁边饮水机上接了两杯水，递给王姐和吴雪松，最后给自己也倒了一杯。

“来我的公司，还让你给我倒茶。”王姐自嘲着说道，“你是什么时候从恒生出来的？我们以前没见过吧！”

“我出来时间不久。在恒生待了八年多，一直和线打交道。出来以后除了线也没什么懂的，所以只能继续做线。”张龙海说道。

王姐继续问道：“哦，你说你原来在内销部门。我离开的时候恒生好像还没有内销部门。”

“我是05年年初进入公司的。那个时候恒生刚刚设立内销部门，我是恒生招聘的第一个内销业务员。”张龙海内心颇为自豪。

“哦，难怪我不知。我离开恒生比较早，03年就出来了。你能在恒生待八年多，应该说做得不错的，怎么就离开了？”

“哎！说来话长。”张龙海叹了口气，说道，“恒生外贸做得很好。公司从上到下，都是以外贸为中心。恒生的生产部门，也习惯了外贸的下单模式，对内销完全不在行，加之公司领导也不够关心，这就导致了内销一直发展不起来。无论内销还是外贸，销售部门如果得不到生产部门的配合，就会举步维艰。我在恒生八年，也很努力地想把恒生的品牌在国内打出名气。可是几年下来，收效甚微。自己也越做越累，最后实在是力不从心了，就选择了放弃。”张龙海说完，无奈地叹了口气。

“你的心情我完全可以理解。我从恒生出来的时候也是因为跟生产部的厂长发生了矛盾。恒生的外贸市场做得很广，但是以中低端市场为主，公司对产品的质量要求不够高。那个厂长习惯性地偷工减料。我看不顺眼说了她几句，没想到她公报私仇，把我的订单一直押着不做，导致我客户的货每次都不能准时出去。三番五次跟这个厂长吵架，我也觉得累，沈祖民出面协调了几次，也没有效果，最后我就选择了离开。”

“以前不知道王姐也是恒生出来的，只知道你生意做得很大。在甬城辅料出口界，除了恒生恐怕就是王姐了。”张龙海不无钦佩地恭维道。

“过奖了，你刚出来可能还不是很了解，比我做得好的大有人在。”王姐谦虚道。

张龙海主动调转话题，回到自己拜访的主题上：“今天我过来，是想看看有没有机会和王姐合作。我这边工厂刚开没多久，其他的优势没有。但是我和王姐一样，深知生产对于销售的重要性。我在开厂之前就给自己订好了一个原则，要么不做产品，做了就必须把产品做好。即便是不赚钱，我也不会干偷工减料的事情。”

“小张，你的观念是正确的。”王姐欣慰道，“做生意要么不做，要做就做长久生意，偷工减料赚得了一时，赚不了一世。我也正是坚持着这个理念，所以手头的客户都很稳定。只要你能保证质量和交期，我相信我们会合作得很好的。”

一直没有开口的吴雪松这时说道：“张厂，今天你算是碰到知音了。还有点我可以给你放句话，只要你能保证质量和交期，王姐绝对不会让你吃亏的。无论是价格还是付款时间，王姐在行业里面是有口皆碑的。”

王姐补充道：“价格别人什么价格，给你也什么价格，不会来压价。做生意只有双赢，才能长久。至于付款方式，我们都是出货后一个月付款。你觉得有没有问题？”

“王姐这么爽快，我还能说什么呢！”张龙海心想这个王姐做事果然是干净利索，一点都不拖泥带水。他感激地站起来，向王姐鞠了一个躬。

“别！别！不用这样。”王姐摇了摇手，让张龙海赶紧坐下，之后转身问吴雪松，“雪松，手头还没有安排出去的小订单有吗？有的话，拿一个给小张试试。”

“有的。二部昨天下午发给我的订单，我还没有安排出去。不如就让张厂试试。”吴雪松说道。

“是巴西客人的订单吗？”王姐问道。

“是的。”吴雪松回答。

王姐皱了皱眉，随即又释然道：“也行。不过这个订单要求有点高，小张你要多费点心。”

张龙海当即表示，肯定全力以赴，不让王姐失望。

当张龙海带着合同回到工厂后，宫志鹏笑得眼睛都没了。“不愧是业务经理，一出马就搞定了。明天去把荣盛进出口也争取过来。”

张龙海也没想到会这么顺利。没牺牲利润就争取到了订单。高兴过后，张龙海严肃说道：“这份合同对我们来说，可不是简简单单的一个订单。这是一次合作机会。如果做好了，后边的订单会源源不断地发过来。如果做不好，那就没有下次了。这个机会难得，你可得睁大眼睛盯着车间。”

宫志鹏学着港片里的香港警察，当即来了个立正敬礼。“YES，SIR，保证完成任务。”

张龙海没有搭理宫志鹏，继续凝神思索着。

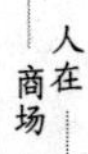

“怎么了？我都说了保证完成任务，怎么还是一副心事重重地样子。”宫志鹏不解道。

张龙海向着宫志鹏翻了个白眼，说道：“别一副见钱眼开的财迷样子。顺利的时候，我们还是应该想想不利的因素。”

“不利的因素？现在一切都是顺风顺水，哪有什么不利因素？”

“你去忙吧，让我安静一会。”张龙海拿起合同，重新审视起来。合同虽然拿过来了，但是还没有盖章回传，理论上，这个订单还没有正式生效。

“行，你慢慢想吧，我去车间了。”宫志鹏说着便出了办公室。来到门外，又是一个漂亮的投篮动作，虽然手上并没有篮球。

张龙海仔细看着合同的每一个条款，看了好几遍，除了产品的规格有些特殊，其他都没有问题。张龙海以前生产的缝纫线都是以40S/2 为主的常规线。而这个合同里却有一半是 20S/3 的粗线。

20S/3 的线一般是做箱包、帐篷用的，很结实。以前在恒生做业务的时候，张龙海接触过几次。但是自己开厂后，还真没有生产过这个规格的缝纫线。不过既然是缝纫线，想必生产工艺都是一样的。张龙海也没太放心上。让张龙海担心的是另外一个问题。

王姐说拿个小单子试下，结果却是一个小柜。如果一个小柜算是小单子，那大单子该有多大？如果真来了大单子，张龙海的工厂是不是消化得了？另外，自己的这一点流动资金本就襟衿见肘，如果接了大单，估计买原料的钱都不够。

原本计划着跑完千和公司，再跑荣盛进出口。现在看来荣盛进出口可以缓一缓了。自己一个月就这么点产量，万一两个大公司都谈成了，生产来不及反而有损公司信誉。

张龙海的顾虑不是没有道理的，没有什么事是顺风顺水的。尽管张龙海已经深思熟虑，可最终还是出了问题，出问题的环节让人防不胜防。

当宫志鹏说这个 20S/3 的粗线没办法生产的时候，张龙海顿时傻眼了。张龙海跑到车间，工人们都停在那里等着。宫志鹏拿着几个做好的线给张龙海看。一根线原本只有一股，现在却变成了两股。

“这是怎么回事?”张龙海问道。

“我也不知道什么原因。好好地做着，两根线就拧到一块去了。”宫志鹏解释。

这个要从绕线机的结构说起，之前的绕线机基本都是甬城产的，一台机器上六个杆子。每个杆子上可以同时做两个线。也就是一台机器可以同时做 12 个线。正常情况下，一根杆子下面两个纱并排放着，左边的纱线穿过硅油槽后绕在杆子里面的那个线团上，右边的纱穿过硅油槽绕在外面的线团上。原本这两个线是井水不犯河水的。可是一做这 20S/3 的线，不知道为什么，做着做着两个纱的线就全部绕到里面的线团上去了，而外面这个线团则是在空转。如此，两个线都成了废品。

张龙海和宫志鹏守在机器旁边看着机器运行，果然刚开始的时候好好的，做着做着，其中一个线就串位，跑到另外一个线团上去了。

尝试了很多次，大半的机器都存在这个问题，只有少数几台机器可以正常运作。两人迟迟找不出原因，急得满头大汗。

临近下班，张龙海让工人先回家休息，他和宫志鹏继续研究。

可是又两个小时过去，还是毫无头绪。

“怎么办?”宫志鹏焦急地问道。

张龙海坐在地上，半晌无语。突然想到，应该找个人问问?他赶紧拨通张桂龙的电话。

张桂龙说他也没做过 20S/3 的线，实在不知道是什么原因。

然后，张龙海又拨老胡的电话，结果提示关机。张龙海这才想起，老胡自从调离销售部后，每天睡觉之前都会把手机关掉，说是年纪大了有些神经衰弱，骚扰电话太多，一旦被吵醒，他就会失眠。

“还有谁懂生产，赶紧问问。晚上不解决这个问题，明天就得继续停产。”宫志鹏焦急问道。

以前在恒生的时候，张龙海每天都进出车间，经常帮工人干活，但多数都是帮工人打打下手，做得也是些简单的事情。这种技术难题从来没遇到过。再则，他虽然和这些工人熟悉，却从来没想过要一个他们的手机号码。唯一存有号码的是车间主任欧阳荷。只是，当时存的是公司的虚拟网短号，现在已经离开公司好几个月，虚拟网早已失效。

“我得去一趟恒生。”张龙海说道。

宫志鹏说道：“行，你去吧。我这边再琢磨琢磨，我就不信这个邪了，同样是线，做细线的时候好好的，做粗线就会缠到一块去。”

张龙海当机立断，开上公司前些时候刚买的一辆二手面包车就出发了。等到恒生的时候，已经晚上十点。张龙海来到门卫，正好张大爷值班，张龙海连忙上前问好。

张大爷看到张龙海也是格外亲切。问张龙海这么晚来公司有什么事。

张龙海问有没有欧阳荷的手机号码。遇到些技术难题，想请教她一下。

让张龙海没想到的是，张大爷说欧阳荷上个月已经离职了，以前的手机号码也换了，联系不上了。

张龙海惊讶得说不出话来，问现在谁是后道车间的主任。张大爷说了个名字，但是张龙海没听过。正觉得无望之时，张大爷说你可以去常丰二村问问，欧阳荷之前住在那边。她小孩子在常丰小学读书，应该不会搬走。

听到这话，张龙海眼前一亮，谢过张大爷后，连忙向常丰二村赶去。

常丰二村就在工业区附近。村子面临着拆迁，比较破旧。路灯坏了也没人修，路上坑坑洼洼的，面包车避震效果本就不好，此刻开在路上，好似经历了一场地震。更要命的是，车开到一半就开不进去了，路边堆着的一堆破家具把路给堵住了。在这个小巷子里进不能进，退不好退。张龙海欲哭无泪。

几个热心的外地人帮着指挥，张龙海才把车子退到村外的空旷处。

常丰二村住着的人鱼龙混杂。村里的路也是错综复杂。所幸，张龙海刚到恒生上班的时候，在这里住过一个月时间。勉强还记得这里的几条主干道。只是绕了好几圈，问了很多人，都没人知道欧阳荷这个人。

“这个欧阳荷看来也是个宅女。”张龙海扶着已经走得酸痛的腿暗暗想道。这时候手机铃声响起。一看是宫志鹏的电话，张龙海立刻接了起来。

“怎么样，有没有找到人？”宫志鹏在电话那头问。

“还没。”张龙海把事情经过说了下。

宫志鹏在电话那头宽慰道：“实在找不到就回来吧，我这边稍微有点眉目了。我发现个规律，就是当下面的纱变小了以后，两根线缠在一起的概率就变小了。”

听着这个好消息，张龙海先是一阵高兴，但是没有找到根本原因，还是不行。他说：“我晚上不回来了，只要她没有搬家，我肯定能找到她。”

“行，我相信没有你办不成的事。只是，别太着急了，最坏的结果，也就是明天等老胡上班。”

“老胡虽然当过厂长，但并没有在一线的车间待过，这些技术难题他也未必懂。”

“不管怎么说，总会想到办法的，大不了明天杀到恒生车间，抓个熟练工来问问。”两人说笑几句才挂断电话。

经过宫志鹏的宽慰，张龙海的紧张情绪缓解了许多，这时候才想起自己晚饭还没吃过。随便找了个夜宵摊，吃了份炒年糕。之后，张龙海把车开到常丰小学门口，他打算明天就在这里等欧阳荷。

本想找个小旅馆住下，可是想想已近半夜，也睡不了几个小时了，便在车里窝了一宿。这段时间厂里的资金紧张，张龙海连话费都充不起，回到家里不好意思向父亲开口要钱，在自己房间里翻箱倒柜找出来十几个硬币。当他把十几个硬币放到移动公司柜台上说要充话费的时候，那个充话费的美女用异样的眼神看了他好一会。

在常丰小学就读的多数是外地人的小孩。

张龙海站在学校的门口，看着一个个小孩进去。校门口人头攒动，密密麻麻的全是人。张龙海生怕错过，不停地四处张望着。孩子已经进去不少。张龙海担心欧阳荷万一没送孩子怎么办？或者送到一半就回去了怎么办？正在犹豫着是不是应该换个位置的时候，一个熟悉的身影终于出现了。准确说是那熟悉的工作服。

“欧阳荷！”张龙海兴奋地招手。

欧阳荷也看到了他，向着张龙海招了招手。“张经理，你也送孩子上学啊？不对，你好像还没有孩子吧？”欧阳荷问道。

“是的，我是专门来找你的，你赶紧跟我走一趟。”张龙海说着拉起欧阳荷就往面包车走。

欧阳荷挣脱张龙海的手说：“张经理，你别这样拉拉扯扯。被人看到会说不清的。”

张龙海这才想起，自己不该当着这么多人的面拉欧阳荷的手。他苦笑着举起双手，连连道歉。

“说吧，什么事这么着急？”欧阳荷刚刚不过是开个玩笑，并非真的生气。

张龙海羞涩道：“我自己开了个厂，做缝纫线，遇到了个技术难题，所以过来找你帮忙。去恒生找你，张大爷说你离职了。他说你住在常丰二村，我就去二村找你，可是找了一晚上也没找到，所以只能到学校门口来堵你了。”

“你找了我一个晚上啊？到底什么难题？”欧阳荷惊讶于张龙海的行径，本想再开个玩笑，可是看张龙海似乎真有急事，也就不想再捉弄他了。

张龙海将两股线总是缠在一起的事说了一遍。

“就为了这个事？”欧阳荷问道。

“对啊，老是缠在一起，做出来的线都成了废品。如果工人上班之前还不能解决，今天就得停产。”张龙海焦急道。

“行了行了，知道你急。你让工人把其中一个纱倒着放。下面的两个纱，一个正的放，另一个反的放，这样就不会缠在一起了。”欧阳荷说完便准备离开，走出一步突然又停了下来，“另外提醒你一句，跟你合作的染色厂有问题，你得注意，他们染色以后肯定没有把纱烘干，不然不可能大批量地出现这种问题。”

听欧阳荷说完，张龙海愣了半天。原来解决问题的办法这么简单。他迫不及待地打电话给宫志鹏，却发现自己的手机没电了，只好借用欧阳荷的手机。

拨通宫志鹏的电话。宫志鹏在电话那头有气无力地问哪位。张龙海说了声是我。宫志鹏立刻兴奋了起来，说自己好像找到了解决的方法了。

张龙海这时已经不着急了，问宫志鹏到底什么方法。

宫志鹏说：“我研究了所有能够正常运作的机器，发现一个共同点，就是这几台机器下面放的纱方向是相反的，一个朝上，一个朝下。然后我把出问题的几台机器下面的纱也弄成这样，结果好像就没有出问题了。”

“对，对就是这个方法。”张龙海在电话这头哈哈大笑。

张龙海回到工厂，宫志鹏刚从车间出来。两个人都是精疲力尽，不过两个人都异常兴奋。

“原来解决问题的方法这么简单，害我们两个忙乎了一晚上。”宫志鹏不无得意地炫耀着自己找到方法的过程。

“现在都好了？”张龙海问。

“每台机器下的纱都动过了，和工人也讲过了，应该不会有问题了。”宫志鹏说道。

“行，你先去睡一会吧，我去车间盯着。”张龙海疲惫地说道。

“还是我去吧，不就是一个晚上没睡，不碍事的。”宫志鹏兀自坚持。

“行了，我好歹睡过几个小时。赶紧滚吧！”张龙海把宫志鹏推出了车间。

看到车间的生产恢复了正常，一颗悬着的心终于放了下来。张龙海一边给工人打下手，一边提醒工人需要注意的地方。看到车位上再无次品，才稍稍松了口气。不过欧阳荷的另一个提醒，还是让他放心不下，他摸了摸做好的成品线，并没有潮湿的感觉，摸了摸车位上的纱，也没觉得潮湿。心想是不是欧阳荷多虑了。

所有的原料都是用蛇皮袋装的，工人把用剩下的蛇皮袋堆在一个角落里，由宫志鹏统一折叠起来，然后不定期的卖给收废品的人。恰好此时空闲，张龙海心想着不如把蛇皮袋装起来一些。谁知拿到蛇皮袋的时候，明显感觉到有水渍。欧阳荷的那句提醒不由地再次回荡在脑海："应该是纱没烘干。"

张龙海来到堆放纱线的仓库，打开一包纱摸了摸，感觉还是干的，但是一摸蛇皮袋却有明显的水渍。张龙海想把纱倒出来，可是一抱起那包纱明显感觉很重。他放在磅秤上称了一下。正常情况下一包纱应该是二十五公斤零一点。而这一包却有三十几公斤。又称了几包，全都不下三十公斤。看来欧阳荷的猜测是对的。

等宫志鹏醒来，张龙海立刻把他叫到了办公室。

“没再出问题吧？”宫志鹏焦急问道。

“没问题了，车间里一个上午都很正常。”张龙海说道。

“哦。”宫志鹏这才松了口气，玩笑道，“刚刚做梦，两根线又缠在一起，就像是一对狗男女，怎么拆都拆不开。最后我在两根线之间画了道天河，他们才彻底地分开。”

“行了，别当你的王母娘娘了。有正经事和你商量。”张龙海正色道。

“什么事，这么严肃。”宫志鹏收起戏谑的表情。

“我觉得我们应该请个厂长。”张龙海说道。

宫志鹏惊愕道：“嫌我管得不好？”

“滚！”张龙海严肃地说道，“你毕竟也是业务出生，开厂前都没怎么接触过线，能管成现在这个样子已经很不容易了。但是我们两个毕竟都是外行，像今天这样的问题，以后肯定还会遇到。专业事还是应该由专业人来做。”

“遇到问题，怕什么？解决了不就行了，像昨天的问题，只要找到方法了就不是什么事了。”

“你说的没错，有问题不可怕，可怕的是我们发现不了问题，那才麻烦了。”张龙海说道。

“什么问题我们发现不了？”宫志鹏显然不服气。

“就说这个 20S/3 的纱，你虽然找到了解决的方法，但是没有找到问题的根由，说回来只是解决了一半的问题。”

“一半的问题？”宫志鹏明显不相信。

“你看这个线？”张龙海从办公桌上拿过一个线，递给宫志鹏。

宫志鹏初看没发现问题，翻来覆去看了好几遍，才看出端倪。“热缩膜里怎么会有水蒸气？”

“对！这就是问题的元凶。今天早上欧阳荷提醒我说肯定是纱没烘干，才会导致这种问题。我初始不信，到车位上去看了看我们在用的纱，用手摸摸，没觉得潮湿。后来把整包的纱称了一下，发现确实重了不少。之后，我又把成品线拿去热缩了一下，刚热缩的时候，也没发现有什么问题，但是过一会，热缩膜上就出现这类水蒸气。”

“这该怎么办？这些水蒸气会不会影响线的质量？”宫志鹏焦急地说道。

“欧阳荷说了，这样的线肯定不能发出去。潮湿的线放一段时间后会出现霉斑，深色线可能不明显，浅色线，尤其是白色线会非常明显。”

“那该怎么办?”宫志鹏急得汗都冒出来了。

“你先别着急。我刚刚打电话请教过欧阳荷了。她说做出来的线先不要热缩，放在通风位置，用排风机吹上一夜。第二天再包装，这样影响就会小一点，至少水蒸气不会再有。另外我也给染色厂的韩江打过电话了，他承认交货来不及，压缩了烘纱的时间。我叫他把没用过的纱全部拉回去。车子估计等会就到了。”

宫志鹏倒吸了一口冷气，说道：“还真是多亏了欧阳荷，不然我们就麻烦了。”

“是啊，这次全亏了她的提醒。因为这个事，我一直在想，我们两个都是业务出生，对缝纫线的生产都不熟悉，与其冒着砸招牌的风险，不如花点钱请个厂长。”

“你这么说也有道理，只是——你不是说资金紧张?养一个厂长，至少也得七八万一年，稍微有点技术的可能十万也请不来。我担心的是，我们财务状况是否承受得起。”宫志鹏正色道。

“如果和兰月公司的合作能够长期持久，我们的产量恐怕还得增加，到时有必要改成两班倒。我想你也不会只满足于眼前这一点产能。”张龙海笑道，“你说过至少也得分一千万的市场份额。靠我们这一点产量可达不到一千万的产值。”

宫志鹏呵呵笑道：“行啊，扩大产能。等你啥时候开始做内销，我们两个都去跑业务，让欧阳荷帮我们管家。”

张龙海纠正道：“这还只是我的一个设想，和兰月的合作能不能长久，现在还是个未知数。再者欧阳荷未必看得上我们。像她这样有近二十年的车间管理经验，随便去哪个厂，待遇都不会差。我们这样的小工厂，能不能请到她，还需要打个很大的问号。”

兰月的这个订单总算是有惊无险。当质检员拿出一份抽检报告，让张龙海签名的时候。看着上面一连串的合格字样，张龙海的手有些

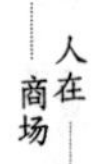

微微的颤抖。他知道签完这个字意味着什么。

果然，当天下午，吴雪松的电话就打了过来。电话里吴雪松祝贺他顺利完成第一个订单。还说王姐想跟他再详细谈谈后续的合作。

张龙海当即开上面包车，带着宫志鹏一起赶往兰月公司。

王姐这次比上一次更加客气。见到张龙海和宫志鹏进来，连忙起身将二人迎至会客厅。并郑重其事地让吴雪松把几个采购员和跟单员都叫过来。

王姐说："你们工厂做的产品我很满意。知道吴雪松给的订单里有一半是 20S/3 的线，当时我还挺担心的。我也知道，20S/3 的线不好做。不过最终的结果证明我是多虑了。你们不但做了，而且做得很好。成型很漂亮，克重不但没少，反而超了一点点。这种情况是我第一次遇到。总之一句话，对你以及你们的工厂我很满意。"

"谢谢王姐，谢谢兰月公司对我们的肯定。"张龙海郑重其事地站起来鞠了个躬。

所有人都为他鼓掌。这掌声既是赞美，又是祝贺。

王姐继续说道："我说过，只要你能确保质量和交期，我们就能长久合作，既然要长久合作，我再次重申一下我的要求，还是两个字——质量。"

"王姐放心，车间暂时由我负责，我向你保证，我会像珍惜自己的生命一样，珍惜自己的信誉。"宫志鹏站起来说道。

"行，有你这话，我更加放心了。"紧接着王姐亲自为张龙海和宫志鹏介绍了在座的各位。张龙海记不住人名，只知道她们不是采购员就是跟单员，都是以后要和自己打交道的人。

王姐介绍完彼此，然后站起来向在座的几位员工说道："之后，永邦线业就是我们的重要合作伙伴，你们有缝纫线的订单，优先下给永邦线业。目前哪几个业务部手上有缝纫线的订单，可以和张厂衔接一下生产进度。"

宫志鹏诙谐道："各位美女，以后永邦线业就是兰月公司的生产车间，有什么问题，各位美女尽管吩咐。我们工厂也随时敞开大门，欢迎各位美女莅临指导。”

几个美女掩嘴偷笑。之后的气氛好似公司的内部会议，分外融洽。

从兰月公司回来的路上，宫志鹏一直滔滔不绝。张龙海却是神色凝重。

“有五个高柜，两百多万的产值啊。够我们做好几个月了。”宫志鹏兴奋道。

“别人只是让你回去好好算一下交期。并没有全部下给我们。按照我们现在的产量，顶多接下两个高柜。”张龙海一边开车，一边继续说道，“回去以后，你马上着手招工，尽快把夜班开起来。我去甬城，再去拜访一下欧阳荷，探探她的口风。另外……”张龙海欲言又止。

宫志鹏问道：“另外什么?”

“另外，我们得去借钱了。公司的这些流动资金应付之前一些小订单也是襟衿见肘，如今突然来了这么大的订单……就算按照两个柜的量计算，我们至少需要准备三十吨的原料，那就是五六十万的原料款，再加上其他的材料款。至少得筹备八十万的流动资金。”

“要这么多!”宫志鹏惊讶道。

“就怕这样还不够。”张龙海手握方向盘，目视前方，神情严肃。

“行，不就是一人四十万。我去想办法。”宫志鹏信心满满地说道。

张龙海心里却是直打鼓，到哪里去弄四十万?

无论是父亲还是莲姐都是极度害怕欠账。之前，之所以答应张龙海开厂，完全是因为投资金额不大，自己凑凑能够凑齐。如今要凑这四十万，只能是找亲戚朋友借钱。而且这个钱估计只有靠父亲出面，才能借到。自己在亲戚眼中似乎永远只是个小孩；在村里，则多数人压根不认识自己。身边的同学虽然很多，但是基本都是打工族，偶有几个当老板的，也是和自己一样尚处于创业初期。

张龙海一路上默不作声，宫志鹏似乎明白了他的心思，拍着他的肩膀宽慰道："别太着急，实在不行，我多借点。"宫志鹏的父亲开了几十年的货车，在农村里算得上是殷实人家了。

张龙海拍了拍他的手，说道："我想办法去。你自己的压力也不小。"

真正是一钱难死英雄汉，当莲姐得知张龙海要借四十万元后，激动地叫了起来。"四十万，你到哪里去借这么多钱？你想逼死你爸啊？他一个农民，不吃不喝一年也攒不下五万元。为了支持你开厂，已经把家里掏空了。现在又要四十万……"

张龙海灰头土脸地说不出话来。从小到大，因为父亲一次生意亏本，再加上祖母和母亲身体不好，家里一直都处于负债状态。自己大学毕业后，工作了几年，才帮着父亲把债还清。如今，才开了半年不到的工厂，又要父亲出面去借钱。而且是四十万的巨款。这个口，张龙海真不知道该怎么开。

"行了，爸那里我去说吧。"莲姐说道。

张龙海不可思议地看着莲姐。本以为她会反对，会抱怨，甚至会无理取闹地让张龙海不要接兰月这样的订单。可是，莲姐居然什么也没说，还主动帮着他去筹钱。

"谢谢你，老婆。"张龙海抱住莲姐，吻了吻她的额头。

"去你的，要谢就拿出点诚意来，一个吻，老娘不稀罕。"莲姐说完便拎起买给父母的水果和菜，向外面走去。

张龙海连忙跟上，从莲姐手中接过那几个袋子。

"这才像话。"莲姐说着挽上张龙海的臂弯，走向他那辆破面包车。

吃晚饭的时候，父亲问张龙海是不是遇到什么事了，跟霜打的茄子似的，蔫不拉几的。半天了一句话也不说。

莲姐说："他遇到麻烦了。"

父亲问怎么回事。

莲姐便把张龙海工厂接到大客户订单的事情说了一遍。

父亲问："这个客人安全不？不要让人骗了去。"

张龙海说："王姐也是恒生公司出来的，生意做得很大。同行之中口碑挺好。"

父亲说："这些外贸公司，都是皮包公司，最擅长的就是吹牛。"

张龙海苦笑道："爸，瞧你说的，好像我还是三岁小孩子似的。"

莲姐插话道："爸，这一点你倒是可以放心的，阿海虽然有时候比较倔，但是要想骗到他也是不容易的。"

父亲沉默片刻，然后轻叹道："做生意，该放的成本总还是要放的。行了，爸明天去问问，哪怕是借利息，也要帮你凑齐这四十万。"

"爸！"张龙海哽咽得说不出话来。

"行了，我打麻将去了。"父亲说完便出门了。

张龙海知道，他肯定是凑钱去了。

三天后，宫志鹏和张龙海的四十万都到位了。

张龙海从父亲手里捧到厚厚的一捆钱，拿在手上感觉有千斤重。

和兰月的合同顺利签订。一天时间，签了三个高柜的订单。张龙海和宫志鹏是既高兴，又紧张。兰月公司的几个跟单员再三强调，这些合同要在两个月内完成。

宫志鹏咬咬牙答应了，可是心里却没有底。

兰月公司的三个高柜有将近四十万个线。再加上其他客户的订单，平均每天必须做一万个线以上，才能顺利出货。可是眼下三个工人的产量只有六千个左右。按照眼前的这点产量，即使三个工人两个月内一天假也不请，依旧无济于事。

张龙海让宫志鹏赶紧招工，尽快将夜班开起来。宫志鹏一有空闲就出去贴招工启事，可是应聘的工人却是微乎其微。一来是因为下半年找工作的人比较少，二来，这个工厂的位置实在是太偏了，很多人都觉得太远，上班不方便。

好不容易来了几个工人，也是没能留下来。有些听说要上夜班转身就走了，也有一些做了两三天后，说太累不想做了。还有几个还没开始做，就说做这个肯定赚不到钱，然后一副老子看不上眼的架势。

如今急需工人，宫志鹏不敢得罪这些财神爷。只得客客气气地迎进来，耐着性子送出去。按照张龙海的话说，把她们当菩萨一样供着。

在没招到工人之前，夜班暂时由张龙海顶着。还是每天做到凌晨两三点，然后回办公室打地铺。

宫志鹏看着张龙海越来越黑的眼圈，心中越发着急。每天中午趁着工人休息的时候，他就骑着自行车走街串巷到处张贴招工启事。这一段时间，菜市场边上、公路边上、公交车站、公厕门口……反正能贴的地方，宫志鹏都贴了。

连续的熬夜，张龙海确实憔悴了很多，白天忙着办公室里的一堆杂事，晚上还要做线。本以为晚上做线，上午睡觉，只要保证了六七个小时的睡眠，就不会影响身体。可是事实上，上午根本睡不好觉，一会儿这个客户打电话来问生产进度，一会儿那个客户来找张龙海报价。再不济广告推销的骚扰电话也是不停。

接到这些广告推销电话，张龙海初时还能耐着性子，礼貌地说声不需要，然后再说声谢谢客气地挂掉。心想着自己也是做业务出身的，这些做电话营销的多数都是刚毕业的年轻人，自己曾经也做过类似的工作。做电话营销每天不知道要被拒绝多少次，一般心理承受能力差的人，都坚持不久。张龙海不想太打击别人的积极性。可是这些推销电话却是没完没了地打。什么卖房的，建公司网站的，推销保险的，还有问要不要增值税发票的……真正是五花八门，无所不有。

最让人火大的是，挂掉电话以后，这个号码马上又打过来。有一次，一个自称北京“蛔虫”网站的推广员打来电话。张龙海说自己开车不方便接听电话，然后就挂断了。结果这个电话马上又打过来，说自己只需要两分钟时间。张龙海再次重申自己在开车，不方便接听。那个推销员依旧不依不饶，兀自解说着自己公司的网站怎么怎么好。张龙海停到路边，以一个业务前辈的身份耐着性子跟他说，你们公司连客户的生死都不在乎，客户能指望你们什么？

那个业务员却置若罔闻，继续展示他不成功不罢休的顽强毅力，不停地拨打张龙海的电话。最后张龙海不得不警告他说，你再这样没完没了地打电话，我就告你骚扰。

让张龙海大跌眼镜的是，那家伙居然直言不讳地说：“那你报警好了。”

张龙海确实拨打了110。110说对方是北京的号码，你应该拨打北京的110。拨打了北京的110后，对方让张龙海提供证据过去。最后张龙海爆了句粗口，挂了110的电话。

宫志鹏帮张龙海下载了个智能拦截的软件，骚扰电话才稍稍好了些。不过还是没办法根除。每天总是有这么几个电话，不合时宜的响起，把张龙海从睡梦中吵醒。

张龙海也不知道这些人是从哪里搞到自己的号码的，内心深处把卖信息的祖宗十八代都骂了个遍。

经过宫志鹏的不懈努力下，总算招到了两个来自贵州的女工。这两人是一对姐妹，说自己不怕累，只要能赚到钱就行。听说上夜班有额外的补贴，还自告奋勇地选择长期上夜班。如此一来，产量的问题自然迎刃而解了。张龙海也能暂时脱离苦海了。

经过一个星期的试用，这两个工人确实很能吃苦。上手速度也很快，张龙海跟了她们一个星期后，便放心地把夜班车间交给她俩。

有了订单，也有了工人。张龙海总算安心了不少，虽然夜班还少一位工人，但是对付眼下的订单需求已经不成问题。生产上有宫志鹏把着关，张龙海就可以腾出手去做更重要的事情，眼下最重要的还是请厂长。

张龙海上次借用欧阳荷的手机给宫志鹏打电话，宫志鹏便记下了这个号码。

张龙海拨通欧阳荷的电话，说在甬城办事，路过常丰二村，想请她吃个午饭，问她有没有空。

欧阳荷说有人请吃饭当然有空。

张龙海和欧阳荷虽然在同一个公司多年，但是两人属于不同部门，虽然天天见面，交流却不多。只有生产遇到问题的时候，张龙海才会找欧阳荷协调一下。

在张龙海的印象中，欧阳荷是个很随和的人。她当了这么多年的车间主任，从来没见她跟谁红过脸，甚至连大声说话都没有。每次见她在车间里，都是笑呵呵地和员工说话。业务部和生产部一直有矛盾，但是业务部的人找她协调工作，她每次都是二话不说，极力配合。

据张龙海所知，欧阳荷应该比自己大四五岁，有一个儿子。她老公好像是个电工，在另外一个公司上班。除此之外，关于欧阳荷的信息便没有了。

张龙海在万达广场请欧阳荷吃过桥米线。

欧阳荷玩笑道："我以为你现在当老板了，会请我吃顿大餐，谁知道只是份米线。"

张龙海替自己打圆场："吃饭吃的是氛围，关键在于和谁一起吃饭，而不在于吃什么。"

欧阳荷说："做业务的就是能说，明明是小气，还能说得这么高大上。我就喜欢你们这些做业务的，明明是胡说八道，还能说得振振有词。明明是牵强附会，也能说得理直气壮。"

张龙海笑了笑，没再狡辩，而是为上次欧阳荷的提醒道谢。

欧阳荷说不过是随口一句话，没什么好感谢的。

之后两人聊到在恒生时候的事情。欧阳荷说很佩服张龙海，张龙海能自己开厂当老板，她一点也不觉得奇怪。

张龙海问道："欧阳姐在恒生多少年了？我记得我刚到恒生上班的时候，你已经是车间主任了。公司让我们新来的业务员去车间熟悉生产环节，当时就是你带我的。"

"我也记得。当时来车间实习的有三个人。不过给我留下印象的只有你。另外两个就第一天来车间晃了下，后边就不知所踪了。"

欧阳荷无奈地叹了口气，说道："我在恒生整整十年了。原以为这辈子就要在恒生度过了。谁知道——"欧阳荷顿了顿继续说道，"反正你现在没在恒生了，和你倒倒苦水也没什么关系。我和厂长老甘都是老胡从凤凰制线厂挖过来的。说起来还是我比老甘先到恒生。线厂刚开起来的时候，老胡是厂长，我是后道车间主任，老甘是染色车间的主任。老胡调到你们销售部的时候，原本是推荐我来接任线厂的厂长。公司考虑到老甘的年龄比我大，而且她又是做染色出生的，手中握着技术。最后还是让她当了厂长，我继续做后道车间的车间主任。这本也没什么。老甘是染色方面的大师，我也觉得她比我更有能力，一点也没觉得不平衡。我知道恒生没了我没关系，离开老甘却不行。你看现在恒生染色车间的这些技术员和厂里管理人员，基本都是她的徒弟。"

"嗯，这些我以前在恒生的时候也听说了一点。"张龙海拨弄着最后几根米线说道。

欧阳荷拿起纸巾擦了擦嘴角，继续说道："老甘是个很要强的人，她上任后把老胡提拔上来的这一批人全部换掉了。她想把线厂所有的权力都集中到她一个人的手里。以前的前道车间主任，在老甘上任一个月以后，就被弄走了。我这个车间主任因为是总公司直接任命的，所以她不敢对我直接下手。我自己也看明白了，只要老甘还在线厂，我是不会有进步的空间了。所以这些年来，我不求有功，但求无过。每天谨小慎微地过自己的日子。无论老甘做什么决定，我都是尽力配合她，支持她。”欧阳荷顿了顿继续说道，“这么多年了，我们两个人总算是相安无事。厂里开会，老甘也是第一个通知我，她有些什么事，我也全力支持她。我以为我们应该能够这样长久的相处下去，直到退休。”欧阳荷沮丧地叹了口气，良久沉默不语。

张龙海起身给她倒了杯水。

欧阳荷喝了口水，说了声谢谢。但是她说这声谢谢的时候，明显有些哽咽了。“我做梦也没有想到，已经过了这么多年了，我也已经很多次暗示会全力配合她的工作。没想到她还是不肯放过我。”

“怎么回事?”张龙海问道。

“你走了以后，陈敏芳接手了销售部。后道生产来不及，陈敏芳跑到车间来闹，说客户跑掉是我害的。我听了这话又好气，又觉得好笑。当着她的面，重新调整了一下生产计划，让工人把做了一半的线都摘下来，把她急等着要的颜色给插上去。其实这种做法是很讨工人厌的。工人是拿计件工资的，急不急跟他们没什么关系。你拿给她什么颜色的纱，她们就做什么颜色的线。你让她做到一半，摘下来换另外一种颜色，这个是很费时费力的。我跟陈敏芳说，下次有急的颜色，你早点排计划过来，你不说哪个颜色急，我们车间什么都不知道，只能按照先来后到的顺序依次生产。”

“陈敏芳走后，本以为这个事情就这么过了。第二天，公司总经办的几个领导过来开协调会议。会上说到销售部门客户流失的事情。陈敏芳又一次把责任推到了我们后道车间。”欧阳荷调整了一下自己的呼吸，继续说道，“如果只是她抱怨几句，其实对我来说也无所谓，毕竟不在同一个部门。让我不能接受的是，这个时候老甘不但不帮我说话，反而落井下石。内销就这么一点量，为什么会生产来不及?”说到这里，欧阳荷明显有些激动。

“为什么?”张龙海问。

“是因为老甘在线厂会议上说的，必须以外贸为主，那几天厂里正在赶一个外贸订单，是老甘让我把内销订单先放一放的。她说不是特急的颜色先放着，等外贸订单做完再做内销的订单。”欧阳荷顿了顿，继续说道“可是陈敏芳发难的时候，老甘不但没有帮我解释，反而顺着陈敏芳的话说为什么内销这么一点量，你计划都排不好。我当时……”欧阳荷的眼眶红了。

张龙海从旁边的餐巾纸盒里抽出几张纸，递给欧阳荷。

欧阳荷把纸巾盖在脸上，仰靠着椅背良久无语。过了大概一分钟，她才重新坐直。拿掉纸巾后，尽管脸上还有泪痕，却已是笑容满面。她说道：“总经办的人让我解释的时候，我拿起面前的杯子，把水泼在了老甘的脸上。这是我近十年来做得最痛快的一件事了。”

张龙海哈哈笑了起来。说道：“真没有看出来，欧阳姐还有这么血性的一面。”

“那是。我一直谦让老甘，是因为她识相没有触犯我的利益，她敢背后捅刀子，我就敢当面让她难堪。”欧阳荷自豪地说道。

“泼得好！”张龙海豪情万丈地说道，“欧阳姐和我想的一样，我做人的原则也是人敬我一尺，我还一丈，人损我一尺，我也还一丈。”

之后两个人都没有说话，空气陷入短暂地沉寂。良久之后还是欧阳荷开口了，她说：“之后我就没去上班了，老甘以后道车间不能没人管理为由，把她妹妹安排到后道车间顶替了我的位置。”

“然后你就离职了？”张龙海不解地问。

“是的，还能怎么样呢！”欧阳荷无奈地说道。她思索了会，又平静地说道，“后来老胡来找过我，他说他知道我受了委屈，不仅他知道，沈祖民也知道。只是公司现在还需要依靠老甘，所以，只能委屈我了。”

张龙海郁闷道：“老胡也真是，明知道你受了委屈，也不出面帮你主持公道。要我说，老甘就是仗着自己手上有技术，料定了沈祖民离不开她，所以有恃无恐。她把你赶走后，线厂所有的管理人员都是她的人了。这样沈祖民就更加奈何不了她了。老甘这人也真是够

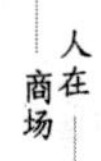

狠的。”

欧阳荷这时候已经恢复了平静，缓缓地说道：“老胡是个好人，跟着他来到恒生公司，我从来没有后悔过。他跟我说了，让我耐心等几天，他会帮我协调，让我去恒生另外的工厂上班。”

张龙海一听这话不由得愣了一愣。虽然他同情欧阳荷的遭遇，但是这时候，他更希望欧阳荷没地方可去。如果她没地方可去，自己请她出山就容易多了。突然间灵机一动，张龙海便有了主意，他问道：“你休息多久了？”

欧阳荷自嘲着说道：“快三个月了。每天没事情，你看都长肉了。”

“老胡也真是的，明知道你着急，三个月了还没给你安排。”

“胡总现在是公司副总，可是大忙人。”欧阳荷替老胡辩解。

“忙个屁，他现在啥事都不用管，闲得很。”张龙海一边忙着往老胡身上泼脏水，一边祈祷老胡原谅。“这样吧，我下午正好找老胡有事，我去的时候顺便帮你问问。”

欧阳荷一听这话，不由得兴奋了起来。“方便吗？方便的话帮我问一声，每天待在家里无所事事，人都快发霉了。”

“有什么不方便的。”张龙海拍着胸口说道。

把欧阳荷送到常丰二村的村口后，张龙海没有回厂里，而是把车开到了老胡小区门口。这个时候老胡还在上班。张龙海在超市里买了两瓶好酒，然后在附近晃荡了两个小时，临近下班时间，才打电话给老胡。“领导，晚上在不在家？”

老胡说在的，问张龙海是不是来甬城了，来甬城了就到他家里来吃饭。

张龙海说自己正是这个意思，特意过来蹭饭的。

老胡哈哈笑着，说自己半个小时后到。

看到张龙海拎着两壶酒进来。老胡不高兴地说道：“到我这里来，你拎东西干吗？下次再拎东西，就别来了。”

张龙海连忙求饶，说酒是别人送的，他不过是借花献佛。老胡说别人送的也应该拿去给你爸喝。之后问张龙海父亲身体状况。张龙海说一切都好。

老胡老婆已经准备了一桌丰盛的饭菜。

老胡一边喝酒，一边询问张龙海工厂情况。

张龙海如实说了厂里的情况。

听到张龙海说和兰月有了合作关系，老胡由衷地高兴："兰月不错的。以前在恒生的时候，这个小王业绩就很好。后来跟老甘闹矛盾，离开了公司。当时沈祖民是想把老甘换下来的。后来……"老胡叹了口气，"小王的离开，让沈祖民郁闷了很久。"

张龙海详细说起和兰月签订的第一个合同，说到做 20S/3 缝纫线的时候，遇到了麻烦，幸亏欧阳荷帮忙。才化险为夷。

"哦，你见过欧阳荷了？应该知道她现在的处境吧？"老胡吃了颗花生米问道。

"知道她也离开了恒生线厂。"张龙海说道。

"是的，她从线厂出来了。哎，又是老甘惹的事。"老胡叹了口气，"沈祖民把我从凤凰制线厂请过来的时候，我带了不少人过来。这些人调到其他厂的还好，留在恒生制线厂的多半被老甘给清理出去了。说起来还是我耽误了他们。凤凰制线厂虽然效益一般，但好歹是国有企业，福利还是可以的。老甘这个人……"老胡没滋没味地嚼着花生米，没再说下去。

"你觉得欧阳荷这个人怎么样？"张龙海问道。

老胡看了看张龙海，立刻明白了他的意思。"欧阳荷虽然只有初中学历，但是在一线待了很多年，无论是动手能力，还是管理能力都是没得说的。平心而论，你们两个倒是很般配。"

"说什么呢？"师母打断道，"你别乱点鸳鸯谱。"

老胡瞪了自己老婆一眼，说道："你懂什么。我是说小张懂业务，欧阳荷懂生产，两个人如果能够合作，那是很般配的。不过——"老胡转向张龙海说道，“你要想请她过去帮忙，估计难度挺大。”

“没试过怎么知道行不行，对不?”张龙海诡笑着说道。

“你啊!”老胡用筷子指了指张龙海，苦笑道，“你今天这酒肯定有问题，我着你的道了。说吧，有什么要我帮忙的。”

张龙海笑道：“你不是答应帮欧阳荷调到恒生其他工厂吗?”

“是的，我正在和几个厂长沟通，已经有些眉目了。”老胡不无得意地说道。

“我想说的是，希望领导能够晚一点告诉欧阳荷。让她多等一段时间。”

老胡嚼着菜，打量了一会张龙海，说道：“晚一点是多久?欧阳荷已经等了好几个月了，我知道她着急。”

“最多一个月，给我一个月时间。如果不能在一个月之内打动她，那我也就死心了。”张龙海竖着根食指说道。

老胡沉吟片刻，说道：“你们两个是我在恒生最满意的两个徒弟，一个管生产，一个管业务，没想到两个人都离开了。说实话，我还真有些舍不得啊。”

“这么说，领导你是答应了?”张龙海连忙站起来，帮老胡斟酒。

“一个月！我最多帮你拖一个月时间。”老胡也是竖了一根食指。

“一个月，一个月足够了。”张龙海笑道。

“我估计你是请不动她的。”老胡泼了张龙海一盆冷水。

“为什么?”张龙海焦急问道。

“两个原因。第一，她心里憋着一股气，这股气不发泄出来，她是不会离开恒生的。第二，她孩子在甬城读书，她不可能放着孩子不管，跟你去奉县上班。”

张龙海认真思索了好一会，最后眉开眼笑了。

“怎么?想到办法了?”老胡问道。

张龙海笑道：“现在还说不好，等我把事情办妥了，再告诉你。”

老胡笑了笑说道：“你小子，跟我还卖关子。”

张龙海只是嘿嘿笑着，不再接话。

从老胡家出来，张龙海立刻给欧阳荷打了电话："欧阳姐，我刚从老胡家出来了。刚才我给你问过了。"

欧阳荷焦急问道："怎么样，有消息了没？"

张龙海一副失望的语气说道："老胡说这个事情还有些麻烦，暂时还没有着落，让你再耐心等等。"

"哦。"欧阳荷显然很失望。"不过还是感谢你！"

两个人简单寒暄几句便挂了电话。

回到工厂已经很晚。宫志鹏还在给上夜班的工人准备物料。张龙海招呼宫志鹏一起吃夜宵。

宫志鹏一听有夜宵，屁颠屁颠地跑过来问有什么好吃的。

张龙海从车上拎出来一堆的保鲜袋。袋里菜品倒是不少。

这几个菜是张龙海厚着脸皮从老胡家顺过来的。

一盆鸡肉，老胡抱怨师母做得不好，一筷都没动。师母说自己正在吃素，这几天不能碰荤腥。

两个人正愁着没法处理这盆鸡肉，张龙海厚着脸皮说："你们不要，给我啊！"

老胡听了哈哈大笑，说："你带走，你带走，吃不完的你全部带走。"然后让他老婆把吃剩下的菜用保鲜袋装起来。师母最后把喝剩下的半瓶饮料也塞给了张龙海。

张龙海把见欧阳荷和见老胡的经过说了一遍。

"老胡说欧阳荷心中憋着一股气，你知道是什么气？"宫志鹏问道。

"我知道，她是和老甘较着劲。这个容易解决。倒是她儿子上学的事有些棘手。莼海小学你有没有熟悉的人？"张龙海问。

宫志鹏说："从小在莼海镇长大，要是我们自己的地盘上，这么个小问题都搞不定，那就白混了。"

“我们两个分头行动，各自找找路子，一定要帮欧阳荷的儿子弄进莼海小学。这个事情办成，事情就成了一半了。欧阳荷那边先晾她两天，我三天后再去找她。”

三天后，张龙海借口说在甬城送发票，再次路过常丰二村，问欧阳荷有没有时间一起吃饭。

欧阳荷说我每天都有空，正愁着中午弄啥吃好。既然你送上门来请客，我哪有不来的道理。

这次两人在一个茶馆里面，各自点了份盖浇饭。

欧阳荷说道：“你咋这么好，每次来甬城都请我吃饭？”

张龙海叹道：“我也是没人好找。谁让认识的人都在上班，只有你有空。”

欧阳荷听完，挖苦道：“行啊，原来姐是超级替补。不过姐不介意的，只要你愿意请客，我随叫随到。而且还不带挑的，有啥吃啥。你说我这陪吃的优秀吧？”

“优秀，优秀，极品陪吃。”张龙海扒拉了几口饭，问道，“老胡那边工作帮你安排好了没？”

欧阳荷撇了撇嘴，说：“前几天给他打了个电话，他说让我再等等。”

张龙海说：“你也别难为老胡了，干脆自己找个工作算了，干嘛非要吊死在恒生这颗树上？”

欧阳荷顿了顿说道：“小张，你不懂的。”

“说说看呗！”张龙海一副善解人意的样子。

欧阳荷沉吟良久，才说出自己的心里话：“我就是要让公司的人知道，我并不比老甘差。”

“想把老甘比下去，有很多途径，为什么非要留在恒生？你想换到恒生其他的厂，首先其他厂也未必会让你当厂长，每个厂都是一个萝卜一个坑的，你想过去就当一把手这估计不大可能。除非是沈祖民出面帮你协调。再则就算你当了一把手，把工厂管理的很好，那又怎么样？老甘也不会承认你的能力比她强。她或许会说，你管理的工厂比较简单。”

欧阳荷认真聆听着，都忘记了吃饭。半晌才接话道：“你说的也有道理。那你说怎么样才能把她比下去。”

张龙海看了看欧阳荷，说：“这个暂时我也没想到。总之一句话，你不应该把所有希望寄托在老胡身上。”

欧阳荷不置可否地扒拉了几口饭。

张龙海问道：“欧阳姐，你知道我是怎么离开恒生的吗？”

欧阳荷说道：“听说了点，公司有些人说你串通客户，侵占公司的利益。也有些人说你被陈敏芳算计了。不过姐绝对相信是后者。”

张龙海笑了笑说道：“其实我的遭遇和你差不多。我在恒生待了八年半，这些年的表现，我想你也是看在眼里的，可是最后却落了这么个下场，其实我心里也憋着一股气。”

“哦，说说看！”欧阳荷饶有兴趣地听着。

“在恒生销售部门待了这么久，业务一直做得很累，其实不是我们业务员不够努力，是公司的制度存在问题。我给公司提过很多次的意见，可是我的方案都被否定了。我现在自己开厂，有一部分的原因就是因为胸中憋着一股气。”张龙海顿了顿继续说道，“我开厂的真正动机，没有和任何人提起过。”

“跟我说说，姐不会和任何人说的。”欧阳荷一脸真诚的模样。

张龙海看了眼欧阳荷，神秘地说道：“我开厂第一个目的，就是要证明给恒生董事会的那些领导看。让他们知道，我以前提的方案是正确的。产销必须协同作战，我要让他们意识到产销分离的管理模式是错误的。而第二个目的——”张龙海又一次欲言又止，而且眼神中露出狠厉之色。

“是什么？”欧阳荷迫不及待地问道。

“第二个目的，就是要让陈敏芳身败名裂。是她在我背后诬告我，害我狼狈地离开公司。出于对沈祖民和老胡的敬重，我现在不想跟她计较，说回来，我现在也没有实力跟恒生竞争。但是总有一天，我会让她当不成这个经理。让她丢人现眼。”张龙海咬牙切齿地说道。

“好!”欧阳荷给张龙海竖了个大拇指，“男子汉大丈夫就是应该有志气。我支持你，小张。”

欧阳荷说得荡气回肠。张龙海却还是垂头丧气。

“怎么回事？刚刚还说得好好的，怎么一下子就蔫了？”欧阳荷取笑道。

张龙海无精打采道：“不怕欧阳姐笑话，开厂将近半年了，我现在很迷茫啊，不说这两个目标能不能实现，厂子能不能开下去都很难说。”

“怎么回事？”欧阳荷焦急问道。

张龙海叹了口气说道：“欧阳姐你也知道是我做业务出生的，和我一起合伙的宫志鹏也是做业务出生的，对于缝纫线的生产我们两个都是外行。上次要不是你帮忙，我们厂子可能就要倒闭了。”

欧阳荷安慰道：“这有啥？不是有姐在嘛，以后遇到啥难题，随时给我打电话。姐给你罩着。”

张龙海玩笑道：“罩着就算了，姐不如考虑一下过来帮我。”

“帮你？”欧阳荷愣了愣，稍作思虑笑道，“你厂子要是开在甬城，我倒是可以考虑考虑，不过你在奉县我就爱莫能助了。”

“为什么？”张龙海问。

“我小孩子在这里读书啊！再说我在这边住了十年了，也有些习惯了。”欧阳荷说道。

“姐，我是说认真的，你考虑一下呗。虽然我现在刚开始创业，给不了你太高的工资，但是我绝对不会让你吃亏的。至于你说的小孩上学的事，这个我可以帮你解决，我给你找个好一点的学校。”

“你是说认真的？”欧阳荷这时才意识到张龙海不是在开玩笑。

“是认真的。”张龙海坚定地点了点头。

欧阳荷半晌无语。良久才说道："这个我还真没想过，你给我点时间，好好想想。"

"嗯，你回去好好考虑。我现在给你简单捋一下思路。第一，老胡那边不一定能帮你解决工作，即便解决了也不大可能让你当厂长。但是我这边是现成的，只要你过来，直接就是厂长。俗话说得好：宁做鸡头，不当凤尾。这是一个理由。第二，你如果换了一个行业，即便干得再出色，老甘和公司的人也不会觉得你比她厉害，因为每个行业存在的问题不一样。你只有在同一个行业里打败她，她才无话可说。而我现在开的厂就跟她管的工厂一样，都是做线的。最后一个，我可以给你一个承诺，只要你愿意帮我，我会让老甘和陈敏芳一样，让她在恒生待不下去。至于你说的小孩上学，这些都是小问题。常丰小学和民工子弟学校差不多，没什么好留恋的，我们那里的莼海小学就读的都是当地人，学校规模大，师资力量也很雄厚，绝对比常丰小学好。"

"现在小学生读书要求挺严的，你真能解决？"欧阳荷问道。

"如果这个问题解决不了，我也就不会来找你了。"张龙海肯定地说道。

"行，你给我几天时间，让我考虑一下。"欧阳荷说道。

告别了欧阳荷，张龙海立刻给老胡打了个电话。"领导，这几天欧阳荷一定会打电话给你，你可得替我兜住了，千万别给她希望。你若给她希望，我就只能失望了。"

老胡在电话那头，不耐烦地说道："行了，我知道了。不过丑话说在前头，你可不能让欧阳荷吃亏。她也不容易的。"

"放心吧，领导。保准不会让她吃亏。"

"行，有你这话我就放心了。等你厂里稳定了，我来你们那边钓鱼。"老胡说完便挂了电话。

不出张龙海所料。欧阳荷当天晚上就打电话给老胡了，问老胡帮她安排工作的事情是不是有困难。老胡说暂时是有些困难，得再等等。欧阳荷问还要等多久。老胡说很难说。然后欧阳荷客套几句就挂了电话。

接完欧阳荷的电话，老胡立刻打电话给张龙海，在电话里厉声说道："坏人我已经当了，你要是亏待欧阳荷，看我怎么收拾你。"

张龙海连连保证，绝对说不会让欧阳荷吃亏。

之后的几天，张龙海耐心等着欧阳荷的回复，不过等了两天还是没有接到欧阳荷的电话。不由得有些着急起来。

看张龙海在办公室里坐立不安的样子，宫志鹏嘲笑道："以前追莲姐的时候，也没见你这个样子。"

张龙海苦笑了一番，暗自告诫自己，遇事应该沉着，不能自乱了阵脚。

等到第三天的时候，欧阳荷的电话总算打过来了。她说要到张龙海的厂里来看看。张龙海自然表示欢迎。

挂完电话后，张龙海叫来宫志鹏，赶紧收拾车间和办公室，不能给未来的厂长留下不好的第一印象。两个人清理垃圾，扫地拖地，把车间，办公室，里里外外都整了一遍，忙了一个下午，才算有点样子。

欧阳荷是坐着她老公的摩托车过来的。一到厂里，连说好难找，你这厂也太隐蔽了点。

欧阳荷的老公，张龙海以前见过。将两人迎进办公室，张龙海连忙倒茶。开水刚烧的，杯子刚洗的，连茶叶也是刚买的。

"还挺像个样子的。"欧阳荷环顾四周说道。

"刚刚起步，比较简陋，欧阳姐别见怪。"张龙海说着，将宫志鹏介绍给欧阳荷。欧阳荷说认识的，宫志鹏以前在恒生也上个几个月的班，有点印象。

欧阳荷直言不讳地说道："上次你的提议我跟我老公说了，我老公不反对我来奉县。"

“那就太好了。”张龙海兴奋地搓了搓手，连忙把自己设定的薪资方案拿出来给欧阳荷看。欧阳荷在恒生的时候，一年收入大概十万元。但是张龙海现在给不了这么高的工资，他说：“我暂时只能给你五千元一个月，另外这是一份股份转让协议书，我和志鹏商量了，公司分10%的股份给欧阳姐。希望欧阳姐也能把这个厂当成是自己的事业。”

欧阳荷和老公对视了一眼，说道：“小张，我既然决定了过来帮你，就已经考虑到了你的现状。我知道你刚刚起步，手头肯定不宽裕。你说的五千元工资，我没有意见。我相信等工厂效益好了，你肯定不会让我吃亏的。至于股份，我不能接受。不过我有两个要求，你必须答应我。”

张龙海连忙问道：“什么要求，欧阳姐尽管说。”

“第一，我儿子转学的事情，必须安排妥当。”

“这个没有问题，我已经联系好了学校，随时可以安排。”宫志鹏说道。

欧阳姐继续说道：“第二个要求，我要你把工厂做强做大。至于为什么要做强做大，我不说了，你应该知道。”

“我知道。”张龙海看着欧阳荷的眼睛，坚定地回答，“我肯定不会让你失望的。”

“好！那就这么定了。”欧阳荷一拍大腿，站起来说道，“带我去车间转转。”

宫志鹏在前面引路。其实根本不需要带路，车间就在办公室隔壁，两三百平方的面积，其中一百多平方放着原料、辅料以及做好的成品线。真正的车间只有一百平方左右。

欧阳荷在车位上转了一圈，东看看，西摸摸。出来后说道：“比我预想的好多了。”

欧阳荷的到来，彻底改变了永邦线业的生产面貌。

宫志鹏初始有些不服气，但是两天后，他就心服口服了。不说别的，欧阳荷为工厂省下来的钱，就已经超过了她拿的工资。

在欧阳荷来之前，所有用剩下的废纱管，宫志鹏都是卖给收废品的大叔。三毛钱一公斤，一个月能够卖个几百元钱。欧阳荷让宫志鹏不要卖掉，收集起来，等数量多了，让专业做塑料产品的厂家来收，能卖到四元一公斤。如此一项，每个月就为工厂增创了两千元的收入。

此外，蛇皮袋、硅油桶、废纸箱一系列的废品经过欧阳荷之手，价格都翻了好几番。最关键的是废纱。欧阳荷指着仓库角落里一个个大纱卷问道："这些纱是怎么回事？怎么放在这里？"

宫志鹏说："这些都是废品，纱倒不出来，工人说老是断线。"

欧阳荷叹道："你们两个败家子。"她说着随手拿起一个纱，说道："每个纱倒不出来都有原因的，像这个明显是装卸的时候，勾倒过了，你只要剥掉一层，里面的还是可以用的。这一个纱二三十元钱，你这么一大堆堆在这里……"欧阳荷无奈地直摇头。

"这些纱还能用啊？"宫志鹏挠着头皮说道。这可是个惊人的数字。以往经常遇到倒不出来的纱，宫志鹏都当成废品，放到了仓库角落里，想着有空的时候拿去扔掉。因为问过收废品的，这个纱能不能收，收废品的把脑袋摇得跟拨浪鼓似的，说这东西没人要。还好，宫志鹏一直没空过，这些废品没来得及扔。不然可就是几千元钱打水漂了。

欧阳荷查看张龙海的下单入库表，也发现了严重的问题。张龙海订料的时候，所有颜色都预设了3%的损耗。

"为什么会有这么高的损耗？3%可是天文数字了，缝纫线外贸订单，本来就利润不高，你打3%的损耗，那还赚什么钱？"欧阳荷一副恨铁不成钢的样子数落着张龙海。

张龙海苦笑道："这不是经常有颜色会不够嘛！下单的时候，不打点损耗，到后边不够了怎么办？"

欧阳荷语重心长地说道："我的张总，计划不是你这样排的。打点损耗是有必要的，但是3%太高了，打个0.5%的损耗足够了。"

"0.5%够了？"张龙海和宫志鹏瞠目结舌。省下2.5%，那可不是小数字。按照眼下的产量，一个月可以做两个柜，要用到30几吨的原料。少投2.5%的料，就等于省下了七八百公斤的纱，这可是一两万元钱啊。

宫志鹏和张龙海对视一言，半晌无语，结巴道："0.5%真的够吗？万一做到后面颜色线不够了怎么办？"

欧阳荷看着计划单，头也不抬地说道："不够了可以用黑白线拼。另外我看了一下，我们的订单，返单情况不少，这是好现象。说明客人很稳定。我们可以把每个客人的色样统一做成色卡保存起来。多出来的纱线编号入库，这样下次客人有返单的时候，可以把上一次多出来的颜色纱先用掉，染色的时候，就可以少染一点……"

张龙海和宫志鹏像是看到珍稀动物似的，远远地看着欧阳荷滔滔不绝地说个没完。两个人像白痴似的，看得口水都快流出来了。

欧阳荷说了半天，不见两人回应，扭头一看发现两个人都直愣愣地盯着自己。"怎么，没见过美女啊？"欧阳荷打趣道。

"见过见过。"张龙海自知失态，连忙说自己要上厕所。宫志鹏也忙不迭地跟了出去，说他也尿急。

一出办公室，两个人忍不住跳起来，在空中做了个漂亮的击掌。宫志鹏兴奋地说道："还是你有先见之明，请了厂长，若是像我们先前这样管理，后边自己怎么死的都不知道。"

"这下服气了吧？"张龙海说道。

"服了，心服口服。和欧阳姐相比，我算个屁厂长，我只会催工人多做点线。争取早点把货发出去。"

"已经不错了。"张龙海拍了拍宫志鹏的肩，继续说道，"有欧阳姐在，我们两个就可以放开手脚接单了。"

"是不是要开始做内销了？"宫志鹏迫不及待地问道。

“还早。”张龙海瞪了宫志鹏一眼，真去了厕所。

有欧阳荷坐镇车间，生产上的事便不需要张龙海操心了。宫志鹏给欧阳荷打下手，兼职打包，搬运和机修。

一个星期后，欧阳荷叫过张龙海和宫志鹏，说道：“我们买原料的路径不对。存在两个问题：第一，我们用的纱不属于同一个品次，粗细不够均匀。这种情况工人很难控制产品的克重。同一台机器上，把表调成两千转，用这个纱做出来是 80 克，换成另外一批纱，就变成了 85 克。这非常不利于工厂的成本控制。”

在欧阳荷说生产上的问题时，张龙海和宫志鹏只有听的份。两个人都没有插话。

欧阳荷继续说道：“还有个问题，我们现在的规模说大不大，说小也不小了。可是我们每次买纱都很被动，无论是价格，还是付款方式，都是供货方说了算。这很不应该。我觉得你们两个应该去趟湖北，首先找一家品质好一点的厂家，然后跟他签订一份合作协议，货款争取做到月结。如果货款能够月结，我们就能多出来三四十万的流动资金。由了这三四十万的流动资金，厂里就不需要拆东墙补西墙地过日子了。”

一听到能挤出三四十万的流动资金。张龙海和宫志鹏的眼睛都亮了。

宫志鹏说道：“看来是有必要去趟湖北，只是我们不知道纱厂在哪里。除了现在合作的这个供应商，其他的工厂一家也不认识，就这样找上门去别人会相信我们吗？”

欧阳荷说道：“这个就要看你们两个了，我在恒生的时候，没有参与采购，只知道纱厂在湖北，却不知道是湖北什么地方。”

张龙海沉吟了一会，说道：“也许有个人可以帮我们。”

“谁？”宫志鹏和欧阳荷异口同声地问道。

“染色厂的韩江。”张龙海说道。

“对，找他。我们跟他是合作关系，彼此之间没有利益冲突，他在这行业里待的时间比较长，应该知道很多东西。我们现在就去找他。”宫志鹏说着便拎起外套出了门，张龙海亦跟了出去。

韩江原本是卖染缸的业务员，和甬城的很多染色厂都有接触。眼看着他的客户一步步从小瘪三变成大老板，他也跟着心动了。于是自己也申请了印染执照，开起了染色厂。

也算他运气好，在他开厂的时候，申请印染执照比较简单。再后来，政府有了环保意识，便申请不到这类证书了。在 2010 年的时候，单单是转让一个染厂执照，便要上百万元。

张龙海和宫志鹏来到韩江办公室的时候，韩江正把脚搁在办公桌上玩手机。不知道看到了什么好笑的新闻，咧嘴露出一排黄牙呵呵笑着。他笑的时候忘了自己嘴角还叼着根烟。那根香烟掉到胸口，吓得他一个激灵蹦了起来。迅速拍掉了香烟，但是夹克衫还是被烧出了一个洞。

“你这禁止吸烟的标识是贴给客人看的？自己带头违反制度。”宫志鹏指着墙上的禁烟标识说道。

看到二人。韩江平淡地问道：“今天怎么两个人一起过来？你们两个大忙人，难得看到的。”

张龙海径直拉过一把座椅，坐下说道：“来兴师问罪的。”

“问什么罪？最近发过去的纱应该都烘干了的。”

“说到这个，上次的事还没找你算账呢！”宫志鹏一屁股坐在韩江办公桌的桌檐上。

韩江立刻变了副脸，低声下气地说道：“上次是我不好，你们跟我说了以后，我不是马上拉回来，重新给你们烘了一遍。”

“要是我们没发现，做成成品发出去了，客人找我们赔款怎么办？你这也太不负责任了。”张龙海指责道。

韩江愣了愣说道：“是我疏忽了。没有和工人交代清楚。”

“这个还需要交代吗？纱必须烘干，这是基本常识。”张龙海补充。

韩江竖起脖子，反驳道：“小张，这你就错了。理论上说，做线之前是应该把染色纱烘干，但是我们染色厂不是根据理论做事的，而是要根据客人要求做事的。客人说不要烘干，那我们只能烘个半干。”

“还有客人会主动要求不要烘干？”张龙海不解。

“对啊？”韩江一副自得的样子说道，“这里面的道道你不懂了吧，我给你看个单子。”韩江拿过一个订单给张龙海看，单子上果然标注着“不要烘干”四个字。

张龙海不解地问道：“这有什么讲究。”

韩江卖了个关子，好一会才说道：“说穿了，就是为了偷点纱。纱没烘干自然重一点。外贸公司的质检员不是很懂，抽检的时候拿着线秤重量，一看重量差不多，以为就没问题了。”

张龙海突然想到让高三寿做的那个订单。自己去车间抽检，秤了不少线，克重都是正常的。可是到后来外贸公司的人去验货，克重就不足了。直到这时候，他才明白是什么原因。他再次接过韩江手上的订单，看了看下单人的姓名。果然是高三寿。

“这家伙就不怕客人找他麻烦？”张龙海说道。

“这二逼，只要收到货款，才不管你后续的事情。”韩江不无鄙夷地说道。

“垃圾！”张龙海难得爆了句粗口。

“听说你也着过他的道？”韩江笑嘻嘻地问道。

“你怎么知道的？”张龙海问。

韩江神秘地笑了笑，说道：“这个圈子太小了。”

宫志鹏开口道：“这个小人，就是个笑面虎。”

“笑面虎？这个形容好，确实是笑面虎。见了谁都笑，笑里藏着刀。以后我就叫他笑面虎了。”韩江哈哈笑道。

“对了，今天来找你有事，你要老实交代。”张龙海说道。

“什么事？搞得好像我欠了你钱似的。”韩江撇着嘴，打量张龙海。

“我们的纱，明明是同一批买过来的，可是用的时候却有两个批次，两种不同的粗细，你说，是不是你把我的纱调包了？”

韩江苦笑道：“你拉倒吧，就你买的这种破纱，送给我我都不要。”

张龙海问道：“什么意思？我的纱很差吗？”

“说差倒也说不上，但是说好绝对也轮不到。总之，一般般，勉强能用。”韩江一副老神在在的样子。

“我的纱价格不便宜哎。”张龙海补充道。

“你以为价格贵的纱就是好的？”韩江不屑一顾地说道。

张龙海把椅子往韩江身边挪了挪，说道：“你有性价比更高的供应商？”

“我当然有。干染色这一行的，不认识纱厂，说出去被人笑掉大牙。不是我吹牛，湖北的纱厂，随便哪一家，我打个电话，要几吨他们就发几吨。”

“这么牛逼？韩总威武啊！”宫志鹏不失时机地吹捧道，“你手上资源多，给我们介绍几家品质好点的啊。”

“给你们供货的彭三明跟我也熟，断他财路，我怎么好意思。”韩江推脱道。

“他跟你熟，我们就跟你不熟了。我们好歹还是合作关系，又是兄弟。怎么说也比他近一点。”宫志鹏继续发动攻势。

“由你这样的兄弟不？一进门就说来兴师问罪的。”韩江继续推脱。

“这不是开玩笑嘛！真要是怀疑你换纱，我们早就不来你这里染色了。”宫志鹏继续软磨硬泡，“你也知道，我们两个刚进这个行业很多东西不懂，你这个做大哥的就不能指点指点？”

韩江沉默了会，总算松了口：“指点一下没有问题，但是你们不要说是我告诉你们的，反正你们出了这个门我也不认。”

“放心。”张龙海拍了拍胸口。

韩江说了两个厂名。说这两家是老牌纱厂了，品质比较稳定。

张龙海连忙掏出笔记了下来。

宫志鹏说道：“我们不认识他们，贸然找上门去，别人会相信我们是线厂的吗？”

“确实不好办，尤其是前几年出过一档事以后。湖北人对我们甬城的线厂都戴着有色眼镜。”

“什么事情？”张龙海好奇地问。

“这件事行业里的人都知道。有个叫小许的人，冒充是甬城某个大线厂的采购员，在湖北好几个纱厂都下了订单。订单上的地址确实是那个线厂的，收件人号码留的是小许自己的。因为那个线厂名气比较大，纱厂一点也没有怀疑，通过物流公司发货过去。物流公司打电话给小许，小许说这纱是送到加工厂的，让他们拉到另外的地方。物流公司的司机又不知道具体情况，联系人让他拉到哪里，他就拉到了哪里。后来几个纱厂的人拿着采购单和送货单去那个线厂结账，结果线厂说我们没定过纱啊！”

“那后来怎么办的？”张龙海继续问。

“后来这几个纱厂只能报案，警察通过手机号码和司机送货的地址，最终找到了这个小许。这人也开了个小染厂，纱早被他卖掉了。”韩江气呼呼地说道，“就是这么个人，把我们整个甬城线厂的名声给败坏了。现在我们甬城的线厂去湖北采购纱线，别人有意无意地就会问你，那个小许你认识吗？”

“说不认识不就得了。”宫志鹏不屑道。

韩江鄙夷道：“你要是说不认识，别人就会觉得你跟小许是一路人。因为小许的事，整个甬城纱线行业都闹得沸沸扬扬，你要说不知道这个人，那只有两个原因，第一你不是线厂的人，第二，你心虚不敢承认。”

“还有这种事？”宫志鹏苦笑道。“幸亏来你这里坐了一下，若是直接去湖北，不是被人当骗子给轰出来了？”

“你们要去湖北？”韩江问道。

“是有这个打算。”张龙海回答。

“这样吧，我刚好有事情，过两天也准备去趟湖北，可以和你们一起去。但是去的时候，只能装作巧合遇到，不能说是我带你们过去的。不然那个彭三明该对我有意见了。”

“是吗？那真是太感谢了，由你带着我们去纱厂，就不用担心被人赶出来了。”宫志鹏拱手表示感谢。

韩江挥了挥手，说道：“客套的话就省了，以后别说我换你们的纱就行。”

说完三个人哈哈大笑了起来。

为了省点费用，湖北之行张龙海没去，由宫志鹏与韩江同行。两个人坐同一班飞机到达武汉。

宫志鹏提早一天便联系了彭三明，说有事来湖北，顺便拜访一下他。彭三明热情地说会来机场接他。

知道彭三明等在机场门口。韩江故意缓了一步从机场出来。

永邦线业和彭三明合作将近半年，但是彼此从来没见过面。

彭三明圆头大脸，个子不高，走起路来屁股一扭一扭的很是滑稽。

宫志鹏坐上彭三明的车，说了番感谢接机的客套话。

彭三明询问了一些永邦线业的近况，又问谁是永邦线业的老板。

宫志鹏说张龙海才是老板，自己不过是给张龙海打工。

彭三明说：“宫经理难得来湖北，一定要多玩几天，我带你在湖北好好转转。”

宫志鹏说：“玩就算了，难得来一趟，等一下去你厂里看看，顺便学习一下制纱的流程。”

彭三明没有接话。宫志鹏立刻意识到了有问题。果然，彭三明并没有带宫志鹏去工厂，而是找了个豪华的饭店吃饭。

确实到了饭点，宫志鹏也不好推脱，只能客随主便。

彭三明点了满满的一桌菜，说这家饭店是他老表开的，让宫志鹏尽管放开了吃。

宫志鹏自然不会客气，大快朵颐地享用起来。彭三明拿着一瓶白酒，一而再再而三地劝宫志鹏喝几杯。宫志鹏果断拒绝了。彭三明见宫志鹏坚持，只得怏怏作罢。

吃完饭，宫志鹏再次提出去彭三明的工厂看看。彭三明搪塞说："中午厂里的几个管理人员都在休息，等一点钟以后我们再过去，现在还有一个多小时的时间，宫总要不去楼上休息一会。"

"楼上？"宫志鹏好奇地问道。

"是的，楼上有休息的房间。"彭三明满脸堆笑。

宫志鹏心想看你能拖到什么时候，恰好因为早上赶飞机，起得早，这时候有些困意，便跟着彭三明上了楼。

楼上的客房挺豪华，有四星级酒店的档次。彭三明让宫志鹏休息一会，说等一点以后接他去工厂，说完便掩上门出去了。

宫志鹏哪里睡得着，躺在床上胡乱地按着电视遥控器。突然门铃响起。宫志鹏以为是彭三明去而复返，打开门一看却是个穿着职业装的美女。

"你有事吗？"宫志鹏问。

"是你叫的服务吗？"美女微笑着问道。

宫志鹏愣了愣，说道："你搞错了。"

美女退后一步，看了看门牌说："308房间，我没走错啊！"

"我没叫过。"宫志鹏正想关门，突然想到什么，又把门打开了，说，"你进来吧。"

美女微笑着进来，见宫志鹏把门关上，就准备脱衣服。宫志鹏连忙制止，说："别脱了。坐着聊会天就行。"

那美女愣了一下。掩嘴笑道：“是不是不喜欢这么直接?”

宫志鹏笑了笑说道：“是的，还是慢慢来比较好。”

美女随即在宫志鹏身边坐了下来，问宫志鹏要不要喝水，也不等宫志鹏答应，拿起电视柜上的矿泉水，倒进烧水壶，烧了起来。

趁着美女烧水的间隙，宫志鹏上了个洗手间。出来后问道：“你会不会按摩，要不帮我按摩一下好了。”

美女笑了笑说：“不会按，只会摸。”不得不承认，这个美女笑起来很有魔力。

宫志鹏说：“知不知道是谁叫的服务?”

美女说不是你叫的吗?

宫志鹏笑了笑，没有承认也没有否认。

美女说：“你怎么看也不看我，是不是觉得我不漂亮。”这美女说着弯下腰来，俯身探向宫志鹏，故意露出深深的乳沟。

宫志鹏暗暗叫苦，不知道她什么时候把上面的两颗纽扣解开了。

“你很漂亮，身材也很好。”宫志鹏给予公正的评价。

“那你怎么没什么反应。”美女说着就把手伸下宫志鹏的裤裆。

宫志鹏连忙抓住她的手，说：“别着急。要不先打会儿牌吧!”

“打牌?”美女愣了愣说道“先生，我们可是有时间限制的!”

“没事，你尽管玩，超时了自然有人给你加小费。”

美女不置可否地接过宫志鹏扔过来的扑克牌，好似突然想到了什么，哀怨道：“先生你的兴趣还挺特别，是不是要玩输的人脱衣服那种?”

宫志鹏苦笑：“不用脱衣服。”

“那赌什么?”

“随便玩会就行。”

“那多没意思。要不就输的人可以被赢的人摸一下。”

“行，随便吧。”宫志鹏暗暗叫苦。老实说，这美女很漂亮，身材皮肤脸蛋都没得说。说不心动是骗人的。不过他担心彭三明给他设套，万一来个仙人跳，岂不丢人现眼。为此，宫志鹏一边应付着美女，一边留意着门外的动静。刚刚进厕所的时候，他特意打开了手机的录音键。

不过玩了好几把，始终不见外面有什么动静，最后干脆打开门去外面看了看，走廊里静悄悄的，空无一人。

那个美女似乎明白的他的意思。掩嘴偷笑道："先生你多虑了，我们这里是正规服务，我们是酒店聘请的服务人员，不是外面叫过来的。"这个美女说着还掏出了自己的工作证。

一听到正规服务，宫志鹏忍不住笑了。宫志鹏看了看工作证，倒确实是煞有其事，一寸照上盖着公司的印章，职务是公关经理，名字叫丽丽。虽然觉得好笑，不过仙人跳是可以排除了。

"行了，不玩牌了，聊会天吧！"宫志鹏慵懒地靠在床头。

这个美女也早就不想玩了，"好啊，好啊，聊天吧，想聊什么？"

"丽丽，你多大了？"宫志鹏问道。

"二十？"

"为什么做这个？"

"赚钱呗！"丽丽说得很坦然。

宫志鹏好似突然醒悟，继续问道："你们怎么收费的？"

美女说："一次四百，过夜一千。"

宫志鹏说道："那是挺赚钱的，一个月可以赚好几万啊。"

"哪有？"美女哀怨地坐到宫志鹏身边，说，"又不是天天都有客人。再说，也有那么几天不能接待客人。"

宫志鹏继续问："为什么不去找个正经工作做做？"

美女说："小时候读书没读好，现在去公司没人要，去厂里又太辛苦，所以只能做这个工作了。"

"你结婚了吗？"宫志鹏问。

"没有。"

"男朋友呢？"

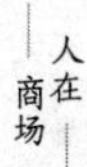

“以前交过一个！”美女老实地回答。

这次轮到宫志鹏愣住了。“他知道你做这个吗？”

美女笑了笑，说：“你是不是要劝我别干这行了？”不等宫志鹏回答，这个叫丽丽的美女继续说道，“你们男人永远改不了两大嗜好。”

“哪两大嗜好？”宫志鹏问。

“拉良家下水，劝风尘女子从良。”

宫志鹏尴尬地笑了笑，不知道再说什么好。倒是美女问了起来：“大哥你是做什么的？像你这样的我还是第一次见哎。”

“像我什么样的？”

“像你这样斯文的，我真的从来没见过。都说男人是下半身动物，看来也是有意外的。”

“我性无能，所以对女人没兴趣。”宫志鹏自我解嘲道。

“骗人，你看帐篷都搭得老高了。”美女捂着嘴呵呵笑着。

就在宫志鹏觉得无地自容的时候，美女又一次附身上来，趴在宫志鹏的肩膀上说道：“说老实话，想不想要？”

宫志鹏再次苦笑。想要推开丽丽，可是她却黏得更紧了，胸前的那团柔软直接贴在宫志鹏的手臂上。“丽丽，别这样。”

“我偏要这样。”丽丽看着宫志鹏吃瘪的样子，偷偷笑着。

宫志鹏推不开，也就由着她，让她靠在自己的肩膀上。

丽丽觉得无趣才坐直了身子，不过还是靠在宫志鹏的臂弯里。她不无哀怨地说道：“如果每个客人都像你这样，我们估计要失业了。”

宫志鹏问道：“为什么这么说。”

丽丽说：“我知道你肯定是嫌我身子脏，所以不想碰。”

“不是的。”宫志鹏想解释，之后又觉得没这个必要，便选择了沉默。

两人一时无语。丽丽就这样靠在宫志鹏的臂弯里，不再说话。

宫志鹏看了看时间，快到一点了。心想彭三明应该快来了。再一想彭三明一来，这个美女就要走了，突然有一种不舍。他暗自嘲笑自己，居然对小姐会有一丝留恋。

丽丽好似在自己的臂弯里睡着了，宫志鹏打量着眼前这个人，确实长得挺漂亮，出来做这种工作，实在是挺可惜。

他的手正好搭在丽丽的肩膀上，再往下一寸，便是她的乳房。他想美女在自己怀里躺了半天了，摸一下应该不算过分。想着就把手往下伸去，可是手指刚刚碰到丽丽的衣服，便又缩了回来。心想已经当了半天君子，马上就能熬出头，没必要最后时候功亏一篑。

岂知他手还没有缩回，却被丽丽抓住了。丽丽好似抓到了别人把柄似的，高兴地说道："我就不信，我勾引不了你。"一边说着，一边把宫志鹏的手放在自己的胸口上。

宫志鹏挣扎了一下，没能把手挣脱出来，看丽丽似乎并无恶意，也就顺从地把手放在她的柔软上了。

丽丽笑过以后，继续平静地躺在宫志鹏怀里，说："想摸就摸吧？你要是一动不动，我还真要怀疑是不是我没魅力了。"

一听这话，宫志鹏越发哭笑不得。不过老实说，手上的手感很好，他稍稍用了点力，不想丽丽轻声呻吟了一声。

"怎么？弄疼你了？"宫志鹏问道。

丽丽轻轻地在他手臂上打了一下，说"你好坏，明知故问。"

宫志鹏摸得过瘾，直接把手伸到了丽丽的衣服里面。丽丽闭着眼睛轻声呻吟着，任由宫志鹏抚摸。

宫志鹏在要不要继续的心理斗争下，不断煎熬着，最后还是理智战胜欲望，推开了丽丽。说不能再继续了，再继续下去，我就把持不住了。

丽丽掩嘴偷笑，说："要不我用嘴为你服务吧？我的嘴是干净的。"

宫志鹏连忙摇手，说真不需要了。时间也到了，你赶紧回去吧。

丽丽愣了愣站起来，失望地整了整衣服，说那我走了。

宫志鹏站起来送她出门。临出门的时候，说道："我真没有嫌弃你的意思。"

丽丽礼貌地笑了笑，用手指理了理垂在额前的长发，然后离开了。

丽丽走后没多久，彭三明便来敲门。

宫志鹏开门让彭三明进来，问工厂的管理人员都上班了吗？

彭三明说："上班了，上班了。这就带你去看看。"

宫志鹏再次上车的时候，彭三明不像接机时候这么拘谨，这么客气。说话随意了很多。称呼也不再是一口一个宫经理，而是改成了小宫。这便是宫志鹏要的效果，也是他没有赶走丽丽的原因。

彭三明的车子开在主干道上，沿路宫志鹏看到了十几家纺织厂。只是不清楚这些纺织厂是不是都是生产纱线的。

彭三明将车停在明宏纺织厂门口，然后按了按喇叭。

门卫探出头看了看，彭三明用当地方言和他说了句什么话，门卫才开门，放他们进去。宫志鹏没听清楚彭三明和门卫说了什么话。不过从门卫的举动，宫志鹏猜到了，这个厂肯定不是彭三明的。如果彭三明是厂里的老板，门卫看到他的车，早就开门了。

事实和预想的差不多。彭三明领着宫志鹏来到办公室。办公室沙发上坐着一个五十岁左右的男人，看到二人进来。那人连忙站起来，握住彭三明的手说道："彭总，你终于回来了。"

宫志鹏猜想，这个应该才是真正的老板。不过他并没有点破。

彭三明给二人做了介绍，说这是陈厂长，等一下让他带着你到车间里转转。

陈厂长并不着急带宫志鹏去车间，而是娴熟地煮着工夫茶。他一边用夹子清洗着一个个小杯子，一边恭维地说道："甬城是个好地方，有山有水，风景秀丽。正所谓人杰地灵，能人辈出，民国时候出了个国家领袖，现在也有很多国家领导人是从你们甬城出来的。甬城人不但有政治头脑，更有经商头脑，我们湖北生产的纱线一大半是销往甬城的，可以说甬城人是我们的衣食父母啊。”

宫志鹏谦虚了几句，然后礼尚往来，从脑海中搜肠刮肚地找出一堆湖北的名人佳士，借着名人佳士将湖北也好好地吹捧了一番。

陈厂长似乎很受用别人夸赞湖北。他一边继续和宫志鹏聊着，一边把开水倒在茶壶里，然后给三个杯子，分别倒上茶。杯小，茶水刹那间就满了出来。但是陈厂长并未住手，而是继续用茶水均匀地淋着三个杯子。直到把整壶的茶水都倒完了，陈厂长才重新倒进一壶开水。然后清空茶杯，再次倒满三个杯子，递给宫志鹏和彭三明，最后一个杯子留给自己。

宫志鹏这时已经十分的肯定，这个才是纺织厂真正的老板。

闲聊着，陈厂长突然问道：“你们甬城有个小许，你认不认识？”

宫志鹏苦笑，心想果然来了。所幸韩江提醒过。连忙接话道：“听说过这个人，不过不认识。据说你们这边很多纱厂着了他的道？”

“哎，说来话长，现在做生意难啊。”陈厂长无奈地叹了口气，然后喝了口茶。这话题便没再提起。

陈厂长问宫志鹏厂子规模，每月有多少需求量，现在订单量如何。宫志鹏一一做了回答。陈厂长不停地点着头，对宫志鹏的回答十分满意，倒茶越发殷勤。

聊了好一会，宫志鹏才提出，可否去车间参观一下。

这时陈厂长才大梦初醒似的站起来，引着宫志鹏去车间。从卸料区到上料区、络丝区、并线区一个个车间走过去。

虽然已近冬天，可是车间里面却很热。

在轰鸣的机器声中，陈厂长大声地讲解着制线的程序以及车间的管理。尽管车间里的噪音很大，陈厂长说的话很难听清楚，但宫志鹏还是认真地听着。尤其是说到哪个程序是造成次品的重要原因。

纱厂很大，一台台大型的纺纱机整整齐齐地排列在车间里，工人们来回穿梭着，娴熟地上管、摘线。

宫志鹏第一次看到制纱的过程。原来这么一根细细的线要经过这么多道工序。

参观车间的过程，彭三明一直跟在他和陈厂身后。他也是东看看西看看，但是一直没有说话。

走出车间，宫志鹏此行的目标已经完成一半。他这次来一是为了寻找新的合作对象，二来就是了解纱的制作过程。对于一个业务员来说，如果不能十分到位的了解产品，那是无论如何都做不好这个生意的。

再次回到办公室，宫志鹏请教了很多有关纱线的问题。彭三明和陈厂一一做了回答。相比之下，这个陈厂内行了许多。有些问题，宫志鹏都知道，彭三明却不懂。

从纱厂出来，宫志鹏说要去武汉，感谢彭总的热情招待。

彭三明说小宫这样讲就是见外了，只要来湖北，任何时候，只要说一声。你彭哥肯定给你安排好。让你吃好，睡好，玩好。说到这个玩字，彭三明特意变了声调。说完，彭三明哈哈大笑起来。

宫志鹏发现他笑起来的声音好刺耳。别人是哈哈哈，他是嘿嘿嘿，好似嗓子眼被痰堵住了，一口气跟不上来似的。

“确实有事，下次再来找彭哥玩，今天就辛苦彭哥把我送送到车站。”

彭三明看了看手表，说：“今天比较晚了，估计是没车了，干脆再住一天，明天再走。晚上彭哥再带你去泡个脚。我们这个县城，除了纱线，其他都没什么名气，就是第三产业还算发达。”彭三明说着又嘿嘿嘿地笑了起来。

宫志鹏看看时间，还真是不早了，再说他也不是真要离开，于是便装出一副无可奈何的样子，勉强答应了。

彭三明将宫志鹏送到一家大酒店，未等宫志鹏下车，他已经跑到前台开好了房间。宫志鹏偷偷地把地址发给了韩江。

彭三明替宫志鹏办好入住手续。宫志鹏拎着背包去房间。

彭三明说五点我准时过来接你，一起去吃晚饭。宫志鹏客套了几

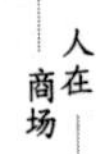

句，还是答应了。

回房间放好行李，冲了个澡。宫志鹏拿出笔记本认真地记录起来。今天第一天进纱厂，信息量有些大。宫志鹏将学到的东西一一记录下来。等他弄完，彭三明的电话便打了个过来。

宫志鹏来到酒店大厅，见到彭三明正握着韩江的手热情地说着话。

彭三明看到宫志鹏下来，连忙说道："小宫给你介绍一下。这是……"

韩江打断道："他还用你介绍啊。小宫是我的客户啊！"

说完三人哈哈大笑起来。韩江拍了拍宫志鹏的肩膀说："你小子什么时候来湖北的。"

宫志鹏说今天刚来。

韩江还要说话。彭三明说他订好了位置，边吃边聊。

韩江说他还约了人。正说着，迎面走来一个夹着公文包的瘦小男人。

"韩总，彭总，你们两个怎么凑到一块去了？"来人一手搭在韩江肩膀上，一手则搭在彭三明肩膀上。那架势好似活捉了一对狗男女。

彭三明嘿嘿笑着回应道："只允许你梁大老板和韩总吃肉，就不许我们小兄弟跟着韩总喝点汤？"

来人哈哈笑道："小彭生意越做越大，嘴巴也是越来越厉害了。"

韩江和来人握了握手，礼貌性地把宫志鹏介绍给梁总："这是我们甬城永邦线业的小宫，是彭总的客户。"

梁总轻轻地握了握宫志鹏的手，赞许道："甬城的老板是越来越年轻了。"

彭三明显然对韩江刚刚的介绍方式感到满意。因为韩江在介绍宫志鹏的时候很笼统，又明确说明了是他的客户。如此情况下，梁总便不好意思过多地和宫志鹏说话。果然，梁总只是和宫志鹏客套了一句，便又把话题回到了韩江身上。问韩江晚上有什么安排。

韩江说："彭总正准备请客呢!"

梁总转向彭三明说道："彭总请客，难得的，不知道我蹭个饭有没有机会。"

彭三明连忙说："梁总肯赏脸，那可是求之不得。"

于是四人再次来到彭总老表的这家饭店。

饭店的老板是不是彭三明的老表，宫志鹏不知道。不过老板显然认识梁总。一看梁总和彭三明一起上门，连忙通知服务员给彭三明换一个包厢。如此看来，这个梁总确实来头不小。

四个人一个大包厢，显得有些空旷，菜还没上齐，便有隔壁包厢的人过来向梁总敬酒。梁总说今天他是来陪客人的，然后介绍韩江给大家认识。大家转而敬韩江。韩江喝完酒又说今天是彭总设宴。然后这些人又敬彭三明，彭三明显然也很享受被一群人轮着敬酒的感觉。

宫志鹏不等服务员给他倒酒，自己打开一瓶椰汁把自己的杯子倒满了。客人敬了桌上的三人，自然不会放过第四个人。不过看到宫志鹏端着的是椰汁，显得有些惊讶。宫志鹏解释说不会喝酒。

几个人说男人怎么能不会喝酒。宫志鹏站起来说道："真不会喝酒。"

因为宫志鹏是彭三明的客人，几个人总算没有过多纠缠。象征性地敬了下宫志鹏也就出去了。

等这批人走了以后，梁总简单介绍了一下，说这些人都是在纺织行业里混的兄弟。

席上，彭三明、韩江和梁总三人有聊不完的话题，他们从某个纱厂说到某个客户，又从纱线行情聊到中东油价。宫志鹏只管吃和听。

三人不停地互相吹捧，然后互相敬酒，怕冷落了宫志鹏，偶尔也敬宫志鹏一杯，然后宫志鹏就拿起椰汁喝一口。

彭三明中午已经知道，宫志鹏不喝酒，所以见怪不怪。梁总因为宫志鹏是彭三明的客人。彭三明都没开口，他也不好说什么。

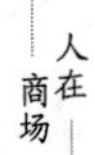

韩江初始调侃了几句，说："你自称业务出身的，居然不会喝酒？我才不信。"不过宫志鹏坚持说不会喝，他也就不再勉强了。

一顿饭吃了两三个小时，菜吃完了加，酒喝完了续。宫志鹏只知道自己已经开了五罐椰汁，上了两次厕所。

当他第三次从卫生间出来的时候，韩江正拼命摇着彭三明。彭三明似乎是喝醉了，趴在桌子上半天叫不醒。最后还是梁总出去买了单。

梁总刷完卡回来，说楼上有 KTV，我们去消遣一会吧。

韩江没反对，说来了湖北，肯定要见一见这边的朋友，他没有时间一一拜访，干脆把他们都叫来热闹一下。

梁总知道，韩江所谓的朋友都是客户，也都是各个纱厂的老板。这些人他都认识，于是爽快地说道："把他们都叫来，告诉他们，今天召开纺织协会的扩大会议。"

等韩江一轮电话打完，已经是十分钟以后。

韩江和宫志鹏扶着彭三明上楼。彭三明本来就胖，而且又矮，想要扶他还真是不容易。幸亏韩江强壮，连拉带扯，总算把他弄到了楼上的包厢。

客人还没到，韩江和梁总来到外面的阳台吸烟。梁总指了指房内的彭三明说道："这家伙每到买单的时候就醉了，我已经是第三次着他的道了。"

"你说他是装醉？"韩江疑惑道。

"不信你看着，等一下小姐进来，他就醒了。"梁总和韩江朗声笑了起来。

韩江的朋友基本都到了，包厢内霎时就热闹了起来。各种寒暄，客套。韩江偶尔也将宫志鹏引荐给大家认识。

韩江说了很多纺织厂的名字，实在太多了，宫志鹏没能记住几个。

“站着说话有啥意思。小陈让老板把小姐叫过来。”梁总招呼坐在靠近大门位置上的男人。

那个叫小陈的男人，其实年龄也不小了，粗看大概四十几岁。听到梁总说话，他连忙站起来，朝着门口喊了一声老板。

一个浓妆艳抹的中年妇女应声跑来。“各位老板有什么吩咐？”

梁总说道：“把你们这里的小姐都叫过来。”

妇女爽朗地答应一声匆匆忙忙地跑了出去。不一会领着一群穿着低领工作服的美女排着一字长蛇阵款款走了进来。

包厢内霎时安静了下来。

梁总说道：“一人选一个。”

众人说：“韩总是客人，韩总先选。”

韩江说：“我算屁客人，小宫才是客人。让小宫选。”

宫志鹏愣了一下不知如何是好。众人都看向宫志鹏，宫志鹏越发紧张，不知道该不该选。

梁总见宫志鹏半天没有反应，显然有些不高兴，说道：“看来这些美女，我们宫总看不上，老板，重新换一批。”

老板娘连忙答应了一声。把这些美女领了出去。众老板似乎有些失望。

趁着两批美女进出的间隙，韩江凑近宫志鹏说道：“你必须选一个，不然以后很难跟他们打交道。”

宫志鹏后悔不该来这个包厢，可是如今骑虎难下，进退维谷。正犹豫着，突然看到一个熟悉的面孔，正是中午见过的丽丽。等这一排美女一字排开站定。宫志鹏便指了指丽丽。丽丽甜蜜地笑了笑，在宫志鹏身边坐下。

见宫志鹏终于选了美女，其他老板都松了口气，气氛重新又热烈了起来。

众人起哄让韩江选。韩江故意摆出一副举棋不定的样子在一排美女面前来回踱步，他像是菜场买菜的大妈一样，对这一排美女挨个审视着。几个老板帮忙出谋划策："选这个，这个屁股大。""这个好，这个胸大。"

韩江逗弄了半天，最后选了个身材高挑的短发美女。

再之后，这些美女被老板们哄抢一空。

彭三明踉踉跄跄地站起来，说："我怎么在这里？"

不知道谁背后推了他一把，彭三明一下扑在了一个小姐身上。众人哈哈大笑。

再之后，又是梁总出主意，说分成四组对战。四组轮番派代表玩骰子。输得最惨的那组，所有组员都要被罚。

众人问怎么罚。

梁总说，女的喝一瓶酒加脱一件衣服，男的喝一瓶再出一百元钱。这些钱集中起来等结束时候分给这些小妹。

不想这些老板还没答应，有几个小姐先兴奋地喊起了好。于是就这么定了下来。

宫志鹏暗暗叫苦。丽丽调皮地扮了个鬼脸，轻声安慰道："没事，等下我帮你喝。"宫志鹏暗自感激。

第一局，宫志鹏和韩江所在的组就输了。宫志鹏和韩江准备掏钱。梁总制止道："韩总你是客人，你不能掏钱，你那份算我的。"然后梁总又转向彭三明命令道，"彭总，小宫的那份你包去。"

这回彭三明答应得很爽快。

这边的几个美女窸窸窣窣地开始脱衣服。丽丽脱了件外衣，又喝了两瓶啤酒。

宫志鹏问她行不行。她拍着胸口说："小意思。"

再之后，随着输赢不断升级，有几个美女已经是一丝不挂。

这样的场面，宫志鹏从未见过。心想回去跟张龙海吹牛，张龙海肯定不信。以前做业务的时候，也有应酬。偶尔也上 KTV，也叫过小姐。但是顶多就是卡点油，从没见过玩这么过头的。

再后面的场景，简直是不堪入目。

虽然包厢够大，但是大家都围在茶几周围，反而显得很拥挤。

丽丽干脆坐在了宫志鹏腿上。这可苦了宫志鹏。要知道这时候，丽丽只穿了一条职业短裙。其他的衣服已经脱完了，连内裤也在上一轮较量中输掉了。

韩江早已经喝得醉醺醺，他拿起瓶子向宫志鹏求助。

全场似乎只有宫志鹏一个人没有喝酒，保持着清醒。宫志鹏接过酒瓶大声说道："各位老板，我平常是滴酒不沾，不过今天大家这么热情，我一点不喝实在说不过去。我就破例喝一瓶，算是借花献佛，敬大家的。"宫志鹏说完咕咚咕咚把一瓶啤酒灌了下去。

梁总带头为宫志鹏叫好，几个老板一齐鼓掌。

喝完这一瓶啤酒，宫志鹏说道："各位玩得开心，我实在是太困了，先走一步。"说完，宫志鹏不等众人回复便向门口走去。

丽丽捡起自己的外套，随便往身上一披便跟了出去。众人看两人一前一后而走，哄堂大笑起来，竟然没有一个人怪宫志鹏扫兴。

宫志鹏出门的时候，看到那个被梁总称之为小陈的老板坐在最外围。全场除了自己，似乎只有他还是清醒的。

在场的小姐，身上的衣服已所剩无几，几个老板毫不客气地过着手瘾。唯独这个小陈例外，虽然他的手也搭在小姐的肩膀上。在其他人看来，他和这些老板一样。可是宫志鹏却分明地感受到，他和其他人不一样。因为他的手只是老老实实地搭在小姐肩膀上。

宫志鹏向这个叫小陈的老板点头致敬。陈老板以不起眼的动作，将手中的酒杯向他举了举。

"你怎么也出来了？"宫志鹏问身后的丽丽。

"你是我的客人，当然你到哪里，我跟到哪里。"

楼上开着中央空调，暖烘烘，可是一到饭店门口一阵冷风袭来，宫志鹏不由地打了个冷战。丽丽更是冷得直打哆嗦。

"你回去吧！"宫志鹏回头说道，"我回酒店了。"说完便跑到路

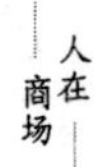

边拦了一辆出租车。

出租车还没启动，丽丽打开后座的门便坐了进来。宫志鹏想说什么，可是看到司机异样的眼神，又把话咽了回去。

在酒店门口下了出租车。宫志鹏再次开口："你该回去了。"

"你看我穿成这个样子，让我怎么回去?"丽丽紧了紧单薄的职业套装，拼命地搓手跺脚。在她跺脚的时候，胸前的乳房拼命晃动着。看得宫志鹏不由得愣住了。宫志鹏想起，她出来的时候好像只拿了件外套，这个时候，她职业装里面可是真空的……

酒店的服务员好奇地打量着二人。边上经过的客人更是忍不住在丽丽身上乱瞄。

宫志鹏脱下自己的外套，披在她身上，然后转身向酒店走去。丽丽依旧跟着他。宫志鹏快步走向电梯，在电梯门即将关上的时候，丽丽又闪身挤了进来。

在电梯上升的过程中，宫志鹏心中突突乱跳，看来今天自己是跑不掉了。他目不斜视地盯着楼层按钮。

丽丽问道："你怕我啊?"

宫志鹏说："没有!"

"那你为什么不敢看我。"

宫志鹏不搭理她，心想我怕看了以后把持不住自己。虽说丽丽披了件自己的外套，但是那外套仅仅只是披在她肩膀上。她里面穿的职业套裙，上面领子低，下面开衩高……再想到她里面还是真空的。宫志鹏感觉自己快要流鼻血了。

出了电梯，宫志鹏做贼心虚，逃难一般地走向自己的房间。

进了房间，本想把门关上。可是，宫志鹏在关门的瞬间，最终还是没有用力，然后门只是掩在那里。

丽丽满意地笑着，缓步走进房间。她把外套扔还给宫志鹏，径直躺在床上，伸着懒腰说道："总算暖和了。"

宫志鹏看了眼床上的丽丽，不由地心跳快了好几拍。就在她跳上床的刹那，宫志鹏清楚地看到了她大半个屁股。

正觉得尴尬，电话铃声想起。原来是张龙海打来的。宫志鹏把手指放在嘴边，让丽丽不要出声，然后才接通电话。张龙海问宫志鹏是否顺利。

宫志鹏说很顺利，把今天大概的经过说了一遍。张龙海在电话那头，听到宫志鹏说受到好吃好喝的招待，不无羡慕地说道："早知道应该和你一起去。我在这边可是当了一天的苦力。"

宫志鹏问厂里的情况。张龙海说一切都是老样子。两人闲聊几句，便挂了电话。

宫志鹏心想，若是换了张龙海碰到今晚这样的场面，不知道会怎么应付。按照宫志鹏对他的了解，张龙海估计刚开始就会找个理由出来。至于面对丽丽这样的诱惑，张龙海能不能把持得住，那就不好说了。

张龙海在他人眼中，只有一个字——正。不过宫志鹏和张龙海一起长大，更了解张龙海。其实他并不是正义的化身，而且还很坏。小时候他们两个干过的坏事可谓是罄竹难书。如果要给张龙海一个比喻，宫志鹏倒是觉得他像黄老邪，正的时候很正，狠的时候很狠，但是无论好还是坏，他有自己的原则。这个原则很少有人能够动摇。

就像他不想喝酒抽烟，无论你怎样软磨硬泡，他也不会为你让步。

正思虑间，思绪被花花的水声打断。原来是丽丽在卫生间里冲澡。卫生间和卧室隔着一块毛玻璃，里面的人影若影若现。宫志鹏拧开电视柜上的矿泉水，拼命地灌了一通。

灌完水后心情平静了许多，不过更糟糕的事情来了。刚刚吃饭的时候喝了不少饮料，在 KTV 的时候，别人喝酒，他虽然没喝酒却喝了不少茶，如今又灌了一整瓶的矿泉水……此刻，突然之间有了尿意。而且这尿意不来则以，一来便排山倒海。宫志鹏在房间里来回踱步，希望丽丽快点洗完。可是左等右等不见丽丽出来，最后在等到两腿发麻的时候，终于还是忍不住冲进了卫生间。

丽丽愣了一下之后，继续若无其事地洗自己的澡。

马桶和淋浴房只隔了一块透明的玻璃。宫志鹏想不看丽丽都难。丽丽初始背对着宫志鹏，等宫志鹏尿完的时候，却突然探出头来，问道："要不，帮我搓个背？"

宫志鹏瞄了眼丽丽，提起裤子，落荒而逃。丽丽则在身后笑得花枝乱颤。

躺到床上，宫志鹏还是心跳不已，他也觉得自己没出息。又不是没泡过妞，大学时候就谈了两任女朋友，工作后正经不正经的女朋友也交往过好几个。在情场上自己也算是个老手了。可是，今天却被一个小姐弄得……

正在胡思乱想着，丽丽裹着条浴巾便出来了。

"我睡哪？"丽丽问道。

"你睡那张床吧！"幸亏开的是个标间，有两张床。

丽丽乖巧地钻进了自己的被窝。

宫志鹏这才松了口气，来到卫生间洗澡。洗完后做贼似的回到自己的床上。

丽丽还没睡，靠在床头玩着手机。她的两条手臂和一个肩膀露在外边。"她们终于结束了。"

"你是说你那些姐妹。"宫志鹏问。

"是啊！今天实在是太疯狂了，开了这么大一个包厢，一首歌都没人唱！"

"包厢里这么多小费，你没拿就出来了，不是亏大了？"宫志鹏问。

"没事，不会少了我的。"丽丽转过身来和宫志鹏说话，一侧身小半个乳房露在了外面，显然里面的浴巾已经扯掉了。

宫志鹏提醒道："你春光外泄了。"

丽丽看了看自己露出来的一点点胸，笑道："外泄就外泄，刚刚玩游戏的时候，你不是已经看到过了，而且中午还摸了。”丽丽说着不但没有遮掩，反而把被子往下一拉，把整个乳房都露了出来。

宫志鹏不想理她，转过身背对着她。准确说是不敢看她。

丽丽不无哀怨地说道：“一直挺自信的，在你面前觉得自己好失败。”

宫志鹏不想听她说话，关了床头灯说：“睡吧!”

丽丽却马上又把灯打开了，说喝了一晚上的酒，胃里难受，想吃点东西。可是房间里啥也没有。

宫志鹏说我背包里有一桶泡面。

丽丽说就吃泡面吧。让宫志鹏泡给她吃。

宫志鹏说你自己泡。

丽丽抱怨说，晚上帮你挡了这么多酒你也不感谢我一下。

不是宫志鹏不愿意起来泡面，而是宫志鹏只穿了件内裤，而且此刻还顶着个帐篷。想到丽丽胃难受确实是因为帮自己挡酒所致。犹豫再三，宫志鹏还是从被窝里跳了出来，打开背包，取出泡面。

准备好泡面，把水壶的水插上，宫志鹏又飞速钻回被窝。

丽丽在旁边咯咯直笑，说：“你躲什么躲，我早就看见了，刚刚你上厕所的时候看得清清楚楚。”

宫志鹏被这个女人弄得不知道说什么好。真想扑过去把她就地阵法了。不过，他还是用仅有的理智，维持着自己心里的一点自尊。

等水开了，宫志鹏再次起来泡面。这次没再鬼鬼祟祟，干脆大方地挺着个帐篷，给她泡面。泡完又回到自己的被窝。

等了几分钟，丽丽起来吃面。让宫志鹏没想到的是，丽丽竟然不拿浴巾裹一下，而是光溜溜的就这样从被窝里出来了。宫志鹏都不知道自己的视线该往哪里放。说不想看那是骗人的。偷看几眼又怕自己心猿意马把持不住。

丽丽好像是真饿了，呼啦呼啦，一份桶面吃得津津有味。

吃完后，丽丽心满意足地抹了抹嘴，问宫志鹏要不要一起睡。

宫志鹏假装已经睡着。

丽丽掩嘴偷笑，随即关了灯，只是她没有回到自己的床上，而是钻进了宫志鹏的被窝。宫志鹏想躲，被她像八爪鱼一样死死缠住了。“你对我真的一点感觉都没有吗？”丽丽一副哀怨的语调。

宫志鹏挣扎了几下，没能挣脱，便只能由着她抱着。只是凉凉的皮肤贴在自己身上，让他浑身燥热。尤其是背上的两团柔软……

当丽丽大胆地把手伸向宫志鹏的敏感处时，宫志鹏再也忍受不住了。他一个翻身把丽丽压在身下。

看着气喘如牛，一副要吃人的样子的宫志鹏，丽丽得意地笑了。

从睡梦中醒来。再次感受到身边软绵绵的身体，宫志鹏暗自叹气。虽说开过玩笑要泡尽天下美妞，可是从没想过找小姐。本想自己应该能够战胜欲望，最后还是被这个丫头给打败了。

看着熟睡的丽丽，宫志鹏不知道是该庆幸还是后悔。不得不承认她长得很美，也很自信。昨晚这么多小姐，多数都是浓妆艳抹，只有她近乎素颜。再想起，昨夜自己的疯狂和丽丽的娇喘，宫志鹏不觉地又燥热了起来。

丽丽从睡梦中醒来，看到宫志鹏正看着她，打着哈欠问道：“几点了？”她拿过手机看了看，“才八点，你怎么这么早就醒了？”

“今天还有事。”宫志鹏搪塞着，推了推丽丽说道，“该起来了，等一下会有人来。”

“来就来呗！”丽丽翻了个身继续睡觉。

宫志鹏怕韩江或者彭三明找来，万一让他们看到自己和丽丽睡在一起，岂不是让他们笑话。于是继续催丽丽起床。

丽丽迷糊地应承着，身体却一动不动。

宫志鹏无奈，只能自己下床梳洗。昨晚出了一身的汗，刷完牙后宫志鹏进入浴室冲洗。不想洗到一半，丽丽睡眼惺忪地进来上厕所，她依旧是旁若无人地一丝不挂。宫志鹏瞄了几眼，身体又有了反应。

丽丽上完厕所，并未离开，而是问宫志鹏要不要帮忙搓背。说完也不等宫志鹏回应便拉开淋浴房的门，挤了进去。丽丽在手上倒上沐浴露，抹遍宫志鹏身体的每个角落。

一双细嫩的手，在自己身上不停地游走，任宫志鹏定力再高，也是浑身燥热。就在他口干舌燥之际，感觉下身被一阵温热包裹，低头一看却见丽丽跪在地上，用嘴巴含住了他的坚挺。

再之后，不免又是一番酣战。

精疲力竭地回到床上，宫志鹏想自己是要栽在这个丫头身上了。因为疲惫，宫志鹏又迷迷糊糊地睡了过去，再醒来已近中午。不想一个上午，彭三明和韩江都没有来找自己。庆幸之余也有些小小的负罪感。自己是来办正事的，现在正事没干，却在酒店里和小姐鬼混。这个时候，张龙海应该还在车间里搬纱，想着张龙海挥汗如雨的样子，宫志鹏拨通了韩江的电话。

电话响了半天，韩江才接通。

“谁啊！”电话那头的韩江迷迷糊糊地问道。显然他还在睡觉。

“不是说好了，带我去纱厂转下？”

“今天不去了。”韩江说着便把手机扔到了旁边，在手机挂断之前，宫志鹏听到女人的声音：“谁啊，这么不识趣。打扰我们的好梦。”

看来这个韩江，和自己一样，也掉进温柔乡了。宫志鹏心想着是不是应该找彭三明，不过想想还是作罢了。除此之外，在这个县城里，宫志鹏再没有其他认识的人。

就在宫志鹏沮丧之际，丽丽问道：“你要去哪个纱厂？”

宫志鹏眼前一亮，问道：“你认识那些纱厂老板吗？”

丽丽说道：“我认识的不多。不过我姐妹肯定有认识的，你想去哪？我帮你问问。”

宫志鹏脑海里闪过的第一个身影便是昨晚坐在角落里的那个姓陈的厂长。她问丽丽，知不知道陈厂的工厂在哪。

丽丽思索片刻说道："芳芳姐应该知道，我打个电话问一下。"丽丽说着拨通了一个号码，电话也是响了半天才接通。丽丽说了半天，对方才搞清楚是哪个陈老板。然后说了一个地址过来。地址只是个大概的位置。不过这已经足够了。

宫志鹏拿过丽丽写的小便条，高兴地说了声谢谢。

丽丽笑了笑问道："要不要陪你一起去。"

宫志鹏本想丽丽应该比他熟悉地方，可是随即又摇了摇头，她现在身上一丝不挂，昨晚还是穿着工作服过来的，这个样子怎么出门？再说让陈厂看到自己一直和小姐在一起，不免多想。避免节外生枝，还是自己一个人方便些。如此想着，宫志鹏说道："我自己去就行了，你休息会自己回去吧？"宫志鹏说着从钱包里掏出一千二百元放在床头柜上，又指了指另外一张床上的衣服，"你穿这个回去不方便吧？"

丽丽说道："没事，我让我的小姐妹给我送衣服过来。"

宫志鹏不再逗留，拿起背包便离开了酒店。

宫志鹏打了个出租车到丽丽说的这个地址。下车后，宫志鹏找附近的居民问了问，这边有没有个纱线厂。在村民的指导下，宫志鹏很快就找到了一个叫黄铭纺织的纱厂。

陈厂看到宫志鹏不由得愣了一下，不过他马上就认出他了。"宫老板，你好你好，什么风把你吹到我这个小庙里来了。"陈厂热情地把宫志鹏迎进办公室，看了看门外，问道："你一个人过来的？韩江呢？"

"韩总，昨天被你们灌醉了，现在还在睡觉呢！"宫志鹏说道。

陈厂听后哈哈笑道："我们这边风气不好，宫总别见怪。"

"这边人都很热情。"

"热情确实是热情，只是有些霸道。不管这热情别人是不是接受，这边人都是一厢情愿地觉得你肯定会喜欢。"

从墙上的联络表里，宫志鹏得知陈厂全名叫陈忠实。

此刻，他一边替宫志鹏倒茶，一边说道："这边纱厂的老板多是粗人。宫总不要见笑。”

“不会的，不会的。”宫志鹏客气地说道，“感觉出来了，这边的老板都是财大气粗，给小费可比甬城的老板阔绰多了。”

陈厂摇头苦笑：“都是打肿脸充胖子。这几年纱厂生意并不好，很多厂没有赚到钱，甚至处于亏本状态。只是因为每个厂都养着几百号工人，政府担心大批的工人失业，给了一些扶持政策，这才勉强维持着纱厂的生计。”

宫志鹏点了点头，说道：“这几年纺织行业不景气，纱线确实受到牵连，而且随着人工成本的不断上升，劳动密集型工厂的日子会越来越难过。”

“是啊！”陈厂好似找到了知己，对于纱线行业的现状和前景表示担忧。两个人聊了半天，陈厂才问道，“宫总，来我这里是有什么事吗？”

宫志鹏实话实说，说自己工厂刚起步，想找个能够长期合作的纱线供应商。

有客人送上门来，陈厂自然是求之不得。他问了一下宫志鹏厂里的情况。

宫志鹏如实回答道：“我们刚刚起步不久，目前的产量并不高，一个月也就二三十吨。”

陈厂说道：“不少了，你们起点不低啊。刚开厂就有二三十吨的采购量。”

宫志鹏谦虚道：“无非是得益于甬城得天独厚的地理优势。因为有几个大港口，甬城当地的外贸公司特别多。这些外贸公司要么不下单，下了至少也是几百箱。这种情况下你想做少也不容易啊！”

陈厂听了哈哈大笑，说：“我早就想着去甬城找找客户，去了两趟，可惜人生地不熟，连线厂在哪都没找到。后来通过一个朋友介绍，认识了韩江。韩总倒是给我介绍过两个客户，但是都是小客户，用量不大。”

宫志鹏说道："不知道陈厂的产品，质量和价格怎么样？如果达到预期的话，我们两个可以长期合作。"

陈厂问宫志鹏原来用的是谁家的纱。宫志鹏没有说彭三明，而是拿出一个成品线给陈厂。

陈厂拿起线团，拉出线头，然后向着窗口高高举起。他拉出一段凝视一会，然后拉断，又拉出一段凝视一会。拉了四五段以后才说道："宫总要的品质，我们肯定能够满足。"然后又写了几个数字递给宫志鹏，说，"这是我们现在的价格。"

宫志鹏看了看价格，倒是和彭三明报的价格差不多。于是说道："陈总的价格比我们原来的供应商高啊。"

陈厂说道："你以前供应商的价格包含了税运吗？"

宫志鹏暗想，彭三明的价格一直都是含税，不含运费，如果能够包含运费，相当于便宜了三百元/吨。不过脑海中虽然这么想的，嘴上却说："是的，以前供应商的价格也是含税运的。"

陈厂无奈道："这样吧，如果贵厂每个月能确保十吨以上的量，我再让两百元/吨。"

宫志鹏内心欢喜，但是脸上并未表露出来，岔开话题道："如果陈厂的质量没有问题的话，十吨肯定是起码的量。"

"质量好坏，我说了没有用，我带你去车间看看，你就知道差异在哪里了。"

宫志鹏自然求之不得。

还是先从卸料区开始参观，而后到上料区。陈厂说道："很多厂都说自己的纱用的是仪征料，殊不知仪征料也有好坏。"陈厂从化纤包装袋里抽出一张卡片，继续说道："仪征 210 比仪征 218 贵了 200 元一吨。我厂用的全都是 210 的化纤，宫总可以每包化纤上看看标签。而且我可以告诉你，我们这边的纱厂多数都是用 218 的，只有少数纱厂用 210，我便是其中一家，因为我觉得，做生意质量最重要，质量好了，客人才会稳定。我们要做长久生意，最应该重视的就是产品的质量。”

宫志鹏看了几包化纤，确实都是仪征 210。对于陈厂的观点，宫志鹏深有感触，他和张龙海在开厂之初便讨论过做生意什么最重要。两人一致认定，产品质量应该放在第一位。

陈厂带着宫志鹏在车间里面穿梭，宫志鹏也感觉到陈厂的管理比较规范，虽然他的规模没有明宏纺织大，但是物料摆放明显比明宏纺织整齐，机器也比明宏纺织干净。

陈厂说：“为什么我看了几段线就认定了我能够满足你的品质要求？因为你的线上瑕疵比较多。这些瑕疵主要来源便是机器上的毛羽。这一类瑕疵虽然不会明显的影响线的强力，但是若过多，也会提升断线率。”

宫志鹏点了点头，伸出手指摸了摸机器，确实没什么灰尘。一个纺织厂要做到这一点很不容易。宫志鹏自己也是每天在车间里进出，厂里的情况他比谁都清楚。自己就这么几台绕线机，还到处都是纱线的毛羽。要做到陈厂这种清洁程度，恐怕隔三岔五就要清理机台。

“你们多久擦一次机器。”宫志鹏问道。

“我们每天交接班的时候，都要求工人清理机台。”陈厂说着拿起机台边上的一个文件夹，上面记录着机器的清洁时间，“如果没有清理机台或者清理的不够干净，组长就会扣工人的工资。”

“每天都清理，这样不会影响产量吗？”宫志鹏说出自己的顾虑。

陈厂笑了笑说道：“其实每天清理相比每周清理，花费的时间更少。一来机器每天在清理，并不是很脏，轻轻擦一下便擦干净了；二来，工人知道下班的时候要自己清理车位，在工作过程中他们就会时刻注意，看到废线便顺手丢进了垃圾桶，而不会由着这些废线在空中乱飞。”

宫志鹏恍然大悟，不由地对陈厂心生敬佩。

在打包区，看到地上铺着一层厚厚的塑料地毯。打包的工人全都把鞋子拖在门口，每个人都是穿着袜套在车间内穿梭。这一点不需要陈厂介绍，宫志鹏便心领神会了。可谓是细节之处见真章，这一次参观车间，宫志鹏可谓是受益匪浅。他想回去以后，他也要把陈厂的经验在自己厂里推广。

回到办公室，宫志鹏当即就下了个十吨的订单给陈厂，说因为刚刚开始合作，陈厂还不了解永邦线厂的现状，所以永邦线厂可以先付款，陈厂再发货。

陈厂一听这话，甚是感动。说现在是买方市场，像你们这样的客户很少见了。

回酒店的路上，宫志鹏打电话给张龙海，把陈忠实的价格和参观车间的心得说了一番。张龙海听说陈忠实的纱线价格比彭三明的便宜了五六百元，非常高兴，又听说陈厂所用的原料和对产品质量的把关都比之前的好，更是喜出望外。

此行的主要目的就是寻找合适的供应商，既然已经找好，宫志鹏打算明天上午就回甬城。可是张龙海却说："先别急着回来，既然到了湖北，就多看几家纱厂。有对比，才有鉴别。供应商越多，我们的选择余地也就越大。"

宫志鹏想想也是，便把回程机票订到了后天。

回到酒店，本以为丽丽已经走了，不想打开房门，里面正放着电视，丽丽依旧钻在被窝里看电视。

"你怎么没回去?"宫志鹏问道。

"我手机没电了，联系不上我的小姐妹。"丽丽一副无奈的表情。

宫志鹏暗自叫苦，一千多一晚的小费他可付不起。

丽丽似乎看穿了他的心思，撒娇道："再让我住一晚嘛，大不了我付一半的房费。"说着便从茶几上的一叠钱里抽出两张拍在了床上。

早上宫志鹏走的时候把钱压在茶杯底下，此刻还是那个杯子压着，似乎并没动过。

宫志鹏不明所以地看了看丽丽，最后还是默许她住下了。不然又能怎样呢，总不能把她推出去。宫志鹏把包往沙发上一放，说道：“住一晚可以，不过丑话说前面，我可没钱付你小费了？”

丽丽不屑地瞟了他一眼，说道：“你们男人没有一个是好东西，以为别人就是看中你们口袋里的一点钱。等老娘有钱了，也让你们男人给我服务。”

宫志鹏愣了愣，笑道：“你想要什么服务？”

“男人怎么要我们服务的，我就让男人怎么为我们服务？譬如……”丽丽从茶几上拿过钱，然后向着宫志鹏勾了勾手指，一副居高临下的表情说道，“帅哥给姐乐一个，乐一个给五十，脱一件给一百。”

恰好这时宫志鹏把外衣脱下扔在了沙发上。丽丽便抽出一张钱，豪爽地说道：“继续脱，姐高兴了，这些钱都是你的。”丽丽动作夸张地用钱拍了拍手心。

宫志鹏饶有兴趣地看了眼丽丽，突然玩心大起，真当自己是鸭子似的，配合道：“姐，那我继续脱了哦。”

“脱！”丽丽豪爽地挥了挥手。

宫志鹏还真把衣服一件件地脱了下来，可惜他身上加内裤在内总共也只有五件衣服。

丽丽看了看自己手上还有钱，不无得意地说：“会不会按摩，给姐按摩一下，按摩舒服了这些钱还是你的。”

宫志鹏摆出一副谄媚的表情，爬到床上，作势要给丽丽按摩。掀开被子，却见丽丽还是不着寸缕。他用蹩脚的手法，帮丽丽捏了会肩，又敲了会背。不知道是自己太用力，还是确实舒服。丽丽时不时地发出几声呻吟。宫志鹏本已脱光，听到丽丽细若游丝地呻吟声，更加把持不住，按摩的手便不老实起来。一次次地滑过腋下，轻柔地抚摸着丽丽半露的软弱，白痴似的问道：“姐，这里要不要按摩？”

丽丽娇喘着说道：“全身都要按摩。”话音刚落，宫志鹏将丽丽的身体扳起一点，整个手掌探入身下，握住了丽丽的整个饱满。

……

事后，宫志鹏拿着丽丽给他的一叠钱，不解地问道：“你这是为什么？”

丽丽假装没听到，枕着宫志鹏的臂弯假寐。宫志鹏又把钱扔回茶几，抱着丽丽沉沉地睡去。

第二天醒来是被敲门声吵醒的。宫志鹏慌慌张张地起来穿衣服，看了看还睡在身边的丽丽，连忙把她推醒。丽丽也听到了敲门声，利索地起来穿衣，然后闪身进了卫生间。

宫志鹏打开门，发现是韩江，这才松了一口气。

“干吗呢，这么久才开门？”韩江看到宫志鹏表情怪异，好奇地问道。

“我还以为警察查房呢！”宫志鹏将韩江引进门。

“怎么？那个妞还在？”韩江看了眼卫生间，不无促狭地朝宫志鹏挤眉弄眼，说，“看不出来啊，两天了还没玩够，兄弟我是自叹不如啊。”

宫志鹏尴尬地笑笑，转移话题道：“是要带我去纱厂吗？”

韩江问道：“你舍得走吗？”

“当然是正事要紧。”

“行吧，再等你十分钟，收拾好了打我电话。我和你住同一个层楼。”韩江说完便回自己的房间去了。

宫志鹏进卫生间梳洗。看到丽丽还缩在卫生间里，两个人会心地笑了笑。

“你该回去了。”宫志鹏说道。

“等你走了，我再走。”丽丽说道。

宫志鹏敲开韩江的房门，韩江已经收拾妥当。

两人来到楼下，打了个出租，直奔梁总的工厂。一路上，韩江一本正经地给宫志鹏介绍着湖北几个工厂的优劣。相比在飞机上，韩江的话明显多了很多，用词也更加随意亲切了。

宫志鹏想起一句话，说男人最铁的四大关系：一起扛过枪，一起下过乡，一起分过赃，一起嫖过娼。看来是一起嫖娼拉近了他和韩江之间的距离。想到这个，宫志鹏不由地苦笑。

梁总的纱厂在湖北算是实力最强的，韩江带宫志鹏去的第一个厂，便是梁总的工厂。只是，梁总显然看不上宫志鹏这样的小客户，招待过程中很少和宫志鹏说话，完全以韩江为主。宫志鹏询问梁总纱价。梁总随口报了个价。从价格上也能看出，梁总没什么诚意，因为他报的价格比陈忠实报的价格高了很多。

在办公室坐了一会，韩江说："久闻梁总管理工厂很有一套，带我们去参观一下呗。"

说道车间管理，梁总立刻来了精神，他不无得意地说道："在湖北，要说纱厂的管理，还真没有几家能够超过我的。"

被梁总这么一说，宫志鹏也是满怀期待。

梁总亲自带着二人来到车间。

宫志鹏看了看梁总车间里的化纤，基本都是仪征210的，也有一部分是金山的料。他偷偷地问韩江，金山的料好还是仪征的料好。韩江说还是金山的好一点。宫志鹏默默记在了心里。

走进络丝车间，确实是别有洞天。最先感觉到的是车间温度。梁总不无自豪地说："全湖北只有我的车间是装了中央空调。你想一下这么大的车间装上中央空调需要多少钱？"梁总说着拍了拍宫志鹏的肩膀说道，"小宫，知道我的纱为什么价格高了吧？我的纱虽然价格高，但是很多大客户就是认定我的产品。因为我的质量过硬。"

梁总的工厂确实是别具一格。看着整整齐齐摆放的物料，忙而不乱的工人，宫志鹏暗自佩服。相比之下，陈忠实的黄敏纺织略逊一筹，明宏纺织则是天囊之别。

从梁总工厂出来，韩江又带着宫志鹏走了两个工厂，另两个厂管理都很一般，只是价格稍微便宜一点，和陈忠实报的价格差不多。宫志鹏看了看他们的原料，都是仪征218的，其中一个厂在仪征料里还混了华西的原料。韩江说，华西料价格不及仪征218。

在这两个厂，宫志鹏客气地交谈了一会，互相留了手机号码，作为备用供应商。

准备回酒店的时候，宫志鹏收到张龙海发过来的信息。宫志鹏打开一看是个纱厂老板的联系方式，张龙海说是老胡介绍过来的，让宫志鹏顺便去拜访一下。于是，宫志鹏便和韩江一起去了那个工厂。

那厂叫蜀郡纱线有限公司，据说是国内历史最为悠久的纱厂之一，湖北四川有多个生产基地。宫志鹏根据张龙海发过来的号码，打通了蜀郡纱线厂老板的电话。不过老板说他没在湖北，有什么事跟他儿子说就行。那老板得知宫志鹏是老胡介绍过来的，态度十分客气。

宫志鹏找到老板的儿子杨平。

杨平接到过父亲的电话，知道宫志鹏是老胡介绍过来的，所以说话异常客气。加之杨平年龄和宫志鹏相仿，所以聊起来非常投机。

不过杨平的报价却比黄铭纺织高了几百元。见识过梁总的工厂，宫志鹏知道一分价格一分货的道理，所以没有还价。说到付款方式，杨平说不管老客户还是新客户，他们所有的客户都是款到发货。虽然家父和胡总关系不错，但是公司的制度不能破。

宫志鹏一听这话，觉得这人或许可以交朋友，但是生意估计是做不成了。自己来湖北找纱厂，一是要找性价比高的，二是想找付款方式宽松点的。蜀郡纱线显然不符合他们现阶段的要求。

临走的时候，杨平无论如何不放他们走，说马上就下班了，自己已经订好饭馆，让宫志鹏和韩江务必赏脸，吃了饭再走。

盛情难却，宫志鹏和韩江便留下来一起吃了餐饭。

杨平带着二人来到一个农庄。说这边的甲鱼非常出名。

韩江别有用意地说道："甲鱼有营养，小宫得多吃点。"

这次的晚宴，虽然菜品不多，但都是当地特色的甲鱼和武昌鱼，吃完饭已近八点。冬天的夜总是黑得特别快，回到酒店，已经漆黑。

打开房门，看到里面黑漆漆的一片。宫志鹏突然觉得有些失落。

在宫志鹏出差的几天，张龙海和欧阳荷忙得团团转。之前的客户虽然零散，订单缺乏连续性，但是总体来说还是有单子做的。现如今加入了兰月这个大客户，生产计划排得是密不透风。

张龙海巴不得机器 24 小时不停。

可是机器不累，人却会累。欧阳荷说："短时间赶货可以理解，但是每天这样赶货，工人肯定吃不消。"

果不其然，连续做了一个月后，工人接二连三地开始请假。一个多月没有休息，连元旦的假期都取消了，这样的工作强度确实有些苛刻了。

那对自愿上夜班的姐妹说自己不怕辛苦，就怕没活干。初始见每天有活干，确实高兴，可是一个月干下来，也开始求饶了。

张龙海对此深表理解。这几个工人能够连续上班一个多月，已经是很不容易了。谁家里没有点事，谁的身体不会累？之前是因为订单忙，开了会让他们坚持一下，等空点再放假。她们也极力配合着厂里，可是谁能想到，订单源源不断……

"要不就放一天吧？"欧阳荷建议道。

张龙海思虑再三说道："让他们轮着休息吧。他们休息的时候，我顶上。这样工人可以休息，生产还不会受到影响。"

欧阳荷看了眼张龙海，欲言又止。最后耸了耸肩，自嘲道："遇到你这样的老板，不知道是幸运还是倒霉。"

张龙海想起欧阳荷也已经一个多月没有休息，连忙说道："欧阳姐，你也休息一天。"

欧阳荷瞟了张龙海一眼，打趣道："得了吧，你老板都没休息，我好意思休息吗？"

张龙海想说几句客气话，被欧阳荷制止了。欧阳荷一边走向车间，一边挥着手说道："干吧，痛痛快快地干一场，只要干不死，就往死里干。"最后两句欧阳荷是唱出来的。

听着这稀奇古怪地调子，张龙海觉得格外悦耳。能够请到欧阳荷，张龙海觉得是老天在暗中帮助自己。这个曾经管着上百人的车间主任，现在给自己这个只有七个工人的小厂做管理。除了日常的生产管理，她还附带着统计、质检和清洁等一系列的工作。她在镇上租了房子居住，但是为了便于工作，每天中午都没有回家，而是在宿舍区搭了个简易的灶台，简单烧几个菜。如此倒是便宜了张龙海和宫志鹏。欧阳荷在，他们两个就不用每天吃盒饭了。盒饭不仅难吃，每天还得跑出去买。因为工厂太偏，送外卖的人不肯送。

五个车工，每人休息一天，轮着休息。这一轮下来，把张龙海累得腿都不会打弯了。

宫志鹏出差回来，一到办公室便拉着张龙海说个没完。他不无得意地讲着这几天的见闻。说终于知道怎么鉴别纱线的好坏了。张龙海也是听得入神。不得不说，宫志鹏这一次出差是满载而归，不但找到了品质更好的供应商，价格还降了五六百/吨。按照一个月 30 吨计算，500 元/吨，一个月就能剩下来 15000 元钱。

“这趟差出得太值了！”张龙海高兴地说道。

宫志鹏感慨道：“真是没想到，找合作对象也跟找老婆一样，讲究门当户对。像我们这样的规模，大的纱厂看不上眼，谈生意的时候，对方有种居高临下的感觉，让人很不自在。还是陈忠实这样规模稍微小一点的纱厂和我们比较匹配。”

晚上，张龙海决定叫上欧阳荷，找个馆子好好搓一顿，既为宫志鹏庆功，也慰劳一下自己连续多天的辛苦。

在镇上一个小餐馆里，张龙海难得阔绰地点了几个硬菜。

“今天这菜专为欧阳姐点的。”张龙海饱含歉意地说道，“欧阳姐，来了这么久了，都没请你吃过一顿海鲜，实在是不好意思。”

欧阳荷不屑道：“要吃海鲜我不会自己买啊！我家老杨每天都买你们这里的杂鱼吃。老实说，这里的海鲜真的是特别新鲜，肉也特别嫩。住在常丰二村时，菜市场里虽然也有海鲜卖，但没有这边的新

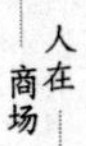

鲜，更没有这边便宜。在这里住上一个月，我家老杨就喜欢上这里了，说这里三面环山一面朝海，不但风景好，空气也特别清新。最关键是每天都能吃到新鲜的海鲜。”

宫志鹏问欧阳荷：“杨哥除了杂鱼还吃过什么海鲜。”

欧阳荷扳着手指，说道：“带鱼、鲳鱼、小黄鱼、斑螺、泥螺，还有那种像号角一样很大的螺，不知道叫什么名字。还有八爪鱼、乌贼、各种各样的虾和蟹我分也分不清楚。”欧阳荷的十个手指早就不够用了。

张龙海说道：“今天请你吃点你没吃过的。”

“我家老杨早把菜市场逛遍了，哪还有我没吃过的。”欧阳荷说道。

“不信，你等着瞧。”张龙海故弄玄虚地说道。

不一会儿，菜上来了。第一个菜是海鲜杂烩汤，汤里有虾、蟹、虾姑、花蛤和各种贝类。第二个菜是雪菜炒乌贼。第三个菜，欧阳荷果然没见过，看着像鱼，翻了翻又有肉。

“这是什么？”欧阳荷夹起一筷塞进嘴里，仔细品尝了一番，然后点着头说道，“味道不错。”

宫志鹏看着欧阳荷咽下，才嬉笑着说道：“欧阳姐听过河豚吗？”

“听过，好像有毒。”欧阳荷说道。

“对，河豚有毒，你刚刚吃的就是河豚鱼的肉。”宫志鹏笑道。

欧阳荷呸呸连吐了两声，可是已经咽下去的菜哪里还能吐出来。“这……这老板不怕弄出人命啊。”

张龙海笑道：“敢端上桌来，肯定是有把握的，欧阳姐放心吃就是了。新鲜的河豚吃了，确实是有危险，不过这河豚是晒成鱼干以后再下锅煮的。这道菜叫鲞烤肉，可是莼海镇的一道名菜。”

“真的没事？”欧阳荷打量着两人问道。

“肯定没事。”张龙海说着夹了一筷在嘴里。宫志鹏跟着也夹了一筷。

欧阳荷看两人都吃了，才拿起筷子又夹了一口，说道：“不管了，死就死吧。”

再之后又上来一个菜，和雪菜炒在一起，看起来像是紫色的面筋。欧阳荷还是没见过。这次不敢轻易下筷，她瞅了好一会，问道：“这个应该不会有毒吧？”

宫志鹏说，这个没毒，可以放心吃。

欧阳荷夹了一筷在嘴里品尝了一番，嚼了嚼没吃出是什么东西，又夹了一筷，还是没尝出是什么。“这是什么？”欧阳荷只得向两个本地人求助。

“海蚯蚓。”宫志鹏平淡地说道。然后自己也夹了一筷在嘴里。

欧阳荷再嚼那好似有弹性的东西，觉得想吐。连忙把那盆菜从自己面前推开一尺。看着张龙海和宫志鹏吃得津津有味的样子。欧阳荷又说道：“你们两个别吃完，我等一下打包回去让我家老杨尝尝，我也不告诉他这是什么，等他吃完了再告诉他，看他什么反应。”

张龙海和宫志鹏一听这话，连忙停了筷子，把这盆菜留给欧阳荷打包。

之后又有几个欧阳荷没见过的菜，不过味道都不错，欧阳荷也就懒得刨根问底地打听是什么材料。

饭到半饱，宫志鹏说起湖北人的好客，把自己出差几天受到的待遇说了一遍。宫志鹏说到彭三明安排的小姐，欧阳荷惊讶道：“还给你安排小姐啊！”

“是啊，还挺漂亮的。”

张龙海停住筷子问道：“那你接受了？”

“我是什么样的人你还不知道吗？”宫志鹏瞪着眼睛说道。

张龙海刚刚松了一口气，不料宫志鹏又说了句：“有便宜不占，那就是王八蛋。”

欧阳荷刚喝的一口汤喷了出来。“你还真要了那小姐？”

“有美女送上门来，为什么不要？”宫志鹏一副死猪不怕开水烫的表情。

“鄙视你!”欧阳荷向着宫志鹏竖了个中指，说男人果然没有一个好东西。

张龙海叫屈道：“欧阳姐，你这一竿子打得也太长了。”

欧阳荷不屑地瞟了张龙海一眼，没有搭理他俩，埋头吃自己的饭。

宫志鹏说到KTV里的疯狂，正说得兴起，看到欧阳荷黑着个脸，连忙打住。朝着张龙海挤眉弄眼道：“晚上再和你说。”

张龙海看着宫志鹏笑眯眯的眼神，知道肯定不是什么好事。

临近过年，又遇到了麻烦，两个上夜班的姐妹说要回贵州老家。张龙海说再坚持一个星期，等这批货出掉，厂里提早几天放假。结果姐妹俩说她们明天就不来了。

张龙海又惊又气，前几天刚刚开会说过，年前生产比较紧张，让大家尽量不要请假，工人们都答应得好好的，没想到才过了两天居然就……

“现在在赶货，你们应该知道吧?”张龙海提醒道。

“知道!”两姐妹坦然地说道。

“那你们两个走了，厂里的生产计划怎么办?货还怎么发得出去?”张龙海忍着心头的怒火，耐心地做两人的思想工作，“如果延误交期，工厂是要支付违约金给客户的!”

两姐妹互相看看，一声不吭。

“你们两个在厂里做了几个月了，我的为人你们应该也了解，不管怎么说，厂里没有亏待过你们。你们这个时候走掉，就等于把工厂推进了火坑……”张龙海苦口婆心说了半天。

两姐妹依旧无动于衷。那个姐姐开口说道：“老板，你多说也没意思，我们车票已经买好了，反正明天我们是肯定不来了。今天之所以和你说一下，也是看你平常对我们不错，尊重你。”那女工说完，便拉起她妹妹的手，向门口走去。

张龙海愤怒地拍了下桌子，嚎道："你们两个给我站住。"

两人愣了一下，没想到向来脾气温和，慈眉善目地老板会拍桌子。

张龙海绕过办公桌，走到二人面前，厉声说道："国有国法，家有家规，工厂的规章制度就贴在你们车间的墙壁上。制度上明确规定了，辞职必须提早一个月，你们刚来上班的时候，也当面和你们讲过。如果你们擅自离职，这个月的工资一分钱也别想拿到。"

那个姐姐愣了一下，随即讽刺道："我还以为你是个好老板，没想到你也是黑心的老板，就想着压榨员工的血汗钱。"

张龙海用坚定的语气说道："没有规矩不成方圆，违反厂里的规章制度，我绝对不会客气。你明天要是敢回家，我保证你一分钱的工资都拿不到。"张龙海说完便回到了自己的办公桌前，不再搭理二人。

姐妹俩互相看了看，那个妹妹显然有些怕了，拉了拉姐姐的袖子，用眼神交流着。姐姐愣了好一会，缓和了一下语气说道："我们不是辞职，我们是请假。"

张龙海说："有你们这么请假的吗？一张请假条都没有，请多少天也不说。"

"那我现在就写给你！"那姐姐向张龙海要了张纸，歪歪扭扭地写了张请假条，大体意思是说，家里有事，需要请假一个月。

张龙海接过请假条，笑了笑，直接在下面批复了三个字："不同意。"

姐姐气得不行，说："你让我写请假条，又不同意，那你让我们写了干吗？"

张龙海口述公司的规章制度："制度第四条规定：请假必须事先征得领导同意，在领导没有批准的情况下，擅自离岗，按照旷工处理。旷工按照多少钱一天扣款，你们应该知道吧？"

姐妹俩愣了愣，气呼呼地说道："和你讲一下是尊重你，对你客气，你批不批，那是你的事。你敢扣我们的工资，我就到劳动局告你去。”

“悉听尊便。”张龙海说完四个字，便再不看她们一眼。

“好，我们走着瞧。”那姐姐说完拉着妹妹就离开了工厂。

宫志鹏听到动静来到办公室，问出了什么事。张龙海将两个人明天要回老家的事情说了一遍。宫志鹏听了气不打一处来，说：“姥姥的，她怎么不下道圣旨给我们。”

欧阳荷也知道了这个事，说：“这事还真是挺麻烦的。你真打算扣她们的工资？”

张龙海说道：“如果她们两个明天敢不来，我绝对不会手软。这事关系到我们的未来。如果他们两个擅自离职不受处罚，以后其他员工也会效仿。我们必须将这种不好的苗头，扼杀在摇篮之中。”

宫志鹏说道：“对，绝对不能纵容这种歪风邪气的存在。”

欧阳荷犹豫道：“可是你有没有想过，万一她们真的去劳动局告你，你也会很麻烦。你要知道，你没有给她们交社保。仅凭这一条，劳动局就会处罚你。”

张龙海和宫志鹏一听这话突然愣住了。他们两个还真没想到这点。欧阳荷确实早就提议过，给员工交社保。可是张龙海和宫志鹏考虑到工厂新开，资金紧张，能省一点是一点。所以便搁置了。

“看来社保必须得交了。”张龙海说道。

宫志鹏咬牙说道：“幸亏，这两个人才干了三个月，我宁可给她们补缴社保，也要扣掉她们的工资。”

张龙海也是这个意思。

欧阳荷提醒道：“如果要补缴，肯定所有工人的社保都要补缴。这样算下来，补缴的钱比她们两个的工资更多。”

“这不是钱的问题，就算赔上几万元，我也不会纵容这种不正之风在厂里播下种子。”张龙海坚定地说道。

“我赞同。”宫志鹏嬉笑着伸出手，和张龙海来了个击掌。

欧阳荷无奈地笑了笑，说道：“你们还是想想怎么弥补这两个工人留下的生产漏洞吧。”

一听这话，两人都蔫了。还能有什么办法。马上就年底了，这个时候招工也没地方招，即便招来了，新工人也做不出产量。这种情况下，只有自己上了。

张龙海和宫志鹏又一次击掌，算是互相鼓励，准备再熬通宵。

第二天临近下班，张龙海还是期望着两姐妹能够回心转意。可是一直等到白班的工人下班，还是没有看到俩姐妹的身影。看来这两人是铁了心不打算来了。

没办法，只能自己顶上。张龙海早就做好了心理准备，之所以等着两姐妹，是因为还抱着一丝期望。他也不希望真的去扣员工的工资，因为他也做过线，知道一晚上做线的辛苦。平心而论，这些钱确实是员工的血汗钱。只是……

趁着下午事少，张龙海已经睡过两个小时。心想也不是第一次通宵了，应该能够坚持下来。上半夜由宫志鹏陪着，偶尔还能说几句话，倒也没什么感觉。因为宫志鹏要照顾白班的工作，所以做到凌晨便回去睡觉了。等宫志鹏走后，车间里只剩下一个人，耳朵里能听到的只有机器的轰鸣声。这种情况下就特别容易犯困，好不容易熬到两三点，张龙海的眼皮子开始打架，最后实在是坚持不住，只好关了机器，回去睡觉。

第二天醒来，看了看昨天的产量，比最初制定的计划少了将近两千个线。如果每天都少两千个，这个订单就得延迟三四天才能出货。年底报关、进仓都要排队。万一过年之前，货物不能顺利装船，那麻烦就大了。

想到这些，张龙海怨恨自己昨天没能坚持到换班。

就在他烦恼之际，欧阳荷笑呵呵地走了进来。

张龙海问道：“欧阳姐，有什么好事？笑得这么开心。”

欧阳荷说给你送温暖来了。

张龙海不解，问送什么温暖？

欧阳荷提醒道："你现在这个时候最想要什么？"

张龙海思索了一会说道："工人？"

"对！"欧阳荷高兴地说道，"我给你找了两个熟练工过来帮忙。"

张龙海一听这话喜出望外，忙问怎么回事。

欧阳荷在张龙海厂里已经三四个月，她也见识了张龙海的吃苦精神。几个月下来，她佩服这个年纪比她小三四岁的老板。大学生能这样吃苦的确实少见。所以她打心眼里欣赏他。加之，张龙海也对她客气。所以，她早就把他当成了自己的弟弟。一想到他又要连续熬夜，她也心疼，所以便想起了办法。

欧阳荷刚来的时候就想过从恒生挖几个熟练工过来。张龙海说不能去挖恒生的墙角，这样做不地道，即便最终打败了老甘，也赢得不光彩。听了这话，欧阳荷便打消了去恒生找熟练工的念头。

直到昨天突然想起几个人来，恒生现有的工人不能挖，找已经离职的员工应该不算挖墙脚。如此想着便联系了几个曾经在恒生做过的女工。欧阳荷在当车间主任的时候对员工不错。

很多员工离职后，还是和欧阳荷保持着联系。得知欧阳荷需要帮助，有两个说恰好有空，可以过来帮她几天。

张龙海一听这话，高兴不已。

欧阳荷说道："你也别高兴太早，因为是临时请过来帮忙，我擅自做主，答应了她们一些要求。"

"什么要求？"张龙海问道。

"首先，别人从甬城来到奉县，这几天的食宿厂里得帮忙解决。"

张龙海连忙说道："这是应该的。我去给她们订个小旅馆。"

"旅馆就免了，我租的房子是两室一厅，本来儿子跟我们分房睡的。这几天就让儿子跟我们挤一下。让她们两个睡我儿子的房间。"欧阳荷笑着说道。

"欧阳姐！"张龙海不知道说什么好。

"至于吃的就得你这老板解决了，可不能让别人跟着你们每天吃盒饭。”

“那是一定，我肯定好吃好喝地招待好。”张龙海当即承诺。

“另外一个要求，是我主动说的。她们两个说义务帮忙不要工资。但是人家大老远的过来，我们肯定不能亏待了她们，所以我承诺了给她们两百元一天。”

“两百元不多，不多!”张龙海知道每年过年前，很多厂为了赶货，花三十元一个小时去找临时工都是有的，何况欧阳荷找的两个还是熟练工。

宫志鹏来到办公室，听说晚上不用自己加班了，也是兴奋异常。他深情款款地看着欧阳荷说道：“欧阳姐，你真是我的亲姐。要不是由你家老杨拦着，我真想亲你一口。”

欧阳荷回复道：“滚，要亲找你那丽丽去。”

三人闲扯一会，欧阳荷告诉宫志鹏：“那两个工人坐公交车到莼海车站，应该快到了，你赶紧开上面包车去接一下。”

宫志鹏答应一声，一阵风似的飞出了办公室。

过来帮忙的两个员工都在恒生做了五年以上，那手法确实是快。第一个晚上，张龙海怕她们不适应夜班的工作，还陪了一会。

有个女工开玩笑道：“张老板你是不放心我们两个吗？怕我们做不好，还是怕我们做不出产量?”

另一个女工说道：“我看过你们白班工人的产量，超过她们肯定没有问题。”

张龙海心想，白班工人已经做了半年了，手脚不算慢了。可是当他看到两个工人在机器上的操作顿时傻了眼。那动作好似无影手一般，都看不清她们的手法，她们上管摘线几乎都不用眼睛看。

看了半个小时，张龙海便安心地退出了车间。正如那两个工人所言，张龙海站在那里只会妨碍她们工作。

第二天早上，张龙海和宫志鹏，一醒来便去看她俩的产量。看到堆在墙边的一筐筐线，两人目瞪口呆。这两人的产量，几乎接近白班三个人的产量了。如此算来，二百元一天还是少了，即便不算夜班补贴，单单是计件工资也超过了两百元。

2013年的春节，对于张龙海而言，可谓是双喜临门。

第一喜是开厂半年，为往后的发展开了个好头。虽然屡屡遇到麻烦，但总算是有惊无险，一次次化险为夷。年前要发的货都顺利发出去了。放假之前，张龙海和宫志鹏算了一下账。汇总了这半年以来的利润，虽然赚的不是很多，但是也有三四十万。不管怎么说，比上班的收入多了不少。按照老胡的话说："第一年能做成这样，已经很不错了。"

第二喜，是因为和莲姐的婚事终于修成了正果。莲姐的父母一直觉得张龙海家条件不好，不同意女儿和张龙海交往。之前这么多年的同居生涯，一半的原因是因为张龙海想先帮家里把债还掉再结婚，另一半的原因就是因为莲姐父母一直不同意这桩婚事。

张龙海厂里放假后，莲姐带着张龙海回了趟家，直接把结婚证扔在父母面前。莲姐的父亲刚开始很生气，觉得女儿大了，胳膊肘向外拐了，没跟家里商量，就把结婚证给领了。不过生了两天气后，莲姐的父亲似乎也想通了，知道木已成舟，自己再反对也没什么意义。不生气了以后，转而担心起莲姐以后的日子会不会吃苦。莲姐的父母叫过张龙海详细询问了他家里的情况，以及现在的工作情况。

张龙海如实做了汇报。将自己大学毕业以后的经历和开厂的过程全都说了一遍。听完后，两老人反而喜欢上了这个女婿。对邻居说起的时候，已经是一口一句我女婿。

办完酒席，二人本想去哪里度个蜜月，可是两边亲戚要走，实在挤不出这个时间。每天奔波于七大姑，八大姨家，等她们一圈走下来。莲姐的假期也就结束了。

"现在你是有家室的人了，可不许在外面花心。"莲姐捏着张龙海的鼻子说道。

张龙海说不管有没有家室我都不会花心。

送莲姐到甬城后，张龙海直接回了工厂。

年前紧赶慢赶总算没有耽误装柜，不过这一次赶货也给张龙海上了一课。过年前真不能按照常理安排计划。上夜班的两姐妹走了以后，果然又有员工想早点回家。看到张龙海处理两姐妹的手段毫不手软，才打消了提早回家的念头。

两姐妹的家人来厂里要工资，张龙海直接给了一张处罚结果，并且告诉他们，如果不服气可以让劳动局出面仲裁。两姐妹的家人刚开始闹得很凶，一会说要去劳动局起诉，一会儿说要让张龙海厂开不下去。见张龙海不吃这一套，又改软的，说家里不容易，让张龙海可怜可怜她俩。

这一家人闹了将近一个星期，直到过年前一天，两姐妹居然又出现了。两人说了一堆好话，赔礼道歉，张龙海才把工资付给她们。不过张龙海也没有给全，而是在原有工资的基础上打了七折。

事实上这两姐妹并没有回老家，而是看到其他厂年前赶货，在高价招临时工，她们两个便动了心思，觉得做临时工赚的钱更多一些，便演了这么一出回老家的戏。她们两个没想到张龙海会这么强硬，真扣了她们的工资。这样算下来，反而比安安稳稳地做线赚得更少了。最可悲的是，临时工只做了十天，十天后那边的工厂赶完货，所有临时工便进入了失业状态，再回原来的工厂，别人肯定不要了。

两个包装的本地人，一直安稳，从来没给张龙海舔过堵，年前也开始不停地请假。有些理由张龙海不好拒绝，只好由欧阳荷顶替包装的位置，换一两天。

最后一天，好不容易把货全部做齐，张龙海让装柜的师傅过来装集装箱，却又出了变故。

那几个装柜的师傅全是外地人，他们每天奔波于各工厂之间，专门负责装集装箱。装一个小柜三百元，装一个高柜六百元。一般都是三个人一组。因为他们装的集装箱紧凑没有缝隙，搬运货物的时候也知道轻拿轻放，所以莼海镇上每个厂需要装柜的时候，都会找他们这一伙人。这伙人向来是随叫随到。不想这一次打电话，却没有来，说都已经回老家了。

也怪张龙海赶出来的货实在太晚。

无奈之下，张龙海看向宫志鹏。

宫志鹏看到张龙海的眼神不由地后退了一步，他把头摇得跟拨浪鼓似的，说道："一个集装箱二十几吨货啊，如果只有两三吨货我肯定二话不说就上了，二十几吨你就算是要了我的小命，我也无能为力。"

张龙海其实也是心虚。装柜是很费体力的，不仅要把货物搬上集装箱，而且还要在集装箱里堆放整齐，每箱货之间还要放得严丝合缝。如果放的不整齐，原本算好体积生产的货，最后塞不进集装箱，那麻烦就大了。多出来的货，客人便不要了。

张龙海实在没辙，只好求助父亲。父亲向来干体力活，比他有力气多了。

张国平一接到电话便赶了过来。来的时候还带了两个邻居。如此，加上张龙海和宫志鹏，五个人花了一下午时间才装完一个集装箱。装完以后五个人都已经精疲力尽。为了答谢，张龙海设宴请大家吃饭，结果吃饭的钱远多于请装卸工的费用。

放假前，张龙海对这几个坚持到最后的工人，说了一堆感谢的话，然后把她们所有的工资都结清了。

欧阳荷曾提议，最后一个月的工资可以留到年后去发。可是张龙海坚持所有工资在年底之前发掉，因为他知道，员工过年的时候都需要钱。

欧阳荷说："你把工资都发掉，她们有可能明年就不来了。"

张龙海觉得自己将心比心地对待员工，员工没有理由不回来。可是，事实证明他错了。结果不幸被欧阳荷言中。过完年，果然有两个工人说不回来上班了。如此，去年的老工人便只剩下一个了。

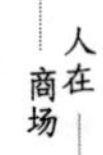

除此之外，张龙海还收到了一个不好的消息。房东说，今年可能要把厂房卖掉了。让张龙海尽快寻找新的厂房。

张龙海和宫志鹏、欧阳荷三人坐在办公室里开会。刚开年就遇到两个大麻烦，想想都头痛。

欧阳荷说道："厂房即便房东不卖，我们也得换了，现在的厂子，面积太小。外贸公司若是晚几天发货，仓库根本就没地方放。货物堆不下，只能叠起来，我们之前放的货物，都快顶到天花板了。这不但增加了搬运工的工作强度，对货物也不好。万一有压坏的，我们前期的质量就白抓了。"

"可不是嘛！"宫志鹏感慨道，"每天都得返仓，把我累得跟狗一样。厂房的面积严重限制了我们的发展空间，想要增加机器也没地方放。"

张龙海也有同感，厂房确实太小了，而且位置太偏，招工太难。刚开厂的时候，其实打电话来询问的人挺多，就是别人一听到这个地方就说太远，然后便没了消息。张龙海说道："如果要搬，就乘着年初生产还没有正式开始的时候搬。"

"是的，年初找工厂，招工人都容易一点。"宫志鹏赞同。

欧阳荷继续说道："新的厂房至少要在六百平方以上。厂房找好以后，我们再增加一组机器，如果四组车位两班倒能够开起来，那做一千万的产值就轻而易举。"

听到一千万的目标已经近在眼前，宫志鹏像打了鸡血似的挥了挥拳头。他转而又问张龙海："等新的厂房和工人到位以后，是不是可以做内销了。"

"还不行。"张龙海平静地说道。

"还要等？"宫志鹏有些失望，不过随即又释然了，不管内销还是外贸，只要能做到一千万的产值，他的目标就已经完成了。

欧阳荷看了看张龙海，说道："我不懂销售，不过我相信你的决定。"

张龙海向着欧阳荷点了点头，没做任何解释。他理了理思绪说道："我布置几个任务，我们分头行动。"

宫志鹏正色道："你说吧，我们听你的。"

欧阳荷也是听候调遣的表情。

"第一步，先落实厂房和工人。我和志鹏分头行动，发动我们所有的关系，尽快找到新的厂房。欧阳姐，你负责重新制定规章制度。正人必先正己，今年我们把员工的社保全部交起来。然后该遵守的规章制度，员工也必须遵守。我还是那句话，没有规矩不成方圆，如果这么几个人的工厂我们都管理不好，以后大了就更难管了。"

"放心吧。这个交给我。"欧阳荷信心满满地说道。

张龙海突然想到了什么似的，凝神问道："欧阳姐，你听说过北城的志峰线业吗？"

欧阳荷说道："听说过，但是没有深入了解过。怎么，和我们有关系？"

张龙海摇了摇头说道："前几天，我去给老胡拜年，老胡跟我说起恒生在去年下半年新开了一个工厂，也是做缝纫线的。在任命厂长的时候，沈祖民一票否决了其他几个副总的提名，花重金去志峰线业挖了一个厂长过来。"

欧阳荷若有所思，却没有插话。

张龙海继续说道："老胡初时非常不理解沈祖民为什么要这么做，放着公司这么多管理精英不用，要去外面找个空降兵。不过几个月下来，他对这个志峰请来的厂长佩服得五体投地。这才明白了沈祖民的用心良苦。"张龙海继续说道，"这个厂长的管理风格和恒生所有的厂长都不一样，他对员工对产品的要求非常严格，甚至可以说是苛刻。老甘最初的时候还冷嘲热讽，说像他这么管理工厂，不把工人吓跑才怪。可是说来奇怪，他管的工厂，不但工人稳定，而且产品质量得到了质的飞跃。"

"有这种事？"欧阳荷也是惊奇。

“沈祖民想要的就是鲶鱼效应。恒生的很多管理人员都来自凤凰线厂，管理模式也是继承了凤凰线厂的管理模式。我们不能说凤凰线厂的管理模式不好，但是当所有人都采用一种模式的时候，就会存在局限性。”张龙海不无钦佩地说道，“沈祖民不愧是企业管理的高手，他知道他山之石可以攻玉的道理，所以特意引进这条鲶鱼。这条鲶鱼这么一折腾，恒生实业部的这塘水估计要沸腾起来了。”

宫志鹏突然说道：“你说到这个厂长，我又想起我去湖北参观纱厂的事。在参观老梁的工厂时，我也是很吃惊，他们的管理制度近似于军事化管理，非常苛刻。地上发现一根废线就要扣工人的工资。”宫志鹏参观工厂的经历，之前已经说过。他第一次说的时候，张龙海就已经有所触动。

“从老胡家回来以后，我一直有这么个念头，想去志峰线业学习一下。”张龙海说道。

“你现在是他的同行，他会让你参观吗？”宫志鹏提醒道。

“如果有机会去，一定把我带上。”欧阳荷说道。

张龙海继续说道，“甬城出口辅料的公司很多，说到恒生，每个辅料行业的人都知道，可是说到志峰，却没几个人了解。我侧面打听了一下这个公司，发现他的出口数据也是非常大的。为什么这样强大的一个竞争对手，恒生人却很少提及？刚开始我以为是志峰比较低调，后来听老胡分析，才知道志峰的产品以欧美等高端市场为主，而恒生以中东非洲这一些中低端市场为主。两家公司市场定位不同，没有竞争关系，所以彼此相安无事。”

欧阳荷坐着沉默了好一会，突然说道：“今年我们的生产还没有正式开始，在你们找好厂房之前我还有几天时间空闲。我想利用这几天时间去恒生的新工厂学点东西。”

张龙海和宫志鹏都愣了下。宫志鹏笑道：“欧阳姐，你有心拜师，人家未必会收你这个徒弟啊。”

欧阳荷翻了个白眼，说道：“师傅不教，徒弟不会偷学啊？”

张龙海说道："你不会想去那边应聘绕线工吧？"

"有什么不可以？"欧阳荷反问道。

张龙海和宫志鹏对视一眼，无话可说。张龙海说道："我不反对欧阳姐出去深造。"

欧阳荷笑道："深造，这个词用得好，姐喜欢。"她说着便站了起来，说，"那我们就分头行动吧，等你们把新厂房弄好以后，我就留学归来了。"

张龙海和宫志鹏找工厂还算顺利。经朋友介绍，找了个七百平方的新厂房，价格五万元一年。在甬城乡镇里，这样的价格不算贵，但也不算便宜。

已经有过一次搬厂经验，这一次效率高了许多。

宫志鹏和老杨专心负责布线接线和调试机器。老杨因为欧阳荷的关系，也在莼海找了工作，他这人话不多，但是很有耐心，脾气也特好。宫志鹏一口一声杨哥叫着，老杨也是特别欣赏这两个年轻人。所以，但凡永邦线业有什么需要，他都会过来帮忙。按照市场价格电工费用至少 300 元/工，但是老杨很少收钱，即便是收也是象征性的收点烟钱。

张龙海请了两个人帮忙搬运办公室和车间的杂物。幸亏年前该发的货已经发掉了，这次搬运主要就是机器和一些原料。

不到一个星期时间，厂子就搬完了。原先的房东出于愧疚，说自己违约在先，该付的违约金他一分也不会少。

因为房东和张龙海的同学关系密切，加之，房东的房租确实也是便宜。为此，张龙海没有为难房东，说："违约金就算了，你要是有用不到的东西送我们一点便是。"

房东听后哈哈大笑，说："我厂房都卖掉了，厂里的旧桌椅新老板肯定看不上，你要是不嫌弃尽管搬走。"

张龙海一听这话高兴不已。搬厂的时候，把房东健全一点的桌子椅子全都带走了。这些东西对于房东来说是废品，对张龙海来说可是宝贝。尤其是办公室里那一套木制沙发和茶几，张龙海经常躺在木制沙发上睡觉，已经睡出感情来了。

等宫志鹏调试完所有的机器，欧阳荷也回到了工厂。张龙海和宫志鹏迫不及待地问欧阳荷有没有收获。

欧阳荷信心满满地说道："确实是受益匪浅。"她拿出一份资料说道，"这是我新制定的规章制度。"

张龙海小心翼翼地接过，认真地翻阅了起来。看到一条条细致入微的奖惩措施，张龙海欣喜万分。

欧阳荷说道："那个新厂长确实有一套，他制定的规章制度，以及各岗位的职责权利，都非常细致明确。我结合我们厂的情况，做了些修改。你们两个慢慢看。我先去睡一会。"

张龙海这时候才知道，欧阳荷在那边当了一个星期的夜班工人。正想说什么，却被欧阳荷打断了，"肉麻的话就别说了，之所以选择夜班，是夜班时候领导少，方便我偷师。另外我也申明一下，学这些并不全是为了你，也是为了我自己的目标早日实现。"

张龙海让宫志鹏赶紧去贴招工启事。宫志鹏去办公室打印了一叠招工纸，带上胶水和自行车便出门了。贴招工启事他已经是熟门熟路。

因为新厂房离莼海镇中心只有两公里的路，这个位置招工比之前方便了不少。招工启事贴出去以后，来应聘的人可谓是络绎不绝。每个来的人，欧阳荷都耐心地为她们讲解厂里的福利和要求。听说厂里有交社保很多人便心动了，不过听说是两班倒，很多人又打了退堂鼓。

所幸，之前那个老员工跟了过来。有这一个老员工在，教起新手便方便了很多。凡是有新工人过来，先让他们跟着老员工做两天，两天后再开始独立作业。如此一来老员工也高兴，因为新工人在学习的时候做出来的产量都是她的。

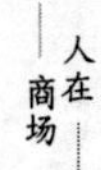

机器的轰鸣声再次响起，车间慢慢又恢复了正常。

宫志鹏将张龙海叫到办公室说道："今年我们两个的工作需要调整一下。"

张龙海问道："怎么调整?"

宫志鹏语重心长地说道："我知道你能吃苦，但是作为一个公司的掌舵人，你必须让自己空下来。只有空下来你才有时间去查漏补缺，也才有精力去布局未来。"

"你说的这个道理我懂。"张龙海说道，"像去年这样三天两头的加班做线，也是逼不得已。"

"你明白就好。老板还是应该做老板该做的事情。不光你要改变，我也必须改变。我觉得我们应该招一个打包工。车间里有欧阳姐在，管理上基本不需要我们操心了，欧阳姐唯一欠缺的就是一个能配合他的劳力。"

"你说的有道理。"张龙海在沙发上坐下。

宫志鹏说道："我们两个都是业务出生，还是应该把精力放在业务上。你应该跟我好好讲一下，未来的拓展方案了。"

张龙海笑了笑说道："行。现在欧阳姐在车间里忙，等她忙完，我们三个人好好探讨一下以后的事情。"

临近下班的时候，欧阳荷才回到她的办公室。以前的厂房只有一个办公室，张龙海一张桌子，欧阳荷一张桌子，宫志鹏连办公桌都没有。

新厂房面积大了，再则经过半年的积淀，张龙海手头的资金也不是那么拮据了。所以搬厂后的第一件事就是给欧阳荷弄个独立的办公室。厂长必须有厂长的样子。

当欧阳荷走进办公室的时候，张龙海和宫志鹏正扯得起劲，但是此刻两人聊得不是工作，而是女人。张龙海让宫志鹏赶紧找个女朋友。

宫志鹏说："自由自在多好。要女朋友干吗?"

张龙海说你心理上不需要，生理上应该也需要吧？

宫志鹏厚着脸皮说道：“凭我这一身帅气的皮囊，你以为我会没有女人吗？只不过没让你知道罢了！”

张龙海一副不可置信的表情打量着宫志鹏：“你的事情还有我不知道的？你不会还想着那个丽丽吧？”

“什么丽丽？”欧阳荷恰在此时走了进来，听得没头没尾，不无好奇地问了一句。

“没什么，我们正在讨论工作呢！”宫志鹏岔开话题。

“你们两个在我办公室坐了半天了，密谋什么呢？”欧阳荷拿着当天的产量本，仔细地算了算，算完后不无失望地说道，“这个产量太低了。”

宫志鹏说道：“欧阳姐，你先停一会，我们来讨论一下今年的工作安排。听听张龙海是怎么想的，知道了他的想法，我们才好配合他。”

“你说得对。我早就想问了。”欧阳荷放下产量本，在沙发上坐了下来。这一套沙发是张龙海专门从家居市场订购过来的。虽然价格并不贵，但是看着很舒适。对于这个款式和颜色，欧阳荷也很喜欢。这是厂里唯一一套新的家具。

张龙海理了理思绪说道：“长远来说，我是打算以开辟内销市场为主。原因有三个。第一，内销利润远高于外贸。第二，我和志鹏都是内销业务员出生，在自己熟悉的领域更容易发挥。第三，我觉得未来的商场，谁能把握终端，谁才是王者。我们现在在做的外贸订单，虽然量大，风险小，但是根据近几年的行情，老外越来越精，市场行情越来越透明。外贸公司的日子会越来越难过。外贸公司如果自己都赚不到钱，我们帮外贸公司做单子就更加赚不到钱了。至于内销，我要说明一下，我要的内销不是像恒生一样在国内到处找经销商。我要开发的是内销终端市场。做经销商的好处，就是前提拓展市场会比较快，但是弊病十分明显，它最大的缺陷就是市场的主导权在经销商手中，合作愉快的时候，你好我好大家好。若是合作不愉快，经销商就会移情别恋。一旦合作关系破裂，最后一两笔货款他肯定不会付给你，顶多把他店里的一堆库存退还给你。不过就现在而言，我们还不具备做内销终端市场的实力，所以暂时还是以服务外贸为主。”张龙海顿了顿继续说道，“至少在一到两年内，我们只能维持现状。所以我个人当前的想法是，今年工厂扩大了，机器可以适当增加一点。等有了机器以后，我再去开发新客户。”

“我做点什么？”宫志鹏焦急地问道。

“你负责老客户的维护，以及各种原料辅料的采购。”

“行，我看这样的分工挺合理。”欧阳荷说道，“小张你是应该腾出身来，一定要让自己空下来。”

“欧阳姐，我们两个心有灵犀啊！我刚刚才说过他。”

“你们两个的批评我虚心接受。”张龙海笑了笑说道，“虽然现在做内销时机还不成熟，但是我们可以慢慢得筹备起来了。”

欧阳荷说道：“怎么做销售我不懂，需要我做什么，小张你尽管说。”

张龙海说道：“首先我们要做一套色卡出来。我们必须有自己的色卡。而不应该像恒生一样，老是借用竞争对手的色卡。”

“这有什么区别？”欧阳荷问。

张龙海说道：“恒生的客户群大多是从其他竞争对手那里抢过来的，而且清一色的全部是经销商。这些经销商用的都是以前合作对象的色卡。恒生为了体现自己的服务周到，允许经销商继续使用以前的色卡，如此情况下，恒生只能借用竞争对手的色卡做一部分库存。事实上这犯了商家大忌，因为客户的色卡各不相同，恒生备的这些库存缺乏流动性。”

“所以，我们要统一色卡？让客人全部用我们的色卡。”欧阳荷问道。

“对！我们要有自己的色卡，色卡里的每个颜色都备一点库存。

也许前期客人并不乐意接受，但是一旦接受我们的色卡，客人也就不容易跑掉了。”

宫志鹏沉吟道：“自己做色卡成本不低啊，据我了解一本色卡不算线的费用也要二三十元。你做终端市场，也就是每个服装厂都要分一本色卡。这个前期投入会很大。”

“做色卡虽然不便宜，但是这些色卡若能发挥作用，带来订单，这一点投入绝对是值得的。”张龙海继续说道，“做内销的成本比外贸高多了，所以恒生很多外贸出生的领导不理解内销，也不支持做内销。内销最大的成本不是色卡，而是库存和应收款。甚至还有坏账风险。”

“你说每个颜色都要备库存？”宫志鹏问。

“是的。”张龙海回答。

“那你打算做多少个颜色。”宫志鹏继续追问。

“向柳叶看齐！柳叶是缝纫线内销市场做得最成功的品牌。我们的色卡颜色要比他还多。”

宫志鹏大吃一惊：“柳叶好像有三四千个颜色。”

“是的。”张龙海回答：“目前他们的色卡颜色已经有 3200 个颜色。”

“3200 个颜色，哪怕每个颜色备一箱货，那可不是个小数目。”宫志鹏难以置信地盯着张龙海。

张龙海笑了笑说道：“怎么，怕了？我算过，就按照 3200 个颜色计算，每个颜色备一箱，就需要一百万元的库存资金。而如果哪天我们不想做内销了，这些库存想要处理，最多只能卖贰拾万元。所以做内销是一条不归路。一旦开弓就没有回头箭。你现在后悔还来得及。”

宫志鹏不屑地撇了撇嘴，说道：“你也太小看我了。老子可不是被吓大的。”

张龙海给宫志鹏竖了个大拇指，然后转头和欧阳荷说道：“欧阳姐，在你的管控之下，我们车间的浪费已经比较小，但是偶尔一个颜色多出几十个线的情况还是存在。这些线以后要好好利用起来。”

欧阳荷正色道：“你说吧，要我怎么做。”

“你把多出来的纱，全部做成3000码/只的缝纫线，然后每个颜色留样，做成色卡。虽然每个订单多出来的颜色不多。但是日积月累，等我们真正上手做内销的时候，这些线就可以派上用场了。”

“好的，这事交给我。”欧阳荷爽快地答应了一声。

工厂招聘打包工人，很多人过来应聘。这年头招男工比招女工容易。张国平带了一个男人过来。这男人是张龙海的表哥——陈建军。

张国平和张龙海说道：“你表哥刚好没什么事做，与其找外人，不如让自己人来试试。遇到什么事总是自己人好说话。”

陈建军虽然是张龙海的表哥，但是年龄比张龙海大了近二十岁。陈建军说：“搬搬这些纱线，对我来说是小意思，以前在别的厂里，搬五金工具，我也搬得动。”

张龙海想要说话。不想宫志鹏嘻嘻哈哈地和陈建军聊了起来。聊完之后，宫志鹏大大咧咧地说道：“就让陈哥来试试吧。”

宫志鹏开口了，张龙海自然不好说什么。欧阳荷倒是无所谓用谁。

等陈建军走后，张龙海说道：“车间用人以后还是让欧阳姐自己决定，我们不要插手。”

宫志鹏不解道：“自己表哥，你还不放心啊？”

张龙海问道：“还记得去年，我上过一个月班的那家纺织公司吗？亲戚多了，对公司来说并非好事。这一点我们应该向沈祖民学习。沈祖民这么大的公司，没有一个亲戚在公司里担任重要职务。”

“我看你表哥身体强壮，头脑也挺灵活，应该能适应这份工作的。”宫志鹏挠了挠头皮，为自己的擅作主张而羞愧。张龙海在纺织公司的经历，宫志鹏是知道的。

“陈建军跟我年龄相差比较多，他跟我父亲走得近，跟我没太多的交往，我并不清楚他的为人。不过我知道他换过很多份工作。一个人经常换工作，最后又没工作了，肯定是有原因的。”张龙海不无忧虑地说道，“但愿我的担心是多余的。”

欧阳荷宽慰道：“不管好不好，试过才知道。反正，在我这里没有亲疏远近，我只看工作效率，他若是做事不用心，不管他是谁的亲戚，我都不会客气的。”

张龙海的担心是有道理的。陈建军刚来的一段时间非常积极，什么活都抢着干，对于欧阳荷也是服服帖帖。可是一个月的试用期刚过，各种问题便接踵而至。

先是上班时间请假，说去田里灌个水。第一次因为是在忙完了工作以后提出的，欧阳荷应允了。谁想类似的问题，接连不断。有几次车间正在赶货，他说要去浇菜。被欧阳荷当场拒绝了。

再之后，陈建军还是屡教不改，甚至不请假，偷偷溜了出去。欧阳荷敬他年长，婉转地找他谈了几次话。不想陈建军不但没有改进，反而变本加厉，以为欧阳荷不敢拿他怎么样。之后的一段时间，不但上班时候开小差，还经常迟到早退。

有一天，陈建军晚了半个多小时才到工厂。进厂的时候，张龙海正在监装集装箱。

陈建军看到欧阳荷和张龙海，毫无愧色，笑眯眯地说了声：“在忙呢?”然后慢悠悠地进了卫生间，在卫生间磨蹭了五六分钟，才进入车间。

欧阳荷终于忍无可忍，根据公司制度，扣了他几次工资。本以为这样陈建军应该有所醒悟，不想他却走向了另一个极端。上班是不迟到早退了，工作时候却是敷衍了事。很多事拖着不做，欧阳荷开口了，他才动一下。每天黑着个脸，好像全世界都欠了他的钱似的。包装来不及，让他过去帮忙，他也是心不甘情不愿，贴商标像下象棋似的，半天才落下一枚。

欧阳荷再次找他谈话，说如果还是这个样子，下个月不用来了。

不想一听这话，陈建军暴跳如雷。扯着嗓子滔滔不绝地说了一堆，一会说欧阳荷给他穿小鞋，又说他的工作职责是打包，不是打杂，凭什么车间里其他的事情也要他做。又说自己给兄弟做事，轮得到你这个外人来指手画脚吗？

张龙海听到声音，来到车间。厉声喝道："你吵什么？"

看到张龙海过来，陈建军连忙凑过来诉苦："阿海，你爸请我过来，是让我来帮你打包的。不是来打杂的。这个女人每天盯着我，给我穿小鞋，我是忍无可忍了。"

张龙海走近欧阳荷宽慰道："不要理他，剩下的事情我来处理。"

张龙海让陈建军去他办公室。

进入张龙海的办公室，陈建军往沙发上一坐，还是气呼呼地说个没完，他一边抽着烟，一边喷喷不休地说着欧阳荷的坏话。

张龙海没有接他的话，走到饮水机边上给他倒了一杯水。他没有问他为什么吵闹，而是问道："表哥你好像烟瘾挺大？"

"是的，几十年的烟瘾了。"陈建军喝了口水，总算平静了点。

"我上次和你说过，车间里不能吸烟，你好像还是在车间里吸烟了！"

"没，没，我都是到车间外面吸的。"陈建军焦急地解释。

"表哥，不是我说你。厂子里面上百万的货放着，可以说我的身家性命就押在这个厂里了，如果出一点点意外，我这辈子就要完蛋了。"最后三个字，张龙海是一字一句说出来的。

"我真没有在车间吸烟。"陈建军结结巴巴地说道。

"这个你不用狡辩，全厂只有你一个人吸烟，不是你吸的，打包机旁的烟头哪里来的？"

陈建军终于不再说话。办公室里出现短暂的静默，空气仿佛凝固了一般。

过了好一会，张龙海叹了口气说道："过去的事情，不去说他了，我现在只有一个要求。"

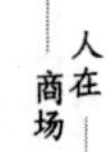

“什么要求，你尽管说。”陈建军抬起头，一副说什么都会做到的表情。

“你把烟戒掉。”张龙海平静地说道。

“这——”陈建军顿时萎靡了，他轻声说道，“要我戒掉烟是不大现实的。”

“如果戒不掉香烟，只能请表哥另谋高就了，希望你能理解。工厂严禁吸烟，这是任何人不能破坏的规矩。”

陈建军狠狠地吸了两口烟，说道：“如果是这样，那我还是辞职吧。”

“行，既然你决定辞职，我也就不说什么了。等一下，我让欧阳荷把你的工资算一下，让你带去。”

陈建军灰头土脸地站起来，向门口走去，出了办公室门，才回过头来犹犹豫豫地说道：“我现在走掉，你车间里没人了，要不这个月给你做做满吧？”

张龙海说道：“这倒没必要，车间里每天也就几十箱的产量，这么几十箱货我自己打包一下累不着。你有心，把今天的活做做完就行。下班的时候记得到我办公室来一下，把工资带走。”

陈建军想要再说什么，终究还是没有开口。

陈建军离开工厂后，张龙海郑重其事地向欧阳荷道歉。欧阳荷说这不是任何人的错，实在是这人太不识趣，跟是不是亲戚没有关系，即便是外面招的人，也会有这种搞不清楚状况的。我当了这么多年的车间主任，这样的人见的多了。

宫志鹏这段时间都在外面跑供应商。

缝纫线所需要的辅料比较简单，基本就塑料管、标贴、热缩袋和纸箱这四样东西。可是这四样东西也是大有讲究，尤其是塑料心，种类可谓是千差万别，形状不一样，颜色不一样，克重不一样，材料不一样……

外贸公司的客户来自世界各地，每个地方的客户对产品的要求不一样，譬如欧美的客户特别注重环保要求，他们要求所有塑料心都必须用新料。而一些中东非洲的国家则喜欢大一点，重一点。有些管子石膏的成分远大于塑料。甚至有管子比线还要重的。

一个管子并不起眼，一毛多的成本也无足轻重，可是每天要做一两万个线，一年到头需要用到六七百万个线管。如此大的量面前，哪怕是一个管子相差一分钱，那也是个不小的数据。

这一次宫志鹏要找的管子便是特殊规格的，管子下直径比一般的管子长了一厘米。张龙海本以为有老胡在，这类辅料的采购问题，肯定难不倒自己。接单的时候根本没当一回事。殊不知，这一个订单却出了意外。因为这一个管子，老胡也没见过。

宫志鹏打遍了甬城所有塑料心厂的电话，结果都说没有一模一样的管子。老胡说，甬城没有，那只能去金市的金乌县找。浙省的缝纫线基本来自这两个地方，可是宫志鹏打遍了金乌县所有的塑料心厂还是没能问到这个塑料管。

如果实在找不到这个管子的生产厂家，就只能让塑料心厂根据这个样品去开一副模具，可是这根本不现实。一副模具要好几万元钱，而且时间也要一个多月。即便舍得花这个钱，时间也等不起。

张龙海本想放弃这个订单。可是宫志鹏却不甘心，说客人是寄样品过来的，既然这个样品线是从浙省发出去的，那么这个管子必然是在浙省生产的，只是我们还没有找到这个塑料心厂罢了。为此，宫志鹏亲自上门去甬城所有的塑料心厂走了一遭。遗憾的是，几天跑下来，还是没能找到这个管子的生产厂家。

不过倒也并非一无所获，有一个塑料心厂的老板说好像在新晶县看到过这种管子。新晶县不属于甬城，但是靠近甬城。就凭着这一点线索，宫志鹏便跑到了新晶县。

一般的塑料心厂都只有一两台注塑机，很多就是在自己家的小院子里生产。要找这种小工厂对于行外人来说，可谓是大海捞针。

宫志鹏经过那家塑料心厂老板的介绍，在新晶县找到当地一个做缝纫线的厂家。

这家缝纫线厂与其说是厂，不如说是个作坊。全厂上下只有两台绕线机，连包装机都没有。这厂专门给旁边的几家服装厂供货。

宫志鹏自报家门，说过来找塑料心。这家缝纫线厂的老板和介绍宫志鹏过来的塑料心厂老板有些交情，牛气烘烘地拍着胸口说自己开厂二十年了，新晶县里和缝纫线有关的产业没有他不知道的。

宫志鹏拿出样品线，问他这种管子有没有看到过。那老板说，这种管子挺奇怪的，还真没见过。一听这话，宫志鹏就知道没戏了。连当地的线厂都没见过塑料心，他还能怎么办？

宫志鹏本想直接回家，看到这个老板家里总共就两台机器，其中还有四个头是坏的。他问老板，为什么不修一下。那个老板说不会修。

“你做了二十年缝纫线了，绕线机不会修？”宫志鹏不可置信地打量这个老板。然后就发扬雷锋精神，帮他把这四个头给修好了。修完机器，宫志鹏准备回家，不想那老板拉着宫志鹏不让他走，非要请宫志鹏吃个饭。

宫志鹏看了眼手机，已是中午时分，便跟着老板出去吃饭了。

饭桌上，宫志鹏问道：“你就这两台机器，能支撑二十年？”

老板神秘兮兮地说道：“大家都是同行，说说也无妨，你可不要小看这两台机器。它可是我的衣食父母。这二十年来，我家的吃喝用度全靠它呢。”

“两台机器一天能做多少个线？”

“五六百个吧！”

“你赚多少钱一个？做五六百个线就能养活一家人了？”宫志鹏越发好奇。

“将近一元钱一个，一天能赚五六百，不差了！”老板一边吃菜，一边得意地说道。

宫志鹏不敢置信地盯着这个老板打量了好一会。心想，难怪张龙海这么看好内销！如果自己工厂的产量全部改做内销，那可就发达了，一年少说也有两三百万的利润。如此说来，一百万的库存又算得了什么。

吃完午饭，宫志鹏抹了抹嘴准备告辞。不想老板又拉住了他。他说给他染色的那个染色厂，自己也生产缝纫线，他的产品好像也是以出口为主，搞不好他知道你要的管子。

宫志鹏一听这话，原本已经破灭的希望重新燃烧了起来。“你说新晶县也有线厂做外贸订单的？在哪里？”

“离这里大概十几公里，我给你个手机号码，你问一下看。”老板说着翻出一个号码，指给宫志鹏看。名字上备注着“许老板”三个字。

宫志鹏立刻用自己的手机拨了过去。

电话那头说了声哪位。宫志鹏连忙自报家门，说要过去拜访。结果这个许老板说今天没在厂里，正好在外面送货，等一下会路过新晶县，有什么事可以在新晶县约个地方谈。

宫志鹏便说自己在这个小线厂等他。

半小时后，宫志鹏见到了这个许老板。没想到这个许老板也很年轻，年龄和自己相仿。

这个小线厂实在是太小，连坐的地方都没有。许老板带着宫志鹏来到路边的一家汉堡店。两个人各点了一杯可乐便攀谈起来。

许老板问宫志鹏怎么找到他的。宫志鹏把找塑料管的过程大体说了一遍。许老板又问宫志鹏的厂在哪里，开了多久。

宫志鹏一一做了回答。只是回答完以后，有些纳闷。自己也没说非要跟他合作，他倒像审犯人似的把自己审了个透。

宫志鹏拿出那个样品问许老板，知不知道这种管子是哪里生产的。

许老板接过样品看了看，笑道：“这个是我生产的。”

宫志鹏欣喜若狂，连说今天这趟新晶县没有白来。之后询问价格，约定交期。宫志鹏直接将订单下给了许老板。许老板说第一次合作，需要付一点定金。宫志鹏亦通过微信直接转了一千元给他。

等事情办妥以后，宫志鹏便开着面包车回家了。回家的路上，总觉得哪里不对。脑海中突然蹦出“小许”两个字。这个许老板是不是韩江曾经说过的那个小许。如此想着，便直接向韩江的染色厂驶去。

自从湖北回来以后，宫志鹏和韩江的关系越发融洽，韩江逢人便说宫志鹏是他的小兄弟。

看到宫志鹏上门，韩江亲自给他到茶。“兴冲冲地，遇到什么事了。”

宫志鹏开门见山地问道：“你之前跟我说过一个人，骗了湖北人不少纱。那人叫什么来着？”

“小许！”韩江提醒道。

“全名叫什么？”宫志鹏问。

“许岳山。”韩江说道。

宫志鹏的心里不由地咯噔了一下。还真是被自己猜到了。这个许老板，就是小许。宫志鹏向韩江详细了解了这个小许的事情之后，才回到工厂。

看到宫志鹏回来以后心事重重的样子，张龙海不无关心地问道：“是不是又没有找到。”

宫志鹏说：“我也不知道算不算找到了？”

张龙海一听这话，云山雾罩。听宫志鹏说起今天的经过才弄清怎么回事。

“你是说这个许老板就是骗了湖北人原料的小许？”

“是的，基本可以确定了。我特意去韩江那边拐了一趟。向他探听了当年的事情。”

“说说看。”

“说起来，这个小许也是奇特的，他骗了湖北人的纱，后来警察找上门去，他不跑也不赖，老老实实地承认，纱确实是他拉走的。可是让他付钱，他说没钱，暂时付不出来。”

“他总共骗了别人多少吨纱？”张龙海继续问。

“好像有一百多吨。”

“那可是将近两百万的货款。这么多纱他都卖掉了？”张龙海十分不解。

“这个纱到底哪里去了，众说纷纭，许岳山向警察交代，说是卖纱的钱被另外一个人骗走了。不过这话谁也不相信。像许岳山这样能把湖北这么多老板骗得团团转的人，也会被人骗？”宫志鹏分析道，“有人说他肯定是去赌钱了，不然不会留下这么大的窟窿，也有人说他肯定养小三了。”

“被人骗走了，这话我也不信。”张龙海说道，“骗走一小部分，或许有可能，一两百万元钱全部被人骗走，这怎么可能。”

“我也觉得赌钱输掉了，或者外面养小三的可能比较大一点。”宫志鹏说道。

张龙海笑道：“他养了多少个小三？半年时间就用掉一百多万！”

“也是！而且在我看来，他养小三的可能性不大，别人养他倒是有可能。在我看来，他倒是像个小白脸。”

“怎么，这个许岳山很帅？”张龙海问。

“还行，乍一看，还是挺帅气的，应该是比较讨女人喜欢的那种。”

“能被你称之为帅气的男人，想必长得不错。这样一个人会去骗纱厂的原料，实在是让人想不通。”

宫志鹏说怪我一时性急，把塑料心的采购合同下给了他，还付了他一千元定金。恐怕这一千元是肉包子打狗有去无回了。

张龙海沉吟片刻，说道：“也未必。”

“你觉得他会按照合同约定，给我们供应这批塑料心？”

“应该会！”张龙海虽然说得不是很有信心。但是听到宫志鹏的耳朵里，却觉得踏实了不少。张龙海说应该可以的时候，百分之八九十是可以了。

张龙海说道：“先不管他会不会做我们的塑料心，退一万步说，我们也被骗了，也就一千元钱，并不算什么损失，无非是还得另外找塑料心厂麻烦一点。你先等两天，两天以后再打电话问问他塑料心做得怎么样了，然后就说要确认一下塑料心的品质是否和样品一样，要去他的生产车间看看。到时我和你一起去。”

两天后，宫志鹏打电话给许岳山问塑料心开始生产了没。许岳山说已经生产了一些出来。然后宫志鹏说我过来看看品质。这一次许岳山没有拒绝。很快就把地址发给了宫志鹏。

宫志鹏看到许岳山发过来的地址，心里踏实了不少。如果许岳山有心要骗自己，这个时候应该是联系不上了。

张龙海和宫志鹏来到许岳山工厂的时候，许岳山正在将做出来的塑料心装袋。

张龙海第一次看到注塑机，觉得挺神奇的。不需要人操作，这机器会不断地吐出塑料心来。

宫志鹏捡起一个塑料心看了看，果然和自己需要的塑料心一模一样，这才彻底放了心。“没想到，许总还是全能型的人才。懂染色，会生产缝纫线，还知道操作注塑机。佩服，佩服。”

许岳山笑了笑，谦虚地说道：“这个机器还是比较好操作的。”

这时候，房间里出来一个挺着大肚子的女人。那女人提了个热水瓶要给张龙海和宫志鹏倒水。张龙海连忙接过水壶，不让她动手。女人笑嘻嘻地说道：“他就喜欢鼓捣各种机器。”

张龙海不知道该怎么称呼。许岳山说：“叫他小包好了。”

宫志鹏看二人一唱一和像夫妻，再看他们说话交谈工作，又像是同事。不敢冒昧猜测，只好顺着许岳山的介绍，叫她小包。

张龙海坐下不到一杯茶的时间，许岳山又像上次询问宫志鹏一样，把张龙海也审了一遍。得知他是宫志鹏的合伙人，脸上才露出一丝笑容。

许岳山的工厂是个破旧的三合院。注塑机放在进门左侧的房间里。右边房间里装有十几个大小不一的染缸，正厅几个房间全部打通了，绕线机的声音从里面传出来。听这声音，机器应该不下三十台。

张龙海望着正房的方向，问道："许总，方不方便，让我们参观一下你的车间。"

许岳山说张总随便看便是。

于是，张龙海和宫志鹏来到绕线车间。

许岳山的车间里确实有近三十台机器。只是他的机器摆放地有些凌乱。或许是受场地的限制。说是见缝插针，毫不为过。

几个工人像走迷宫似的，在机器间穿梭忙碌。

"这也行?"宫志鹏带着轻蔑的口吻说道。虽然机器数量差不多，但是相比之下，宫志鹏觉得自己的车间正规多了。

"让你们见笑了。房间太小，横竖都放不下，只好让工人拐着弯走。"不知道什么时候，许岳山已经站在二人身后。

"这样不会影响产量吗?"张龙海问道。

"肯定影响的，只是没办法。"

"为什么不找大一点的厂房?"宫志鹏问道。

"没钱啊!"许岳山苦笑道，"有钱的话早就换了。"

张龙海进入车间，拿起工人做好的线看了看，线的成型还是做得挺不错的。"这么大一个厂，打包、机修都是你自己在弄?"

许岳山说："产量不是很高，我一个人打包足够了。"

宫志鹏和张龙海对视一言，没有说话。两个人都熟悉车间的情况，将近三十台机器，产量再低，每天生产五六十箱货还是有的。既要管质量，修机器，加硅油，还要打包。这工作强度可不算小。

张龙海自认能吃苦，相比许岳山就有些自惭形秽了。包揽所有杂务，一天两天或者一周两周都没有问题，但若长期如此。张龙海自认吃不消。

在车间里随便转了一圈，张龙海对许岳山的生产情况大抵有数了。

回厂的路上，宫志鹏问这个人怎么样？

张龙海说看不懂这个人。如果不是韩江准确地说出了他的名字，张龙海怎么也不会把许岳山和小许联系在一起。传说中的小许阴险狡猾，而眼前这个许岳山却是踏实质朴。张龙海甚至怀疑是不是同名同姓但并非同一人。

不过再一想，许岳山见到陌生人喜欢问个没完。从这一点出发，好像又有嫌疑。韩江说过，小许现在失踪了，湖北的原料公司及公安部门都在找他。只有犯了事的人，才会时刻提防着别人。

张龙海思虑良久说道："不管他了，我们只要拿到我们需要的塑料心就行，其他的和我们没有关系，即便他真是小许，只要没侵犯到我们的利益，我们也没必要多管闲事。"

两天后，许岳山开着一辆破面包车，把塑料心送了过来。张龙海验过货，当即便把尾款转给了许岳山。许岳山也进张龙海的车间参观了一番，连夸恒生出来的正规军就是不一样。

许岳山临走的时候，张龙海叫住了他："许总，稍等。"

许岳山问张龙海还有什么事。

张龙海说还是办公室里聊吧。

待许岳山坐定。张龙海开门见山地说道："我听湖北的原料公司说，宁波有个小许骗了他们很多原料。这件事许总听说过吗？"

许岳山瞬间凝固了笑容，表情呆滞地盯着张龙海，问他为什么突然问这个。

张龙海正色道："许总，不要误会，我没有恶意。不瞒许总，我和宫志鹏猜你可能就是他们说的小许。当然无论是或者不是，和我们没有太大的关系。我只管做好自己的生意，别人的恩恩怨怨，我们没兴趣了解，更不想掺和其中。我今天之所以和你聊这些，就是想告诉你，我很高兴认识你。也希望我们有更多的机会合作。”

“为什么？”许岳山依旧保持着警惕。

“因为我觉得你不像是个坏人。你做的塑料心品质很好，做事也很负责，很细心。那天你在装塑料心的时候，看到有瑕疵的全都挑了出来。仅凭这一点，我觉得你是个实诚的人。不像他们说的阴险狡诈。”

许岳山低着头，没有接话。

“还有一个原因，你是能吃苦的人。这一点我很佩服你。为此，我愿意交你这个朋友，如果有机会的话，也愿意和你继续做生意。”

“张总，其实湖北人的事情……”许岳山欲言又止。

张龙海打断道：“你不想说的话，不用说。我说过，别人的事情我不感兴趣，更不想掺和。我交朋友只有一个原则。”

“你说。”许岳山说道。

张龙海盯着许岳山说道：“无论是做人还是做事，我只有一个原则——人不犯我，我不犯人，人若犯我，我加倍还人。”

“我明白你的意思。”许岳山站起来说道，“感谢张总的信任，能够认识你跟宫志鹏，我也觉得很幸运。我会珍惜这份信任的。”

许岳山走后，张龙海又下了一批塑料心的订单给他。这次没有付定金。许岳山也没有开口要。等许岳山将塑料心送到以后，没等他开口，张龙海便将塑料心的货款付给他了。彼此之间似乎形成了一种默契。

一段时间合作下来，关系越发融洽。许岳山也简单说了些自己的过去。从交谈中得知，他原本是甬城某个染色厂的员工，因为勤快，又肯钻研，还当过一段时间车间主任。后来有个线厂的老板把他挖走，让他当染色厂的厂长。再之后似乎经历了一段不愉快的合作，然后小许就出来自己单干了。

他在纱线行业里很多年了，认识的人、了解的事都很多。有些机器故障，宫志鹏解决不了，有几次是许岳山帮忙弄好的。看宫志鹏确实只有半桶水，许岳山建议他们聘请个技术顾问。每个星期让顾问来一趟厂里，全面检修一次机器。如此比专门请一个机修师傅划算。

张龙海问到哪里去找这样的师傅。许岳山当即就介绍了一个。张龙海将那师傅请来试了试，果然技术精湛，而且做起事来相当来劲，全然不顾油污，该钻的地方趴下就钻了进去，该躺的时候，纸板一铺便躺了下来。一天时间，全然不打折扣，中间没有片刻的休息。修好了有故障的机器，又把其他机器逐一检查了一遍。

欧阳荷说恒生的机修师傅要是有他这么负责，产品质量能够提高一大截。

等师傅从车间出来的时候，张龙海塞了三百元钱到他手里。

师傅说给多了，说好两百就是两百。

张龙海让他尽管收下。最后坚持不过张龙海，那师傅才将钱放进口袋。

双方说好了，每个星期过来一趟。

有了机修师傅的帮忙，张龙海厂里第四组机器顺利开了起来。

第四组机器本想买新的，不过许岳山和那位机修师傅说完全没必要，买二手机然后把一些主要配件换掉，和新的没什么区别，而价格可以便宜一半。张龙海听从了两位的意见。

二手机的路子也是许岳山介绍的。事成之后，张龙海拿出两千元感谢许岳山。许岳山推辞一番后还是收下了。

新厂的生产趋于稳定。一切都按部就班，有条不紊。只有一件事让人头痛，也算是个小插曲。

某天厂里突然来了个陌生人，张龙海以为是哪个客户，将其请进办公室。不料来人拿出一罐茶叶，说自己有个兄弟被人打断了一条腿，急需医药费，自己没办法，所以才出来卖茶叶，希望老板能够同

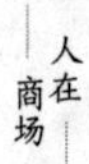

情一下他，买罐茶叶。

张龙海问他多少钱一罐，对方说三百。张龙海连忙摇手说不要。这种茶叶，张龙海在超市里见过，最多也就一百元。

来人说自己急需用钱，实在不行二百也行。张龙海还是不要，后来来人让到一百五。张龙海不想跟他磨嘴皮子，抱着息事宁人的态度，买了他这一罐茶叶。

本以为这事就这么过去了，没想到的是，类似的事源源不断，一会儿来个卖梨的，一会儿又来个卖笔的。张龙海看价格差不多的，都买了。后来有个卖扫帚的，张龙海说不要。

来人说，他兄弟刚从监狱里出来，找不到工作，所以利用自己手艺扎了几把扫帚，希望能混口饭吃。张龙海看那扫帚实在不怎么样，所以坚决不要。不想那人居然翻脸说张龙海不识抬举。

恰好宫志鹏从外面进来，看到来人这么嚣张，一把将其推到了门外。来人在门口大骂，说你们不买也就算了，还动手打人。在门口骂咧咧了好一会，才离开，走的时候说让他们等着瞧。

宫志鹏让张龙海以后少搭理这些人。张龙海说开门做生意的，不想惹事，才想着用息事宁人的办法，他也没想到，施舍过一次反而源源不断了。

宫志鹏说，在莼海自己的地盘，看谁敢到厂里来闹事。

不幸让宫志鹏言中，那人还真纠集了一伙人来到厂里。两辆面包车飞似的冲进工厂，然后呼啦啦下来十几号人。个个手里拿着木棍。

张龙海和宫志鹏看到来人，知道来者不善，连忙让欧阳荷报警，自己和宫志鹏出去招呼这些人，省得他们乱来。

“你们干什么？”宫志鹏刚一出声，就被一群人围住了。

张龙海说道：“看来今天要和你并肩作战了。你多少年没打架了？”

宫志鹏挥舞着一根钢管说：“初中时候和你一起打过一次群架，之后就没跟人动过手了。”

那一次群架，张龙海和宫志鹏记忆犹新，当时看古惑仔着了迷，每天跟着一群混混招摇过市，也不知道是因为什么，在夜自修放学的时候，两帮人在学校外面火拼起来。张龙海和宫志鹏便是其中一帮的小弟，两个人挥舞着木棍跟人拼命。事后警察赶来，抓了好几个学生，张龙海和宫志鹏手疾眼快，溜得快。

第二天学校通报批评，说有两个人被打成重伤，住院了。参与打群架的几个领头人被记大过，留校察看，其他一些参与打架的同学也都受到了各种各样的处罚。张龙海和宫志鹏暗自庆幸溜得快，虽然也打了好几个人，但当时太混乱，没人认出他俩，顺利躲过了处分。

推销扫帚的那个人，气焰嚣张地挤进人群，向着身后人说道："大哥，就是这两个人打了我。"

宫志鹏举着棍子喊道："孙子，说清楚了，谁打你了。"

"就是你打的。"来人梗着脖子说道。

"这孙子这么听话。"宫志鹏占了点便宜，继续大声地喊道，"就是你爷爷打的，怎么着吧？"

"打了我黄龙帮的兄弟，还敢这么嚣张？"从人群外又挤进来一人，旁边的人纷纷给他让道，显然这个便是他们的大哥了。来人个子不高，却长得肥胖，脖子上挂这一条十分粗的金链子，手臂上文着一条眼镜蛇。

"黄龙帮？"张龙海问道。

那大哥模样的人，说道："是又怎么样？"

张龙海笑了笑说道："我认识你们老大。"

那大哥问道："你认识我们老大乔龙？"

"是的。他是我哥们。"张龙海笑道。

来人显然不信。说道："我怎么不知道，老大还有你这么一号兄弟。"那人说着就想打电话问问。

张龙海制止道："不用打电话，你派个小弟帮我送一份礼物给你老大，他收到礼物就知道我是谁了。"

“什么礼物?”

张龙海挤出人群，拿了个礼盒跑到工厂后面，过了好一会才回来。他拿着那个盒子给胖子，说道：“你派个人把这个送去，我们在这等你老大过来。”

胖子接过盒子疑惑道：“什么东西?”

张龙海说你老大看到这东西就知道我是谁了。

胖子疑惑地看了看张龙海，叫过身边一个小弟，在他耳畔叽咕了几句。那小弟拿过礼盒，开上面包车便飞驰而去了。

“你真的认识他们老大。”宫志鹏轻声问道。

“如果我没弄错的话，你应该也认识。”张龙海嘀咕道。

宫志鹏越发不解。初中以后他就没跟黑道上的人打过交道。

张龙海读初中的时候，莼海镇上有个青龙帮，后来被扫黑打恶铲除了。张龙海有个同桌黄元龙，和这些混社会的人走得很近，那次打群架他便是主犯之一。他曾经无不羡慕地说：“以后我要弄个黄龙帮。”张龙海不知道黄元龙是不是就是这伙人的老大。他也只是猜测。

张龙海还真是蒙对了。这个所谓的黄龙帮，还真是黄元龙组建的，只是这个时候他已经改名叫黄乔龙，名下有好几个 KTV 和酒吧。为了震场子，养了一帮无业游民，平常开玩笑的时候说我们是黄龙帮的。

黄乔龙正在包厢里招待几个客人，突然有个小兄弟跑进来说有人送给他一份礼物。巧龙一边和朋友说笑着，一边便拆起了那个盒子，心里还在想谁啊，给自己送这么老土的礼盒。不料打开礼盒后，吓得一声惊叫，把那盒子扔出老远。众人这才发现盒子里装着一截蛇尾巴。几个陪唱的小姐看到这东西也是吓得连声尖叫。

一个老大在手下面前吓得大惊失色，多少有些掉面子。黄乔龙咆哮道：“哪个王八蛋让你送来的。”

那个送盒子过来小弟被黄乔龙的愤怒吓得说话都结巴了：“是一个线厂的老板。”

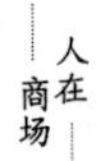

"他活腻了!"黄巧龙愤怒地向门口走去，可是刚走到门口却突然停住了，他连忙又退回包间，俯下身瞄了那蛇尾巴一眼。然后嘴角露出一丝微笑。

胖子打发小弟走后，这一帮人还是围着张龙海和宫志鹏不放。张龙海说站着多累，坐一会儿呗。胖子不置可否，不过确实有些累，便找了个凳子坐下，其他一些小弟也各自找地方坐了下来。

张龙海走进办公室，给每人倒了杯水。胖子犹豫了一下，最后还是接了过去。一时间气氛有些尴尬。那个卖扫帚的小子，提醒胖子喝他的水不好，喝了人家的水，等一下怎么动手。

胖子想想也是，正犹豫着要不要喝水，一辆奔驰车飞驰而至。黄乔龙一阵风似的从车上下来，直奔张龙海。一帮小弟连忙聚拢过来，护在黄乔龙两侧。

黄乔龙没有朝着张龙海挥出拳头，而是张开双臂，来了个结实的拥抱。

"真的是你这小子。"张龙海轻轻捶了一拳在黄乔龙的胸口。黄乔龙也是一样的动作。

宫志鹏也认出了黄乔龙："元龙?"

黄乔龙也认出了宫志鹏，举起另一个拳头砸在他胸口。随即搭着二人的肩膀进了张龙海的办公室。

胖子看这架势，连忙挥手让身边的小弟赶紧散掉，然后一脚踹在卖扫帚那小子的腿肚子上。

"你这家伙还真弄了个黄龙帮。"张龙海揉着黄乔龙的肩膀说道。

宫志鹏说道："还真被你蒙对了，万一不是元龙怎么办?"

"除了他谁会起这么老土又别扭的帮名?"张龙海哈哈笑道。

宫志鹏又问黄乔龙："阿海送了你什么礼物，让你兴冲冲就赶了过来。"

"这欠揍的小子。"黄乔龙气呼呼地说道，"这世界上只有两个人知道我怕蛇，一个是我爹，还有个就是阿海。"

张龙海笑道："你别看他初中的时候横得不行，在学校里谁都不放在眼里，唯独对我还算和善，这一方面归咎于我经常拿作业给他抄，另一方面就是因为我抓着他的把柄。"

"怎么回事，怎么回事？"宫志鹏迫不及待地问道。

黄乔龙戳着根手指威胁张龙海："不许说。"

张龙海举手投降，说："好，不说，不说。"

黄乔龙这才又恢复了嘻嘻哈哈的神情。

张龙海突然收敛了笑容，说道："上大学的那几年，听到你的不少传闻，不知道是真是假。你这些年过得怎么样？"

说到往事，黄乔龙不由得一声长叹，感慨道："我的过去可就说来话长了。要不去我那里，我们边喝边聊？"

"什么地方？"宫志鹏问道。

"去了就知道。"黄乔龙拖着二人，上了他的奔驰。

经过镇上的几家 KTV，黄乔龙说道："这边几家 KTV 还有那个酒吧和台球室都是我开的。"

宫志鹏惊讶道："兄弟，牛逼啊！下次我来消费得给我打折啊！"

黄乔龙一边开车，一边从遮光板后摸出一张卡丢给宫志鹏。"以后去了刷这张卡，全部免费。"

宫志鹏如获至宝地将卡收进钱包。

黄乔龙将张龙海和宫志鹏带到镇上最豪华的 KTV，三人乘电梯到五楼，然后沿着楼梯走到最里面的一间办公室。

"很豪华啊！这家 KTV 以前来过一两次，不知道是你开的。不过我上次来的时候好像只有四楼，不知道五楼也有包间。"宫志鹏边走边说。

"五楼一般不对外开放，除了我的办公室，就是几个休息间，还有总统套间。这几个套间和休息间只招待重要的客人。"

"哦，难怪。"

黄乔龙推开自己办公室的门，请二人进门。办公室也是个套间，有办公室、会客厅和休息室。黄乔龙在自己的大背椅上坐下，随后按着电话免提说道："小王，我这边有两个朋友在，你拿点酒水点心上来。"

"你这生意做得很大啊，办公室弄得王宫似的。"张龙海把玩着桌上的一只玉貔貅说道。

"我们做台面生意的，不得不把台面上的东西弄得阔气一点，这也是逼出来的。别人看着阔气，真正的难处，只有自己知道。"

说话间，一个穿着职业装，梳着马尾辫，看似领班的女人端着个果盘走了进来。托盘上装着牛肉干、开心果等一些下酒菜，另外还有一瓶人头马。领班正准备开酒。

张龙海制止道："酒就算了，给你省点钱吧！"

"这么多年没见，难得重逢，不喝点？"黄乔龙问道。

"不喝了，你跟我说过，我们两个是什么交情？"

"我们是君子之交。"

"那不就得了，君子之交淡如水，我们喝水就行。"

"哦，你就是那个阿海？"那个领班惊讶道，"经常听元龙说起你，说你是他唯一能够交心的朋友。"

"是吗？"张龙海正在惊讶一个领班怎么会知道他和黄元龙之间的事情。随即黄元龙一个动作，张龙海便明白了是怎么回事。

黄元龙随手一拉，这领班便坐在了黄元龙的腿上。黄元龙说道："这是我的红颜知己，叫小王就行。"

张龙海举起手中的白开水，像她示意。

小王从黄元龙腿上站起来，向张龙海点了点头，说道："你们聊吧，我去楼下看看。"

"去吧。"黄元龙拍了下她的屁股，示意她把酒带走。

这之后，黄元龙说了很多关于他的过往。他不像张龙海和宫志鹏上完高中又上大学，黄元龙初中的时候混迹社会，向来被老师当成问题人物的典型，成绩自然也不好。他初中毕业以后就开始了混社会。

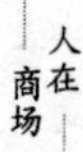

当过网管，给棋牌室看过场子。后来在他父亲的建议下，开了个手套厂，倒也赚到了一笔钱，只是赚到钱后买了一辆拖拉机，又把人给撞死了。把赚的钱赔了个精光。后来又开过游泳馆、溜冰场，但是都没赚到什么钱，倒是和人合伙开了个网吧赚了不少。

2002 年的时候，黄元龙鬼迷心窍迷上了赌博，输了个倾家荡产，卖掉所有产业，外面还倒欠了一屁股债。黄父被他气得大病一场，结果驾鹤西去了。

因为外面欠了很多债，很多人以为黄元龙会跑出去躲债。没想到黄元龙不但没躲，还一分不少地把这些赌债都还上了，只是他把父亲留下来的房子和田地都卖掉了。

再之后，他把黄元龙改成了黄乔龙，然后重新弄了家网吧，安心创业，慢慢打下了现在的这一些产业。眼下，他自己名下的 KTV 有三家，台球室一家，酒吧一家，足浴店一家。原来还有三家网吧，后来不看好网吧前景，转掉了两家。

张龙海感慨道：“你现在有了自己的这么多产业，为什么还弄黑社会这一套。”

黄元龙说道：“我这生意和你们不一样，每天进进出出的人很杂，虽说这几年风气越来越好了，捣乱的人也少了，但是喝多了闹事的人却常有，店里要是不招几个人震震场子，很难在这行混下去。”

“那招几个正经的保安就是了，何必养这么多小弟?”张龙海继续说道。

“不瞒兄弟，做我们这行，难免触及灰色地带，这帮兄弟还是少不了。”

“什么灰色地带?”宫志鹏好奇地问道。

黄元龙笑了笑，说道：“跟你们两个说说也没关系，莼海镇这么多 KTV，需要很多的陪唱小姐，是一条很大的产业链，这条链子就是我捏着的。”

“是吗?”宫志鹏不无钦佩地说道。

张龙海却是露出忧郁之色。“莼海镇这几年风气变得很差，跟这些小姐脱不了干系。她们做的应该不止陪唱这么简单吧？”

黄元龙笑了笑说道：“我只负责招聘和引荐，尽可能地做到既能满足市场需求，又能让这些小姐有饭吃。当然有些小姐觉得一晚上赚几百元太少，想赚更多的钱，愿意出台，那是她个人决定，我不去干涉。我倒是觉得这没什么不好，至少有了这一批小姐以后，莼海镇已经很多年没发生过性侵案件了。对此，连派出所也是睁一只眼闭一只眼。”

张龙海叹了口气，说道：“你这行业，我是完全外行，给不了你什么建议，不过我提醒你，可千万不要触碰法律的底线。”

“阿海，你放心吧，这一点我心里还是有谱的，不是我吹牛，如果不是我在莼海抵制毒品，莼海这里早就成了毒品的重灾区。不过说回来，也正是因为这个，我得罪了不少黑道上的人。很多人劝我不要多管闲事，可是我就是见不得毒和赌这两样东西。”

张龙海和宫志鹏在黄元龙那里坐了一下午才回到厂里。

欧阳荷等得着急，差点就报警了。得知二人没事，才松了口气。

繁忙的日子，总是过得飞快，转眼又是半年过去了。这半年里，宫志鹏负责维护老客户，一段时间下来，宫志鹏和各公司的跟单员早已打成一片。这小子对付年轻姑娘的手段很让张龙海嫉妒。

跟单员打电话来问个交期，他硬是把话题扯到了眼下热门的电视剧。张龙海听到电话那头咯咯的笑声，心里越发好奇。这小子怎么这么能扯？从没看他追过什么剧，说起连续剧来却头头是道。

等宫志鹏好不容易挂了电话，张龙海连忙问道：“你什么时候追剧了？”

宫志鹏将脚搁在办公桌上，不屑道：“谁说聊电视剧就一定要看过电视剧？不会看剧评啊，你难道不知道作为一个业务员必须时刻关注国家政策，了解时尚前沿。如果连眼下的热播剧都不关注，那怎么和客户保持必要的沟通?”

“照你这么说，我这个业务员是当到头了。”

“咱俩各有各的套路。”宫志鹏暗自得意着。

“说说看，聊出什么结果了。”

“还真套出了重要信息。”宫志鹏得意地卖起了关子。

“有屁赶紧放。”

“千和进出口和高三寿合作了!”宫志鹏神秘兮兮地说道。

这话还真是让张龙海吃了一惊。千和进出口采购部的经理高鹏和张龙海关系不错，他曾经说过看不上高三寿这样的人，怎么突然跟他有合作了。

张龙海想打个电话问问高鹏，不过转念一想，这种事情电话里不好说，还是当面拜访一下比较好。

来到高鹏的办公室。张龙海含蓄地问道：“高经理，听说你们和高三寿也有合作?”

高鹏站起来关了办公室的门，轻声说道：“高三寿这个人还真是会钻营，他看我这条路走不通，直接把礼物送到了老板那里。老板问我为什么不跟他合作，我大概说了一下去年的事情。老板听了后也说这人太聪明，不过又说再给他个机会无妨，只要我们产品克重监管得紧一点就行。”高鹏顿了顿说道，“老板开口了，我也只能照作，分了个小单子给他。”

张龙海理解高鹏的难处，不好再说什么，寒暄几句便起身告辞了。高鹏为了证明自己没有说谎，把千和公司和高三寿签订的合同拍了个照让张龙海看。确实只是个一万元左右的小合同。张龙海道了谢，没当一回事。

不想过一段时间高鹏联系张龙海，说高三寿那边的试单结果老板挺满意，想把其他订单也转过去。

有了兰月的订单之后，千和的订单有或者没有，对张龙海没有太大的影响。可是眼睁睁地看着自己客户被自己看不起的竞争对手抢走，张龙海心有不甘。他问高鹏，是不是自己什么地方让千和的老板不满意了。

高鹏连忙说没有，只是高三寿报的价格比你低了很多。说着高鹏发了几个截图过来。

张龙海仔细看了一下价格，不由得倒吸了一口冷气。高三寿报的价格比自己报的价格便宜5%。自己的利润也就5%左右，难道高三寿亏本在做买卖。张龙海怎么也不相信高三寿这个人会做赔钱赚吆喝的事情，只是一时也想不明白高三寿这个报价是怎么来的。

张龙海无奈地说道："我也不知道高三寿这个价格怎么算出来的，如果不做偷工减料的勾当，这价格连成本都不够。既然你们老板只看重价格，我也不好说什么了。"

挂了电话后，张龙海郁闷了很久。反反复复地计算着自己的生产成本。他一度怀疑是自己算价格的方式错了，但是算了好几遍，原料加上染色，再加上辅料和人工，即便不算房租和管理成本，高三寿的价格也不够啊。

恰好此时，许岳山送塑料心过来，等他卸完货，张龙海连忙将他拉到了办公室。

许岳山问什么事这么急匆匆地。

张龙海拿出一张纸，写出客人需要的米数和包装要求，然后让许岳山报价。

许岳山拿过计算器按了一会，给出一个价格，结果和张龙海的报价差不多。这样说来，错的不是张龙海。张龙海沉吟半晌，又在纸上写了个数字，他问许岳山，有没有可能做到这个价格。

许岳山盯着这个数字，按了好一会计算器，说道："正常情况下生产，是绝对不可能这么便宜的，要做到这个价只有两个办法：第一偷工减料，第二以次充好。"

张龙海摇了摇头，说道："客人反复测过克重，没发现有什么问题。"

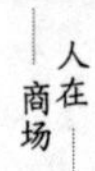

“那肯定以次充好了。”许岳山坚定地说道。

“怎么充？”张龙海继续请教。

“你做生意比较规矩，可能没了解过这些旁门左道。想要以次充好，其实方法还是很多的。”紧接着许岳山举了很多例子，譬如买纱的时候，纱稍微买的粗一点，或者品质用差一点，最让张龙海惊讶的是所有深色线用仿大化的原料替代，黑色线则直接用复黑线生产。

所谓的复黑线，就是将服装厂或者线厂多出来的线以废品价格收购过来，然后把一个个小的线结起来，重新倒成纱筒，再去染色。这样的线从表面上看不出和正常线有什么差异，但是它比正常线多了几个结头，断线率大幅提升。正常线可能几个线才会有一两个结头，而复黑线可能一个线就有好几个结头。再则，经过多次剥色，染色，线的强力也会比正常线差一点。

张龙海思来想去，觉得高三寿用复黑线的可能性比较大。他本想提醒一下高鹏，可是被宫志鹏阻止了。

宫志鹏说：“你和高三寿是同行，是竞争关系。你这个时候去说高三寿的不是，别人会觉得你在打压同行。在没有证据之前，还是保持沉默比较好。”

张龙海想了想，觉得宫志鹏说得有道理，终究还是没打高鹏的电话。

这之后千和的订单基本都转到高三寿那里去了。张龙海每天忙进忙出，很快便忘了这件事。

直到半年后，高鹏打电话给张龙海，张龙海才想起这个曾经的合作对象。

高鹏在电话里大倒苦水，说被高三寿害惨了，有两个集装箱的货运到国外，客人不愿意付钱。说之前的产品有问题，这些货不要了。

张龙海这时也不知道说什么好，只能是宽慰几句。

经此一事，千和公司不仅损失了两个集装箱的货款，还得罪了这个大客户，从此以后缝纫线的订单便少了很多。偶尔有几个小订单，想找张龙海帮忙。可是，这个时候张龙海这边的门槛已经提高了很多。

一些零散的小订单和一些付款慢的客户，张龙海坚决不接单。偏偏千和公司这两项都占了。

开厂以后，张龙海再没有和高三寿见过面，不过间接的交往倒是有过几次。这个圈子实在太小。

除了千和公司这一次，还有一次是另外一个外贸公司。那个客户不知道张龙海和高三寿有隙，很自豪地说："我订单多的是，你这边排了一个，高三寿那边也排了一个。"

张龙海立刻放下笔，将原本已经谈妥的合同推给客户，说："你还是找高三寿去做吧，我不做这个单子了。"

客人惊讶地问这是为什么。

张龙海说："我怕后边出了问题，扯不清到底是谁的责任。"

客人问能出什么问题。

张龙海说千和公司你知道吗？

客人说当然知道。然后张龙海将高鹏的电话告诉了客人，让客人自己去了解。

客人没有当面打高鹏的电话，估计是出了张龙海的工厂便打给高鹏了。张龙海见客人离开，正想去车间，不料客人又急匆匆地折了回来。客人拉着张龙海的手说："张厂，两个单子都由你来做，我不找高三寿了。"

晚上的时候，高三寿打电话给张龙海。张龙海也很惊讶，高三寿居然会打电话给他。

接通电话后，高三寿直截了当地问："客户明明说好了，两个合同我和你各做一个，结果去你厂里以后，把我这边的这个合同给撤销了，你能不能给我一个解释？"

张龙海只说了三个字："神经病。"然后就把电话给挂了。

不想高三寿又打过来。张龙海还是接了电话，想听听他还要说什么。

“张龙海，你有种，你敢阴老子。看我怎么收拾你。下次别让我在甬城见到你。”高三寿在电话那头恶狠狠地说道。

张龙海笑道：“你以为去甬城的路是你造的？”

高三寿气得不轻，也不挂电话，兀自在那边念叨着一句话：“你有种，你有种……”

张龙海平静地说道：“高三寿，我最后一次见你的时候，曾经和你说过，眼下留一线，日后好相见，可是你是怎么做的？当时你把事做绝了，今天就不用怪我不客气。我可以很负责任地告诉你，你做的事，我见一个新客人，就帮你宣传一次。”

挂完高三寿的电话，张龙海觉得心里格外舒坦。连忙打电话给宫志鹏，分享了今天的通话内容。

宫志鹏在电话那头甚觉解气，大呼：“这鳖孙也会有今天。我们就是要让他在这个行业混不下去。”

陈建军走了以后，欧阳荷重新招了一个人。这人是张龙海村里的哑叔。

哑叔天生不会说话，但是听得到别人说话。

小的时候，张龙海经常跟着哑叔一起下海抓海鲜。哑叔不知道有什么魔力，每天都能满载而归。他就靠抓这些小海鲜，养活自己。

四五年前，县里规划，把莼海镇前面很大一块滩涂圈了起来，说要填海造一个工业区。一万多亩滩涂被填，哑叔便失业了。这几年就靠自己种的一两亩农田和政府的救济金勉强度日。

那一天张龙海厂里装柜，专门负责装柜的那几个外地人因为在另外一个厂里装柜，要晚点到。哑叔经过，看到集装箱停着，却没人装柜，以为张龙海找不到人装柜，便爬上车，径自搬运了起来。

初始没人留意，等欧阳荷发现的时候，哑叔已经装完了最里面一层，那些箱子竟也放得十分妥帖。

欧阳荷让他下来。哑叔摇了摇手，又举起右手露出自己的肱二头肌，表示自己有的是力气，之后也不搭理欧阳荷，继续装着集装箱。

明明别人没请他，他却拼命卖着力。遇到这种怪事，欧阳荷让张龙海过来看一下，问他认不认识这个人。

张龙海说是村里的哑叔，不会说话。然后跳上集装箱和哑叔解释，示意他不用装，等一下会有人来装。哑叔弄清楚情况后，不好意思地挠了挠头，才跳下车。

张龙海看他出了一身汗，请他到办公室坐会。哑叔在办公室喝了口水，便出来了。经过车间，看到宫志鹏在打包，指手画脚地说我也会做。

然后就上前给宫志鹏帮忙。看着他做得有模有样的。欧阳荷提议，要不让哑叔来我们厂里吧。

“方便吗?”张龙海说道。

“他能听到我们说话，应该问题不大。如果完全聋哑，那就没办法了。”欧阳荷说道。

如果哑叔真能在厂里留下来，那倒是一件好事。哑叔将近五十岁的人，至今光棍一人，靠这两亩田任你把土翻个底朝天，也种不出金子来。看他的日子过得紧巴巴的，如果自己能帮上一把，那是再好不过了。如此想着张龙海便走进车间，问哑叔愿不愿意来厂里帮忙。

哑叔把头点得跟吃米的小鸡似的。

于是哑叔便留了下来。

没想到的是，哑叔在厂里干活超合适。虽然他不会说话，但是听得懂欧阳荷说的话。欧阳荷让他干的每一件事，他都干得妥妥帖帖的。半个月下来，他熟悉了厂里的工作流程，再也不需要欧阳荷吩咐了。

车间里早上七点上班，哑叔每天六点便来了。所有机器加完硅油以后，他又给所有工人把塑料心和纱搬好，弄好这些又把一些废塑料心，废蛇皮袋都收集好，车间的卫生打扫干净。等欧阳荷来到车间的

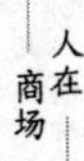

时候，哑叔已经把车间收拾地整整齐齐。

欧阳荷和张龙海说道："你算是捡到个宝了。"

月底的时候，张龙海发给哑叔 3500 元工资。哑叔连连摇手说自己不要工资，无论怎么说，哑叔就是一个劲地摇手。张龙海和宫志鹏又好气又好笑，最后硬塞在他的口袋里，便不理他了。

张龙海走远后，看到哑叔坐在纱包上数钱，他那黝黑的脸上笑得跟开了花似的。

看到哑叔的笑脸，张龙海也是由衷地高兴。

之后的几年，随着厂里的效益改善，张龙海又给哑叔加了几次工资。哑叔越发把工厂当成了自己的家，不但每天干活起劲，还一年到头不见请假。

临近国庆，好几批货都等着节前发出去，哑叔像是装了发条似的，不停地装盒、封箱、打包。一个封箱器在他手上，犹如某种神兵。只听到"嘶，嚓，嘶，嚓"的声音，一卷透明胶刚装上没有多久，便见底了。

张龙海和宫志鹏这两天也泡在车间里帮忙。宫志鹏一次搬一箱，哑叔一次搬两箱。

欧阳荷忙得脚不沾地，走路好似练过轻功，匆匆而来，又匆匆而去。就在几人忙得不可开交之际，有工人说，老板有两个客人找你。

张龙海以为是外贸公司的跟单员过来催货。没想到一出车间，见到的却是薛明和吴平儿。张龙海高兴地把二人请进办公室。

"张哥"吴平儿热情地迎上前来。

"张经理。"倒是薛明显得有些羞涩。

"还叫我经理，我早就不是你的经理了。"张龙海一边玩笑着，一边给二人倒水。

"不管你在哪里，你永远都是我的张哥，我的张经理。"吴平儿调皮地说道。

张龙海好奇问道："今天怎么有空来我这里坐坐？"

吴平儿说道："想你了所以就来了呗。"

张龙海用手指了指她，暗示她不说实话。最后还是薛明道出了原委，他说："莼海镇上有个客户，想从恒生进货，我和吴平儿过来做个市场调查。知道你在莼海，就顺便来看看你。"

"莼海的客户找你们要货？"张龙海惊讶道，"莼海有个经销商，我也认识，不过他可是劲风的忠实客户。以前我以莼海老乡的身份去挖过他，他都没给我一点面子。今天怎么会主动找到恒生去。"

吴平儿说道："我们也不知道怎么回事，最近有好几个劲风的经销商联系我们，有几个是以前跟我们合作过的，还有几个是压根不认识的。"

张龙海笑道："看来恒生这几年有进步啊，质量问题和交期问题解决了？"

"哪有！"吴平儿苦着脸说道，"还是和以前一样，甚至还不如从前。"

"质量问题和交期问题没有解决，怎么客人还主动找你们？"张龙海心头越过一股不祥的预感——难道是劲风出什么事了？

"你们坐会，我去打个电话。"张龙海来到门口，拨通了林斌的电话。电话响了两声便接通了。

张龙海刚想说话，林斌却率先开了口："张兄，现在有点事，不是很方便，我晚上打电话给你。"说完以后也不管张龙海有没有听清，便把电话挂了。

"看来真是劲风出事了。"张龙海喃喃道。

张龙海回到办公室，不一会宫志鹏也来了。吴薛二人都认识宫志鹏，不免又是一阵寒暄。

临近吃饭时间，张龙海说："要不叫上欧阳姐，我们去外面吃点？"

宫志鹏去叫欧阳荷。欧阳姐说她不去了，车间里忙，她将就解决一下就行。

张龙海了解欧阳荷的性格，她说不去，再劝也没用。只好四个人走了。

餐桌上吴平儿一直啧啧不休地说着这一年多来的悲惨。说张哥不在，他们的日子可不好过了，简直是生不如死。

张龙海笑道："有你说的这么夸张吗？"

吴平儿扳着手指头数落起陈敏芳的种种不是。"上班时间不许随意外出，出门送货必须登记车辆行驶里程，拜访客户必须做拜访日志……"说到最后吴平儿吐着舌头一副快喘不过气来的模样。

"我听老胡说，你们的业绩还可以啊！"张龙海说道。

"切！"吴平儿和薛明同时发出这个声音。

薛明喝口啤酒说道："销售额是糊弄鬼的。"

"什么意思？"张龙海问道。

"我们是内销部门，陈敏芳接了一堆外贸订单充销售额。而且这些订单全部她一个人捏着，算提成也是她一个人的，跟我们半毛钱的关系都没有。"

"外贸订单？"张龙海越发不解。

倒是宫志鹏一语道破了天机："这有什么不好理解的，他们有销售指标，既然做不了内销，那只能拿外贸充数，你们又不是不知道她有个好叔叔。"

吴平儿和薛明似乎早就明白怎么回事，双双点了点头。

"你们现在还有多少内销客户？"张龙海问道。

"你走后，客户跑掉了一半，去年年底又有几个客户被其他公司撬走，剩下的其实没多少了。就我和薛明手里的几个客户还算稳定。"吴平儿回答。

"你们没有开发新客户？"张龙海问道。

"还开发新客户？能保住手头的老客户就阿弥陀佛了。"薛明一副恨铁不成钢的表情。

宫志鹏悠闲地喝着雪碧，说道："我早就说过了，恒生这样的模式，根本不适合做内销。你们两个能坚持到现在已经很不容易了。我看啊，你们干脆也跳槽算了。"

"能去哪啊！我们可没张经理这么厉害，可以自己开厂。"薛明快快说道。

"可以跟着我和张龙海干啊？"宫志鹏说道。

"真的？"吴平儿和薛明异口同声。

吴平儿转向张龙海："张哥，你真的要做内销？"

"现在还早，以后如果真的开始做内销了，欢迎你们过来。"张龙海神秘地笑了笑。

"那真的太好了。我可先预定了。"薛明说着端起啤酒敬向张龙海和宫志鹏。

吴平儿这时才发现薛明手里拿着啤酒。"喂，你怎么回事，怎么喝上酒了？你喝酒了，等一下谁来开车，我们怎么回去？"

"晚上不回去了。"薛明大手一挥，说道，"难得遇到张经理，还不好好聚聚？"

"你不回去，我可得回去。"吴平儿说着脸红了。

"我们平儿恋爱了是不是？"张龙海戏谑着问道。

"这还用问？你看我们的平儿妹妹脸都红了。"宫志鹏搭腔。

吴平儿看了众人一眼，羞涩道："过完年我准备要结婚了。到时张哥、宫哥你们两个记得要来。"

晚上，吴平儿和薛明终究还是留了下来。事实上吴平儿也不想回去，只是怕陈敏芳找茬罢了。三四十公里的地方看个客户，还要住一晚，别说是陈敏芳了，任何一个领导都会有意见。不过再一想，反正也没少被训，不差这一次。自己结婚以后肯定不会留在恒生了，随便她怎么样吧。如此想着便也释然了。最后吴平儿给男朋友打了个电话，便安心留了下来。

张龙海厂里比较忙，不能陪他俩，他俩则跑到张龙海厂里帮起了忙。吴平儿跟着欧阳荷一起贴商标，薛明则跟着宫志鹏装盒子。

“真没想到，欧阳主任也来张哥厂里了。”吴平儿说道。

“没想到吧!”欧阳荷一边熟练地贴着标贴，一边和吴平儿说话。问现在内销生产快一点了没有。

吴平儿说比原来更慢了，老甘的妹妹本事没有架子倒是挺大，你在的时候，有什么急的颜色，我们跟你说一下，你都会帮我们安排。老甘妹妹是非得说一堆好话，她才会帮你安排，要是让她不痛快了，她理都不理你。再则，她去车间，有些工人也不怎么搭理她。

欧阳荷虽然脸上没有表情，但是张龙海知道她心里很激动也很矛盾。这种心理他和她是一样的。既希望自己曾经待过的地方会变得越来越好，又希望它永远不要好起来，让所有人知道，失去自己才是真正的错误。

夜班上到十点才结束，薛明跟着宫志鹏去宿舍睡觉。

吴平儿在镇上的酒店订了个房间。张龙海开着面包车送她去酒店。

吴平儿说道：“以前跟着你一起去拜访客户，一路上，你说得最多的就是客户和竞争对手。那段时间是我成长最快的时候。你走了以后，我也跟着陈敏芳出过几次差，你猜她路上说些什么?”

“说什么了?”张龙海一边开车，一边问道。

“她说的最多的就是同事的是是非非，从办公室说到工厂，又从工厂说到公司。她自己说也就是了，还经常转过头来问你她说的是不是。弄得你答应也不是，不答应也不是。有过几次经历以后，我再也不想跟她出差。每次她想叫我的时候，我都找个理由推脱掉。在她看来我这人不识抬举。如果不是我手上还有一些客户，可能早就被她赶走了。”

张龙海不知道说什么好，转移话题道：“女孩子这么辛苦干吗?结婚后，让你老公养你。”

“我才不要！女人必须财务自由。”吴平儿确实是没心没肺的人，

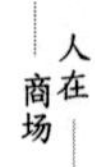

一个话题就转移了她的注意力，转而又滔滔不绝地说起女人经。

安顿好吴平儿，回到家里已近凌晨。突然很想莲姐，开厂以后一直聚少离多，不知道她工作是否顺利。上一次见面已是半个月前，她说和领导闹矛盾……

张龙海不知道莲姐睡了没，没敢打电话，发了个微信，问她睡了没。没想到莲姐马上就回了过来。

莲姐问："平常十点钟就睡觉了。今天怎么这么晚还没睡？"

张龙海说："想你了！"

莲姐沉默了会，回复道："是不是又发春了？"

林斌说晚上回电话，结果迟迟都没有打来。看来劲风遇到的麻烦不小。

国庆节一般公司都放假七天，张龙海厂里只放三天。

莲姐问张龙海有什么安排。张龙海说带你去度个蜜月。莲姐心里乐开了花，迫不及待地问去哪。张龙海说去天台。

莲姐瞬间就黑了脸。"我还以为你要带我去哪个海岛旅游。"

张龙海碘着脸笑道："国庆到处都是人，我们找个人少的地方不是挺好？"

莲姐不屑道："人嘴两张皮，乍说乍有理。反正跟了你，我也不奢望啥，你说去哪就是哪吧。"

张龙海开着公司的面包车没敢走高速，从省道而走。金秋十月，路边的风景倒是很美。

莲姐将手臂和脑袋搭在车窗上，看着外面秀丽的风景。她张开手指，让空气从指缝中穿过，然后不停地拨动手指，好似弹琴一样，用手指感受着风的力道。

天台相距甬城不过一百五十公里的路径，张龙海走走停停一路欣赏风景，倒也不觉得路途遥远。"等工厂稳定了，我们两个环游世界去。"张龙海兴致勃勃地说。

“就开你这辆破面包车去吗？”莲姐取笑道。

张龙海笑了笑说道：“年底之前，换一辆好一点的。”

进入天台，张龙海的导航并非导向哪个景区，而是开往市郊。

“去哪？”莲姐问。

张龙海说先去见个朋友。莲姐没再说话。

张龙海将车停在了劲风公司门口。然后掏出手机给林斌打电话。

林斌得知张龙海来了天台，很是惊讶，想起前几天张龙海打电话过来，忘记回过去了。在电话里连声说抱歉。林斌说今天休息了，没在公司，不过他住的地方离公司不远，等一下就过来。

林斌相比去年消瘦了很多，也憔悴了很多。

张龙海说道：“听说很多劲风的经销商又跑到恒生那边去了。”

林斌一声长叹，无奈道：“哎，说来话长啊！我估计做到年底，也要另谋高就了。”

“有这么严重？”张龙海惊讶道。

林斌说道：“邬哥和他姐姐闹得不可开交，我们外人帮不上什么忙，眼睁睁地看着公司垮掉。上个月有整整一个星期，车间因为没有原料而停产。你说哪个客人能等我们一个星期的货？”

“怎么会弄成这样？”

“邬总一边开着工厂，一边到处炒房，邬哥提醒过她很多次，可是她根本听不进去。这几年房地产不怎么景气，手里的房子套现不了。偏偏政府收紧信贷，尤其是投入房市的钱管得很紧。银行发现劲风的很多贷款都流入了房市，所以好几笔贷款被叫停。以至公司流动资金枯竭，连原料款都付不出去。”

“如果劲风真的支撑不下去，你有什么打算。”张龙海问道。

“暂时还不知道。我在劲风也有八年了。说真的，离开它真有些舍不得。不过邬哥说了，这次估计回天乏力了，连他都得离开。”

“邬哥有什么打算。”

“他也有些心灰意冷了。有可能会退出这个行业。”

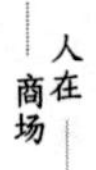

“他在公司吗？”张龙海问。

“应该不在，我已经一个多星期没看到他了。现在厂里全靠他一个人支撑着，他每天都在外面跑，到处借钱买原料。不管怎么说一些经销商的货还是得发出去，不然后边货款都收不回来。我这段时间的主要工作就是收货款。”

“真是没想到，曾经风头这么盛的劲风，竟然在一夜之间就落寞了。”张龙海无限感慨。

“邬哥说坚持到年底，把该收的货款收回来，后边的事情他就不管了。”

“邬哥，真能放得下？”张龙海不解地问道，“凭他的本事，要东山再起也不是没有机会的。”

“他也累了，上上个星期见过他一次，发现他憔悴了很多，两鬓都白了。对他而言，其实也没什么放不下的。我们销售部门很多业务员因为没有拿到奖金，已经离开了公司。现在部门里就只有两三个人。我想等到年底这几个人也会离开，包括我在内。”

张龙海不知道说什么好。氛围变得有些冷清。良久之后，张龙海才说道：“如果我也做内销，你愿意来帮我吗？”

林斌的眼睛亮了一下。“你真的有这个打算？”

张龙海实话实说：“我最初开厂的时候就是奔着内销去的，只是觉得现在条件还没成熟，所以暂时以外贸订单为主。”

“你在等什么？”林斌急切地问道。

张龙海沉思片刻，说道：“其实我也说不清楚，只是根据自己的预感，觉得时机未到。”

林斌笑了笑说道：“你可不像是跟着感觉走的人。多少总会有些判断依据吧？”

张龙海挠了挠头说：“暂时能想到的只有两点，第一，我还不能确保质量和交期。第二，做内销资金周转时间比较长，以我现在的实力，即便吃得下订单也消化不了。”

“如果你做内销，我相信你会做得很好的。”

“到时过来帮我！”张龙海殷切地看着林斌。

林斌思索片刻，说等你开始做内销了再讨论这个话题吧。

张龙海亦不再坚持。两个人又闲扯了一些家常，只是没一会又绕回到了纱线行业。

“劲风垮掉以后，白白便宜了恒生。不过根据恒生的产品和服务，估计也很难长久。陈敏芳根本不是做大事的料。在一个小部门里耍耍威风或许绰绰有余，站到市场的风口浪尖上，一个浪头就把她拍没了。”林斌带着轻蔑的眼神说道。

“我跟她之间迟早会有一场较量。”张龙海神秘地笑了笑。

“这种较量应该很容易决出胜负，或许不会很精彩，不过肯定会很有意思。”

“也不能这么说，恒生有沈祖民在，有恒生集团这个强大的后盾在，不是这么容易打败的。陈敏芳再没用，她也是站在巨人的肩膀上。而我不一样，到目前为止，连跟她叫板的资格都没有。恒生现在最大的弊病在于产品和销售制度。沈祖民另开了一个线厂，还从志峰线业挖了一个厂长过来，据说新厂的产品质量有了非常大的提升。如果沈祖民把新厂的运行模式在老甘的工厂推广，那恒生内销产品的质量也会得到提升。”

林斌接话道：“恒生内销部门最大的弊病就是生产不给力，产品质量和交期不稳定。如果这个漏洞补上，恒生的竞争力就会突飞猛进。到时，你再想和她竞争恐怕就难了。我觉得你应该加快内销的步伐。有些事未必要等到万事俱备才付诸行动。一边发展一边完善也是不错的选择。”

张龙海点了点头，说道：“恒生的老线厂有老甘在，新模式想要推广没这么容易。不过你说的对，是该加快内销的步伐了，事实上我也有些迫不及待了。”

三天的假期转眼即逝。

第一天莲姐很不开心，因为张龙海把她扔在酒店，找林斌去了。第二天、第三天张龙海找了一个环境优美的民宿，倒是实实在在地享受了两天的宁逸。

上班后，继续往日的生活。几个急的订单在国庆之前都出掉了，车间总算空闲了一些。宫志鹏和张龙海坐在办公室里无所事事。

宫志鹏说道："劲风岌岌可危，恒生刚刚接手了劲风的客户，双方关系还不稳定，这个时候，展开进攻可是最好的时机，你真的不打算去插一脚？等恒生和客户的关系稳固了，我们再想插进去可就难了。"

张龙海靠在大背椅上，说道："陈敏芳捞了这么大的好处，没道理一个人独享，我们肯定要去分一杯羹来。"

"怎么样？是不是我们要开始做内销了。"宫志鹏激动地从沙发上站了起来。

张龙海瞥了他一眼，摇了摇手说道："内销还得缓缓。我说过即便要做内销，我也不会走经销商这条路子。所以这些经销商花落谁家，我一点兴趣都没有。"

宫志鹏失望地再次坐回沙发，问道："那你说分杯羹是什么意思。"

"薛明不是说，陈敏芳有不少外贸订单在做。既然她有内销订单了，这些外贸应该看不上了，我们何不去接手过来？"张龙海诡秘地笑了笑。

宫志鹏会心地笑了。陈敏芳在合作的三四家外贸公司，张龙海早从薛明口中打探到。

开厂一年多，张龙海特立独行的营运风格，为他赢得了一定的知名度。不偷工减料，不以次充好，说好的交期从不耽误。仅凭这三点，张龙海深受客户好评。很多外贸公司，甚至是老外都认定了永邦线业。

张龙海因为生产来不及，设定了不接小单的原则。可是那些小单公司的客户，却死活都要将单子下给张龙海。最后双方中和一下，客户加一点价格，张龙海则答应他们无论大单小单全都接收。如此一来，永邦线业相比其他外贸加工厂利润高了一截，只是苦了欧阳荷所在的车间。一年到头，没日没夜地赶货。原本以为车间面积增加了一倍多，应该会宽裕很多，殊不知还是远远不够大。尤其是仓库，两个集装箱的货一放，仓库就满了。

即便哑叔把货堆到顶住天花板，仓库里还是没地方放。

张龙海本打算再找厂房，许岳山给他出了个主意："为什么不买两个旧的集装箱，反正你院子里空间够大，集装箱吊过来，往院子里一放就是两个现成的仓库。"

张龙海打听了一下旧集装箱的价格，一个八成新的高柜也就一万元钱，当即买了两个放在院子里，这才稍稍缓解了仓库的压力。

张龙海去迪风进出口见王总。在前台处做了个自我介绍。前台打电话给王总，说有个永邦线业的张龙海找您。不想王总挂掉电话，亲自出来将张龙海请进了自己的办公室。"早就听说你的工厂了，一直想去拜访，没想到你自己找上门来了。"

后边的交谈颇为顺利，王总也不说试单什么，直接就是一个柜的订单下了过来。王总说："这个订单原本是下给恒生的，不过恒生的质量一直不稳定，客人抱怨不少，此外，我们跟恒生都做出口，同行之间还是有些忌讳的。之前找不到合适的工厂，只能跟他们合作。如今不一样了！"王总说着哈哈大笑起来。

张龙海问王总怎么知道自己的。

王总说："兰月公司和你们有合作吧？兰月的王姐跟我关系不错，我们这些开外贸公司的朋友会经常聚在一起探讨行业趋势。外贸公司最头痛的问题，就是找不到合适的工厂。说到这个问题的时候，王姐就说到你了。说你做人实诚，做事踏实，合作快一年了，从没耽误过一次交期，而且产品品质也很好。"

迪风进出口的这个生意可谓是水到渠成。张龙海不费吹灰之力，便将订单拿到手了。

另外几个客户也是大同小异，听说张龙海和甬城这么多出口辅料的外贸公司有合作，便没人怀疑他的实力。纷纷表示愿意合作一下试试。

就这样，不出一天时间，陈敏芳这三四个外贸客户都成了永邦线业的盘中餐。

陈敏芳这个时候正在兴头上，完全不知道自己的外贸客户已经被人撬走。劲风的经销商彼此之间都有联系，他们好似商量好了，一起投入恒生的环保。组团来恒生公司参观。

恒生高层格外重视经销商团队来公司考察一事，给陈敏芳诸多关照。

经销商来公司的时候，总公司派老胡出面带这些经销商参观工厂。老胡和不少经销商本就是熟人，彼此聊得很是投机。再则恒生的办公大楼和工厂确实壮观，几个经销商看着恒生的硬件设施，无不表示钦佩，后悔没有早点和恒生合作。

经销商走后，陈东盛把陈敏芳叫到自己的办公室。还没落座便连声夸道："我果然没有看错你。"陈东盛夹着烟的手在空中飞舞着。

"能把劲风公司的所有经销商一网打尽，这一次你功不可没。事实证明了你比张龙海强。张龙海在的时候不过抢了劲风几个客户，你不一样，你是把劲风的客户一锅端了。"陈东盛滔滔不绝地说着。

"还不是叔叔指导有方。"陈敏芳不失时机地拍着陈东盛的马屁。

陈东盛显然很受用。一脸陶醉地说道："今年事业部的优秀干部非你莫属了。沈祖民已经说过，要在年终大会上，好好表扬你一下。"

陈敏芳露出灿烂的笑容，内心无比激动。不说年终大会上表扬，就是优秀干部那一笔奖金便足以让人垂涎三尺。更重要的是，以后再也不会有人怀疑她的能力。"让张龙海见鬼去吧。"陈敏芳在心里默默地说道。

晚上的时候，吴平儿打电话给张龙海，说今天公司发生的事。说到陈敏芳的那个得意劲，吴平儿几次作呕。说完后，吴平儿又愁眉苦脸地说："以后的日子更加难过了。"

张龙海问道："现在手上有这么多客户了，为什么还更加难过了？"

吴平儿说："几个大的客户，陈敏芳自己捏着，分给她和薛明的不是比较难弄，就是实力比较弱。这些倒是次要，最要命的是现在陈敏芳自信心爆棚，谁都不放在眼里，连老甘都敢训，我们这些小兵以后的日子可想而知了。"

张龙海宽慰几句，挂了电话。促狭心起，给陈敏芳发了个短信，祝她旗开得胜，功成名就。一举击溃了他奋斗多年而未能占到一丝便宜的对手。

过了好一会，陈敏芳回过来一条短信。内容很简单，说："感谢张经理的关心和指导，没有张经理多年来的栽培，就没有我今天的成就。"

看到这个短信，张龙海能够感受到陈敏芳此刻的兴奋。

2013年这一年对张龙海来说，可谓是顺风顺水，可是对整个纱线行业来说却是命运多舛，万分坎坷。不说内销市场上劲风公司的风云突变。单说外贸行业也是哀叹声此起彼伏。

劲风公司的倒闭属于自作孽，自己把自己给搞死了，没什么值得同情的。外贸行业的不顺则是受国际形势影响——人民币的升值和国际油价节节攀升。

人民币升值本就压缩了外贸出口的利润空间，国际油价不断上调，导致国内石油化工类的原料成本一路走高。纱线行业同样深受其害。很多时候，刚刚给客人报完一个价格，明天原料就涨了一大截。这种情况接到单子反而会亏损。

国际油价从四五十美元一桶，一路飙升到一百多美元一桶。国内的涤纶化纤价格也从一万六一吨，攀升到两万四一吨。更要命的是，涨价的时候，原料还供不应求。

湖北的纱厂在消沉了几年之后，突然引来大爆发，订单像雪片似的飞来。所有纱厂的库存瞬间销售一空，有些厂的生产计划从年中排到了年末。车间里生产出来的纱，刚刚打包，就被拉走了。

张龙海的厂也为此受到影响，幸亏和黄铭纺织的陈忠实已经有了战略合作的关系。陈忠实承诺优先保证张龙海需要的原料。不过陈忠实的厂本来就不大，再说他也有其他客户，不可能只照顾张龙海一家。张龙海的纱还是三天两头面临断供的风险。

无奈之下，宫志鹏又去了一趟湖北，之前走访过的几家，本就看不上永邦，如今订单爆满的情况下，更是没把宫志鹏放在眼里，说话都是趾高气扬的。只有蜀郡纱线的杨总看在老胡的面子，承诺会匀十吨纱给宫志鹏。这种情况下，价格已经是次要，能拿到纱就算万幸。所幸，杨总财大气粗也没有乘机敲宫志鹏的竹杠，价格只是稍稍比别人高了两百元每吨，这已是仁至义尽。

可是这十吨纱根本不顶用。永邦线业现在一个月至少四五个柜的产量，少说也要五六十吨原料。最后，宫志鹏来到彭三明曾经带他去过的那家明宏纺织。之前接待过宫志鹏的陈厂，这一次因为没有彭三明在场，便承认了自己就是老板。他不无尴尬地说："上次骗宫志鹏也是迫不得已，纱厂和纱贩子之间本就是相互依存，互惠互利。"

宫志鹏说理解，其实早就知道，只是没有点破而已。随即问陈总，工厂订单如何。

陈总也说今年生意很好，车间忙不过来，纺织工人成了抢手货，工人的工资水涨船高，涨得一塌糊涂。陈总问宫志鹏为什么没跟彭三明合作了。

宫志鹏说，彭三明不仅在你这边拿纱，也在其他纱厂拿纱，因为每次生产厂家都不一样，导致纱线粗细不均，质量不稳定。这种合作方式，我们没办法接受，所以暂停了。

陈总说挺遗憾的。

宫志鹏说今天过来就是想看看能不能从陈总这里直接进货。

陈总一听这话自然高兴，他上次已经了解过宫志鹏厂里的情况，虽说宫志鹏的量不算很大，但相比做内销的厂已经大了很多。再则，知道宫志鹏他们付款向来准时。作为商人，谁都喜欢这样有稳定订单，而且付款及时的客户。于是当即拍着胸口说，如果宫总有需要，他再困难也会挤一点产量出来，满足宫总的需求。

宫志鹏一听这话，当即就下了二十吨的订单。陈总说一次性发有困难，只能分批发。

之后，通过韩江介绍，宫志鹏又拜访了一个纱厂。这纱厂比陈忠实的厂还小，管理也是平平。只是在买不到纱的当下，多一个供应商也是好的。老板姓李，看起来也是年轻有为。

宫志鹏上门拜访的时候，李老板十分热情，拉着宫志鹏去饭馆品尝了一番湖北特色美食。饭桌上李老板说宫总是韩江介绍的朋友，肯定优先给他供货。宫志鹏看了看他的车间，勉强还算过得去，便也下了个二十吨的订单给他。

李老板说初次合作，希望宫志鹏付点订金。宫志鹏表示理解，当即让张龙海付了十万订金给他。

宫志鹏安排好了事情，住到上次住过的那个酒店。一闲下来，不由地想起那个丽丽。他发信息给她，问她在忙什么，还记不记得自己。

良久后，丽丽回过来一个信息，说当然记得，不过自己已经改行，没做那个了！信息后面还附了一个吐舌头的鬼脸。

宫志鹏说恭喜你脱离苦海了。自己在湖北出差，想请她吃饭，问她有没有空。

丽丽说现在在老家，过来有点远，不是很方便。

宫志鹏说那就电话里聊好了。他说："听到你不做这个了，我打心底为你感到高兴。”

丽丽问为什么。宫志鹏说像你这么漂亮的女孩应该有个好的归宿，而不应该沦落风尘。

丽丽在电话那头咯咯直笑，说：“听你说话文绉绉的，感觉好有趣。”丽丽又问宫志鹏是不是还住在之前的酒店，把房间号报过来，我给你叫个小姐妹过来。

宫志鹏说：“不用了，你在的话可以过来，其他人就算来。”

丽丽夸张的语气说道：“好感动，没想到你还这么专情。可惜……”

“可惜什么？”宫志鹏问。

“可惜我不是你女朋友。你女朋友肯定很幸福。”

“我还没女朋友呢。”

“真的假的？”丽丽明显不信。

“骗你是小狗。”

丽丽在电话那头静默了好几秒才开口说道：“不知道哪个女孩有福气，能遇到你这样的男人。”

宫志鹏觉得这个话题无聊，问丽丽现在在做什么工作。

丽丽沉默了好一会，说：“我现在做别人的小三，你信吗？”

宫志鹏正喝着水，一听这话，水呛进气管，拼命地咳嗽起来。

丽丽在电话那头，连问你没事吧。

宫志鹏好不容易止住了咳，不知道和她说什么好。

丽丽在电话那头也沉默了好一会，说：“你是不是觉得我很傻，其实我也不想的……”丽丽说着便在电话那头哭了起来。她一边哭，一边讲述着做小姐时候遇到的种种不幸，姐妹嫉妒她长得漂亮，抢了她们的生意，私下里各种排挤。接待客人的时候，遇到一些变态的，想方设法地折磨她，让她各种尖叫……丽丽在电话那头哭诉了十几分钟，才渐渐地平静下来。“你还在听吗？”丽丽在电话那头轻声地问。

“在听！”宫志鹏说道。

“我……我是不是很傻，很下作？”丽丽问道。

“没有。你现在在哪？我过来找你。”宫志鹏说道。

丽丽没想到宫志鹏会这样说，脑袋好似短路了一般，一时不知道该怎么回复他。良久后才说道：“有一百多公里，你过来干吗？”

宫志鹏也愣了一下，自己过去又能干吗？能给她依靠？能给她未来？他终于没再说话。

丽丽说：“谢谢你听我说了这么多。这些话我从来没跟人说过，不知道为什么，和你说了这么多。不过说完后，真的感觉好多了。行了，你早点睡吧。”

宫志鹏放下电话，一个人靠在床头，呆呆地想了很久。真的是每个行业都不容易，做小姐看似轻松，来钱快，谁能想到也是一把辛酸泪。

这次原料采购之行，本以为顺利，不料后边还是出了差错。问题出在这个李老板身上。宫志鹏怎么也没想到，这个人会这么奇葩。张龙海付过去十万订金，他说一个星期内会把货发过来。

张龙海倒是有些怀疑，和宫志鹏说道：“现在这种行情下，凭他这一点产量，一星期能发二十吨纱给我们？难道他没有其他客户吗？”

宫志鹏说：“或许他知道我们订单稳定，想跟我们建立长期合作的关系，所以把其他客人的货压下，优先发给我们了。”

张龙海不是很了解湖北人的运作模式，没再说什么。不过事实却被他猜中了。一个星期后，宫志鹏没有收到李老板发过来的二十吨纱，打电话问李老板怎么回事。

李老板说天气太热，产量出不来，估计还得再等几天。

宫志鹏问，还需要几天？

李老板说再五天，五天后肯定发货。

结果五天后还是没收到货。宫志鹏再问，李老板说到甬城的货车没叫到，要明天才能装车。明天又说已经装车了，但是装完太晚了，司机休息一天再走。

又等了两天，还是没收到货，问李老板到底怎么回事。李老板说应该到了啊，然后说打电话问问司机，等一会回复宫志鹏。过了一个小时打电话过来，说车坏在半路了，正在修。

就这样宫志鹏一天打几个电话，每天都打，每天都说快到了，结果每天都没到。最后宫志鹏火冒三丈，说你把司机的号码给我。李老板又拖了半天，发过来一个湖北人的手机号码。

宫志鹏问他是不是送货的司机。对方说是的。宫志鹏问他现在在哪，他说在高速公路上。宫志鹏问他到底什么时候出发的，什么时候能到甬城。对方吞吞吐吐地说，大概明天能到。

结果到了第二天还是没到。宫志鹏胸口的火都快烧到房梁上了。他已经懒得搭理李老板了，直接打电话问司机，现在在哪里。尽管他已经怀疑这个司机也是假的，可他还是不甘心。

司机说已经下高速了，中午肯定能到了。结果到了晚上还是没到。宫志鹏说你能不能说句实话。司机说现在在加油，加完油就过来。宫志鹏说你告诉我哪个加油站，我过来。结果司机半天说不出话来，咿唔几句径直把电话挂了。

宫志鹏彻底火了，拨通李老板的电话劈头盖脸骂了他一顿。李老板结结巴巴说，订单实在是太多，暂时发不出来。宫志鹏咆哮道："你发不出来直接说不就好了，你说没有，我可以去别的厂调货，可是你每天都跟我说快到了，每天把我这样吊着，害我白等，现在车间纱都脱节了，你说这个损失谁来承担吧。"

李老板又结结巴巴地说道："上次签合同到现在已经大半个月了，原料又涨了一千多元一吨，如果还是按照之前的价格，我实在是亏不起。我……"

"去死吧！"宫志鹏对着电话咆哮了一声，然后就把电话挂了。

宫志鹏气呼呼地在办公室里走来走去，想了好一会，然后打电话给韩江。韩江接通电话后，宫志鹏也是劈头盖脸地骂了他一顿，说他介绍的什么狗屁供应商，一点都不靠谱。韩江被说得莫名其妙，问他出了什么事。

宫志鹏把找李老板买纱的事详详细细说了一遍。

韩江说真没想到这个人这么不靠谱，他让宫志鹏先别着急，他先打个电话问问李老板到底怎么回事。二十吨纱能不能拿到他不敢保证，但是这十万元的定金，肯定会要回来。

韩江挂了电话后，宫志鹏等了十分钟左右，韩江的电话打了过来。这时候宫志鹏的心绪已恢复宁静，说话也没刚刚这么激动了。

韩江说："我刚刚给李老板打过电话了。这龟孙因为和你们签了合同后发现原料又涨价了，所以有些反悔了。作为生意人，我理解他当时的心情。后悔了，直接和你说，或者把定金退给你那也就算了，可是这家伙既不想履行合同，又不想放弃这笔定金……实在是太不靠谱。我刚刚跟他说了，他这样欺负我们甬城人，让他以后不用来甬城了。"

宫志鹏一直听着不说话了。韩江宽慰道："林子大了，什么样的鸟都会有，你完全没必要为这种人生气，气大伤身。"

宫志鹏终于开口说话，"我就是受不了这种窝囊气，TMD 没有就没有，非要一天撒几个慌骗着我，真把我当猴子耍啊。"

"损失大不大？"韩江在电话那头问。

"损失倒是说不上，张龙海早就预料到了这人不靠谱，所以提早从别的地方买好了纱。"

"哦，小张这么牛？没见过面，就能看穿一个人，这个厉害的。"韩江又说道，"行了，别生气了，晚上老哥请客，带你去潇洒一下，算是老哥给你赔个不是。"

"你赔什么不是？"宫志鹏问。

韩江大咧咧说道："不管怎么说人是我介绍给你的，我也有责任。"

晚上，宫志鹏来到韩江说的地址——雪色浪漫。到了才知道，原来是个酒吧。走进门的瞬间，就被震耳欲聋地音乐声和呐喊声给淹没了。宫志鹏不由地掏了掏自己的耳朵。

韩江在向他招手，他身边还坐着两个穿着性感短裙的美女。韩江介绍道："这是小美，这是她朋友……"酒吧里声音太响，尽管韩江是扯着嗓子喊的，但宫志鹏还是没听清楚小美朋友叫什么。

宫志鹏出于礼貌向两个女孩点了点头。韩江不知道又说了声什么，然后拉着小美就进了舞池。

小美的朋友问宫志鹏要不要去跳舞，宫志鹏摇了摇手，说不会跳。其实舞池里的人只是疯狂地扭动着，根本无所谓会不会跳。只是宫志鹏闻到小美朋友身上那一股浓烈的香水味，便不自觉地想离她远点。

宫志鹏没进舞池，小美朋友便也没去。宫志鹏径直窝在沙发上喝啤酒，剥花生。喝了好一会，看到小美朋友傻乎乎地坐着，连忙问她要不要喝点。小美朋友眯着嘴喝了一口，很不自在的样子。宫志鹏说你自己去跳呗，不用管我。然后小美朋友也挤进了舞厅。

一曲结束，韩江回到座位已是一身汗。他看到宫志鹏悠闲地坐在沙发上，连忙问道："你怎么不去跳？"

宫志鹏白了他一眼，说道："群魔乱舞一样，有什么好跳的？你以为你跳得很好啊，秧歌舞不像秧歌舞，霹雳舞不像霹雳舞难看死了，我看你啊就是去赚女孩子便宜的。"

韩江哈哈大笑："你知道就行了呗，干吗说出来。"他正想凑近宫志鹏说几句悄悄话，不想小美和她朋友手牵着手走了过来。韩江连忙给二人让座，硬生生地把悄悄话给咽回去了。

韩江和两个美女东拉西扯地聊了一会天，期间各自灌了两瓶啤酒。音乐声再次响起，韩江非要拉着宫志鹏一起进舞池，自己一个人拉不动，还让小美一起帮忙。拗不过两人，宫志鹏只得跟着进入舞池，在舞池里一阵疯狂的乱舞。这期间小美的朋友一直跟在他身边。韩江则一会儿对着小美一阵揩油，一会儿又黏上了舞池里其他的美女。

从酒吧里出来，韩江已是一身酒气，两个女孩也是面色绯红，走路东倒西歪。倒是宫志鹏没喝多少，每次聊天喝酒的时候，宫志鹏都是听着不说话也不怎么喝酒。除非其他人向他敬酒，他才会举起杯子喝一口。

宫志鹏准备回家，韩江说才 11 点，回什么家？吃夜宵去。然后宫志鹏又被拖到了一个大排档。韩江和两个美女又是划拳又是猜令。宫志鹏只顾着吃菜看热闹。最后三个人都喝得七荤八素的，韩江大着舌头让宫志鹏把小米照顾好。然后自己扶着小美，晃晃荡荡地走了。

宫志鹏想把韩江叫回来，可是韩江早就没了踪影，看着这个叫小米的女孩子，宫志鹏暗暗叫苦。他推了推小米，小米一点反应都没有。宫志鹏本想再坐一会，或许过一会小米就会醒过来，可是偏偏这个时候，大排档要打烊了。

老板敲着桌板说道：“帅哥，你女朋友都喝成这样了，还不带她回去？”

宫志鹏本想说不是自己女朋友，可是又觉得多此一举，想要转身离开，又觉得过意不去。犹豫再三只好搀起小米，将她送到旁边的酒店。

搀着个喝得烂醉的女孩去酒店开房。前台的美女意味深长地笑着问宫志鹏要身份证。宫志鹏摸出自己的身份证后，前台美女又说要小米的身份证。宫志鹏无奈，只好把她放到酒店大堂的沙发上，然后打开她的包翻找身份证。

女孩的包真是百宝箱，里面啥都有，纸币硬币纸巾镜子梳子钥匙，还有一本卡套，里面装着各种各样的卡，好不容易翻到了她的身份证，刚刚抽出身份证不想居然掉出来一个安全套。

宫志鹏捡起套子将其扔进包包，然后拿着身份证去登记。

前台登记完，将身份证和房卡交给宫志鹏。宫志鹏架起小米进入电梯。开门的时候一手刷卡，一手架着小米，弄了好一会才打开房

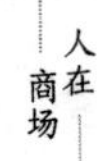

门。进入房间，他把小米往床上一扔，心想总算可以解脱了。

想到小米的身份证还在自己口袋里，宫志鹏连忙掏出来准备放回去。放回去时候打量了一眼身份证上的信息，原来这个女孩叫吴雪蜜，1993 年出生，算下来才二十几岁。

宫志鹏不无遗憾地想道，现在的女孩怎么都这么随便。出来玩喝成这个样子，这不摆明了让别人玩吗？而且包里还藏着套子，看来是早就做好了准备。宫志鹏向来认为有便宜不占是王八蛋，可是看着眼前这个吴雪蜜——从她的身份证上才知道她的真名，尤其是闻到她身上这股浓烈的香水味，根本提不起一点兴致。

他本想把吴雪蜜扔在酒店就走，可是怕第二天被韩江笑话，同时也担心吴雪蜜万一出点啥事自己没办法跟人家交代。转念一想自己身正不怕影子歪，又没把她怎么样，各睡一张床，怕她干吗？

如此想着便径直进入浴室冲洗起来。

等他洗完出来，吴雪蜜依旧四仰八叉地躺在床上，宫志鹏这时才留意到吴雪蜜的短裙缩上去了，露出屁股底下一块粉色的蕾丝花边。

宫志鹏只是打量了一眼，并没当成一回事，他扯过被子帮吴雪蜜盖上。然后自己跳到旁边的床上，开始睡觉。

躺在床上，宫志鹏暗自佩服自己的定力。这么一个烂醉如泥的年轻美女躺在边上，自己居然不为所动，实在是太牛了。

第二天醒来，天才蒙蒙亮。

以前上班的时候，每天需要闹钟响好几遍才肯起床，自从开厂以后，压根不需要闹钟，每天六点左右就醒了。醒了以后，也不会像以前一样，要在被窝里酝酿好一会，才出笼，现在每天都是干净利索地起床梳洗，然后去车间。

曾经以为病入膏肓地起床困难症，从开厂那一刻起便自动痊愈了。事实证明，没有什么困难是克服不了，只看你有没有上心。

宫志鹏来到卫生间梳洗。出来的时候，掀起吴雪蜜的被角看了一眼，看她睡得香甜，便没打扰她，给她留了张纸条，便离开了酒店。

其实吴雪蜜并没有睡着，准确说从昨晚到现在，她只迷糊了一两个小时。昨晚，她确实喝了不少酒，可是并没有到不省人事的地步。事实上，宫志鹏送她到酒店的时候，她还是有意识的，她只是装醉。

情场失意，她已经失落了好长一段时间，甚至想过了此余生。有个网友说何必这么傻，男人可以背叛你，你为什么不能报复他？受到这个网友的蛊惑，她想到出去放纵自己。于是把自己打扮成小太妹的模样，一晚上疯狂地跳，疯狂地笑，疯狂地喝着酒，可是酒精并没有使她麻醉。当宫志鹏把她送到酒店的时候，她终于知道了害怕，感到了后悔。她知道这个时候后悔已经晚了。她闭上眼睛装睡，想自己要是真醉了该多好，至少自己的内心会好受点。

可是，让她没想到的时候，这个送她来酒店的男人，居然碰都没碰她一下。进入卫生间冲洗完以后，他居然直接睡觉了。

当宫志鹏关了灯以后，吴雪蜜才睁开眼睛，借着窗外的月光，看着隔壁床上这个身影，又是庆幸，又是感动，同时却莫名其妙地感到有些失落。她躺在床上想了很久很久，觉得自己真的很傻，不就是男朋友移情别恋吗？有必要为了这样一个渣男折磨自己吗？离开他或许是自己的幸运。谁说世上的男人都是一个货色？眼前这个男人就是个意外。看来好男人还是有很多的。

吴雪蜜下定决心，从明天起要重新开始生活。脑海里突然蹦出海子的诗来："从明天起，做一个幸福的人，喂马，劈柴，周游世界，从明天起，关心粮食和蔬菜，从明天起，和每一个亲人通信，告诉他们我的幸福……"

吴雪蜜在脑海中不停地盘放着这一首诗，恨不得现在就起床上班去。可是她又怕吵醒隔壁床上的这个人，如果把他吵醒，万一他又后悔了怎么办？这一个晚上，吴雪蜜一直在患得患失中纠结，临近清晨才迷迷糊糊地睡着。

再醒来是被宫志鹏梳洗的声音吵醒的。她不敢面对他，所以继续装睡。当宫志鹏梳洗完，走到床边，掀起她被角的时候，她的心提到了嗓子眼。她以为他要做昨晚没做的事，她已经准备好了，从“梦中”惊醒，然后大喊救命。可是宫志鹏只是瞄了她一眼，便离开了。

等房门关上的一刻，吴雪蜜悬着的心终于放了下来。她轻轻地下床，走向房门，确定宫志鹏已经走了以后，靠在门背后长长地舒了一口气。回到床上，看到宫志鹏放在床头柜上的纸条，纸条上面只有四个字：珍爱自己。

这四个字写得歪歪扭扭，连小学生的字都比他写得好。吴雪蜜忍不住扑哧一声笑了出来。她把纸条折叠起来，小心地放进手提包。当再次看到包里的安全套时，她感觉自己的脸都红成了苹果。

昨晚在舞厅里出了一身汗，又喝了不少酒，没有洗澡，甚至衣服都没有脱就睡觉了。此刻浑身难受。她跑到卫生间把涂在脸上厚厚的妆容洗去，然后又在浴室冲洗了一番。再次回到镜子面前，看到自己的酮体不由得面红耳赤。她就好奇，自己这么好的身材，这个宫志鹏竟然都不拿正眼看自己一眼。

宫志鹏从酒店出来，打电话给韩江，连打了几个电话都没人接，无奈之下只得回厂里。

临近中午韩江才回电话过来，问他在哪？

宫志鹏说当然在厂里，还能去哪。

韩江迷迷糊糊地说：“还是你勤奋啊，得向你学习。昨晚怎么样？”

宫志鹏装傻，问什么怎么样？

韩江说你装什么傻，我说小米怎么样？

宫志鹏继续装傻充愣：“这个你得问小米去。”

两个人闲扯了好一会，韩江才说到正题。李老板那边的事我给你想了办法。

宫志鹏问是什么办法。

韩江说：“你算算有多少损失！”

宫志鹏说：“张龙海预料在先，其他地方调了原料过来，所以损失倒也算不上。”

韩江说：“那如果张龙海没预料到，你们会损失多少？”

宫志鹏说：“如果不是张龙海有先见之明，厂里估计会停产十天，那怎么说也是上万元的损失。”

韩江大咧咧地说道：“你就按一万五的损失问那孙子要。”

宫志鹏笑道：“那孙子能给吗？”

韩江一副包打天下的语调说道：“在甬城，就不是他说了算了。”

“什么意思？”宫志鹏不解地问道，“李老板来甬城了？”

“他没来，但是他的纱来了。他有十吨发给另外一个线厂的纱下午会运到我染色厂的仓库。你叫辆车过来，把他欠你的十万元按照你跟他签合同时候的价格折算成纱的数量，把你损失的一万五千元也算上。”

“这——能行吗？”宫志鹏疑虑道，“他发到你仓库的货，我拉走，万一他找你赔怎么办？”

“放心吧，车子一到你就搬货，司机和搬运工都是我们的人，没人会妨碍你的。这些货是在进我仓库之前被你拿走的，他赖不上我。再说，借他十个胆子，他也不敢赖我。除非他真不想做甬城人的生意了。”韩江打着哈哈，说你赶紧准备车子。

宫志鹏和张龙海说了韩江的打算。张龙海笑道：“那还等什么？赶紧叫车。”

两个人叫了一辆货车，等在韩江的仓库门口。等运纱的货车一到，两个人就开始搬纱到自己叫的货车上。湖北过来的货车司机似乎心领神会，一停下车便没了踪影。韩江仓库里的人，饶有兴趣地看着，还笑呵呵地问要不要帮忙。张龙海掏出一包烟，扔给他们，说自己能搞定。

装完预定的包数，宫志鹏准备下车。张龙海说再装两包。宫志鹏说这不好吧？张龙海说你这傻子，我们叫的这辆货车不用费用？

宫志鹏当即领悟过来，连声说是，然后又抱了两包纱到小货车上。

一车纱拉回厂里。本以为姓李的会打电话来兴师问罪，不料一个星期过去了，姓李的毫无动静。宫志鹏打电话问韩江，姓李的有没有找过他。

韩江说：“找过，被我骂了一顿，我跟他说，自己屁股不擦干净，还到处乱粘，下次要是再有这种事情，就别进我的办公室。”

宫志鹏笑问姓李的有什么回应。

“他还能有什么回应，只能是一个劲地说抱歉呗。”

被人多搬了一两万元的货，还得向别人道歉，这也算报应了。宫志鹏暗暗想着。连续多天的郁闷一扫而空。

2013 年，张龙海还遇到一件事。临近元旦的一天，有个金乌县外贸公司的人带着一个老外来到厂里，说要采购缝纫线。这是老外第一次来到自己的工厂。张龙海有些紧张。老外看到张龙海，很客气地说：“你好。”

张龙海连忙上前握手，心想还好老外会说中文。不料，老外说完你好以后，紧接着又飙了一句英文。

张龙海顿时云山雾罩。要知道，自己的英语从初中到大学，一次也没有及格过。

宫志鹏的英语稍微比张龙海好一点，他说：“老外问你会不会讲英文。”

张龙海连忙回了一句：“SORRY.”这一句话他是很熟练的。初中高中的时候，凡是英语老师点名提问，他都是以不便应万变，一句 SORRY 通吃到底。有时候，老师还没提问，他一句 SORRY 已经出口，惹得全班同学一阵哄笑。

高三那会，英语老师彻底放弃了这个学生，对他只有一个要求，不要影响其他学生，随便张龙海在课上睡觉还是看小说，她都视而不见。有一次张龙海看小说入迷，英语老师要测试，他拿到试卷后写个名字就交了上去。

后排的同学还没拿到试卷，张龙海已经交卷了。英语老师一副忍无可忍的样子瞪着张龙海。张龙海一脸诚恳地说："老师，反正考来考去都是不及格，为了不打击自己的自信心，所以我就不考了！"

英语老师无奈地摇了摇头，让他赶紧回座位上去。

这之后，每次英语测试，张龙海都交白卷。

高考的时候，120分的总分，张龙海考了四十分。按照他自己的话说，这已经是超常发挥了。

所幸，张龙海其他几门学科的成绩都很好，不然以他这样的英文成绩，大学都上不了。

张龙海读书的时候经常挂在嘴边的一句话便是："学英语有什么用？我又不去国外。"

可是自己不去国外，老外却来了国内。此刻还笑颜如花地看着自己。

张龙海说完SORRY后，老外一脸无奈地摊了摊双手。最后还是送老外来的司机帮了张龙海的忙。

张龙海问那个司机，老外怎么找到这里来的。司机说你们是不是在网上发了广告，估计老外是在哪里看到了你们的广告，所以找过来了。

张龙海也不知道是哪个网站上的广告起了作用。开厂之初，凡是能免费发布销售信息的网站，张龙海都发了自己厂的广告，虽然广告极尽宣传之能，写得天花乱坠，可是一年多来，从来没有一个采购电话打过来，哪怕是咨询的人都没有。没想到今天却突然来了个老外。

司机英语也不是很精通，但是勉强能和老外沟通，这时候便充当起了翻译的角色。不过这个司机也不老实，让张龙海在报价的时候给他留一个点的差价。

几个人连比带画，甚至在白纸上用画画来表达自己的意思，最后终于弄懂了老外的要求。

老外让张龙海根据自己的要求报价，张龙海算了一遍，报了个人民币价格。老外连声说 NO，NO，NO。他要美金价格。

张龙海连忙打电话到处询问美金汇率，以及报关一类杂务的费用如何计算。现学现算之下，给老外报了个美金价格。

张龙海报的价格保留到了小数点后四位。老外把末尾两个数字划掉，问张龙海是否 OK？张龙海比画了个 OK 的手势，这生意便算成交了。

老外临走的时候拿出一个样品，让张龙海根据这个样品生产。

张龙海和宫志鹏一看样品上印的 LOGO 顿时傻眼了。宫志鹏连忙跑到车间捧来一叠用剩下的商标，和老外样品上的 LOGO，一模一样。

老外看了之后，哈哈大笑。举着双手要和张龙海拥抱。原来老外之前从国内购买的缝纫线，就是张龙海生产的。

老外走的时候，让张龙海把银行账号发给他，他让公司的人付定金过来。这时，张龙海才醒悟过来，自己公司压根就没有美金账户。

老外走后，张龙海连忙请教几个在外贸行业上班的同学，开美金账户有什么要求。一打听才知道，手续挺复杂的，首先要开通进出口权。

张龙海根据同学提示，打政府部门的咨询电话，然后根据提示跑人民银行、海关、外经贸，偏偏这三个点天各一方。仅仅在奉县跑也就算了，还得跑到甬城。跑甬城也就算了有些地方还得跑好几次。

这是 2013 年的事情，现在回想起来依旧记忆犹新。再相比现在的最多跑一次，不得不说我们的政府职能部门进步了很多。

张龙海知道一般的政府部门和事业单位都有午休制度，下午要到一点才上班。张龙海掐着时间，在一点钟准时来到奉县人民银行。不料人民银行大门紧锁，连门卫都没人。再一看门卫上的提示，下午两点才上班。于是坐在门口等到两点。当时已经入冬，外面还下着小雨。冷风吹得张龙海直打哆嗦。

门卫掐着点，慢悠悠地过来开门。走进大厅，里面中央空调打着超级暖和。张龙海心想，中午时间即便不办公，你也可以让人进来在大厅等，何必把人关在门外受冻？张龙海排了好一会队才轮到，他拿着资料递给窗口的工作人员，说自己想开美金账户，窗口的工作人员直接把资料扔还给张龙海，面无表情地指了指楼梯，让张龙海到三楼找一个姓周的老师。

张龙海收起资料，客气地说了声谢谢，来到三楼，挨个办公室打听周老师。好不容易问到，却被告知周老师有事出去了，问隔壁办公室的人，才知道他正在开会。张龙海问有没有其他老师可以办理的？其他人说不行，只能找他。于是，只能继续等。看着时间从两点等到四点，张龙海心头的火不断地往上冒。厂里事情一堆，自己坐在这里什么也做不了，真想一走了之。

可是想到老外等着付定金，只能安抚自己的情绪。

等到四点的时候，终于看着一个疏着大背头的中年男人捧着个茶杯慢悠悠地晃了过来。

“你是周老师吧？”张龙海连忙站起来向他问好。

中年男人点了点头，问找他什么事。张龙海说自己来开个美金账户。

周老师说事情比较多，不好意思让他等了这么久。张龙海打着哈哈说，你们领导都比较忙，可以理解。

周老师说还得让你再等一会，然后站起来上了趟厕所。再回来又是五分钟之后。张龙海暗骂他是不是便秘，上个厕所要这么久。

周老师终于开始办公。他接过张龙海所带的资料查看起来，看了一会说少了一张营业执照的复印件，让张龙海把资料准备齐了再来。

张龙海说自己营业执照带了，只是这附近没看到有复印店。

周老师说你们开厂当老板的公司里肯定有的。张龙海提醒，自己工厂在莼海镇，来回要五六十公里。

周老师说："这个没办法啊，你资料不全，我没办法给你办理。"

张龙海窝着一肚子火，退出办公室。刚走几步看到旁边办公室里有个复印机，然后又回到周老师那里，说道："周老师，你隔壁办公室有复印机借用我一下呗。"

周老师说这个不行，要是你们办事的都到我们这里来复印，那我们有一百台复印机也不够用。

张龙海说我支付费用给你不就行了。

周老师摇了摇手说："真不行，有规定的。"说着周老师拿起茶杯倒水去了，再不搭理张龙海。

张龙海窝着火，跑到外面找复印店，在细雨中找了两条街才看到一家广告设计公司。张龙海厚着脸皮推门进去问能不能借用一下复印机复印一份营业执照。广告公司的职员倒是很爽快，帮张龙海复印的同时还给他倒了一杯热水。张龙海拿着复印件，问多少钱，多方说就一张纸而已，不用付钱。

张龙海连声道谢。然后拿上营业执照复印件急匆匆赶回人民银行，把资料再次交给周老师。

周老师说你星期一再来吧。

张龙海问为什么？

周老师说今天来不及了，很快就要下班了。

张龙海拿出手机，看了看时间才4：40。张龙海忍无可忍，不由得语气重了些："你们五点下班，不是还有二十分钟？"

周老师不悦地说道："你说得轻巧，你以为就你一个人在办理啊，你不看看其他人的资料都放在这里，做事情总得有个先来后到。你要是愿意等尽管坐着等，轮到你了我自然会叫你，轮不到你，还是得请你星期一再来，我是好心提醒你。"

张龙海知道这些衙门的做事风格，自己来硬的不但解决不了事情，还会适得其反。只好给自己一个台阶，笑了笑说道："哦，没想到周老师这么忙，手头这么多资料要办理。那我也把资料留这里，辛苦周老师抽空帮我弄好，厂子里面事情多，我们实在是没有时间一趟趟地跑。”

“你们的难处我理解，我们的难处你们也要理解下。大家互相理解。”周老师打着哈哈继续说道，“星期一来拿就行。反正你现在拿了也是要到下个星期去办理了，外经贸局这个时候过去也来不及了。”

无奈之下，张龙海只得将资料放在那里。

幸亏老外周末也休息，没有来催要账户。周一一大早，张龙海又赶往奉县人民银行，他到的时候周老师还没到办公室。大概八点十分左右，周老师才踏进办公室。看到张龙海，周老师很是惊讶，说你怎么这么早就来了。

张龙海问周老师，我的资料审核过了吗？

周老师一脸歉意地说道：“星期五你走了以后，又叫去开了个会，这不，还是耽误了。”

张龙海连忙掏出一张香烟券，偷偷塞给周老师，说：“周老师你帮帮忙，我真的很急。老外等着付钱过来。”

周老师这时候变得通情达理了：“老外要付钱了，你账户还没开啊。这个是着急的，行吧，我给你开个后门，把你的先办了。”说着从那一堆资料里，抽出张龙海的那一份。

“这份是你的吧？”周老师问。

“是的，是的。”张龙海点头哈腰。

周老师拿起笔，在一张表格上写了几个字，又盖了一个章，说：“好了，你去外经贸局吧！”

张龙海目瞪口呆地盯着周老师看了好一会。就这么一分钟能搞定的事，你让我星期一再来？可是一肚子的怨气，他没敢发泄出来，还是口口声声地说着，“谢谢，实在是太感谢你了。”

出了人民银行，张龙海心里翻江倒海，被一口气憋得差点窒息。

这是张龙海创业以来，经历过最闹心的一次。办营业执照、开银行账户的时候，虽然也跑过好几趟，但是相比这一次，那几次并未觉得心塞。这之后，政府出台了一系列的政策，还建立了行政服务中心，将所有办事部门集中到一个地方。避免了办事人的奔波之苦，大大缩减了流程，提高了效率。2016 年出台的最多跑一次，则是更加深入地改革了行政部门的办事风格。

再之后，张龙海去政府部门办事再没遇到过不愉快的事情，不仅效率高，服务也很好。偶尔遇到个麻烦事，张龙海问一声："你们这里最多跑几次？"然后负责服务的小姑娘，忙不迭地开始道歉，唯恐张龙海给她差评。

唯一不尽如人意的是奉县的人民银行似乎还是老样子。依旧两点钟开门，时间不到，坚决不开门。时至 2020 年，张龙海去拉征信，人民银行门口已经站了一堆的人。都是来办事被关在门口的，依旧是下雨天，依旧没地方躲雨。两点后进入大厅，来到窗口。窗口的工作人员不冷不热地说，拉征信直接去机器上操作就行。

不用人工操作，中午还不让人进来？税务局、交警队都开始中午时间值班了，人民银行依旧是天皇老子。同行的人暗自嘀咕，谁让人家管着钱呢？

元旦来临，莲姐回家住了两天。吃饭的时候莲姐老是说没胃口。

张国平说身体不好抓紧去看看。于是逼着张龙海带莲姐去医院检查。不想一检查，却发现莲姐怀孕了！

张龙海和莲姐都很高兴。张龙海让莲姐别去上班了，干脆安安心心在家养胎。莲姐说不行，她可不想做家庭主妇。再说她在公司好歹也是个业务主管，在这年关将近的时候突然辞职，未免太不负责了。

张龙海没办法，元旦一过还是让莲姐回去上班了。没想到的是，临近年关，莲姐却出了点意外，在上洗手间的时候，发现有灰褐色的东西尿出来。莲姐一查百度，说是流产的前兆，吓得不轻，哭着打电话给张龙海。

张龙海开着面包车连夜赶往甬城，将莲姐送往医院。医生看了看莲姐带去的灰褐色分泌物，让她做好心理准备。

张龙海和莲姐的心都掉到了冰窟里。

张龙海办理了住院手续，让莲姐躺在床上休息。病房里还有两个病人，都是因为妇产问题住在这里。这两人看着都很健康，张龙海也不敢问为什么会住院。

邻床的病人问莲姐怎么回事。莲姐如实相告了。邻床病人让莲姐别担心，说肯定没事的，医生跟谁都这么说。过了一会，隔壁病房的几个病友也来串门，都宽慰莲姐，说医生就是喜欢吓唬人。这样真出了问题，你不会怪她。

有一个病人说自己的情况和莲姐差不多，现在马上就要出院了，肚子里的孩子没事。一听这话，莲姐心头总算又热乎了起来。她紧紧地握着张龙海的手，说："我们的孩子应该不会这么脆弱吧？"

张龙海握着莲姐的手说肯定不会有事的。

晚上，张龙海一直守在病床边，趴着床沿睡了一晚。早上起来，连忙给宫志鹏打电话，说自己来不了了。

宫志鹏和欧阳荷让他安心陪莲姐，厂里的事情不用他操心。

张龙海的母亲也打来电话，问需不需要她过来照顾。张龙海说暂时还不需要。

莲姐做了B超，测了胎音，一系列检测做完，医生也没说啥，就是要求留院观察。回到病房，一群病友围上来问结果怎么样。莲姐说好像没什么问题。

病友们都松了一口气，连说自己没有骗莲姐，医生就是喜欢吓人。莲姐这时也放松了，又恢复了之前的健谈。

张龙海抽空回家拿换洗的衣服。等他回到医院，莲姐已经能说出每个病友的姓名和住院原因。对于，莲姐的交际能力，张龙海还是很佩服的。

在医院住了五天，医生终于说可以出院了。张龙海和莲姐听说宝宝没事了，两人都是喜出望外。

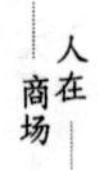

马上就要过年了，工厂也等着放假，张龙海早已是归心似箭。

整个春节，张龙海唯恐莲姐又出状况，所以哪里也没去，每天都守着她。张龙海母亲每天好吃好喝地伺候着儿媳。丈母娘也过来住了几天。一家人可谓是其乐融融。

正月初八，莲姐又要上班了。这一次张龙海死活不同意她再去上班。最后两人协商，让莲姐先请一个月的假，等胎儿稳定了再考虑上班的事。

莲姐在家里，由母亲照顾着张龙海自然放心。张龙海再一次将精力投入到了工厂。

2014 年，张龙海隐隐有些期待。

2013 年年末，政府提出一个“五水共治”口号。初始大家以为又是一阵风的事，肯定不会持续很久，所以谁也没当一回事。但是张龙海隐隐觉得，自己等候的机会来了。

上班的第一天，他就打电话给林斌，名为拜年，实为探听口风。

林斌说劲风的货款去年年底之前收得差不多了，邬哥已经开始做善后工作，他现在随时可以离开。只是张龙海现在还没做内销，他即便过来也帮不上什么忙。

张龙海说：“做内销，万事俱备只欠东风了。”

林斌问什么东风。

张龙海说你就是东风。

经过张龙海的软磨硬泡，林斌终于答应过来看看。

张龙海知道这是有戏了。

宫志鹏没见过林斌，觉得张龙海完全没必要这样低声下气地去请他。“我和你都是做内销业务的，由我们两个在，你还怕内销做不起来?”

张龙海说道：“我们两个可以做业务，但是不应该只做业务，还有很多事需要我们去做。所以需要由专门负责内销业务的人。林斌便是最合适的那个人。”

宫志鹏不屑道：“这人有你说的这么厉害吗？比我还牛？”

张龙海笑了笑说道：“各有所长。”

张龙海带着林斌在车间里转了一下。

林斌看得很仔细，正所谓外行看热闹，内行看门道。林斌在车间一圈走下来，便了解了张龙海的生产情况，每天的产量以及品质好坏。“还行。”从车间出来后，林斌笑着说道。

“你这家伙，说句赞美的话会死啊？”对于自己生产的产品，张龙海还是挺有自信的。

林斌嘿嘿笑着，说道：“怕你骄傲啊！产品没有最好，只有更好，我得给你留点进度的空间。不然你小子得意忘形了。”

张龙海带着林斌回到办公室，将已经准备好的东西，拿给林斌看。“色卡已经将近四百个颜色了，等四百个颜色一齐，我们把第一本色卡先做出来。”

色卡手工制作，虽然比较粗糙，但是封面上公司的宣传语，林斌格外喜欢：“踏实做人，用心做线，诚信经商。”

“现在对于我来说，内销市场还是白纸一张，怎么入手，你有什么建议？”张龙海问。

“我想先听听你的想法。”林斌正色道。

张龙海沉吟半晌说道：“恒生也好，劲风也罢，都是以开发经销商为主。开发经销商确实有好处，前期投入少，见效快。但是也有很大的弊处，就是隐患大。”

“你说的隐患我懂，经销商一旦翅膀硬了，就动不动以换品牌为要挟，和公司讨价还价。恒生和劲风这几年，抢来抢去，其实最大的受益者是这些经销商。他们巴不得鹬蚌相争，可以坐收渔翁之利。邬哥去年年底和各经销商清账，你猜是怎么清的？”

张龙海没有回答，等待林斌公布答案。

林斌说道：“几乎所有经销商的货款都只收到一半。他们说劲风公司半途停产，导致他们的生意受到影响，还要求公司赔偿他们的损失。若不是看在我和邬哥跟他们这么多年的交情，可能一半的货款都拿不回来。”

“所以，我如果做内销，我想绕开经销商。”

“绕开经销商?”林斌惊讶道，“这可是个很大胆的尝试。你想直接和服装厂做生意，全国上下有多少服装厂，绣花厂，你跑得过来吗?”

张龙海笑了笑说道：“弱水三千，我只取一瓢。全国的市场太大。我们只要在甬城市场分一杯羹就足够了。”

“这倒是！甬城这么大的市场，我们能分到10%的份额就已经很可观。”林斌说道。

张龙海笑道：“以我们目前的产量，能分到百分之一就足够了。”

林斌还真没仔细分析过甬城的市场需求有多大，一时有些不敢相信。

张龙海继续说道：“市场营销，终端为王。和服装厂合作，只要我们的品质和服务不出问题，基本都能维持长期合作关系。至于价格嘛，反而不是那么重要了。原本让给经销商的利润，我们拿出一半让利于服装厂，服装厂肯定很高兴。”

“那还有一半的利润呢?”林斌问。

“还有一半的利润，直接奖励给业务员。”张龙海很自信地笑了笑。

林斌的眼睛不由地一亮：“你打算怎么设置业务员的提成?”

张龙海说：“恒生和劲风给业务员的提成都不相上下，大概千分之八左右，再加上其他一些乱七八糟的补贴和奖金，合计百分之一。我准备把永邦的销售提成分成三份，开发客户的业务员拿百分之一，负者维护客户的业务员拿百分之一，负责送货的司机也拿百分之一。如果这三者是同一个人，那等于拿了百分之三的提成。”

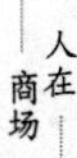

"百分之三的提成，在行业里算很高了。"李斌沉思片刻说道，"我觉得你这个思路很好。"

张龙海继续说道："另外关于客户的一些销售政策，你也给分析分析。恒生在销售过程中，有个很大的弊病，就是卖货的时候按箱卖，不拆箱零售。一箱线有一百二十个，事实上很多客人根本用不了这么多的线。针对这个问题，我做了些改进，我准备最小起订量改成个。只要客人对上颜色，想买一个也可以。"

"这很大胆啊。"林斌又吃一惊，"如果客人要一个线，你是送还是不送？"

"送！当然送，只要是我们的客户，我们一律送货上门。"

"一个线只有几毛钱的利润，还没有汽油费多，这……"林斌越发不解。

张龙海哈哈大笑。说道："客人也不可能经常只要一个线。而且我还有个决定，我会告诉客户，你用不完的线，只要包装没有破损，可以退还给我。"

"你……"林斌简直不敢相信。"卖出去的产品还能退还？这会涉及很多问题。"

"什么问题，说说看。"张龙海一脸笃定地等待林斌说出问题来。

"首先，退货肯定增加仓库的工作量，其次做账也会很麻烦。而最最麻烦的是，我们的缝纫线，每一次染色都不可能一模一样，难免会有色差，如果客人退回来的线和仓库里的线不是同一批的，就会影响再次销售。这些问题你怎么解决？"

张龙海笑道："仓库和做账虽然会烦琐一点，但是麻烦不到哪里去。至于色差，我们加强颜色控制，每一次纱染色过来的时候，都要严格把关，控制色差范围。前期控制好了，后边即便有一点点色差，也不会影响很大。毕竟缝纫线不同于绣花线。绣花线是大面积用线，对颜色的要求特别高，如果绣出来的花左边半朵和右边半朵颜色不一样，那肯定不行。而缝纫线在缝制过程中只有几根线，而且有几根还是缝在暗处的，根本看不到。所以只要色差不是特别严重，和客户说一下，客户也是能够接受的。”

林斌认真听着，不住地点着头。“你说的有道理。有这几个政策在，我相信服装厂肯定会心动的，不说把经销商的利润给他们，即便是同样的零售价格，他也会优先考虑你的产品。以前去过几家服装厂。他们的辅料仓库里堆着满满的一堆废线。而这些废线事实上很多都是没用过的，只不过是上一个单子做完，线多了便扔在那里成了废品。如果用我们的线，服装厂就可以避免这一类浪费。”

“内销的拓展方案和业务员的提成方式大抵说完了。这是我为你量身定制的考核方案，你看看。”张龙海说着从抽屉里摸出一张纸，递给林斌。

林斌接过张龙海递过来的A4纸，仔细看了起来：“五千元底薪，在业务提成的基础上再加百分之二的管理费用，再给10%的股份。你这条件很诱惑人啊！我似乎找不出可以拒绝的理由！”

张龙海笑道：“我知道你肯定不会拒绝的！就让我们兄弟几个在一起好好地做一份事业。”

林斌把纸折起来说道：“其他的几点我都接受，但是百分之二的管理费用以后再说。”

张龙海想再说什么。

林斌连忙制止：“这个你必须听我的，如果不同意，我马上走人。”

张龙海无奈道：“行，听你的。”

然后林斌算是正式入了伙。

张龙海将欧阳荷和宫志鹏都叫了过来，告诉他们林斌已经同意成为永邦线业的一员。

宫志鹏拍了拍林斌的肩膀说：“以后就是一个战壕里的兄弟了，张龙海说你业务能力很强，我可要和你比试比试，看看谁的业绩更好。”

林斌笑道：“尽管放马过来。按照张龙海的销售策略，如果做不出业绩，我这几年的业务算是白做了。”

张龙海拿出两份合同，一份给林斌，一份给欧阳荷。

“股份转让协议？”欧阳荷惊讶道，“我不是说过了，股份我不要。”

宫志鹏坐在林斌和欧阳荷中间，他一手搭在林斌肩膀上，另一手则搭到了欧阳荷的肩膀上。“欧阳姐，你就签吧，你帮我们做了这么多，百分之十的股份真不算多，我和张龙海早就商量好了。”

林斌笑道：“欧阳姐，我可签了，送上门的肉不吃岂不暴殄天物。”林斌说着刷刷刷一个漂亮的连笔签名，已经写在协议上。

欧阳荷看了看林斌，又看了看张龙海和宫志鹏，看二人都满怀期待地看着她，不由地说道：“那我真签了？”

林斌催促道：“赶紧签吧。你不签肯定会后悔的，别看只有百分之十，等以后公司壮大了，这百分之十的股份说不定够你吃三辈子。”

“你就忽悠吧！”欧阳荷笑着指了指林斌，正想拿笔，却觉得别扭，才发现宫志鹏的手搭在她的肩膀上，连忙用左手拍掉宫志鹏的手说道，“拿开你这摸过小姐的脏手。”

林斌碘着脸笑道：“宫哥，什么时候摸过小姐？以后有这种好事，可别落下我。”

欧阳荷说你自己问他去，你们男人都一路货色。

张龙海趁着几人玩笑的间隙，已经拿出公章在两人的协议上盖上。然后各拿一份交给二人，“以后我们就是真正的合伙人了，大家同甘共苦。”张龙海说着伸出一只手掌。

“同甘共苦！”宫志鹏、林斌和欧阳荷各伸出只手放在张龙海的手上。

这一幕，经常在电视上看到，欧阳荷一直觉得这动作很做作，很幼稚，但是这一声同甘共苦却说得异常真诚。

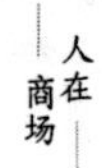

等林斌和欧阳荷收起协议。宫志鹏问道："现在万事俱备，东风也有了，是不是明天就可以去跑业务了。"

张龙海说："别着急，工欲善其事必先利其器。林斌和欧阳姐，你们两个先把做色卡所需的颜色线整理出来。尽快凑齐四百个颜色，先做一套色卡出来。有了色卡我们才能出去跑业务，没色卡客人怎么选颜色？我们以后每增加四百个颜色做一本色卡。直到颜色数量超过柳叶公司为止。"

"张总威武啊！有志气。"林斌竖着个大拇指朗声说道，"这事包在我身上，我顺便整理一下劲风的常用线色号，把一些销量高的线色挑出来，做到我们的色卡里去。"

"行，那你赶紧去办吧！争取一个月之内能够看到我们自己的色卡出炉。"

"得嘞。"林斌站起来，叫上欧阳荷直奔仓库。

林斌比张龙海和宫志鹏小了三岁，至今还是单身。由他和宫志鹏在，欧阳荷每天都笑得合不拢嘴。张龙海有些不苟言笑，总是一本正经的样子。宫志鹏和林斌却像两个活宝，每天斗着嘴开各种玩笑，偶尔还要打打闹闹。

欧阳荷感觉自己就是个老妈子，每天都得站出来训斥两人几句，两人才能消停一会。

欧阳荷根据张龙海的要求，把外贸多出来的纱全部做成了三千码一只的线。林斌根据不同的色系，把这些颜色重新分列组合，然后插入他从劲风公司找出来的常用线颜色，终于凑齐了四百个颜色。

林斌认识做色卡的公司，收集齐颜色线便将这四百个线寄给色卡制作公司。一个三千码的线，可以做五六百本色卡。算上线和工本费，一本色卡大概需要三十元的成本。林斌暗自佩服张龙海的魄力。

如果要做终端，相当于每个客户都要送一套色卡。现在还只是四百个颜色，如果做到三千多个颜色，相当于每个客户在合作之前要先

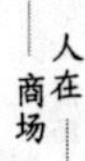

赠送他一套价值两百四十元的色卡。如果这个色卡能够发挥作为，招来生意，也就罢了，如果送出去，客人置之高阁，那等于这两百四十元钱就打了水漂。

想到这个，林斌觉得自己身上的担子挺重的。色样寄出去后，林斌便空闲了下来，他每天早上在办公室待一会便不见了踪影。

好几天宫志鹏都没看到林斌的身影，找张龙海问道："林斌这小子到哪去了？"

张龙海说自己也不是很清楚。

宫志鹏有些不高兴，抱怨道："你这么好的待遇给他，他也太不上道了，出去了都不和你说一声。虽说现在内销还没开始，车间里外贸还是很忙，帮哑叔打打包也可以嘛！"

张龙海笑了笑宽慰道："林斌不是这种没头脑的人。既然请了人家，就要相信他。正所谓用人不疑，疑人不用。你啊，别瞎想。"

宫志鹏撇了撇嘴，欲语还休，径直去车间帮忙了。

林斌回来的时候，肩膀上背了个黑色跨袋，像是装钓鱼竿的那种袋子。他嬉笑着和张龙海打了声招呼，便跑到车间去问欧阳荷可以吃饭了没？

宫志鹏说你就知道吃饭，车间这么忙也不来帮忙。

林斌不理他，径直进入厨房，偷吃了几筷菜。

下午上班的时候，又不见了林斌的身影。宫志鹏再次找张龙海抱怨的时候，张龙海让他以后不要为这种事来找他了，做好自己的事情就行。

如此，将近一个星期的时间，林斌每天背着那个鱼竿包神出鬼没。

宫志鹏也懒得再说他了，偶尔吃饭的时候开开林斌的玩笑，说每天见你背着鱼竿出去，结果一条鱼都没见你带回来。是你技术不行，还是把钓来的鱼拿去卖了？

林斌笑道："欧阳姐烧得菜这么好吃，都堵不住你的嘴。"

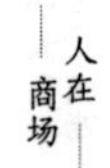

再之后，林斌继续神出鬼没。

色卡终于做好了，宫志鹏和林斌拿到手上，迫不及待地查看起来。

“还是很有档次的。”宫志鹏说道。

“那是，我设计的能差吗？”林斌不无得意地炫耀。

“得了吧。”宫志鹏嘴上这么说着，手却搭着林斌的肩膀一起往张龙海办公室走去。

张龙海正埋头记着什么，看二人拿着色卡进来，连忙要过来一本仔细端详起来。“做得不错。封面设计得很好，颜色排列也不错。”

宫志鹏凑上说道：“现在可以去跑业务了吧？”

张龙海说道：“还得再等等？”

“还要等？”宫志鹏和林斌异口同声。

“是的，还得再等等，虽然色卡有了，但是对应的库存还没有。如果客人要下单，说这个色号的线，你给我拿几个来试试，没有库存，你拿什么给客人去试？”

“那怎么弄？”宫志鹏问，“按照你之前的计划，每个颜色备一两箱货啊？”

“对！”张龙海坚定地回答。

宫志鹏有些沮丧地说道：“行吧，就按照你说的，我去找韩江，让他根据我们的色卡染色。只是——这么多颜色染出来，估计又要浪费一个多月时间。”

“行了，别啰唆了，去吧！”张龙海打发二人离开。

宫志鹏拿着色卡来到韩江办公室。

韩江一听宫志鹏要做内销，连忙跳了起来。“你们有病吧？放着好好的外贸不做要去做内销？内销才多少一点量？”

宫志鹏说：“我们一直都想做内销，之前没做，是因为张龙海觉得时机没成熟。”

“什么时机？我看你们两个脑袋被驴踢了。你看甬城这么多线厂，内销做得好的有几家？做内销撑死了一个月就五六吨的量。你们现在外贸能做五六十吨了，还回过头去做内销？我真是弄不明白你们两个怎么想的。你知不知道内销的货款有多难收？”韩江一副痛心疾首的表情。

宫志鹏打着哈哈笑道：“你啊，就别管我们做内销还是外贸了。这个是下给你的订单，你只管帮我们染色就好。”

韩江接过订单只瞄了一眼，便把订单扔还给了宫志鹏：“做不了。”

“做不了？”宫志鹏不解道。

“是做不了，你看看你下的订单，全都十公斤一个颜色，加起来有四百个颜色。我这边十公斤以下的染缸只有三个，就算包给你，那也得几个月才能染完你这个订单。”韩江戳着订单纸解释道。

“那怎么办？”宫志鹏还真没想到这个问题。

“如果你铁了心要做内销，那只能另外找染色厂了。我这边主要还是针对外贸订单。内销全是小缸，我真帮不了你。”韩江无奈地说道。

“那你介绍一家做内销的染色厂呗？”

韩江略做思索，说道：“看在你是我兄弟的份上，我给你指点一下，要解决这个问题有两条路可以走。第一条，像很多小作坊一样，自己找个染色师傅，自己染色，但是这一点风险是很大的，因为没有染色许可证，也没有排污许可证，你们胡乱排放污水，万一环保部门找上门来，可是要罚款的。另外一条路，便是找奉城其他有染色执照的工厂合作。在奉县除了我还有两个染色厂，但是这两个染色厂自己也开着线厂，而且都做着内销生意。选哪一条路你们自己选择。”

宫志鹏回到厂里和张龙海说起染色的事情。

张龙海说：“自己染色肯定不行，我可不希望子孙后代被人指着鼻子骂，再说国家不可能放纵这些私排私放的行为一直存在着。现在五水共治正在风头上，我们不能自己往枪口上撞。至于韩江说的这两家染色厂，我了解过。一家是天益线业，还有一家叫岳林线厂。天益线业应该是奉县最大的线厂，岳林线厂则是奉县最老的线厂。从生产规模上来说，我们的永邦线业介于两者之间。天益线业也是内销和外贸一起做。岳林线厂则只做内销市场。"

"我们选哪一家？"宫志鹏问道。

"岳林！"张龙海坚定地说道。

"为什么？论实力，天益比他大多了。"宫志鹏不解。

"天益线业和岳林线厂有不少共同的特点，两家都是老板娘主事，天益老板娘和我同姓，岳林线厂老板娘姓郭。两个老板娘年纪差不多，都已经是奶奶级别的人物，还有个特性，两家都面临着后继无人的尴尬局面。天益线业的儿子是公务员，没兴趣管工厂。岳林线厂只有一个女儿，而且远嫁到了杭城，不大可能再回来了。"

"这你都打听到了。"宫志鹏由衷地佩服。

"这些是公开的秘密，很容易打听到。"张龙海继续说道，"我之所以选岳林，是因为岳林的老板娘更好相处一点，她开厂二十几年，至今还只有十二台机器，说明她为人比较保守，没有特别强烈的攻击性。而天益不一样，这个老板娘为人强势，曾经有外贸公司的客户说过，让他们做外贸订单，结果做着做着，天益把客人的客人占为己有了。再则，天益占据着奉县城郊一带大半的服装厂。如果我们后面要扩大内销市场，难免会有冲突，所以染色这一块绝对不能受制于她。"

"行，我听你的。明天我拜访一下岳林线厂的老板娘。"

宫志鹏第二天便来到岳林线厂，说明自己想找他们染色的意向。

岳林线厂的老板娘说有六十几岁，看起来却挺年轻，为人也很随和。她客气地请进宫志鹏后，毫无保留地说了岳林线厂这几年的情况。老板娘坦言，孩子的人生已经安排妥当，自己年纪也不小了，真心不想再这么辛苦了。这几年就守着几个老客户，弄点养老钱。

宫志鹏问你这么一点产量，为什么会想到自己开个染色厂。

老板娘说，开染色厂也是逼不得已，不想受制于人。可是开起来以后，又面临产能不足，人员浪费的尴尬处境。如果宫志鹏他们能够跟她合作，刚好可以弥补她产能不足的缺憾。

宫志鹏当即和老板娘谈好了染色的价格，以及合作的细节。

色卡内数百个颜色，每个颜色都是按照最小起订量做的。岳林线厂的小缸虽多，但是染好数百个颜色还是要二十几天。

转眼又是一个月过去。宫志鹏手头的事情本就不少，一直忙着做自己的事倒没觉得等待有多少难熬。林斌却不一样，刚开始的时候，他每天到车间里转一圈，问欧阳姐库存做得怎么样了。

欧阳姐说还早。再之后，林斌连车间都懒得进去了。前一段时间，每天神出鬼没地往外跑，近来也不出门了，每天窝在办公室里对着电脑。宫志鹏偶尔凑上去看看，见他在搜索服装厂信息也就没说什么。

张龙海这段时间不知道在忙什么，经常出门，而且一出门就是一天。林斌总觉得张龙海好像在躲着他，怕他又问什么时候可以做内销。

这一天，张龙海又不在。林斌实在是坐不住，逮住宫志鹏不让他去车间。

宫志鹏笑道：“你自己不去车间帮忙也就算了，让我也不要去，这就过分了。”

林斌愁眉苦脸地说道：“到底什么时候开始做内销，我每天没事情做，再这样养下去，人都养懒了。”

宫志鹏说道：“我和你一样着急。这不弄点事情做做，不会太空虚。你有工资拿，有股份在，哪怕今年内销不做，你也不会饿死，着什么急？走，跟我去车间帮忙吧！”宫志鹏说着就把林斌往车间拖去。

林斌两条腿像是灌了铅似的粘在地上，怎么都拖不动。

宫志鹏神秘地说道：“车间新来了个女工，才二十出头，很漂亮。”

林斌眼睛一亮："真的?"

"骗你是小狗。"

然后不用宫志鹏拖，林斌便向车间走去了。这一天给工人搬纱，搬塑料芯的活就包给了林斌。

中午吃饭的时候，欧阳荷问："林斌，你是不是对新来的小姑娘有意思。"

林斌连忙否认。

欧阳荷说："我一直好奇，你今天怎么这么积极，跑到车间里帮忙来了。原来是看上人家小姑娘了。"

林斌说真不是冲着小姑娘去的。

欧阳荷说："我都看到了，你在车间里，有一半的时间在帮那个小姑娘。"

林斌继续否认道："这不，就她一个是新工人，我不是得多帮衬点。"

"得了吧，你就是没种，有想法也不敢承认，活该你三十了，还单身。这一点你得多向小宫学习，他就是找了小姐都敢承认。"

"欧阳姐，你说林斌就说林斌，怎么又扯到我找小姐的事了。"宫志鹏含着一嘴的饭菜，嘀咕道。

"让我跟他学习?他自己还不是单身。"林斌不屑道。

欧阳荷斜着眼睛打量二人，说道："说真的，你们两个怎么回事?都老大不小了，长得也不赖，怎么就没有女朋友。你看看人家阿海。马上要当爹了。再看看我，小孩都上小学了。要不姐给你们介绍几个?"

"别!"宫志鹏和林斌异口同声。

宫志鹏问欧阳荷："说到阿海，他这两天忙什么呢?每天神龙见首不见尾。现在车间的外贸订单爆满，按理说也不需要他再去外贸公司了。"

"你都不知道，我怎么知道。"

林斌又旧事重提："阿海老是说再等等，眼见着第一本色卡的库存马上就备齐了，他还是让我们再等等。到底要等到什么时候？我都等得不耐烦了。再这样等下去，我——"

"你什么你？"宫志鹏白了一眼，"你是线厂的股东，还想跳槽怎么着？"

"哎！"林斌夹了筷菜，一副失落的表情，说道，"我是上了你们这艘贼船了。"

"你得相信阿海！"欧阳荷说道。

宫志鹏也安慰道："你放一百二十个心吧？阿海不会让你白拿工资的，有你发挥的时候。"

林斌巴拉了几口饭，又神秘兮兮地说道："前段时间我对奉县，乃至整个甬城的缝纫线厂做了个调查，发现一个共同点。"

"什么？"宫志鹏问道。

"你有没有了解过我们的竞争对手。不说奉县，整个甬城的线厂老板，年龄都在六十岁以上。"林斌像是发现了新大陆似的神秘说道。

"是嘛？"宫志鹏不置可否，他没有深入了解过竞争对手。不过选染色厂的时候，张龙海倒是说过，天益线业和岳林线厂的老板娘都是奶奶级别的人了。

"好像还真是这么回事。"欧阳荷一边吃着菜，一边沉思着。"我知道的几个厂好像都是这样，沈祖民算是这些老板里面最年轻的一个了。"

"你说——"林斌神秘兮兮地说道，"阿海老是让我们再等等，再等等，他不会是想等这些竞争对手的老板都老眼昏花了再动手吧？"

宫志鹏和欧阳荷都忍不住笑了起来。宫志鹏拿筷子指了指林斌，笑道："我觉得这是个好主意。再等二十年，这些老前辈即便还没有入土，也不可能继续开厂了。那时候，我们不费吹灰之力就能把他们的市场抢过来。"

"那多没意思？"林斌说道，"如果是这种方式接手他们的市场，怎么体现我们的能力。”

“这叫上兵伐谋，不战而屈人之兵，懂不?”宫志鹏一副运筹帷幄的神情。不管怎么说，他相信张龙海让他们等，肯定是有原因。因为他知道张龙海比他更想把内销市场做起来。

让林斌没想到的是，被他认真服务了两天的小姑娘说太累吃不消，没几天就辞职了。

欧阳荷和林斌随之叹气。之后又招了个新工人，是个四十几岁的大姐，然后林斌又不去车间帮忙了。

色卡颜色对应的库存终于备齐了。宫志鹏和林斌趁着张龙海还没出门，一起走进张龙海的办公室。

张龙海好奇问道:“你们两个找我有事?”

“库存备齐了。”林斌迫不及待地说道。

“哦!”张龙海抬头应了一声，又低头算起账来。

林斌焦急地上前一步，问道:“现在是不是可以去跑业务了?”

张龙海看着林斌期待的眼神，放下笔，说道:“还得再等等。不过应该快了。”

“还要等?”林斌一副失望的眼神，“你到底在等什么?”

宫志鹏也上前说道:“是啊，到底在等什么，你好歹跟我们说一下，你不知道，林斌等得头发都白了。”

张龙海看了看二人，笑道:“行，难得你们两个都在，我们聊一下。”

张龙海拉着宫林二人在木制沙发上坐下。“怎么做内销，你们想好了没?”

“这还要想吗?抱着色卡和样品，见服装厂就进，找老板或者采购员做自我推荐。”宫志鹏说道。

张龙海纠正道:“你想得太简单了，商场如战场，知己知彼，才能百战不殆。像你这种扫马路的方法，适合刚刚入门做业务的人。我们既然要做内销，就得确保一战而胜，打出我们的名气来。如果开始做内销，又做不出成绩，弄得不上不下，那还不如不做。”

“那你说该怎么做?”宫志鹏不服气地说道。

“甬城的市场很大，从哪里入手最容易打开突破口，这个你们想过吗?”张龙海继续问。

林斌正色道：“我觉得还是从莼海镇入手最为恰当。莼海镇上的线厂我都了解过了，虽然数量很多，但是规模都很小。和他们竞争，无论是质量、价格还是销售政策，我们都有十足的优势。”

张龙海向着林斌竖了个大拇指，虽然看起来他每天没做什么事，但是已经把莼海的竞争对手都摸了一遍，一个外地人，要找到这些小作坊可不是容易的事。

他点了点头说道：“林斌的想法和我差不多，我这几天跑了奉县不少地方，把奉县所有的线厂做了个摸底调查。奉县最大的线厂是天益线业，就生产规模而言，我们可以排第二名。帮我们染色的岳林线厂有十二台机器，可以排在第三。莼海镇除我们之外，还有三家稍微大一点的，分别有六台机器。其中金林线厂是资格最老，生意最好的一家。另外还有铂林线厂和舍豫线厂，客户相对少一点，其他还有一堆线厂说是厂，其实只是些小作坊，全都只有两三台机器，靠服装厂的关系维持着自己的生计。据我所知，铂林、舍豫这两家厂和金林线厂的关系不怎么好。另外那些只有两三台机器的小作坊，多集中在莼海镇和隔壁的秋实镇。其他几个镇服装厂少，线厂也少。综合各方面的考虑，我也觉把莼海以及周边的几个镇作为切入口最为恰当。奉县的线厂之中，论硬件设施和管理能力，只有天益线业比我们强。岳林线业虽然有十二台机器，但是客户数量并不多。而且这两家厂的客户主要集中在奉县县城周边，那一块我们暂时不要去动。跟这两家竞争，以我们目前的实力，恐怕不是他们的对手，即便勉强抢来了客户，也是杀敌一千自损八百，没太大意义。我同意林斌的思路，先拣点软柿子捏捏，以莼海镇为中心，把周边几个镇一举拿下。”

张龙海说着顿了顿，眉头皱了起来，语调变得有些低沉：“莼海的这些线厂，虽然实力不如我们，但是，真正要和他们竞争，也不是容易的事，如果单纯地比质量和价格，那事情就很好办了。关键是事情没这么简单。这些小作坊虽然硬件设施很落后，但是他们在莼海已经生产十几二十年，他们和服装厂的关系盘根错节，有些是亲戚，有些是朋友，即便什么都不是，将近二十年合作下来，关系也不一般了。我们内销刚刚起步，品牌名称谁也没听说过，贸然地上门去推销，别人未必会理我们。”

宫志鹏和林斌认真听着，认同张龙海的说法。

张龙海说道：“在动手做内销之前，我们的方针先要明确，第一个方针：远交近攻。拉拢天益线业和岳林线厂，集中精力对付小作坊。这一点我相信你们两个应该能够理解。”

宫林二人点了点头，表示认同。

“第二个方针，有针对性地开发市场，以区域为导向，不要东放一枪，西放一炮。如果客户过于分散，我们的送货成本会很高，有些客人要几个线，如果路途遥远，你是送还是不送？对我们来说，最理想的状态是，以公路为导向，将路两侧所有的服装厂全部拿下。这样每天沿着公路送一次货，无论客人的订单是大还是小，顺带着送过去，不会增加运输成本。”

宫林二人还是点头，表示认同。宫志鹏说道：“你说的这两点，我们都认可。不过你前面说的，这些线厂和服装厂已经合作二十几年，关系都很铁。莼海人都比较重义气，这个情况下，我们贸然上门推销确实有些难度。”

“如果这些线厂和服装厂都是亲戚、朋友，那我们不是一点机会都没有？”林斌问道。

“确实有难度”张龙海说道，“一个线可以做几十件衣服。这样折算下来，一件衣服上所用的缝纫线成本不过一毛零一点。我们一个线的售价比小作坊便宜三毛，摊到一件衣服上也就一分钱。这种微不足道的成本，服装厂老板根本不会放在眼里。也正因为如此，莼海的缝纫线卖到三元五一个，远高于市场正常价格，莼海的老板却从未说什么。说明他们并不在乎这一点成本差异。”

“如果价格优势打动不了客户，质量优势在没用过之前又很难体现。如此情况下，我们的两大优势就发挥不出来了。”宫志鹏暗自喃喃。

林斌深思道：“除了价格和质量，还有起订量和可以退货这两大优势在。”

张龙海点了点头，说道：“或许这两项销售政策才是我们做内销的利器。只是和每个客户去讲我们的优点会很累。”

“除此之外，我们还能怎么做？”林斌隐隐觉得张龙海还留有撒手锏。

“办法我已经想到了，至于什么时候动手，我在等待一个时机。”张龙海沉吟道。

“什么时机？”宫志鹏问道。

张龙海笑了笑说道：“我们得出师有名！虽然同是生产缝纫线的厂家，在之前，我们做外贸，他们做内销，大家井水不犯河水，一旦我们也做内销，莫名其妙地砸了他们捧了几十年的饭碗，别人不得恨死我们？”

“这——没必要吧？”林斌不解道。“商场如战场，优胜劣汰是自然法则，要怪只能怪他们自己没实力。”

“话虽如此，可是事情往往没你想得这么简单。”张龙海说道，“如果一声不吭就抢了他们的饭碗。服装厂和他们关系好，会持着同情弱者的心理和我们产生对立情绪。这种情况下，即便拿下这些服装厂，服装厂的老板也不会真心实意地跟我们合作。万一另外有线厂来莼海跑市场，这些服装厂就会临阵倒戈。”

“那要怎么做？”宫志鹏问道。

“方法我已经想好了。你们两个先安心等几天，不要贸然行动，打草惊蛇。等我做好前期准备，后边有你们两个发挥的时候。到时机会来了，你们两个别掉链子就行。”

宫志鹏和林斌对视一眼，没再继续纠缠。看来张龙海看得比他俩深远。

又过了两天。张龙海问宫志鹏：“莼海的服装厂里面有没有你关系好一点的工厂？”

宫志鹏挠了挠头，说道：“关系有一点，但是说不上铁。”

张龙海说，能说上话就行。宫志鹏便说了两家服装厂的厂名。其中一家叫宏兴服饰，老板王奋达是宫志鹏表舅的哥哥。

晚上的时候，张龙海和宫志鹏买了些水果去王奋达的家里拜访。因为有这一层关系在，王奋达还是很热情地请张龙海和宫志鹏进屋说话。

寒暄过后，宫志鹏说自己开了个线厂。

王奋达连忙皱起了眉，打断说：“你是我弟的表外甥，按理我是应该帮你一把的，只是我跟金林线厂的老沈是几十年的交情了，跟他们一直合作地挺好，中途转过来估计不好办。”

张龙海插话道：“王总，你误会了，我们不是这个意思。金林线厂的生意你尽管做，他做内销，我们做外贸，彼此没有什么冲突。”

“哦？那你的意思是？”王奋达听说不是让他和金林线厂断交，语气又恢复了平和。

“是这样的。”宫志鹏说道，“我们一直做缝纫线的外贸订单，因为外贸都是整柜出货的，经常有货装不过剩下来，每个老外要求的商标和包装方式不一样，这些剩下的货没办法卖给其他客人。长期积累下来，仓库里放了很多这样的缝纫线。我想着这些线可能服装厂用得到，服装厂反正是自己用，不在乎线上贴的是什么商标，对吧？”

“线只要质量好，颜色对得上，包装对我们来说，确实是没什么关系，哪怕你不包装，我们也可以用，主要还是质量和颜色。”王奋达说道。

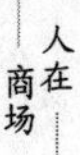

宫志鹏笑了笑说道“表舅放心，不是我吹牛，金林线厂的线和我们比，质量肯定是我们好，至于颜色，我们留下来的都是黑色、漂白和本白三个颜色。不知道这几个颜色你能不能用到。”

“这三个都是常用色，你那边有多少?”王奋达谨慎地询问。

“总共有一百多箱，表舅能用多少，就用多少，哪怕是消化一箱，对我来说也是减轻压力。”

“这个没问题，那个外贸线价格是不是贵一点?”王奋达继续问。

“表舅放心，你诚心帮我，我肯定不会让你吃亏。我知道你买的线3.5元一个。我的外贸线比你买的线大一点，我折算成一样大小的价格，2.8元/只给你。”

“哦，那太好了，既帮你减轻库存压力，还能给我省点钱。”王奋达兴奋地说道，“这样吧，明天这三个颜色，你每个颜色发十箱过来。”

就此一笔生意做成了。按照这个方式，宫志鹏和张龙海又拜访了五家服装厂，两家是宫志鹏的关系，三家是张龙海的关系。这五家厂全都顺利成交，各要了几十箱黑白线。同时，这五家服装厂都是金林线厂的客户。

回到厂里，宫志鹏问道：“虽然线卖出去了，可我不明白为什么要这样做。外贸本来生产就来不及，你还卖掉了一百多箱黑白线。虽然卖出去的价格比外贸订单的价格高了一点，但是我觉得完全没这个必要。”

张龙海卖关子说道：“过几天你就知道了。”

三天后，宫志鹏找到张龙海说：“王奋达打电话过来，让我过去一下。听语气好像不是什么好事。”

张龙海笑了笑，说道：“走，我和你一起去。”

去的路上，宫志鹏一直猜测着王奋达叫他过去有什么事。张龙海说肯定是想退货。

“退货？为什么？”宫志鹏越发不解。

车子在宏兴服饰办公楼门口停了下来。宫志鹏急匆匆地准备上楼。张龙海一把拉住宫志鹏问道：“你知道等一下怎么说吗？”

宫志鹏不解道：“怎么说？”

张龙海凑近宫志鹏的耳朵嘀咕了几句。宫志鹏笑道：“真有你的。”

王奋达看到宫志鹏和张龙海进来，连忙倒茶，一脸歉意地说道：“表外甥啊，我对不住你了，你拉过来的这些线还得麻烦你拉回去。”

“怎么回事？”宫志鹏惊讶道，“是质量不够好？”

“不，不，不，线我已经用了两箱，质量很好。”

“那是为什么？”

王奋达犹豫了好一会，才说道：“老实跟你说吧。金林线厂的老沈来送货的时候看到了你们的线。他说开线厂，颜色线数量小其实是赚不了什么钱的，真正赚钱的就这些黑白线。他说如果我黑白线不到他那里拿，那以后我要颜色线，他也不供给我了。所以我也是没办法啊。你的线虽然质量好，价格也便宜，但是颜色线没有。我还是得依靠金林线厂啊。”

宫志鹏站起来愤愤不平地说道：“这个老沈也太过分了。我们又不想抢他的市场，只是卖一点库存货，他还要逼着你退给我们。”

王奋达说道：“这事，老沈是做得有些过头，我也跟他说了，你就这一些库存处理一下，可是他听不进去。”

宫志鹏继续说道：“表舅，这些货我拉回去，我肯定不让你为难。不过，麻烦你帮我传个话给沈老板。我们开厂几年了，一直没做内销不是竞争不过他，是看在同乡的份上，不想抢了他的饭碗。既然他这样不讲情面，就不要怪我们手下无情了。”

王奋达嘿嘿笑着说：“这个是你们两家的事，我就不掺和了。用掉的那几箱线的钱，我直接现金付给你。”

宫志鹏客套了几句，把那些黑白线又拉到了厂里。

同样，另外几家服装厂也是如出一辙，把线都退了回来。

将所有货物拉回厂里以后，张龙海立刻将欧阳荷和林斌叫到了办公室。

林斌一进张龙海的办公室，看到宫志鹏满脸堆笑，立刻意识到了什么，连声说道："是不是要行动了？"

张龙海等众人坐下，说道："林斌、志鹏，我们等的时机现在到了。我要你们在两天之内跑完周边三个镇所有的服装厂，有没有问题？"

"两天？"宫志鹏惊讶道。

"没问题。"林斌信心十足地回答。

宫志鹏用手肘撞了撞林斌，提醒道："有些服装厂很隐蔽，你知道在什么地方吗？"

"小菜一碟。"林斌站起来，从自己的办公桌下拿出装"钓鱼竿"的皮套，拉开皮套的拉链，却见里面装的并不是钓鱼竿，而是一副地图。呼啦一声，林斌将茶几上的样品线和资料，全部抹到了地上，然后将地图放在茶几上摊开。

这是一张奉县地图，地图上密密麻麻地标注着数字。另外有个本子，备注着数字的含义。那些密密麻麻的点全是服装厂。

"哇噻！你哪里搞到的这一副地图？"宫志鹏如获至宝地打量着地图。

林斌笑道："上一个月每天出门，你以为我真去钓鱼了？"

"这就是你上个月每天出门弄来的？"张龙海不可置信地凑近地图端详起来。

林斌说道："宫总，我们两个分头行动，路线是你先选，还是我先选。"

宫志鹏哪受得了这种挑衅，连忙说道："你是外地人，人生地不熟的，当然你先选。"

"好！"林斌当仁不让，"我向东然后从南面绕回。你向西从北面绕回。晚上的时候，我们来比比谁跑的服装厂多。”

宫志鹏看了看地图上的标注，两人负责的区域服装厂数量大概差不多，连忙就答应了下来。

张龙海补充道：“我们统一销售价格，就定在2.8元每只。你们跑市场的时候，一定要把我们做内销的‘原因’讲给服装厂听。当然你们不用指名道姓地说是金林线厂。”

宫志鹏和林斌会意地笑了笑。

第二天，林斌和宫志鹏都没来公司，直接奔赴了战场。中午两个人也没回来吃饭。直到下班，才一前一后回到工厂。

张龙海问两人战果如何。

林斌说：“三分之二的服装厂跑完了，名片和样品都分了，多数客人听了我说的故事，都同情我们的遭遇。”林斌说着得意地笑了起来。

宫志鹏说：“我也差不多。”

“行啊，晚上替你们庆功！”张龙海高兴地说道。

林斌不解：“我们只是跑了一遍服装厂，服装厂又没有正式答应跟我们合作，现在庆功太早了吧。”

宫志鹏也觉得现在庆功太早了。

张龙海说这是你们不要庆功的，可别说我小气。说着便笑眯眯地去了车间。

看张龙海信心十足的样子，宫志鹏和林斌对视一眼，觉得有些莫名其妙。做业务多年，两人都知道，跑了市场并不意味着你就占领了市场。

第二天宫志鹏和林斌又准备出发的时候，张龙海叫住他二人，他拿出林斌的那副地图，在地图的四个角落各画了一个圈。然后说道：“这四个服装厂，你们先不要去。”

“为什么？”林斌不解地问道。

宫志鹏也莫名其妙。

张龙海说你们照做就是了。

宫志鹏和林斌按照张龙海的要求，在两天之内跑完了三个镇所有的服装厂。这两天的奔波，两个人每天的步数都在三万步以上。

在宫志鹏和林斌出去跑业务的同时，张龙海也没有闲着。他去拜访了天益线业和岳林线厂的老板娘。岳林线厂的老板娘早就知道永邦要做内销，并没有觉得惊讶，当张龙海说以后多多交流，互相帮忙，大家各做各的市场，不要互相挖墙脚。老板娘说这个是自然。

天益线业的老板娘见到张龙海，初始以为是哪个客户，当张龙海自报家门，并说明了来意以后，先是惊讶，随即持着来着是客的态度，十分热情地和张龙海寒暄了好一会。张龙海说："与人竞争不如与人合作，我们来个君子协定，你的客户我不去拜访，我的客户也请老板娘手下留情。"

天益的老板娘知道张龙海刚刚开始做内销，准确说到目前为止一个客户也没有，这种君子协定只对自己有利，连忙连声应承。说应该互相合作，互相支持。

张龙海回到厂里，看到宫志鹏和林斌都将腿搁在办公桌上拼命地揉捏着。不过两个人都很兴奋，滔滔不绝地述说着各自的战果。

总体来说，还是林斌这边的收获更大一点，因为林斌跑的客户中，已经有好几个厂要了黑白线试用，说先看看质量如何。

"说什么亲戚、朋友，莼海人也没这么重义气，在利益面前，还是看重价格的。"林斌说道。

"你是怎么跟客人沟通的？"宫志鹏虚心求教。经过几天的较量，宫志鹏对林斌的业务能力再无怀疑。不得不承认，他比自己强。

林斌说："我和服装厂老板娘说，你选择用永邦的线，我们每年赠送你一次出国游。"

宫志鹏惊讶道："你出钱啊？"

林斌笑道："老板娘也是这么问，然后我就告诉她这个钱是怎么来的。我们的线比他们原来用的线便宜五到七毛一个，相当于优惠了17%。服装厂一条流水线一年要用到两三万元的线，三四条流水线，就是将近十万元的缝纫线需求量。节约17%，就等于服装厂可以省下一两万的生产成本，你说是不是欧美游的钱就有了？量小一点的服装厂，弄个泰国、越南游也不是问题。”

宫志鹏拍案叫绝：“你小子这一招厉害，一个线相差几毛摊到一件衣服上，只差一两分钱。对一两分钱所有老板都没感觉，对每年一次的出国游，想没感觉也难啊。”

两三天之后，陆陆续续地有服装厂下单过来。只是比预期的数量要少。宫志鹏和林斌都觉得有些失望。张龙海却依旧是信心十足的样子。

宫志鹏和林斌一人开着一辆面包车，一边送货，一边继续走访那些没合作的客户。在送货之前先去没合作的厂里转一下，故意让他们看到车上的货物，宫志鹏还经常当着客人的面接电话。目的就是想告诉这个客人：你看你旁边的厂已经开始跟我们合作了。

张龙海和欧阳荷配合二人，全力保证生产。原本外贸就忙，现在又增加了内销订单。内销的订单都小，一般都是几十个甚至十几个线，偶尔一个颜色一次要一两百个线，算是大单了。所幸，欧阳荷之前就管过内销车间，应付这些订单驾轻就熟。只是内销占据了一部分产量，外贸生产就更紧张了。

“如果你确定要做内销，以后接外贸订单，说交期的时候就得慎重了。”欧阳荷一边忙着包装，一边提醒张龙海。

张龙海说道：“我知道，现在外贸报价的时候，我先问交期，如果交期谈不拢，干脆价格也不报了。”

正在车间忙碌的时候，看到有人骑着一辆电瓶车在门口探头探脑。欧阳荷以为是找工作的，但是一看穿着和年龄又不像。她用手肘撞了撞张龙海问道：“是不是找你的。”

张龙海看了来人一眼，不由得笑了：“终于来了。”他说着走向来人。

“你找谁？”张龙海假装不认识她。

“我找你们这里的老板。”来人说道。

“我就是。”张龙海说。

“哦，你就是老板？这么年轻啊。”来人停好电瓶车，说自己是金林线厂的老沈。

张龙海连声说失敬，然后把她请到办公室。

老沈在办公室坐下后，张龙海连忙倒茶。老沈拘谨地说道：“是这样的，听说你们现在也做内销了。我今天来呢就是想和你沟通一下。你们要做生意赚钱，我是没理由反对的。只是你们这价格也报得太低了点，才 2.8 元。这个价格弄得大家都没钱赚。”

张龙海笑道：“老实说，我不想做内销的，内销单子这么小，我真心看不上。你也看到了，我们车间里做的都是外贸。外贸多省心，一个颜色几十箱，一个订单便是一个集装箱。不像内销一个颜色几十个甚至十几个。”

“内销是这样的，都是小单子，很杂很琐碎。”老沈说道。

“你说得没错。做内销纯粹是被你逼出来，我最初就是想处理点外贸多出来的线，可是你偏偏不让我处理。我这人就是这样，你敬我一尺，我还一丈，你损我一尺我也还一丈。你跟服装厂说，黑白线用我们的，颜色就不要到你那里去拿了，这不没办法，我们也只好做颜色线。”

老沈苦着脸说道：“这个确实是我不对，我今天来就是专门向你道歉的。”

张龙海说道：“这个时候道歉，似乎晚了点，现在我们颜色线的库存备好了，名片和色卡也已经分出去了，而且有很多服装厂已经开始下单过来了。”

老沈这时候突然变了一副面孔，正色道：“我年纪比你大了二三十岁，叫你一声小张应该不会叫错。大家都是做生意的，我们也没必要拐弯抹角，你呢也别把我当傻瓜。你说你做内销是被我逼出来的，这话说给服装厂听，他们或许会信，跟我说这些就没必要了。不说你的这么多颜色线库存，即便是这一本内销色卡做一下估计也要一个多月时间。我让服装厂退你的货不过是一个星期之前。”

张龙海见障眼法被识破，尴尬地笑了起来。没想到这个老沈这么直接。

老沈顿了顿说道：“这样吧，小张。既然你要做内销，我也不拦着你。只是你的价格能不能抬高一点？卖 2. 8 元每只，我没利润，你也赚不到什么钱，这又何必？”

张龙海笑了笑说道：“沈姐，你叫我小张，我叫你沈姐应该也不会叫错。2. 8 元的价格你说没利润，其实相比我们的外贸订单已经高了很多。”张龙海说着从抽屉里抽出一张合同递给老沈，说道，“你看同样是三千码一卷的线，我做外贸只有 2. 3 元的价格，做内销 2. 8 元我觉得这个利润已经很可观了。你卖 3. 5 元一个等于是暴利了。”

老沈拿着合同仔细端详了一会，发现合同上的价格还真是 2. 3 元。她不敢相信地说道：“2. 3 元的价格你们能赚钱？”

张龙海笑道：“赚肯定有得赚，只是比较少。”

老沈的脸顿时就黑了下来。她心里清楚，按照自己的生产成本，即便卖 2. 6 元也是亏损的。她自己染色节约了一部分成本，但是她的纱、硅油都是通过甬城的经销商买的，原材料成本比张龙海高了将近 10%，再则人工成本更是差得离谱，她六台机器一个月四五吨的产量用了六个人，而张龙海一个月六十吨的产量只用了十二个人。

“沈姐，价格这一块呢，我暂时是不会动的。我觉得 2. 8 的利润已经可以了。毕竟我们新来乍到，如果和你卖一样的价格，肯定是打不开市场的。”

“那倒是，卖一样价格，服装厂肯定会选我，毕竟这么多年的交情在，而且我们服务也一直做得很好。”老沈自信满满地说道，随即又颓废了下来，“如果你坚持要卖 2. 8 元，我也只能把价格降下来。

这样两败俱伤，我个人觉得完全没有必要。在你做内销之前，莼海也有很多线厂，大家都相处得很好。价格统一，哪个服装厂都没有意见。你突然来个2.8，你这是想把整个莼海镇的线厂一锅端掉啊？我今天是当面和你沟通，现在指不定多少人在背后骂你呢。”

张龙海笑了笑，厚着脸皮说道：“其他人，反正我也不认识，随便他们骂吧！”

老沈看着张龙海，意味深长地叹了口气说道：“你们年轻人做事还是欠周全啊。看来这个事情是没得商量了？”

张龙海说道：“这样吧，既然沈姐叫我一声小张，你的面子我不能不给，你划一个道，哪几个服装厂你在合作的，跟我说一声，我保证这几个服装厂的生意我不去碰。”

老沈玩味地笑了笑说：“这倒是没必要。真要竞争，我也不会怕你。大不了就是少赚点，反正我现在有其他产业，线厂赚不赚我也不在乎。”

老沈说完便说了声厂里有事，先走了。

张龙海看着她的背影想道：“真正的较量要开始了。”

两天后，张龙海接到一个陌生号码打来的电话，对方自称是莼海税务局的，让张龙海带上电脑主机去一趟税务局。

张龙海挂了电话后，心里七上八下，连忙打电话给吴会计。吴会计是大公司的会计，顺带着帮张龙海报税，张龙海支付五百元一月的工钱给她。

吴会计听张龙海说税务局的人让他过去，连忙说：“你先不要过去，我这边帮你打听一下，另外你也找找其他的路子。这种情况肯定不是好事，如果真到了税务局，事情会很麻烦。”

这个吴会计虽然刚合作没多久，但是张龙海很信任她。不仅专业能力强，人际关系也很广。张龙海刚开厂的时候，是让会计师事务所带着做账。会计师事务所就两三个人兼着上百个小厂的财务，事情太多，有事的时候叫不应。更有一次因为进项发票没有及时到位，会计就把销项发票开了出去，导致张龙海一次交了两万多的增值税。

张龙海去会计师事务所理论，对方还振振有词地说进项没进来是你们自己的过错。从那以后张龙海就有了换会计的念头。后来经过亲戚介绍，找到了吴会计。简单交流后，张龙海就干净利索地断了会计师事务所的合作，把财务这一块交给了吴会计。

过了半个小时，吴会计打电话过来，说事情挺棘手。问张龙海是不是得罪了谁。这次查我们的账是莼海税务局的局长点名的。

张龙海问道："我们规规矩矩地在纳税，他能怎么样？"

吴会计说暂时还不好说，从她的角度来看大的问题应该没有，但是税务局真要和你较真，罚款肯定难免，而且一旦罚款你企业的信誉等级受到影响，以后做生意会很麻烦。

张龙海问，我们都是规规矩矩纳税，老老实实做账的，他怎么找我们的麻烦？

吴会计说道："如果他们要找你麻烦，哪怕是注册会计师做的账他也会给你找出漏洞来。"

张龙海问："那怎么办？"

吴会计说："你自己有没有税务局的路子？"

张龙海说好像没有。吴会计说："我先帮你周旋下，看看能不能花点钱大事化小，小事化了。"

张龙海挂了电话后，心情很沉重。

恰逢五一，莲姐回了趟家。张龙海也回家吃了餐团圆饭。莲姐的肚子已经很大，预产期马上就要到了，张龙海说暂时别上班了，你一个人挺着个大肚子在外边我不放心。

莲姐说没事，预产期还有一个月。

张国平也说："这一个月别上班了，回家来住一段时间，让你妈照顾你。"

莲姐说现在正是公司销售旺季，她身为主管还脱不了身，等忙完这阵再考虑。张国平和张龙海都熬不过莲姐，只好妥协。最后全家人一致决定，让张龙海母亲去甬城陪莲姐住一段时间。

吃过晚饭，张龙海想着税务局的事情。吴会计问他得罪了谁，他自然知道，这事肯定是金林线厂的老沈搞的鬼。可是眼下最重要的是怎么化解这一波攻势。

张龙海想了一堆被报复的方法。确实没想到，老沈会通过税务局的关系来打击自己。母亲看到张龙海一个人坐在门口沉思，上前宽慰道："妈会去甬城，你不用太担心。"

张龙海看了看母亲说自己担心的不是这个事。然后说起税务局找麻烦的事情。母亲笑道，这事你怎么不早说，你小舅妈的弟弟就是在税务局。可以去找他问问。

"小舅妈的弟弟？"张龙海从未听说过这人，不过有这一层关系在，岂能错过。张龙海当即给小舅打电话。小舅没什么文化，也开着一个小厂，专做石料生意。他很多东西不会操作都是张龙海在帮他弄。

小舅一听说税务局找张龙海麻烦，马上打保票说这事肯定能解决。然后小舅、小舅妈连夜陪着张龙海去了他小舅子家。

舅妈的弟弟叫沈世杰，是莼海地税局副局长。他听张龙海说完，疑惑道："你说是国税的沈局长点名要查你的账？"

张龙海说吴会计是这么说的。

沈世杰认识吴会计："既然是吴会计说的，应该不会错。只是知不知道他为什么要查你的账。"

张龙海将自己的推测大致说了一遍。

"你抢了金林线厂的生意？"沈世杰笑道，"那肯定是没错了。国税的沈局长是金林线厂老沈的亲侄子。说回来，这个老沈和我也能扯上点亲戚关系。这事你做得确实有些唐突，做生意有竞争很正常，但是不应该太狠。你这价格一下降七毛，等于是断了她的财路，她不跟价，客户要跑掉，她若跟价，利润全没有了。俗话说得好，断人财路，犹如杀人父母，你一出手就这么狠，想致人死地，她做了几十年的市场，一夜之间全被你抢走了，换了我，我也会报复你。”沈世杰虽然说的话带有一丝责备，但是语气却非常平和，甚至带着一种欣赏的味道，“年轻人做事，是该有魄力，但是这次有些过头了。”

小舅和小舅妈连声附和，一面说张龙海年轻不懂事，一面让沈世杰务必帮他一把。

沈世杰笑着和舅妈说道：“姐，你放心吧。你的外甥就是我的外甥，这事我肯定不会袖手旁观的，我现在就打电话给沈局长。虽然他在国税，我在地税，彼此之间还是经常照面的，我想这一点面子应该会给我。”沈世杰说着便拨通了国税局长的电话。

电话接通以后，沈世杰独自来到阳台，和沈局长寒暄了几句，问道永邦线业的事情。然后说永邦线业是自己外甥开的，事情经过他也了解了，刚刚已经说过他了，明天让他去给老沈赔不是。

沈世杰在电话里和沈局长聊了十几分钟，才挂掉电话回到客厅。“沈局长那边我给你说好了，老沈那边你明天过去一趟，说几句软话。同行之间，不能弄得太僵。至于税务局那边，沈局说了，只要老沈没意见，他那边象征性地补缴一点税，这事就算过去了。”

张龙海当即千恩万谢。

回到家以后，张龙海打电话给吴会计。吴会计得知沈世杰和张龙海的关系，越发热情，说处理好了就行，下面一些税管员她负责去搞定，只是需要张龙海破一点费。张龙海说这些都是小意思。

第二天，张龙海独自来到金林线厂。金林线厂的老沈似乎知道他要来，见到张龙海并未感到意外。

老沈泡了一杯茶给张龙海。张龙海开门见山，说自己是来道歉的，希望沈姐能够放过他。

老沈笑了笑说道：“小张，你这话说得严重了，现在应该是我求你手下留情，怎么轮到我放过你了。”

张龙海暗示道：“昨天接到税务局的电话，大家都是做生意的，知道税务局上门意味着什么。听说沈姐税务局有关系，还请沈姐出马替我说说好话。”

老沈惊讶道：“小张，你不会认为是我找税务局的人去查你的账吧？我税务局是有几个亲戚，但是让税务局去你厂里查账这种事情，还是做不出来的，你千万不要误会。”

张龙海继续装孙子：“不管是于不是，既然沈姐税务局有人，就帮我说说好话。我上次也说过，我这人人敬一尺我还一丈，你这份恩情我会记心里的。”

老沈笑道：“税务局那边我肯定会去，至于说了有没有用，这个我不敢打保票。”

“沈姐有这份心就够了，上次我说过，沈姐哪几个客户在做的，画一个道，我保证不上门去。不知道沈姐的名单有没有列好。”

“我写了几个。这些都是我的老交情了，希望小张能够手下留情。”老沈说着从办公桌上拿出一张纸，上门写了十几个服装厂的厂名。

张龙海看了一眼，便塞进了口袋，然后起身告辞。

回到工厂，宫志鹏和林斌都等在办公室。两人知道税务局查账的事，都是手心里捏了一把汗。见张龙海回来，连忙问道：“怎么样，那个老沈怎么说。”

“这个老狐狸不肯承认，不过答应了去税务局替我们说情。”张龙海说着将一张纸条扔在茶几上，“这几个工厂，我们暂时不要去动了。”

宫志鹏拿起纸条看了眼，咒骂道：“这老太婆胃口真大啊，莼海镇上最大的服装厂都被她圈进去了。”

林斌不服道：“有几个已经开始跟我们合作了，也让给她？凭什么？”

张龙海笑了笑说道：“暂时按照我说得做，等税务局的风波过后，看我怎么收拾他。”

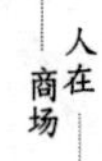

“你有后招？”林斌问。

“没有！”张龙海诡秘地笑着，让林斌不要问，只管照做就是。

林斌和宫志鹏对看一眼，知道张龙海肯定留有后手，便安心地忙自己的事情去了。

税务局没再催张龙海抱电脑过去。五一假期一过，吴会计便来到了工厂，她说事情基本弄好了，这个月做账的时候，我们多报一万八的税，其中一万五算是补缴以前的。

张龙海说还是得缴一万八？

吴会计笑了笑说道：“能有这样的结果，你就满足吧。如果真要查账罚款，没有十万八万下不来。”

张龙海苦笑着不再说话。

一个星期后，金林线厂突然被查封了。原因是有人在甬城论坛上发了个帖子，说五水共治正在浙省大地上如火如荼地进行。奉县环保部门却毫无作为，像金林线厂这种违规染色，胡乱排放污水的行为丝毫不受影响。帖子说道，这些印染企业工商税务登记在案，如今在眼皮底下排污，你们却视而不见，是不是收了这些排污企业的贿赂。

因为这一个帖子，整个奉城的环保部门一夜之间行动起来，查封了很多没有排污执照的印染企业，其中金林线厂便是头号查封对象。

沈世杰打电话问张龙海，这帖子是不是你发的？张龙海说什么帖子。沈世杰告诉他帖子的内容。张龙海说没发过任何帖子。

沈世杰说：“你没发就行。如果真是你发的，会被人骂死的。真个莼海镇的线厂被一锅端了。”

确如沈世杰所说，莼海镇的线厂，除了张龙海没有自己染色的，其他的线厂全被查封了。染缸封存，管道切断。新闻媒体都跟着来报道了一番。

那个帖子下面是工商部门和环保部门的回应，查封的照片跟在帖子下面。这个帖子一下子成了热帖。只是网友同情之声却多于叫好之声。

宫志鹏和林斌一早就知道了事情，因为所有服装厂的订单突然之间全跑到他们两个手上来了。有一些服装厂意味深长地问，这事是不是你们弄的？宫志鹏和林斌虽然心知肚明，却把头摇得跟拨浪鼓似的。

这个帖子是一个叫环保先锋的网友发的。至于这个叫环保先锋的人是谁，谁也不知道。帖子上举报的只有金林线厂，而导致整个莼海镇的线厂被一锅端则要归咎于金林线厂的老沈。老沈看到一堆穿着制服的人上门来查封设备，立刻慌了神，说染色和排污的又不是只有我一家，凭什么只查封我一家。

然后，根据老沈的检举，莼海镇其他的线厂也被查封了。

整个莼海镇只剩下张龙海一个线厂，不管服装厂愿不愿意跟他合作，只能把订单下给他。所以一夜之间，订单雪片似的飞来。

宫志鹏和林斌，忙得团团转，心里乐得跟吃了蜜似的。

莼海的这些线厂经过一个星期的整顿才重新开业，再次开业，染色自然是不能染了，但是绕线还是可以绕的。

经过这一次大洗牌，镇上的每个服装厂都知道了永邦线厂，不论合作时间长短，多少都用过了永邦的缝纫线。用过以后也体验到了永邦线业的与众不同。以致在另外几个线厂恢复生产以后，他们也不想再回去和他们合作了。

这一天，就在宫志鹏准备出门送货的时候，厂里来了一辆面包车，从面包车上下来七八个人。每人手上拿着一根钢管。

一看这势头就是来者不善。欧阳荷连忙让人把车间门关起来。哑叔看到有人来厂里找事，拿着一把扫帚要和来人拼命。欧阳荷和另外几个工人硬把他拖回了车间。

宫志鹏一看这架势，连忙向着办公室焦急地喊了一声阿海。

张龙海从办公室出来，几个人连忙把他围在中间，一个领头地问道："你就是这里的老板？"

宫志鹏挤开人群，站在张龙海身边，问道："你们是什么人？想干吗？"

那个领头的用钢管拍打着手心，说道："我们是什么人不用你管，我们老大想和你们老板谈谈。"

"你们老大是谁？"张龙海问道。

"你去了就知道。"领头的说着一挥手，后边人让出一条路，让张龙海跟着他们上车。

张龙海看了看宫志鹏，知道自己躲不过，乖乖地跟着他们上了车。宫志鹏不放心，开着面包车跟在后面，他让欧阳荷等他消息，如果情况失控，立刻报警。

几个混混把车子开进了舍豫线厂。张龙海顿时便明白了怎么回事。据说舍豫线厂最早是镇上的大混混二猛开起来的。厂子开起来之后，二猛嫌做线太累，便把工厂转给了他舅舅。

这个二猛和黄元龙有点像，开始的时候在社会上混，手下跟着一大帮兄弟，后来有了自己的不少产业，开始做白道上的生意。不过这个人很重义气，给以前跟着的一帮兄弟，都安排了活干。让所有跟着他的人都有口饭吃。

宫志鹏一边开车，一边打电话给黄元龙，告诉他发生的事和现在的位置。

张龙海心想，他们把他带到舍豫线厂，应该只是想提些要求。如果真要对自己不利，就不会带到线厂来了。

二猛原名叫范强，因为做事有些愣头青，认准了便要一条道走到底，再加上之前和人打架的时候比较猛，所以从小就得了二猛这一个绰号。

张龙海读初中的时候，就已经听过这个人的名号，算起来二猛现在也有四十出头了。以前听人说，他上初中的时候，被一大帮人追着打，后来躲进一个废弃的工厂，因为是晚上，大家知道他猛，不敢跟

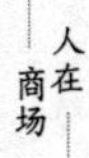

他单挑，没人敢进去揪他出来，便一起堵在厂门口，不让他出来。

没想到二猛跑到工厂楼顶，一个助跑直接从楼上跳了下来。那时候很多人跟着打群架，纯粹是好玩，谁也没想过真要把谁打伤打死。看到二猛从四楼楼顶直接跳下来。堵他的那些人，怕惹上人命官司，一哄而散，早就没了踪影。

所幸，二猛命大，从四楼跳下来，落在一个草堆上，竟然安然无恙。这之后，二猛便出了名，那些混的人知道他是个敢玩命的主，也就没人敢去招惹他了。渐渐的，他倒成了这些混混的头子。

张龙海从车上下来，看到舍豫线厂的王老板。王老板是个淳朴的农民，他自己学会绕线、染色、修机器，凭着十几年的勤劳，硬是把二猛留下的几台机器，做成了和金林线厂并驾齐驱的线厂。

这一次金林线厂被封的时候，他也未能幸免，那些染缸一并被环保部门的人拆了管子。

“你就是永邦线业的老板?”王老板身后闪出一个人。此人身材魁梧，皮肤黝黑，板寸头，脖子上挂着一根粗大的金链子，金链子下面挂着一块黑色的吊坠。张龙海不知道这吊坠是什么材质，只见上面有个白色的忍字。

“是的!”张龙海不卑不亢地回应。

“有种啊，小子。”很多人被自己用这种方式请来，要么暴跳如雷，要么当场服软。像张龙海这样冷静的倒是少见。

宫志鹏跟着他们的车过来，把面包车停在舍豫线厂门口，并且调好了头，心想如果情况不对，跳上车，一踩油门就能跑。准备停当，他挤开人群，站到张龙海身边，喊了一声：“猛哥好!”

二猛皱眉道：“你是谁?认识我?”

宫志鹏说道：“永邦线厂是我们两人合伙开的。猛哥的威名莼海镇上谁不知道。”

二猛笑了笑，掏出一包中华烟，很随意地抽出一根扔给张龙海，又抽出一根扔给宫志鹏。张龙海接住后，又恭恭敬敬地递还给二猛，说自己不会抽烟。

二猛斜着眼睛瞄了他一眼，随即指了指旁边的桌椅说道："坐吧，聊会！"

张龙海和宫志鹏各自拖过一把竹椅坐了下来。宫志鹏给张龙海使眼色，暗示他见机行事，如果苗头不对就跑。

"猛哥找我过来，是不是因为染缸被封的事情？"张龙海问道。

二猛吞吐着烟点了点头。

"这事跟小弟可没有关系啊！"

二猛斜眼打量了张龙海一会，问道："真不是你弄的？"

"不是。"张龙海坚定地回答。

"你觉得会是谁？"

"这个我真不知道。"

"你小子挺有种啊！镇上所有的染缸被封，你是唯一的受益者，你说不是你干的，别人恐怕不会相信啊。"

"猛哥要我怎么说才肯相信？"张龙海一脸诚恳地盯着二猛。

"看你的诚意。"二猛不冷不热地说道。

正说话间，门口刹车声此起彼伏地响起，乍一听有三四辆车在门口急刹。不一会呼啦啦进来一群人。领头的不是别人，正是黄乔龙。

二猛斜眼打量着进来的一群人，依旧坐着不动，倒是身边的几个小弟显得格外紧张，纷纷亮出了家伙。"原来你身后有人罩着，难怪你不怕我。"二猛用嘲弄的眼神盯着张龙海说道。

"猛哥，误会了！"黄乔龙高声说着，径直向这边走来。

二猛身边的小弟想拦住黄乔龙，被黄乔龙轻轻一推便推到了旁边。等这个小弟又预冲上来阻拦的时候。黄乔龙已经旁若无人地提过一把竹椅坐在二猛旁边。这时的阵势，恰好四个人四个方向，张龙海和二猛面对面，黄乔龙和宫志鹏面对面。只是中间放得不是麻将桌，而是一把瘸了一条腿的木凳。

"猛哥，不知道我兄弟哪里得罪你了。小弟向你赔罪。"黄乔龙拱手说道。

二猛摇了摇手说道："没什么得罪不得罪。你也别跟我来这一套，我已经退出江湖很多年了。"

张龙海看两人剑拔弩张，唯恐一言不合大打出手，连忙插话道："猛哥刚刚说要看我的诚意。我有个提议，让王老板把自己的客户列个名单给我，我保证不去兜揽生意。"

二猛斜着眼睛说道："我舅的客户你以为你抢得走？"

张龙海笑道："如果再给我两天的时间，整个莼海镇的服装厂都会是我的客户。王老板和客户关系再好，现在没货供给客户，客户应该不会停产等王老板把问题解决。"

二猛看了看他的舅舅。他舅舅给他挤眉弄眼，意思是很多客户已经跑到他那里去了。二猛狠狠地吸了几口烟，然后把半截烟掐灭在木凳上，冷冷地说道："我舅对你的诚意不满意。"

黄乔龙想要说话，张龙海拉了他的袖子一把，制止了他。"听说猛哥年轻的时候身手了得，曾经从四楼跳下来毫发无损。"

二猛轻描淡写地说道："很多年前的事情了。"话语之间一副好汉不提当年勇的态势，但是语调之中又带着一丝自豪。

张龙海不冷不热地说道："我也从四楼跳下来，如果没事的话，这事就算了。怎么样？"

二猛显然没想到，眼前这个比自己小了一轮的年轻人会这么说。

宫志鹏和黄乔龙一听这话都吓了一跳。

"阿海，你疯了。"宫志鹏抓着他的手臂说道。

"没事。"张龙海信心十足地拍了拍宫志鹏的手。宫志鹏看他笃定的眼神才放开了手。

"就为了几个客户，你敢跳楼？"二猛总算没再斜着眼睛打量人。

"我们立字为据。"张龙海说。

"行，你来写，我给你签字。他们每个人都是见证人。如果你从四楼跳下来平安无事，这事就此了结，我再不会插手。不过后面补充一句，万一有个好歹与他人无关。”二猛一副嘲弄的眼神，赌张龙海不敢真跳。

可是张龙海却已经拿着纸写了起来。“如果张龙海从四楼跳下来平安无事，二猛不得再插手线厂之间的纠纷。若张龙海从四楼跳下过程中发生不测，实属咎由自取，与他人无关。”

张龙海写完将纸递给二猛。二猛看了好一会，最后在下面签了自己的大名。然后把纸递给黄乔龙。“你来做个见证。”

黄乔龙拿过纸看了半天，没敢签字。他将张龙海拉到一边，轻声说道：“你真的要跳，没必要的，由我在，谁也伤害不了你。”

张龙海说道：“放心吧，我没这么傻。你尽管看热闹就是。”

听张龙海自信的眼神，黄乔龙稍稍放了心，可是白纸黑字地写在这里……黄乔龙犹豫再三，终于在见证人处签上了自己的名字。

“好了，跳哪幢楼，猛哥你说了算。”张龙海依旧淡定地笑着。

“随便你自己选吧!”二猛到这时也不相信张龙海真敢跳。

“那就最近的电信大楼吧。”张龙海说着也不管其他人是否答应，径直走了出去。宫志鹏连忙跟上。走在他身边轻声问道：“你打算怎么弄？不行现在就跑吧！车子就在门口。”

张龙海回应道：“不用急。白纸黑字已经写在这里了，量他不敢耍赖。”

“你真打算跳啊？”

“跳，当然要跳。”

“你疯了？”宫志鹏一把扯住张龙海瞪着眼睛喊道。

不料张龙海并未搭理他，而是冲他眨了眨眼。宫志鹏觉得莫名其妙。

一众人在电信大楼楼下站定。此刻正值中午，电信大楼空荡荡的并无一人。

“猛哥，要不要上去监督？”张龙海问道。

二猛说：“不用了，我们在下面等着就行。小子我可提醒你，这里没有垫脚的东西，下面全是水泥地。"

"猛哥放心。"张龙海说完头也不回地上了楼梯。

宫志鹏和黄乔龙都不知道张龙海葫芦里卖的是什么药。随着众人往后退了几步，抬头看向楼上。

四楼的阳台上，张龙海往下望了望说："已经是四楼了，我要往下跳了。你们看好哦。"

众人都屏住呼吸，没有应声。

"难道这小子真会轻功？"人群里有人嘀咕。

每个人都抬着头，看张龙海怎么飞下来。可是等了好一会也不见有人跳下来。

二猛不由得哼了一声。嘀咕道："还真以为他有什么能耐，关键时候还是当了孬种。"二猛话音刚落，却见张龙海从楼梯拐角一格一格地跳了下来。

张龙海跳完最后一格楼梯，跑到众人面前笑道："跳完了。"

众人这时才明白过来，张龙海所谓的跳楼是怎么回事。

"这也算？你 TMD 耍我们？"二猛身边一个小弟感觉自己被人忽悠了，可是看到黄乔龙在又不敢发作，只是冷嘲热讽地说道，"这样跳下来，三岁小孩都会跳。"

张龙海反唇相讥问道："我是不是从四楼跳下来的？"

那小弟顿时哑口无言。

二猛脸上阴晴不定，随后突然哈哈大笑起来，指着张龙海笑骂道："你小子有一套。行了，我认栽。"他说着走到王老板身边说道，"舅，你争不过他的，算了。这种苦差事，没了就没了。我另外给你安排个活做。"

王老板愁眉苦脸地说道："我做线快二十年了，现在除了做线，其他啥都不会，你能给我安排什么活？"

二猛正想说话，张龙海走向王老板说道："王老板，还是按照我之前说的，你的客户你列个名单给我，我保证不去动。我跟你无冤无

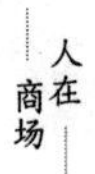

仇真没想过要砸你的饭碗。”

王老板感激地看了张龙海一眼，不知道说什么好。

金林线厂写了十几个服装厂的名单，舍豫线厂写了七八家服装厂的名单，另外还有个铂林线厂也上门来说了一堆好话。张龙海照样让他写下自己客户的名单，结果又是六七家服装厂。这些服装厂，张龙海让宫志鹏和林斌不要去动，即便已经开始合作，也都停掉。

林斌和宫志鹏不解道：“已经到手的客户，就这样还给他们?”

张龙海说道：“给他们吧。不能做得太绝。这么闹腾一下，附近几个镇大半的服装厂已经转到我们手里，我们也该知足了。”

林斌说：“还是觉得不痛快，好不容易兜来的生意，尤其是金林线厂的那几个客户，都已经开始下单了。后边再还给他们? 万一客人不愿意走怎么办?”

“放心吧！只要我们做好质量和服务，这些客户迟早都是我们的。”张龙海宽慰道。

“给他们了还能要回来?”宫志鹏纳闷道。

张龙海笑道：“你们也不看看这三个老板都多大年纪了。”

一听这话，宫志鹏和林斌也跟着笑了，他们之前聊过，自己最大的资本就是年轻，即便竞争不过对手，等也等死对手。没想到张龙海真用这招。

张龙海并没打算真的等到他们干不动退休，而是料定了他们干不长。染缸被查封以后，莼海的线厂都和张龙海一样，只能找染色厂合作。张龙海有外贸支撑，反正也要去染色厂拉纱，顺便把内销纱带带回来，并没有增加多少成本。而剩下的三家则不然，他们本来量就不大，再跑到奉城专门去拉一趟纱，无形之中就增加了成本。再则他们生产成本本来就比张龙海高。而偏偏，张龙海的价格始终不肯松口，坚持卖 2. 8 元/只。张龙海相信，只要这个价格不松口。这三家线厂做着做着赚不到钱，自己便觉得没意思了。另外一些小作坊则直接关门大吉，连挣扎的余地都没有，他们这么一点量，去奉城染色根本不现实。

果不其然，2014 年年底的时候，老沈打电话给张龙海说：“小张，我不打算做了，我这边的客户你去做吧!”

张龙海说了几句感谢的话，便挂了电话。张龙海知道老沈为什么要打这个电话。说起来和铂林线厂有关。

金林线厂和铂林线厂原本是一家，老沈两姐妹合伙开的一个厂。后来不知道什么原因，两姐妹反目成仇，甚至大打出手，彼此打得头破血流。再之后姐妹分家，老沈妹妹出去后单独开了个铂林线厂。

老沈之所以打电话让张龙海去接手她的客户，就是不想自己的客户落到妹妹手里。姐妹之间走到这地步，张龙海不知道说什么好。

送上门来的客户，张龙海没理由拒绝。他让林斌去拜访这几家服装厂。林斌当然不会错过这种机会，将客户全都收入囊中。

自从做内销以来，张龙海多数的精力都花在了内销上。尽管由林斌和宫志鹏在外面联络客户，张龙海帮着欧阳姐协调内销生产。内销虽然都是小订单，但是积少成多，也占了不少的产量。

莼海以及附近的几个镇，已是张龙海一家独大，但是张龙海的内销道路并非一帆风顺。服装厂适应了小作坊的合作模式遇，到张龙海这样的正规军一时间有些适应不过来。

先是产品包装。张龙海的每个线都有热缩膜包着。服装厂的工人和老板都说张龙海是多此一举：“你套膜麻烦，我们剥膜也麻烦。”

不过用过一段时间后，所有厂都喜欢上了套膜的线。因为套着膜的线不容易受潮上灰，最重要的是只要热缩膜没剥掉，就说明这个线没有用过，可以原价退还。

最让张龙海纠结的是服装厂的付款模式。在张龙海做内销之前，莼海镇可能是因为线厂太多，存在恶性竞争，竞争的过程中，他们没有拼价格，而是拼付款时间。张龙海刚刚介入的时候，服装厂听到张龙海的月结要求，感觉像是听笑话。说：“辅料哪有一个月结一次的。

我们以前都是半年甚至是一年才结一次。”

一个厂押一年，少者一两万，多者十几万，几十个厂便是几十万，上百万。张龙海可没这么多资金周转。林斌和宫志鹏问张龙海怎么办。张龙海说必须月结。否则不做。

那些服装厂初始根本没把永邦线业放在眼里，看付款方式谈不拢，想要换供应商，可是这时候他们发现，莼海镇所剩的线厂已经没有几家。联系仅剩几家线厂的其中一家。那家线厂一听说他们之前和永邦在合作，便装傻充愣说自己做不了。他们的客户都是永邦手下留情让出来的，怎么敢去抢永邦的客户？

服装厂无奈，只好继续和张龙海合作，心想永邦说要月结，应该也是嘴巴说说，真付不了，他们还能惩罚客户不成。

让服装厂没想到的是，张龙海居然来真的。这个月的货款下个月月底之前没打进来。张龙海就通知林斌和宫志鹏停货。

无论服装厂怎么着急，怎么打业务员的电话。宫志鹏和林斌只有一句话：“我们财务有制度，货款没按时到账的客户不能继续供货。”

服装厂不服气，说难道全天下只有你们一家线厂了？莼海镇买不到线，我不会到奉城去买？结果到了奉城，天益线业和岳林线厂都以莼海镇太远，送货不便为由拒绝了给莼海及另外几个镇的服装厂供货。

张龙海和奉城这两家厂有君子之约。岳林线厂是从没想过要拓展市场。天益线业最初和张龙海立君子协定的时候只是随口一说。不过后来看到张龙海收拾了莼海其他的线厂，知道这个年轻人有点手段，她就不想自找麻烦，给自己招来竞争对手，反而乐享君子协定了。

莼海的服装厂到这个时候才真正见识到永邦线业这几个年轻人的厉害。

张龙海给每个客户准备了一份合同，明确约定付款期限，在合同里明文写着，货款不到甲方有权停止供货。几个服装厂不肯签，说：“我们开厂这么多年了，这一点货款还怕我们跑了不成。”

张龙海解释道："合同是保障双方的权利，你看我们也在合同里明确了质量标准，米数，还有退货方式。如果我们厂出现以上问题，你们也可以拿合作来追究我们的责任。"

服装厂看到合同里果然有不少条款提到了甲方责任，心理才平衡了点，于是无论情愿不情愿都签了合同。

就这样，在张龙海的威逼利诱之下，服装厂心有不甘地改变了自己的付款方式。

宫志鹏和林斌对张龙海佩服不已。这年代一直都是买方市场，向来只有买方提要求的份。而永邦线业却扭转了战局。这简直是闻所未闻。

经过半年的苦苦挣扎，莼海镇上的多数服装厂都接受了现实，乖乖按照张龙海要求每月准时付款。实在是有困难不能及时付款的，还得像小学生填写请假条似的，向张龙海写情况说明，申请延期付款。

不过，也有少数服装厂看不惯永邦线业，他们跳出奉城，另外找到了缝纫线的供应商。这个供应商便是柳叶公司在甬城的经销商——潘明辉。

这之后好几年，张龙海的主要竞争对手便是这个潘明辉。

柳叶牌缝纫线在国内销售排行榜中稳居第一。他在全国有三百多个经销商，年销售额十几亿元。说到柳叶公司，那是和甬城的凤凰线厂同期存在的老品牌，至今已经三四十年。

说到这两家线厂的来源，要追溯到明朝的江南织造局，织造局下属有一个沪江织造局便是专门生产缝纫用线的。清朝沿用明朝的制度，也保留了明朝的体制。新中国成立后，这个沪江织造局更名为上海轻纺局。

之后，浙省以及隔壁的其他几个省都成立的各自的轻纺局。再后来，上海轻纺局更名为上海第三线厂，甬城织造局更名为凤凰线厂，金市织造局更名为柳叶线厂，两者都属于国有企业。

改革开放后，服装行业兴起，缝纫线需求量大增。根据劲风的一些老经商介绍，当时全国卖得最好的就是甬城凤凰牌缝纫线，当时有一个广告词叫：中国线王，甬城凤凰。那口号可是相当响亮的。很多凤凰线的经销商也是跟着身价百倍。八十年代到九十年代那段时间，整个浙省，乃至全国都是凤凰线厂一家独大的局面，服装厂买线，需要半夜三更去凤凰线厂的经销商处排队。线厂的货运车一到，线便被抢空了。

可笑的是，在这种供不应求的情况下，凤凰线厂却年年亏损。业务员有固定工资，卖多卖少一样收入，货款有没有收回来也没人关心。

九十年代末，凤凰线厂换了个领导，新领导觉得这样下去不行，得改制，得增加业务员的积极性以及责任心。于是设定了较高的业务提成。业务员改拿提成以后，收入几十倍甚至上千倍的增长。结果公司还是没赚到钱，业务员却个个成了腰缠万贯的大富翁。于是，这个领导决定再次改革。结果，这些业务员就不乐意了，纷纷离开凤凰线厂，不是自己成立外贸公司，就是自己成立线厂。

志峰线业、天益线业包括沈祖民的恒生线业便是在那个时候创立的。从另一个角度而言，沈祖民和志峰线业以及其甬城他一些大型线厂的老板，之前都是同一个办公室的同事。

沈祖民这一批业务员离开凤凰的时候，带走了凤凰百分之九十的业务量，从此以后凤凰线厂一蹶不振，最后连自己的品牌也卖给了美国人。

在凤凰线厂走向没落的同时，金市的柳叶线厂也经历了类似的改革，只是柳叶最后把国姓变成了私企。柳叶老板励精图治，稳稳占领了国内市场的霸主地位。

面对这个有着三四十年历史的老品牌，张龙海自然不敢掉以轻心。他在决定做内销之前就重点了解了柳叶公司。这家公司不仅品牌老，而且质量好，颜色多，规格齐全。张龙海关于用不完的货可以退换这一条便是向柳叶公司学的。

柳叶公司这个行业老大确实不是盖的，无论是品牌知名度，还是产品质量，都不是张龙海能够望其项背的。张龙海唯一能和他竞争的，只有价格和服务。柳叶公司最大的缺陷恰恰是他的优点，那便是遍及全国的经销商。

经销商帮助柳叶缝纫线渗透到了中国的每一个城市，同时也抬高了柳叶缝纫线的市场零售价格。当然这很好理解，经销商终究不是志愿者，他们是来赚钱的，不是来做服务的。

在张龙海开始做内销卖 2.8 元/只缝纫线的时候，柳叶牌的缝纫线价格在 3.5 元以上。从常理上说，服装厂不该舍近求远，放着眼前的永邦线不用，去甬城买价格高得离谱的柳叶线。可是很多东西是不能用常理推断的。就是有这么几家厂，他不走寻常路。他宁可要价格高，送货慢的柳叶线，就是不要永邦线。对此，张龙海也是无可奈何。

最让张龙海头痛的是，在解决付款问题的时候，潘明辉来插了一脚。原本按照张龙海的预想，客户即便不乐意，也无可奈何，只能被迫接受。可偏偏这个时候潘明辉来插了一脚，就在客户摇摆不定的时候，他上门去做兜售缝纫线。这感觉就像父母在教育孩子的时候，旁人突然出现，说了一堆何必为难孩子的话。

对此，宫志鹏和林斌恨得咬牙切齿。张龙海知道，要对付这条强龙可不是件容易的事情。

莼海的业务已经稳定。宫志鹏想对外拓展业务，张龙海制止道："稳扎稳打，步步为营，先巩固自己的阵地再说。外面的市场明年再动。"

莲姐顺利产下一个千金。张龙海留在医院里照顾莲姐和宝贝女儿。张龙海给女儿起名叫张肖晓。

莲姐没有意见。张龙海陪着莲姐在医院里住了四五天便出院回了。回家后，张龙海没有回厂里上班。天天抢着抱小丫头，张龙海恨不得每天都陪着母女二人。

生产有欧阳荷，业务有宫志鹏和林斌，这一次离开工厂一个星期，张龙海没有丝毫担忧。

安顿好莲姐母女，已经是一个星期以后。张龙海回到工厂，在车间转了一圈，一切都是有条不紊地进行着。

欧阳荷看到张龙海，说一声回来了，便不再搭理他，径直忙自己的事去了。

宫志鹏和林斌送货去了，都不在厂里。张龙海突然之间觉得无所事事，仿佛自己成了个多余的人。

回到办公桌，看到个精美的信封，拆开一看，是吴平儿寄来的结婚请帖。时间好像就是这周周末。看来还得请一两天的假。吴平儿的请帖，张龙海没有理由不去。不说现在有时间，即便是再忙，张龙海也要赴约。这个曾经的部下，不仅仅是同事，还是朋友。

临近中午，宫志鹏和林斌才一前一后的回来。两个人都是精神抖擞，谈笑风生。看来近段时间业务比较顺利。

张龙海询问业务状况。宫志鹏说："莼海镇的客户基本稳定了。唯一头痛的是柳叶公司，时不时地会来插一脚。有些客户付款慢，我们一停货，柳叶公司便接手过去了。"

张龙海问柳叶在莼海的市场占有率有多少。林斌接话道："柳叶的价格比我们高了一大截，一般的服装厂不会选择用他们的产品。但是有这一个备用品牌在，终究碍事，有些厂在付款的时候就会以柳叶公司的政策为由，斥责我们收款要求过于苛刻。"

宫志鹏愤愤不平地说道："整个奉县，包括天益线业、岳林线厂还是莼海剩余的几个厂都已经达成共识，彼此都没有市场冲突，唯独这个柳叶公司叫潘明辉的经销商像只豺狗一样闻到味就上来咬一口，从来不管是谁的客户。"

张龙海听着二人你一言我一语地讨伐着这个叫潘明辉的经销商，

思绪又回到了半年之前。在张龙海找天益线业和岳林线厂立君子协定时，他也找过潘明辉。

天益线业和岳林线厂的老板娘对互不侵犯市场的君子协定是持支持态度的，彼此都觉得合作比竞争更加有利。唯独这个潘明辉说了句不阴不阳的话。他说："大家各做各的生意，用谁的线关键在于客户，如果客户不想用你的线，即便他不找我，也会找其他线厂。"这一句话的言外之意显而易见。张龙海知道潘明辉不吃他这一套。从那个时候起，张龙海就重点关注着柳叶公司在奉县的动向。

说回来，柳叶在奉县还是很有权威性的，奉县很多大型服装企业都是他的客户，总销售额不比天益少。

张龙海站在地图前，指着四个用红笔圈着的圆圈，问宫志鹏和林斌："这几个客户现在用的是谁家的线？"

"柳叶。"宫志鹏和林斌异口同声。

张龙海笑着点了点头。又问："柳叶的货款结算方式比我们宽松？"

林斌回答："好像是，这个家伙没有明确的付款期限。客户想什么时候付款就什么时候付款。"

张龙海皱了皱眉，有些搞不懂潘明辉的路数。不管是工厂还是经销商，现金为王的年代，流动资金是企业运营的血液。潘明辉年龄和自己相仿，在奉县代理柳叶缝纫线也就五六个年头，应该不会有太多的资本。既然如此，他是怎么做到不催货款的？难道柳叶公司可以无限量的放款给他？

恰恰相反，据张龙海所知，柳叶公司对经销商的货款要求是极高的。

"这段时间你们重点关注一下柳叶在莼海镇的销售情况，要不惜一切代价把他的客户抢过来。"张龙海一边盯着地图，一边说道。

"这四个客户也抢过来吗？"宫志鹏指着四个圆圈问道。

张龙海摇头："这四个客户不要去动，留给柳叶。"

“为什么?”宫志鹏问道。

林斌指着左上角的那个圆圈说道,“这个王老板已经联系过我好几次了,让我们送点线过去,他甚至说可以现金付给我们。弄得我都不知道该怎么拒绝了。”

“这家厂也是。”宫志鹏指着右下角的圆圈说道。

张龙海反问道:“你们真不知道我为什么要留下这四个厂给柳叶?”

林斌和宫志鹏对视一言,开口说道:“大抵猜到了,但是不知道对不对。”

“说说看!”张龙海说道。

林斌看了眼地图说道:“这四个厂在地图的四个角落,都比较偏僻,工厂的规模也不算大,对于任何一个线厂来说都属于鸡肋型的客户。做下来能够增加一点销售额,但是耗费的运输成本和时间成本要比其他客户多。”

宫志鹏指着地图的一个点,纠正道:“这个地方我们都送了,这个最偏的厂相聚这个点也就四五公里的路,顺路送一下的话,并不会增加多少成本。”

张龙海说道:“你们两个分析的都对,这几个客户对我们来说是鸡肋,虽然多了点运输成本,但是能够承受。换成柳叶,这个运输成本就不可同日而语了。柳叶在莼海的客户不多,他如果专门给这几个厂送货……”张龙海笑而不语。

虽然张龙海没有把话说透,林斌和宫志鹏已经明白张龙海的用意,不由地笑了起来。专门为一个位置偏僻的服装厂送一趟货,量大也就算了,量小的话,利润还不及运费多。林斌笑了一会,不解地问道:“柳叶公司难道就不会拒绝?他不做这个生意不就好了?”

张龙海笑道:“我曾经对潘明辉这个人做了点调查。这个人做生意很有一套,最大的缺点就是野心太大,他不止一次地和人说过要清除奉县所有的本土线厂。”

宫志鹏惊讶道："这家伙好大的胃口，想要一统天下啊？"

张龙海平静地说道："有追求是好事，但是盲目的追求就变成了贪婪。我就是利用他这种贪念，分散他的精力。把这些相聚十万八千里的客户留给他，看看他有多少时间和精力？"

林斌皱眉说道："只是这个王老板一直让我们发线给他。我该怎么拒绝？"

张龙海沉思一会说道："下午去送货的时候我和你一起去，我去拜访一下这个王老板。"

林斌爽快地答应了一声。

宏鑫服饰的王老板见到张龙海，连忙把他拉进办公室。林斌和宫志鹏不肯做宏鑫服饰的生意，他们把理由推给了张龙海。这一次，王老板总算见到了这个幕后主使，怎能不问个究竟。"张厂，到底是什么原因你不愿意做我的生意？是我哪里得罪你了，还是谁在你面前嚼舌根了？我做了十几年生意，就是看不懂你这个人。你开门做生意，我送上门来和你合作，你居然不肯发货给我，你是怕我不付钱给你，还是怎么着？如果担心货款，我可以现金付你。货到付款或者款到发货都可以。这样够爽快吧？"

王老板滔滔不绝地说了一大堆。张龙海只是笑眯眯地坐着喝茶，直到王老板说完，张龙海才放下茶杯说道："王哥你误会了，你的口碑很好，你愿意跟我们合作，是我们的荣幸。"

"那为什么不肯给我供货？"王老板丈二和尚摸不着头脑。

张龙海犹豫再三，说道："主要还是因为柳叶！"

"是因为我跟柳叶公司有合作？这个简单，只要你答应发货给我，我马上就终止和柳叶公司的合作，他们公司的价格高，你也知道。是因为你不肯供货给我，我出于无奈才联系他的。"王老板一副无奈的表情。

张龙海东拉西扯了好一会，才正式说道："王总，之前没给你供货，确实是我们的不对，今天过来，就是向王总道个歉。"

王老板哈哈笑道："道歉倒是没必要，如果之前有什么误会，大家说开了，消除了就好了。和你合作，我可是期待已久啊！"

张龙海沉吟道："王总，可能要让你失望了。我还是不能给你供货。"

王老板的笑容僵硬在了脸上，他不可置信地看着张龙海，半晌才问道："能不能告诉我到底是什么原因，死也让我死个明白。"

张龙海站起来，正色道："其实今天来，我是想请王老板帮忙。"

"我能帮你什么忙？"王老板的脸上带着愠怒之色。

"是这样的，王老板。虽然没跟你做生意，但是从刚刚的谈话中，我能感觉到，王哥是个重情义的人，是个值得交的朋友。"

"别扯虚的。"王老板大手一挥打断了张龙海的话。

"王哥不要生气，听我把话说完。"紧接着张龙海把自己为什么不发货的原因毫无保留地说了一遍。

王老板听完后沉默了，良久才开口说道："你的布局是很高明，只是把我当枪使这有些不地道啊。"

"我知道，我这样做对王哥很不公平，不仅增加了你的生产成本，还给你造成了很多不必要的麻烦。"

"成本倒是小事，柳叶的线虽然贵了一点，但是我这边量不是很大，总成本倒也增加不了多少。不过不方便倒是真的。柳叶虽然在送货，但是终究因为路远，不及时，经常耽误我的生产。"王老板这个时候怒气已消，发起了牢骚。

"这样行不行。"张龙海顿了顿，"王哥你这边如果有急的货，尽管和林斌说，由我们负责解决，不急的货还是找柳叶，另外你从柳叶公司进的货，我补贴三毛钱一个给你。"

王老板不敢置信地看了眼张龙海，说道："能帮我解决急的货就行，补贴倒是不必要。"

张龙海继续补充道："王哥你尽管拿着，另外小弟有个不情之请也请王哥不要拒绝。"

“什么不情之请？”

“如果柳叶公司有价格或者销售政策的变动，希望王哥能够告诉我一声。”张龙海说完，直愣愣地看着王老板的反应。

王老板笑了笑说道：“如果是这样，那这三毛钱的补贴，我是受之无愧了。”王老板说完之后拿手指指了指张龙海，继续说道，“做生意也有些年头了，都说商场如战场，今天才真正领教。”

回厂的路上，林斌不无担心地说道：“你把自己的用意毫无保留地告诉了王老板，万一他把你的用意告诉了柳叶怎么办？”

张龙海说道：“我也是凭自己的感觉，觉得这个王老板可交，才赌了一把。之前东拉西扯地和他聊了好一会，感觉他乡土观念比较重，对外地人有偏见，对柳叶也并无好感，凭这一点，我觉得他应该会跟我们合作。不过后期还得看你的服务，如果我们能把他服务好，他肯定不会倒向柳叶，如果我们服务不好，那就难说了。”

“你说你，跟我出来见个客户，就没啥好事，无缘无故地又给我加了个担子！”林斌一边开车一边笑骂着。

张龙海思索片刻，继续说道：“退一万步说，即便潘明辉知道我耍了手段又能怎么样？他决定和我竞争的时候，就应该意识到我会这么做。商场如战场，知己知彼才能百战不殆。”

林斌没有说话，嘴角微微上扬。心里说道：这样玩才有意思。

张龙海坐出租到皇盛大酒店，吴平儿的婚宴在此举办。到了酒店门口才知道是个五星级的酒店。张龙海暗叹自己孤陋寡闻。甬城总共就这么几家五星级酒店，自己居然不知道。酒店门口挂着“祝王昆阳、吴平儿新婚快乐”的横幅。停车场上停着的都是清一色的豪车。张龙海心想还好没开面包车过来，不然停在这里自己都觉得碍眼。这段时间，厂里的两辆面包车，宫志鹏和林斌一人开走一辆，每天不是忙着拉纱就是送货，实在没有空闲。

进入酒店华丽的大堂，醒目处放着提示牌，告知婚宴在三楼聚贤厅。张龙海刚要走向电梯，听到有人叫他，回头一看竟是薛明。

薛明穿一身西服，打着领带，头发梳得流光发亮，一副职业经理人的派头。

“你是来和新郎官叫板的?”张龙海打趣道。

薛明三步并作两步走到张龙海身边，一笑起来就没正经地勾住了张龙海的肩膀，大咧咧地说道：“这不是给平儿装装门面，我们也算是她半个娘家人了，不能让男方的人看扁了。对不?”

“不错!”张龙海给薛明竖了个大拇指，刚想问怎么只有他一个人。薛明向着旋转门努了努嘴。张龙海看到陈敏芳的身影出现了，她身后还跟着几个人，基本都是新面孔。

陈敏芳随即也看到了张龙海，笑着上前打招呼：“张经理你也来了。哦，不，现在应该叫张总了!”

“陈经理客气了。”张龙海淡然地笑了笑。

电梯门开了，张龙海做了个请的手势，让陈敏芳先进。陈敏芳说了声谢谢，当仁不让地第一个进了电梯。张龙海让薛明他们进去。薛明却坚持让张龙海先进。张龙海只好把挡门的位置让给了薛明。

出了电梯，远远看到吴平儿正在训斥旁边的一个胖男生。看这小胖子的穿着，张龙海猜想他应该就是新郎官王昆阳了。

吴平儿也看到了张龙海一行，立刻笑着迎了上来。王昆阳满脸堆笑地跟在身后。众人纷纷拿出红包恭祝两位新人。吴平儿也不客气，一一收了。

王昆阳热情地握了握张龙海的手，说道：“张哥，经常听平儿提起你，你可是她的偶像啊。”

宴客厅门口人来人往，川流不息，张龙海知道两个新人都忙，没和王昆阳过多的交流，说了几句客套话后，就站到了边上。原以为王昆阳也会和陈敏芳握个手，却没想到，这个小胖子压根没看陈敏芳一眼，就站到了吴平儿身后。吴平儿耍着小性子抱怨道：“还不带客人入座?”

王昆阳嬉笑着挠了挠头，引众人进入宴会厅。宴会厅很豪华，粗一估算，有近百桌。待众人进入宴厅，立刻有两个迎宾小姐迎过来，王昆阳吩咐几句，两位迎宾小姐便迎着众人往某一处走去。张龙海跟在身后，看陈敏芳他们入座后，他也想坐过去，不料迎宾小姐却告诉他，他的位置还在前面。然后越过陈敏芳他们，继续往前走，走到最后一桌，迎宾小姐才让张龙海落座。

张龙海坐下后，旁边的一个老者问他是不是叫张龙海。张龙海连忙说是。老者说他是吴平儿的爸爸。这一自我介绍把张龙海吓了一跳。心想自己怎么会和吴平儿的父母坐在一桌，随即心头涌起一股暖意，但又觉得吴平儿这安排非常不妥。

吴平儿的父亲将张龙海介绍给同桌人，说这是吴平儿以前的领导，对吴平儿很关照，现在自己开厂当老板了。同桌人都夸张龙海年轻有为。张龙海如坐针毡，越发觉得吴平儿这座位排得不妥。

酒宴尚未开始，张龙海借口上洗手间，溜到开阔处透透气。同桌的都是长者，年龄比自己大了好多，他们聊的话题，他一句也插不进去。坐在那里着实不自在。张龙海见吴平儿始终都在忙着接待客人，他也不便过去打扰。他看有人的时候，吴平儿笑颜如花，等人一走，立刻耷拉了脸，一副精疲力竭的样子。旁边的王昆阳拼命地安慰着她，还时不时地帮她捏捏肩膀，敲敲背。张龙海知道，结婚确实是件苦差事。想起他和莲姐的婚事，当时也是叫苦不迭。

就在张龙海浮想联翩时，陈敏芳不知什么时候站在了他的身后。“张总好雅兴，一个人跑到这里躲清闲了。”

张龙海抱怨道：“不知道吴平儿怎么想的，把我和一群老年人安排在一起，你看他们聊得欢，我一句话都插不上，要多尴尬有多尴尬。”

“谁不知道那一桌是新娘最亲近的人？像我想坐还没机会呢！”陈敏芳一腔醋意。

张龙海知道这个话题若继续聊下去，可能会越聊越没意思，于是转移话题道："陈经理最近应该很忙吧?"

"还行!"陈敏芳扬起嘴角莞尔一笑，"打败了劲风公司后，恒生内销进入一个全新的时期，销售额相比前几年翻了好几倍，不过也烦，客人每天催货，车间生产速度又提不上来，真心头痛。"

听到这话，张龙海忍不住叹了一口气，继续问道："恒生的生产还是不给力?"

"沈祖民亲自过来开了几次会，稍微有点起色了！只是——张总，你最清楚恒生的病因在哪里。冰冻三尺非一日之寒，想要彻彻底底地清除病根，恐怕一时半会还做不到。"

这一点张龙海深有体会。两个人虽然性格不合，管理方式不同，但是对销售的核心价值观是一致的。

"听说张总也开始做内销了，不知道我们会不会狭路相逢?"陈敏芳戏谑地笑着。

张龙海打趣道："我不过是小打小闹，哪敢和恒生叫板。"

陈敏芳锲而不舍："我说的是万一。"

张龙海望着窗外的车水马龙说道："万一真有冲突，我肯定会退避三舍，届时希望陈经理也能手下留情。"

陈敏芳掩嘴笑道："我也是这么想的，我们好歹是一个战壕里出来的，能合作就不要竞争。不过张总你也太谦虚了，谁不知道张总的能力。如果真要较量，我可是一点自信都没有。"

"商场如战场，不是谁有能力谁就能打胜仗的。就如孙子所言，战者国之大事也，那是综合实力的竞争。你有恒生做后盾，有丰富的粮草和装备。我不一样，白手起家，既没有粮草，也没有装备，赤手空拳，拿什么和你硬拼?"张龙海顿了顿继续说道，"再说，我的能力也未必比你强，就说这内销部门在我手上可没有这么辉煌过。"

对张龙海后面的一句话，陈敏芳显然很受用，她虽然拼命摇着手说那还不是张总栽培的好，脸上却是掩饰不住的自得。接下来，一时无话，刚好司仪走上舞台，说宴会即将开始，请各位来宾就座。

张龙海说了声下次再聊，准备回到自己的位置上。陈敏芳却叫住了他："张总，刚刚不过是开玩笑，张总不要见怪，老实说你我之间有市场冲突的可能性很小。张总的销售模式我做了下了解，说真的，你眼下这些客户恒生看不上眼，恒生要走的路，张总也未必走得了。"陈敏芳说完后，举手动了动手指，算是和张龙海告别了。然后头也不回地走向自己的座位。

张龙海品味着陈敏芳的话，慢悠悠地回到了自己的座位上。

酒席很丰盛，鲍鱼龙虾，燕窝海参应有尽有。

从吴平儿父亲的口中得知，这个王昆阳是个富二代，其父母名下有好几家公司，按照吴平儿亲戚的话说，吴平儿是嫁入豪门了。吴父说，吴平儿是在业务过程中认识了王昆阳，不知道怎么回事，这个王昆阳就喜欢上了吴平儿，然后紧追不舍。

舞台上的吴平儿穿着洁白的婚纱，格外靓丽，聚光灯打在身上，让她越发显得楚楚动人。是否豪门，张龙海不感兴趣，不过真心希望吴平儿能过得幸福。进宴会厅的时候，看到吴平儿扭着王昆阳的耳朵，他相信吴平儿能够掌控好自己的未来。

宴会期间有很多互动的游戏，张龙海没有兴趣，自己抽到了奖也不知道，经吴父提醒才知道自己中了个三等奖，领到一套档次不低的四件套。他的脑海里始终回味着陈敏芳刚刚说的那一句话。看来得找薛明好好打听一下。

宴会结束，张龙海本想和吴平儿告个别，说几声祝福的话，可是看到吴平儿一直在忙，只好给她发了个信息，径自下了楼。就在他准备出酒店的时候，收到吴平儿的回复，让他先别走，说她还有事找他。张龙海只好再次回到宴会厅。

吴平儿拎着一个袋子快步走来。"张哥，这是给小侄女准备的，帮我拿给嫂子。"

张龙海拨开袋子瞄了眼都是尿不湿，奶粉，儿童服饰之类。本想拒绝，看到吴平儿坚定的眼神，只好收下了。“代我家肖晓谢谢你这个姑姑。等你忙完了，来我厂里坐坐。”

“肯定会去的，我家小胖子早说要去拜访你了。”吴平儿正说着，身后有人喊她过去拍照。张龙海让她赶紧过去。吴平儿吐了吐舌头提着婚纱跑回去了。看着她那别扭的跑步姿势，张龙海忍不住笑了。

自从开始做内销以来，开个周会也变得奢侈起来。欧阳荷每天都忙得团团转，宫志鹏和林斌也很难见到身影。张龙海强调务必抽空一起坐一下。

原本准备早上开会，可是林斌和宫志鹏电话不断，都是客人的催货电话。无奈之下，张龙海只好把会议时间推倒中午，可是中午宫志鹏回来了，林斌没回来。林斌回来后，宫志鹏又出去送货了。没办法，又把会议时间改到下班后。

五点钟下班，到六点左右宫志鹏和林斌才回到厂里，两人嘻嘻哈哈地说笑着走进办公室。欧阳荷听到二人声音也从车间走了出来，欧阳荷最近几天都是到七点左右统计好当天的产量才下班。

张龙海首先询问了欧阳荷车间的生产情况，欧阳荷一个劲地抱怨宫志鹏和林斌要货太急，车间每天都在赶货，还是满足不了两人的需求。这种结果在张龙海的意料之中，他也知道欧阳荷不容易，但又无可奈何。只能平淡无奇地宽慰欧阳荷几句。倒是欧阳荷抱怨完就开始笑了，她说：“我也就随口说说，看到生意好，我开心还来不及呢！你们别忘了我也是股东啊。”

张龙海随后问宫志鹏和林斌近期的销售情况。两人不无自豪地说，周边几个镇的销量基本已经稳定。张龙海满意地点了点头，事实上他今天在办公室已经浏览过最近一段时间的销售报表。内销虽然起步没多久，但是每个月的销售额已近三十万，这些零零碎碎的内销订单加起来也有将近一个集装箱的量。

宫志鹏和林斌以为张龙海会夸大伙几句，谁知张龙海却很快就沉下脸来了。他不无忧郁地说道："从当前的生产和销售情况看，我们的第一步走得很成功，但是大家有没有想过，现在一个月只有二三十万的销售额，我们的销售和生产已经不堪重负，后边还怎么做大？"

所有人都愣了愣。欧阳荷马上接话道："我早就想说了，我们应该扩大规模，再增加些机器。"

这个问题大家都想过，只是扩大规模谈何容易？增加机器简单，可是配套的场地却是问题。现在的厂房空间已经饱和，如果要扩大规模，就意味着又得找厂房了。想到这个问题，所有人都皱起了眉。搬一次厂，浪费钱不说，工人搞不好又得重招。

"扩大规模是必走的一步棋，没什么好犹豫的。虽然短期会有些痛，但是长远来说肯定是对的。大家留意一下附近的厂房出租信息。志鹏再联系一下许岳山，看看有没有二手的机器。"

"至于怎么扩大销售额，你们两个有没有考虑过。"张龙海转向宫志鹏和林斌。

宫志鹏和林斌对视一眼，林斌开口说道："我们周边几个镇可开发的空间已经很小，要增加销售额，必须走出去，向其他区域拓展，可是旁边几个镇是岳林线厂和天益线业的地盘。"

张龙海笑了笑问道："你们两个确定自己的地盘已经稳固？如果天益线业现在来插一脚，你们能守得住吗？"

宫志鹏信心满满地说："如果同样价格，客户肯定选择用我们的线，即使比我们便宜一两毛也威胁不到我们，如果价格差得多了，那就难说了。"

"行，有这个自信就行。"张龙海点了点头，然后问道："铂林线厂和舍豫线厂有什么动静吗？"

林斌回答："各自安好，相安无事。"

张龙海满意地点了点头，舍豫线厂和铂林线厂的举动在他的预料之中。这两家线厂本就规模不大，多年来故步自封。上次染色设备被查封闹过一次以后，也算是不打不相识。这两个厂不能自己染色，张龙海把他们介绍给岳林线厂的老板娘。找人染色终究比自己染色成本高一点，但是线厂要继续开下去也是无可奈何。一些数量特别小的单子，不方便订染，他们就跑到张龙海厂里对色，问张龙海买线然后转卖给服装厂。每次他们过来配线，张龙海都是笑脸相迎，极力配合。一来二去，彼此之间的关系越发融洽。这种情况下，张龙海自然不担心这两个线厂会来抢自己的生意。

宫志鹏说看到过舍豫线厂的老王去染色厂提纱。老王不会开车，每次都是坐公交车去的。他用一根扁担挑着纱，转两三次公交，才到自己厂里。做好线则骑着一辆三轮车去服装厂送货。厂里也没请工人，全是他老婆一个人在操持。

张龙海叹了口气，说道："这两个厂也就是赚点血汗钱养家糊口，只要他们没有插手我们的客户，他们的客户我们不要去动。"

宫志鹏和林斌点了点头。

张龙海顿了顿继续说道："关于后期怎么开拓市场我有几个设想，你们看下是否可行。"

众人皆是期待的眼神看向张龙海。

张龙海转向宫志鹏和林斌说道："给你们一个月的时间，招一个理单员，两个司机。"

宫志鹏和林斌对视一眼，喜形于色。对于一个优秀业务员来说最大的乐趣就是开拓市场。开车送货只能算是维护客户。客户维护得好，虽然也能增加销售额，但是开源最直接有效的方式还是增加客户数量。

"说吧，准备开发哪一块市场？"宫志鹏摩拳擦掌一副时刻准备着的架势。

"我给你们两个做了个分工，你们看看是否合适。林斌从金坞镇入手开拓市场，但是不要把太多的精力放在金坞镇，你的目标定在应县的邱咖镇和八巷镇。"

林斌不解道："金坞镇我做过市场调查，当地的服装厂也很多，为什么不重点开发？”

“是啊，这不是舍近求远吗？”宫志鹏也是不解。

张龙海抿嘴笑了笑，解释道：“金坞镇虽然服装厂不少，但是竞争对手也多，除了天益、柳叶还有好几个小作坊，这些品牌互相渗透，彼此压价，形成了恶性竞争，说句不好听的话，这个市场已经做烂了，我们要进去，只有通过打价格战的方式，才能占有一席之地。这种杀敌一千自损八百的生意我不喜欢。另外，金坞镇上卖得最好的是天益线业。按照我们彼此的约定，他的客户我们不能去碰。林斌跑业务的时候，需要多留意，切忌踩雷。”

“既然如此，我们直接绕过金坞镇不就行了，为什么要去趟这个浑水？”林斌还是不解。

张龙海笑道：“金坞镇是通往应县的必经之路，顺路的生意，不增加销售成本，能做的情况下为什么不做？只要避开天益线业的客户就行，其他客户我们照单全收。”

张龙海朝林斌眨了眨眼，没有继续这个话题。林斌本想继续追问，看到张龙海眨眼的动作，知道他别有用意，便把话咽了回去。

宫志鹏若有所思地说道：“邱咖镇和八巷镇的服装厂确实多，这两个镇的竞争对手应该也不会少吧？”

张龙海笑道：“很多人都这么认为，而事实上我们都错了，据我所知，这两个镇上只有两家线厂，另外还有个双马线的经销商。”

宫志鹏说道：“双马线我知道，他的销售模式和柳叶几乎一样，零售价格也和柳叶差不多，但是实力没有柳叶强大，库存颜色和发货速度都不及柳叶。我们连柳叶都不怕，这个双马根本不在话下。”

“不能太大意。双马虽然外贸不及恒生，内销不及柳叶，但是国内上规模的线厂里面实现了两条腿走路的只有他们一家。”张龙海说道。

“另外两家本土线厂的实力怎么样？”林斌神情专注地问道。

“就规模而言，没我们大，但是他们全部是内销，而且已经做了十几年了，人际关系和资金充裕度应该比我们强很多。”张龙海看林斌皱起了眉，随即补充道，“这两个线厂虽然做了十几年的内销，但是没有自己的色卡，也没有备太多的颜色库存。”

一听这话，众人都笑了。没有自己的色卡和库存，意味着这两个厂的运作模式和莼海之前的小作坊一样。客人有单子了，就跑到客户厂里去拿布样，然后根据客人的需求量发到染色厂订染，染好以后拿到自己厂里打卷，绕完线再给客人送去。如此不但浪费时间，还增加运输成本。另外，若客人要三五个打样线，你没有库存，这三五个线怎么办？订染要一百个线起染，三五个线根本没办法染色，除非你愿意备九十几个线的库存。还有，你根据客人数量染色，万一做到后边客人发现这个颜色的线还少几个，那又该怎么办？再染一百个？显然不现实。为此，服装厂怕线不够，每次下单的时候都会多报些数量。如此长年累月下来，服装厂的辅料仓库里多出来的线堆积如山，造成了大量的浪费。

而和张龙海他们合作就不存在这个问题，客人哪怕是要一个线，也可以发货，客户做完订单，如果有多出来的线，还可以退还给张龙海。如此大大地减少了服装厂的后顾之忧，也减轻了采购人员的压力。有这个优势在，同样的销售价格，客户一般都会选择有色卡和库存的线厂合作。

张龙海说这两个厂都没有色卡和库存，林斌心里已经有数。至于双马线业，毕竟是个经销商，他的销售价格比自己高了一大截，林斌完全有信心打败他。

宫志鹏见林斌不再说话，焦急问道：“林斌的线路安排好了，我呢？我攻哪块市场。”

张龙海说道：“你有另外的任务。第一，做好后勤保障，新招的司机和理单人员，刚上手肯定不熟悉，需要你带一段时间。第二，趁这个时间把网上的生意做起来。国家鼓励互联网+，我们也不能落伍。不管怎么说，互联网销售会是将来的趋势，我们必须提早布局起

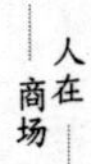

来。线下销售针对的客户群有限，线上的客户则是无限的。真能把网上生意做起来，销售额未必会比线下交易差。最重要一点，线上交易风险小，都是款到发货，没有坏账的顾虑。”

宫志鹏看了看林斌，又看了看张龙海，有些无奈，但还是点头说了一声行。他也知道后勤保障的重要性，更加清楚互联网的魅力。商场如战场，需要有人冲杀，也需要有人保障后勤。

“网上开店要么不弄，要弄就得弄出个样子来。”张龙海叮咛道。

“放心吧，我就怕你舍不得钱掏钱。”宫志鹏信心十足地说道。

众人见张龙海陷入沉默，以为会议已经结束，正准备起身离开。张龙海却又叫住了大家。“还有件事！”

宫志鹏和林斌对视一眼又坐了下来。欧阳荷问：“和我有没有关系？如果和我没关系的话你们继续探讨，我去车间了。一堆事等着呢！”

“欧阳姐，你去忙吧！”张龙海目送欧阳荷离开后，说道，“在吴平儿的婚宴上见到陈敏芳受了点刺激，你们有没有兴趣听听。”

一听到陈敏芳，宫志鹏和林斌都来了精神，催着张龙海说说怎么回事。

“劲风公司退出市场以后，恒生的内销现在是如日中天，销售额相比我在的时候，翻了好几倍。”

“这婆娘应该很得意吧？”宫志鹏挖苦道。

想起在劲风时候和恒生的较量，林斌暗自摇头。虽然现在已经离开劲风，可是无形之中，他还是把恒生当成是自己的对手。听到恒生大出风头，心中莫名地感到失落。

“陈敏芳在宴会上和我说了一句话，她说恒生后边要走的路，我们未必走得了。”

“什么意思？”宫志鹏不服气地问道。

“她的意思应该是说，想成为她的竞争对手，我们还不够格！”林斌冷冷地说道。

“什么路我们走不了?”宫志鹏越发气愤，盯着张龙海问道。

张龙海说道：“我打听了一下，他们成立了一个大客户攻坚组，专门针对国内的大型服装企业。”

林斌葛优躺似的仰卧在沙发上，看着天花板沉吟道：“这一招确实挺高明，这些大型服装公司要求严苛，经销商很难跟他们合作。恒生成立这个攻坚组，在不影响现有市场的基础上又开了一条新路子。这条新路子，不但避开了经销商的弊病，还极大地扩大了恒生的品牌影响力。”

“陈敏芳什么时候变得这么厉害了?”宫志鹏问道。

张龙海暗自苦笑。离开恒生的时候，他用电子邮件发了一份问题分析报告给沈祖民，与此同时还附了份市场拓展方案。那份方案里面，就提到了成立大客户攻坚组的设想。当初莲姐让张龙海不要发，可是张龙海还是偷偷地发了出去。如果当初听了莲姐的话，或许就不会有今天的事了。不过张龙海并不后悔。让恒生去蹚蹚这条河，对自己来说未必是坏事。

当时自己有了方案没有实施，是因为生产条件无法满足攻坚需要。可是现在就满足了吗?陈敏芳在这个时候成立大客户攻坚小组，难道恒生的生产有所改善?如果在生产条件无法满足销售需要的情况下，贸然和大客户合作，无疑是自取其辱，甚至可以说是自寻死路。要想进入这些大型服装厂的供应商名录并非难事，难的是如何保持长期合作的关系。如果成为他们的供应商，而不能很好地满足客户需求，客户信任关系一旦损毁，后边再想弥补那就难了。正因为有这一层顾虑在，张龙海在恒生时候虽然早有方案，却迟迟没有实施。他给沈祖民的建议信中提到，前提是必须解决生产不配合的问题。

如果恒生真的改进了生产模式，陈敏芳实施这一方案在情理之中，可是据张龙海所知。恒生线厂的管理结构并未调整，老甘还是线厂的厂长，乃至下面的车间主任，班组长都还是原班人马，并未有一丝变动。这种情况下，要么是沈祖民用其他的方式给老甘施加了压

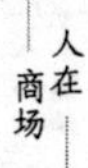

力，要么就是陈敏芳急功近利，过早开始了行动。

张龙海转向宫志鹏说道："和恒生竞争大客户现在是没这个资格，不过跟着他们学习一下还是有必要的。就让他们去蹚这条河，我们跟在后面学。志鹏你严密监视他们的动态，大型服装厂选择供应商一般都会有个招标会，凡是恒生报了名的招标会，我们也去报个。熟悉流程的同时，混个脸熟。"

"没问题！这个包在我身上。"宫志鹏拍了拍胸口，一口应承了下来。能够和恒生同台竞技，让宫志鹏觉得有些兴奋。

林斌突然从沙发上跃了起来："只是让你去学习，你只能败不能胜，可别真把客户拿下了。以我们现在的生产规模，随便哪个大客户我们也服务不了。"

宫志鹏踢了林斌一脚，嬉笑道："我有这么傻吗？多大胃口吃多大蛋糕，这道理我还是懂的。"

"商场如战场，知己知彼才能百战不殆，无论是客户还是竞争对手，你们两个要时刻关注着。"张龙海再次叮咛。

宫志鹏和林斌都点了点头。

林斌花了一个星期的时间对金乌镇和应县的邱咖、八巷两镇做了市场调查。邱咖八巷的市场情况，正如张龙海介绍，服装厂多，竞争对手少。看到这两个市场，林斌有种狼入羊群的感觉，迫不及待就想上门开展业务。可偏偏张龙海一定要让他先从金乌镇入手。在金乌镇走访了两三天，确实一半都是天益线业的客户，柳叶公司占了将近百分之三十的市场份额，其他百分之二十则由四五家小作坊瓜分了。林斌走访了几家服装厂，结果收效甚微。而张龙海却似乎很满意。

有一家叫祖胜服饰的企业一个月有一两万元的缝纫线需求量。他原来是天益的客户，后来被小作坊抢占了，林斌问这样的客户，是否可以插足。张龙海说要不惜一切代价，拿下这个客户。林斌自然没有让张龙海失望，以和小作坊一样的价格，争取到了这个客户的订单。

在邱咖和八巷的业务非常顺利，林斌沿着道路，一家家上门送样留名片。有当场就想拿点线试试的，也有含蓄地拒绝，说等有需要的时候再联系。无论客人何种态度，林斌都是客客气气地说好，然后和服装厂的负责人互加微信。直接要求试用的客户，林斌当场就留了一套色卡。第一天，林斌跑了二十几家服装厂，分完了带的十本色卡。第二天林斌带了十五套色卡，依旧分完。十余天后，林斌把邱咖和八巷两镇三百多家服装厂跑了个遍。

跑完了两个镇的服装厂，林斌将所有客户根据意向和规模逐一分类，然后逐个发信息回访，对客户存在的疑问细心解答。功夫不负有心人，一个星期后，陆陆续续地有客户开始下单。于是，林斌又从业务员变成了送货司机。

林斌开始拓展新业务以后，莼海的这些老客户全部交给宫志鹏一人维护。原本两个人的工作量，现在由一个人完成。宫志鹏的忙碌可想而知。来不及的时候，张龙海也帮着送点货，拉几趟纱。所幸，宫志鹏招聘的司机和理单员很快就到了。

张龙海觉得宫志鹏招的这两个人有些草率，因为这两个人都是熟人。

理单员是宫志鹏和张龙海的小学同学吴芳芳。住在隔壁村，会简单操作电脑，但是并不熟练。宫志鹏说没关系，不会电脑，他会教她。张龙海在面试的时候，和吴芳芳简单聊了几句，得知吴芳芳原来在衬衫厂上班。衬衫厂虽然收入不低，但是工作强度较大。能适应衬衫厂车间工作的，应该是能吃苦的人。所以，他没有反对宫志鹏录用她。

而在录用司机的时候，张龙海提出了异议。应聘司机的是同村的张辉，和宫志鹏、张龙海都是一起长大的发小。张辉人长得壮实，虽然只有初中学历，但是交际能力挺强。以前一直帮他堂哥在杭州一带开车，不知道什么原因，两三个月前突然回到了家乡。如今恰好没事做，看到宫志鹏在朋友圈发的招聘信息便跑了过来。

宫志鹏问张龙海为什么觉得张辉不合适。张龙海说以前听村里人说过张辉手脚不干净，在村小店里偷过钱。宫志鹏说小时候，谁没犯过混，我们不也经常偷东西吃。

张龙海觉得偷水果和偷钱是两回事，再说自己偷水果是在小学的时候。张辉偷钱是在初中毕业以后。初中毕业十五六岁，已经不是小孩子了。

宫志鹏不以为然，他说张辉父亲不负责任，从小到大几乎没管过这个儿子，张辉母亲也是在他小时候就抛弃他，跟着别人跑了。这样一个家庭环境下成长起来的，难免会有些桀骜不驯。但是张辉从小独立，在没有父母帮助的情况下，凭借自己的努力，造了房子，取了妻子，有了孩子。仅从这一点来说，他比任何一个同龄人都值得敬重。

"我们不能抓着他小时候的错误不放。毕竟是一起长大的发小。我觉得应该给他这个机会。"宫志鹏语重心长地说道。

张辉的身世张龙海十分清楚。初中毕业以后，张辉和张龙海走在不同的成长道路上，几乎没了联系。老实说，张龙海也不清楚张辉现在的为人。或许宫志鹏说得对，应该给他一个机会。经过宫志鹏再三劝解，张辉也被顺利录取了。

经过一个月的试用考察，张龙海正式认可了宫志鹏选择的这两人。吴芳芳虽然对电脑不熟悉，但是还算好学，宫志鹏教的操作方式，她慢慢熟悉着，很快就进入了状态。最让张龙海感到满意的是吴芳芳在完成自己分内工作以后，也会跑到车间帮欧阳荷分担点工作。

吴芳芳说同学开的厂，力所能及地帮点忙不算什么。唯一让张龙海觉得欠缺的是吴芳芳的嘴巴不把门，不管有的没的，也不管对的错的，她随口就来。有时候，甚至还会和宫志鹏、林斌吵上几句，虽然吵过就过了，但是这种口无遮拦还是让人有些难受。

至于张辉，确实出乎张龙海的预料。短短一个月下来，张辉不仅得到了所有客户的认可，也得到了所有同事的一致好评。每次送货到客户那里，看到辅料仓库的负责人，张辉一口一个阿姨或者大叔叫着，还根据客户要求把货物摆放得整整齐齐。在自己厂里，他也是任劳任怨，每天早出晚归，从无怨言。他性格随和，无论是和车间的工人还是和欧阳姐、宫志鹏、林斌都相处融洽。即便是不喜欢和人打交道的哑叔也会拉着张辉咿咿呀呀地“聊”上几句。

有了这两个助手以后，宫志鹏总算有了空闲时间。空下来后，他每天对着电脑，把网上销售缝纫线的同行全部搜索了出来。经过宫志鹏整理，发现线上销售缝纫线的厂家并不少。而且价格非常混乱。有些缝纫线的销售价格甚至比外贸订单的价格还要低。“这生意怎么做？”宫志鹏愁眉苦脸地问道。

张龙海看着宫志鹏发过来的链接，仔细研究了一下午。说道：“这些价格特别低的，肯定不正常，我看了下他们的产品详情介绍，很多地方自相矛盾，完全是玩文字游戏，利用客户不了解产品的弱点，夸大其词。这种厂家欺负外行人可以，遇到内行的就吃瘪了。你看他们的销售数据，似乎并不理想。对于这一类竞争对手，我们直接忽略就是。”宫志鹏认同张龙海的说法。

“我们坚持自己的原则，实事求是的介绍自己。和线下销售一样，不打价格战。考虑到网上客户没有货款风险，可以比线下客户稍微便宜一点，但是不能相差太多。”

宫志鹏耗费一个月的时间，才把网上的店铺开了起来。不过刚开起来的店铺，生意并不理想。张龙海说没有关系。网上店铺是个长期投资，即便没有销售额，权当是打个广告也是有必要的。

在未来的很长一段时间，网上的这个店铺都是半死不活地挂着。收入勉强抵消开店的费用，虽说没有赚到钱，倒也不至于亏损。

很快又近年关。这一年外贸一如既往的平稳，内销有了良好的开端。年终的时候张龙海给所有员工都发了红包，全厂上下可谓是其乐融融。

张龙海决定带着全家人去三亚旅游。以前上班的时候，偶尔还能带着莲姐去哪里走走，自从开厂以后，已经很久没有出门旅行了。

莲姐自然是举双手赞同，小肖晓好似明白似的，也高兴得手舞足蹈。张龙海的父母嘴上念叨着浪费这个钱干吗，但是架不住儿子和儿媳妇的软磨硬泡最后还是同行了。

大年三十的晚上，宫志鹏忙着给同学和客户发祝福信息，自己也收到了一大堆祝福信息。一整个晚上，手机都没有歇过。只是发过来的信息，一看都是复制粘贴的。大致内容都差不多，宫志鹏瞄一眼就直接忽略了。

林斌和宫志鹏差不多，一晚上都在发微信。同学、客户、朋友。最后一条祝福的信息准备发给邬剑锋，他搜索了一堆的祝福信息，想挑一条最能表达自己心意的，可是挑了挑去都觉得不够诚意，最后干脆直接拨打了邬剑锋的电话。

邬剑锋还没有睡，电话才响了两声就接通了。

“峰哥！”林斌接通电话后有些激动，很多祝福的话卡在喉咙，不知道怎么说出口。自从来到永邦以后，他就再没见过邬剑锋，他不知道邬剑锋是否已经走出阴影。对这个曾经的老大，林斌是由衷的感激和敬佩。

“小林子。新年快乐！”倒是邬剑锋先道了声祝福，“听说你去张龙海那里了，做得怎么样。”

“我挺好的，你过得怎么样？”

“我也还行，公司的事情处理完了，今年带着家人玩了很多地方。跟我说说张龙海那边的现状。”虽然只是闲聊，但是邬剑锋的声音还是那么有磁性，还是让人觉得威严。

林斌说起来张龙海这里的经历，以及现在厂里的状况。邬剑锋说你跟着张龙海不会错的，既然已经开始做内销了，过完年我来找你一下。两个人聊了十几分钟才挂断电话。

得知邬剑锋日子过得潇洒，林斌由衷地感到高兴。

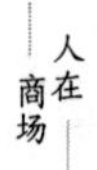

张龙海旅游回来，带着一堆热带水果，去给老胡拜了个年。

莲姐休完产假后，继续上班。张龙海的母亲跟着在甬城照顾母女。过完年，张龙海准备把肖晓接到老家来，让父母帮着照顾。莲姐有些舍不得离开肖晓，可是没有办法。自己要上班，没有太多的精力照顾肖晓。小肖晓在肚子里的时候难弄，出生以后倒是很乖，长得胖乎乎的很有喜感。晚上睡觉的时候，几乎都是一觉睡到天亮，有时候半夜饿了，会咿咿呀呀地喊几声。莲姐迷迷糊糊地将其拉到身边让她趴在自己乳房上吸个痛快。

把肖晓接到莼海还有个原因，莲姐知道张龙海的母亲无法适应城市生活，总想着回家。张龙海也担心莲姐和母亲待在一起时间久了会有矛盾，毕竟两代人生活习惯不同，观念千差万别。目前之所以相安无事，是因为各自忍让着。

莲姐性格要强，又心直口快。母亲虽然温驯，但是观念传统。在过年前，矛盾已经初现端倪。所以过年这段时间，张龙海一直在游说莲姐，让母亲把小肖晓带到莼海来养。

莲姐虽然嘴上没有同意，而实际上，在过年前已经开始做断奶的准备。

春节假期快结束的时候，莲姐终于松口，答应让肖晓留在莼海。临别的时候，莲姐不自觉地抹起了眼泪。

张国平安慰道："我们两个老的在，肯定会把肖晓照顾好的，你放心上班去吧，再说甬城到莼海就这么点路，想女儿了随时可以过来。"

张龙海也安慰道："你有双休，周五回，周一早上走，一个星期有三个晚上可以和肖晓待在一起。等厂里业务再稳定点，你把甬城的工作辞了，就可以天天和肖晓待在一起了。"

就这样，肖晓留在了莼海，白天跟着爷爷奶奶在村里转悠，晚上跟着张龙海睡。刚开始张龙海还担心自己带不好，因为自己晚上睡得沉，怕女儿冻着。谁知肖晓晚上基本不会醒，感到有些冷了，也会自己找被子钻。

为了扩大规模，2015 年刚过完年又搬了一次厂。

找新厂房还算顺利，环境、价格都符合众人的预期，这次的厂房有一千两百平方。只是新厂房离原来的厂有十几公里远，一批老员工上班不方便，都选择了另谋高就。无奈之下，又得重新培养。

林斌初六就从老家回来了，本想着年后去邱咖和八巷跑业务，争取把没合作的服装厂全部收拢过来。可是，搬厂后工人没有，产能不稳定，只能把跑业务的事暂时搁置了。

欧阳荷预料到了搬厂后老员工可能留不住，她也提早从老家回来，着手招工事宜。所幸年后急的外贸订单没有，新员工虽然产量不高，但是应付内销订单勉强够用。毕竟年后服装厂的开工率也不是特别高，很多厂也是边招工，边生产。

对于张龙海而言，年后第一件要做的事就是整理应收款。在内销市场上有个约定俗成的法则，过年前几个月大家都忙着赶货，不适宜催款。但是这些货款，过年之前必须付清。

张龙海在清理账单时候发现，多数客人的货款都进来了，有些即便晚了一些，赶在大年三十晚上也打了进来。唯独有两个客户货款没有进来。

一家是莼海镇的大鹰服饰。还有一家是八巷镇的光耀服饰。

这个大鹰服饰规模不大，欠了永邦线厂两个月货款，总共六七千元。因为没有按照约定的付款方式付款，三个月前已经被张龙海停货。张龙海和大鹰服饰的老板娘联系了很多次，老板娘一直都说会尽快安排，结果月初拖到月底，月底拖到月初，年前说一定会安排，结果还是没有安排。张龙海确定货款没有到账，第一时间就给大鹰服饰的老板娘打了电话。

接通电话后，老板娘冷嘲热讽，怪张龙海不懂规矩，哪有没过完年就开始要账的。张龙海懒得跟她废话，说三天之内如果还没有收到

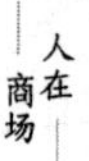

货款，他就直接起诉了。

老板娘不知羞耻地说道："几千元的货款，催命一样天天催，别人十几万几十万欠着，也没像你这样的。"

年前要账的时候，张龙海像孙子一样，一边说着抱歉打扰之类的话，一边诉述着自己的难处。但是此刻张龙海却格外强硬，有困难大家都能理解，但是延期数次还是没付，张龙海彻底失去了耐性。

又等了三天，还是没有收到大鹰服饰的货款，张龙海连电话都懒得打了，直接跑到法院，填了一堆资料。这是张龙海第一次踏入法院，起初想找个律师帮自己维权，联系了当律师的同学，同学说你这么点金额，还没有律师费用高，哪个律师会出面给你打官司，你可以自己去法院填诉讼状。只要证据确凿，有没有律师都一样。

要说证据非常简单，每次送货都有送货单，送货单上有大鹰服饰仓库管理员的签字。每个月开具的增值税发票，也有发票签收单，还是老板娘亲自签收的。张龙海按照法院工作人员的指导填了一堆资料以后，法院说会先审核，然后过几天让张龙海支付了几百元的诉讼费。又等了半个月接到法院通知，说下周一开庭。

法官简单交流下问双方是否愿意厅外和解。大鹰老板娘说愿意厅外和解。对于张龙海来说，起诉不是目的，收到货款才是目的，只要对方肯付货款怎么样都行。大鹰服饰的老板娘并没有否认欠款，她说不是不付，是因为自己没有收到应收款，确实没钱付。

法官说道："你有没有收到货款和原告没有关系，原告一而再再而三的允许你延期，已经是仁至义尽。站在法律的角度，我必须维护原告的合法权益。你要厅外和解，又说没钱支付货款，那么可否给一个准确的付款时间"。

大鹰服饰的老板娘吞吞吐吐地说道："再三个月。"

张龙海说不同意。

法官也是苦笑，说道："六七千元钱，已经拖了三四个月了，你还要三个月才能支付，这确实有些离谱了，也就是一两个工人的工资。怎么会这么困难?”

老板娘欲言又止，只是低着头拨弄手指。

法官说着又转向张龙海，问道:“你怎么看?”

张龙海说:“我不信她几千元钱拿不出来。”

法官叹了口气说道:“已经到了法院，她还是付不了钱，看来没钱应该是现实。你如果坚持起诉她，法院肯定会帮你维持公道，责令她立刻支付你的货款。如果她两个月内没有支付你的货款，你可以申请强制执行，法院会冻结他们公司的银行账户。如此下来，至少也得等两个多月。”法官顿了顿继续说道，“既然是厅外和解，我提个建议，你们双方考虑一下是否可行。”法官说着转向老板娘，“不管怎么困难，给你一个月时间，你想办法把这笔货款付清了。”

老板娘说有点困难。法官黑着脸说你有困难也不能把困难转嫁给你的供应商。老板娘无奈之下只好点头答应。然后法官又转向张龙海问这个方案是否接受。张龙海看法官一直在帮自己说话，也不好驳他好意，点头说我没意见。

然后法官拿出一张纸，把方案写在纸上，让双方签字。签完字老板娘便离开了。法官安慰着张龙海说道:“你放心，收回货款是你的权利，如果她一个月内还是没有支付货款，法院会直接宣判她败诉，到时再走强制执行的程序也不晚。”

张龙海忙不迭地道谢。

让张龙海没想到的是，一个月以后大鹰服饰的货款还是没有收到。他让张辉送货的时候留意一下这家工厂。张辉打电话说，这厂好像出事了，围了很多人。张龙海跑到大鹰服饰，发现工厂里里外外聚集了好多人，多数都是来要工资的员工，还有一些供应商。从大家的哭闹中，张龙海知道这个厂的老板跑路了。

所有员工都是一脸茫然而焦急的表情。

地上坐着一个五十几岁的大叔，目光呆滞，时不时地抹一把眼泪。张龙海问旁边的人这大叔是谁。旁边的人惋惜地说道:“是个面

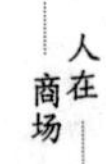

料供应商，这厂欠了他两百多万的面料款，估计这十几年的生意都白做了。”

张龙海难以置信地问道：“这么一个小服装厂，怎么会有两百多万的应收款？”

身边人说道：“每次要货款的时候，老板娘都说会排，结果一拖再拖，越拖越多。拖了将近一年还没付，自然就有两百多万了。”

张龙海说那为什么不早点停货。

那人叹了口气说：“生意难做啊。欠得越多，越不敢停货。”

聊天过程中，张龙海知道身边这个人也是大鹰服饰的供应商，这人是做纸箱的，也有十几万货款没收回来。不过听他的口吻，好像他还算是幸运的，比他损失大的供应商多了去了。相比之下，张龙海这六七千元的货款都没好意思说出口。

张龙海知道自己这笔货款肯定要成为坏账了。即便申请强制执行，法院查封账户和工厂，首先需要支付工人工资，然后是银行贷款，再然后水电费，最后才是各家供应商的欠款。张龙海估计即便把厂里所有设备都拍卖了，还不够支付工人工资的，供应商估计一毛钱都拿不到。

尽管如此，张龙海还是去法院拐了一下，办理了强制执行的申请手续。万一账户里还有资金，这些工人还能多分到一点。

很久以后，张龙海从别人的嘴中得知，大鹰服饰老板娘的儿子在澳门赌钱输了不少，他妈怕儿子被黑社会追杀，把收回来的货款都拿去给儿子填了窟窿……

至于八巷镇的光耀服饰，实在是出乎张龙海的预料。光耀服饰公司挺大，全公司有一两百号人。林斌费了九牛二虎之力才攻克了他们的采购员。

过完年，光耀服饰刚上班就下了采购订单给林斌，谁想元宵节林斌去送货的时候就出了问题。

林斌去光耀送货的时候看到一堆员工聚集在总经理办公室门口。林斌凑上前去打听了一下，得知光耀服饰有三个月没发工资了，工人闹着要去劳动局。林斌暗道不妙，把已经卸下来的一车货又装到车上拉回了厂里。

张龙海得知光耀服饰可能出事的消息，也吃了一惊。光耀服饰采购流程比较规范，每次下单都有合同，合同上明确了付款事项，白字黑字写着：收到发票后两个月内支付货款。原本以为这么正规的公司应该很可靠。按照合同约定，这个月月底就能收到光耀服饰的第一笔货款。谁想这样的大公司会出事。

当张龙海和林斌第二天去光耀服饰的时候，两个警察拦住了他们，说工厂已被查封，不能进去。

张龙海和林斌对视一眼，不知道如何是好。和光耀服饰合作两个月有余，将近六七万的货款没有收回。警察得知他们是供应商，建议他们先去法院起诉，清算资产的时候或许还能分到一点。

凡是进入清算流程的，供应商能拿到货款的概率很小，但是去了法院多少还有些希望，如果不去法院则一点希望都没了。张龙海想着光耀好歹是个大公司，资产多，发完工资以后，或许还能剩下一点。

张龙海又填了一张诉讼状，交了一笔诉讼费。法院开庭的时候，被告没人。原告胜诉。可是胜诉有什么用？

接连出现两笔坏账，张龙海内心十分纠结。尤其憎恨这两个跑路的老板。他在甬城论坛上发了个帖子，控诉这两个老板的绝情，不但辜负了辛苦付出的员工，还伤害了信任他们的每一个供应商。思如泉涌之下，张龙海洋洋洒洒写了两三千字。不想帖子引起不少人的共鸣，一夜之间竟然成了论坛头条。

第二天，张龙海接到一个陌生人的电话，对方称自己是光耀服饰的老板钱勇春。张龙海着实吃了一惊，前几天打钱勇春电话，一直提示关机，没想到钱勇春会在这个时候主动联系他。钱勇春说看到了他发在网上的帖子，想约他在甬江茶楼见个面。

张龙海将钱勇春约自己见面的事情告诉宫志鹏和林斌。宫志鹏说你在网上这样骂他，搞不好他想报复你，他坚决不同意张龙海赴约。林斌说，这一笔坏账是我造成的，我有义务为公司要回货款，他愿意替张龙海走一趟。

张龙海说钱勇春想报复我，有很多种方式，完全没有必要约我见面。不过为了保险起见，两个人去好有个照应。

钱勇春将约会的地点定点甬江茶楼。这倒是个好地方，交通方便，人流众多。张龙海和林斌到了约定的地方，没看到钱勇春。打电话问了一声，钱勇春让他们先点饭吃，他很快就到。

张龙海和林斌各自点了份盖浇饭，边吃边等。直到盖浇饭吃掉了一半，才看到一个穿着风衣戴着目镜的男人向他们走来。来人正是钱勇春。

"不好意思，让你们久等了。"钱勇春说着在张龙海对面坐了下来。随手拿起张龙海面前的那壶龙井给自己倒了一杯。

"钱总，怎么搞得跟特务似的。"林斌挖苦道。

钱勇春取下墨镜，尴尬地笑了笑，说道："情势所迫，两位见谅。"

林斌本想直截了当地问货款怎么处理，被张龙海制止了。张龙海让钱勇春说说究竟是怎么回事，为什么好好的，突然被查封了。

钱勇春叹了口气，说道："人倒霉了喝口水都会塞牙缝，真正是屋破更遭连夜雨。去年的一个大订单货款收不回来，导致公司资金紧张，偏偏朋友的公司出了问题，我作为担保人承担连带责任，赔付他的银行贷款。一来二去，公司流动资金枯竭，连工资都发不出来……哎，怪自己江湖义气太重。"

"发到国外的货没有签订合同，没有订金吗？"张龙海好奇地问。

钱勇春苦笑道："现在服装生意越来越难做，同行之间竞争激烈，都是恶性竞争，没有几家公司收订金的。即便有也只有一点点。"

"这样做风险太大了吧！"林斌惊讶道。

“做生意哪有没风险的!”钱勇春不屑一顾地说道。

张龙海虽不认同钱勇春的生意经，却也没有反驳他，每个人都有每个人的生活方式，谁也不能说谁一定对，谁一定错。他轻声问道：“钱总今天约我出来，应该不是找人诉苦吧?”

钱勇春喝了口茶说道：“你发在网上的帖子我看到了，我希望你能够撤掉。”

张龙海得意得笑了笑，说道：“给我一个理由。”

“虽然我的公司出了点状况，但是不代表我已经完蛋了。你可能不知道我还有一个头衔，不瞒两位，我现在还是甬城金乌商会的会长。我在甬城的公司虽然遇到了麻烦，但金乌市的工厂还在正常运作。退一万步说，即便两边都盘不活，金乌市五十几亩地的厂房还在。只不过厂房属于大额资产，一时间比较难脱手。这几天我正在想各种办法，挽救甬城的工厂。你这帖子一发，把我的名声搞臭了，我就更加筹不到钱了。甬城的工厂里面还有一批即将发货的成品衣，这批衣服只要出货，支付十几个你这样的供应商没有问题。如果不是劳动局多管闲事，可能这批衣服前些日子就已经发出去了。”

“工人拿不到工资肯定着急，尤其是过年前，谁家不是等米下锅。过年都不发工资，难怪工人告到劳动局去。劳动局接到群众举报肯定要有所动作，这是很正常的事。”张龙海不冷不热地说道。

钱勇春还想说什么，终究还是叹口气，没再张嘴。过了好一会才开口说道：“权当是我求你。”

张龙海吃完最后一口饭，用纸巾抹了下嘴，靠在软软的椅背上审视着钱勇春，问道：“钱总，如果没有这个帖子，你会联系我吗?”

钱勇春动了动嘴唇，没有接话。

“钱总你自己也知道，找你的供应商很多，如果不是因为我发了个帖子，你估计也不会找我。要我撤帖很简单，把货款付给我。”

“我现在真的没钱。等我筹到钱肯定第一时间付你们公司的货款。你们公司的货款反正也不多。”

“在你眼里六七万元钱是个小数目，对我来说却是大钱，你这一笔货款没收回来，我两个月的生意白做。你说的未来，对我来说不确定性太大了。恕我不能接受。张总见谅。”张龙海不卑不亢地说道。

钱勇春犹豫再三说道：“这样行不行，我让金乌市的工厂先付你一半的货款，另外一半我以私人名义写一份欠条。”

张龙海和林斌对视了一眼，心想能拿回一半总比一分钱没有好。张龙海假装犹豫，然后勉为其难地说了声：“好吧！看在钱总确实困难的份上，小弟让一步，权当是支持钱总东山再起。”

钱勇春从包里拿出纸笔，当即写了一张欠条。然后吞吞吐吐地问张龙海能不能现在就把帖子删了？

张龙海说君子一言驷马难追，我答应你的事肯定会做到。不过前提是先收到一半的货款。

钱勇春犹豫再三，站起来去门口打了一个电话。几分钟后他回到座位，说：“等一下会有三万元汇到你公司的账上，你查收一下。希望你能言而有信。”

果然，银行的提示短信很快就到了。确实是三万元。张龙海满意地点了点头，告诉钱勇春三万已经收到，回去就把帖子删掉。另外一半的货款，也请钱总给我一个期限。

钱勇春思索片刻，说顺利的话，下个月就能解决流动资金问题。

“好，那我们就以一个月为限，希望钱总能早日东山再起。”

离开茶馆后，林斌忍不住长舒了口气。“总算拿回来一半的货款。真怕他又反悔了！”

张龙海也在心理偷乐，没想到网上随便发的一个帖子，让自己减少了一半的损失。“你说另一半货款还能不能要回来？”

林斌撇了撇嘴说估计很悬，希望这个钱勇春真能筹到钱吧。

然而，一个月过去了，光耀服饰还是处于查封状态。张龙海打电话给钱勇春，打了好几次才打通。张龙海问资金凑集的怎么样。

钱勇春说还在想办法。

张龙海说钱总上次与我约定的时间已经到了，我知道你现在困难，不过你好歹让我看到点诚意。

钱勇春在电话那头沉吟半晌，说道："我现在确实没多少钱，要不先付你一千？"

张龙海苦笑，心想有总比没有好。于是说道："能看到钱总的诚意就行，不嫌弃多少。钱总现在困难，小弟别的忙帮不上，能做的也就这些了。"

挂完电话后，张龙海的手机又收到一条短信提示。一千元到账了，看着这条短信，张龙海苦笑了好一阵。

让人遗憾的是钱勇春每个月一千，付了三四次后再次失踪了。这次无论张龙海怎么拨打这个手机号码，都没人接听，到最后又成了机主已关机的提示音。张龙海知道，钱勇春是彻底玩完了。

曾经的周会变成了月会。张龙海在会上特别强调，厂里的所有股东不要给任何人做担保。宫志鹏深为赞同，他也说了一件事。去湖北时候，一起吃过饭的梁总，同样因为担保导致企业破产。明慧纺织——当地最牛的纺纱厂，因为梁总的担保背负了沉重的债务，最终走向破产。

目睹商场的沉浮和残酷，林斌和欧阳荷无不是唏嘘嗟叹。

对于光耀服饰的这笔坏账，林斌十分自责，说从他的提成中提取一部分弥补公司的损害。张龙海和宫志鹏都没有同意。

张龙海说胜败乃兵家常事，让林斌不要有心理包袱。

宫志鹏拍了拍林斌的肩膀，说："不会因为这一次败北就气馁了吧？"

林斌拍开宫志鹏的手说："谁气馁谁是孙子。"

邬剑锋说过完年来找林斌，并非开玩笑。事实上他早就想去看看张龙海的这个厂。一来是看看这两个小兄弟，二来，他希望能找个合作对象。劲风公司倒闭以后，所有经销商都断了联系。但是邬剑锋在行业里这么多年，有着良好的人际口碑，除了经销商之外，他还有很多工厂客户。这些客户都规模不小，而且关系很铁。他们得知劲风公司破产以后，希望邬剑锋能够重整旗鼓，继续为他们供应纱线。

重新开厂，邬剑锋已经没有这个兴致，这些人脉舍弃了又十分可惜。所以他想着找一个工厂，帮他生产。

得知邬剑锋要和自己合作，张龙海一点都不觉得惊讶。像他这么聪明的人，怎么可能放着现有的人脉资源不用，一声不肯地离开这个行业。说句直白的话，这些人脉够他吃很多年了。

邬剑锋提的合作方式简单而粗暴："我来给你们引荐客户，后期这些客户由你们负责维护，也由你们直接发货。我从销售额里抽取2%的好处费。"

张龙海笑道："锋哥你就不怕我们和客户接洽以后把你甩了？"

邬剑锋笑了笑说道："你要真这么做，我也没办法，只能怪我瞎了眼，识人不明。"

林斌连忙说道："放心吧，锋哥。有我在，就不会少了你那一份。只是感觉你这钱赚得也太容易了点。引荐一下，啥事都不做，就拿走了2%的提成。"

邬剑锋得意地笑了笑说道："你锋哥就是这么霸道，你小子别不服气。当然这提成不会白拿你们的。我保证你们的售价会比你们正常价格至少高出三个点。"

张龙海和林斌对视一眼，会心地笑了。按照邬剑锋的说法，他们不但多了几个大客户，还白白多了一个点的利润。

林斌和宫志鹏都比较忙，接手邬剑锋客户的事，自然有张龙海完成。邬剑锋的客户分布在浙省的几个市。走了一个多星期，才走遍邬剑锋的这几个客户。见识了邬剑锋和客户的关系，让张龙海深为震撼。见到客户后，邬剑锋说："以后你们公司需要的线有小张给你们供货。"

客户甚至都不问小张的来历，握着邬剑锋的手连声说没问题。客户说："只要是你邬剑锋安排好的事，我们十万个放心。"至于后期的合作方式、产品价格全是邬剑锋一个人在说话，仿佛他才是这些公司的老板，对方竟然没有一丝的怀疑和反驳。

张龙海心想要有多好的关系，这些客户才会如此信任邬剑锋？

返回甬城的路上，张龙海一边开车，一边虚心求教邬剑锋是如何获得这些客户的信任的？

邬剑锋坐在副驾驶座上，说道："其实说不上谁俘获谁，只是几十年交往下来，彼此习惯了对方的存在。有些客户最初合作的时候也有过纠纷，有过矛盾，甚至有客户终止过合作关系。可是他们离开我之后，发现还是跟我合作更让他们省心，更让他们放心，所以最终又选择了我。做业务其实和找对象一样，最初走在一起靠的是技巧，靠的是某些优势，但是好感不可能永远存在，就像夫妻之间的关系，终不免有激情消逝的时候，也不免有磕磕碰碰的时候。当爱情淡漠以后，你靠什么维持你们之间的关系？这就需要你好好思索了。你若朝三暮四，就别怪对方始乱终弃。其实我们的客户都是很容易满足的，只要你的产品质量稳定，交期不出问题，客人一般是不会无缘无故地抛弃你的。当然价格也得注意，对于老客户而言，他不需要你比别人便宜，只要你不要比别人高出太多就行。当你和客户合作三年五年，甚至十年二十年以后，你们就不再是单纯的生意关系。还是以夫妻关系做比喻，共同生活了二三十年以后，爱情固然已经消逝，却成了互相依赖的亲情。"

张龙海听着邬剑锋的这一套理论，颇有感触。

车驶过奉县中山公园，公园门口的草坪上竖着几个醒目的大红标语："不忘初心，牢记使命。"这几个字，张龙海和邬剑锋都看到了。张龙海已经熟视无睹，并没有多看一眼。邬剑锋却是神情专注地盯着这几个字看了好一会，直到车子开远，这几个字在身后退去，他才长长地叹了口气。"小张，你要记住劲风的前车之鉴。劲风就是忘了初心，才会落到今天的下场。我跟我姐创办劲风的时候，也和你现在一样，激情饱满，立志要在纱线行业打出一片天地。经过几年的努力，我们已经有所成就。可是当一个人收获了成功的喜悦之后，就容易迷失自己，到最后甚至都不知道自己是哪行哪业的了。如果我姐能够踏踏实实地干实体经济，不去炒股炒楼，肯定不会是现在的结局。”

张龙海跟着叹了口气，感谢邬剑锋的忠告，说自己会铭记在心的。

张龙海送走邬剑锋，回到工厂已过午时，溜进厨房想找点剩菜剩饭。不想刚抓了只鸡爪，欧阳荷就跟了进来。

张龙海尴尬地笑笑说实在是太饿了。

欧阳荷瞪了他一眼，说这么大的人了，不知道照顾自己，方向盘在自己手上不知道路边停下先吃点东西。饿到这个点还没有吃饭，活该长不胖。

原本被欧阳荷念叨几句并不觉得有什么，可是今天总觉得欧阳荷像是憋着什么事，始终板着个脸。

“遇到什么不顺心的事了？”张龙海一边问着，一边从电饭锅里盛出剩饭，然后用热水泡了泡，拿筷子搅拌均匀以后，就着几只吃剩的鸡爪狼吞虎咽了起来。

欧阳荷欲言又止，从橱柜里拿出一瓶油焖笋夹了几筷给张龙海，然后一脸沮丧地坐在张龙海对面，她也不说话，就静静地看着张龙海吃饭。直到张龙海快吃完了，才说道：“你觉得吴芳芳这人怎么样？”

张龙海警觉地放下筷子问道：“她怎么了？”

欧阳荷欲言又止，吞吐了好几次还是没有说话。

张龙海焦急道：“欧阳姐，这可不像你的作风，遇到什么事了，有啥说啥。是不是她让你觉得不痛快了？”

“我也不知道怎么说，这人挺优秀，自己的工作完成得不错，车间忙的时候，还经常过来帮忙，只是她在的话，让我觉得我的工作很难做。”欧阳荷无奈地摊了摊双手。

“是不是她在车间里面乱说话了？”张龙海领教过吴芳芳的口无遮拦。

曾经有一次他和宫志鹏在办公室开会，恰好吴芳芳也在。原本两个老板讨论公司事务，跟她一个理单员没有什么关系。换个人听到敏感话题，可能找个理由回避了，可是吴芳芳不但没有回避，还凑上来发表了自己的意见。当时张龙海就觉得很别扭。事后和宫志鹏聊起，宫志鹏也说吴芳芳没有头脑，不过又说她也是在为公司着想。张龙海想想也是，没有往深处想。

还有一次，张龙海和林斌、宫志鹏讨论某个客户的攻坚方案，正在讨论激烈的时候，吴芳芳又凑上来说了一顿莫名其妙的话。如果能够说到点子上也就算了，她从未跑过业务，说的话牛头不对马嘴。张龙海提醒她做好自己分内的工作，不该她管的事情不要插嘴。吴芳芳听完很不乐意地出了办公室。关门的时候，还把门甩得巨响。当时宫志鹏还怪张龙海太严肃。

“她或许也是好心为公司着想，可是她经常到车间里去指手画脚，弄得我很难办事。”欧阳荷无奈地说道。

张龙海一边洗碗，一边说道：“举个例子看。”

“车间工人速度慢，她过去帮忙做线。帮忙也就算了，把工人数落一顿，弄得工人闹情绪。哑叔的工作量已经挺大，她老是差他干其他的事情，弄得哑叔自己的活干不完。早上我在车间里开会，强调怎么解决结头过长的问题，她凑上来说，要避免这个问题好像挺难的……”

“欧阳姐，你不用说了，情况我知道了。吴芳芳什么都好，这张嘴却是个祸害，我之前已经意识到了。等下我会和她谈谈，如果实在不行的话，我会让她以后别去车间。”

“最理想的状态是，她能来车间帮忙，但是不要说话。”欧阳荷苦笑着说道。

“要是每个人都像哑叔一样，那管理就简单了。”张龙海无奈地

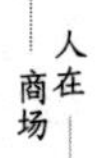

笑了笑。

回到办公室，看到吴芳芳正在打电话。张龙海不想打扰她，想等她打完电话再和她谈。可是他坐着等了十几分钟，吴芳芳的电话还没打完，而且电话的内容和工作毫无关系，不知道在和哪个姐妹讨论护肤品的问题。明明知道老板在，却还是旁若无人地聊着护肤品，可想而知，他不在的时候，她会自由到什么程度。

虽然大家是同学关系，但是上班还是应该有上班的样子。张龙海实在忍不住上去敲了敲她的桌子，问她工作忙完了？

吴芳芳这才挂了电话，说一个好久没联系的姐妹打电话来，难得联系所以聊了会。张龙海说我进来到现在已经聊了十几分钟了。吴芳芳察觉到张龙海的不满，却依旧嬉皮笑脸地扯了一堆闲话。

张龙海直截了当地问道："早上车间开会的时候，你是不是去说什么了？"

吴芳芳惊讶道："我没说什么啊！怎么了？欧阳荷是不是说我坏话了？"

张龙海再次问道："你确定没说什么？"

"我没说什么！"吴芳芳依旧嘴硬。

"要避免结头过长的问题好像挺难的。这句话你没有说过？"张龙海继续问道。

"这——这句话我是说了，这又怎么了，我不过是实事求是地说句话。"吴芳芳一脸委屈地为自己解释着。"车间里我也去做过，打结本来就比较难。"

"行了！"张龙海打断她的话，带着愠色批评道，"你有没有脑子？别人在开会，你去唱反调。什么话该说，什么话不该说自己没个数吗？"

此时，正好宫志鹏送货回来，看到气氛僵硬，问咋回事。

不想这个时候吴芳芳泪如雨下。她一边抹着眼泪，一边自怨自艾地说自己是没头脑，有头脑也不会初中毕业就出来上班了。

宫志鹏扯了扯张龙海的袖子，轻声问张龙海到底怎么回事。张龙海说你自己问她，说着就离开了办公室。

过了好一会，宫志鹏也走了出来。看到张龙海还在生气，宫志鹏岔开话题道："和邬剑锋出去跑市场，还顺利不。"

张龙海叹了口气，说道："挺顺利的，锋哥做生意确实有一套，跟他几天受益匪浅。"

"这个邬剑锋一看就不简单，他身上有一种特别的气质，让人不由自主地信服。"

两个人就着邬剑锋聊了好一会，聊完后。张龙海说道："吴芳芳的嘴巴把不了门，本想劝她以后注意点，可是有一句话说得好，江山易改，本性难移。我看她要改掉这个毛病估计是难了。你做做她的思想工作，让她以后别去车间了，不然欧阳姐的工作会很难做。"

"我知道。"宫志鹏干净利索地说道，"可怜之人必有可恨之处，她这信口开河的毛病确实挺严重，听说她在来我们厂之前，也是因为多嘴和以前的老板娘吵了一架，最后负气离职。不进车间的事，我会和她说的。"宫志鹏说着拍了拍张龙海的肩膀，让他别有心理负担。

张龙海叹了口气，说道："替我给她道个歉，我刚才态度确实不好，语气重了点。"

宫志鹏笑了笑说："说她不好吧，其实也有好处，就是心眼不坏。放心吧，她不会记仇的。"

这之后，吴芳芳果然不去车间了。从此以后和欧阳荷似乎也决裂了，欧阳荷来办公室办事的时候，吴芳芳不冷不热。宫志鹏看到这样的场景，一次又一次地劝欧阳荷不要跟她计较，又劝吴芳芳不该这样没有规矩。可是无论宫志鹏怎么说，吴芳芳依旧我行我素。

张龙海不在公司的时候比较多，没有看到这样的场景，不然肯定发飙。吴芳芳自从不去车间以后，人懒散了许多。按理说不用去车间了，她有更多的空闲时间了，可是报表的及时性却反而不及从前。张龙海找宫志鹏商量，是不是给吴芳芳另外安排点事做。宫志鹏说自己

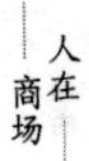

在网上收集客户信息，这个工作可以转交给她。

张龙海心想，让她充实一点或许会有被重视的感觉。为此特意和吴芳芳聊了几次，鼓励她积极搜索客户信息，帮宫志鹏和林斌开拓新客户提供助力。如果销售额有所突破，还可以给她提成。

吴芳芳自然是满口答应。

林斌在邱咖、八巷两镇的业务逐渐稳定，销售额连续几个月攀升，客户数量也是逐渐增加。刚开始推广的时候，客户都是半信半疑，个别客户选用永邦牌缝纫线也就是抱着试试看的心理。

邱咖和八巷原有的两家缝纫线厂已经察觉。其中一家邱绍线厂老板姓王，另一家叫百佳线厂老板姓沈，两人年龄相仿，都已六十出头，亦敌亦友，在这个市场上竞争了二十多年，谁也没有吃掉谁，竞争了多年以后才意识到合作比竞争有利，于是心照不宣地互不侵犯，价格上也保持一致，原料涨价的时候，两人协商好一起涨价，涨价幅度和涨价时间都是一致的。

老沈问老王以前有没有听说过永邦这个厂。老王说没听说过，好像是奉县的。老沈一听是奉县的线厂，心理已经踏实了一半。奉县最近的金乌镇相聚他们也有三四十公里。他想着三四十公里远，一天拿几次样品不跑死才怪。

“估计是刚成立的新厂，初生牛犊不怕虎，让他折腾去吧，看他后边怎么死。”老王也是一样的想法，以为永邦是不知道内销险恶的新开线厂，看到邱咖八巷服装厂多就想分一杯羹，这样的线厂以前没少见，只是没有一家能够长久。有些因为服务和速度跟不上被抛弃，有些则是被二人联合起来排挤了出去。这一次面对永邦，二人也是不以为然。谁知几个月过去，永邦还在邱咖八巷送货，每天一趟雷打不动，而且用他们线的服装厂越来越多，他们那辆面包车上装的货也是越来越多，老王和老沈这才意识到这厂不简单。他们好奇永邦线厂每天就跑一趟，怎么满足拿样送货的需求，他们自己可是一天跑十几趟都不止。到服装厂一打听，才知道永邦线厂有色卡和库存，根本不需要拿样品，客人自己对色，报色号过去，永邦线厂统一时间送一趟货就完事了。

老王再次打电话给老沈的时候，老沈也有些慌了。他已经有好几个客户整月都没来拿过线，去客户厂里一看，他们都已经用上了永邦的线。

“是我们小看了这个永邦。我拿了个线回来测试了，线的米数很足，成型也很漂亮，包装还很精美，有这样产品的厂肯定不是个小工厂。”老沈在电话这头说道。

“我也这么觉得，这厂势头很足，抢了我不少客户，你那边情况怎么样？”老王焦急问道。

“也差不多，损失不小。”

“怎么办？要不要趁他还没有站稳脚跟，我们联合起来降价，把他赶出去。”老王建议道。

“虽然流失了不少客户，但是相比我们拥有的客户还是少数，如果降价，肯定所有客户一起降价，这样我们损失会很大啊。”老沈分析道。

“那你说怎么办？”

老沈沉吟片刻，说道：“这样吧，我们两个动用关系，再去打探一下这个工厂，了解清楚他的实力究竟怎样。另外，所有流失的客户，我们提点东西，再去走动走动，我就不信我们合作了十几年的客户，会这么轻松地被人撬走。”

老王思索片刻说道：“行，就听你的，我们分头行动。”

老王和老沈的通话，林斌并不知晓，此刻他正挥汗如雨地把一箱箱的线放到服装厂的货架上。这个厂的老板娘很喜欢林斌和他的线，两个月时间里已经给林斌介绍了五六个客户。

服装厂之间经常会有合作，你订单来不及的时候我帮你做一些，你没订单的时候，我分一点给你做做。如此一来二去，有些厂之间关

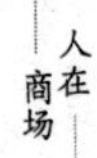

系十分密切，有好的供应商他们也会彼此分享。这个老板娘把林斌介绍给她的几个朋友，她的几个朋友都成了永邦的客户。这种经过介绍进去的客户，比林斌作为一个陌生人上门去推销效果好上千百倍。

真正是金杯银杯不如人际口碑。前两个月在邱咖八巷送货的时候，只有几个客户，这几个月来客户数量几乎是几何倍增。有很多次，林斌送货的面包车都塞满了，客户还源源不断地报单过来。如此情况下，只能在不影响客户生产的情况下，分批发货。

宫志鹏接到韩江的电话，说有事找他。问他什么事，韩江卖着关子不肯说，非要宫志鹏请他吃餐饭才肯告诉他。宫志鹏了解韩江，他肯定是知道了什么和自己有关的事。于是爽快地答应了请他吃饭。

宫志鹏问韩江想吃什么。韩江说还是老地方吧。于是又到酒吧。韩江来的时候还是带着小美。宫志鹏招手将二人引至最角落的位置，这里相对安静一点。

“今天怎么只带了一个美女？”宫志鹏问韩江。

“啥意思，每次跟我约会，还得我给你安排美女，你不会自己找一个啊？”韩江一边打趣着，一边朝服务员挥了挥手。

小美插话道：“说来也奇怪的，小米上次回去以后，再也不跟我联系了。我约了她几次，她理都不理我，最后居然把我拉黑了。”

“你这朋友有点个性啊。”宫志鹏看韩江每次出来都带着小美，知道两人关系肯定特别。

“其实小米，是我在网上认识的朋友。她是个可怜人，被男朋友甩了以后每天借酒浇愁，我在群里听到她发牢骚，就说了她几句，然后她就私加了我的微信。”

“你发表什么高论了？”韩江打趣道。

“我跟她说，天下男人多得是，干吗为一个负心男人寻死觅活。男人可以去寻花问柳，我们女人也可以去吊凯子，大家扯平了，谁也不用怪谁。”小美一边理直气壮地说着话，一边还用手很大幅度地比画着。

这气势还真有气吞山河的样子，宫志鹏举起手中的扎啤说敬她一杯。韩江也凑过杯子说我们一起敬一下女中豪杰。

小美当仁不让地接受了女中豪杰的称谓，拿着自己那杯扎啤和宫志鹏韩江碰了一下。碰完后，宫志鹏只喝了一大口，韩江喝了三分之一，小美则把一大杯的扎啤喝了个底朝天。

“果然是女中豪杰！”宫志鹏竖了个大拇指。

小美抹了把嘴角，把空杯往桌子上重重地一放，朝着服务员喊了一声：“再来一杯。”

酒过三巡，点的小吃和几个零食也吃得差不多了，宫志鹏提醒韩江，现在该说什么事了。

韩江无趣地瞪了宫志鹏一眼，说道：“请我吃一顿会死啊。我跟你说没事，只是想找你蹭个饭你信不？”

宫志鹏没搭理他，知道他觉得没意思了，自己就说了。

果然没坚持过两分钟，韩江就开口了：“有人在打听你们厂，有没有兴趣知道。”

宫志鹏面无表情地剥着花生说道：“打听我们厂干吗？想买线啊？”

“还买线？别人想弄死你们。”韩江神情凝重地说道。“你们是不是在邱咖八巷那边跑业务？”

“是啊！怎么了？”宫志鹏轻描淡写地回答。

“你们两个人真不知道天高地厚，老王和老沈两个人我熟悉，他俩可不是省油的灯，邱咖八巷在十几年前，那里有很多线厂，后来只剩下老王和老沈两家。这两人，一个家里三套别墅，一个家里收集的茶叶值好几百万。我这么说你应该知道他们两个的实力了吧。”

宫志鹏不屑一顾地问道：“你说有事，就是为了告诉我这些？”

“这还不叫事？”韩江惊讶道。

“借你的小美用用。小美我们跳舞去。”宫志鹏说着就去拉小美

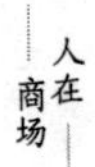

的手。

待韩江反应过来，小美已经乐呵呵地跟着宫志鹏进了舞厅。“你妹的！”韩江笑骂了一声，暗想自己是不是有些杞人忧天了。随即自己也进了舞厅。

三个人在舞厅里狂魔乱舞了好一阵，才重新回到座位。又喝了一会酒，然后换场地去夜宵店。

宫志鹏还是让韩江选地方，这一次韩江没去烧烤店，而是找了个点心店，点了三碗冰豆浆。

“怎么，改吃素了？”宫志鹏问道。

“知道你和张龙海不容易，给你们省点钱。”韩江开了句玩笑，又提醒道，“老王和老沈两个人，你们真得小心点。”

“有数了！”宫志鹏这一次回答得很认真，“如果他们再来问你，你帮我们壮壮声势，吓吓他们。”

“这个我有数。说你们一个月能做十几个柜，工人上百个，这行了吧？”

“牛皮别吹破了！”宫志鹏笑着提醒道。

同行之间的摩擦终究是难免。几天后韩江又打电话给宫志鹏，说老王和老沈想见见他和张龙海。宫志鹏问张龙海要不要见。张龙海说还是算了。见了面到时称兄道弟的，后边再抢他们的客户就不好意思了。

宫志鹏把张龙海的原话转述给韩江。韩江在电话那头连说你们牛。

拒绝见老沈和老王，是因为张龙海吃定了他俩拿自己没撤，可是另外一个人张龙海却不能不见。那是天益线业的老板娘。

天益线业的老板娘说起来也算是老朋友了，彼此遵守着互不侵犯的君子协定，井水不犯河水。这一次天益线业的老板娘打电话邀请张龙海去她办公室喝茶，张龙海知道是为了什么。去年林斌在金乌镇开拓业务的时候，张龙海就知道会有这一天。事实上，张龙海期待着这一天的到来。

张龙海欣然赴约了，而且还提议把岳林线厂的老板娘也叫上。天益线业的老板娘并不反对。

奉县最具实力的三家线厂聚在一起，不免要讨论一会纱线行业的行情，又不免同时感慨一下现在开厂的不易。

聊了好一会，天益线业的老板娘才含蓄地说道："我们三家之间定的这个君子协定挺好，保证了各自的利润最大化。这几年来，无论涨价跌价我们都保持步调一致，这挺好，只是小张，有一个客户你好像越界了！"

"哦，有吗？"张龙海惊讶道，"在奉县开拓市场我是很谨慎的，我对业务员再三强调，如果看到天益和岳林的线，立马退出来。"

"小张这点是做得很好，我听客户说起过，有个线厂进来推销，结果价格也没有报又走了。"岳林线厂的老板娘给张龙海竖了个大拇指。

"这是应该的，君子一言驷马难追，既然有约定，我肯定遵守。"张龙海说着转向天益老板娘，"不知道老板娘说的是哪个客户，如果确实是我们业务员越界了，我马上就让他终止和这个客户合作。"

"祖胜服饰，你有印象吧？"天益老板娘把一张名片推到张龙海面前。

张龙海在脑海中思索了好一会，问道："这家服装厂是不是在去邱咖的公路边上？"

"对，就是这个厂。"

张龙海皱起眉思索道："这家服装厂有点印象，第一次给这个厂送货的时候，我和业务员一起去的，我就怕他越了线。不过，我记得当时去他们仓库的时候，没看到有天益的线，他们用的好像是小作坊的线。"

天益老板娘尴尬道："去年有几个月，这厂确实没跟我们合作，

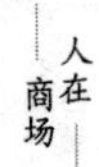

但是这之前，这客户一直是我们的。"

岳林线厂老板娘插话道："张姐，这就是你不应该了，小张从小作坊那边抢过来的客户，肯定不能算违反约定。至于你说以前是你的客户，这个别人不知道，也说不清了。如果真要算，你手上的有些客户以前还是我的呢。"

天益老板娘尴尬地笑了笑，说道："确实不算小张违约，不过这个客户和我关系一直不错，现在有心回来跟我合作，希望小张能够理解。"

"这么说，是老板娘想从我手里抢客户？"张龙海问道。

岳林线厂的老板娘看了看天益老板娘想说什么，但是终究没有开口，脸上的厌恶之色已溢于言表。

天益老板娘纠正道："小张，话不能这么说，我拿回我自己的客户，不能说抢，对吧？"

张龙海笑了笑说道："这种事确实很让人为难。祖胜服饰说大不大，但是说小也不小，原本这样一个客户对我们各自的生意都无关紧要，但是我如果就此把这个客户让给你，我的业务员肯定会对我有意见，毕竟业务员开发一个客户不容易，他们都是拿提成的。如果不让，因为这个客户伤了彼此的和气，我也觉得没必要。"

天益老板娘盯着张龙海微笑着说道："听这话，小张是舍不得把客人还给我？"

张龙海摊了摊手说道："确实挺为难。"

天益线业的老板娘依旧笑着，但是目光中透露出狠戾之色。她正想说话。岳林线厂老板娘抢先说道："这事情确实挺难办，争这个客户你们两个都没有错。我给你们出个主意，你们看看是否可行，你们两个公平竞争，或者两家同时给他供货也可以，但是有个前提，双方都不能降价。在不降价的前提下，你们谁有本事，谁拿走客户，即便有一方失败了，也不用怪对方，要怪只能怪自己技不如人。"

天益老板娘想到自己和祖胜服饰老板多年的交情，觉得这个提议对自己有益，连忙说这是个好方法。

张龙海心想，同样价格，其实自己更有优势，毕竟自己有允许多出来的线可以退货这一政策。于是他也欣然答应了。

从天益线业出来以后，岳林线厂的老板娘直言不讳地说道：“老张真是越老越不要脸了，这么大年纪了还折腾啥，就这么一个客户，明明失去了，还厚着脸皮想要回去。”

张龙海没有接话，谢她今天帮自己说了不少话。

岳林老板娘说：“其实我也是看老张不顺眼，以前不知道被她抢去多少客户，最让人受不了的是，她既要当婊子，还要立牌坊。哎，这么大年纪了，还能折腾几年？她生意做这么大了，一个客户还和你来争一下，好意思吗？”

回厂的路上，张龙海心情不错。刚开始做内销的时候奉行远交近攻的策略，现在近攻的对象已经消失，天益这个远交的朋友也没有存在的必要了。他之所以坚持让林斌在金乌镇开拓业务，就是期望有朝一日和天益线业出现摩擦。当摩擦擦出火花的时候，君子协定自然就作废了，他也就可以光明正大地在奉县城郊开拓业务了。这块市场可是一块肥肉。

张龙海回到办公室看到吴芳芳正对着电脑傻笑，他猜肯定又是跟谁在聊天。前段时间让她收集客户信息，就最初一个星期，收集了十几家服装厂，后边再无收获。这让张龙海很是失望。

张龙海很久没进车间了，恰好今日有空，便想去车间看看。

他刚走进车间，欧阳荷就迎了上来。张龙海问了一些近期的生产情况。欧阳荷笑着说还算顺利，虽然生产紧张，但是每个外贸单子都顺利出货了，只是内销急的订单比较多，工人有些情绪。但是上个月内销工价调高以后，工人也愿意配合了。

听到这些，张龙海放心了不少。

哑叔看到张龙海格外热情，咿咿呀呀地挥舞着大拇指，说欧阳荷很厉害，把厂里管理得很好。

在张龙海准备转身离开的时候，欧阳荷让他等一等。

张龙海问她有什么事。欧阳荷又是欲言又止。

张龙海无奈地催促道：“姐，你能不能痛快点？怎么老是这样。”

欧阳荷说：“事情还没有证实，我怕是自己多心，所以不知道该不该讲。”

张龙海看着欧阳荷严肃的表情，正色道：“究竟是什么事？”

欧阳荷说：“内销的库存报表暂时由我兼着，这段时间我发现黑白线的数量总是对不起来。当然有可能是我记账有问题，你也知道黑白线进出量比较大。”

张龙海意识道这个问题严重，正色道：“这个事情比较敏感，你有跟谁说过吗？”

欧阳荷说谁也没提过。

张龙海说：“先不要和任何人提起。这段时间你重点关注一下黑白线的入库和出库，仔细观望一两个月。如果只是账弄错，那倒没什么关系，改正记账方式就行了，如果——”后面的话张龙海没有说出来，他看了欧阳荷一眼。欧阳荷点了点头，说她知道该怎么做。

回到办公室，张龙海一直心神不宁。欧阳荷所说黑白线出入库对不起来，只有两种情况，第一，正如她所说，可能账记错了。还有种可能，有人卖了厂里的线没有开单。这等于假公济私中饱私囊了。一想到这两个词，张龙海感觉头皮发麻。

目前的仓库没有仓库管理员，需要的货，都是几个司机自己在拿。张辉、林斌、包括宫志鹏都在拿货。如果真有人拿货没开单，会是谁？

宫志鹏？肯定不可能。张龙海马上就打消了这个念头。

林斌？他绝对不是这种人。

张辉？近一年下来，全厂上下乃至客户都很欣赏他，厂里也没有亏待他，他没有理由做这种杀鸡取卵的事。再说他服务的都是宫志鹏

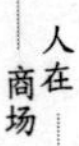

和林斌留下来的老客户，并没有自己的销货渠道。

但愿是欧阳姐账记错了。也有可能是宫志鹏粗枝大叶地送完货忘记开单，或开了单子忘记拿给欧阳姐了。总而言之，张龙海不相信自己厂里会有人中饱私囊。

宫志鹏这段时间除了忙采购和维护外贸公司的客户外，就是给张辉和林斌查漏补缺。他们两个来不及送的货，由宫志鹏送。

厂里已经有三辆面包车了，张辉和林斌再三抱怨面包车太小，经常装不下货。他们把面包车后座座椅拆掉，结果不是路政拦，就是交警拦。

有一次路政直接把张辉的面包车拖到了路政局，说私自改动汽车结构，又涉嫌非法营运要罚款三万元。张龙海暗骂路政搞脑子，这面包车当二手车卖也卖不了三万元。说改动结构，又没有拆电路发动机留下安全隐患，不过是拆了个座椅，并没有妨碍任何人。可是几经打听，还真是无可奈何，说法律上是这么规定的，虽然这条法律已经老掉牙，但是老掉牙的法律照样有效。再说非法营运，面包车登记在公司名下，拉自己公司的货，怎么能算非法营运？

面包车被扣，最着急的是服装厂的老板，很多厂等着用线。得知送货的面包车被拖到了路政局，也不知道是哪个客户和路政局局长有交情，在张龙海束手无策的时候，路政局局长却打电话给张龙海，让他把车开回去。去开车的时候，路政局的工作人员说算你们关系硬，拦了五六辆车，另外几辆就没你们这么幸运了。

侥幸躲过了路政局，却逃不过交警。张辉这条线路经常被拦。每次都是因为座位问题，而开的罚单则是没系安全带。按张辉的话说，这算是交警关照了，如果按照拆座位来罚，要罚得更多。

张辉和林斌再三要求张龙海买辆大一点的车。

不是张龙海不愿意买，实在是资金紧张。自从内销开始以后，账面上的利润是高了不少，但是公司账户里的钱还是捉襟见肘。

唯一值得庆幸的是，经过几年的打拼，银行终于认可了永邦线业，愿意放贷给他们了。张龙海和宫志鹏高高兴兴地从银行贷了一百万款，先把之前私人借的款还了，然后张龙海狠狠心买了一辆金杯车。

能够拿到银行贷款，无论是张龙海还是宫志鹏都很高兴，一来资金宽裕了，二来利息也低了。银行利息只要六七厘，而张国平帮张龙海凑的四十万全是一分利。三四里的利息差距，一年能剩下不少钱。

让张龙海和宫志鹏没想到的是，往后几年国家大力扶持实体经济，支持小微企业，贷款额度越来越高，利息却是越来越低。张龙海他们生意越做越大，欠银行的钱却是越来越多。

宫志鹏还有一个工作就是盯紧恒生的大客户攻坚组。

恒生自从成立了大客户攻坚组之后，向国内的每一家大型服装企业都伸出了触手。这着实出乎宫志鹏的意料，也让他觉得束手无策。张龙海说凡是恒生联系的大型服装企业，我们也跟着联系一下，不要求收获，只求混个脸熟。可是按照当下的条件，宫志鹏可没有时间跟着恒生的脚步全国乱跑。

所幸，恒生虽然手伸得很长，东打一棒，西敲一锤，但是收获甚微。尤其是省外的一些客户，几乎都是浪费差旅费。慢慢地，宫志鹏也就不想把视野放得这么大。他只盯准甬城的几个大型服装厂。说回来，甬城作为中国裁缝的发源地，十大知名服装品牌一半都在甬城，只要守住甬城的大型服装厂，相当于占领了中国一半的大客户市场。既然如此又何必舍近求远？

前些时候，恒生参与了一个大型服装公司的辅料供应商招标大会。宫志鹏也去凑了个热闹。结果是恒生因为交期不符合客户需求，未能中标。永邦不但交期不符合，价格也比恒生高。

走出招商大厅的时候，陈敏芳不无挑衅地看了宫志鹏一眼。宫志鹏不但没有生气，还当着众人的面，对陈敏芳抛了个媚眼。

陈敏芳的手下问这个人是谁，是不是对你有意思。把陈敏芳弄了个大红脸。

这一段时间，陈敏芳很是郁闷，信心满满地成立了大客户攻坚组。当时无论是沈祖民还是陈东盛都对她寄予厚望，可是半年过去，一个大客户都没谈下来，几个组员全国各地飞来飞去，差旅费报销了不少，收获却不见分毫。

陈敏芳拿回沈祖民给的那些资料以后，看到张龙海的这个大客户攻坚方案，她的眼睛为之一亮。她找陈东盛商讨这个方案的可行性。陈东盛说这方案很好啊，只要你花点心思，凭借恒生在国内的知名度，肯定能打开局面。如果运行得好，或许能改写恒生内销部的历史，产值甚至有可能超过外贸部。

陈敏芳激动地有些颤抖，连叔叔也十分看好这个拓展方案，说明自己的直觉没有错。可是放着这么好的方案，为什么张龙海在任的时候没有实施？

"你还有什么顾虑？"看到陈敏芳陷入沉思，陈东盛不解地问道。

陈敏芳指着方案里的一行字，愁眉苦脸地说道："张龙海在方案的最后写着，要想实施这个方案，首先需要解决生产问题，如果生产部门不能全力配合，这个方案无法实施。"

陈东盛听了哈哈大笑。"张龙海不能做的，未必你也不能做，你别忘了，你现在的销售额是他在时的两三倍。另外你别忘记了，张龙海是孤军奋战，你却不是。有我站在你背后，老甘她敢不配合你的工作？"

陈敏芳听到陈东盛的话，不由得眉开眼笑了。是啊，有我叔叔在，有什么问题是解决不了的。"那你可得找老甘好好谈谈。"

陈东盛点了根烟，眯着眼睛说道："马上就要开年中大会了。你把这个拓展方案再写的详细点，趁沈祖民空的时候，直接交到他办公室去。沈祖民肯定会在年中大会上重点宣读你的这个方案，届时如果把你这个方案定为公司重点扶持项目，看老甘有没有胆子不配合你的工作。"

“沈总会关注我们小部门的拓展方案吗？还在年中大会上宣读……”陈敏芳激动地问道。

“你只管把方案写细写好，其他的不用你管。有我呢！”陈东盛说道。

正如陈东盛所言，陈敏芳的大客户攻坚方案，得到了公司的高度重视，沈祖民在年中大会上特别点名老甘，要求老甘全力配合陈敏芳的工作。

当时的陈敏芳是激动的，也是风光的，可是当时有多风光，现在就有多狼狈。近段时间，每次遇到老甘，老甘都会冷嘲热讽几句，说我们全厂上下都做好了准备，小陈你倒是给我们个表现的机会啊！

听到这样的话，陈敏芳感觉脸上火辣辣的，仿佛有人当面扇了自己几个耳光。

今天召开辅料采购大会的这家服装公司，就规模而言，在甬城服装界不算什么。陈敏芳想着，特别大的服装公司进不去，这种二三流的公司，对恒生来说应该不算难事。为了增加胜算，陈敏芳事前还对这家公司做了不少攻略。前些时候，她还亲自拜访了这家公司的几个高管，针对每个高管的兴趣爱好，制定了不同的公关方案。昨天这几个高管还跟她说应该问题不大。谁想今天宣布结果的时候，竟然冒出来一家上海的线厂，以微弱的优势赢了自己。这让她很是恼火。更让她没想到的是，张龙海的工厂也在这次招商会上插了一脚。这瞬间就让她对这家服装企业有了鄙视心理。招商应该有个门槛，怎么也不看看资质，随便阿猫阿狗都能提交标书。几个高管昨天还信誓旦旦地跟她说十拿九稳……谁知道他们连哪几个厂参与了竞标都没搞清楚。

宫志鹏一直走在陈敏芳边上不远，一副心情大好的样子。看到陈敏芳的目光像箭一样射过来，宫志鹏不但不回避，还笑着迎了上去：“陈经理面色这么难看，看样子是铩羽而归啊！”

陈敏芳瞪了他一样，挖苦道：“你心情这么好，是中标了？刚才宣布胜出企业的名字好像不是你们公司。”

宫志鹏说：“我们小公司，压根没想过会赢，只是过来看个热闹而已。不过像恒生这么大的公司也会失败，实在是让人费解。”

陈敏芳本就在气头上，被宫志鹏如此挖苦，恨不得冲上扇他两个耳光。只是，宫志鹏看着也不像是由着她打的主。

“陈经理，我们现在是直接回公司还是找他们领导再去沟通一下？”陈敏芳身边的一个小姑娘问道。

“不回家干吗？还等着别人请你吃饭啊？”陈敏芳近乎咆哮地呵斥这个小姑娘。然后径直朝停车场走去。

宫志鹏看着这个处于闷逼状态的小姑娘，啧啧连声的叹息道：“遇到这种更年期的领导，真是有罪受了。”

宫志鹏不说还好，他这一说，那小姑娘竟然抹起来了眼泪。宫志鹏也不知道从哪里摸出来一张餐巾纸递了过去。小姑娘接过纸巾感激地看了宫志鹏一眼。

宫志鹏也不管陈敏芳会不会生气，兀自感慨道：“伴君如伴虎啊！”

陈敏芳刚刚打开车门，听到宫志鹏的这一句话，恨得咬牙切齿，他这不是在骂我是母老虎吗？可是偏偏自己又奈何不了他。一气之下，将车门重重地带上，也不等两个同事上车，就发动了汽车。她想着尽快离开这个是非之地，不想启动之后，忘了挂倒车挡，一脚油门狠踩下去，汽车瞬间冲过小花坛，撞在了另一辆车上。

安全气囊弹出来的刹那，陈敏芳感觉脑海中一片空白。

回厂以后，宫志鹏迫不及待地召集大家开会。等大家都落座以后，宫志鹏滔滔不绝地讲述起陈敏芳的窘态。林斌笑得手舞足蹈，欧阳荷也是忍俊不禁。张龙海嘴上说着不能这样幸灾乐祸，但是脸上也是掩饰不住的笑容。宫志鹏和林斌骂他虚伪。张龙海不肯承认。然后宫志鹏和林斌联合起来挠他痒痒，直到张龙海求饶才放过他。

林斌搭着宫志鹏的肩膀说道：“以后恒生参加的每一次竞标会，你都去。要让她看到你就心烦，她一心烦，肯定把事情搞砸。她一搞砸，我们就有笑话看了。”

欧阳荷说你们这也太坏了!

宫志鹏站起来一本正经地说道：“不用感谢我，以后请教我扫把星。”

众人哈哈大笑起来。

笑过以后，张龙海问道：“你不是说有事开会，现在该说正事了。”

宫志鹏一脸无辜地说道：“正事不是说完了，刚刚说的就是正事啊!”

张龙海无奈地摇了摇头。林斌继续笑。欧阳荷站起来说不听你们扯淡，我要干活去了。

永邦和天益同时给祖胜服饰供货，总体来说还是永邦占了大头。这种情况持续了几个月。突然有一天，祖胜辅料仓库的大姐打电话给林斌，让她赶紧过去一趟，说出了严重的质量问题，老板正在生气。

林斌连忙打电话给张龙海让他一起过去。

张龙海不敢怠慢，和林斌一起赶往祖胜服饰。走进祖胜服饰的生产车间，立刻感到了气氛的紧张。原本忙碌地车间如今静悄悄的。所有工人都坐在座位上，却没有生产。

来到辅料仓库，仓库大姐立刻拉着林斌数落道：“你们公司怎么这么不靠谱，藏青线居然会褪色，老外验货的时候发现了问题，这次事情闹大了。”

大姐旁边站着一个男人，林斌认识，正是祖胜服饰的老板王祖胜。王祖胜黑着脸问张龙海：“你就是永邦线厂的老板？你的线严重褪色，客人验货的时候发现了问题，现在拒绝接收这批货。一个柜将近一百万的货值，你等着赔钱吧!”

王祖胜说着狠狠地将一个线砸在了地上。线里面的塑料管顿时碎成了碎片。

王祖胜旁边还有一个穿西服打领带的男人，也是气势汹汹地开了口。谁知他说的竟是日语。虽然听不懂他说什么。但是从他的语调和手势大概猜到应该是在骂这个线如何垃圾。

林斌忙不迭地向王祖胜赔礼道歉。张龙海捡起地上的这个线看了一眼没有说话。

王祖胜叽里咕噜地和老外做着沟通，一停下来就用狠戾的目光瞪向张龙海。直到老外离开，王祖胜才再一次转向张龙海，气愤地说道：“你也看到了，我说破嘴皮，客人都不要这批货，现在要么返工，要么重新做一批产品。无论怎么做都是损失惨重，这些损失我肯定会找你赔偿。”

张龙海一脸歉意地说道：“王总先消消气，事情已经发生了，想办法解决问题才是关键。是我们公司的责任，我们绝对不会推卸，该赔偿多少，我们一分钱也不会赖。”

听他这么说，王祖胜倒是愣了下，不由得又仔细端详起眼前这个年轻人来。他长叹了一口气，无奈地说道：“行吧，有你这话就行，我们先开个会讨论一下解决方案。等研究出解决方案，你再过来。”王祖胜说着径直离开了辅料仓库，向着会议室走去。几个车间管理人员，连同仓库大姐都跟着去了会议室。

辅料仓库只剩下张龙海和林斌。林斌焦急道：“怎么会出现这么低级的错误，这怎么办，我们真要赔款？好几十万啊！”

张龙海诡秘地笑了笑轻声说道：“别担心，这个线不是我们的。”

“真的？”林斌惊讶地接过张龙海手中的线，仔细端详起来，疑惑地问道，“你怎么知道这线不是我们的？”

张龙海在仓库里转了一圈，想找几个没用过的线，可是没找到，然后来到车间，从缝纫机上摘下几个用过的线，问林斌：“这两个线有什么区别你看得出来吗？”

林斌拿着线仔细端详了一会，说道：“这个管子颜色深一点，这个管子颜色浅一点。”

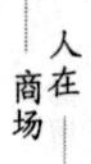

张龙海无奈地叹了口气，说道："你啊，平常不去车间，关键时候就蒙了。这个是我们的线，这个不是我们的。"

张龙海将两个线分开。

林斌拿着两个线，继续研究还是没有看出端倪。

张龙海只得解释道："如果缝纫线没有拆封，放在箱子里自然很好区分。拆封以后只能根据管子来分辨，偏偏天益线厂的管子无论是形状还是颜色跟我们十分相似。"

"你赶紧说区别在哪里！"林斌焦急地催促道。

张龙海也不再卖关子，将两个线管放在一起，让林斌仔细看。林斌观察了好一会才发现，线管上口的内直径有所差异。所有人的注意力多集中在线本身，很少有人会去关注管子，即便关注也只会关注线管的外形，根本不会关注线管的内口径。

"哦！原来如此。"林斌恍然大悟。

张龙海继续解释道："不仅如此，还有个差异。"张龙海说着，两只手分别用力，结果左手的线管碎了，右手的线管只是变形了，没有破碎。"我们线管的材料比天益的好，可能会压扁，但是绝对不会被压碎。刚刚王总往地上一摔，管子顿时粉碎，我就意识到应该不是我们的线。"

见出问题的线不是自己家的，林斌顿时松了口气，随即又焦急道："那你刚才怎么不解释。"

张龙海说客人在气头上，这个时候解释，客人会认为我们在狡辩。倒不如让他们先着急一会，顺便也冷静冷静。

卸下了心理包袱，两人心情顿时大好，悠哉悠哉地在车间里瞎转。

几个知道原委的工人，愤愤道："出了这么大的问题，你们还笑得出来？等着哭吧。"

张龙海和林斌也不解释，继续参观车间。

直到会议室里陆陆续续的有人出来，张龙海和林斌才走进会议室。看到王祖胜神情黯然地坐着。张龙海上前宽慰道："王总别太郁闷了，事情可能没有你想象的这么严重。"

王祖胜不屑又不解地瞪了张龙海一眼，觉得这个人是不是有毛病。这么大的损失，即便不让他全赔，也能扒了他一层皮。一个线厂生意再好，也不可能无视几十万的损失。难道他是想耍赖？王祖胜想着连忙说道："你们还是想想怎么赔偿我的损失吧。"

张龙海微笑着在王祖胜边上坐了下来，说道："王总，我刚刚说过了，是我们的过错，我们肯定不会推卸责任。但是如果不是我们的责任呢？"

一听这话，王祖胜一下站了起来，他想自己猜得果然没错，这人想耍赖。"怎么可能不是你的责任，我问过我们仓库了，这个订单的缝纫线全是你们的。"

张龙海笑着让王祖胜不要激动。王祖胜意识到自己失态，才重新坐了下来。待王祖胜坐下，林斌连忙倒了一杯水过来。张龙海继续说道："正因为王总这个订单全部用了我们的线，我才说问题可能没有你想象的这么严重。"张龙海说着将两个线放在桌面上，其中一个就是刚刚被王祖胜砸碎的那个线。

王祖胜看了眼线，没有说话，心想看你耍什么花招。

"王总你看。"张龙海从那个碎线中扯出一段线，又从会议桌上拿过来一张 A4 纸，然后拿着线在 A4 纸上飞快地摩擦，很快 A4 纸上就有了颜色。

"这么明显的褪色还说不是你们的责任？"王祖胜嗤之以鼻。

张龙海笑了笑说："王总，别着急，再接着看。"话说着，张龙海拿过另一个线，也同样扯一段，然后在 A4 纸上拼命摩擦，结果摩了好一会，A4 纸还是雪白如常。

王祖胜问道："你这个线哪来的。"

张龙海将碎线推给王祖胜，将另一个线拿在自己手中，说道："这个碎线不是我们的，这个才是我们的线。"

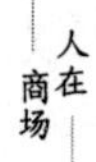

王祖胜一时有些反应不过来，但是他还是觉得，张龙海是有意混淆视听，以便推卸责任。“我问过仓库和采购，这个单子的线全部是你们厂采购的。”

“有没有可能混了几个别人的线进去？”张龙海提醒道。

“这……”王祖胜本想说这怎么可能，但是转念一下也不是没有可能，他掏出手机打电话给仓库，让她过来一下。

仓库大姐进来后，王祖胜问道：“这批单子的线确定都是他们的吗？”

仓库大姐看了林斌一眼，低声说道：“是他们供的货。”

林斌提醒道：“大姐，你确定每一个线都是我们的？”

仓库大姐本想说是的，突然又想到什么，醒悟道：“那倒不是，也有二三十个线是以前剩下的，我看颜色一模一样，留在仓库里浪费，就把以前的线拿出来给工人做了。”

一听这话，张龙海笑了。王祖胜似乎也意识到了什么。问仓库大姐：“那几个线给哪几个工人了？”

仓库大姐说：“这记不清了。”

林斌接话道：“我分得请，大姐，走，我带你去找线。”

仓库大姐犹豫着，看王祖胜没有反对，连忙跟了出去。

几分钟后，林斌和仓库大姐各捧着十几个线回到了会议室。林斌将两堆线分开，说这些是我们的，这些不是我们的。

王祖胜看了看两边的线，然后让仓库大姐倒了两杯热开水，在热开水里倒入少量洗衣粉。他将两边的线各绕一点，分别放入水杯，果然，一两分钟后一个杯子里的水变色了，另一个水杯里的水依旧透明。王祖胜看着水杯，问道：“你怎么证明这个不会褪色的线是你们的。”

张龙海说道：“刚刚在仓库看了下，这个颜色没有用过的线没有了，不过其他颜色没有用过的线还有。麻烦大姐去仓库里搬一箱我们的线过来，再搬一箱别家的线过来。”

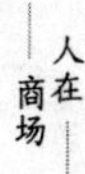

仓库大姐连忙去了，林斌跟着出去帮大姐搬货。

没一会两人回到会议室。将两箱货放在会议桌上。仓库大姐向王祖胜说道：“这箱是永邦的，这箱是天益的。”

王祖胜走到两箱货前看了看，两家的货箱子不一样，单个线的外包装也不一样，永邦的线是单个热缩包装的，天益的线是十个一袋包装的。如果把彼此的外包装剥掉，两家的线就看不出有什么差异了。

张龙海从两箱货里面各拿出几个线，告诉王祖胜管子的差异。王祖胜仔细看看，刚刚会褪色的几个线，确实和天益线厂的管子一模一样。“这么说，这些褪色的线确实不是你们的？”

张龙海没有接话，而是说道：“刚刚大姐说了，只混进去二三十个线，而且这二三十个线还有不少没有用完，所以我说问题可能没有王总想象的这么严重。有可能只是运气不好，客人验货刚好验到了有问题的那几件衣服。”

王祖胜的脑门飞快地转动起来，稍做思考，连忙让仓库大姐把几个管理人员重新叫进来开会。待大姐走后，王祖胜的态度已经是一百八十度转弯，他一边笑着握住张龙海的手向他道歉，又感谢他帮忙找到了问题根源。

几个管理人员到位以后，王祖胜正了正腔调，说自己冤枉了永邦线厂。然后将事情原委说了一遍。几个管理人员顿时炸了锅，得知不是所有衣服都有问题，所有人都松了一口气。线有问题，虽然不怪这些管理人员，但是公司效益受到影响，必然影响他们的收入。得知问题不大，所有人都是由衷的高兴。

王祖胜让仓库大姐，带管理人员去刚刚拿问题线的车位，然后将这几个车位生产的衣服全部挑出来。

看着众人离去，王祖胜再一次向张龙海道歉，并且赞扬他们的线品质过硬，表示以后不会再用其他品牌的线。

离开祖胜服饰以后，张龙海不由自主地松了一口气，脑海中再次冒起“质量第一”四个字。林斌也是说不出的兴奋，本以为是一场灾难，没想到最后出现了戏剧性的变化。

第三天，王祖胜打来电话。他说客户重新来验过货了，抽检了很多货，都没有发现问题，最终同意了接受这批货。

得知祖胜服饰顺利出货，张龙海也感到高兴。让张龙海没想到的是，王祖胜紧接着说，老外知道了事情原委，觉得你们的线可靠，想让他们旗下别的加工厂也用你们的线。说过两天要到你们厂里来实地考察一下。

张龙海说这就不必了吧，我们虽然也做外贸，但是还不打算开发日本市场。王祖胜提醒说这个客户实力很强，在全世界有很多生产工厂，如果真能成为他们的辅料供应商，那可是不得了的数量。

张龙海将事情告诉宫志鹏和林斌。两人既惊讶又惊喜。弄个售后，还弄出个大客户来了。张龙海问两人该怎么办？林斌说找上门来的客户，哪有不要的道理。宫志鹏也说有便宜不占就是王八蛋。

可是欧阳荷却反对。她说：“大家还是应该慎重。日本人的单子并不是这么好接的。以前恒生外贸部的业务员也接过一个日本单子，但是验货的时候，日本人说着一连串的NO，把脑袋摇得跟拨浪鼓似的。后来那批货一个线都没拿走，在仓库里放了很久，最后折价处理给了非洲客人。”欧阳荷顿了顿，继续说道，“你知道日本人是怎么验货的吗？”

“怎么验货的？”宫志鹏问。

“日本人不仅要测试强力、黏度，还有线的色牢度和湿度，对于线的米数、外形，他们的要求也是极其苛刻，每个线他们都是拿着卡尺在量尺寸，大的不行，小了也不行。就这样做过一次以后，恒生再也没敢接日本人的单子。所以我觉得我们也应该慎重，如果客人还是这样严苛，我们肯定满足不了客人的要求，想测强力黏度，我们连仪器都没有。再说，像这个服装厂老板说的，这个客人如果下单，量会非常大，我们根本就消化不了。现在手头的客户，我们供货都来不及，接下这么大一个客户，其他客人还做不做了？”

听完欧阳荷的话，三个人都沉默了。

张龙海问宫林二人。二人听完欧阳荷的话，已打消念头。

“那怎么办？告诉王总，让日本人别来了？”林斌问道。

张龙海看大家都是这个意思，就拿出手机拨通了王祖胜的电话，谁想张龙海还没开口，王祖胜先说上了。他说这次不仅日本客人要来，奉县招商局的领导也要来。让张龙海做好接待工作。

挂了电话，众人都愣了。

“怎么办？”张龙海问道。

“这还不简单，等他们来的时候，我们放假一天，让他们吃个闭门羹。”宫志鹏说道。

张龙海沉思道：“如果王总没打这个电话，这样做或许也是个方法。现在王总明确告诉我们客人要来，我们关门拒客似乎有些说不过去。”

“那把厂里弄得乱一点，让老外一看就摇头，这样不用我们拒绝，客人自己就不想跟我们合作了。”宫志鹏继续建议。

林斌接话道：“这不好。即便不做老外的生意，也应该是我们拒绝老外，而不应该是老外瞧不上我们。”

“那你说怎么办？”宫志鹏反将林斌一军。

林斌思索良久说道：“车间、产品我们肯定要展示最优秀的一面给老外看，但是在老外参观的时候，我们故意搞他脑子，让他觉得我们很难相处，不好合作。把他弄得不高兴了，或许自己就走了。”

宫志鹏问怎么个搞法？然后两个人你一句我一句地开始出馊主意，两个人说说笑笑，连欧阳荷也跟着他们瞎起哄。

张龙海不知道他们是在开玩笑还是在想办法。听他们出的这些主意，简直是无理取闹。不过反正是不想跟客人合作，就随便他们折腾吧。恰好，张国平打电话来，说肖晓有些不舒服，张龙海便直接回家了。

肖晓已经一周岁，正咿咿呀呀学着说话。她八九个月的时候已经会叫爸爸，现在叫得最多的也是爸爸。只是发音不是很标准，她叫出来的爸爸，永远都是第一声调的。不过张龙海听着却特别亲切。

晚上跟着张龙海睡，可是每天肖晓醒来的时候，张龙海已经上班去了。然后肖晓一整天总是念叨着找爸爸。张龙海下班回家，肖晓便张着双手要爸爸抱，然后手指着门外，让张龙海带她去外边走。

今天张龙海提早回来，肖晓格外高兴，抱住张龙海的脖子就不肯放手。张龙海见肖晓虽然有些咳嗽，但是并未发烧，人还是很精神，能吃会玩，便不再担心。

张国平问要不要带她去医院看看。张龙海坚决不同意，说小病可以提高她的免疫力。说完给她喂了几杯热水，就牵着她去村口散步了。

肖晓还不会走路，但是会站立了。张龙海牵着也能走几步。张龙海一次又一次趁肖晓不注意的时候，放开她的手，害她一次又一次地摔坐在地上。肖晓不但没哭，反而呵呵呵的笑个不停。每次摔倒，她就举着手让张龙海拉她起来。一圈走下来，肖晓的咳嗽就好了很多。

第二天，带肖晓去打了个疫苗才回到工厂。扎针时，肖晓哭了两嗓子就忘记了手臂上的疼痛，倒是张龙海出门上班的时候哭了好一会。

张龙海赶到工厂的时候，厂外站了很多人。张龙海以为出了什么事，匆匆忙忙地扒开人群，看到所有人都喜笑颜开才稍稍松了一口气。问旁边的人怎么回事。旁边的人说有日本人来参观工厂，这家厂的老板放“踏平东京”的音乐欢迎。

这时，张龙海才注意到震耳欲聋的音乐声有些不对劲。也不知道宫志鹏从哪里借来的音箱，把歌曲放的震天响：“历史铭记，山河永刻，泱泱华夏，国耻不忘，时至今日，你抢我海岛，撞我渔船，你扣我同胞，钓鱼岛上兴风作浪，将我忍耐置若惘然，贼子野心昭然若揭，中华儿女我们奋起反击，尔等如若再叫嚣，踏平你东京！”

就这么一首歌曲，循环播放着，才吸引了大批的人。旁边几个厂的工人甚至是停了机器跑过来看热闹。吴芳芳也放着自己的工作不做，站在门口帮外边的人讲解着厂里招待日本人的诸多细节。人群中时不时爆出一阵哄笑。吴芳芳言词间颇有几分自得。

张龙海苦笑着挤进人群。远远看到宫志鹏引着一个穿西服打领带的日本人在车间里穿梭，王祖胜在旁边翻译。今天的车间，格外干净，地拖得流光发亮，物件产品摆放得整整齐齐。工人也是精神抖擞，一个个着装统一，以前死活不肯带的工作帽，今天也都戴了起来。宫志鹏在机器旁边不知道说着什么，日本人不停地点着头。

王祖胜看到了张龙海，他抛下老外，急匆匆地走过来。黑着脸将张龙海拉到边上，问张龙海搞什么鬼。放这么一首音乐，是几个意思。

张龙海无奈道：“这真不关自己的事。”他知道解释不清，连忙招呼宫志鹏过来。

恰好此时，有两个穿着白衬衫的人推开人群走了进来。其中一人向着人群喊话，让大家都散了，另一个人黑着脸快步朝张龙海这边走来。

“王总，这是怎么回事？”来人显然认识王祖胜。

王祖胜正想说话，来人手上的半截香烟被宫志鹏夺了过去。宫志鹏气愤地说道：“车间里禁止吸烟，这么大的标志贴着没看到吗？”

“你——”来人被这突如其来的举动吓了一跳。

这时候老外也凑过来，叽里呱啦地说了一通。王祖胜凑到来人耳边轻声翻译道：“川边先生说车间里面吸烟是不对的，他说……说你怎么这么没有素质！”

来人愣了一阵，连忙向日本人道歉。但是日本人压根不理他，拉着宫志鹏的手，又折回了车间，临走还招呼王祖胜赶紧给他翻译宫志鹏说的话。

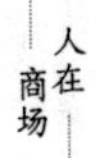

看着王祖胜和宫志鹏带着这个叫川边的日本人走远了。来人才转向张龙海问道："这厂的负责人是谁？"

张龙海说："我就是。不知道你是哪位？"

刚刚在驱散人群的那人凑上来说道："这是招商办的沈主任。"

沈主任黑着脸说道："你们厂怎么回事？县里挖空心思想让川边先生在奉县投资，你们倒好，播放这种音乐接待客人。你这是想破坏县里的招商计划，还是想挑起两国矛盾？还不赶紧让人把音乐关了。"

张龙海尴尬地挠了挠头，在人群中搜索到欧阳荷的身影，让她赶紧去把音乐关了。欧阳荷掩嘴偷笑，去了办公室。没一会音乐声就停了。

听到音乐声突然停止，川边用日语问王祖胜为什么不播放音乐了，不是挺好听的，怎么不放了？

宫志鹏问王祖胜："老外说什么？"

王祖胜瞪了他一眼，和老外岔开了话题。

老外在厂里又逗留了半个小时才离开工厂。当一群人走出工厂的时候，不知道那个不嫌事大的，又唱了句踏平你东京，于是这些看热闹的人全都跟着唱了起来。很多人原本不会唱这首歌，可是一上午单曲循环播放了几十遍，再笨的人也学会了。

川边看到所有人都对着他唱歌，还热情地向围观的人挥了挥手。于是，大家唱得更加热烈了，唱到"踏平你东京"这一句时，所有人还一齐把手指指向了川边。

沈主任和他同事极力阻止大家别再唱了，可是围观的人并不认识他们两个，也就没人搭理他俩。沈主任愤恨地瞪了张龙海一眼。张龙海摊了摊双手说："这些都不是我厂里的人，我也没办法。"

川边上车之前还笑着向着人群挥了挥手，等他们的车开走后，歌声戛然而止，然后爆发出一声哄笑声。

沈主任黑着脸上了车，跟在王祖胜车后离开了。

欧阳荷不知道什么时候出现在张龙海身后，自言自语道："我们厂怕是要出名了！”

宫志鹏凑到张龙海面前，邀功道：“怎么样？我的安排不错吧？客人满意而归。”宫志鹏说着给自己竖了个大拇指。

张龙海瞪了宫志鹏一眼，不知道说他什么好。

围观的人群逐渐散去，每个人离开的时候，都向着宫志鹏竖了个大拇指。宫志鹏向着众人连连拱手，一副多谢捧场的架势。

下班后，张龙海迟迟没有回家，他在等王祖胜的电话。今天这事宫志鹏玩得有些过火，上午去祖胜服饰赔礼道歉，但是辅料仓库的大姐说王祖胜今天没回过公司。张龙海想应该是陪这个叫川井的日本人去了别的地方。

他拨了几次王祖胜的电话，王祖胜都把电话掐掉了。不知道是他不方便接听，还是生气不想接他的电话。张龙海没有王祖胜的微信，只好发短信向他先道个歉。下午三点的时候，王祖胜才回了个信息给他，说：“现在忙，等晚上再收拾你。”

看到这条信息，张龙海才松了口气，知道王祖胜虽然生气，但还没到不可调和的地步。如果真的连短信都不回，那祖胜服饰的生意怕是要做到头了。

等到七点了，还不见王祖胜打来电话，倒是张国平的电话已经打过来无数个，说肖晓老是叫着爸爸，问他什么时候能回来。

到了八点，张龙海利索地从凳子上站起来，准备关灯关门。可是刚准备锁门，一道刺眼的灯光直射而来。是汽车的远光灯。张龙海用手挡住灯光。那灯光不但没有熄灭，还不偏不倚地对着他。隐隐约约看到有个人下车，然后朝他走来。远光灯直射着自己，张龙海看不清来人是谁。直到来人走到近前了，才看清大概轮廓，好像是王祖胜。没想到王祖胜一把年纪了，还玩这种小孩子的把戏。

“怎么，事情还没有了结，就准备回家了？”

听到王祖胜的声音，张龙海才确定自己没有猜错。他连忙把门重新打开，再把办公室的灯开了起来。“我以为你不会来了。”

“说过了晚上收拾你，怎么会不来？”王祖胜说着径直进了屋。

张龙海连忙让座倒茶，可是提起热水壶却是空的，只好尴尬地朝王祖胜笑笑。

王祖胜没好气地瞪了张龙海一眼，说：“就川井这种傻瓜会觉得你们好。你们白天不是很牛吗，跟老外说进门必须套鞋套，拿线之前必须先洗手。”

张龙海尴尬地挠着头皮，并不反驳，他早就做好了挨训的准备。王祖胜一连串地训斥、嘲讽，张龙海只是微笑，不反驳也不解释。

王祖胜滔滔不绝地说了一堆，把憋在胸口一整天的闷气都发泄了出来。说完以后看向张龙海，却见他若无其事地盯着自己微笑，好似自己的抱怨和指责都是冲着他身后的墙去的。看着张龙海一副人畜无害又老神在在的神情，让他怎么也无法相信，白天的事情会出现在他厂里。进厂时候多点程序也就算了，播放这首《踏平东京》实在不应该，幸亏，川井今天没带翻译，要不然他都不知道该怎么收场了。别说张龙海的生意谈不拢，自己的生意也可能受影响。

“看你做人办事都挺老城的，怎么会弄出这么幼稚的把戏？”王祖胜一副难以置信的表情看着张龙海。

张龙海苦笑道：“今天这事，我事先完全不知情，是我的合伙人宫志鹏弄得。”

“他为什么要这么弄？”王祖胜百思不得其解。

“他就是贪玩！”

“贪玩？”王祖胜不可思议地盯着张龙海看了半天，“我真是搞不懂你们年轻人。这可是个大客户，你们是嫌客户多了烫手是吧？”

张龙海不置可否地笑了笑，并不接话。他今天的目的就是让王祖胜消气。

“这是川井的缝纫线采购订单，合同虽然还没有做好，但是需要的颜色和数量已经有了，他们公司的人估计明天会和你联系。”王祖胜说着把一张纸拍在了茶几上，“我是吃饱了撑的，你这么作弄我的客户，我还给你说好话争取订单。我粗略算了下，有将近 60 万的销售额。”

这一次轮到张龙海惊讶了。他好奇地拿起茶几上的那张纸，虽然看不懂日语，但是阿拉伯数字还是看得懂的，十几个颜色，每个颜色有两三万个。这确实是个很有诱惑力的订单。

看着这张纸，张龙海有些动摇了。心想着，要不接下来试试看？可是一想到欧阳荷的提醒，又觉得后背发凉。万一日本人验货的时候吹毛求疵，不肯要自己的货，那这六十多万的货可就成为库存了。再说，真接了这个订单，生产根本来不及。思虑再三，张龙海还是把那张纸放到了茶几上。

王祖胜把订单拿出来以后，一直邀功似的笑着，心想自己以德报怨，帮张龙海争取到这么大的一个订单，张龙海说什么也应该感谢一下自己。可是，张龙海看到合同后却一点喜悦的表情都没有。王祖胜心里不免有些嘀咕，心想这年轻人城府挺深，喜怒不形于色，是个做生意的料。

让王祖胜没想到的是张龙海随即说了一句话：“这订单我不能接。”

“不能接？为什么？”王祖胜惊讶道。

张龙海在心中盘算了好一会，不知道该怎么解释，总不能说自己厂里的生产能力达不到日本人的要求吧。思虑再三，最后蹦出一句话：“我们不想和日本人做生意！”

王祖胜愣了好一会，忽地一声站了起来，他气愤道：“你还说白天的事和你没有关系，我看你就是有民族情结。当然，你有民族情结我不反对，可是你不该不分青红皂白，见到任何一个日本人都心怀仇恨。要按照你这种想法，我和日本人做生意，是不是就是汉奸了？”

“没有，没有。”张龙海连忙站起来拉王祖胜入座。

王祖胜被张龙海按在座位上，气呼呼地抱怨个没完。“就你清

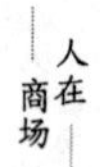

高，就你会做人，不和日本人做生意，八国联军还烧过圆明园，你怎么不和他们全都断了来往？”

“王总，王大哥。你别生气了。”张龙海语重心长地打断王祖胜的啧啧不休，“我真没这个意思，在我眼里，王总你赚日本人的钱给中国人花，这是民主英雄，怎么会是汉奸？”

王祖胜看了看张龙海觉得又好气，又好笑。

张龙海叹了口气，一副坦白从宽的语调说：“老实交代吧，不是我不想做这个订单，实在是我们没这个能力。我们厂里的订单已经排到三个月以后了，川井的订单根本没时间做。”

听张龙海如此说，王祖胜才松了一口气。“来不及生产，直说就行，又没什么丢人的。何必找幌子，说不想和日本人做生意？看你生意确实挺好，内销外贸两手都硬，该考虑一下扩大生产了，即便没有川井，我这边也有不少服装厂的朋友要介绍给你。”

张龙海一听这话，立刻眉开眼笑了。“扩大规模需要个过程，服装厂的客户倒是多多益善。”

“你就不怕客户多了消化不了？”王祖胜打趣道。

“不怕。”张龙海干净利索地回答，随即又正色道，“川井先生那边，还得麻烦王总，帮我找个合适的理由推脱掉。并代我向川井先生道个歉。等我有实力了，不用他来找我，我也会去他公司拜访。”

王祖胜无奈地叹了口气喃喃道：“找什么理由呢？送上门来的订单不要，换谁都难以理解。”

两个人合计了好一会，才想到一个办法既不会驳了川井的面子，又不会损害张龙海他们的形象。川井公司选择的任何一个供应商都会在合同里要求有 OEKO-TEX 检测证书。张龙海公司若没有且不愿意做这个证书，川井公司便只能放弃和张龙海合作。这在之前也不是没有遇到过。做一本 OEKO-TEX 检测证书，需要四五万元，而且每年都得续费。很多不是专业做出口贸易的工厂不愿意承担这个费用。

事情有了完美的安排，两人心里的秤砣才落了地，一看时间已经九点多。王祖胜准备回家，张龙海怎么也不让他走，说要感谢他一下，然后拉着他来到莼海镇中心。

在一家烧烤摊前落座，张龙海点了一堆食物，又要了两杯水果冷饮。

“我还以为你会请我吃顿好的。”王祖胜不无失望地说道。

“王总你什么好东西没吃过？稀罕啥山珍海味？像你这种企业家，就应该接点地气，尝尝民间美食。”

说笑几句，点的烧烤已经端了过来。王祖胜拿起一串羊肉串就品尝起来，一入口便竖起个大拇指，然后嘴巴的说话功能暂时关闭，只剩下吧嗒吧嗒吃东西的声音。张龙海到这个点还没有吃过晚饭，早饿得前胸贴后背。

两人你争我抢，转眼盘子见底，王祖胜自己站起来，又加了次菜，续了一杯冷饮。两人吃了将近一个小时，才放下筷子。

“吃撑了！”王祖胜抚着肚子，弓着背站起来，“还是你们莼海人会享受生活。金乌镇晚上可没这么热闹。”

“王总要是喜欢，以后常来。几顿烧烤我还是请得起的。”

“得了吧。多来两趟我三高又起来了。”王祖胜揉着肚子，慢慢走着。看来是真的吃撑了。

张龙海回到家里已经十点多。肖晓早就睡着了。看着她不敢恭维的睡姿，张龙海无奈地笑了。张国平过来说，睡前还哭了一顿，吵着要去找你，怎么都哄不好，哭着哭着自己睡着了。

张龙海附身在肖晓脸上轻轻地亲了一口。小家伙眼角上还挂着泪花。张龙海轻轻地帮她拭去泪花，然后进浴室冲洗一下，便躺在肖晓身边睡下了。这一晚上，梦里尽是哪首《踏平东京》。

王祖胜果然介绍了好几个服装厂的老板给张龙海。张龙海上门去拜访的时候，对方都是客气地问好，热情地泡茶，丝毫没有居高临下的姿态。这些服装厂自然而然成了张龙海的客户。只是有几个客户让张龙海为难了。因为他们原本是天益线业的客户。张龙海直言不讳地说和天益线业老板娘是朋友，不好抢她的生意。

服装厂的老板说，你跟她是朋友，跟我就不是朋友了？祖胜服饰藏青线出问题的事，我也知道了，不瞒你说，我今天就是认准你们家的线了，什么天益地益，我一个也不相信。无奈之下，张龙海也只能和这几个服装厂做了生意。不过在发货之前，张龙海还是打了个电话给天益线业的老板娘。说明是客户一定要和自己合作，不是自己刻意要抢天益的客户。

天益线业的老板娘虽然嘴巴上说着理解，但是心里把张龙海恨了个透。祖胜服饰那次质量问题曝光以后，好多客户对天益的质量提出质疑。所幸多数客户都是十几年的老关系，安抚之后还在继续合作，只是关系变得微妙了许多。原本从来不会查看颜色的，现在收货的时候也会时不时地对下颜色，抽检一下色牢度，甚至还会放在秤上称一下线的重量。

好几次，老板娘去送发票，服装厂的仓库管理员当着她的面在那里秤重，老板娘有种被人审讯的感觉。

祖胜服饰的这一次质量问题，张龙海深有触动，如果真是自己厂里的疏忽，失去客户是小，几十万赔款他可赔不起。回来以后，他多次开会强调质量的重要性。全厂上下为此对质量做了一次全面的自检。

为了避免这次差点背锅的事情再次发生，张龙海提议，在自己的线上要有公司的标记，众人都表示赞同。为此工厂重新去开了副塑料芯模具，新的管子在不起眼的部位刻了永邦两字。

张龙海同时要求向柳叶学习，在线管里面贴上标贴，标贴上不仅有公司名字，还有规格、颜色以及生产日期。同时车间记产量的时候备注色号。以便有质量问题的时候，可以从色号和生产批次追溯到是哪个工人在几月几日生产的。一旦发现是工人原因造成的质量问题，就应该重罚工人。

经过这一系列的整顿，永邦的质量又提升了一个档次。

在许岳山的介绍下，永邦线厂又添加了一组机器。本以为可以扩大一点产能，谁想原来做夜班的两个工人突然提出辞职，说做夜班太辛苦了。欧阳荷好说歹说，这两个工人就是不愿意做夜班。没办法欧阳荷只得把他们调到白班来。

欧阳荷提议永久取消两班倒，改为长白班。

欧阳荷说道，要确保质量和产量首先需要一批稳定的员工队伍，如果工人老是换，追求质量和产量完全是空谈。

要减少员工的流动性，除了必要的福利待遇以外，还得培养员工的归属感。营造一个舒适至少能够舒心工作的环境也是很有必要的。

张龙海认同欧阳荷的说法："生产管理这块我是外行，需要怎么调整，欧阳姐你自己决定就行。需要花钱的地方尽管说。从某种角度说，员工才是我们的财神爷。我们不能每天求着财神爷给我们创造财富，而自己毫无表示，该上供的时候也得弄点贡品出来摆摆。"

欧阳荷会心地笑了。

从此以后，永邦线厂取消了双班倒的生产模式。一个月试下来，产量不但没少，还稍有增加。以前因夜班辞职的几个老员工，听说厂里不用上夜班了，也想回来。张龙海说买几台机器可比培养一个老工人容易多了，反正现在场地还有，再增加一组机器应该不成问题。于是，张龙海又买了一组机器。

陈敏芳的大客户组总算开张了，虽然客户不大，只有十几条流水线。但是有这样一个客户，对于大客户组的成员来说，具有极大的激励作用。在沉寂了将近一年之后，部门开了张，也算是扬眉吐气了。至少让他们看到了希望。

一直以来，大客户组的失败，都败在交期无法满足客户需求这一块，很多次价格、样品试用都已经谈妥，在交期问题上却出现分歧。陈敏芳知道自己工厂的实力，不敢硬着头皮应承，于是客人最终选择

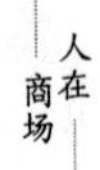

了其他供应商。这一次她大胆地在客户面前吹了一次牛，说恒生有大量的颜色库存，快则一天，慢则三天肯定发货。恰好这个客人之前用过恒生的花边，了解恒生的实力。见陈敏芳的报价和承诺的交期都符合预期，便爽快地下了一个订单给他们。

陈敏芳拿着订单要求下面的组员尽全力做好跟单工作，务必在三天之内交货。为了万无一失，陈敏芳还特意给陈东盛打了个电话，让陈东盛和老甘打声招呼，务必优先保证这个订单的生产。

第二天陈敏芳在楼梯口碰到老甘，老甘又是一通挖苦：“小陈啊，你大客户组的订单需要开绿色通道，现在小客户的订单也要开绿色通道，这样我们生产部门的计划很难排啊。”老甘抱怨完，又换了一副面孔笑道，“我也知道你们接单子不容易，下次有重要的订单，直接跟我说一声就行，都是为了公司。有些问题，我们直接能解决的，没必要找人传话。传来传去，别人还以为我这人有多难弄呢。”

陈敏芳尴尬地解释道：“这个客户是陈东盛介绍的，所以他特别在意。”因为这个客户的规模确实算不上大，所以陈敏芳没敢让部门以外的人知道，这是大客户组的订单。

这家服装厂没有以招标会的形式招徕供应商，而是通过私下接洽的方式，把采购合同下给了陈敏芳。宫志鹏不知道恒生的业务员什么时候拜访了这家服装厂。当宫志鹏打探到消息，登门拜访的时候，已是生米煮成熟饭。为此，宫志鹏觉得是自己失职了。

办公室里，宫志鹏不甘心地抱怨道：“不知道陈敏芳给这家工厂的采购灌了什么迷魂汤，我说破了嘴，别人就是认定恒生不松口。”

林斌挖苦道：“那是你没有陈敏芳有魅力。如果我猜得不错的话，这家服装厂的采购应该是个男的，不是五六十岁夫妻生活不和谐的油腻大叔，就是没见过市面的毛头小子。”

“还真被你说着了！”宫志鹏咧着嘴笑道，“就是肥头大耳的油腻大叔。估计平常不怎么被人待见，被陈敏芳叫几声帅哥，就不知道自己姓什么了，完全把陈敏芳当成了红颜知己。”

张龙海听不下去了，纠正道：“你们两个谈业务就谈业务，别搞人身攻击，吃不到葡萄就说葡萄酸。还有志鹏，让你跟进恒生大客户组，没让你去破坏别人的生意。你说你到处揭他们的短，陈敏芳怕是做梦都想掐死你。同行之间，不应该背后揭短。”

“我早就知道她恨我，万一哪一天我遭遇不测，肯定是她在背后下的黑手，你们记得给我报仇。”

林斌笑道：“想让我用什么样的方式给你报仇？”

宫志鹏越发来了精神：“折磨一个女人最好的办法，就是把她娶回家，然后从精神和肉体上双重折磨她。让她在生活的磨砺中身心疲惫，最后黯淡地枯萎。”

林斌明知道宫志鹏在扯淡，却继续虚心求教：“怎么样才能起到精神和肉体双重折磨的效果。”

宫志鹏开启传教模式，可是话刚到嘴边，看了眼欧阳荷，又把话咽回去了。“欧阳姐，会开完了，你忙你的去吧。”

欧阳荷瞥了他一眼，就是不动。挖苦道：“你倒是说啊，让姐也学习学习你们男人都憋着什么坏。”

“没有没有，我们都是好男人。”宫志鹏讪笑着，又把话题扯到了业务上。

欧阳荷觉得无趣，才站起来去了车间。

见欧阳荷离去，宫志鹏和林斌立刻又不正紧了起来，“女人啊……”

听两个连女朋友都没有的男人在这里扯怎么降服女人，张龙海只有苦笑的份。

“她要是性冷淡，你就要天天上她，一天弄她几次。她要是性欲旺盛，你就冷落她，让她守活寡……”宫志鹏继续发表谬论。

林斌却听得津津有味。“像陈敏芳这种，肯定属于性冷淡，每天黑着个脸一看就是内分泌失调。”

宫志鹏说道："这个难说，女人表现出来的和实际都是相反的，譬如说她说要，可能就是不要，她说不要，那肯定是要。陈敏芳这个女人平常看起来冷若冰霜，在床上搞不好热情如火。"

"那照你这么说，得冷落她？不过她这脸臭是臭了点，长得还算标致，身材也不错。她要是欲求不满，主动勾引我，我怕我抵挡不住诱惑！"

宫志鹏一副恨铁不成钢的样子："你怎么能这么没有出息！她害死了你兄弟，你还会拜倒在她的石榴裙下？我要是你，我宁可把自己阉了，也不会让她得逞。"

林斌听完笑得前俯后仰。

张龙海也是忍俊不禁，不过他没兴趣继续听他们扯淡。下班后，回家看女儿才是最期盼的事。

宫志鹏和林斌之所以有闲情雅致，坐在办公室里瞎聊，是因为近期的工作都比较顺利。车间的生产状态处于饱和状态。欧阳荷看到林斌说得最多的一句话就是："你别去开拓新客户了。"

林斌也知道厂里生产能力有限，不合适再增加客户。可是你不去找客户，客户要来找你。

服装厂老板之间，交流各种心得，顺便分享了优质供应商。很多服装厂用过永邦缝纫线后，认可了这个品牌，于是毫不吝啬地分享给自己的朋友。

正因如此，即便林斌不去跑业务，客户还是源源不断地增加，车间的生产压力越来越大。欧阳荷总是抱怨林斌："让你别去开拓新客户，你偏不听，非要把工人累坏了，你才高兴？"

林斌无奈地摊着双手说道："我真没去跑业务，我连新客户的面都不敢见。要不是送货需要，我宁可每天躲在办公室里。"

经过半年的服务，永邦线业在邱咖八巷两镇已经小有名气。林斌后期拓展业务几乎没遇到阻碍。

2015 年，临近年末，天气格外的寒冷。在这江南水乡，难得地下了一场大雪。想到雪后路滑，张龙海和宫志鹏早早地来到工厂。不想到厂以后，车间的灯已经开了起来。走进一看是哑叔正在忙碌。哑叔看到张龙海和宫志鹏，马上拿过两把铲子，呀呀叫着，示意张龙海和宫志鹏赶紧去扫雪。

江南这地方下一场雪，就像谈一场网恋。雪白天是不敢轻易现身的，一般都是在傍晚时分，才会纷纷扬扬地飘落下来。很少能够落地生根，基本都是从眼前飘过，然后就不见了踪影。若是地上见白，那是非常给力了。之所以将其比作网恋，是雪和网恋一样见不得光。很多网恋见光就死，江南的雪则是见光就化。融化中的雪会凝结成冰，一不小心就能摔个大马趴。

张龙海可不想见到这种场景。按照最新的劳动法规定，工人在上班途中摔去，也属于工伤。张龙海恨不能把雪扫到工人家门口。

没一会，欧阳荷也来了。几个人很快就清扫完了工厂到公路那一段路的积雪。这之后，宫志鹏在工厂院子里堆起了雪人。张龙海和欧阳荷继续清理水泥路上的残雪。

“上次你让我留意的黑白线，有结果了。”欧阳荷一边铲雪一边说道。

张龙海愣了一下，良久才想起这事。几个月前，欧阳荷说黑白线出库和入库对不起来，张龙海让欧阳荷留意一下黑白线的出入库。几个月过去了，一直没听欧阳荷提起。抱着没有消息就是好消息的态度，张龙海没有去问欧阳荷。其实他心里也怕，怕欧阳荷说真有问题。“怎么样?”张龙海扶着铁铲低声问道。

“我跟踪了三个月，每个月都有出入。而且出入的数字在不断扩大。第一个月相差五箱，第二个月相差七箱，上一个月相差十余箱。”

张龙海用手指捏了捏紧锁的眉头。此时，有员工陆陆续续地进入工厂。张龙海示意欧阳荷回头再说这事。宫志鹏已经在车间门口堆了一个偌大的雪人。哑叔正努力地把一把破扫把插入雪人。

吴芳芳一到厂就看到了这个雪人，迫不及待地解下自己的围巾围在雪人身上。几个工人纷纷帮着宫志鹏铲雪，把雪人堆得越来越大，敲得越来越结实。车间门口充满了欢声笑语。可是张龙海却怎么也笑不出来。

“知道是谁少开了送货单吗？”张龙海显得格外疲惫。对于他来说，身体累一点没有关系，就怕遇到这种伤心的事。

“暂时还不能确定！”欧阳荷干脆地说道。

“好的，你再留意一个月，这个事情暂时不要和任何人提起。马上就到年底了，年前所有服装厂都在赶货，订单特别多，这个时候不能出任何岔子。一旦影响送货，我们的生意必然受到影响。”

“我知道的。”欧阳荷会心一笑，转身出了办公室。

张龙海坐在座位上，看着窗外的三人：宫志鹏、林斌、张辉。目光在三人之间来回穿梭，久久未能离开。

林斌和张辉每天都是早出晚归。即便这样还是无法满足客户需求，宫志鹏和张龙海忙着查漏补缺，帮张辉和林斌送遗漏或者不顺路的货，最大可能的缩短林斌和张辉的送货路线，从而减轻他们的送货压力。

欧阳荷忙于车间管理，稍有空闲就留在包装车间，帮几个司机准备需要发出去的货物。

这段时间，全厂上下最闲的就属吴芳芳了。自从张龙海和她说过别进车间以后，她就再也没去过车间。即便是所有人忙得不可开交，她还是悠闲地坐在办公室里购物或者聊天。需要传达的信息，她都是通过微信群给欧阳荷留言。

有一次林斌出门送货，结果出门没多久客户又加了急单。林斌打电话让吴芳芳准备一下货物，他掉头回来拿货。等林斌回到厂里，那些线还没有准备过。林斌问她怎么回事。吴芳芳说她发信息给欧阳荷了。

恰恰欧阳荷一直在忙，没留意手机信息。林斌很生气，怪吴芳芳不该耽误他的事，他打电话的时候已经说了很着急。

吴芳芳看到林斌黑着脸，不但没有歉意，还理直气壮地说："这可不能怪我，是某人让我不要进车间的！"

林斌知道吴芳芳说的某人是张龙海。心想这女人气量真小，几个月之前张龙海说过的一句话，她至今还记着。不过他也觉得这个女人很可怜，搞不清楚状况。一个打工的敢和老板怄气那不是自寻死路吗？她以为讨好宫志鹏就可以了，却不知道宫志鹏和张龙海是怎样的关系。如果张龙海真要她离开，宫志鹏断然不会反对。

想到这些，林斌懒得跟她废话，拿上自己要的货物，就出门了。

黑白线出入库对不上，张龙海脑海里始终回旋着这一件事。张龙海觉得宫志鹏这边出问题的可能性最大，倒不是说宫志鹏中饱私囊，而是看宫志鹏大大咧咧，又忙忙碌碌，难免会出错。想他会不会把货送给客户了，单子却没开。这就等于把货白白送给客人了！

为此，张龙海特意跟着宫志鹏去送了几趟货，但是一起送过货以后，张龙海就打消了之前的猜测。宫志鹏生活上虽然大大咧咧的，但是工作上十分细致。他每次送货都是先在车上把单开好再下车搬货，在进对方仓库后还要根据客人订单核对一次颜色和数量，这种情况下是绝对不可能忘记开单的。

至于林斌，念头在张龙海脑海中一闪而过，就被否定了。林斌的格局比宫志鹏和自己都大。像他这种高傲的人，断然不会为了几箱货的钱出卖自己的人格。

那剩下的就只有张辉！

张龙海也跟着他一齐送了几次货。看他做事效率极高，搬货从来不吝啬力气，准备货物也是十分仔细，少有出错。平日里走路带风，开车稳重。每个客户都对他赞誉有加，夸他勤劳能干，又懂得人情世故。

每每看到张辉在旁边挥汗如雨，张龙海就觉得自己这样怀疑他有

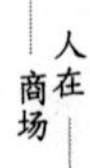

些过意不去。可是，仓库里的线不可能会无缘无故地少。

证据很快就找到了。张龙海在无意中找到了给张辉销赃的两个工厂。准确说是两个服装作坊，工厂规模很小，以致宫志鹏和林斌在前期跑业务的时候，压根没关注他们。这两个作坊长年帮其他厂做加工，所用的缝纫线也是其他厂里带过来的。莼海周边是永邦线厂的地盘，这两个作坊自然知道永邦缝纫线。偶尔有几个订单需要他们自己采购的时候，就想着联系永邦的业务员，他们从其他厂要到了张辉的联系方式。

张龙海不确定这两个厂是否知道张辉卖给他们的线没有入账，只知道张辉卖给他们的价格比正常价格便宜了三毛。

查出事情真相后，张龙海原本悬着的心总算落了地。既觉得舒畅，又觉得失落，说不出是高兴，还是难过。下班以后，他没有回家，宫志鹏和林斌跟他说笑，他未作理睬。宫志鹏取笑他是不是想莲姐，想得出神了。

正常五点钟下班，张辉到六点多才送完货回来。进门后，见张龙海还在办公室，笑呵呵地和他开玩笑，说这么晚还不回家，家里的小情人该着急了。

张龙海笑了笑，没有接话。

张辉在饮水机上倒了杯水，然后回到座位开始整理送货单，整完送货单又继续整理客户订单，忙到六点半才离开办公室。

张龙海原本想跟他聊下，可是看他如此忙碌，话到嘴边又咽了回去。

张辉临出门的时候问张龙海怎么还不走。看他心事重重的样子，还上前安慰了几句，说最近订单虽然多了点，但是有他和林斌在，肯定不会耽误客人。

张龙海站起来和他一起出门。临别的时候，拍了拍他的背跟他说，今年你们都辛苦了，年后给你加点工资。

张辉说了声谢谢，然后离开了。看着他的背影，张龙海怎么也没办法把眼前的张辉和偷卖缝纫线的贼联系在一起。

张龙海常常想，如果张辉能够改正，自己该不该给他一个机会？为此，张龙海趁着张辉装车的时候，特意暗示了几次，第一次问他最近黑白线发的是不是挺多，第二次提醒他黑白线销量大，账别弄错。

每次张辉接话都很坦然，不知道是他没有听出弦外之音，还是自认天衣无缝，没当一回事。仓库里的线又有几箱丢失。

年底终于来临，该忙的都忙完了。林斌和张辉都空了下来，宫志鹏也悠闲了很多。这时候轮到张龙海忙碌了。全月，乃至全年的销售额、利润值都要在这几天弄出数据来，最要紧的还是催账。只有把货款催回来了，才能把欠供应商的货款付掉，才能把员工的工资和奖金付掉。弄完所有这些才能安心过个好年。

但是这一次张龙海最关心的不是销售数据。而是欧阳荷有关黑白线的出入库数据。看到欧阳荷给的数字。张龙海无力地瘫坐在椅背上半晌无语，还是少了十箱货——两三千元的货值。

几个股东开会的时候，张龙海提出一个建议："明年得专门请一个仓库管理员。"

宫志鹏说："我们只有一千来个颜色的库存，每天出入库的量不算大，专门招一个仓库管理员似乎没有这个必要，倒是应该再增加一两个司机。我和林斌可以专心跑业务去。"

张龙海说："仓库的货物，谁都能拿，这很不规范，出了问题也很难找出缘由。"

"能有什么问题？"宫志鹏大咧咧地说道，"像现在这样不是挺好，反正都是自己人。"

张龙海本想说已经出漏洞了，恰好宫志鹏的手机响起。不知道是谁的电话，宫志鹏站起来走到外边接电话去了。

林斌似乎意识到了什么，问道："库存出问题了？"

张龙海和欧阳荷点了点头。张龙海简单将事情说了下。林斌皱着眉问道："你打算怎么处理？"

张龙海长叹了口气说道："我还没想好。若是不了了之，肯定不现实。若是报警，那他这一辈子就完了。毕竟是一起长大的，又是同一个村的，我还真不知道该怎么处理这个事。"

"交给我来处理吧，你和宫志鹏跟他关系特殊，很多话不方便出口。"林斌主动请缨。

欧阳荷说道："我也觉得让林斌去处理这个事比较合适。"

张龙海未置可否地看向林斌，问道："你打算怎么处理？"

林斌干净利索地回答："让他把贪墨的钱吐出来，然后主动离职。"

"他会听你的吗？"张龙海问道。

"这个就由不得他了。"林斌面露狠戾之气。

"行吧！等一下我出去催款，你找他谈一下。"张龙海说着便站了起来。

欧阳荷问林斌要不要帮忙。

林斌说："我能搞定。"

"新年有个新气象，放假之前我们去把车洗一下。"林斌朝张辉挥了挥手。

过年之前该送的货已经送完，张辉闲着没事和吴芳芳说着笑话。听到林斌招呼立刻跟了出去。

两人将车开到水库下的小溪边上。张辉从车里拿出水桶和抹布准备擦车。林斌叫住了他："先等下，我有几句话问你。"

看到林斌严肃的表情，张辉愣了愣，然后笑道："有屁快放，怎么弄得失恋了似的，这可不像你啊。"他一边说着，一边打上一桶水，泼在面包车上。

"你拿厂里的线卖钱，中饱私囊了？"林斌直截了当。

张辉正准备泼第二桶水，一听这个话手僵在了半空。他强装镇定地笑道："说什么呢？"

林斌依旧黑着脸，坐着一动不动。“你不用狡辩，没有十足的证据，我不会这样说话的。”

张辉似乎意识到了什么，放下水桶盯着地面没有说话。

“之所以把你叫到这里来，是给你留几分面子。如果弄到报警，你该知道会是什么后果，你自己坐牢也就算了，有没有想过你女儿以后在学校里怎么过？其他小朋友会指着她的鼻子骂她是小偷的女儿。”林斌顿了顿继续说道：“你自己说吧，私卖了多少线。如果数字对得起来，你把卖线的钱补上来，然后自己打个辞职报告离开公司。这个事情就这么了结。如果对不起来，我马上就报警。你只有一次机会。”

张辉萎靡地蹲了下来，轻声问道：“这个事情阿海和志鹏知道了吗？”

“志鹏暂时还不知道，张龙海早就知道了。他说好几次暗示过你，希望你能自醒，可是你让所有人失望了。现在说这个似乎没多大的意义了。”

张辉蹲在地上良久，才结结巴巴地说道：“大概四十几箱。”

“四十几箱？”林斌追问道。

“具体我也不记得了！”

“行吧，我最后信你一次。就按照四十箱给你算，折算成我们的销售价，你把这个窟窿补上。”林斌斩钉截铁地说道。

“可是我不是按照正常销售价格卖的，没卖这么多钱。”张辉哭丧着脸说道。

“这是你自己的事，公司出去多少线，必须回来多少钱，这个没得商量。给你三天时间，可以吧？”林斌显得很冷漠。

“我暂时没这么多钱。”

“你花这些货款的时候就应该想到会有今天。”林斌冷冷地抛下这句话，径直开车离开了。

张辉傻傻地看着金杯车的背影，半晌没有动一下。

张辉回到办公室便写了份离职报告，待张龙海回来，他便跟了进去，将辞职报告递了过去。

张龙海看到他的表情，就知道是什么事。两个人相对无言。沉默了一会，张龙海指着旁边的沙发说道："坐吧。"坐下后又是一阵尴尬的沉默，"我真的想不明白你为什么要这么做。如果缺钱，你可以直接跟我说，为什么要做这种事？你知道志鹏是怎么评价你的吗？他一直觉得招你进公司是他最明智的决定，他一直以你为豪，我们还计划着，以后成立一个物流组，让你来负责。可是……"张龙海说不下去了，将十根手指深深地插入头发。

"是我对不住你们。"张辉不敢抬头，"最初的时候，我从没想过要中饱私囊，我之所以收现金，也是怕小客户做账麻烦。现金收过来以后，本想上缴的，偏偏那天晚上打麻将输了不少，就把那些货款垫上了。我想着过几天发工资了就把货款补上，可是后来看到公司好像没有发现，我就……就起了歪心。然后……"张辉说着说着红了眼圈，再也说不下去了。

看着这么一个粗壮的男人，在自己面前红了眼圈，张龙海心里也不是滋味。他打断道："事已至此，说这些也没有意义了。准确的数据，我也不去核对了，就按照你说的数量，把窟窿补上，这事就这么过去了，我保证不会和任何人提起，包括志鹏。"

张辉站起来，说了声抱歉，又说了声谢谢。然后又吞吞吐吐地说道："时间能不能宽裕一点，我的工资每个月都上缴给我老婆了，她若是知道这个事情，肯定会跟我离婚。"

"这个事情你不用太担心，不管什么原因离职，你辛苦了一年，该拿的提成，我一分钱也不会少你。你的提成补这个窟窿肯定是够了的。"

张辉用手捂住了脸，泪水从他指缝里滑落了下来，他没想到张龙海还会发提成给他。

张龙海上前拍了拍他的肩膀，说道："以后不管去哪里上班，别犯这种傻了，我们都不是小孩子了。我们已经为人父母了！”

张辉捂着脸拼命地点了点头。

大年二十七，新年气氛已经渲染了大地上的每一个角落，全厂上下亦是其乐融融。所有员工都在车间里，等着张龙海和欧阳荷计算工资和奖金。张辉和吴芳芳、林斌宫志鹏坐在大办公室扯着闲话。

张龙海和欧阳荷算了一个多小时，确认工资和奖金无误，才把员工一个个地叫进去。张龙海还是坚持所有工人工资在年前结清。让每个员工都能带着喜悦，开开心心地回家过年。

轮到办公室人员发工资的时候，张龙海第一个叫的就是张辉。张辉捧过奖金以后，如约把四十箱线的货款给了张龙海。

张龙海看他一直低着头神情黯然，内心闪过一丝不忍，“奖金少了这么多，你回家怎么跟你老婆解释？”

张辉低沉着声音，吞吞吐吐地说道：“没关系，我想好了说辞。”

看着他愁眉苦脸的样子，张龙海一下就想起了张辉不争气的父亲，想起他这几年辛辛苦苦撑持起的这个家。他见过张辉的老婆，很勤快，很精明，也很顾家的一个女人。说不上有多漂亮，但是配张辉所有人都觉得是癞蛤蟆吃到了天鹅肉。这女人唯一的缺点就是有点强悍。张辉在外面天不怕地不怕，回到家里却跟孙子似的，老婆说东他不敢往西，老婆说对他不敢说错。他每个月的工资都是上缴的，自己的生活费还得伸手问老婆要。张龙海一直觉得，张辉如果没有这个老婆，可能就跟他父亲一样堕落了。正是有这个老婆管着他，他才会踏踏实实地过日子。只是，女人管得太紧，有时候也适得其反。如果张辉口袋里稍微有点钱，就不会拿货款去当赌资，如果没有第一次，可能也就没有越来越多的后来。

“我先走了。”就在张龙海胡思乱想的时候，张辉道了个别，准备离去。

“等等。”张龙海叫住他，把自己口袋里仅有的两三千元钱塞给了他。“如果你老婆问你为什么离职，你就说我言而无信，没有按照

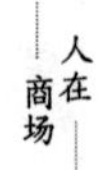

约定支付你奖金。”

张辉惊愕地看了眼张龙海，喃喃着说了声对不起，眼角的泪水夺眶而出。

张辉脚步匆匆地从张龙海办公室走出来，没和任何人打招呼，便离开了工厂。宫志鹏察觉出异样，喃喃道：“这家伙今天怎么回事？”

身边的吴芳芳看了眼林斌，轻声说道：“他偷厂里的线，被开除了。”

林斌错愕地看了她一眼。张辉的事情，除了欧阳荷和张龙海，只有他知道。上次开会，张龙海本想说，恰好宫志鹏出去接电话了。后来林斌把事情处理好了以后，跟张龙海说这件事还是别让宫志鹏知道了。张龙海也认可林斌的说法。

宫志鹏惊愕地看了眼吴芳芳又看了眼林斌，飞快地站起来，推开张龙海办公室的门走了进去。

林斌恶狠狠地瞪了吴芳芳一眼，连忙跟了进去。

吴芳芳迎着林斌的目光不但没有退缩，反而说道：“我实话实说，又没有乱说。”

“你把张辉开除了？张辉真的偷了厂里的线？”宫志鹏焦急地问张龙海。

张龙海先是一愣，随即看了眼跟进来的林斌。林斌点了点头，示意宫志鹏知道了这事。

“这么大的事，你为什么不和我说一下？”宫志鹏显然有些无法接受，言语中带有几分责备。

林斌拍了拍他的肩膀，把他按在沙发上坐了下来。张龙海绕过办公室给他倒了杯水，然后坐在了他的另一边。

宫志鹏接过水杯，却没有喝。意识到了自己的行为有些过激。他轻轻拍了拍张龙海的大腿说了声抱歉，说自己有些激动了。张龙海苦笑道：“跟我说抱歉，这可不像你。”

三人都无奈地笑了笑。林斌将事情的经过详细说了一遍。宫志鹏

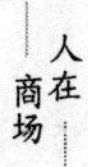

一直默默地听着。

“林斌知道你重情义，怕你知道真相后，难以接受。所以他建议我不要和你说了。”张龙海拍了拍宫志鹏的肩。

宫志鹏看了看张龙海又看了看林斌，长长地叹了口气。

张龙海询问的眼光看下林斌。林斌一副无奈的神情，将嘴角朝着门外撇了撇。

张龙海看了眼办公室的门立刻就知道是什么意思。“她怎么知道的?”

“估计是上次我们开会的时候，她偷听到了。”林斌说道。

张龙海沉吟片刻，转向宫志鹏说道：“吴芳芳不适合待在我们公司，我打算让她走人。”

宫志鹏又一次惊愕地抬起头来，他正预说话。林斌抢先说道：“我也觉得这个女人不能再留，一直以来都是口无遮拦。工作能力和效率暂且不去说她，三天两头找欧阳姐的不是，和我也吵过好几次架了。像她这样要学历没学历，要能力也说不上什么能力的人，满大街都是。”

宫志鹏本想问张龙海为什么要开除吴芳芳，但是听林斌说完这些，他已经知道了答案。他也知道吴芳芳在厂里只对他一个人殷勤。吴芳芳顶撞张龙海或者林斌，宫志鹏倒也没当一回事，知道了这两个兄弟不太会计较，大家说笑几句就过去了。但是吴芳芳对欧阳荷不敬，是宫志鹏无法接受的。他好几次私下和吴芳芳说过，欧阳荷是他和张龙海请来的厂长，更是公司的股东，让她说话注意方式，别没大没小，口无遮拦。吴芳芳每次都说以后注意，但是每次见到欧阳荷还是不阴不阳，甚至冷嘲热讽。若非欧阳荷大度，不跟她计较，两人估计见面就得吵架。

“你看着办吧!”宫志鹏平静地说道，“吴芳芳身上的问题，我也注意到了，确实是她做得不好。”他说着就站起来走了出去。

“你打算用什么办法让她走？这女人可不是省油的灯。”林斌提醒道。

张龙海冷哼了一声，开门叫吴芳芳进来。

吴芳芳满脸期待地走了进来。

张龙海在座位上坐下，然后从抽屉里拿出一个信封递给吴芳芳。“这是你今年的奖金。”

吴芳芳欢喜地接过。但是拿到手以后，脸立刻就阴了下来。她拨开信封不敢置信地问道：“只有这么点？”吴芳芳说着抽出信封里的钱，当着张龙海和林斌的面一张张地数了起来。“只有三千元？”

“你觉得应该是多少？”张龙海平静地问道。

“你……”吴芳芳气急败坏地说道，“你之前不是说了，会分我一部分提成。根据销售额算，随便多少比率，也不应该只有这么一点。你现在好歹也算个老板，说话怎么可以像放屁一样。你之前跟我可不是这么说的，你让我不要进车间，好好做好本职工作，你说做得好，会给我提成……”吴芳芳滔滔不绝地说了一大堆。

张龙海只是静静地听着她说。等她发泄完，才开口说道：“我是说过可以给你提成，但前提是让你去收集网上的客户信息，我还跟你说过，你只需要收集客户的公司名称地址以及联系方式，具体怎么争取客户，林斌会去搞定。可是，大半年过去了，你收集了几个客户信息？”

吴芳芳错愕的眼神冷冷地盯着张龙海。

张龙海用手指轻轻敲着桌面，一字一顿说道：“你一个客户的信息都没交给我过。”

吴芳芳咬着嘴唇，不再说话。良久之后，才开口说道：“收集客户信息这块确实是我没做好，但是日常的工作，我还是完成得不错的吧。就凭这一点，也不至于比哑叔拿得还少？”

“你的分内工作，我只能给你个及格分。你只是勉强完成了必须完成的工作，没有为公司创造多余价值。你完成分内工作，公司每个月足额支付你的工资，彼此扯平了。至于奖金是奖励给有额外贡献的员工。我觉得给你三千元钱不算少了。”

“你……”吴芳芳拿着信封指着张龙海的鼻子冷冷地问道，“你就不讲一点同学情分对吗？”

“同学是同学，同事是同事，必须公私分明。”张龙海靠在椅背上迎着吴芳芳的目光寸步不让。

“哼，你有种。我也不是孬种，这点小钱老娘看不上。明年你们重新招人吧，我不来了。”吴芳芳说着将钱甩在办公桌上，大踏步朝门外走去。出门的时候，“砰”的一声，把门摔出一声巨响。

看着吴芳芳的背影，林斌向着张龙海竖了个大拇指。

张龙海回到沙发上，刚准备开口，吴芳芳又从门外走了进来，她旁若无人地走到办公桌前抓起那个信封，又走了出去。

张龙海和林斌目送着吴芳芳进来，又出去。当又一次听到“砰”的一声巨响，两个人都无奈地笑了。

这一年春节，张龙海过得并不好。先是父母埋怨他不该克扣张辉的奖金，说现在村里到处都在说张龙海的不是。

张辉的事情，除了莲姐，张龙海没跟任何人提起，包括父母。张龙海十分清楚父母的性格，他们若是知道真相，必然会到处游走为儿子辩解。这样张辉和他的家人在村里就很难待下去了。这不是张龙海想看到的。

至于莲姐，也不是张龙海存心想说，而是莲姐实在太了解张龙海。她觉得张龙海不是这种贪小便宜的人，更不是那种为了点钱就翻脸无情的人。他既然这么做了，而且又做得这么坦然，肯定是另有隐情。莲姐不明着问，却总是拐着弯套话。在她一次又一次地软磨硬泡之下，张龙海都巧妙地回避了话题。可是有一次床上运动，张龙海正嗨的时候，莲姐又一次提起。张龙海终于没忍住，说出了事情原委。

事后，莲姐无比得意地嘲笑张龙海：“小样，瞒得过我的法眼？”张龙海却是无比沮丧，心想要是在战争年代，自己肯定是个出卖同志的叛徒。

一个正月，张龙海都没见到宫志鹏，他跟张龙海说出去旅游了。张龙海倒也希望宫志鹏能够出去散散心。他请过来的两个人，都被张龙海开除了。张龙海担心宫志鹏心里会有芥蒂。

莲姐宽慰道："你放心吧，志鹏不是那种小气的人。他肯定会理解你的。"

远在三亚的宫志鹏，连打了三个喷嚏。他身边一个娇小的身影不无关心地说道："是不是着凉了，我们还是回去吧。"

宫志鹏不以为然："说好的去海里游泳，你别想溜。"

"我真的不会游泳。"女子娇羞道。

"没事，我会教你的。"

"我很笨的。"穿着比基尼的女子说着在沙滩上狠狠一下跺脚，溅起一大片水花。

宫志鹏不及闪躲，沙滩裤被溅湿了一大片。女子见偷袭成功，欢天喜地地跑了出去。宫志鹏紧追不舍，一边追一边鬼叫："别让我抓到你，抓到就把你扔海里去。"

两个人一个追，一个逃，一个尖叫，一个欢笑。

落日余晖将海面映成血红，两个身影在沙滩上肆无忌惮地追逐打闹，身后是漫长的两串脚印。

欢乐的假期总是短暂，转眼又到初七。莲姐要去甬城上班，临别的时候看着小肖晓久久不肯松手。过去的大半年，肖晓每天都跟张龙海睡，自然是跟张龙海亲近。每晚临睡的时候，小家伙就开始找张龙海，无论莲姐怎么哄，小家伙就是吵着要爸爸。弄得莲姐很是失落。经过一个星期的相处，小家伙总算和妈妈亲热了起来。只是刚刚开始适应，又要分别。莲姐捏着肖晓的小手，眼眶红红的。

张龙海开车送莲姐去甬城，一路上说的都是肖晓。张龙海知道莲姐心中不舍，虽然她每个周末都回来，但是短短两天时间，根本无法填补一周的思念。"现在厂里稳定了，要不你也辞职算了。"张龙海说道。

“我倒是想啊。”莲姐想起公司里的烦心事，不由得皱了皱眉。面对娘娘腔的新领导，她这个业务主管当得很累。“在一个公司做了十几年，真要舍弃也不是这么容易的事。再说，回来我能干什么？我可不想做家庭主妇。真要我回来，你得抓紧买套房。和你爸妈住在一起不是长久之计。一来，孩子大了需要更好教育，像你爸妈这种溺爱只会教坏孩子。二来，你也知道我的性格，喜欢直来直去，脾气也不太好，如果和你父母住在一起，难免会有摩擦，到时难做人的是你。”

“现在的房价，说买房谈何容易？”张龙海抱怨道。

莲姐莞尔一笑，说道：“也不见得。甬城的房价是挺高，但是奉县还算可以。我们两个都挤一挤，凑个首付应该够了。”

张龙海看着莲姐有些惊讶。厂里资金紧张的时候，问她要点钱，她总说没有，这会说付首付够了。“你有多少钱？”张龙海趁机套话。

莲姐挑了挑眉说不告诉你，随即又补充道，我的钱是攒着买房用的，厂里要用你想都别想。

张龙海苦笑。

三亚凤凰机场候机大厅里人头攒动。丽丽的航班比宫志鹏的航班早了两个小时。检票口刚开，游客们自觉地排起了一条长龙。宫志鹏和丽丽却丝毫不急。

“回到湖北另外找份工作好不好？”宫志鹏搂着丽丽柔声说道。

过了好一会，丽丽才接话道：“除了取悦男人，其他的我什么都不会。你让我干什么去？”

宫志鹏不知道该说什么，良久道：“随便找份工作慢慢适应起来，工资不够我可以每个月转账给你。”

丽丽从宫志鹏怀里挣脱开来，苦笑道：“被别人包养和被你包养有差异吗？如果非要选择，我宁可被别人包养，然后用别人给我的钱，养你这个小白脸，这样在你面前我还能有一点尊严。要是拿了你的钱什么都得听你的，可能就不想和你在一起了。”

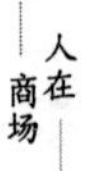

宫志鹏无奈地摇了摇头。

丽丽看宫志鹏有些不开心，嬉笑着刮了一下他的鼻子，说道："像我们现在这样不也挺好？这几天你不是过得很爽？"最后一个爽字，丽丽特意拖了一个长音，然后坏笑着看了眼宫志鹏，身手敏捷地拖过行李箱快步走向检票口。过了检票口，走出好几步，丽丽才转过身给宫志鹏来了个飞吻。

宫志鹏呆呆地看着丽丽身影消逝的拐角，直到检票口前再无身影才黯然转身。他刚迈开步子，就感觉手机振动了一下，拿出一看是丽丽发来的信息："忘了告诉你，这几天我也过得很开心！"信息后面是个吐舌头的鬼脸。宫志鹏不由自主地傻笑起来。

经过这几年的拼搏，加上政府大力支持小微企业发展，银行放松信贷政策。永邦线厂的资金不再这么紧张。刚过完年，在宫志鹏的再三要求之下，公司一次性购买了三辆实用型的小车，三辆车合计三十五万元。张龙海，宫志鹏和林斌各一辆。

本想给欧阳荷也配一辆车，无奈欧阳荷没有驾照。

新年的首要任务还是招人，不过今年最缺的不是工人，而是理单员和司机。本以为这两个岗位的人好招，却也等了好久才到位。这两个岗位应聘的人是多，合适的却少。先是来了个大学生，做 EXCEL 倒是没有问题，只是沟通能力实在太差。试用期间，有个八巷的客人嫌价格高，打电话来沟通。大学生接的电话，客人说了半天他就回复了一个哦字。然后……竟然没有然后了。这个大学生既不和客户做正面沟通，也不向张龙海汇报，尽然把这个事情搁置了。直到这个客人半个月没有下单，张龙海上门去拜访，才知道客户流失的缘故。客人说，我找你们沟通，你们对我爱理不理，我只好另找供应商了。

张龙海火冒三丈，提早结束了这个大学生的试用期。另外招了一个，不想更加奇葩，做了两天，说这工作太累了。张龙海感到莫名其妙，坐在办公室也叫累的话，那车间里的工人不用活了。问他什么地方累。那家伙说凳子坐着不舒服。张龙海苦笑道："要不我和你换一把？"这人自然也没待下来，才两三天，张龙海就把他请出去了。

新招了两个司机，分别由林斌和宫志鹏带着熟悉客户。一个星期以后，这两个司机都被赶走了。林斌带的这个老是问些莫名其妙的问题，说送货的时候门卫不让进怎么办。林斌说老客户的门卫你都搞不定，那还怎么做业务？然后这个司机还不服气，罗列了很多种被门卫拒绝的可能。

宫志鹏带的那个司机更加奇葩，上班不足两天就给宫志鹏提了一堆的建议，宫志鹏带着送了四五趟货，依旧不知道客户在哪里。

过完年，各个工厂刚刚开张，万象更新，很多厂会在这段时间重新招人，也会在这段时间重新物色供应商。这是开拓内销业务的最佳时机。偏偏这两三个月，永邦线厂自己也忙于招聘，无暇分身。宫志鹏和林斌忙于送货，张龙海则忙于内勤。来应聘的人络绎不绝，但是能留下的寥寥无几。有学历的吃不了苦，没学历的学习能力差。就这样不停地面试，试用，换人。一直换到三四月份，才留下几个像样的人。这个时候已经错过了业务开拓的最佳时机。

车间里今年没有招工的烦恼，去年的几个老员工，只有一个没有回来。这一个缺口欧阳荷很快就招到新员工补上了。车间里经过几次加薪，工人的工资都在五千以上。这种情况下，招工就容易很多。新员工来应聘的时候，无须多说，只要拿出老员工的工资单让她看看，新人就心动了。

不过欧阳荷也不是没有烦恼。内销销量越来越大，外贸客户的交期又不能耽搁。内销总体来说，每个月的销量还算稳定。而外贸有明显的淡旺季，外贸淡季时候还能应付。当外贸旺季来临的时候，欧阳荷真是苦不堪言。内销必须优先保证，外贸也不能失了信誉。如此情况下，只能是要求工人加班，偶尔一天两天，工人自然是二话不说就干了，三天四天，工人也能忍受，若是一整个月，甚至是连续几个月，每天都要求加班，工人自然吃不消。每个人的身体都不是铁打的，过分透支员工的心力并无好处。从表面上看产量高了，但是员工在疲劳状态下，容易上火，车间的矛盾会增加。疲劳状态下生产的产品，质量也会有所影响。

年初，欧阳荷想找张龙海谈谈生产结构调整的事，可是看到办公室这边一直没有招到人，张龙海宫志鹏几个人都忙得团团转，欧阳荷便把要说的话咽了回去。自己硬着头皮继续坚持，实在是工人吃不消了，她就自己顶上。

直到有一天，有个外贸单子出了问题，欧阳荷才不得不找张龙海谈谈。

这个外贸单会出问题，出乎所有人的预料。订单在欧阳荷的努力之下，按时完工。可是这个老外特别搞，一定要委托第三方来验货。有第三方出具验货合格证明，才能正常发货。对于产品的强力、克重、成型以及颜色准确度，张龙海是高度自信的。可是，来验货的这个第三方对于缝纫线完全外行，他抽检了几箱货以后，竟然说质量不合格，不能出货。

欧阳荷听说不合格，吃了一惊，匆匆忙忙地跑去找张龙海。恰好宫志鹏送货回来也在办公室。两人盯着验货单看了好一会，上面不合格的理由竟然是有线头露出来。

“这不是搞脑子吗？缝纫线怎么可能没有线头。这家伙不测强力，不称克重也不对颜色，就看线头？”宫志鹏惊讶地说道。

张龙海接过验货单，说道：“我去他和聊下。”

看那个验货员正在欧阳荷的办公室里整理自己的背包，地上横七竖八地躺着一堆拆过的线盒。

张龙海上前招呼道：“你好，我是这里的老板。刚刚听我们厂长说产品有瑕疵，不能出货？”

那个验货员瞟了张龙海一眼，不冷不热地说道：“这还叫瑕疵啊，这是严重的质量问题了，你看线头都露出来了。”

张龙海继续微笑着说道：“这位兄台，可能对线不是很了解，缝纫线的质量主要还是看强力和米数……”

“你是说我不够专业喽？”验货员打断张龙海的话，一脸不高兴地说道，“我们公司受客人委托，自然要对客人负责。看到不合理的地方，必须反映给客人，你要觉得没有问题，可以直接和客人沟通。”

验货员明知道老外不是张龙海的直接客户，却故意这样说。张龙海一时无语。验货员这时候终于收拾完了自己背包，他转头瞥了张龙海一眼，说：“你在验货单上签个字吧，我等着去下一家验货。”

张龙海这时候突然变了一副面孔，冷冷地回应道：“我不会签的，如果一定要我签，你把有线头产品的比率备注上。”

验货员惊愕道：“比率怎么备注？”

张龙海说：“你把所有产品都拆开，看看多少线的线头露出了热缩膜。把比率备注上去，我就签字。”

“莫名其妙。我哪有这么多时间。你爱签不签，我要去下一家了，麻烦你把我送到车站。”验货员依旧是一副高傲的神情。

“没空！”张龙海冷漠而决绝地回复道，“我们没有义务送你。”张龙海说完不再搭理验货员，自己回办公室去了。

验货员无论去哪里验货，都是被人客客气气地供着，从来没遇到过张龙海这样的主。看着张龙海的背影，验货员冷冷地说道：“你别后悔。”

张龙海头也不回地说道：“自己专业不精就不要出来丢人现眼。把地上这些弄得乱七八糟的盒子给我整理好，不然别想离开工厂。”

验货员气得咬牙切齿，在办公室里来回踱着步，想骂张龙海，看看哑叔凶神恶煞似的瞪着他，又看宫志鹏和林斌饶有兴致地站在办公室门口。他只好把气憋在肚子里，乖乖地弯下腰去整理盒子。

欧阳荷也弯下腰帮忙收拾。宫志鹏笑嘻嘻地走上前来，宽慰质检员：“你别理他，他这人不适合做生意。所以做了这么多年生意，还是小打小闹。其实我也是老板，你那验货报告，如果一定要签，我给你签了吧。”

验货员一边捡着线团，一边抱怨张龙海不讲道理。宫志鹏说道：“他这脾气是太臭，不过好的时候也很好。按照他自己的话说，人敬一尺他还一丈，人损一尺他也还一丈。”

等收拾好了地上的盒子。宫志鹏问他要去哪里。验货员说了个地址，宫志鹏拿上验货单把验货员邀请上了自己的车子。

“这个货真的不能过关?”宫志鹏小心地问道。

“这个线头确实太明显了。”验货员对宫志鹏挺有好感，说话语气比较平和。

“兄弟，我说句心里话，你不要介意。”宫志鹏看验货员点了点头继续说道“我们做线好几年了，每年出去的集装箱数量也不小，因为线头不能出货真的是第一次遇到。而且我刚看了下，线头是有一点，但是并不严重。你看看能不能通融一下。”

验货员挠了挠头，为难道：“这个可能不好办。就算我不追究，公司领导也要说话的，到时有可能还要怪我工作不仔细。”

宫志鹏嬉笑着说：“第三方验货公司我接触的不少，你们的工作性质我也了解。反正现在没有其他人，我有话直说。今天的事情，如果你能高抬贵手，我送你到前面公交车站，然后给你三百元的打车费用。若是你坚持自己所谓的原则，我也不勉强，不过请你现在就下车。不管你这验货单写的是合格还是不合格，反正我们公司不会有什么损失。要说损失，无非是外贸公司还得花一笔冤枉钱再请个人过来验一次货。”

验货员看宫志鹏说得直白，马上接口道：“那麻烦你送我到前面的公交车站吧。”

宫志鹏笑了笑不再说话。在公交车站停稳车子后，宫志鹏左手拿着验货单，右手拿出三百元现金递给验货员。验货员去接现金，宫志鹏却不松手，示意他先接验货单。验货员心领神会，拿出笔在验货单上写了个合格，然后签了个大名。宫志鹏这才将右手的现金递给他，然后对着验货单拍了几张照。

看到宫志鹏回来，欧阳荷连忙问搞定了没有。

宫志鹏打了个响指，说道："老夫亲自出马，哪有搞不定的事。"

张龙海指着宫志鹏一副痛心疾首的样子说道："这社会风气就是被你这样的人弄坏的。你看着吧，你越是这样哄着他们，他们越是会找你麻烦。"

宫志鹏一脸无奈地辩解道："这社会就这样，你想独善其身，除非隐居到深山老林里去。"

林斌也笑张龙海书生气又犯了。这一次连欧阳荷也说他不对。

张龙海无奈地摇了摇头，问你们还有没有是非观了？

三人都不再搭理他。

闲聊几句，欧阳荷严肃地说道："难得都在，有个问题和你们商量一下。"

众人都把目光转向了欧阳荷。

欧阳荷正色道："我们的生产结构必须调整一下了。"

"怎么调整？"宫志鹏问道。

"这要问你们了。要么内销少做，要么外贸少做。鱼和熊掌不可兼得。车间连续赶货两个月了，工人已经是怨声载道。不能再这样下去了。"

张龙海接话道："这事确实是我们疏忽了。"

"生产来不及吗？我看交期都很正常啊。"林斌一副如梦初醒的样子。

"真想一巴掌拍死你。"欧阳荷恶狠狠地指着林斌说道，"明天你的货自己生产去吧，不让工人加班了。"

林斌连忙求饶："欧阳姐，消消气。我这不是在夸你嘛！你计划调度得当，沟通能力强，能把所有生产压力消化于无形，这才会给我们生产没有问题的假象。"

欧阳荷又好气又好笑，苦笑道："做业务的，嘴巴就是厉害。乍说乍有理。”

张龙海回过头问宫志鹏和林斌：“你们两个怎么看。”

林斌抢先说道：“要不再增加两组机器？”

宫志鹏首先否认了林斌的建议。“哪里还有位置？除非再换个大一点的厂房。”

“又得换厂房了？”一想到搬厂所有人都是一头的虚线。不说又得重新招工，单说搬仓库搬机器都能把人累得半死。尤其是现在有了这么多的内销库存。

“增加机器短时间内是不大现实了，而且我也不想增加了。这机器增加下去就是个无底洞，产量永远都不够高。我还是觉得应该调整业务结构。是舍弃外贸还是舍弃内销，你们商量一下吧。”

“那肯定是舍外贸。”宫志鹏和林斌几乎是异口同声。

张龙海也是多此一问。谁都知道内销利润比外贸高。张龙海转向欧阳荷问道：“欧阳姐，什么样的订单配置最方便你安排计划。”

欧阳荷分析道：“单做外贸或者单做内销都不现实。单做外贸没有利润，单做内销，订单量不足，产能会浪费。最理想的状态还是以内销为主，然后外贸穿插一点小订单。为什么外贸优选小订单呢？”欧阳荷自问自答，“小订单一般交期不会太紧，穿插也方便。不像大订单交期比较固定，一旦上线就是十天半个月必须做完，中途想要调整计划都很难。所以我个人的建议，把这些外贸大订单舍弃掉。”

宫志鹏把目光转向了张龙海。曾几何时，两个人嫌外贸小客户订单不稳定，一心想找有大订单的稳定客户。接到兰月公司的订单时，两人别提有多开心了。现在居然嫌弃人家订单太大了。

张龙海同时看向宫志鹏，会心地笑了笑。“此一时彼一时。该调整的还是得调整，我赞同欧阳姐的看法。外贸对于我们刚起步的时候起到了很大帮助，但现在确实制约了我们的产能。”

宫志鹏轻声问道：“把兰月舍掉？万一外贸淡季，缺少订单的时候怎么办？”

张龙海犹豫了半分钟，才拍板："舍。有舍才能有得，如果订单不足的时候，我们就做一点黑白线库存。这一步迟早要走，不然我们的内销只能原地踏步。"

"我支持。"林斌举手说道，"现在司机有了，我可以腾出时间跑业务了，只要我们内销销售额能够增加，外贸空出来的产能很快就能弥补上。"

宫志鹏突然眼睛一亮，问道："恒生的大客户组已经开单了，我们现在有产能了，是不是也可以开动起来了？"

张龙海嘴角上扬，宫志鹏说的话才是张龙海舍弃外贸的真正原因。过去的一年多，公司因为产能限制，没有主动出击。靠着守株待兔的乌龟战术，虽然也逮了不少兔子。但是这样的开拓方式，对于林斌和宫志鹏来说是乏味的。在他们眼里拿着猎枪满山跑这才叫打猎，捡来的猎物，即便再多，也不会有成就感。

"可以放开手脚做业务了？"林斌摩拳擦掌。宫志鹏也是跃跃欲试。

"展示你们能力的时候到了！"张龙海的目光从林斌和宫志鹏的身上扫过。

"看着吧！"宫志鹏信心十足的样子，说着又转向林斌，"要不要再比比。"

"比啊！谁怕谁！"林斌不甘落后。

"我也算一个。"张龙海接话道。

三个人都笑了起来。

张龙海将目光转向欧阳荷，意味深长地叫了一声欧阳姐。

欧阳荷微微有些惊愕。她知道这是要和恒生开战了，这不仅是张龙海和陈敏芳的较量，也是她和老甘的比试要正式拉开序幕了。她的眼圈有点泛红，向着众人坚定地点了点头，说道："你们放心在前面冲，后方有我。"

张龙海没说怎么个比法，但是宫志鹏和林斌心里都憋着一口气。林斌首先要对付的邱咖和八巷的老王老沈。经过一年多的较量，老王和老沈已经真正见识到永邦线厂的实力，他们本以为路途遥远，永邦坚持不了多久，就会因为送货不及时遭到客户嫌弃。谁知道一年多过去了，永邦在邱咖和八巷的市场份额越来越大，如今已经有了三足鼎立，与他俩平分市场的势头。恰好年初原料价格有所回落。二人商量了一下，联合降价对付永邦。

这一招可谓是屡试不爽，老王和老沈在邱咖八巷多年，和当地的服装厂多少都有些交情，他们的产品质量客户也是认可的。如今一说降价，原本投入永邦线厂的服装厂便开始动摇。年初那个大学生接到的电话，便是由于老王降价，服装厂想和永邦谈谈价格，结果大学生接到电话后没和张龙海汇报，导致客户重新回到了老王的怀抱。这种回去的客户再想去拉回来，就很难了。

面对老王和老沈的降价，林斌早就有了应对之策。他不明着让价，却在这个时候推出了一款八千码的缝纫线。八千码的线相比正常三千码的线少了两个塑料管，同时人工、纸箱、运输成本都比三千码低。这八千码的线售价自然也低，换算成三千码的价格，比老王老沈的价格，还低了这么一点点。不过八千码的线仅限于黑白本白一类常用颜色。其他的颜色线依旧是老价格。林斌知道自己最大的优势就在于颜色多，发货速度快，未使用的颜色线还能退货。这几个优势在，即便颜色线价格比对手贵一两毛，客人也是会选用永邦。

年初的时候，车间受到产能限制，林斌没想着拓展业务，以防守为主，当时的念头是客人不会跑掉就行。如今既然要拓展市场，自然就要把优势扩大。林斌心里很清楚，只要他跟住老王和老沈的价格，便能在邱咖和八巷继续蚕食老王和老沈的市场。

张龙海不担心林斌的市场拓展能力，倒是担心林斌拓展得太快，万一把老王和老沈逼急了，他也很难预料会有什么后果。张龙海心想，老王和老沈在邱咖八巷已经二十几年，该赚的钱他俩已经赚到，如今两人皆已年过花甲，也该是退出江湖的时候了。张龙海料定，用温水煮青蛙的方式，慢慢蚕食他们的市场，二人是不会有太大反应的。

林斌听从张龙海的建议，没有大张旗鼓地在邱咖和八巷跑业务。他先是选择一些口碑好的服装厂，再是选择送货方便的服装厂。他给自己设定了一个目标，每个月走访的客户不能超过十家。十家客户按照林斌的做事风格，一天就能跑完。可如今他丝毫不急。有时候，碰到聊得来的客户，会悠闲地坐在客户办公室和他聊上半天。如此一来，老客户的关系越发稳固。和老客户建立起友谊之后，最直接的收获，就是老客户越发勤快地给林斌介绍新客户。

按照林斌的计划，以一个月十家的速度，需要两三年才能完全占领邱咖和八巷的市场，当然走访十家，不可能十家都能合作，按照百分之五十的成功率，那就得五六年。这个速度应该不算快了。

宫志鹏这边也有了新的目标。2015 年年末，莼海镇有一家衬衫厂突然中止和永邦的合作关系，宫志鹏去了解了一下，竟然是天益线业插进去做了。张龙海找天益线业的老板娘交涉。老板娘说这个客户是自己去天益厂里提货的，她不知道是莼海的工厂。张龙海没跟她多说，毕竟这个厂一直拖欠货款，不是什么优质客户。然而 2016 年年初又有一家规模还算可以的衬衫厂成了天益的客户。张龙海找那家服装厂的采购员了解情况。采购员说天益的价格比永邦便宜了三毛一个，而且他们也会送货上门。

一听说天益线业送货上门，张龙海便笑了。宫志鹏问要不要去找天益的老板娘理论。张龙海说："不用了，既然她违反了约定，就不要怪我们效仿了。你不是觊觎奉县城郊的服装厂很久了，现在可以去那边活动活动了。"

宫志鹏会心地笑了。

第二天一整天都没看到宫志鹏的身影，直到下班才见宫志鹏抱着一个本子急匆匆地回到办公室，宫志鹏进入办公室后，也不跟任何人

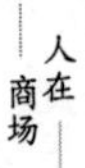

说话，一头扎进自己的座位，整理起了资料。

张龙海凑过去一看，是几十家服装厂的信息。“做市场调查去了？”张龙海问道。

“那是当然。”宫志鹏目不转睛地盯着电脑屏幕，噼里啪啦地敲着键盘，“我还以为天益老板娘有多牛，她除了打价格战，似乎没有其他优势。做线三十年了，她没有系统的备货，走得是小作坊的路数。听客户说，她好像有自己的色卡，但是没有根据色卡去备货。她厂里的库存都是外贸订单多出来的纱做的，颜色虽然不少，但都是杂乱无章的。客户如果要少量的购买颜色线，必须去她的仓库里找颜色。几百平方米的仓库里面找一个颜色谈何容易。先不说颜色有没有，即便有也不一定能找到，即便找到数量也不一定够。”

听宫志鹏如此一说，张龙海心里大概有了个数。后边的事情，他就不再参与，任由宫志鹏去冲杀吧。他就等天益老板娘的电话了。

一个星期后，张龙海才等到电话，只是这个电话不是天益老板娘打来的，而是岳林线厂的老板娘打来的。老板娘问：“小张，你动了天益的客户？她刚刚给我打电话了，很生气的样子，说你违反约定动了她不少客户。”

张龙海笑了笑说道：“郭姐，你让她自己打电话给我呗。我一直等着她的电话。她怎么不说到底是谁先违反了约定。”张龙海将事情原委一五一十地告诉岳林老板娘。

岳林老板娘听后感叹道：“这人就是这样，死性难改，生意做这么大了，还是贪得无厌。”老板娘抱怨了几句，话锋一转继续说道，“不过小张，我还是劝你，教训一下就行了，毕竟都是朋友。撕破了脸大家都不好看，再说，你们之间抢来抢去，弄得两败俱伤，最终是得利的是服装厂。”

张龙海在电话这头笑道：“郭姐，你这话应该跟天益老板娘去说。她再不联系我，奉县城郊这边的服装厂估计要被宫志鹏跑遍了。”

“小宫动作这么快？”岳林老板娘惊讶道。

“是啊，他可是憋着一肚子气去的。你让张姐自己权衡一下，到底是抢莼海的一两个客户划算，还是维持现有客户划算。”

“行吧，我转告给她。不过我还是建议，有问题我们坐下来沟通解决，不要打价格战。”岳林老板娘说道。

“我也希望如此，能坐下来谈当然最好，看她什么态度吧！”又寒暄几句，张龙海挂了电话。对天益老板娘虽然不熟，但是大概有所了解。这是一个极其要强的女人，绝对不会轻易妥协的。

事实如张龙海所料，岳林的老板娘很快又来电话。她说天益的老张很生气，说你把产品卖到奉县来了，她也要去莼海镇抢你的客户。

张龙海笑着，说了声放马过来。待挂了电话后，张龙海将天益老板娘的话转述给宫志鹏。宫志鹏也是同样的一句话——放马过来。

接下来的几天，宫志鹏越发勤快地跑市场，半个月下来捷报频传，合作的客户数量越来越多，客户的规模也越来越大。有很多次宫志鹏的面包车也面临装不下货的尴尬。

宫志鹏在奉县跑得热火朝天的同时，天益在莼海这边也开始了行动。天益在莼海的报价比永邦的售价足足低了三毛钱。缝纫线本来就只有20%左右的毛利，天益一下子让了10%，可见是下了血本，诚心想把张龙海一棍子打死。

宫志鹏本想跟价，张龙海却制止了，说正好考验一下客户的忠诚度。于是永邦在莼湖的售价原封不动。

不过，张龙海也并非全无准备，在天益疯狂跑市场的同时，他时刻关注着莼湖服装厂的动态，如果这些服装厂确实流失严重，那他必然会降价跟进。他相信，在同等价格下，客人肯定会选择他。毕竟他在莼海已经服务了几年，多少总有点感情，再则，他厂在莼海，离客户近一些，送货也快一点，方便一点。

半个月后，送货的司机向张龙海汇报：有两个客户投入了天益的怀抱。听到这个结果宫志鹏笑了，他牛哄哄地说道：“等风波过后，所有客户让利一毛，这两个客户加价两毛。”张龙海和司机都觉得好笑。

张龙海和宫志鹏对结果很满意。这两个客户一个月的销售额也就一两万，而自己在奉县城郊的销售额已经有二十万左右。这场竞争永邦可谓是完胜。

让利三毛钱，结果只抢过来两个客户。天益老板娘吃惊不小。再看自己的主场，老客户还在不断流失，她有些沮丧地看着手下的两个业务员。两个业务员都不敢正视她的目光。

天益在莼海大规模跑市场，对永邦影响是不大，但是对莼海另外的两个线厂却影响极大。舍豫线厂借用王猛的人缘或者说是威势，客户没什么流失。但是被迫降了两毛，本就利润微薄，这一降价，无异于雪上加霜。损失最严重的是铂林线厂的老沈，面对三毛钱的差价，他是欲哭无泪。老沈打电话给张龙海，问他有什么对策。张龙海说不降价，随便天益怎么弄。可是老沈不敢赌，他总共就只有这么几个客户，任何一个都是他的心头肉。

就在他犹豫不决的时候，其中一个客户被天益撬走。老沈气得吃不下饭，睡不着觉，两三天后便卧病不起了。老沈的老婆抹着眼泪找上张龙海，骂了天益老板娘一顿，然后说老沈生病，取纱送货都不方便，这厂也开不下去了，所以他们决定退出这个市场。

张龙海宽慰一番，说真要退出，他会帮忙善后。设备、配件可以按照市场价格卖给张龙海，剩余的原料则按照原价收购。老沈老婆听到这话感动地抹起了眼泪，如果没人接手，设备和原料只能当废品卖。为了表示感谢，老沈老婆把自己的所有客户都介绍给了张龙海。

铂林线厂的客户多数都是老沈的亲戚或者朋友，他们其实早就知道永邦线厂的优势，只是碍于老沈的面子，才一直维持着合作。如今，得知老沈的厂不开了，老沈老婆还主动牵线让他们和张龙海合作，这生意自然是一拍即合。

这个结果，有些啼笑皆非。天益这么一闹，张龙海损失了两个客户，又多了七八个客户，反而赚了。

张龙海又接到岳林老板娘的电话。老板娘在电话那头说："老张想和你谈谈，她的意思是能不能按照之前的约定大家继续和平相处。她把抢你的客户还给你，你也把她的客户还给她。"

张龙海笑道："继续遵守约定我不反对。但是归还客户就算了，已经吃到嘴里的东西再吐出来，她不觉得恶心吗？他抢了我两个客户，加上前面的两个，总共有四个客户，也不算少了。"

岳林老板娘作为旁观者，十分清楚两边的战果，知道张龙海是在挖苦天益，但是作为中间人，她也不好说什么。

张龙海说："郭姐，你也没必要做传话筒，有事让她自己打电话给我。我还是那句话，人敬我一尺我还一丈，人损我一尺我也还一丈。"

"行吧，你们两个的事，我也懒得参合。我让她自己和你联系。"岳林线厂的老板娘说完就挂了电话。

天益老板娘始终没有打张龙海的电话，不过也没有继续到莼湖跑市场。张龙海招呼宫志鹏暂时收兵，不要继续开发新客户了，巩固下现有成果就行。

莼海镇上被天益挖走的两个客户，又有零散的订单下到永邦这里来。宫志鹏直接回复"没货"两个字。他说要么跟我们合作，要么就找天益合作，把大单子给天益，零碎的几个线到我们这里来配，这算怎么回事？

这两个服装厂叫苦不已。天益价格是便宜，但是没有颜色线库存。而自己的订单比较小，往往都是几十个，甚至十几个线。初始天益的业务员挺殷勤，总是优先保证他们的订单。但是久了以后，就有些懈怠了。不过也能理解，十几个线的单子如果订染，天益铁定亏本，一次两次可以，每个单子都亏损，天益哪里还有兴趣。再说回来，即便天益不嫌弃，愿意给他们定做，他们也等不起，车间里可是火烧屁股一样等着要用的，等天益定做出来，至少也要两三天时间。

他们根本等不了。

一个月的磨合期未过，这两个服装厂和天益的合作就宣告结束了。他们想继续和永邦合作。宫志鹏说要回来可以，但是要涨价两毛。两人愤愤不平，说别人都没涨价，凭什么给我涨价。

宫志鹏的理由很简单，就是没有理由，我就是要涨价。

这两个服装厂的老板，气得逢人就说永邦线厂不讲理，不料其他服装厂不但不帮他们，还说起了风凉话："好好的合作着，干吗换来换去?"

最后还是张龙海做了和事佬，让宫志鹏差不多就得了，做得太过，只会便宜了柳叶的潘明辉。宫志鹏这才按照原价恢复供货。

至于奉县城郊的服装厂，宫志鹏每天送一趟货，销售额有增无减。至于销售价格，则是根据天益在莼海的报价。停止了和天益的竞争之后，宫志鹏还是保持这个价格，不涨也不跌。在张龙海眼里，奉县城郊的这个市场可有可无，宫志鹏的价格虽然低了点，但也并非没有利润。长远来说却是利远大于弊，所以他支持宫志鹏的操作模式。

这个价格原本是为了打击永邦的，现在被永邦反过来攻击自己。天益老板娘每每想起，就觉得心头上扎了一根刺。奉县城郊其他的客户，永邦虽然没再去联系。但是他这个价格不变，她也就只能跟他保持同步，甚至更低，要不然客户还会源源不断地流向永邦。

和永邦的这一次较量，天益没捞到一点好处，反而损失几十个客户。更头痛的是剩下的客户全部利润减半。这个损失——老板娘想起就觉得心痛。后悔不该去招惹张龙海。可是一贯高傲的她，不愿向一个比自己年轻了二十几岁的小伙子低头。所幸天益实力雄厚，即便内销利润受损，外贸这条腿还是很壮实的。

在宫志鹏和林斌忙于开拓的同时，张龙海将目光转向了大客户。甬城作为服装城市，大中型服装厂比比皆是。这些厂每个月的采购量少则十万，多则百万。争取到任何一个，就能抵几十个小客户。

恒生自从有了第一个大客户以后，陆续又有两家中型服装厂收入囊中。只是为了维护这几个大客户，陈敏芳可谓是殚精竭虑。

说到原因还是因为交期和质量问题。由沈祖民的尚方宝剑和陈东盛这个集团副总在，老甘不敢明目张胆地为难陈敏芳，但是融入骨子里的思想观念，是很难转变的。整个工厂习惯了按部就班地生产方式，计划一天一排，中间要想调整就得找很多人。可是内销订单瞬息万变，计划跟不上变化，需要随时调整生产计划。这中间的矛盾不能调和，必然使产销之间的矛盾越来越深。

整个厂，七八道工序，每一道工序对于陈敏芳而言就像是一道坎。其中，最难跨越的是后道车间这道坎。后道车间的车间主任还是老甘的妹妹。看到这个人，陈敏芳常常会冒出打人的冲动。这是宫志鹏以外，另一个让她反感的人。每次业务员火烧眉毛似的催着要货，她不是充耳不闻，就是阳奉阴违，表面上说着已经在赶了，但是业务员到车间一看，这些要的货动都没动过。问工人，工人还一肚子抱怨，说没人跟他们说过哪个货急。

恒生的大客户组并非陈敏芳亲自挂帅，而是有个专门的组长，叫徐越工。这人张龙海之前从未听说过，听薛明说是从外贸部调过来的。当这个大客户组组长之前，徐越工是尼日利亚办事处的一个负责人，回国后外贸部没有合适的岗位，就把他调到内销业务部来了。

徐越工四五十岁，在尼日利亚当了近十年的负责人。按说这样一个人，应该比较有头脑的，怎么会从待遇优厚的外贸部调到爹不疼娘不爱的内销部门来当这么个组长？张龙海初始怎么也想不通。

这个徐越工到这个大客户组之前肯定是没了解过内销的实际情况。在集团年中会议上，他听沈祖民说过要集中公司全部资源，全力打造这个大客户组。事后沈祖民让他担任这个大客户组组长，本以为是多么荣幸的事。谁想到岗以后，将近一年没有开单。使得他在公司再也抬不起头来。徐越工在外贸部的时候，可以和所有业务经理平起平坐。如今尽然沦为陈敏芳这个内销部门经理的下属，以致参加公司季度会议的资格都没有了。所幸，公司还保留了他在外贸部时的薪资待遇。即便大客户组一年没有开单，沈祖民也没有说他什么，年底的时候还照样发了他一笔不菲的奖金。

沈祖民越是如此客气，徐越工越是觉得愧疚。大客户组一年没有开单，沈祖民没说什么，但公司其他人免不了在背后指指点点。陈敏芳在部门会议上也没少给他压力。可是没有开单，能怪谁呢？他在尼日利亚办事处的时候，面对的是尼日利亚的辅料经销商和大型服装厂。他以为他的经验在国内应该用得上。谁曾想国内客户的要求比老外高多了，这要求哪怕是有一点点无法满足，就会导致他所有的努力前功尽弃。

在内销部门待了一年多，经过无数次的失败，他也知道了问题的根本在于生产。生产部门拖了内销的后腿。意识到这一点以后，他倒是理解了陈敏芳的不易。刚进内销部门的时候，他心里不服气，他资格比陈敏芳老，为公司创造的价值也比陈敏芳多得多，可是如今却成了她的手下。他曾经想过要把陈敏芳打压下去，自己取而代之。但是一年以后，他打消了这个念头。倒不是因为陈敏芳是陈东盛的侄女，而是他自认在压制老甘的手段上没有陈敏芳有效。

认清这一点以后，徐越工主动向陈敏芳靠拢。

徐越工刚来内销部门的时候，陈敏芳不是没察觉到他的企图。陈敏芳本就善于心机，对于徐越工初来时候体现的咄咄逼人，她佯装不知，却在暗中使了不少绊子。徐越工在最初半年没有开单，除了自己不熟悉内销市场外，陈敏芳有不可推卸的责任。她作为部门经理，不但没有帮助徐越工尽快融入团队，熟悉市场，还处处给他使绊。她甚至是期待着看他笑话。陈敏芳其实并不担心徐越工抢了她的位置，不说有陈东盛这个后盾在，单说自己接手了劲风经销商这份功绩，以恒生的企业文化，任何人都不可能动摇她的位置。只是在她看来有个不听话的下属，终究不是好事。她坚信攘外必先安内的原则，所以她觉得有必要给他一顿杀威棒。

徐越工认识到自己不可能取代陈敏芳以后，通过各种方式不断向陈敏芳示好。陈敏芳确定这个下属终于听话了，才真正出手帮大客户组争取订单。只是，即便她亲自出马也不是一帆风顺，依旧是经历半年，没有开单。这中间当然不排除宫志鹏的功劳。

不过，不管怎么说，大客户组现在已经有几个客户了。虽然这几个客户说不上特别大，而且在价格上作出了不小的让利，但好歹堵住了公司里很多人的嘴。

张龙海从宫志鹏手中接过跟进大客户的工作后，和徐越工有过几次照面。只是徐越工并不认识张龙海。

张龙海跟着参加过四次辅料供应商招标会。这四次招标会，张龙海都是不起眼的角色，因为他的报价和各项服务都与客户要求相差甚远。像他这样，没中标一点都不奇怪，中标反而奇怪了。而恒生连续四次出手，都没有得手却有些可惜，每一次恒生都只差一点点，不是价格相差几分，就是交期相差一天。

对于张龙海来说，最大的收获是经过这四场招标会终于弄清了招标是怎么回事。台前的竞标虽然重要，但是幕后的工作更加重要。

张龙海觉得，是时候挑战一下恒生了。

史丹服饰是恒生的下一个目标，也是张龙海的第一个目标。张龙海在网上搜索史丹服饰的资料。

宫志鹏和林斌通过现有的客户群侧面打听史丹服饰。对于史丹服饰的规模以及口碑，多数服装厂是交口称赞的。

林斌的客户里面，有一家叫龙明的小服装厂是专门帮史丹服饰做加工的，龙明服装厂的老板姓周，据说和史丹服饰有密切的联系。林斌为此专门买了几箱水果，上门去拜访。希望周厂能够牵桥搭线，引荐他们认识史丹服饰的管理。

周厂是个爽快人，说引荐一下没有问题，但是能不能做进去就看你的本事了。林斌欣喜若狂，说不管能不能成为史丹服饰的供应商都

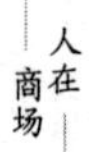

感激周厂。

周厂当着林斌的面给史丹的负责人打电话。在电话中，周厂以王哥开头，看来和史丹的这个王总关系非同寻常。周总将林斌的意思大抵说了一下，然后又扯了些自己生意上的事。过了三五分钟，周厂才挂断电话，然后很潇洒地将手机丢在桌面上，说："刚刚跟史丹的王副总说了一下，王副总说他是负责整个集团的生产和外发，辅料采购这一块有采购部负责，具体他不是很了解，但是如果我介绍的线厂确实有竞争力，他可以出面向采购部引荐。"周厂说着身子往沙发上靠了靠，然后笑眯眯地说道，"小林啊，刚刚的电话你也听到了，牛皮我已经给你吹出去了，若是你们做不好，那可就是打我的脸了。"

"周哥放心。即便是不起眼的小客户，我们也会注意质量和服务，更何况史丹这样的大客户。"林斌又悄悄地凑近周厂，说道，"为了表示感谢，你这边的缝纫线价格减一毛钱一个。小弟能力有限，只有这一点权限，周哥不要嫌弃。"

"客气了，客气了。"周厂哈哈笑道。

林斌随即补充道："不过周哥你得替我保密，旁边这么多服装厂，就你一家价格特殊，万一让旁边几家知道，我就难做人了。"

"这个自然，小林你放心，周哥不是八卦的人。"

林斌从周厂手中要了史丹服饰王副总的手机号码，并和王副总约了明天拜访。

张龙海这边也找到一个突破口。张龙海本想通过薛明打听恒生掌握了多少史丹服饰的信息。不料薛明只字未提恒生掌握的信息，却说吴平儿在史丹上班。张龙海大喜过望。吴平儿结婚以后，就从恒生离职了，没想到竟然跑去史丹上班了。

张龙海挂了薛明的电话，立刻打电话给吴平儿。吴平儿接通电话后，很惊讶地问道："张哥，你还记得我啊？我还以为你已经把我忘了。"

张龙海连忙道歉，说："一直想着来看你，只是现在来甬城的机会比较少。再说，你都已经结婚了，我老是来约你也不合适，对吧？"

吴平儿大咧咧地说："这有什么关系。我家小王可是很仰慕你的。"

"你哥我长得又不帅，你家小王仰慕个屁。再说，就在婚宴上匆匆见过一面，他估计连我长什么样都忘记了。若真有好感，那也是拜你吹捧。"

"我可没吹捧你，只是实话实说而已。"吴平儿在电话那头嬉笑起来。

两个人寒暄了好一会，张龙海才将话题引入正题："你现在是当全职太太，还是继续上班？"

"当然是上班，女人要体现人生价值，首先得财务自由，我可不想买点什么还得伸手问别人要。"

"现在在哪上班？做什么？"

"史丹服饰，在设计科打杂。"

张龙海稍做思虑，说道："我记得你大学里读的就是服装设计专业。"

"哎！"吴平儿在电话那头长叹了一声，"还是张哥你有心，连我自己都快忘记曾经的梦想了。"

"恭喜你啊！又回到了自己喜欢的行业。而且是在史丹这样的大公司。"

"谢谢张哥，啥时候来甬城，我和小王请你吃饭。把嫂子也带上？"

"真的要请我吃饭？那我明天就过来。"

"真的假的？"吴平儿惊讶道，"你能来我是求之不得，不过我怎么感觉你答应地有些过于爽快了。"

张龙海哈哈大笑，说道："大丈夫一言九鼎，说了来，肯定来。不过我来还有另外的事情找你，具体的明天见面再说。"

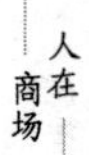

吴平儿也不纠缠着问有什么事，说笑几句两个人就挂了电话。

第二天，林斌和张龙海分头行动。林斌去见史丹服饰的王副总。张龙海去见吴平儿。

张龙海先去接了莲姐，然后才到吴平儿约定的饭馆。吴平儿说的饭馆听起来没啥名气，走进去却是富丽堂皇。在服务员的带领下，来到三楼的包间。包间不大，但是装修得很别致，很精美。吴平儿已经坐在包厢里，看到张龙海夫妇，吴平儿连忙站起来将莲姐拉到自己身边坐下。

吴平儿说小王有点事，要晚一点到，随即吩咐服务员上菜。

张龙海说随便找个小餐馆就行，何必这么破费。

吴平儿说小王定的饭馆，他就喜欢铺张，你随便他，反正他不缺钱。

莲姐掩嘴偷笑，说他的钱好像不是你的似的。

吴平儿一本正经地说道："莲姐，你还别说，他的钱就是他的，我花得都是自己赚的钱。"

张龙海指了指吴平儿手上的玉镯，手上的钻戒，还有身旁的 LV 包，问道："这些也是你自己赚的？"

吴平儿吐了吐舌头说："这些是他送我的礼物。"

"死鸭子嘴硬，你要是拒收这些礼物，那就硬气了。"张龙海玩笑道。

"为什么要拒绝？我把自己都送给他了，收他这么几件礼物算啥。"

张龙海哈哈大笑。莲姐帮着吴平儿搭腔道："就是，收自己老公的礼物，名正言顺，为什么要拒绝。哪像某人，一点情调也没有，什么生日，纪念日别说是礼物，连朵花都没看到过。"

吴平儿好似找到了同盟，立刻帮腔道："张哥，这你就有点过分了。舍不得买礼物，买朵花总是便宜的，要是花也舍不得买，路边摘两朵也是个心意。现在甬城绿化搞得这么好，到处都是花花草草，摘两朵花，不过举手之劳。”

“就是！只是这举手之劳，对我来说也是奢望。当初就是太容易让他得到了，所以不知道珍惜。哎，现在人老珠黄了，更加不用说了。”

“你人老珠黄了？”吴平儿说着笑了起来，“你这算人老珠黄的话，世界上的女人得惭愧死一大半。说真的，莲姐，你这皮肤怎么保养的？我虽然比你年轻几岁，但是感觉皮肤远没有你的细腻，你用的什么护肤品。”

就这样，两个人话题进入了护肤品系列，再然后又是购物系列，这中间将近半个小时，张龙海一句话也插不进。张龙海自顾自地品尝美味，想着怎么把话题引入正轨。正在一筹莫展之际，包间的门打开了。王昆阳满头大汗地从外面跑进来。看到张龙海，连忙叫了声张哥，然后说了一堆敬仰、期待之类的话。他的这股热情，让张龙海心头热乎了好一阵。

王昆阳松开张龙海的手，才绕到吴平儿的另一边坐下，小声说路上堵，迟到了。

吴平儿白了他一眼，说你干脆等买单的时候来好了。

王昆阳嘿嘿笑着也不生气，像小孩子撒娇似的拉着吴平儿的袖口说以后肯定早点出门。

张龙海和莲姐相视一笑，默默地低头吃菜。小两口这一波狗粮……

王昆阳来了以后，张龙海就不再寂寞了。王昆阳很会交际，一次次地举杯和张龙海碰杯，得知张龙海要开车不能饮酒，他也不勉强，自己依旧是啤酒，随便张龙海喝饮料或者开水。张龙海每次都是象征性地喝一口，而王昆阳却是杯杯见底。

吴平儿让他少喝点，他说没事，为了招待张哥，今天专门打的过来的，就是为了和张哥喝几杯。又一瓶啤酒下肚，吴平儿制止王昆阳再次开瓶。说你再喝晚上就不许你回家了。

看到吴平儿黑了脸，王昆阳尴尬地转向张龙海，做出一副无奈的样子。张龙海亦劝道："小王，我们还是喝茶。这里不是生意场，没有必要喝这么多酒，聊天还是喝茶比较合适。"

王昆阳放下脾酒瓶说："好，听张哥的，我们喝茶。"

吴平儿点的菜本就不少，王昆阳来了以后，又加了几个菜。张龙海说点的太多了，浪费不好。王昆阳说没事，吃不完可以打包。

张龙海一直犹豫着要不要开口请吴平儿帮忙，倒是吴平儿将话题引了出来："张哥你不是说找我有事，到底什么事？"

张龙海问道："你在史丹做了多久了，里面熟悉的人多吗？"

"张哥是不是想做史丹服饰的生意？"吴平儿问道。

"是有这个打算。"张龙海直言不讳，"我做内销有段时间了，恒生刚成立大客户组的时候，我的实力不够，所以一直关注着大客户却没有行动。现在产能有节余了，我也想找几个大客户合作一下。我选的第一个目标就是史丹服饰，没想到你恰好就在史丹服饰，所以想着先向你了解一下史丹服饰的具体情况。"

"这或许就是缘分吧！"吴平儿笑道，"张哥你知不知道恒生也在打史丹服饰的注意。"

"知道。"张龙海干脆地回答。

"那你是准备开始复仇行动，要向陈敏芳宣战了？"吴平儿睁着一双大眼睛好奇地盯着张龙海。

张龙海苦笑："复仇说不上，但是竞争估计是避免不了了。"

"不瞒你说，张哥。陈敏芳前几天也来找过我。"吴平儿诡笑着说道，"我早就期望这一天到来，看你怎样把陈敏芳打败。"

张龙海讪笑道："谁打败谁还不知道呢！你可别忘了，陈敏芳背后有他叔叔，还有沈祖民。恒生的实力就像一座丰碑，硬生生地摆在那里，要想逾越它不是这么容易的。"

吴平儿不满地说道："张哥，这话可不像你说的，在我眼中的你，

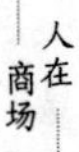

是天不怕地不怕的，是明知不可为也要为之的，恒生怎么样，我们两个都清楚。如果你这一点自信都没有，那算是我看错人了。”吴平儿说着就要拎包走人。

莲姐和王昆阳一左一右拉住了她。

张龙海看到吴平儿这么大的反应，很是吃惊。直到吴平儿重新落座才淡淡地说道：“商场如战场，谁也不敢说有十足的把握。如果就产品、价格和服务而言，我自然不怕恒生，但若拼关系，拼综合实力，我未必有恒生神通广大。既然已经开始了行动，我自然是要竭尽全力和陈敏芳较量一场。”

莲姐亦开口说道：“平儿，你或许不知道，你张哥虽然隐藏的深，但是从恒生离职，他心里还是觉得很憋屈的。他虽然没有和任何人说过，但是我知道他心里是憋着一股气。和陈敏芳这个女人较量一番，其实不光是你期待着，我也期待着，我想张龙海他自己更加期待着。”

吴平儿看了看莲姐，又将目光转向张龙海，看张龙海没有否认，她随即笑了起来。“这样就好，张哥若是有这个心思，我可以帮你。”

“哦？”吴平儿的这一句话让张龙海很是惊讶。他这次来原本只是想打听一些史丹服饰的内部信息，并没想过吴平儿能帮上自己。就在张龙海惊讶之际，吴平儿已从背包里拿出纸笔，唰唰写了一串数字。

“张哥，这个是技术科王科长的电话，他跟我关系不错，你可以去找他。”吴平儿将纸条递给张龙海。

张龙海接过纸条，感激地看向吴平儿。

吴平儿微笑着说道：“张哥，祝你马到成功。”

张龙海想要说声谢谢，又觉得别扭。最终只是默默地点了点头，然后拿起面前的茶杯，以茶代酒向着吴平儿一饮而尽。

张龙海知道技术科科长的分量。在服装公司里，技术科科长虽然不是什么高级职位，但是对于面料和辅料的选择却是起到决定性作用的，他的选择甚至比采购部更加重要。采购部选择供应商，多数都是为了满足技术科的需要。如果技术科在打样的时候，选用的是 A 牌的缝纫线，那么采购部在采购的时候只能将订单下给 A 公司。因为 B 公司或者 C 公司的缝纫线可能和技术科选用的颜色有色差。

当然，这也并不是说搞定技术科科长就能顺利打入史丹服饰。技术科选用的样衣线也不是由着自己的心思想配谁家的线就可以配谁家的线。他这选用的范围，必须在采购部指定的范围内。譬如说采购部划定了 ABC 三家线厂，技术科就只能在这三家线厂里面选择。这三家线厂里面技术科有绝对的自由，但是这三家以外，技术科就不能选择了。

换言之，张龙海首先得成为史丹服饰的供应商，有了这个资格，技术科才能帮上忙。

张龙海送莲姐回公司以后，立刻拨通了王科长的电话。王科长接通电话的时候，语调有些冷，得知张龙海是吴平儿介绍过来的，立刻就变得热情了起来。看来这个王科长和吴平儿确实挺熟。不过王科长在了解情况以后，说的话和张龙海预料的差不多："前提是你得先成为史丹服饰的供应商，只要你成为史丹服饰的供应商，我会优先选用你们色卡里的颜色。"

张龙海怎么也没想到，事情会这么顺利。虽然还没有取得史丹服饰的供应商资格，但是这样的结果已经是出乎意料。

相比之下，林斌这一路就没这么顺利了，他刚到史丹公司门口就被门卫拦住了。门卫问他找谁，他说找王副总，门卫又问哪个王副总，林斌便回答不出来。于是门卫盘问得更加细致。林斌拿出自己的名片和色卡样品。门卫依旧不依不饶，说王副总不可能管缝纫线采购这种小事，一口咬定林斌在撒谎。不管林斌怎么说，他就是一句话，不能进。弄得林斌有些火大。

无奈之下，林斌只好拨通了王副总电话。前一天约过，王副总知道林斌要来。林斌将手机拿给门卫，门卫接过手机听到王副总说是自己的客人，才放林斌进入公司。

王副总见到林斌很是热情，详细询问了永邦线厂的情况，也问了一些采购缝纫线的注意事项。但是从王副总的提问中，林斌察觉到王副总对线确实不懂。他问的问题很浅显，甚至可以说很外行。譬如说会不会断线，会不会褪色。林斌老老实实回答，缝纫线断线完全避免是不可能的，只不过断线率控制在多少比率之内。至于褪色，林斌自豪道：色牢度在十几年前属于技术难题，但是在当下已经不是问题，即便是一个小作坊生产的缝纫线，也不需要担心褪色，若是这个基本的问题都不能解决，那么线厂也就不用开了。

王副总听后哈哈大笑，说自己问的问题有些幼稚了。连忙打着哈哈说自己纯属外行，然后掏出手机打了个电话。

过一会有个四十几岁的中年女人进来。王副总介绍道："这是我们公司采购部的沈经理，具体的事情就由沈经理直接和你对接吧。"王副总说着也将林斌介绍给沈经理，"这是永邦线厂的业务经理林斌，听说他们的线很不错，你可以了解一下。"

沈经理全名叫沈桂芳，听到王副总的介绍，虽然脸上挂着笑容礼貌性地和林斌握了握手，但这笑容只是一闪而过。林斌能感觉到，她并不乐意见到自己。林斌猜测，可能是自己跳过采购部找到了王副总这里让她觉得不舒服，也有可能是她不希望有不熟悉的供应商进入史丹服饰，当然还有可能是这人本来就比较高冷。不管是什么原因，林斌依旧保持着笑容，他知道这个女人得罪不起。

"王总，那我去沈经理办公室，就不打扰你工作了。"林斌站起来和王副总握了握手。

王副总也很热情地将林斌送至办公室门口。

王副总的办公室在八楼，沈桂芳的办公室则在七楼。林斌在沈经理身后两三米的位置，一直跟着她走。走到楼梯拐角的时候，一直没有开口的沈桂芳突然放慢脚步问道："林经理你是怎么认识王总的？"

林斌莞尔一笑，他也算是久经商场之人，自然知道这一问的深意。他迎着沈桂芳的目光笑道："和王总认识也算是机缘巧合。我一个兄弟也是开服装厂的，和王总是很好的朋友，王总在我兄弟厂里看到我们的缝纫线，觉得我们的线比贵公司现在用的线有优势，就邀请我来你们公司详细介绍一下。我今天是第一次见王总，不过不知道为什么看到王总就觉得很亲切，两个人也算是一见如故。”

沈桂芳嘴角动了动，算是笑了一下，没在继续深问，这之后脸上的冷漠消逝了几分。

林斌知道自己的目的达到了。沈桂芳刚刚这一问，可谓是暗藏杀机。林斌如果老老实实的回答是周厂介绍，和王副总刚刚认识，沈桂芳估计不会给他继续谈判的机会。林斌若是吹牛说和王副总是老相识，沈桂芳或许不敢怠慢自己，但是日后让她知道真相绝对没自己好果子吃。如今这种模棱两可，似是而非的回答，或许是最让沈桂芳头痛，却也是最让她无可奈何的。

说回来，林斌还是要感谢王副总的热情。王副总和周厂的关系可能真的很不错，对于周厂介绍过来的人，他也乐见其成。刚刚握着林斌的手，将其送至门口这一举动，就够沈桂芳琢磨一阵了。

七楼是个大办公区，但是沈桂芳有一间独立的办公室。可见沈桂芳在史丹服饰也是有着重要地位的。进入办公室，沈桂芳示意林斌在沙发上先坐会。

林斌在沙发上坐下的间隙，看到沈桂芳将桌上的一本色卡拿到了桌下。林斌认识那本色卡是恒生公司的。看来恒生的徐越工已经将工作做到了沈桂芳这里。

沈桂芳放好了色卡才回到沙发，在林斌旁边的位子坐下。“林经理可否介绍一下你们公司?”

林斌大概说了一下公司的成立时间，现在的生产状况，内外销占比，随即又简单介绍了自己的经历，以及张龙海的经历。介绍张龙海的时候，林斌特意强调了张龙海是从恒生出来的，因为恒生的内销不能满足客户需要，所以出来自己开了个厂，现在在甬城已经有一两百家服装厂在合作。但是合作的对象以中小型服装厂为主。史丹服饰是永邦线厂进军大型服装企业的第一步。

“你说你们老板叫张什么，是从恒生出来的？”沈桂芳凝神问道。

“是的。张龙海原来是恒生内销部的经理。”林斌假装没看到沈桂芳刚才放色卡的动作，试探性地问道，“沈经理应该知道恒生吧。”

“听说过。”沈桂芳理了理鬓角的头发，其实头发并没有垂下来。“听说他们公司服装辅料这块做得很大很全面。”

“是的恒生公司很大，论综合实力和史丹公司可能有得一比。不过恒生以外贸为主，内销并不擅长。不然我们老板也不会出来了。”

“是吗？”沈桂芳不置可否地问了一句。林斌以为她会继续问恒生内销哪些地方存在问题，结果沈桂芳却没问。可见她对林斌说的话并不十分相信。

“这样吧，林经理。你留一份色卡和名片在我这里。下个月公司召开月度会议，可能会删选各类辅料的供应商。届时每种辅料都会选一两家合作。到时我会向各位领导推荐贵公司的。”沈桂芳说着合起了桌面上的小本子，看来是要结束今天的谈话了。

“沈经理，您不就是采购部经理？选择辅料供应商需要上公司月度会议。”林斌好奇问道。

沈桂芳拿起本子在茶几上轻轻顿了顿，微笑道：“我虽然是采购部经理，但是我只有选择权，没有决定权。我可以向上面推荐供应商，但是最终选用哪家供应商还得上面的领导决定。”

“哦，原来如此。那就麻烦沈经理在贵公司的会议上替我们美言几句。如果能够合作下来，我们定当重谢。”林斌说着从边上的手提包中掏出名片和色卡递给沈桂芳。

沈桂芳双手接过，说了声有什么消息我通知你。

林斌问道：“我能否要一个沈经理的手机号码，或者加一个微信？”

沈桂芳为难地说道：“这个……等我们确定合作关系了，再加微信吧！”

“好的，好的。”林斌知道多说无益，只得作罢。在他走出办公室的时候，他看到沈桂芳没有将自己的色卡放到办公桌上，而是塞到了茶几下面。从这一系列的动作来看，沈桂芳并没有接受自己。

林斌回到八楼和王副总打了个招呼。王副总很热情地问谈得怎么样。林斌说谈得挺好，沈经理要了我们公司的名片说会在下个月的月度会议上向领导推荐我们公司的缝纫线。

“月度会议上推荐你们公司的缝纫线？”王副总纳闷地重复了一遍。

“是的，沈经理是这么说的，有问题吗？”林斌问道。

“哦，没有没有。”王副总稍稍愣了下后立刻恢复了刚刚的笑脸，然后说了一番客套话。

从王副总刚刚一秒钟的出神，林斌已经认定自己的猜测没有错。哪有选择一个辅料供应商还要公司月度会议讨论的。史丹公司的月度会议必然是重要领导讨论重要事情的，辅料对于公司而言根本是不值一提的小事，就算沈桂芳要向上面汇报，也是找直接主管的副总汇报一下就行。

离开办公大楼以后，林斌没有离开史丹公司。好不容易进入史丹公司，不能就这样无功而返。下次再来，可能又得和门卫纠缠一番。如此想着，林斌向着史丹的生产车间走去。

史丹有好几幢生产大楼，林斌随意进入一幢，见门上写着第七车间。车间里的人都不认识他，也没人上来盘问。于是林斌就在生产大楼里随心所欲地走动着。

一楼是成品包装车间，二楼是缝制车间。林斌在二楼驻足一会，找到一台空着的缝纫机，拿起缝纫机上放着的缝纫线仔细看了看。缝纫机上的线没什么牌子。塑料芯是黑色的，一看就知道这塑料管掺杂了很多回料，属于那种很便宜的塑料。线管里也没有贴任何标贴。没有标贴就没有色号，也就是说史丹这么大的服装厂，选用的缝纫线是作坊生产的？这一发现让林斌觉得有些不可思议。

林斌问一个工人，辅料仓库在哪里。工人头也没抬，告诉他在四楼。四楼一半是裁剪车间，一半是辅料仓库。辅料仓库里一老一少两个女人面对面地坐着。林斌上前自我介绍说自己是奉县的线厂，过来看看有没有机会跟史丹公司合作。

那个年纪大一点的阿姨大概五六十岁，她抬头瞥了林斌一眼，说："史丹有固定供应商的。"

林斌笑道："你们上面的领导应该对原来合作的线厂不是很满意，想要更换供应商。我刚刚从沈桂芳那里过来，就是她让我过来了解一下情况。"

"原来的线厂不满意？我怎么没听说过。"那个阿姨语调还是冷漠，但是明显有些不自信起来了。

她对面的一个小姑娘插话道："前几天沈经理不是带着一个线厂的经理来看过了。看来真要换供应商了。"

林斌厚着脸皮在二人桌边坐下，看到阿姨正拿着一角布样在一堆自制的线卡上找颜色。拿着布样的左手上一只碧绿的翡翠镯子很是耀眼。"阿姨这只镯子要不少钱吧？"

"一万多元，阿姨的儿媳云南旅游时候带来的。"那个小姑娘抢话道。

"幸福哦。这么孝顺的儿媳妇阿姨哪里找的？"林斌嬉笑着问道。

"这得问我儿子去，找女朋友、结婚，到买房生孩子，都是我儿子自己弄的，我老太婆没操过什么心。"阿姨虽然还是没拿正眼瞧林斌，但是言语之中已经没有冷冰冰的隔阂感。

"看来阿姨的儿子很厉害啊。现在能不借助父母自己买房的年轻人可不多。阿姨你儿子是做什么的？收入应该很高吧？"林斌将凳子往阿姨的位置挪了挪。

"他也是做业务的，就在史丹的业务部上班。当了个小经理，收入说不上高，也就三四十万一年。"阿姨嘴上谦虚着，眉宇之间却是掩饰不住的自得。

“三四十万还不高了，可比我高多了。”林斌一副钦羡的神情。

“你还年轻，好好努力，一切都会有的。我儿子说过，做业务的人，只要肯吃苦，收入是不会低的。”阿姨这时候总算转过头来正儿八经地和林斌说话了。

林斌看阿姨手上的布样对了好一会都没有对到合适的线。他站起来说道：“阿姨，要不我来试试？”

“你？”阿姨抬头看了一眼，想起林斌是线厂的人，笑道，“你们专业一点，来帮我找一下看，我老太婆老眼昏花，对了半天都对不到合适的线。”

林斌一边从阿姨手中接过布样和那本做工粗糙的线卡，一边说道：“阿姨怎么老是说老太婆老太婆，你可一点都不老。阿姨今年几岁？五十岁有没有？”

“哈哈哈哈！”阿姨掩嘴大笑，“五十岁？小伙子你真会说话，阿姨我六十出头了。”

“阿姨有六十多了？真看不出来。你可比我妈年轻多了。我妈六十二岁。”林斌一边对着颜色，一边说话。

“属老鼠的？”阿姨问道。

“是的。”林斌继续认真找着颜色。

“那和我同龄哦。她几月份的。”阿姨越问越仔细。

林斌没再继续回答，而是拿过线卡让阿姨看：“这个颜色行不行。”

阿姨接过布样和线卡，凑近日光灯仔细看了看，满意道：“专业的就是不一样，我对了半天都没找到合适的颜色，你一对就对到了。”

“这个颜色稍稍有点偏深，不过这份色卡颜色太少了，就这个最接近，如果这个也不能用，那就只能去定染了。”林斌凑近阿姨说道。

阿姨又仔细对了对，喃喃道：“挺接近了，就这个了。小陈你去拿个实物来比对一下，没问题的话就这个颜色了。”

小姑娘看了眼色卡连忙站起来朝货架走去。

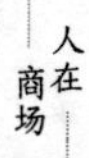

“这个色卡是你们自己做的?”林斌好奇地问道。

“是的,都是多出来的线,扔掉可惜,就每个线绕一点出来做本色卡,下次有对得上的颜色就可以用上。你看我每个颜色都编了号,写了数量。一看就知道仓库里还有多少个,放在哪个位置。”阿姨自得地炫耀着自己的杰作。

“阿姨管仓库应该有些年份了吧?你这操作很专业,可为公司省了不少钱。我们合作的服装厂很多,但是能做到阿姨这样尽心尽职的真没有几个。很多厂的辅料仓库哪会去管这些多出来的线,不是退给线厂,就是堆成一堆,等数量多了卖给收废品的。”

“退给线厂,人家肯收啊?”

“这要看厂,像我们公司是可以退的,只要包装没有破损不影响第二次销售,我们是无条件退货的。”林斌说道。

“服装厂多出来的线,可以退?”阿姨不敢相信地问道。

“是的!”林斌坚定的回答。

“那你们不是亏死了?”

“怎么会亏呢?”林斌笑道,“我们公司的每个线和阿姨做的色卡一样都有编号,退回来的线重新入库,其他客人要这个颜色的时候,就可以发给他们。”林斌说着拿出色卡和样品线给阿姨看。

阿姨翻开色卡看了看,称赞道:“你们这个色卡做得漂亮哦,这个颜色排列的整齐,对起来也方便。”

林斌将样品线管子里的标贴朝向阿姨,说道:“阿姨你看,这个线的颜色编号是1548,对应色卡里的1548色号。这色卡里所有的颜色我们都有库存,服装厂多出来的线退回去,无非是多一道入库手续,这么多服装厂在用线,不用担心哪个颜色卖不掉的。”

“这倒是。”阿姨点了点头,若有所悟地说道,“如果像你们这样可以退货,我们管辅料仓库的可就轻松多了。这个仓库也不用这么挤了。看样子原来这家线厂是得换了,得换一个正规一点,有自己色卡的。”

林斌纠正道："也不是有色卡的线厂都允许退货的。我们是为客户考虑，本着为客户减少浪费的理念，才会有这个政策。而多数线厂怕麻烦，都不接受退货。你们沈经理上次带过来的那个恒生线厂，他们就是有色卡，但是不能退货的。"

"有色卡不能退货，那要他色卡有什么用。就为了技术科对色方便点吗？"阿姨愤愤不平地说道。

"其实多数线厂都是不接受退货的。目前整个甬城可能只有两三个品牌的线可以接受退货。"林斌趁热打铁。

"如果要换供应商，我肯定要选像你们一样可以退货的。"阿姨用眼神力挺林斌。

林斌却叹了口气。说道："阿姨你是实在人，不过你们沈经理估计会选择恒生。"

"为什么？恒生不是不能退货吗？"阿姨不解道。

"什么原因我就不知道了，或许你们领导另有打算吧。"林斌一副沮丧的神情。

"是不是你们的线比他们贵？"阿姨好奇地问道，"如果价格比他们贵，那是有可能。"

"我不知道你们现在用的线什么价格，也不知道恒生报给沈经理的价格是多少，我的价格是2.8元/只。"林斌说道。

"2.8元不贵啊！"说话的是小姑娘。小姑娘将拿过来的线递给阿姨，随即回到自己的座位上，翻出一叠送货单。指着送货单说道，"你看我们现在的线三元一个呢。比我们现在用的线还便宜两毛呢。"

阿姨没拿小姑娘给她的线，而是接过小姑娘手中的送货单仔细端详了起来。"比我们现在的线便宜，那是早就应该换了。"阿姨放下送货单，将手搭在林斌的肩膀上，轻声安慰道，"小伙子你不用太担心，你的价格便宜，又能退货，如果质量和米数也没有问题，史丹肯定会选你的。至于那个恒生，如果他价格比你还要便宜，那我没话说。如果价格差不多或者比你贵，沈桂芳没理由选他不选你。除非她鬼迷心窍，分不清好歹了。若真是如此，看我不到陈总那里去告她的状。”

“陈总?”林斌好奇地问道。

小姑娘解释道：“陈总是沈桂芳的直接领导，也是我们的领导。不过他年纪大了，一般不管公司的事。”

“没事，小伙子，你把色卡和样品还有名片都放我这里。如果沈桂芳不推荐你，我给你推荐上去。看陈总是听她的还是听我的。”阿姨自信满满地说道。

林斌一听这话连忙站起来，向阿姨道谢。临别的时候，林斌想加一个阿姨的微信，阿姨说她年纪大了，不会玩微信，让林斌加小陈的微信的就是。

阿姨说的小陈就是坐在阿姨对面的小姑娘，林斌连忙掏出手机问小陈能不能加个微信。小陈爽快地拿出手机，扫了扫林斌的二维码。看小陈的头像是个很清新的动漫人物，他发了个你好。小陈回了个吐舌头的表情过来。

阿姨在旁边看着二人加微信，提醒道：“我们小陈可还单身着呢。”

林斌和小陈一听这话，尴尬地对视了一眼。小陈的脸瞬间通红。

林斌回到厂里，张龙海和宫志鹏正在办公室，虽然已经下班，但是二人有一搭没一搭地聊着厂里的事，见林斌回来，立刻迎了上来。显然，二人都在等他。

“怎么样?”宫志鹏迫不及待地问道。

林斌将手提包往沙发上一丢，拿起自己的茶杯咕咚咕咚灌了通水，喝完后在沙发上一个葛优躺，才算舒了口气。静下来后，将今天的经过大体描述了一遍。

“这么说采购部经理已经被恒生攻克。”张龙海嘀咕道。

“这个辅料仓库的阿姨是什么来头?”宫志鹏凝神问道。

"目前只知道她儿子是史丹公司的业务经理，至于有没有其他身份暂时还不知道。不过我加了辅料仓库小陈的微信，晚上可以打听一下。"林斌说道。

"有没有可能说服沈桂芳？"张龙海问。

林斌沉吟片刻，说道："估计很难，有了先入为主的观念，想要她改弦易辙恐怕很难。从她的言谈之中，明显是偏向恒生。"

"不知道恒生承诺了她什么好处。"宫志鹏愤愤说道。

"这个人至关重要！"张龙海凝神思索道，"如果不能成为史丹的供应商，我们其他努力都是白费。"

林斌正色道："我明白。我会和沈桂芳继续接触。回来的路上我就一直在想，如果不能成为史丹的独家供应商，就退而求其次，让沈桂芳同时接受我们两家。"

张龙海赞许道："这是个好主意，只要能够进入史丹的供应商名单，剩下的就不是沈桂芳能够左右了。"

宫志鹏插话道："刚刚你说的那个陈总是怎么回事？"

"听阿姨说，这个陈总是他们的直接领导，他管着辅料仓库，也管着沈桂芳。不过听小陈说，陈总年纪挺大了，基本不管事，只是个空架子。"

宫志鹏横躺在单人沙发上。他看着天花板说道："这个人或许是个突破口。林斌，你晚上花点心思，找小陈打听一下陈总。对了，这个小陈和陈总都姓陈，他俩是什么关系。"

"这些还不清楚，等我晚上聊了以后告诉你。"

三个人根据眼前的形式，又做了一次细致的分析。史丹是他们决定开发大客户后，面临的第一个客户，关系到公司的士气。这第一战的胜败非常重要。另外，这一战的对手是恒生。大家心里都憋着一股劲。

晚上，林斌通过微信和史丹辅料仓库的小陈聊了好几个小时。小姑娘也是能聊，话题源源不断。林斌将小陈那里获悉的信息，截图到公司的管理群里。群里除了他们三人还有欧阳荷。这一晚所有人都很晚睡。在临睡前，张龙海给各人分配了工作。林斌继续和沈桂芳保持联系，同时不要放弃阿姨这边的希望。宫志鹏在保证现有客户不受影响的前提下，公关一下这个陈总。张龙海自己则继续和技术科打好关系，同时从吴平儿那里再打探打探，看还有没有其他的路子。

宫志鹏早上没去厂里，而是去了史丹公司。史丹公司工人上班时间在七点，办公室上班时间则在八点。六点半到七点这段时间是工人上班的高峰期，公司大门大开，员工队伍浩浩荡荡地涌入工厂，宫志鹏就是混在工人队伍里进入史丹公司的。门卫做梦也想不到，会有哪个业务员这么早就来推销。

宫志鹏之所以一早就来史丹公司，是因为林斌从小陈那里打听到的有关陈总的信息实在太少。小陈只说陈总七十几岁了，在公司有一部分股份，同时还是公司的元老。除此之外再无其他信息。林斌和小陈毕竟刚加微信，聊天的意图不能过于明显，所以没有更加深入的打听。

这个点办公室没人上班，宫志鹏按照办公大楼一楼的索引表，找到八楼陈总的办公室。办公室的门自然是关着的。在八楼的会议室里有个公司组织架构图，一些重要岗位的领导都配备了照片。陈总自然在列。从照片上看，这个陈总还真看不出有七十多岁，虽然两鬓有些斑白，但是从精神面貌看顶多五十几岁。

“你找谁？”拖地的清洁阿姨看到宫志鹏看着墙上的照片出神，便轻声问道。

“我找陈总。”宫志鹏说道。

“找陈总？你有什么事吗？”清洁阿姨一副戒备的神情，“你好像不是我们公司的。”

“我是车间里的。”宫志鹏笑呵呵地说道，“陈总和我有点亲戚关系，我就是托他的关系才进入史丹服饰的，想过来谢谢他，可是来了几次都没遇到他。”

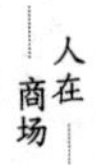

“哦，是这样啊。”清洁阿姨显然信了，她一改刚刚的戒备神情，笑道，“你来得太早了，陈总嘛，至少要九点才会到公司。”

“他这么晚上班啊？”宫志鹏故作惊讶。

“是啊！陈总是公司的副总，晚一点上班也属正常。不过要找他确实不容易，他不像其他几个副总，上班时间准时会到。陈总有时候几天不来公司都有可能。”

“不上班也行？”

“那是，陈总是谁啊？”清洁阿姨一副崇拜的眼神。“陈总其实早就想退休了，是董事长硬留着的。公司几个副总里面陈总是最闲的，董事长没有给他分配具体的工作，说他没管嘛，他什么都可以管。不过，陈总性格很好，他很少插手公司事务。平常他上班的时候，我看他就是拿着杯茶，在电脑里下下象棋，除此之外，他似乎就没什么事做，坐到下午一两点就下班了。”

“这么爽！”宫志鹏钦羡道。

“那是，陈总可是公司的大功臣。”

“我得去上班了，看来我今天又遇不到他了。”宫志鹏故意看了看手表，和清洁阿姨道了声别就从楼梯下去了。

宫志鹏离开办公大楼后并没有直接走，而是在史丹公司的车间里到处晃荡，看到有人空闲就上去搭讪几句。看到一个打包工人还算悠闲，宫志鹏便凑上前去帮忙搬箱子。打包工人问他是哪个部门的。宫志鹏说是业务部新来的业务员，经理让他来车间熟悉生产流程。打包员不疑有他，看到宫志鹏帮自己搬货，越发高兴。宫志鹏趁机打听公司状况，打包员是知无不言。

过一会，宫志鹏又来到裁剪车间，依旧如法炮制。走过几个地方，宫志鹏已经对史丹，尤其是对陈总有了大致的认识。陈总虽然年过古稀，却是个健身达人。他几乎每天都会去晨跑，还会不定期地参加登山活动。宫志鹏还打听到了陈总大概的居住位置。回到公司后，立刻打开电脑，寻找该小区附近的公园，想着能不能通过晨跑和陈总来个偶遇。

第二天，天未亮，宫志鹏就守候在了公园，他留意着每一个晨练的人，看着年长，有点像陈总的就跟上去跑一段。结果跑到八点钟，没有碰到陈总。宫志鹏心想，会不会凑巧，今天陈总没来晨跑。于是第二天继续守候，结果还是没见到陈总。连续两天没遇到，显然陈总不在这个公园跑步，他又打开电脑寻找适合跑步的地方。陈总所住的高档小区，环境优美，绿化很好，跑步的地方还真是不少。这一次宫志鹏选了个更大的公园，结果守候了两天，还是没有遇到陈总。正在他愁眉不展的时候，林斌打探到了消息，说陈总每天在江边跑步。宫志鹏喜出望外，第二天一早便守在了陈总小区附近的江边。吹着晨风，看着江两边绿柳，心想这确实是个跑步的好地方。

宫志鹏将腿搁在水泥护栏上，做着热身运动，目光则留意着从身边跑过去的每一个人。

等到日出时分，终于看到了一个两鬓斑白，气质极佳的老年人从身边跑过。宫志鹏不动声色，继续做着热身运动。等老人跑过去以后，他连忙掏出手机看了看陈总的照片，感觉和刚刚遇到的人十分相似。功夫不负有心人，终于让自己逮到了。宫志鹏的心跳不由得加快了不少。

为了能够引起陈总的注意，宫志鹏以极其矫健的身姿从陈总身边跑过。江风拂面，柳叶招展，宫志鹏暗自调整呼吸。

陈总的路线是沿着江堤，在两座桥之间来回奔跑，一个来回大概一公里半。也就是在一公里半的范围内，宫志鹏可以和陈总有两次擦肩而过的机会。

宫志鹏原以为和一个七十几岁的老头一起跑步自己是绰绰有余，可是不久以后他就意识到自己错了。跑完两个来回后，宫志鹏已是气喘吁吁，而陈总却依旧气定神闲，脚步越来越轻快。宫志鹏想要再坚持，可是勉强又跑了五百米，喉咙底下像火烧一样难受，脚步更是像灌了铅一样沉重，别说是超越陈总，跟上他都有些困难。实在坚持不住，宫志鹏一屁股坐倒在路边的草坪。眼睁睁地看着陈总越跑越远。

足足跑了五个来回，陈总才停下脚步，在江边几个健身器材上做拉伸，然后才擦擦汗消失在宫志鹏的视野。

待陈总走了以后，宫志鹏走到陈总刚刚做拉伸的几个器材旁边，看着有着一根根横档的翻越护栏，宫志鹏学着陈总的样子，将脚搁到护栏横档上做拉伸。他竭尽所能只能将脚放到第五根横档，而陈总刚刚似乎把脚搁在了第七根横档上。“这老头这么厉害！”宫志鹏看着第七根横档喃喃自语。

回到公司后，宫志鹏一整天都无精打采，向来自认有运动天赋，不想今天被一个七十岁的老头吊打，这让一下自负的他有些无地自容。张龙海和林斌多次问他怎么回事，宫志鹏起初不愿意说，后来架不住两人的软磨硬泡终于将事情的原委说了出来。

“你跑不过一个 70 岁的老头？”林斌不可置信地笑道，“你这身体也太差了吧？”

“你厉害，明天你去试试。”宫志鹏不服气地说道。

“去就去，谁怕谁，要是一个七十岁的老头都比不过，我撞死算了。”林斌信心十足地说道。

“撞死就免了。要是你跑不过陈总，明天晚饭你请。”宫志鹏说道。

“好，如果跑不过他我请客，如果跑过他了你请客。”

“一言为定。”

“一言为定。”

第二天，宫志鹏和林斌一起去江边守候陈总。林斌领先了陈总两公里，两公里以后林斌就再也跟不上陈总了。陈总依旧是来回五趟，然后做下拉伸，离开了江边。

“怎么样？服了没？看你还敢不敢笑我。我好歹跑了三公里，你只跑两公里。比我还差。”宫志鹏向着林斌倒竖了个大拇指。

林斌摇头苦笑。

二人回到工厂像是两只斗败的公鸡。张龙海一看两人表情就知道，林斌也败给了陈总。“那个陈总真有这么厉害?”

“要不你明天也去试试?”宫志鹏笑道。

“你们两个都撞了南墙，我和你差不多，去了也一样。”张龙海叹了口气继续说道，“志鹏，你这办法看来不好使啊!”

“现在下结论还早，我们应该是好久没跑了的缘故，稍微锻炼锻炼很快就能追上他。我就不信这个邪，跑不过一个七十岁的老头。”

“行，看你的了。”林斌拍了拍宫志鹏的肩膀，径自忙自己的事去了，显然他是已经放弃了要超越陈总的念头。

之后的一个星期，宫志鹏每天四五点起床。陈总的小区在甬城，宫志鹏开车过去要一个多小时，他必须赶在六点之前到达江边。

经过一个星期的锻炼，宫志鹏能多跑一公里了。每天跑完四公里，他就在陈总经常做拉伸的位置休息，然后看着陈总做完拉伸离开江边，他再驱车回到工厂。一个星期下来，宫志鹏和陈总只说过一句话，“老爷子你好厉害，跑了这么多圈还面不改色。”

陈总笑了笑回复道：“多锻炼，你也可以的。”

虽然只有一句对话，但是宫志鹏还是挺高兴，一个星期下来，好歹混了个眼熟。

第二星期继续跑，这一次陈总在做拉伸的时候，看了看宫志鹏主动开口了：“年轻人，你刚开始的两公里跑得太快了。前面两公里速度放慢，让身体适应以后，再慢慢加速，这样就不会累了?”

“是吗?”宫志鹏异常兴奋地回答。之所以兴奋，一来是陈总主动和他说话了，二来听陈总传授的技巧，说不定自己还能多跑几公里。

第二天宫志鹏按照陈总说的方法，先放慢速度跑，跑了两公里以后再加速，果然跑得比前几次轻快多了，这一次一口气跑了五公里多。待陈总跑完以后，宫志鹏迫不及待地凑上去说你的方法真好，前面跑慢一点，后边果然就没这么累了。陈总询问宫志鹏当天的奔跑情况，“你第一公里的速度和心率是多少？”

“速度和心率？”宫志鹏被问得莫名其妙，他只是刻意放慢了速度，但是具体速度和心率怎么会知道？

陈总看了看宫志鹏的手腕，马上就知道原因了。“你应该配一个运动手表，绑定手机以后，手表会提醒你的速度和心率，你根据自己的心率及时调整速度，这样才能最大限度地提升运动效果。”

“哦，原来如此。”宫志鹏说着连忙凑到陈总面前，“陈总你带的是什么手表，推荐一下，我也去买个来。”

“普通的华为运动手表，一千来块，作用挺多的。”陈总说着停下自己的拉伸动作，将手表的功能演示给宫志鹏看，之后又打开手机上的运动软件让宫志鹏看自己的运动数据。平均心率、平均速度、有氧运动、无氧运动、恢复时间……运动软件里各种数据一应俱全。

宫志鹏啧啧称奇，连说自己也要去买个来。

这一天运动结束，宫志鹏连忙去华为手机店买了个手表，回到厂里宫志鹏继续研究这个运动软件，还网上搜了一下跑步技巧。看来跑步也是讲究技巧的，并非有毅力就万事大吉。如果不知道技巧，不但体会不到跑步的快乐，还无法转化运动效果，甚至有可能起到反作用，伤害自己身体。

张龙海已经打通了史丹公司技术科的所有关节，无论是技术科经理还是技术科的几个骨干，都加了微信，还约着一起吃了餐饭。

林斌和辅料仓库的阿姨以及小陈的关系越发融洽了。采购部经理沈桂芳依旧不冷不热，但是沈桂芳下面一个采购员小杜已经偏向永邦，但凡有比较小杜总是会向着永邦。徐越功来拜访沈桂芳，小杜也会偷偷告诉林斌一声。

宫志鹏自从有手表以后，跑步进步神速，不出一个星期已经可以跟着陈总跑完八公里。在陈总身边，宫志鹏一口一个师傅，他也不管陈总是否答应。陈总的跑友不少，偶尔有人碰到，问陈总身边这人是谁，陈总说是刚认识的跑友。而宫志鹏则每次都纠正说陈总是他师傅。渐渐地陈总也认可了这种叫法。

跑了将近一个月，宫志鹏基本摸透了陈总的跑步规律，避开下雨天，陈总基本跑三天休息一天，但是周日这天陈总不管是晴还是雨，都不会来。后来问了才知道，周日这天陈总跟着户外群爬山去了。

宫志鹏问爬山锻炼人，还是跑步锻炼人。陈总说各有所长，不过爬山更有意思一点。然后宫志鹏就缠着问能不能带他去体验一下。陈总说下次有活动的时候约你，说着还主动要了宫志鹏的微信。

史丹的月度会议结束了。林斌向王副总打听会上有没有提到更换辅料供应商的事。王副总呵呵笑着，没说有也没说没有，而是岔开话题说了其他一些事。王副总虽然没有明说，但是林斌已经得到自己想要的结果。和自己设想的一样，史丹的月度会议，怎么可能讨论辅料供应商这种小事。

林斌是个聪明人，知道王副总的意思。从王副总办公室出来后，林斌再次来到辅料仓库，和阿姨聊了一会才回到工厂。

林斌将现状告诉张龙海，张龙海凝神思索了好一会，才说道："明天我去拜访一下这个沈经理。"

张龙海敲开沈桂芳办公室的门，看到沈桂芳正对着电脑微笑，显然是在和谁聊天或者看什么娱乐八卦新闻。看到张龙海进来，沈桂林立刻收敛了笑容，问张龙海找谁。张龙海一边做着自我介绍，一边已经在沈桂芳办公桌对面的沙发上坐了下来。

"哦，原来你就是永邦线厂的张总，听林经理提起过你，没想到你这么年轻。"沈桂芳笑着从座位上站起来，绕到饮水机旁，帮张龙海倒了杯水。

"沈经理客气了。"张龙海道了声谢，继续说道："听林斌说沈经理很关照我们，他说你们公司召开月度会议的时候，会将我们的资料递交给总公司的领导，今天来就是想问一下，你们月度会议开过了没？"

沈桂芳顿了顿，用手理了理并不凌乱的发际线，说道："月度会议已经开过了，几个供应商的材料我也递交了。是这样的，公司领导都比较忙，删选可能需要点时间，张总不必为这事特意跑一趟，有消息我通知你好了。”

张龙海故作惊愕道：“材料已经递交上去了？我们昨天问了陈总，陈总说没看到过。”

“哪个陈总？”沈桂芳亦是一副惊愕的表情。

“你们公司好像只有一个陈总。”张龙海回答。

沈桂芳脸上的表情有些不自在，她故作镇定地问道：“你认识陈总？”

林斌笑了笑说道：“我不认识陈总，不过我的合伙人是你们陈总的徒弟。”

“陈总的徒弟？”沈桂芳显然不信，轻蔑道，“怕是你们弄错了吧？我可从来没听说过，陈总有什么徒弟。”

张龙海笑而不语，掏出手机，然后调出一张截图，将手机缓缓地推到沈桂芳面前。手机截图是宫志鹏和陈总的微信聊天记录。两个人热烈交流着周日的出行安排。

沈桂芳看了眼聊天截图，脸色变得极其难看，她用力咽了口唾沫，惊讶地看向张龙海，想说什么，却又没有说出口。

张龙海若无其事地拿起纸杯喝了口水，然后说道：“想和沈经理说些心里话，不知道这里方不方便？”

沈桂芳看了看张龙海，又看了看办公室关着的门，说道：“你说吧。”

张龙海放下纸杯，语气平和地说道：“不知道林斌有没有和你说过，我原来是恒生内销业务部的经理，恒生的内销业务员，包括现在的业务经理都是我一手培养出来的。他们有什么优点，什么缺点，有什么营销手段，我都清楚。大家都在生意场上混，我也不说这些营销手段对与错。如果有说得不合适的地方，沈经理不要见怪。我们公司目前合作的服装厂有一百来家了，但都是中小型服装厂为主。不瞒沈经理，史丹公司是我们进军大型服装厂的第一步。这一步对我们来说至关重要。所以，我们会竭尽全力争取。我们是生意人，只想做成生意，不想伤害任何人，但是如果有人刻意阻挠——”张龙海顿了顿，将犀利的目光投向沈桂芳，“我遇鬼杀鬼，遇神杀神，绝不手软。”

听着张龙海一字一顿吐出来的这几个字，沈桂芳额头上的虚汗潺潺而出。不知道为什么，这个比自己年轻的男人，给自己一种很大的压迫感。明明在自己公司，在自己办公室，而且是他有求于自己，可偏偏在他面前，自己什么重的话都说不出来，甚至连一丝不悦都不敢表露出来。好像他就是自己的老板似的。沈桂芳暗自调整呼吸，故作镇定地说道：“张总怀疑我故意阻挠贵公司？”

“沈经理多虑了，我只是说说我的态度。不过我可以告诉你，即便你想阻挠，也不是这么容易的。我们公司的资料其实有很多种方式传递到陈总手上，或许直接拿给他效果会更好，只是，绕过采购部直接递交给陈总，怕你为难，所以才将资料交给沈经理。希望沈经理能够代为转交。”

沈桂芳咬了咬下嘴唇，打量了张龙海一会说道：“你希望我怎么做？”

张龙海看了看关着的门，轻声说道：“如果公平竞争，相比恒生，我们有足够的优势。沈经理不需要特意为我们做什么，只要公平公正的评价双方优缺点就足够了。”张龙海说着在茶几上用茶水写了个数字，“这个比率的返点，是感谢沈经理的。”

沈桂芳看了眼茶几上的数字，说道：“不需要我做什么，为什么还要给我好处？”

张龙海直言不讳：“只要沈经理不阻碍我们，就已经是帮忙了。”

沈桂芳凝神看着地面，十指交叉在一起，两根拇指不自觉地互相缠绕着。良久之后说道：“正如你所说，你们和恒生各有优点，如果两家都被选用了怎么办？”

“两家都选用了，这不是更好，三赢！”张龙海笑道。

沈桂芳不置可否地瞄了张龙海一眼，确定他不是在说反话，才放下心来：“张总这么说，我就有数了。请张总再等两三天。两三天后我保证给张总一个满意的答复。”

“好的好的！”张龙海站起来，笑着向沈桂芳伸出一只手，“那就麻烦沈经理了。”

沈桂芳站起来和张龙海握了握手，然后将其送至门口。

回到自己的座位，沈桂芳发现自己的心跳得很快。没想到永邦居然和陈总有这么密切的关系，早知道这样，她就不会接受恒生的好意了。若是让陈总知道自己收受供应商的好处，自己这个经理怕是当到头了。所幸，这个张龙海还算仗义，他不但没有在陈总面前揭露自己，还许了自己返点。这么想着，沈桂芳对永邦又多了一份好感。

两天后恰好是周末，张龙海收到沈桂芳的电话，说恭喜永邦线厂通过公司各项考核，顺利成为史丹的缝纫线供应商。张龙海在挂了沈桂芳的电话以后，立刻将好消息分享给了宫志鹏和林斌。

宫志鹏此刻正和陈总一起攀爬着一座不算很高的山。一公里的连续上坡，累得宫志鹏说话的力气都没有了，脚像灌了铅一样沉重，脸色像纸一样苍白。宫志鹏看了看自己的手表，心率飙到 170 了。他不得不坐下来休息，走在队伍前面的陈总，折返到宫志鹏身边，问他怎么样。

宫志鹏摇着手说，实在走不动了。

陈总笑道：“叫你不要带这么多东西，你偏不听，现在知道累了吧，赶紧把包解下来。”

几个队友将宫志鹏扶到阴凉处，有人帮他解包，有人给他扇风，有人给他喂水，还有人问他要不要吃点藿香正气水。这待遇，皇帝似的。

稍稍好一点，宫志鹏打开自己的背包，将背包里的水果、罐头都分给众人。看到罐头，队友们哈哈大笑。“居然有人背着罐头上山，还背了这么多，难怪你走不动。”另有几人招呼道，“大家帮帮忙，帮小兄弟减轻一点负担。”然后一群人围过来，把宫志鹏的六七罐罐头瓜分完了。再上路，包就轻了很多，宫志鹏走起来也就轻快了许多。陈总这个师傅又开始传授爬山心得：“爬山尽量轻装上阵，除了必要的水和食物，其他越少越好。”

爬到此行的最高目的地，已是午后。宫志鹏站在山顶的巨石之上，看着脚下苍茫的大山，突然生出一种山高我为峰的豪迈。

大家拿出各自的午餐慢慢品尝起来，有的是饭团，有的是米馒头，有的是盒饭……而宫志鹏包里只剩下一个饼干。陈总看出了宫志鹏的窘迫，摸出个馒头扔给宫志鹏，其他人也各自分出一点食物给宫志鹏。或许是劳累了的缘故，宫志鹏觉得所有东西都很好吃。吃完后，稍事休息，继续上路。

在张龙海接到电话后不久，徐越工也收到了沈桂芳的恭贺电话。徐越工正想感谢，沈桂芳却说这次公司选用了两家缝纫线供应商。徐越工有些惊讶，问道：“选了两家？之前没听沈经理说过啊？”

电话那头沈桂芳无奈地说道：“公司的决定，我也没办法。”

徐越工有些失望，但也无可奈何，连忙问道：“另外一家是哪里的工厂。”

沈桂芳说是永邦线厂。徐越工只回复了一声哦。这反应让沈桂芳感到惊讶。徐越工之所以回复这么平静，完全不能怪他。他进内销部的时候，张龙海早就离开了，永邦线厂和恒生并没有竞争，徐越工压根没听说过。

徐越工在百度上查了一下永邦线厂的资料，看永邦的注册资金只有一百万，便没当一回事。

星期一上班的时候，徐越工将好消息告诉陈敏芳，当得知有两家同时入选的时候，陈敏芳稍稍有些失望，当得知另一家是永邦的时候，陈敏芳明显变得紧张了起来。

“永邦也参与了，你之前怎么没跟我说过？”陈敏芳激动地责问徐越工。

徐越工有些惊讶地盯着陈敏芳。反驳道："我也是昨天才知道的。之前沈桂芳也没跟我说过还有另外的竞争对手。"

"你脑袋被驴踢了？史丹这么大一块蛋糕，怎么可能没人竞争？"陈敏芳大发雷霆。

徐越工进入内销部门以来第一次被人这样劈头盖脸地骂，他噌的一下站起来，头也不回地走出了陈敏芳的办公室。

等他走了好几分钟之后，陈敏芳才拿出手机，拨通了徐越工的电话："徐经理，你回来开会吧，刚刚我失态了，我向你道歉。"

徐越工怎么也不理解，一个小线厂，何至于让陈敏芳发这么大的火。当陈敏芳说出张龙海的名字时，他才恍然大悟。张龙海和陈敏芳的过节，曾经在公司里传得沸沸扬扬，徐越工也听说过。徐越工并没有见过张龙海本人，但是关于他的过去，多少还是听说过一点。他觉得陈敏芳还是没有把心结打开，一直活在张龙海的阴影之下。徐越工看了看与会的众人，宽慰道："陈经理，没必要过于紧张。张龙海在恒生的时候是有些小成就，但你比他做得更好。没必要太把他当一回事。我昨天网上查了一下他们工厂的资料，规模很小。"

大客户组的其他组员亦是群情激奋，一起嚷着要让小工厂知道什么叫实力。陈敏芳将目光瞟下薛明。薛明嘴角自然地上扬着，似乎是很辛苦地憋着笑。陈敏芳瞪了薛明一眼，薛明才将嘴角放平。他低着头不看任何人，也不发言，仿佛思索着什么深奥的难题。部门里，张龙海时期的业务员只剩下薛明一人了。

"徐经理，永邦线厂虽然规模不大，但是张龙海这人不容小觑。我们费了这么大的劲才有资格成为史丹服饰的供应商，而他能和我们同时入选，本身就说明了他的实力。对这个人千万不能大意。后期一定要加强和史丹服饰的沟通，争取到更多的支持。"陈敏芳说完拧了拧深锁的眉心，继续说道，"徐经理，史丹服饰后续的工作我和你一起跟进。"

徐越工脸上掠过一丝不悦，尽管只是一闪而过，但陈敏芳还是察觉到了。

周会其他的内容都是些日常汇报，然后按部就班的工作计划，没有太大的波澜。陈敏芳虽然听着，但有些心神不宁。等会议结束，所有人准备离开的时候，陈敏芳叫住了徐越工。“徐经理，你留一下。”

徐越工放下已经整理好的工作簿，重新落座。

“徐经理，我没有想要抢你功劳的意思。我知道你在争取史丹服饰的过程中，付出了很多努力。后边之所以介入，完全是为了公司利益，你明白吗?”

徐越工尴尬地笑了笑，连说明白。之后陈敏芳又说了一些有关史丹服饰的注意事项，徐越工一一回应着。等徐越工走了以后，陈敏芳疲惫地靠在座椅上，半天都不想动弹。她知道徐越工并不十分相信自己的话，他可能觉得自己想摘他的桃子，想从他的胜利果实里分一杯羹。可是，这个时候她顾不了这么多了。面对张龙海，她有一种喘不过气的压迫感。她必须全力以赴。

此外，让她感到烦恼的还是恒生的生产。自从劲风公司垮塌以后，劲风的经销商多半落入恒生，可是这些经销商的抱怨声从未停止过，不是抱怨交期就是抱怨质量，有好几个经销商甚至扬言要中断合作。陈敏芳初始以为客户只是发发牢骚，直到她走访客户，在经销商处看到其他品牌的缝纫线，她才意识到客人的忍耐真的是到了极限了。她和老甘沟通了好几次，每次老甘都说得诚恳，说会要求车间改进。可是车间的几个主任依旧是我行我素，不见任何改善。

大客户组争取过来的几个大型服装厂，也已经出现过好几次问题，每次都是陈敏芳带着售后人员上门赔笑脸，塞红包，才大事化小，小事化了。不过服装厂的采购员也说了，偶尔一次两次可以理解，如果老是这样，即便给红包，他们也不敢收，真出了问题，谁也担待不起。为此，陈敏芳让陈东盛出面和老甘沟通了一下，老甘一副惊讶的表情打电话把染色车间和后道车间的两个主任骂了一顿，让他们必须优先保证大客户的订单。

在公司领导面前，老甘的表现可圈可点，连陈东盛都夸她配合得好。可是第二天经销商的订单被全面推迟。经销组的业务员全都围着陈敏芳诉苦。陈敏芳到后道车间问老甘的妹妹，究竟是怎么回事，为什么可以正常出货的订单都延迟了？

老甘妹妹气呼呼地说道："不是你们找甘厂，让我优先保证大客户的订单的。甘厂在电话里把我骂得狗血淋头的时候，你应该就在旁边吧？现在如你们的愿了，把大客户的订单全部调上来了，你又要求经销商的订单不能延误。工人只有两只手，机器就只有这么点，你就是把我劈成两半，我也没办法啊。"

被老甘妹妹抢白了一顿，陈敏芳气得脸色发白，可是她知道，跟她争论，毫无意义。她转身再次来到老甘办公室，将情况向老甘说了。问老甘能不能将外贸车间的产量分一部分出来做内销，现在内销是旺季，靠内销车间这一点产量确实是捉襟见肘。

老甘皱着眉说道："外贸车间分一部分产量并不是不可以，只是外贸车间的工人习惯了外贸订单，你也知道我们的外贸客户多是中东非洲的，他们量大，但是质量要求相对宽松，我怕外贸车间的工人做内销产品无法保证质量。"老甘说完一脸为难地看着陈敏芳。

陈敏芳左右为难，如果就此作罢，交期问题会继续发酵。如果坚持要外贸车间来生产，到时出了质量问题，老甘会说，我早就说过了，是你坚持要拿到外贸车间去生产的。不过眼下还是交期问题更加急迫，陈敏芳只好请求老甘先把货赶出来再说。

面对眼前的一堆乱麻，再面对张龙海，陈敏芳真的心里没底。外人看来恒生家大业大，实力雄厚。可是只有自己知道，恒生家业再大，和她这个内销部门没有太大关系，除了出去跑业务时候可以给自己壮壮声威，其他似乎没啥作用。

这几年，她逐渐理解张龙海当初的难处。自己有陈东盛撑腰，老甘那里说话多少还有点作用，张龙海可是孤身一人。张龙海在的时候，经常说晚上失眠，她以为只是开玩笑。现在她自己何尝不是天天失眠?

在椅背上靠了良久，她才想起还有很多事等着她去做。她打起精神，走出办公室，叫上薛明前往经销商处。薛明说，这个经销商已经开始和金义县的一家线厂合作，现在只是苗头，若不及时补救，可能就一去不回头了。

这两年，金义县突然冒出来好几个品牌。他们模仿柳叶公司的色卡，借鉴柳叶公司的包装方式。产品看起来和柳叶公司一样高大上，可是价格却低的离谱。恒生 2.5 元的批发价，金义这几个线厂 2.1 元就敢卖。他们不仅这样卖，还给经销商铺货，又把账期放得很长，允许客户三个月结算。如果只是价格问题，倒是好解决，因为陈敏芳知道，这些金义的缝纫线品牌多数都是偷工减料，实打实按照平均克重算下来，并没有比自己便宜多少。这种偷奸耍滑的手段，陈敏芳看不上眼，打心眼里鄙视他们。很多人觉得金义县小商品遍及世界各个角落，是个了不起的地方。可是在陈敏芳看来，中国的经济就是被金义县这批人弄坏的。他们长期以来以次充好，偷工减料，严重地破坏了市场环境。

说回来，还是恒生的生产不争气，如果交期和质量不出问题，这些经销商根本不会考虑更换供应商，更换供应商对经销商来说也是件十分头痛的事。

薛明开车，陈敏芳坐在副驾驶座向他了解着经销组的情况。对于薛明，陈敏芳对他没什么好感，可是眼前偏偏离不开他。经销组里维护客户这一块就他比较老到，其他几个自己培养的业务员除了问自己怎么办，似乎就没有事做了。从这一点来说，陈敏芳不得不承认张龙海比自己厉害。无论是自己还是薛明，抑或吴平儿等一批离开的业务员，哪一个不是张龙海培养出来的？哪一个不是可以独当一面的？而自己培养出来的人……虽然她不愿意承认，但事实就是一堆废物。

在陈敏芳愁眉苦脸的同时，张龙海这边的晨会却是兴高采烈的。

林斌问张龙海是怎么说服沈桂芳的。张龙海将沟通过程慢慢述说了一遍。当说到沈桂芳看到宫志鹏和陈总的聊天记录时，脸都白了。几个人忍不住哈哈大笑起来。

“这么说起来，还是志鹏的功劳最大。”林斌敬佩地看向宫志鹏。

宫志鹏一副受之无愧的神情，自豪地拍了拍胸口说道：“我现在一口气能跑十公里了。牛不?”

“真的假的?”林斌不信。

“不信，你下次跟我一起去跑。我跟你说，是得多跑跑步，不跑不知道，跑过以后你就会喜欢上这个运动了，不用多，跑过半个月，你就能明显感觉到身体变化。心肺功能加强，体重标准了……”

“行了行了，一个早上你已经说了不下三次了。我看你是中毒了。”欧阳荷嬉笑着打断宫志鹏。

宫志鹏不气不馁，转向欧阳荷：“欧阳姐，你别不信，跑步不仅能减肥，对皮肤也很好。”

“我很胖吗?”欧阳荷反驳道。

“不胖不胖。不跑步也没事，爬山更加好玩，周日我们集体爬山去吧。”

张龙海问：“现在目标已经达成，你还准备继续跑步?”

宫志鹏目光坚定地说道：“当然要跑，不过不去甬城了，就在附近跑。我跟陈总说了，以后住奉县了，不跟他一起跑了，不过会跟他继续分享跑步心得。陈总介绍我进了奉县的户外群，真是没想到，奉县居然还有这么大的户外群，好几百号人，他们每个周日都有登山活动。”

张龙海和林斌一齐摇头。林斌苦笑道：“志鹏已经走火入魔了。受那老头毒害不清。”

宫志鹏纠正道：“他是我师父，你不能老头老头地乱叫。不瞒你说，最初跟他跑步我们动机不纯，但现在我是真心敬佩他。他不仅教我跑步，带我爬山，也教了我很多做人做事的道理。爬山路上他说了很多他们那一代人创业的故事。这些前辈，确实有很多地方值得我们学习。”

张龙海点了点头，说道：“下次爬山的时候把我也带上。”

宫志鹏无比欣喜地答应了一声。此时的他就像传销组织发展下线似的，近似疯狂的逢人就说跑步和爬山。弄得林斌和欧阳荷都不敢接他的话。晨会结束，有关工作的事，几乎一句没说，尽听宫志鹏分享跑步爬山的心得了。

工作一直都是按部就班，似乎也没啥好说的。

晨会结束，张龙海接到了两个电话，第一个是沈桂芳打来的，说公司刚好有个采购订单，让他派个人过去接洽一下。从沈桂芳的语气这个订单应该不小。

另一个电话则是个陌生号码打过来的，张龙海接起以后才知道是恒生线厂的机修——小吴。张龙海在恒生的时候和小吴很熟，每天下班一起打篮球，打到看不到球为止。自从离开恒生以后，虚拟网失效，就没了小吴的联系方式，不想今天他会打电话过来。

小吴在电话里先问了一堆张龙海开厂情况，然后抱怨了一堆自身的境况。从小吴的抱怨中，张龙海得知他对工作的不满基本都来源于老甘。小吴还说，不想干的不止他一个人，还有很多老工人都想辞职。

张龙海宽慰了几句，说自己刚好要去甬城，晚上可以一起聚聚。

其实，张龙海并没有去甬城的计划。只是小吴的电话，让他觉得这或许是个机会。

傍晚时分，张龙海在恒生工厂附近订了一个餐厅。小吴来的时候，另外带了两个车间里的组长，张龙海都认识。寒暄过后，小吴便打开了话匣子，这两组长也是义愤填膺，三人滔滔不绝地控诉着老甘的诸多罪状，其中一条涉及老甘假公济私——将正品混杂在废品之中，偷卖给他人。

张龙海问你们说的这些东西有证据吗？其中一个组长说，要证据

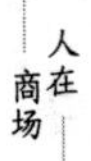

太简单了。张龙海又问，这些事情，你们有向总公司反映过吗？三人都说没有路子，厂里中高级的管理都是老甘的人，他们不知道向谁反应，担心反应不好，会遭老甘报复。

另一个组长愤愤道："我了解了恒生所有的工厂，我们的工资和福利是最差的。老甘该争取的利益不帮我们争取，扣起工资来倒是干净利索。"

小吴说："车间主任、技术人员以及办公室的统计人员都是老甘自己的人。我们这些外地来的人，不管怎么努力都没有上升的空间，再做下去也没什么意思了。"

小吴这一句话引起两个组长的共鸣，两人愤愤不平吵着要给老甘点颜色看看。

张龙海知道他们说的给点颜色看看是什么意思。他提醒道："你们不要轻举妄动，我知道你们在恒生都很多年了，对恒生是有感情的，你们也并不是真想离开恒生，而是想让总公司知道你们的想法。我不反对你们给老甘一点教训，不过一定要做好周密计划，确保奏效。不要事情没弄好，弄得自己被开除了，那就得不偿失了。"

三人一齐点头，迫不及待地说出了自己的计划，让张龙海给合计合计。张龙海猜得没错，他们想联合车间工人闹罢工。听完三人的计划，张龙海觉得基本没什么问题，最关键一点就是要做好保密工作，不能让老甘提早察觉，另外为防老甘狗急跳墙，要把老甘假公济私的证据捏在手里。

回到工厂后，张龙海本想找宫志鹏聊聊。不巧宫志鹏不在，打电话才知道，他被韩江约出去喝酒了。

张龙海一个人坐在办公室思索了很久，反复权衡着小吴及两个班长今天说的话。良久后才拨通林斌的电话。

电话那头声音嘈杂，林斌显得有些兴奋，还没等张龙海开口，已经滔滔不绝地说了一堆。他说一切顺利，史丹技术科这边已经谈妥，技术科说这个订单优先考虑永邦线厂，永邦线厂吃不下的分给恒生。

林斌在电话那头大着舌头让张龙海放心，显然今晚没少喝酒。

张龙海犹豫着该怎么开口，思虑再三还是决定开门见山。“林斌，这个单子我们放弃，全部让给恒生。”

电话那头静默了一会，林斌才轻声问道：“为什么？我正在请技术科的几个兄弟吃饭，都已经谈妥了。”

“电话里说不清，你结束后回工厂吗？回工厂的话，我等你，我们当面说。”

林斌又静默了一会，才说道：“行，那你等我吧。”

等到林斌回来已经十一点多，林斌一身酒气，是叫了代驾才回来的。张龙海将林斌扶进办公室，给他倒了一杯水。可是林斌并没有喝，他瘫坐在沙发上，一眼期待地盯着张龙海问道：“到底是怎么回事？这可是个比外贸还大的订单啊，我算了一下有将近两个柜，交期和价格都合适，为什么要放弃？”

张龙海并未急着回答，同样盯着林斌看了好一会才回答道：“你现在头脑清醒不？”

林斌不悦道：“你说吧，我听着。”

张龙海坐到林斌边上，拍了拍林斌的大腿，把今天见小吴和两个班长的事情说了下。

林斌不解道：“恒生员工闹罢工不是对我们有利？这时候更应该乘胜追击才是，为什么……”林斌顿了顿，似乎想到了什么，“如果恒生接了订单，又交不了货……你是想借此机会，把恒生从史丹服饰的供应商名单里踢出去？”

张龙海点了点头说道：“这只是其中一个目的。”

“还有什么目的？”林斌问道。

张龙海望向车间的方向，呆滞了片刻才接话道：“为了完成欧阳姐的心愿。”

“欧阳姐的心愿？”林斌越发不解。

张龙海将欧阳荷如何离开恒生，如何加入永邦这一过程详详细细地说了一遍。

林斌比欧阳荷来得晚，对于欧阳荷的过去，虽然知道一点，但并不详细，听张龙海说完，才真正了解。“你是想借此机会，扳倒老甘，让欧阳姐出出气。”

张龙海点了点头。

林斌从沙发上站起来，拿着张龙海倒的那杯水，在办公室里来回踱起了步，他紧锁着眉头思虑了好久。张龙海看着林斌走来走去，两个人都没有说话。寂静的夜晚，只有林斌的脚步声和外面的蛙叫虫鸣。

林斌站住脚步，凝神说道：“这里有两个问题，第一，恒生不止老甘一个厂，他们的新厂管理更加规范，如果老甘这边停产，陈敏芳把订单转到新厂，顺利交货，那我们的计划就要落空了。第二，老甘在恒生经营这么多年，凭一次罢工是否真能动摇她的地位?”

张龙海笑道：“这两个问题我都考虑过。先来回答你第一个问题，新厂管理确实规范，但是规模还没有上去，产能有限，而且新厂的产品以服务欧美市场为主。我白天特意打听了一下，新厂现在的订单很充足。按照恒生一贯以来的管理思路都是以外贸为主，让外贸为内销让路的可能性很小。第二个问题，如果只是员工的一次罢工肯定是扳不倒老甘的，但是如果有人收集了老甘假公济私的证据，把证据转交到总公司……”

林斌眼睛一亮，缓缓说道：“如果是这样，老甘这一次怕是回天无力了。大客户组是恒生的重点扶持项目，也是陈敏芳的心头肉，她满心欢喜接来大单，老甘却交不了货，这无疑是在陈敏芳胸口上插了一把刀。不说沈祖民会不会追究老甘的责任，陈敏芳肯定不会善罢甘休的。”林斌一口喝干杯子里的水，在沙发上坐了下来，只是不一会眉头又皱了起来，他凝神问道：“你有没有想过，如果老甘下马了，谁会接替她的位置?如果从恒生新厂调厂长过来，或许能够解决恒生内销长期存在的痼疾。对我们来说未必是好事。”

“这也是我比较担心的事情，恒生内销之所以做得半死不活，完全是因为产销分离，互相制约。”张龙海说着叹了口气，“我也不知道谁会接手老甘的位置，个人觉得在老厂推广新厂的模式，可能性不大。沈祖民或许会这样做，但是恒生董事会盘根错节的，很多事情并不是完全按照沈祖民的思想走的。”

“这是不是有点冒险？从长远来说，像老甘这样的厂长留在恒生线厂对我们最有利。”林斌说道。

“是的。我也这样认为，只是我觉得为了欧阳姐，我们冒一次险值得。”张龙海语气坚定地说道。

林斌盯着张龙海默默地看了好一会，最后才点了点头：“行，我听你的。只是……好不容易争取到这么大一个订单，就这样拱手让给别人实在有些可惜了。”

张龙海没有说话，拍了拍林斌的大腿说道：“一笔不小的提成就这么没了，心疼不？”

林斌不屑地瞥了张龙海一眼：“能够成为史丹的供应商是我们大家一起努力的结果，不说放弃这个订单是为了欧阳姐，就算能够顺利接下来，我也不会要史丹客户的提成。”

张龙海笑了笑没再继续这个话题，他了解林斌，他不是掉在钱眼里的人。

第二天张龙海召集宫志鹏和欧阳荷开会，将放弃史丹这个大订单的想法说了一下，宫志鹏有些不解，问了几句。张龙海并没有直接回答，而是搪塞几句便转移了话题。宫志鹏看林斌一直笑而不语，就知道张龙海和林斌已经商量过了，便不再多言。等散会以后，才私下缠着林斌问究竟怎么回事。林斌将张龙海的计划说了一遍，宫志鹏也是聪明人，马上明白了他们的用意，当即表示支持。

张龙海将二人叫到自己的小办公室，说道：“虽然决定了不接这个订单，但是不能让得太明显，否则会引起陈敏芳的怀疑。”

宫志鹏和林斌一齐点头。三人合计了好一会，制定了一个苦肉计。内容很简单，张龙海发一张处罚公告：林斌因为工作失误被罚款一千元。然后林斌心生不满……

情节很老套，电视里经常可以看到，关键就看陈敏芳信不信了。

陈敏芳接到林斌电话的时候正从史丹公司出来。前些天，沈桂芳暗示了徐越工有大订单，今天陈敏芳和徐越工特意跑来拜访沈桂芳，沈桂芳却说分配订单给哪个供应商得先看技术科，如果技术科没有要求，采购部才能根据自己喜好下单。听沈桂芳这么说，陈敏芳也是无奈，只得来到技术科。从技术科出来，陈敏芳觉得自己的胜算很小。技术科经理在和自己沟通的时候，明显心不在焉，说到订单时候，态度也是模棱两可，始终不愿正面回答自己的问题。

陈敏芳做梦也没想到林斌会打她电话："林经理找我什么事?"

"心情不好，想请陈经理喝一杯。"电话这边林斌的情绪有些低落。

陈敏芳半天回不过神来。林斌的大名可谓是如雷贯耳，在张龙海还是恒生业务经理的时候，陈敏芳无数次听张龙海提起这个人。接手劲风公司的经销商后，从那些经销商的口中，也经常听到林斌的名字。尽管如此，陈敏芳还从未见过林斌本人，只知道林斌离开劲风后，成了张龙海的业务经理。如今双方都在争夺史丹公司的订单，不知道这个时候林斌约她会有什么事。听他的语调，好像很是失落，难不成他和张龙海不睦了？如果真是这样，倒是可以尝试着把林斌争取过来。

陈敏芳将林斌约在恒生公司附近一家中西结合的餐厅见面，这家餐厅她经常光顾。不知道为什么，对于这个从未见过面的林斌，陈敏芳感到一丝紧张，这种没来由地紧张，让她心里很不踏实。

林斌准时赴约，见到陈敏芳，两人免不了一阵寒暄。林斌夸陈敏芳年轻漂亮事业有成，陈敏芳也夸林斌年轻有为，英俊潇洒。陈敏芳让过菜单，让林斌点单。林斌随手一推，说自己不忌口，客随主便。

于是陈敏芳就点了三四个菜，末了林斌问能否来两瓶啤酒。陈敏芳愣了愣还是让服务员加了两瓶啤酒。陈敏芳平常很少喝酒，这也是她从张龙海那里继承的作风，借张龙海的话说："管理人员必须时刻保持清醒。"所以除非公司年会向领导敬酒，陈敏芳一般都不喝酒。

等待上菜的间隙，陈敏芳问林斌怎么想到约自己吃饭？林斌说自己也不知道，就是心情不好，又找不到人倾诉，突然间就想到了你，试着拨了个号码，没想到你这么爽快就答应了。林斌问自己是不是有些冒昧了。

陈敏芳客气道："能和林经理共进晚餐是我的荣幸。为我们相识干一杯。"

林斌举起杯子和陈敏芳碰了一下，然后一饮而尽。

"什么事让林经理不开心了？"陈敏芳细巧地呡了口酒问道。

"哎，说来话长！"林斌皱着眉头自斟自饮，杯杯见底，转眼工夫一瓶啤酒已经喝完。陈敏芳又让服务员上了两瓶。

酒过三巡，林斌才打开话匣子，无非是自己如何尽心尽力，帮张龙海开拓市场，可张龙海却为了一点点过错，处罚自己。林斌说着将手机里拍的处罚通知拿给陈敏芳看，嘴上愤愤不平地说道："罚点钱倒是无所谓，关键是这种处罚通知还贴在公司里，你让我的脸往哪放？"

陈敏芳半信半疑，不过还是极力安慰着林斌。林斌依旧是一杯接一杯的借酒浇愁，没一会工夫，后边来的两瓶啤酒都让他喝完了，这次不等陈敏芳招呼，林斌径自招呼服务员再来两瓶。

陈敏芳劝道："林经理，差不多了，喝多了伤身。"

"伤身也比伤心好，今天难得碰到陈经理，正所谓酒逢知己千杯少，我们不醉不归。"说着，林斌又是一杯下肚。

看着林斌醉态毕现，心中烦闷不像是装的。陈敏芳劝了几次，也就不劝了。看着这样一个商场精英暗自神伤，陈敏芳心中不由得升起一丝怜悯。与此同时，自己在恒生的种种不如意，也随之浮现心头，想到自己的诸多难处，也就跟着林斌多喝了几杯。

前面的过程都在林斌的计划之中，而后边的发展却出乎林斌的预料。林斌原本的计划是，自己假装借酒浇愁，趁着泄愤的过程，把要说的话说完，然后装醉趴着睡着了。等陈敏芳离开以后，第二天再打电话表示抱歉加感谢，顺便透漏给陈敏芳扳倒老甘的方法。

变故就是从林斌假装喝醉以后开始的。陈敏芳看着不省人事的林斌，不但没有离开，反而触景生情，不紧不慢地自斟自饮起来。林斌虽然喝了七八瓶啤酒，但脑袋清醒得很，清晰地听到陈敏芳在不停地自言自语："你活得不容易，我何尝又轻松。""如果在张龙海那里不开心，你可以考虑一下来恒生。""凭你的能力，在恒生当个经理是绰绰有余。"……

再之后，两个人都趴在了餐桌上。林斌暗自叫苦，总得有个人起来买单！这一餐饭没多少钱，只是这个时候如果起来，后边的计划就很难进行下去了。林斌偷偷瞄了眼陈敏芳，看她只喝了五瓶啤酒，心想应该很快就会醒来，于是继续装睡，看谁最后醒来。结果直到饭馆打烊，陈敏芳都没有醒来的迹象。服务员推了推了林斌，说要打烊了。林斌不得不"醒"过来，看着依旧趴在座位上的陈敏芳愁眉不展。

"陈经理，醒一醒。"林斌推了推陈敏芳的肩膀，陈敏芳半睡半醒中说了句，"喝，继续喝。"然后又睡死了。在服务员不停地催促之下，林斌只得扶着陈敏芳出了餐厅。

一个上午，林斌都是坐立不安。想起昨晚的事，完全超出了自己的预期。他居然把陈敏芳给睡了。这也就罢了，床上还留下了一摊血迹……

昨晚，出了饭馆以后，不知道该去哪里，见陈敏芳醉得不省人事，就在附近找了个酒店。安顿好陈敏芳，林斌准备离开，不料陈敏芳半睡半醒之中拉着他絮絮叨叨地说个没完，最后说着说着竟然哭了，哭完一直抱着林斌的手臂说自己好累，每天都失眠。林斌试着脱身，可是掰开了陈敏芳的左手，右手马上攀伏了过来，掰开了右手，左手又缠住了自己。林斌怕弄痛陈敏芳，不敢太用力，只得不停地安抚着她，等她睡着。没想到的是，自己居然比陈敏芳先睡着了。

迷糊之中，他感觉到有人把他扶到床上，让他睡得更舒服一点。过一会又感觉有人帮他脱了衣服，然后有个温暖的胴体钻入他的怀抱，他感觉到温热而又细腻的肌肤紧贴着自己的身体。再之后两个人便缠绕在了一起，他把她压在了身下，疯狂地冲刺……

一切好像是梦，林斌想要睁开眼看看身下的人是谁，可是实在太累了，直到结束他都没看清身下的人是谁。不过听声音，应该是陈敏芳没错。

上班已经半天了，那销魂的呻吟声依旧在耳边回荡，“痛，轻一点，快，再快一点……”

早上醒来的时候，房间里只有自己一个人，林斌以为做了个春梦，可是床单上一摊殷虹的血迹，还是新鲜的。

在林斌发呆的同时，陈敏芳也是魂不守舍。事情发展的太突然，完全出乎了她的意料。虽然已经过去好几个小时，但是让她的心久久不能平静。她也忘记昨天喝了多少酒，迷迷糊糊中感觉自己抓着一个人没完没了地倾诉着。陈敏芳醒来以后，发现自己睡在酒店里，借着月光发现床沿上趴着一个人，她开灯一看发现是林斌。陈敏芳的第一反应是林斌趁着自己喝醉把自己给玷污了？可是当她检查完全身，又看到林斌趴着的样子，才意识到是自己误会林斌了。想起昨晚迷糊中拉着人说个没完，不由得羞得面红耳赤。她做梦也没想到，自己会拉着第一次见面的男人，说个没完。或许是出于误解的内疚，那一刻陈敏芳对林斌有着十足的好感。到卫生间洗了个脸，看看时间已经凌晨2点。又看到林斌还坐在地上，趴着床沿睡觉，突然心生不忍，她艰难地把他弄到床上，想让他睡得舒服一点。林斌上床以后，不停地扭动着身体。陈敏芳意识到是他裤袋里的手机和钥匙硌到了他，于是想帮他把手机掏出来，可是手机放在裤兜里，怎么也拿不出来。陈敏芳想着干脆好人做到底，帮他把衣服脱了吧。没想到的是，陈敏芳把林斌的长裤拉下来以后，林斌下身的帐篷瞬间就支了起来。这让她羞得无地自容。陈敏芳心想林斌是不是已经醒了，试探着去推了他几把，可是林斌反应全无，不像是装睡。看到林斌下身的帐篷，陈敏芳不敢再轻举妄动，径自绕到床的另一边躺下了。

想到自己和一个男人睡在同一张床上，陈敏芳翻来覆去怎么也睡不着。胡思乱想着最后竟然……她也不知道是有意还是无意，但是可以肯定一点，是自己主动去招惹林斌的。再之后……

三十年了，在别人眼里，她是高傲冷漠的代名词。叔叔给她介绍过几个男朋友，可是那几个男的看着白净，说话文静，说起来是高级知识分子，在陈敏芳眼里却是乱绵绵的，没有一点男人味。而林斌……

如果能够把林斌争取过来……

就在陈敏芳分辨着自己是出于私心还是公心的时候，林斌已经被她彻底点燃，这时候她想后悔也来不及了。林斌刺穿她的一刻，她流泪了。她也不知道是因为疼痛，还是心痛。如果说刚开始的疼痛让她有些后悔，到后边舒畅的时候，陈敏芳已经彻底豁出去了，她只知道于公于私，她都要把林斌留在自己身边。

当林斌喘着粗气，软在自己身上的时候，陈敏芳已经深深地迷恋上了这个男人。只是她不知道该怎么面对他，她要好好想一下，怎么说服他。于是趁着天色未明，她就离开了房间。

临近中午，陈敏芳终于等到林斌发来的信息，收到信息的那一刻，她的手有些发抖，她真担心他会当做什么事也没发生，如果真那样的话，自己的初夜就等于喂狗了。

林斌的信息只有两个字："昨夜?"

陈敏芳给他回了个信息，"下班后见面说，老地方等你。"

这之后便没了动静，陈敏芳一个下午心神不宁，担心林斌不来，又怕自己操之过急，把林斌吓跑。

后续的发展没有让陈敏芳失望，再次见到林斌的时候，林斌像是做错事的孩子，都不敢看她。她含蓄地表达了自己想挖他过来的意思以后，林斌虽然没有答应她跳槽过来，可是答应了一定会帮她。饭后两个人沿着甬江散步，陈敏芳很自然地牵着林斌的手，两个人沿着甬江走了很久很久。陈敏芳从来没有发现甬城的夜景如此美丽。一个人的时候，她从来没到江边散过步，即便是路过也只是匆匆瞥上一眼。

陈敏芳说走累了，林斌找了个长凳坐下。夜很深了，江边已经没人，陈敏芳靠在林斌的肩膀上，这一刻她觉得很踏实。夜风吹过，稍稍有些冷，陈敏芳往林斌的怀里钻了钻。林斌很自然地揉住了她的腰。一会儿后，她感觉到他的手有些不老实，慢慢地往上移动，然后穿过她的腋下，在她乳房外围徘徊。她能感受到他的渴望，同时也感受到了他的克制。她假装不知道，由着他的手在自己的身上进退维谷。直到林斌终于鼓起勇气，想要攀登高峰的时候，她突然站了起来。“挺晚了，我们回去吧？”

林斌跟着站了起来，一副若有所失的神情。陈敏芳很享受林斌的反应。

“我送你回去。”林斌说道。

车到了陈敏芳楼下，两个人都没有要下车的意思。最后还是陈敏芳打破了尴尬的氛围：“要不要上去喝杯咖啡？”

一听这话，两人都笑了。这暗示是地球人都知道的表白，林斌若是不懂什么意思就太白痴了。

刚进入电梯林斌就迫不及待地抱住陈敏芳热吻起来。陈敏芳想说电梯里有监控，想要推开他，可是林斌的力气很大，无论她怎么用力地推，他的舌头还是在她嘴里翻腾，最后陈敏芳感觉自己连站立的力气都没有了。

关上房门，两个人像比赛似的脱着对方的衣服，还没到卧室，彼此已经坦诚相见。有过昨晚的亲热，加上今晚的互诉衷肠，两人之间再无隔阂。林斌将陈敏芳抱起来扔到床上，还没等陈敏芳反应过来，胸口的蓓蕾已经被林斌含在嘴里……

一阵疯狂过后，陈敏芳依偎在林斌怀里，笑骂林斌一点也不知道怜香惜玉。林斌笑着说谁让你这么迷人。这之后，陈敏芳又说了自己生活和工作中的诸多不易。林斌说不用担心，有我在。

第二天，林斌跟她说已经和史丹的技术科沟通好了。她再去史丹技术科的时候，对方的态度明显就不一样了。当她拿到订单的时候，更是傻眼了。这个订单有好几千箱货，相当于两三个集装箱。为了表示感谢，陈敏芳请史丹技术科的几个骨干吃饭。在饭桌上才知道，这个订单原本是给永邦线厂的，永邦线厂的林经理说永邦来不及生产，主动要求转给恒生。

陈敏芳有些感动，心想林斌果然没有骗我。回到办公室后，陈敏芳迫不及待地打开微信，给林斌发了个玫瑰花和红唇的表情，并让他下班后来她家吃饭。

陈敏芳亲自下厨，做了顿丰盛的晚餐。

林斌来的时候，递给她一个档案袋，说是给她的另一个礼物。陈敏芳打开一看，是老甘假公济私的诸多证据，很多材料上还附属了照片和单据。

“这些东西你从哪里弄来的？”陈敏芳好奇地问道。

“你别管，我说过要帮你的，说到做到。有这些东西，老甘再也做不了你的绊脚石了。”

陈敏芳感动地扑向林斌，主动献上热吻。

订单有了，爱情也有了，陈敏芳这几天春风满面，见谁都是笑呵呵的。原本下属犯错总是会被骂得狗血淋头，如今只是和颜悦色地说教几句，连批评都算不上。办公室里原来见到她都绕着走的同事，这几天都觉得莫名其妙。

老甘假公济私的数额不小，这些材料已经递交给陈东盛。陈东盛说已经拿给沈祖民，公司召开董事会以后应该会公布处理结果。陈东盛夸陈敏芳这件事情做得很好，又夸她最近业务很出色。

就在陈敏芳等董事会结果的时候，老甘厂里出事了。据说是所有工人联合起来闹罢工，控诉老甘克扣员工工资福利。

初始陈敏芳并没当一回事，以为罢工不过是工人解决问题的一种方式，很快就会过去。她还抱着一种幸灾乐祸的态度，看老甘如何收场。直到经销组的业务员来抱怨货发不出去，陈敏芳才意识到这场罢工可能要殃及池鱼了。她去车间转了下，发现问题比自己预料的还要麻烦，这些员工好像也知道了，公司正在追查老甘，一定要老甘下台才肯复工。可是工厂里主任、副主任一级的干部都是老甘的人，哪能这么容易就让老甘屈服。

陈敏芳连忙打电话给陈东盛，告诉他事情的严重性。陈东盛说总公司已经听说了工人罢工的事，正在想办法。

只是，一天两天，三天四天过去，车间依然停着，陈敏芳的电话被客户打爆了。徐越工急匆匆地跑来说几个大客户收不到货都在发飙了。陈敏芳的脑袋嗡的一声响，仿佛被敲了一闷棍似的，差点瘫倒在地。她只觉得手脚冰凉，一时之间脑袋里一片空白。

连续四天发不了货，经销商已经开始炸锅，如果大客户组的客户全部跑掉，那就意味着她所有的客户都没有了。如果客户没有，她这个部门这个经理也就没有存在下去的必要了。

她首先想到的是赶紧去找老甘，让老甘想办法恢复生产，可是到了老甘办公室却没有见到老甘，问门口的厂长助理，才知道老甘被总经办的人叫去了。其他人不知道老甘去总经办干吗，可是陈敏芳知道。

“怎么办？”徐越工焦急地问道。

“走，去客户那里。”陈敏芳无力地说道。

陈敏芳极力安抚着客户，说公司出了点状况。客户说你们公司出什么状态我不管，但是如果因为你们的线不到，导致我们车间停工，公司必然会追究你们的责任。不说赔不赔款，后续的合作肯定会受到影响。在陈敏芳和徐越工再三恳求之下，客户多给了一两天的交期。可是一两天以后，车间能恢复生产吗？

经销组的业务员接二连三地打电话来说客户如何着急，又说已经有客户跑去找其他厂家了。陈敏芳先是好言安抚，最后忍无可忍地咆哮道："你们跟我说这些有什么用，我能把线变出来吗？"

陈敏芳说完径自把电话挂了，然后直接把手机关机了。她的眼泪忍不住流了下来，她已经好几天没有睡着了。

罢工整整闹了八天才宣告结束，车间复工了，可是陈敏芳手中的客户已经所剩无几，不管是经销组的经销商，还是大客户组的这些大中型服装厂，都已经不来催货了。

陈敏芳挨个拜访，在客户那里看到的都是其他公司的货物。除了道歉她无话可说，可是即便她把自己的姿态放到地板上，客人还是不依不饶，他们不仅不肯原谅恒生，还扬言要和恒生打官司，弥补停产给客户造成的损失。

打官司倒是不怕，只是剩余的应收款可能就麻烦了。

这些经销商是被金义县的那些杂牌线抢走的，这些杂牌线美其名曰薄利多销，实际则是偷工减料，陈敏芳一直看不上他们，可是如今多半的客户成了他们的宾上客。陈敏芳心里那个恨，不知道该怎么形容。相比经销商的流失，大客户的离去更让陈敏芳感到心塞，大客户组两三年的努力，就因为这八天时间付之一炬。仅此也就罢了，让陈敏芳无法接受的是，自己手头这些大客户全是被永邦线厂抢走的。

若不是蓄谋已久，张龙海怎么可能在这短短八天时间内占领恒生所有的大客户。

"林斌……"陈敏芳的眼泪忍不住涌出眼眶。她恨老甘，恨张龙海，恨林斌，更恨自己。脑海里莫名其妙地冒出来一句话："周郎妙计安天下，赔了夫人又折兵。"

回到公司以后，陈敏芳再也支撑不住，虚脱地坐在椅子上半天动弹不得。无论谁来唤她，她都一动不动，直到陈东盛亲自过来，她才

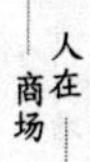

抬起头来。

陈东盛见陈敏芳脸色苍白，眼睛血红，吓得他抱起陈敏芳就去了医院。到了医院才知道，陈敏芳已经有十多天没有好好休息，自从罢工开始，陈敏芳每天都严重失眠，茶饭不思。能支撑到这个时候，已经属于奇迹。

几家欢喜几家忧。在陈敏芳住院的时候，永邦线厂这边正在举行庆功宴。

“这几天接到很多恒生员工打来的电话，听说老甘被赶下台了，而且结局很不光彩。小张，客气话姐就不说了。一切都在这杯酒里。”欧阳荷红着眼圈向张龙海敬酒。

“老胡也跟我说了，老甘不想离开恒生，临走前找了很多人去沈祖民那里说情，据说是一把眼泪一把鼻涕。不过最终还是未能如愿，灰溜溜地离开了。”张龙海说笑着拿起酒杯和欧阳荷碰了一下，然后一饮而尽，“欧阳姐，扳倒老甘，即是为你也是为了我们自己。”

“这次恒生内销部被一锅端，林斌功不可没，我们都敬林斌一杯。”宫志鹏提议。

“别，别，别！”林斌连忙推辞，“要说功劳还得归功于阿海，若不是他运筹帷幄，我们怎么可能一下子增加这么多客户。”

“来来来，我们一起敬阿海一杯。”宫志鹏又一次举起酒杯。

张龙海也不客气，举起酒杯说道：“为这次大获全胜干一杯。”

四个人在这个小包间里其乐融融，在欢声笑语中酒足饭饱。当宫志鹏拿着牙签开始剔牙的时候，张龙海正色道：“欧阳姐，一下子增加了这么多订单，车间生产跟得上吗？”

“跟得上。自从停了外贸大单以后，车间里的产量一直处于半饱和状态，工人每天都能提早下班，那几个想多赚点钱的还有不少抱怨。现在好了，一下子来了这么多订单，这几个员工像是饿狼看到了羊似的，每天做到七八点了，还不肯下班。”欧阳荷笑嘻嘻地讲述起

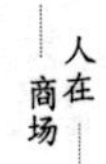

车间里这几天的情形。

“这几个员工，都是我们的宝贝，一定要养好他们，别让她们做太晚了，赚钱要紧，身体也要紧。你多劝劝她们。”张龙海劝道。

“你放心吧，这几个员工最少的也有两年工龄了。她们都是大浪淘沙剩下的精英，个个都能吃苦，目前就史丹的这个订单有点赶，等这个急单做完，弄不好产能还有过剩呢。”

“欧阳姐欲求不满，看来我们还得加把油啊！”宫志鹏向着林斌讪笑道。

林斌还没接话，欧阳荷一只蟹脚像飞镖似的飞了过来：“小宫，你这话听起来咋这么别扭。”

宫志鹏狼狈地躲过，呵呵笑着，把话题扯到了欧阳荷老公身上。

张龙海连忙将话题转回来，转向林斌正色道：“林斌，后续的开拓计划有了吗？”

林斌正色道：“我和志鹏还是以开发大客户为主。邱咖八巷的客户基本已经稳定，只要司机服务到位，客户有增无减。奉城这边和天益暂时和解了，不过我们已经占领了一部分市场，刚好可以作一个跳板，把古怀、姜云两个镇的市场也开发起来。如果能把古怀和姜云这两个镇拿下，那整个甬城的通道都可以打通了，南到宁象县，北至余慈市，都能连成一片。”

张龙海笑道：“还是林斌想得长远，已经开始布局整个甬城了。你的想法我支持，不过如果要进军整个甬城，光靠我们几个不行，得另外招几个业务员。”

“我物色了几个人选，你看看行不行。”林斌说道。

“说说看。”张龙海说道。

“第一个是薛明，大家都认识，恒生内销部现在名存实亡，这家伙已经联系我好几次了。”

“这小子可以，在我们公司刚成立的时候，就想着要过来了。再说又是阿海亲自带出来的徒弟。”宫志鹏举手赞同。

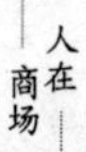

“薛明的业务能力应该没有问题，不过这小子有点滑，你得拽得紧一点。”张龙海算是认可了。

“还有个人……”林斌看了看张龙海和宫志鹏欲言又止，脸不禁红了起来。

“你想把陈敏芳挖过来？”张龙海洞穿了林斌的心思。

“是的。这次抢了恒生的生意，虽说是正常的市场竞争，我们用反间计，她用美人计，彼此都是将计就计，没什么对错可言。不过，我还是觉得有些对不起她，这一次确实伤得有些重了。再说，她对我的好，我觉得并不完全是为了挖我去恒生才这么做的。”

“林斌，我可提醒你，公私得分清，陈敏芳做女朋友确实不错，做管理她不行。”宫志鹏一脸严肃地说道。

“只是让她过来做业务，又不是让她来做管理。”

“她会甘心做一名普通业务员吗？”宫志鹏正色道。

林斌想要反驳，张龙海打断，说道：“我支持林斌，陈敏芳确实好胜，不过她的业务能力是没得说的。别忘了，她也是我培养起来的。”

林斌愣愣地看了眼张龙海不知道说什么好。“可是她……”

“她以前抢了我的位置是吧？这种陈年旧事就不用提了，她已经为此付出代价了。经过眼下这件事，我相信她已经给自己一个很好的定位了。”张龙海顿了顿继续说道，“你如果能挖她过来，对我们来说是锦上添花，只是，你觉得她会过来吗？”

“对啊，他叔叔可是恒生股东。”宫志鹏提醒道。

林斌不置可否，黯然说道：“我去试试吧。”

欧阳荷鼓励道：“林斌加油，只要她对你有意，肯定会跟你过来的。”

林斌目光坚定地点了点头。

莲姐终于辞职了。肖晓马上就要上幼儿园，莲姐一个星期回来一趟，根本无法满足女儿对母亲的需要。莲姐辞职后第一件事就是在奉县买了一套房子。最初，莲姐只是说去看看。结果就看了两套房便让张龙海去奉县跟她汇合。

张龙海以为有什么事，赶到奉县才知道莲姐已经找好房子了。房子就在奉县试验中学对面——典型的学区房。张龙海本想反对，可是一了解价格，便有些心动了。房东原本要价 79 万，莲姐直接还到 69 万，没想到房东竟然答应了。张龙海对奉城房价大概有些了解，79 万原本就不算贵，69 万能买到确实是划算，经过再三打听原来是房东急需用钱，所以急着脱手，而这两年恰好奉县楼市不怎么景气。于是在莲姐的软磨硬泡之下，张龙海同意付了订金。

张龙海担心首付的钱没地方凑，莲姐说不用他担心，她这几年上班的钱一直都自己攒着，加上十几年的公积金勉强够用了。于是，没两天时间，莲姐就把那套房子过户到了她和张龙海名下。

办完了手续，夫妻俩才和张国平说起买房的事情。早点说就怕张国平有压力。

张国平听莲姐说在奉县买好房子了，半天都回不过神来。他辛苦这么多年，就想着攒钱给儿子在城里买套房，没想到儿子没拿自己一分钱，就把房子给买好了。张国平从楼上拿出一本存折，说道："这些钱就是给你们买房攒的，虽然不多，也是爸的一点心意。"张国平说着把存折递给莲姐。

张龙海本想拒绝，莲姐却一点不客气，说声谢谢就接了过来。张龙海瞪了她一眼。莲姐不满地说道："刚好装修用得着。"

"装修也不该拿爸的钱。"

张国平看着二人斗嘴，呵呵笑着出门打麻将去了。

让张龙海没想到的是，过完年奉县改县为区，并且设计了一条地铁线路从甬城直通奉县。由此奉县房价飙升，一年以后直接翻了一倍。这种涨价速度，实在让张龙海咋舌。难怪这么多人不愿意做实体经济，都喜欢去炒房子。开厂一年到头忙得不可开交，利润不及随手买的一套房，这上哪说理去？

这也提醒了张龙海，必须尽快落实厂房的事情。老是换厂房也不是办法，该是考虑买套自己的厂房了。听说政府正在规划小微产业园，张龙海找了好几个同学打听虚实。

林斌在走廊等了好一会，确定病房里没有其他人了才走进去。

陈敏芳已经住院一个星期，尽管脸色还是有些苍白，但是精神已经好多了。林斌进去的时候，她正拿着一本杂志随手翻着。看到林斌，马上警觉地问道："你来干吗?"

林斌心头掠过一丝苦涩，将水果放在床头柜上，轻声说道："我来看看你!"

"看我什么?看我死了没?"陈敏芳将头扭向一边不去看林斌，她想在他面前装得坚强，可是眼泪却不争气地流了下来。

"你别这么说，这件事是我对不起你!"林斌将陈敏芳的手握在自己的手掌之中。

"不用你来可怜我。"陈敏芳想把自己的手抽出来。可是林斌握得紧紧的，无论陈敏芳怎么使劲都没用，陈敏芳另一只手抓着杂志不停地拍打着林斌。

林斌任由她打在手上，打在脸上，打在胸口，他就是这样不躲不闪木桩似的坐在那里，直到陈敏芳无力地放下杂志。他才坐到她的身边，将其揽入怀中。"有些事确实是事先安排的，但是爱上了你却是真的。"

陈敏芳无力地挣扎了几下，未能挣脱林斌的臂膀，转而紧紧地抱住了他的腰，趴在他的肩膀上号啕大哭起来。

接下来的几天，林斌光明正大地留在医院里照顾陈敏芳。陈敏芳恢复地很快。陈东盛来看望她的时候，她大大方方地把林斌介绍给了她这个叔叔。

陈东盛倒也开明，看侄女气色很好，身体恢复地很快，也就没有多问。无形之中就等于默认了陈敏芳和林斌的交往。

当林斌提出等陈敏芳出院后跟他去恒生的时候，陈敏芳愣了好一会。这个问题她从来没想过。公司知道内销客户流失主要责任不在陈敏芳，加之陈东盛到处游说，倒是没人说陈敏芳的不是。但是，恒生内销部已经名存实亡，现在能做的就是收回一堆应收款，处理一些库存。陈敏芳实在不想回去。她原本想着通过叔叔的关系，调到另外一个部门，做点清闲的工作。经过这几年的折腾，她也认识到了自己不是做管理的料，更不喜欢每天被压得喘不过气的感觉。想当初费尽心思挤走张龙海，现在想想真是可笑。不过离开恒生，去张龙海那里上班，实在是从未有过的念头。“你让我考虑两天可以吗？”

“当然可以。”林斌轻柔得抚摸着陈敏芳的头发。

陈敏芳将脑袋搁在林斌的肩膀上陷入沉思。

两天后，陈敏芳出院了，林斌办好手续，送陈敏芳回家。两个人自然免不了温存一番。事后陈敏芳说她同意林斌的建议，去张龙海那里，但是有一个要求，两个人必须先订婚。

林斌求之不得，连忙答应。两个人第二天就动身去了陈敏芳的老家。

陈敏芳父母是做小生意的，看到女儿带着个陌生男人回来，自然就明白了什么意思。陈敏芳已近三十依旧单身，这个年纪在农村里已经让人抬不起头来。老两口早就催着陈敏芳的婚事了，每次多说几句，女儿还不高兴，没想到这么突然就带了个女婿回来。

陈敏芳父母看林斌长相得体，说话做事也是彬彬有礼，自然是十二分的满意。老两口甚至都没说聘金就直接点头同意了。倒是陈敏芳表示了不满，说你们两个好像早就不耐烦，想把我嫁出去了。

陈敏芳的到来，让永邦线业热闹了好一会。陈敏芳见到张龙海之前，心里还有一些忐忑，但是见到以后便释然了。正如林斌所说，张龙海早就不介意之前的事了。换张龙海的话说：“他还得感谢她。如果没有陈敏芳，也就不会有今天的张龙海。”

陈敏芳和宫志鹏之前认识，与欧阳荷更是熟悉，至于薛明，她一点也不感到惊讶。都是熟人，又是老本行，因此，她很快就进入了状

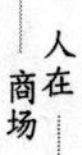

态，为永邦开发了一个又一个的新客户。

在陈敏芳到永邦上班的第一天，张龙海就收到老胡的电话。老胡在电话那头抱怨道：“你抢了恒生的客户也就算了，把恒生的经理和主管也挖走了。等于是吃个饭，连菜带锅全端走了，这吃相也太难看了吧？”

张龙海嘿嘿笑着，和老胡打趣几句，便岔开了话题。

陈敏芳来了以后，最头痛的就属宫志鹏了。宫志鹏和张龙海关系虽好，但是张龙海话太少，也太正经，跟他聊天，很容易把话题聊死。唯独和林斌臭味相投，最聊得来。可是，自从陈敏芳来了以后，两个人天天在宫志鹏面前秀恩爱。宫志鹏多次抗议，反被其他人嘲笑。

欧阳荷更是时不时地挖苦宫志鹏，“你看林斌马上就要结婚了，你女朋友怎么还不找？不会还想着那个丽丽吧？”

宫志鹏有苦说不出，夜深人静的时候发信息给丽丽，丽丽也劝他不要老想着自己，应该找个女朋友了。为了不给宫志鹏希望，她经常不回宫志鹏的消息。国庆时候，宫志鹏说要去找她，她连忙拒绝了，还说以后不见面了。宫志鹏以为她只是说说而已，没想到再联系，竟然已经把他的微信拉黑了，打电话也是无人接听。

宫志鹏郁闷到了极点，每天只好借跑步和工作来排遣。周末的爬山越发勤快了。

长锦服饰在甬城也算是小有名气，尤其这几年发展势头很猛，服装订单雪片似的飞来。他们自己厂十五条流水线生产来不及，还外发出去很多订单。永邦在合作的其中一家服装厂就是帮长锦做加工。林斌了解情况以后，直接奔赴长锦公司的总部。不料跑了几趟都是空手而归。长锦服饰一直用柳叶缝纫线，公司的采购员顽固地认为柳叶线是最好的。其他品牌的线，都被他拒之门外。连国际名牌高峰线业也没能攻破这个采购员。

林斌有些哭笑不得，要说质量，柳叶线是不错，但是和高峰线业的线比起来，那还是差一个档次的。当然高峰线的价格也高很多。听说高峰线也被采购员当杂牌线扫地出门了，自己又能怎样。

宫志鹏不信这个邪，走不通采购员这条路，就不能走走其他渠道？林斌说他也想过走其他渠道，但是转悠了几天，毫无收获。

这一天宫志鹏和林斌一起走入长锦服饰的办公大楼。他们先是胡乱转了一圈，找了几个人打听谁负责采购缝纫线。被打听的人要么说找采购，要么说得问总经理。

“要不就找总经理试试？”宫志鹏建议道。

“总经理会管缝纫线这种小事？”林斌觉得没意义。

但是宫志鹏还是想试试。两个人摸到总经理办公室，门口的秘书拦住了他们，问他们有没有预约过。

宫志鹏说没预约过，不过找总经理有要紧事。

秘书问是什么事。宫志鹏不耐烦地说道：“我是你们的客户，过来谈生意的。”

秘书不敢多问，打电话给总经理，总经理让他们先进去坐，他在楼下开会等下就过来。

总经理的办公室很宽敞。宫志鹏和林斌兀自欣赏着办公室的摆设，希望通过办公室的摆设了解一些对方的习性。

“这个总经理是个女的？”林斌猜测道。

“你怎么知道？”宫志鹏也猜到了是个女的，但还是想考考林斌。

林斌指了指办公椅上挂着的外套，办公桌上放着的茶杯，还有沙发上可爱的抱枕。

宫志鹏满意地点了点头。继续环视办公室，像是侦探破案似的留意着办公室的角角落落，良久之后，他把目光锁定在了墙上的一副字画上。字画用木框裱着，上面还衬了一块玻璃，做工十分精致，木框里只有四个字：“珍爱自己”。

“这个办公室啥都好，就是这幅字有点不协调。”林斌皱着眉凑上来说道。

“我也觉得别扭。”宫志鹏喃喃道，“好好的一个格局，放这么一副字画，实在有些格格不入。”

“这是哪个书法家写的。看着这字体有些眼熟。”林斌凑近字画，想看看署名，可是字画上只有这四个字，没有署名，也没有印章。

“我看着也有点眼熟。应该是哪个名家吧！”宫志鹏喃喃道。

“这是名家写的字？”林斌一脸鄙夷的神色。

“大家的手笔，不是我们这些普通人能懂的。”宫志鹏说着转身来到沙发上。

刚一落座，有个穿着淡黄色职业套裙的美女走了进来。从她的穿着、气质以及走路的步伐，两人一下就猜到了，这就是这房间的主人。让两人没想到的是，这个总经理这么年轻漂亮。

“是你们两位找我？”来人微笑着问道。

宫志鹏和林斌连忙起身迎了上去。宫志鹏自我介绍道：“你好，我们是线厂的。”

总经理握住宫志鹏的手，一抬头却突然愣住了。良久后才意识到自己握着别人的手很久了，连忙将宫志鹏的手放开。刹那间这个气质出众的总经理脸颊上已经飞起一朵红韵。宫志鹏一脸惊愕。林斌更是觉得莫名其妙。心想宫志鹏有这么帅吗？能让美女看一眼就入神了。

宫志鹏和林斌认真介绍着自己的线厂和产品。那美女经理既不插话，也不打断，一直笑眯眯地盯着宫志鹏看。那目不转睛的眼神看得宫志鹏浑身不自在。直到两人介绍完公司和产品，那美女经理才开口说道：“我知道了。等我了解情况以后和你们联系。”

宫志鹏连忙递上自己的名片。美女也回递一张名片给她。

走到僻静处，林斌焦急问道：“怎么回事？这女的看你的眼神怎么怪怪的。”

“我咋知道，我也感觉怪怪的。这女的不会有啥毛病吧？看得我心里发毛。就像白骨精盯着唐僧。”宫志鹏掏出名片看了一眼，“吴雪蜜，这名字有点耳熟，好像哪里听到过。”

“看她年纪和我们差不多，不会是你同学吧？”林斌提醒道。

“同学？”宫志鹏挠了挠头，认真思索着同学里有没有这么一个人。高中大学肯定是没这个人的，小学基本都是同村人，应该也没有这一号人，难道是初中同学？初中同学确实有很多不认识了。他想不起来，打电话给张龙海问他同学里面有没有个叫吴雪蜜的。张龙海说有。

“那就奇怪了！”宫志鹏回想起刚刚吴雪蜜看他的眼神，自言自语地说道，“难道真的是我太帅了，美女看一眼就迷上我了？”

林斌做了作呕的姿势，笑骂宫志鹏不要脸。

两个人说说笑笑走向停车场。刚要上车，宫志鹏的手机突然响起，一看是个陌生来电，宫志鹏连忙接起说了声你好。对方在电话里噼里啪啦地说了好一会，才挂断。

林斌问宫志鹏是谁打的电话，聊这么久。

宫志鹏一脸惊愕地说道：“是长锦服饰的采购经理，说让我们过去签合同。”

全书完